面 向 2 1 世 纪 课 程 教 材

中国大学资源共享课配套教材

文学理论导引

Wenxue Lilun Daoyin

（第二版）

王先霈　孙文宪　主编

高等教育出版社·北京

内容提要

　　本书是教育部面向 21 世纪课程教材，也是普通高等教育"十五"国家级规划教材和中国大学资源共享课配套教材。

　　本书以源于文学实践的"问题意识"为出发点，以理论范畴和文学活动的构成为逻辑框架，通过描述、比较和分析经过文学实践检验的各种理论观点，对文学的基本理论知识作了简明、系统的介绍；突出文学理论的知识性，在阐述重要的概念和观点时，注重分析理论形成的知识背景、历史过程和研究方法，比较中西文论的相通之处与差异之点，同时介绍一些重要的当代理论知识以拓展视野；增加了以往教材较少涉及但又与文学相关的某些内容，如文学的虚构性，母题、原型与文学创作，文学的文化研究，俗文学等；强调知识描述的客观性，以突出文学理论的多样性、实用性和文学观念的开放性，避免使教材成为某种文学见解的一家之言。

　　本书主要适用于高等学校中文、艺术专业基础课的教学。

图书在版编目（C I P）数据

　　文学理论导引/王先霈，孙文宪主编. --2 版. --
北京：高等教育出版社，2014.8 (2025.2重印)
　　ISBN 978-7-04-040159-2

　　Ⅰ. ①文…　Ⅱ.①王…　②孙…　Ⅲ.①文学理论-高
等学校-教材　Ⅳ.①I0

　　中国版本图书馆 CIP 数据核字(2014)第 128781 号

策划编辑　云慧霞	责任编辑　云慧霞　高　贝	封面设计　杨立新		版式设计　于　婕
责任校对　刘娟娟	责任印制　高　峰			

出版发行	高等教育出版社	咨询电话	400 - 810 - 0598	
社　　址	北京市西城区德外大街 4 号	网　　址	http://www.hep.edu.cn	
邮政编码	100120		http://www.hep.com.cn	
印　　刷	固安县铭成印刷有限公司	网上订购	http://www.landraco.com	
开　　本	787mm× 960mm　1/16		http://www.landraco.com.cn	
印　　张	19.75	版　　次	2005 年 7 月第 1 版	
			2014 年 8 月第 2 版	
字　　数	360 千字	印　　次	2025 年 2 月第 9 次印刷	
购书热线	010 - 58581118	定　　价	29.60 元	

参编者（以撰写章节为序）

王先霈　华中师范大学

孙文宪　华中师范大学

凌晨光　山东大学

胡有清　南京大学

高　玉　浙江师范大学

李建中　武汉大学

刘安海　华中师范大学

聂运伟　湖北大学

冯黎明　武汉大学

前言

　　本书和《文学欣赏导引》《文学批评导引》共同组成一套以大学中文系本科学生为主要对象的文艺学系列教材。这个教材系列的总体结构设计,根据的是我们对文艺学学科性质和范围的认识,以及我们对中文系教学需要的认识。《中国大百科全书(简明版)》"文艺学"条说:"一般认为,文艺学有三个主要组成部分:文学理论、文学史、文学批评;也有人认为文艺学即指文学理论。"①这里所列前后两种说法,是长期以来流行的,很有代表性,但都不是十分精确。在我国现行的学科体系中,文艺学是一个二级学科的名称。文学史不是文艺学的分支学科,而是与文艺学并列的学科,文学史专家不认为自己的研究属于文艺学范围。在文学界,文学批评也是职有专司,它更多地指向当前具体文学现象,特别是指向新出现的文学作品,与文学理论研究有不言自明的分工。准确地说,文艺学是由文学理论、文学史学和文学批评学组成,这三部分各有自己的研究对象,彼此又相互关联。文学史学包括关于文学发展规律的理论,给文学史研究提供方法和原则上的理论依据。文学批评学是对于文学批评的批评,或者说是元批评。至于优秀的文学批评、优秀的文学史著述可能带有颇强的理论性,具有文学理论和文学批评学、文学史学的价值,那是学科分工以外的话题。

　　但是,相对而言,很长时间以来,在我国高等学校中文系的教学中,在文艺学的几个分支中,对文学批评学和文学史学的关注时间较晚、投入力量较弱,在教材建设中其成果与文学理论完全不能相比,是尚待发展和充实的领域。这种现象显然不能使人满意,亟待改变。我们这套系列教材的出版,就是改变这种状况,建立较为完整的文艺学教材体系和教学体系的尝试。由于教学时数的限制,除了《文学欣赏导引》《文学理论导引》可以作为本科基础课的教材之外,《文学批评导引》可以作为本科选修课或者研究生学位课教材。

　　高等教育不同于基础教育,它承担专业教育的任务,学生从中学进入大学中文系,有一个文学欣赏习惯的转变和审美趣味的培育的问题;同时,多年的教学经验提醒我们,低年级学生接受思辨性较强的理论课程存在一些困难,需要知识的准备和思维方式转换上的准备。鉴于以上两点,我们设想以"文学欣赏导引"课程来给学生提供这方面的帮助。

　　这套教材从内容到体例,都吸收了参与者们多年来学科研究与教学研究的成

---

① 《中国大百科全书(简明版)》,中国大百科全书出版社1995年版,第5080～5081页。

Ⅰ

果,纸质文本和电子文本以及网络资源相互补充,力求让教师和学生使用时感觉方便。诚然,其中还有疏漏、缺失,技术上需要改进之处就更多,恳望使用者提出意见。

王先霈

2004 年 11 月 3 日于武昌桂子山

目录

第一章　文学观念与文学本体

　　根据阅读经验来分辨"什么是文学"，对于许多人来说似乎并不是太困难的事情，人们一般都可以区分小说和新闻报道的不同，也知道顺口溜并不等于诗。不过，如果要说出道理来，从理论上而不是仅仅依靠自己的经验或者约定俗成的惯例来解释什么是文学，说明文学之为文学的理论根据是什么，对于许多人来说恐怕就不那么容易了。

　　本章所要讨论的问题，就是从理论上阐述"什么是文学"。作为理论，这种回答不能仅仅依靠个人的感觉经验或是约定俗成的惯例，也不能仅仅从某个时代的文学或某种文学样式的概括和总结中得出，因为理论对"什么是文学"的阐述，必须适用于各种各样的文学现象，必须依据文学本体也就是文学存在的根据，阐明文学的基本性质和一般特征。这说明，文学理论是以文学整体为对象，通过讨论文学的存在根据、基本性质和主要特征，来回答"什么是文学"的问题。所谓文学整体，是文学理论对各种类型、各种形态和各个时代的文学现象的一种抽象和概括。

　　可是，对理论研究来说，要实现上述的要求也有相当的难度。由于文学构成的复杂性、文学事实的多样性和文学本身的发展变化，研究者对于什么是文学的认识也不尽相同，以致产生了多种文学观念。历史地看，应该承认许多不同的文学观念都有与之对应的文学事实，都不失为对文学本体的一种理解和解释，尽管其中也往往会有偏颇和疏漏。因此，本章是通过几种文学观念的分析和比较来讨论本体问题的。采取这种方式的原因在于，从理论研究的角度说，任何文学观念都只是逼近而不可能穷尽关于文学的认识，所以了解各种文学观念有助于对文学本体的理解；从学习文学理论的角度说，重要的并不是一个结论，而是探讨问题的思路和方法，这只有通过各种文学观的比较方可见出。

第一节　文学的审美性

作为一种社会意识形式，文学具有审美性。文学从幼稚走向成熟的历史告诉我们，文学的产生、存在和发展，与人类的审美活动一直有着密切的关联；文学以其对美的寻求、揭示、建构和表现，满足了人类的审美需要，丰富着我们的精神世界和文化生活，并因此确立了自身存在的根据和价值。但是，与文学自身的发展有一个漫长的历史过程一样，理论对于文学审美性的认识也有一个曲折的过程。我们就从梳理这个过程入手，展开关于文学审美性的讨论。

一、文学和文学观念

从历史上看，人们对"什么是文学"有着多种多样的认识。无论在中国还是在西方，最初形成的文学观念都相当宽泛，当时所谓的文学几乎包括了一切见诸文字的材料。根据《论语·述而》记载，孔子当年教学分为"文""行""忠""信"四科，其中的"文"或"文学"实际上指的是古代典籍，①可见那时的"文学"是一个含义多么宽泛的概念。即使在文学相对独立之后，这种广义的文学观念依然有影响，例如近人章炳麟就认为，"文学者，以有文字著于竹帛，故谓之文；论其法式，谓之文学。"②在西方，人们最初所说的"文学"和中国古代差不多。据乔纳森·卡勒的研究，文学有了现代所理解的那种含义，在欧洲"才不过二百年。 1800年之前，文学（literature）这个词和它在其他欧洲语言中相似的词指的是'著作'，或者'书本知识'"；"现代西方关于文学是富于想象力的作品这个理解可以追溯到18世纪末德国浪漫主义理论家那里。"③也就是说，狭义文学观念的形成在西方是浪漫主义运动之后的事情。

把文学几乎等同于语言文化的这种认识，反映了文、史、哲尚未分离时期人们对文学及其性质的理解，那个时代的文学与其他意识形式混杂在一起，还没有形成独立的品格，早期的文学观念正是文学自身尚未成熟的历史事实的反映。不过，这种过于宽泛和笼统的文学观即使在今天也还有它的意义，文学的疆域在不断地变化，时而扩展，时而缩小，广义的文学观有助于人们在更为开阔的文化背景上了解文学的发生和演变，也有助于我们理解文学可能包容的丰富内涵及其对现实生活的多方面影响。

1. 四种重要的文学观

---

① 参见郭绍虞：《中国文学批评史》"孔门的文学观"一节，上海古籍出版社1979年版，第9~10页。

② 章炳麟：《国故论衡·文学总略》，见《中国现代学术经典·章太炎卷》，河北教育出版社1996年版，第45页。

③ ［美］卡勒：《文学理论入门》，李平译，译林出版社2008年版，第22页。

文学观念的多样性不仅体现在它有广义和狭义之分，同时还表现在，即使在狭义文学观念的形成过程中，人们对文学的理解也因为采取不同的角度和着眼于不同的关系而有了不同的解释。艾布拉姆斯在总结了西方文学研究的历史后指出："每一件艺术品总要涉及四个要素，几乎所有力求周密的理论总会在大体上对这四个要素加以区别。"①根据这种看法，他提出了一个研究文学的坐标：

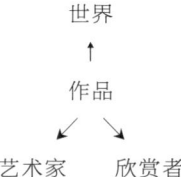

艾布拉姆斯说："尽管任何像样的理论多少都考虑到了所有这四个要素，然而我们将看到，几乎所有的理论都只明显地倾向于一个要素。……因此，运用这个图式，可以把阐释艺术品本质和价值的种种尝试大体上划为四类，其中有三类主要是用作品与另一要素（世界、欣赏者或艺术家）的关系来解释作品，第四类则把作品视为一个自足体孤立起来加以研究，认为其意义和价值的确不与外界任何事物相关。"②按照这个思路，艾布拉姆斯认为有四类重要的文学观念，即模仿说、实用说、表现说和客观说，这些文学观对人们理解文学产生了深远的影响。

从文学与世界、文学与社会生活的关系上解释什么是文学，大约是最古老同时也是影响最为深远的一种认识文学的方式。不过由此形成的文学观并不像艾布拉姆斯所说的那样，仅仅有模仿说；艾布拉姆斯的总结是对西方文学理论而言的，他显然忽略了中国古代文学理论对文学的认识。早在古代，当文学活动刚刚开始时，中国文论就有"男女有所怨恨，相从而歌。饥者歌其食，劳者歌其事"③的说法，把诗歌活动解释为人们对生活感受的抒发，从中可以看到"感物说"文学观的萌芽。"感物说"用生生不息的大千世界激发了主体的感受来解释文学的发生，例如刘勰用"春秋代序，阴阳惨舒，物色之动，心亦摇焉"④来解释文学的发生；陆机也把文学视为"遵四时以叹逝，瞻万物而思纷；悲落叶于劲秋，喜柔条于芳春"⑤的产物。这种"感物说"强调了人们感

---

① ［美］艾布拉姆斯：《镜与灯——浪漫主义文论及批评传统》，郦稚牛等译，北京大学出版社1989年版，第5页。

② ［美］艾布拉姆斯：《镜与灯——浪漫主义文论及批评传统》，郦稚牛等译，北京大学出版社1989年版，第6页。

③ 何休：《春秋公羊传·宣公十五年解诂》，见李学勤主编《十三经注疏·春秋公羊传注疏》，北京大学出版社1999年版，第361页。

④ 刘勰：《文心雕龙·物色》，见范文澜《文心雕龙注》下册，人民文学出版社1958年版，第693页。

⑤ 陆机：《文赋》，见张少康《文赋集释》，上海古籍出版社1984年版，第14页。

受的生发与大自然变化的关系，认为文学便是对这类感受的抒发。钟嵘则更关注现实生活中的各种生存境况和社会矛盾对诗人感受的影响，从而突出了"感物"的社会内涵。他说：

> 嘉会寄诗以亲，离群托诗以怨。至于楚臣去境，汉妾辞宫，或骨横朔野，魂逐飞蓬；或负戈外戍，杀气雄边；塞客衣单，孀闺泪尽；或士有解佩出朝，一去忘返；女有扬蛾入宠，再盼倾国。凡斯种种，感荡心灵，非陈诗何以展其义？非长歌何以骋其情？①

这个看法显然更深刻，指出了文学所抒发的感受，其实更多地源于现实社会生活的矛盾。

从文学与生活的关系上界定文学的特点，西方则有古老的"模仿说"（又译"摹仿"）。模仿(imitation)最初是指祭祀活动中祭司表演的歌舞，后来从祭典术语转化为哲学术语，表示对外在世界的再造或复制，"模仿说"就是在这个意义上解释什么是文学的。②模仿说的文学观在亚里士多德的《诗学》中得到了详尽、系统的阐述。亚里士多德认为，模仿是艺术的本质，一切艺术都是模仿的产物，并强调不同的艺术在模仿的对象、媒介和方式上具有各自的特点。他说：

> 史诗的编制，悲剧、喜剧、狄苏朗勃斯的编写以及绝大部分供阿洛斯和竖琴演奏的音乐，这一切总的来说都是摹仿。它们的差别有三点，即摹仿中采用不同的媒介，取用不同的对象，使用不同的、而不是相同的方式。③

在这个基础上，亚里士多德进一步指出，史诗与戏剧的模仿对象是人，是人的"行动和生活"④。显然，与前人偏重于模仿自然的说法相比，他更关注文学与社会生活的联系。

亚里士多德所说的模仿并不是指对现实生活的直接描摹，相反，他倒是认为文艺所描述的应该是可能发生而不是已经发生的事情。他说："就做诗的需要而言，一件不可能发生但却可信的事，比一件可能发生但却不可信的事更为

---

① 钟嵘：《诗品·总论》，见陈延杰《诗品注》，人民文学出版社 1961 年版，第 2～3 页。
② ［波兰］塔塔尔凯维奇：《西方六大美学观念史》，刘文潭译，上海译文出版社 2006 年版，第 274～275 页。
③ ［古希腊］亚里士多德：《诗学》，陈中梅译，商务印书馆 1996 年版，第 27 页。狄苏朗勃斯(Dithurambos)指起源于祭祀酒神狄俄尼索斯的活动；阿洛斯(Aulos)是古希腊的一种乐器。
④ ［古希腊］亚里士多德：《诗学》，陈中梅译，商务印书馆 1996 年版，第 38、64 页。

可取。"①可见亚里士多德所谓的模仿是就文艺源于生活的基本关系来说的，他并不排斥想象和虚构在艺术创造中的作用。模仿说的文学观对后世产生了深远的影响，认为文学是现实生活的反映的观点在西方文学理论中长期居于主导地位。后来出现的以"再现"来解释文学与生活的关系，把文学比喻为反映生活的"镜子"，②以及现实主义文学思潮的发生和发展，等等，都源于艺术模仿现实的文学观。

> 　　美国比较文学理论家厄尔·迈纳说："亚里士多德《诗学》的两个显著特征必须引起我们的注意。其一是，虽然希腊文学中最伟大的名字——荷马——是与叙事诗和史诗联系在一起的，但亚里士多德的诗学却是基于戏剧的。其二，亚里士多德必须为自己的理论在传统中找到一个强有力的思想后盾，于是为了完成他的诗学，他不得不沿用柏拉图的模仿概念，这表明他与老师对抗的终结。""亚里士多德的诗学是一种模仿诗学，这不足为奇，因为它建立在戏剧的基础之上，而戏剧是一种再现（representing）的文类。欧洲中心主义观念使得我们把别的诗学——世界上其他地区诗学——称作非模仿的（no mimetic）诗学，假如果真存在这种诗学的话，西方诗学倒成为真正非实体性（nonentity）的了。"
>
> 　　爱尔兰学者泰特罗也认为："西方诗学和东亚诗学之间的基本区别来自一个事实，即西方诗学受亚里士多德所陈述的模仿观念控制，这种观念来源于戏剧这个文类，同时也建构了戏剧这个文类；而世界上大多数其他诗学则基于'情感-表现'（affective-expressive）的观念，这种感念被认为支配了抒情文类，一方认为真理主要来自独立客观的外在现实，另一方则认为真理乃出于读者或作者的内在情感。"
>
> 　　参阅［美］厄尔·迈纳：《比较诗学》，王宇根等译，中央编译出版社1998年版，第32~33页；［爱尔兰］泰特罗：《本文人类学》，王宇根译，北京大学出版社1996年版，第60页。

　　与模仿说相似，"实用说"也是一种出现很早、影响久远的文学观。这种文学观"把艺术品主要视为达到某种目的的手段，从事某件事情的工具，并常常根据能否达到既定目的来判断其价值"。③实用说的文学观是从功能角度来

---

① 　［古希腊］亚里士多德：《诗学》，陈中梅译，商务印书馆1996年版，第180页。

② 　亚里士多德《修辞学》第三章引公元前4世纪哲学家和修辞学家阿尔喀达马斯的话，说他"称《奥德赛》为'人类生活的明镜'"。参见《修辞学》，罗念生译，生活·读书·新知三联书店1991年版，第158页。

③ 　［美］艾布拉姆斯：《镜与灯——浪漫主义文论及批评传统》，郦稚牛等译，北京大学出版社1989年版，第16~17页。

界定文学的，关注文学在生活中的实用价值，特别是文学的教化功能。例如孔子之所以强调学诗的重要性，是因为他认为"诗，可以兴，可以观，可以群，可以怨。迩之事父，远之事君；多识于鸟兽草木之名"①，这里列举的大多是文学的实用价值。《毛诗序》更进一步突出了文学的教化功能，认为"正得失，动天地，感鬼神，莫近于诗。先王以是经夫妇，成孝敬，厚人伦，美教化，移风俗"②，把文学视为实现教育目的的特殊手段。这个思想促成中国"文以载道"文学观的形成。西方实用说文学观的重要代表是古罗马的贺拉斯，他认为"诗人的愿望应该是给人益处和乐趣，他写的东西应该给人以快感，同时对生活有帮助"，"寓教于乐，既劝谕读者，又使他喜爱，才能符合众望"。③从这些说法中可以看到，尽管实用说的文学观把道德教化功能摆在首位，但是也注意到了文学的教化作用具有"寓教于乐"的特点，与耳提面命的说教不一样，从而强调了"快感""感人"对于文学的重要性，文学的审美特点也因此受到关注。艾布拉姆斯甚至认为，"实用说把艺术家和作品人物的目标指向欣赏者快感的本质、需求和源泉，这是从贺拉斯到18世纪绝大多数批评理论所具有的特征。因此，就其持续的时间或其支持的人数而论，实用主义观点大致上可被认为是西方世界主要的审美态度。"④

"表现说"的文学观则认为，"一件艺术品本质上是内心世界的外化，是激情支配下的创造，是诗人的感受、思想、情感的共同体现。因此，一首诗的本原和主题，是诗人心灵的属性和活动，如果以外部世界的某些方面作为诗的本质和主题，也必须先经诗人心灵的情感和心理活动由事实而变为诗"⑤。中国古代的"诗言志"和"诗缘情"的理论与上述的观点非常接近，特别是"诗缘情"的认识，不仅注意到主体在文学创造中的作用，而且把情感视为文学表现的主要对象，这大大推进了中国古代文论对文学特质的认识。由于叙事文学长期居于主导地位，表现说的文学观在西方产生得比较晚，直到18世纪末随着浪漫主义运动的兴起，才对文学实践发生广泛的影响。华兹华斯在1800年为《抒情歌谣集》所写的"序言"中说"诗是强烈情感的自然流露"⑥，可以视为西方"表现说"文学观的宣言。大概他觉得这个见解颇有新意，十分

---

①　《论语·阳货》，见杨伯峻编著《论语译注》，中华书局1958年版，第192页。

②　李学勤主编：《十三经注疏·毛诗正义》上册，北京大学出版社1999年版，第10页。

③　[古罗马]贺拉斯：《诗艺》，杨周翰译，见《诗学·诗艺》，人民文学出版社1982年版，第155页。

④　[美]艾布拉姆斯：《镜与灯——浪漫主义文论及批评传统》，郦稚牛等译，北京大学出版社1989年版，第24页。

⑤　[美]艾布拉姆斯：《镜与灯——浪漫主义文论及批评传统》，郦稚牛等译，北京大学出版社1989年版，第25～26页。

⑥　[英]华兹华斯：《〈抒情歌谣集〉序言》，曹葆华译，见《十九世纪英国诗人论诗》，人民文学出版社1984年版，第22页。

重要，以至在这篇序言里说了两次。其实类似的见解在中国古代文论中很多，几乎已经成为常识。表现说的文学观不仅重视主体和情感，而且突出了个性、天才、想象等因素在文学构成中的作用，对狭义文学观的形成产生了深刻影响。

出现最晚的"客观说"表达了这样一种文学观："它在原则上把艺术品从所有这些外界参照物中孤立出来看待，把它当作一个由各部分按其内在联系而构成的自足体来分析，并只根据作品存在方式的内在标准来评判它。"① 这种文学观尤为重视形式、技巧、语言和结构等因素在文学构成中的作用，把文学的特质归结为语言形式，强调文本的自足性而排除文学与社会生活的关联。虽然类似的文学见解在中外文论史上也曾出现过，但是直到20世纪初才在西方形成一种思潮并且蔓延开来。形式主义的文学观轻视思想内容在文学构成中的意义，其偏颇显而易见，不过它对语言形式的深入阐述却极大地丰富了人们对文学形式的认识。

2．现代文学观的形成

＊多种文学观念的并存显示了文学本体研究的复杂性。关于什么是文学的回答，不同时代和不同民族的文学理论实际上是见仁见智。之所以会有这样的分歧，除了各种文学观的形成都不可避免地要受主体的知识背景和社会、文化、历史条件的限制外，另一个重要的原因则在于文学本身在构成上的复杂性和发展中的多样化。韦勒克指出，"一部文学作品，不是一件简单的东西，而是交织着多层意义和关系的一个极其复杂的组合体"。② 单个作品尚且如此，更不用说理论所要研究的是文学整体，甚至是文学整体在数千年发展中呈现的多样形态了。那么，关于文学本体的认识应该从何处入手才好呢？其实，在上述的各种文学观念中不仅存在着分歧，也有某种共识，即各种文学观都涉及文学的审美性，都意识到文学的存在和发展与人类的审美活动有关，都承认文学具有想象和虚构的特点。也就是说，随着文学的发展、成熟和独立，从现代开始，中外文学理论都越来越强调文学的特殊性，强调审美、想象、情感、形象、虚构以及语言形式等因素对文学的规定，于是逐渐形成了现代的即狭义的、审美的文学观。审美文学观的出现，说明人们对"什么是文学"有了更进一步的理解和把握。

---

① ［美］艾布拉姆斯：《镜与灯——浪漫主义文论及批评传统》，郦稚牛等译，北京大学出版社1989年版，第31页。

② ［美］韦勒克、沃伦：《文学理论》，刘象愚等译，江苏教育出版社2005年版，第16页。

＊ 请访问爱课程网→资源共享课→文艺学系列课程/孙文宪→第40讲（40：46.70～45：23.84）。

　　在谈到多种文学观念并存现象时，塞尔登说："有人建议将这些不同的观点归纳在一起形成一个综合的、充分的批评话语，这想法看来是很诱人的。然而在实践中，那些最有能力的批评家们往往致力于探索上述交流模式中的一个方面，尽管他们也有能力把其他一些方面作为次要因素纳入他们的理论中……"

　　"批评理论中这种一面倒的情形向我们暗示，想要形成一种完整的、面面俱到的、满足各种批评实践的理论模式是绝不可能的。那么，我们是不是因此必须采取一种相对主义的理论观点和实践呢？学文学的学生是不是必须面对要求他们给予同等重视的种种不同模式呢？批评的种种问题是不是必须要简约为趣味和秉性的探索呢？对于这类问题，可以有两种答案，一种提示批评家采用的方法和假设仅仅反映他们自己的兴趣和'权力意志'，另一种把不同的批评方法看做相互竞争的知识体系。第一种观点是相对主义的，但不相信批评观点仅仅是一个趣味问题；第二种观点不是相对主义的，它认为值得尽力推敲批评理论和技巧，以便不断提高我们对创作和阅读过程的理解。"

　　参见〔英〕塞尔登：《文学批评理论——从柏拉图到现在》，刘象愚等译，北京大学出版社2000年版，第2~3页。

二、审美与文学

　　文学的发展趋势所呈现的特点，使人们对"什么是文学"的思考，越来越集中在文学的审美特性上。不过，对于什么是文学的审美性，各种理论却有不同的认识。从文学史上看，人们最初几乎都是从语言形式上来理解文学审美性的；语言形式是否具有"美"的特征，成为人们区分文学和非文学的重要标准，这也是各民族早期文学观共有的特点。魏晋南北朝时期是中国文学走向自觉的时代，而"自觉"的标志之一就是开始有了接近狭义文学观的认识，其表现在人们开始把是否具有文辞之美作为区分文学和非文学的一个基本标准。如曹丕说："夫文本同而末异，盖奏议宜雅，书论宜理，铭诔尚实，诗赋欲丽。"①强调诗、赋的语言应该具有其他文体所没有的美文性。萧统在选编古代的文学作品时，提出的标准是"事出于沉思，义归乎藻翰"②，认为文学作品对人生经验的表现应该不同于其他文字，必须有认真的构思，有语言辞藻之美。他划分文学与非文学的界线，根据也在是否讲究语言形式的藻饰上。西方

---

① 曹丕：《典论·论文》，见郁沅等选编《魏晋南北朝文论选》，人民文学出版社1996年版，第13页。
② 萧统：《文选序》，见郁沅等选编《魏晋南北朝文论选》，人民文学出版社1996年版，第329页。

较早的文学理论同样把讲究语言修辞视为文学审美性的体现，认为语言的修饰风格影响着题材和主题的表现，所以18世纪英国著名的散文家斯威夫特对于语言文字问题十分在意，既讲究文采，又反对乱用俚语、行话、时髦词。他给风格下的定义是"把恰当的词放上恰当的位置"①。到了20世纪，形式主义文学理论更把对语言的特殊用法视为文学的审美价值所在，认为决定文学之为文学的基本因素不在于文学表现的内容，而是取决于"文学性"，"亦即使该作品成其为文学作品的那种内涵"，那就是对"诗性语言"的追求。②从历史上看，将文学的审美特点归结为讲究语言形式的美，是中外文学理论界定文学审美属性的一个重要根据，在唯美主义和形式主义那里，它甚至成了文学审美特质的唯一标志。

但是，随着文学的发展和理论研究的深化，人们逐渐认识到，文学的审美性不仅仅体现在语言形式上。不可否认，形式美确实是文学审美属性的一种体现，而且其意义远远超出了形式范畴，但是把文学的审美性仅仅归结为语言形式却是一种片面、浅薄的认识，其失误在于对美和审美都作了过于狭隘的理解，忽视了文学审美活动所包含的丰富的人文内涵。不了解人与现实的审美关系形成的历史原因，是失误产生的根源。

1. 审美活动的人文内涵

人与现实的审美关系是在漫长的社会实践过程中逐渐形成的。由于人类有着多方面的需求和多样化的活动方式，所以人与客观世界的关系也是多种多样的。在这一切关系中，最基本的关系是因物质需求建立的实用关系，即马克思所说的，"人们为了能够'创造历史'，必须能够生活。但是为了生活，首先就需要吃喝住穿以及其他一些东西。因此第一个历史活动就是生产满足这些需要的资料，即生产物质生活本身"。③人类正是通过生产实践，既改造了客观世界，也改造了自身。

人类为满足自身的生活需要而进行的生产实践活动与动物的行为有根本的不同，其表现为"自由的有意识的活动恰恰就是人的类特性"④，人的社会实践因此有了合目的性与合规律性相统一的特点。关于"合目的性"，马克思曾有如下的说明："蜜蜂建筑蜂房的本领使人间的许多建筑师感到惭愧。但是，

---

① 参见王佐良著：《英国散文的流变》，商务印书馆1994年版，第72页。
② ［俄］雅各布森：《现代俄罗斯诗歌》，见［爱沙尼亚］扎娜·明茨、伊·切尔诺夫编，《俄国形式主义文论选》，王薇生译，郑州大学出版社2005年版，第321页。
③ ［德］马克思、恩格斯：《德意志意识形态》，《马克思恩格斯文集》第1卷，人民出版社2009年版，第531页。
④ ［德］马克思：《1844年经济学哲学手稿》，《马克思恩格斯文集》第1卷，人民出版社2009年版，第162页。

最蹩脚的建筑师从一开始就比最灵巧的蜜蜂高明的地方,是他在用蜂蜡建筑蜂房以前,已经在自己的头脑中把它建成了。……他不仅使自然物发生形式变化,同时他还在自然物中实现自己的目的,这个目的是他所知道的,是作为规律决定着他的活动的方式和方法的,他必须使他的意志服从这个目的。"①而无数次实践又使人类认识到,要使劳动达到预期的目的,要有效地改造客观世界,仅有目的和愿望还远远不够,只有掌握了客观世界的规律并按照规律从事社会实践的时候,才可能实现自己的目的,所以社会实践又必须是"合规律性"的。合目的性与合规律性的统一,是人类社会实践最基本、最一般的性质。

以合目的性与合规律性相统一的特点来观照和分析人的社会实践活动,我们发现,人的实践活动及其结果,实际上具有双重的内容和意义。一方面,人的社会实践和社会存在表现为人类的物质生产活动,人类在一定的生产关系中创造着使用价值,满足物质生活的需要,并围绕着生产实践展开了形形色色的历史活动。另一方面,因为社会实践具有合目的性与合规律性相统一的特点,从而使社会实践的过程和结果,又成为人的智慧和能力、成为人的本质力量的一种展现。因为"劳动的现实化就是劳动的对象化"②,"过程消失在产品中。……在劳动者方面曾以动的形式表现出来的东西,现在在产品方面作为静的属性,以存在的形式表现出来。"③劳动产品即人的实践结果,以其自身的存在证实了人的社会实践是合目的性与合规律性的统一,从而使劳动过程及其产品成为人的价值、人的本质力量的显现。在这个意义上可以说,人的社会实践和社会存在又以它的人文内涵成为人类认识自己的对象。

社会实践不但改变了人类的生存环境,也改变了人与大自然的关系,从而使这种关系的变化也成为人的本质力量的一种显现。恩格斯说:"地球的表面、气候、植物界、动物界以及人本身都发生了无限的变化,并且这一切都是由于人的活动"④。虽说人类具有的能力和技术至今还不能对许多自然现象施加影响,不能使它们成为直接的实践对象,但是人类却能够通过自己的实践活动逐渐认识这些自然对象及其运动规律,并将这些认识运用于生产实践,使之有利于人类的发展。如在人类社会初期,由于农业劳动的需要,人们就开始观察太阳、月亮、星辰的运动与四季以及气候的关系了,并借助于对天体的观察结果确定了播种、灌溉、收获的时间。从此,这些自然物便不再是与人无关的

---

① [德]马克思:《资本论》第 1 卷,《马克思恩格斯文集》第 5 卷,人民出版社 2009 年版,第 208 页。
② [德]马克思:《1844 年经济学哲学手稿》,《马克思恩格斯文集》第 1 卷,人民出版社 2009 版,第 157 页。
③ [德]马克思:《资本论》第 1 卷,《马克思恩格斯文集》第 5 卷,人民 2009 年版,第 211 页。
④ [德]恩格斯:《自然辩证法》,《马克思恩格斯文集》第 9 卷,人民出版社 2009 年版,第 484 页。

外在之物了，对其运动规律的熟悉和掌握，说明人类与自然的关系开始发生了变化，人类正在由自然的奴隶转变为能够掌握自己命运的主人。人与自然关系的变化，也因此成为显示人的力量与才智的对象。

所以，无论是实践过程、劳动产品、人类社会，还是大自然的运作、地球之外的茫茫宇宙，只要因为人类的实践活动，或直接、间接地发生了变化，或与人形成了新的关系，就会成为"人化的自然"，成为人的本质力量的一种显现。它说明"人不仅像在意识中那样在精神上使自己二重化，而且能动地、现实地使自己二重化，从而在他所创造的世界中直观自身"①。马克思指出，人的历史与人的现实都因此成为人类认识自身、感受自己的生命、力量和本质的对象：

> 随着对象性的现实在社会中对人说来到处成为人的本质力量的现实，成为人的现实，因而成为人自己的本质力量的现实，一切对象对他说来也就成为他自身的对象化，成为确证和实现他的个性的对象，成为他的对象，这就是说，对象成为他自身。对象如何对他来说成为他的对象，这取决于对象的性质以及与之相适应的本质力量的性质；因为正是这种关系的规定性形成一种特殊的、现实的肯定方式。……因此，人不仅通过思维，而且以全部感觉在对象世界中肯定自己。②

这个事实意味着，社会实践使人与世界之间开始形成了一种新的关系，即人"以全部感觉在对象世界中肯定自己"的关系，这种关系为我们从人类的社会生活中去寻找和发现人的价值，感受和理解人生的意义，并从中获得与物质享受全然不同的精神上的喜悦和快慰提供了可能。黑格尔曾用一个著名的比喻，为这种关系以及它给人们带来的特殊感受作了形象化的说明。他说："一个小男孩把石头抛在河水里，以惊奇的神色去看水中所现的圆圈，觉得这是一个作品，在这作品中他看出他自己活动的结果。"③人类直观自身的活动就是在这个意义上进行的，当然它的方式和内容都远比黑格尔的比喻要复杂得多，也丰富得多。在美学上，把人与现实的上述关系称为审美关系；把由此获得的感受和认识，称为美感或审美意识。而所谓的美，从最根本的意义上讲，就是指人的本质力量的感性显现。

---

① ［德］马克思：《1844 年经济学哲学手稿》，《马克思恩格斯文集》第 1 卷，人民出版社 2009 年版，第 163 页。

② ［德］马克思：《1844 年经济学哲学手稿》，《马克思恩格斯文集》第 1 卷，人民出版社 2009 版，第 190～191 页。

③ ［德］黑格尔：《美学》第 1 卷，朱光潜译，商务印书馆 1979 年版，第 39 页。

文学活动正是在人与现实的这种审美关系上展开的。文学从社会生活中寻找、发现和展示的，文学通过想象和虚构所建构、所追求的，正是由审美关系规定的人生境况及其蕴含的意义和价值。所以说，审美是文学的内在规定。人们也正是在这个意义上，把文学视为人类的精神家园。

肯定文学具有审美属性，并不是说它只能表现美的对象，不能写丑的东西；而是说文学是从审美关系上审视人生、把握生活的。实际上，人的价值和人生的意义往往是在矛盾与斗争中才能获得鲜明而丰富的显现，因而真与假、善与恶、美与丑的对抗、斗争和比照，往往具有更高的审美价值。从这个意义上说，丑的东西能够也应该成为文学的对象。丑本身不可能成为美，然而美与丑的斗争，却能够使丑成为审美的对象；充分显示了丑的本质，对丑的揭示达到了神似境界的艺术形象，也因此有可能获得极高的审美价值，成为不朽的艺术形象。即使像悲剧，表现了丑暂时地压倒了美，它也能因为唤起人们对美的追求与向往而取得审美的意义。所以，一部文学作品是否具有审美性，并不取决于它是否写了丑的东西，而是取决于能否从审美关系上去认识和表现这种对象。

2. 文学是"人学"

以审美为价值取向，形成了文学在把握人生和艺术表现上的一个重要特点，即人们常说的"文学是'人学'"。文学理论家勃兰兑斯在研究了19世纪欧洲文学的历史之后，深有感触地说，"文学史，就其最深刻的意义来说，是一种心理学，研究人的灵魂，是灵魂的历史"。①这话可以拿来解释"文学是'人学'"的含义。其实，不仅仅是19世纪的欧洲文学，世界各国的文学历史，都可以说是展示人的生活，表现人的思想感情，研究人的灵魂的历史；"文学是'人学'"就是针对文学的这个特点来说的，具体包括两层含义：

文学是"人学"的第一层含义是就文学的审美性而言的，即文学对社会生活的把握具有超越生活现象，追寻人生意蕴，表现人的价值的特点。在阐述人与现实的审美关系时我们已经谈到，所谓的审美从最根本的意义上说，就是从人的社会生活和劳动创造中去寻找和发现人的价值及人生的意义。所以，当文学从审美关系上把握社会生活时，人也就必然地成了文学的主要表现对象。人们从文学作品，尤其是从那些优秀之作中，常常会看到文学透过生活现象对人性的揭示和思考；人始终居于文学所表现的一切生活现象的中心。虽然某些文学种类，例如小说，必须要有情节，要叙述故事；或者像山水诗，描绘的是千姿百态的自然景观，但是读者从这些文学作品所呈现的世界里，最终获得的还

---

① ［丹麦］勃兰兑斯：《十九世纪文学主流》第1分册,张道真译,人民文学出版社1980年版,第2页。

是有关人和人生意义的感悟与启迪。故事情节和自然景观，在文学世界里似乎并不具有独立的意义，尽管文学世界的构成绝对不能缺少它们。在叙事作品里，故事的叙述和生活矛盾的描写都是为了塑造人物形象，展示人的命运，是为了揭示人的思想和感情何以发生、何以冲突的原因。就像巴尔扎克所说，他要写的"就是人与生活，因为生活是我们的衣服"①。同样，在描绘自然景观的作品里，文学也并不以描绘单纯的自然现象为目的，描绘自然也是为了表现人的感情，寄托人的思绪，即所谓的"不能作景语，又何能作情语"②，所以"一切景语，皆情语也"③。

从这个角度看，任何文学作品似乎都有两个层面。用美学家桑塔耶纳的话说，"在一切表现中，我们可以区别出两项：第一项是实际呈现出的事物，一个字，一个形象，或一件富于表现力的东西；第二项是所暗示的事物，更深远的思想、感情，或被唤起的形象、被表现的东西"④。也就是说，在文学作品的第一个层面上，读者看到的可能是一个故事，也可能是诗人笔下的山川景物。这是一个感性的、形象的世界。对于文学来说，这个层面不可缺少，否则无以构成形象化的文学世界。但是，从审美关系上把握生活，又要求文学必须超越这个形象世界，把这个形象世界视为人的本质力量对象化的产物，进而去发掘和展示隐含于其中的人的内容。于是又有了文学作品的第二个层面，即显示人的价值和人生意义的层面。在这个层面中，文学表现着人的感受和体验，思考着人生的意义和价值，追寻着生活的理想，体现了文学以审美的方式把握生活的特点。而且，也只有当文学作品进入了审美层面，人们才不会把《阿 Q 正传》看成一场闹剧而无视"精神胜利法"对阿 Q 的扭曲，才会在"哀其不幸，怒其不争"的复杂感受中反思社会、历史与人生。也正因为有了这个审美的层面，《安娜·卡列尼娜》才能激起现代读者的感情波澜，尽管我们与 19 世纪俄国贵族的生活毫不相干。就像爱伦堡所说，"托尔斯泰所描写的那个社会的成见和不良的风俗习惯，现在早已没有了。但是三山纺织厂的女工在读了安娜·卡列尼娜所受的苦难，还是会流眼泪。她也懂得一个深情女子的薄命和母性的力量。古旧的故事帮助青年妇女窥见了自己内心深处的隐秘。现代女性读者之所以阅读托尔斯泰的小说，不仅仅是为了认识死去的社会风习，还为了了

---

　　①　[法]巴尔扎克：《〈人间喜剧〉前言》，《巴尔扎克论文学》，王秋荣译，中国社会科学出版社 1986 年版，第 60 页。

　　②　王夫之：《薑斋诗话》，见戴鸿森注《薑斋诗话笺注》，人民文学出版社 1981 年版，第 91 页。

　　③　王国维：《人间词话删稿》，见徐调孚注《蕙风词话·人间词话》，人民文学出版社 1982 年版，第 225 页。

　　④　[美]桑塔耶纳：《美感》，缪灵珠译，中国社会科学出版社 1982 年版，第 132 页。

解活人的感情的复杂性"①。这就像看见了故宫会让人想起一个时代、一段历史一样，一篇好的文学作品也是通过上述两个层面的巧妙结合，在艺术地表现了感性形态的社会生活的同时又超越了它，把人们带进一个更为深远的、显示人的价值和人生意义的世界，这是一个向人的精神追求开放的世界。

文学是"人学"的另一层含义，是就文学对人和人生的表现特点及表现领域来说的。从审美关系上理解和表现人与人生，使文学展现了一个唯有通过审美方式才能进入的世界，文学对人的表现和思考因此有了不同于其他意识形式的特点和领域。清人叶燮说："可言之理，人人能言之，又安在诗人之言之；可徵之事，人人能述之，又安在诗人之述之！必有不可言之理，不可述之事，遇之于默会意象之表，而理与事无不灿然于前者也。"②诗人 T. 艾略特也认为，诗能够传达一种特殊的人生经验，使读者获得唯有文学才能给予人生的感受。他说："诗总能传达某种新的经验或某种对熟识事物的新颖的理解，或者表达某种我们经历过但无法言传的东西。它们可以开拓我们的意识面，改善我们的感受性。"③这两位文化背景全然不同的理论家，从不同的角度阐述了同一个意思，即人类对生活和自身的认识，可以因为经验对象和感受方式的不同而形成某种差异。关于这个问题，康德曾有过深刻的分析。他认为，哲学是以实践性的外部经验为基础来认识人的，所以哲学对人的认识是一种"论证的意识"或"知性的意识"。人对自身的另一种意识来自"内部感官"，它是"被心灵所激动"的产物，是一种"直觉的意识"或"经验的自我意识"④。康德认为，"内部经验并不像那种有关空间中的对象的外部经验一样，在这种外部经验中诸对象表现为相互并列的和固定存在的。内感官只是在时间中，在不具有观察的持久性的流动中，才看出其诸规定之间的关系，而那种持久性对于经验却是必不可少的"⑤。也就是说，依赖于知性和逻辑的哲学无法感知和把握人的内部经验，即人的内在的、流动变化的、非逻辑性的心理感受，因而也无法言说通过心理感受所获得的人生体验。康德所作的这个区分，对我们理解文学是在什么样的经验层面上、以何种方式理解人生，以及把握了什么样的人生意蕴，都极富于启发。

---

① ［苏］爱伦堡：《谈作家的工作》，见爱伦堡著、陈冰夷译《必要的解释》，北京大学出版社1982年版，第9页。

② 叶燮：《原诗》，见霍松林校注《原诗·一瓢诗话·说诗晬语》，人民文学出版社1979年版，第30页。

③ ［英］艾略特：《诗的社会功能》，《艾略特诗学文集》，王恩衷译，国际文化出版公司1989年版，第241页。

④ ［德］康德：《实用人类学》，邓晓芒译，重庆出版社1987年版，第33页。

⑤ ［德］康德：《实用人类学》，邓晓芒译，重庆出版社1987年版，第10页。

文学对人生的把握，对人生意蕴的追寻和感悟，都发生在康德所说的不同于知性经验的"内感官"经验亦即心理经验的层面上。它在个体的生命体验中，以感性、直观的方式感受着人生的现实。而在现实人生里，苦恼与欢乐共在，偶然与必然混杂；欲望里有善也有恶，人性中有美也有丑；诗情画意往往隐藏甚至消融在无数的平庸和琐碎里……总之，生活里的一切，无论是崇高、优美，还是渺小、丑恶；无论是幸福、欢乐，还是痛苦、悲哀，都不是结晶体，都不具有单色调。蕴涵如此丰富而杂多的生活现实，显然没有知性活动以逻辑抽象的方式所揭示的人生哲理的那种纯粹性和明确性。尽管理性告诉人们，这种抽象的纯粹更具有普遍性，更容易让我们把握所谓的本质。但是，现实生活毕竟是具体的、感性的。人类不仅需要通过思维，通过理论来认识自己和人生，而且需要"以全部感觉在对象世界中肯定自己"①。个人的感性直观和生命活动的体验，可能让人们领悟到不同于知性抽象所把握的另一种人生意蕴，一种只存在于平凡现实生活中的人生意蕴。这种人生意义似乎在用另一种价值尺度来衡量人性与人生。当人们以理性的标准和逻辑去审视堂·吉诃德、包法利夫人、安娜·卡列尼娜、阿Q、繁漪、倪吾诚这些艺术形象时，产生的那种是非难辨的困惑，以及当人们从切身的生活经验出发，以审美的方式感受、体认这些艺术形象的处境与心情时，所泛起的那种理解与同情，都似乎告诉我们确有另一种尺度的存在，它源于现实的人生经验和真实的生命感受。这正是文学以审美方式所要把握的对象，也是文学之所以是"人学"的根据。

三、虚构和艺术真实

文学是一种虚构的社会意识形式。虚构是文学审美把握人生的重要方式，也是文学作为意识形态的一个重要属性。了解文学的虚构性，有助于进一步理解"什么是文学"和文学本体。

1. 艺术虚构与表现理想

马克思指出，在精神劳动和物质劳动发生分离即形成了社会分工之后，才开始有了意识形态的生产；作为精神生产，意识形态的特点就在于它不同于"实践的意识"。马克思说：

> 从这时候起意识才能现实地想象：它是和现存实践的意识不同的某种东西；它不用想象某种现实的东西就能现实地想象某种东西。从这时候起，意

---

① ［德］马克思：《1844年经济学哲学手稿》，《马克思恩格斯文集》第1卷，人民出版社2009年版，第191页。

识才能摆脱世界而去构造"纯粹的"理论、神学、哲学、道德等等。①

马克思的论述，本意在于批判意识形态的虚假性，揭示掌握了精神生产权力的统治阶级所构造的"'纯粹的'理论、神学、哲学、道德等等"，都是为了维护和强化他们的统治而虚构出来的东西。但是马克思的分析同时也揭示了作为精神生产的意识形态的一般性质和特点，指出作为精神生产的产物，意识形态不同于"实践的意识"，它不是对现实的东西的想象，而是"摆脱世界"用想象去虚构一种"现实"；这意味着具有虚构性的意识形态乃是某种理想或愿望的表现，其源于人的精神追求。从这个角度来看，马克思关于意识形态的上述论述，为认识文学的虚构性、认识虚构和想象在文学活动中的意义，提供了这样一种思路：我们应该关注文学的理想性，关注隐藏在文学活动中的精神追求。作为一种虚构的精神生产，文学借助于想象表现了人类的愿望和期盼；艺术世界的建构材料虽然源于现实生活，但是艺术虚构的目的却在于超越现实。正如马克思所说，"任何神话都是用想象和借助想象以征服自然力，支配自然力，把自然力加以形象化"。这种虚构、想象以及对现实的超越，不仅属于神话，同时也是艺术创造的基础："希腊神话不只是希腊艺术的武库，而且是它的土壤。"②所以，从虚构性上解释文学的意识形态性，意味着文学这种意识形态是人类精神世界的显现，这个精神世界不是由"实践的意识"构成的，而是由幻想和理想构成的；文学不仅仅是对现实人生的展现，它也是对人的精神生活和人生理想的展现。虚构性给文学带来的这些特点，构成了文学特有的价值和魅力。

弗洛伊德对于"白日梦"（day-dreams）的阐述，从一个侧面揭示了虚构和想象对于文学的意义。弗洛伊德认为，文学创造与"白日梦"有关。白日梦虽然和梦一样也是非现实的，具有与梦相似的心理特征，但是白日梦并不是梦，因为白日梦与睡眠无关，白日梦者是清醒的。就内容而言，白日梦与梦也不一样，梦的内容来自幻觉，而白日梦的内容则来自与现实生活有着密切关系的想象或幻想，白日梦形成于心理补偿的需要："幻想的原动力是没有得到满足的愿望，每一次幻想是一个愿望的满足，就是对令人不满意的现实作了一次改正。"弗洛伊德认为艺术想象和虚构之所以必须，是因为其补偿了现实生活难以实现的理想和难以满足的欲望。强调文学的幻想性，并不意味着弗洛伊德否定文学与现实生活的关系，恰恰相反，弗洛伊德认为文学的想象源于现实生活给予作家的感受，他说："现实中一种强烈的感受唤起创造性作家对早期的通

---

① [德]马克思、恩格斯：《德意志意识形态》，《马克思恩格斯文集》第1卷，人民出版社2009版，第534页。

② [德]马克思：《1857—1858年经济学手稿摘选》，《马克思恩格斯文集》第8卷，人民出版社2009年版，第35页。

常属于童年时期经验的回忆，从那里产生出一个愿望，在作品中得到了实现。这一作品本身展现了不久前令人激动的事物，也展现了回忆中的事物。"文学幻想是"利用现在的某一场合，在过去的模式上，构筑一幅未来的图景。"①"白日梦"理论以理想和现实的矛盾解释了幻想对于文学的意义，对我们认识文学的虚构性不无启发；但是把个人未能满足的欲望视为幻想的原动力，却无视文学虚构的审美动机，也在提醒我们应注意该理论的片面性。

　　文学所以要超越现实和表现理想，从根本上说，源于文学的审美性。巴赫金正是在这个意义上阐释了文学的虚构性。巴赫金指出，文学创作不是对现实生活的复制，而是用生活材料来重新建构一个不同于现实的艺术世界，他把这个过程和方式称为"孤立"或"隔离"。巴赫金说："孤立和隔离不是针对材料、不是针对作为实物的作品而言的，而是对作品的意义、内容而言的；作品的内容从它与整个自然界、整个存在的伦理事件之间的某些必然联系中脱离出来"。当现实生活的材料一旦脱离了其原有的联系，被作家置于作品所设置的关系之中，它们就有了新的内容、新的意义；这就是虚构。"所谓艺术中的虚构不过是孤立的正面表述，事物被孤立出来因而也就是虚构出来的，亦即不是统一的自然界中实有的，也不是存在的事件出现过的。"通过"孤立""隔离"来实现"虚构"之所以是必须的，是因为只有通过这种方式，作家才能展现他认为有价值的东西，"虚构的对象，只能是事件中主观上认为有价值有意义的某种东西，某种对人有价值的东西"，"被隔离的、虚构而不可逆转的是对事件的追求，是对价值内涵的专注情绪"。②巴赫金的分析说明了，文学虚构的意义在于以"孤立""隔离"的方式，发掘和表现现实生活中有价值的东西，他是从文学应该高于现实生活的角度，从文学是对现实生活审美把握的角度，来解释文学的想象和虚构的。

> 　　伊瑟尔认为，"文学文本是虚构与现实的混合物，它是既定事物与想象事物之间相互纠缠、彼此渗透的结果。可以说，在文本中现实与虚构的互融互通的特性远甚于它们之间的对立特性。"
>
> 　　"现实本身，对文本并没有多大的意义，因为，文本并不是为了追求现实性而表现现实的。……实际上，在文本产生的过程中，作者的意图、态度和经验等等，它们未必就一定是现实的反映。这些意图、态度和经验等，在文本中更可能只是虚构化行为的产物。"

---

　　① ［奥地利］弗洛伊德：《创造性作家与白日梦》，黄宏熙译，见戴维·洛奇编《二十世纪文学评论》上册，上海译文出版社1987年版，第63页。

　　② ［苏］巴赫金：《文学作品的内容、材料与形式问题》，《巴赫金全集》第1卷，晓河等译，河北教育出版社1998年版，第361页。

"虚构将已知世界编码（transcode），把未知世界变成想象之物，而由想象与现实这两者重新组合的世界，即是呈现给读者的一片新天地。"

伊瑟尔认为对于文学创造来说，虚构具有选择、融合和自解的功能。

选择是指，"文学文本作为作者生产的产品，它包含着作者对世界的态度，这种态度并非存在于他或她所描述的对象之中，它可能只是作者以文学形式介入现实世界所采用的一种姿态。这种介入不是通过对现实世界存在结构的平庸模仿（mimesis）来实现的，而是通过对现实世界进行改造来实现的。……这种倾向性是作者在社会、历史、文化和文学体系等多重因素中作出选择的结果。""选择，作为一种虚构化行为，揭示了文本的意向性。""融合，使各种不同因素组成一个有机整体……融合也是一种虚构化行为，它的基本行为方式同样是跨越疆界。""虚构的自解具有双重的意义。首先，自解表明，虚构可以不加掩饰地看作是虚构。其次，它还告诉我们，文本世界只能被看作一个仿佛如此（as-if）的世界，它只是对现实世界的描绘而不是现实世界本身。说到底，文本终将要在读者的经验面前再一次越界：它激发了读者面对一个非真实世界的热情，并使读者的自我真实性在想象中暂且得以展开。""虚构文本的自解，对于读者而言，需要的是一种态度转变"，"当一种文本挑明其虚构性时，我们应该改变其接受心态"。

参见［德］伊瑟尔：《虚构与想象——文学人类学疆界》，陈定家等译，吉林人民出版社2003年版，第13～34页。

文学的幻想和文学对人生理想的执著追求，说明文学的虚构性和文学的审美性具有内在的联系，二者之间存在着这样一种互动关系：只有通过艺术虚构，文学才能实现对人生的审美把握；而审美关系又是虚构和想象的基础，因为只有在审美的语境中，虚构和想象才能成为理想的表现，才不至于成为沉溺于个人欲望的幻想。

2. 文学的主体性

通过虚构来创造理想的艺术世界，显示了文学活动的主体性特征。艺术虚构使文学既能够真实地描绘生活，又能在这种似乎客观的描绘中显示主体的理想和追求，表现主体的个性和情感，这是其他社会意识形式所没有的、仅仅属于文学艺术的一种特质。在文学活动中，源于主体自身的生活经验和人生理想势必会影响他对现实生活的感受与理解，从而形成虚构和想象的个人特征。"文本的意向性，是由作者'捣毁'的世界和由他'重建'的世界共同组成的"①，由此形成了文学的一个重要的属性，我们称之为文学的主体性。文学的主体性显示了文学作为社会意识形式的这样一个特点，即文学并不是客观对象如实投影于人的大脑的产物，而是在主体的积极参与下，通过虚构想象才得以形成的、一种包含了主体成分在内并受主体的情感、意志所支配的精神生产活动。歌德有一个精辟的论述，通过分析艺术家与自然即社会生活的双重关系，阐明了什么是文学的主体性。他说：

> 艺术家对于自然有着双重关系：他既是自然的主宰，又是自然的奴隶。他是自然的奴隶，因为他必须用人世间的材料来进行工作，才能使人理解；同时他又是自然的主宰，因为他使这种人世间的材料服从他的较高的意旨，并且为这较高的意旨服务。
>
> 艺术要通过一种完整体向世界说话。但是这种完整体不是他在自然中所能找到的，而是他自己的心智的果实，或者说，是一种丰产的神圣的精神灌注生气的结果。②

歌德的阐述说明，文学艺术并不是对现实生活的客观展现，艺术的创造实质上是用生活材料来表达艺术家对人生的感受和思考；文学艺术是因为有了主体精神的灌注才获得了生命的活力。文学艺术和科学的区别也在这里。自然科学和社会科学都是以客观事物本身作为认识对象的，要求尽可能客观地把握对象，所以不能不把意识中的主观因素视为一种干扰。为了获得关于对象本身的知识，科学重视的只能是意识活动中与对象相符的那一部分，因为只有它们才能提供接近对象本身的客观信息，才具有真理性。这时候，主体的知识结构和心理素质只能作为推动认识的外在因素介入科学活动，而不能掺进认识内容之中。任何一位严肃的科学家，都必然要在自己的认识活动中尽可能地排除主观因素的影响，当然更不可能把他的研究成果视为自己的个性和情感的表现了。就像恩格斯说的，"道义上的愤怒，无论多么入情入理，经济科学总不能把它看做论据"，可是"愤怒出诗人，在描写这些弊病或者抨击那些替统治阶级效劳而否认或美化这些弊病的和谐派的时候，愤怒是适得其所的"③。然而，被科学活动视为干扰因素的主观感情与态度，必须加以排除的个性和想象，对文学来说却是必不可少的要素和安身立命的根据。自然科学和社会科学的反映内容中不能有主体个人的成分，否则就不是科学了。文学艺术则不然，如果世界上不曾有曹雪芹和托尔斯

---

① ［德］伊瑟尔：《虚构与想象——文学人类学疆界》，陈定家等译，吉林人民出版社 2003 年版，第 20 页。

② ［德］爱克曼辑录：《歌德谈话录》，朱光潜译，人民文学出版社 1978 年版，第 137 页。

③ ［德］恩格斯：《反杜林论》，《马克思恩格斯文集》第 9 卷，人民出版社 2009 版，第 156 页。

泰，那么完全可以断言，文学史上就永远不会有《红楼梦》和《复活》。虽然类似的生活现象和人物形象也可能被其他文学家所描绘，但是那决不是贾宝玉、林黛玉、玛丝洛娃和聂赫留朵夫。因为在这些艺术形象中，不仅有源于生活现实的材料，而且还有仅仅属于曹雪芹和托尔斯泰个人的思想、感情和生活经验，有他们自己对人生与人性的独特理解和感悟，有他们与众不同的感受方式和言说方式。正是在这个意义上，我们强调主体性是文学的一种质的规定。

3. 艺术真实

文学的虚构性和主体性给文学理论提出了一个新问题：我们将怎样理解和判断文学的真实性？按照通常的理解，所谓的真实性，本意是指意识对客观事物的反映与事物本身相符或一致，只有具备了这个条件，人们才能说这种意识具有真实性，即意识真实地反映了客观事物。但是文学却是虚构的产物，文学的虚构性说明文学活动中存在着主体因素的介入和参与，从而使我们很难用文本与它所表现的对象相符或者不相符，来判断文学的真实性。然而，文学又毕竟是一种精神产品，具有意识的属性，因而人们又必然会提出文学的真实性问题。我们不能因为文学具有虚构性，就认为文学的想象可以不受现实生活的制约，允许文学去胡编乱造。于是，怎样理解和判断文学的真实性，便成为文学理论必须予以回答的问题。

首先需要明确的是，文学的真实或真实性，应该有别于一般的精神产品所说的真实；检验文学是否真实，需从文学与生活的特殊关系出发，需要考虑到主体因素对文学的影响，考虑到文学作为一种社会意识形式，其中包含着虚构、想象的成分。因此，文学的真实性实质上一种艺术真实；艺术真实是按照文学与生活的特殊关系来检验文学、判断其意识属性的一种尺度。基于这种共识，中外文学理论都强调，艺术真实并不等于生活事实，对文学真实性的判断，不能简单地把文学与它的表现对象的相符程度当作标准。同时，对艺术真实的判断，还应考虑到不同民族的文学观念以及不同文类的要求。

中国古代文论强调，艺术真实的最高境界应是"神似"而不是"形似"。也就是说，文学艺术只有在表现了对象内在的生气、精神和神韵时，才能达到最高的真实。外在形态的相似，不足以作为判断艺术真实的根据。而在对神似的具体讨论中，古代文论又有"以形写神"和"离形得似"两种不同的见解。"以形写神"论者的看法，如北宋晁补之《和苏翰林题李甲画雁》所说，"画写物外形，要物形不改。诗传画外意，贵有画中态"，把形似视为实现神似的前提和条件。而主张"离形得似"者则认为，"把定一题、一人、一事、一物，于其上求形模，求比似，求词采，求故实，如钝斧子劈栎柞，皮屑纷霏，何尝动得一丝纹理？以意为主，势次之。势者，意中之神理也。……意已尽则止，殆无剩语：夭矫连蜷，烟云缭绕，乃真龙，非画龙也。"①认为过于强调外在的形似和贴近题目都会妨碍想象的展开，难得事物的神韵和意趣，主张"神似"必须"离形"。

西方文论对艺术真实的理解基本上以模仿论的文学观为基础，偏重于强调文学形象与摹写对象的契合，二者的相似性与符合度是其判断文学真实与否的重要标准。这并不是说西方文论只看重现象的真实，实际上，西方文论在强调艺术形象与生活对象的相似性的同时，还要求艺术形象应蕴含一定的普遍意义，要在个别之中显示一般。对普遍性和规律性的追求，说明其主张通过现象的真实描绘来揭示隐藏于现象背后的本质真实，把握或揭示事物的规律、性质。西方的艺术真实论是本质真实论。不过，随着浪漫主义文学与现代派文学的兴起，西方文论也越来越强调艺术真实对主观心理感受的依赖。

总结中西文学理论对艺术真实的阐述，从文学与社会生活的特殊关系出发来理解真实性问题，可以说对文学真实性的要求实际上包含了三个不同的测度，以此满足三种不同的需要，即通过反映的测度以满足理解生活的需要，通过表现的测度以满足对真情实感的需要，通过心理的测度以满足读者接受的需要。当文学同时实现了这三个测度的要求并满足了三种需求的时候，人们方可认同文学的真实性即获得了艺术真实。

衡量艺术真实的反映测度，着眼于文学与生活的关系，强调文学作为一种社会意识必须源于生活，因为任何脱离了生活经验的主观臆想，都会使文学由于失去了生活基础与现实可能，而显得荒唐、虚假。虽说文学是想象和虚构的产物，但是文学的想象与虚构却不能没有生活基础，不能没有源于现实的动机和需要，只有这样，人们才能通过虚构的文学世界加深对现实人生的感受和理解。强调文学对生活的依存性，就是从最根本的意义上承认文学作为一种精神生产和社会意识必然受现实生活的制约，这是艺术真实最基本的要求。

衡量艺术真实的表现侧度所检验的，是创作主体是否具有真切的人生体验和真挚的情感状态。文学的审美性和虚构性决定了文学生产主体必须拥有丰富的人生经验和人生体验，他的情感、情绪是否出自切身的经验和发自肺腑，真率诚挚，也就必然地成为决定其创作成败的关键。因为体验与情感不仅制约着作家的想象、虚构、变形、夸张等与形象的孕育和创造密切相关的因素，而且还会对读者的接受心理产生直接的影响。宋人沈括曾批评杜甫《古柏行》里的"霜皮溜雨四十围，黛色参天二千尺"不妥，理由是"四十围乃径七尺，无乃太细长乎？"②其精于计算的科学态度貌似有理，但是正如鲁迅所说，"诗歌不

---

① 王夫之：《薑斋诗话》，见戴鸿森笺注《薑斋诗话笺注》，人民文学出版社 1981 年版，第 48 页。
② 沈括：《梦溪笔谈》，见胡道静校注《新校正梦溪笔谈》，中华书局 1957 年版，第 227 页。

能凭仗了哲学和智力来认识，所以感情已经冰结的思想家，即对于诗人往往有谬误的判断和隔膜的揶揄"①。其实，正是这种夸张和变形，真实地表达了诗人杜甫对诸葛亮的仰慕之心，读者也会认同这参天的古柏确实是我们心目中伟大人格的一种象征，欣然接受诗人的想象和虚构。创作主体的真切体验与真挚情感是艺术真实的又一构成要素。

衡量艺术真实的心理测度是指文学作品能否适应和满足读者的接受心理。文学作品是作家虚构的"自己的世界"，"人们可以从中看出这一世界和经验世界的部分重合，但是从它的自我连贯的可理解性来说，它又是一个与经验世界不同的独特的世界。"②所以文学又被视为一种"谎言"或"幻觉"。面对一个虚构的世界却能使人认同、相信，首先依靠的是读者的接受心理，即读者会自觉或不自觉地把"假定性"作为接受与认同的基础和前提。就像剧作家桑顿·怀尔德说的那样，"戏剧靠一套约定俗成的惯例来维持，一种惯例是众所认可的虚构，许可的谎言"。③这也是人们接受文学的普遍心态。但是这并不是说文学的虚构可以毫无顾忌、为所欲为。必须适应读者心理，满足读者的期待，使读者有可能"信以为真"，是取得艺术真实的条件。为此，文学的虚构与想象除了要服从生活与情感的逻辑外，还要注意体裁和语境对接受心理的规定。有人认为，只要有一个合适的语境，我们总可以把无意义变成有意义，所以托多罗夫提出，"有多少种体裁，就有多少种逼真"④。他们的意思是说，读者对艺术真实的理解和接受，会随着文学的种类和样式发生一定的变化；在浪漫主义文学语境中可以认同的真实，搬到现实主义文学的语境中就会失去它的真实感；诗歌给人的真实感也不同于小说的真实感。这说明，适应读者的接受心理，使其能够认同和相信文学的虚构与想象，是艺术真实的又一规定。

概括以上分析，可以说艺术真实并不完全是一个认识论的问题，它还和审美活动的特点以及接受心理有关。文学从根本上保持与现实生活的联系，创作主体具有真切的人生体验和真挚的情感态度，以及文学的虚构和想象要适应和满足读者的接受心理，是艺术真实构成的三种要素；三种要素相互渗透，交融统一，体现了文学与社会生活的特殊关系，亦体现了这种特殊关系对文学生产的特殊规定。艺术真实因此可以概括为表现在文学活动中的上述三种要素的统一；文学的真实性则是检验文学作品在实现艺术真实上所达到的程度。

---

① 鲁迅：《诗歌之敌》，《鲁迅全集》第 7 卷，人民文学出版社 2005 年版，第 246 页。

② ［美］韦勒克、沃伦：《文学理论》，刘象愚等译，江苏教育出版社 2005 年版，第 248 页。

③ ［美］桑顿·怀尔德：《关于戏剧创作的一些随想》，裘小龙译，见《外国现代剧作家论剧作》，中国社会科学出版社 1982 年版，第 128 页。

④ 参阅［美］乔纳森·卡勒：《结构主义诗学》，盛宁译，中国社会科学出版社 1991 年版，第 208 页。

从西方文论关于"诗歌真相"（Poetic truth，或译"诗歌真理"）的讨论中，可以看到人们对艺术真实理解的发展变化。

柏拉图以文艺是"模仿的模仿"而不具有真理性或真实性，否认了文艺的存在具有积极的价值。亚里士多德虽然肯定了艺术真实，可是他的标准却是认识论的，他认为历史只能讲述已经发生的个别事件，诗歌却因为能够讲述可能发生的普遍性的东西，所以比历史更真实。到了18、19世纪，浪漫主义认为诗人就是"立法者或先知"，从而以主观扩张的方式为诗歌真理辩护。自然主义则以攀附科学来抬高文学的地位，以科学真实来要求艺术真实。例如，左拉就主张，文学可以通过实验方法成为一门科学。

在如何认识诗歌真理、艺术真实的问题上，美学家康德另辟蹊径，开唯美主义和形式主义的先河。他认为包括文学在内的一切艺术的特质在于"无目的的合目的性"，强调诗歌真理与科学真理根本就是两码事；文学艺术是自律的，其价值即在于自身。这个见解对后世影响极大，只是现代文论更进一步将诗歌真理与科学真理的对立概括为感性与理性、精神与物质的对立，以诗歌显示了感性的真实来肯定文学存在的意义。其中最为突出的代表是海德格尔的诗学。海德格尔认为，人只有诗意地栖居才会生活在自己本真的存在之中；而人之栖居之所以是诗的，就在于"诗人的特性就是对现实熟视无睹。诗人们无所作为，而只是梦想而已。他们所做的就是耽于想象。仅有想象被制作出来。"海德格尔的意思不是说诗意的栖居即逃避现实，而是以诗意栖居对精神境界的执著追求来批判那种以功利物欲为目的的生存方式。

参见［古希腊］柏拉图：《文艺对话集》，朱光潜译，人民文学出版社1963年版，第73页；［古希腊］亚里士多德：《诗学》，陈中梅译，商务印书馆1996年版，第81页；［德］康德：《判断力批判》上册，宗白华译，商务印书馆1964年版，第74～79页；［德］海德格尔：《艺术作品的本源》，见《海德格尔选集》上册，孙周兴译，上海三联书店1996年版，第340页。

第二节　文学的形象性

和非文学文本往往用概念化的语言传递信息不同，文学是以生动具体的感性形象来表现审美意识的，就像别林斯基说的，"哲学用三段论法讲话，诗人则是用形象和图景"[①]。伊格尔顿曾用一个有趣的比较来解释文学的这个特

［①］ ［俄］别林斯基：《1847年俄国文学一瞥》，《别林斯基选集》第6卷，辛未艾译，上海译文出版社2006年版，第597页。

点，他说："如果在一个公共汽车站上，你走到我身边，嘴里低吟着'Thou still unravished bride of quietness'（汝童贞未失之宁馨新妇），那么我立刻就会意识到：文学在我面前；……而'你知道司机们正在罢工吗？'这样的陈述则并不如此。"①因为特定的语境使后一个陈述具有了确切的意思，而前者却因为脱离了现实语境，突出语言的修辞性和韵律、声调的作用，让人不得不去追溯字面以外的蕴意。人们把文学特有的这种具象的、感性的语言表现形态，称为文学的形象性；形象性既是文学语言有别于概念语言的标志，也是文学在表现形态上的重要特征。

本节围绕文学的形象性，通过比较中西文学理论对形象范畴的阐释，讨论三个问题，即审美意识的表现与形象符号的关系；作为语言的艺术，文学形象又有什么特点；文学形象的符号性及其对文学某些特性的规定，然后在这个基础上对文学形象进行分类研究。本节阐述的基本思路是通过分析"象"和"意"即文学形象与审美意识的关系，进一步深化对文学本体的认识。

一、文学形象的含义

在文学理论中，"形象"是一个看似简单、但含义却相当复杂的概念；中西文论从一开始就对这个概念的含义和功能有着不同的理解。

1. 言意矛盾与文学形象

中国古代文学理论通常用"意象"或者"象"来描述我们今天所说的文学形象，意象在中国古代文论中是一个相当重要的美学和诗学概念。古代文论所以关注"象"或"意象"问题，是因为通过艺术实践人们发现，文艺所要表达的人生经验与思想感情，往往是抽象的概念语言难以捕捉、传达和穷尽的，于是产生了"言不尽意"的问题。早在春秋战国时期，老子和庄子就注意到了言意之间的这种矛盾，老子为此发出了"道可道，非常道"②的感慨；庄子则认为："世之所贵道者书也，书不过语，语有贵也。语之所贵者意也，意有所随。意之所随者，不可以言传也，而世因贵言传书。世虽贵之，我犹不足贵也，为其贵非其贵也。"③在庄子看来，"意"是不可以用"言"来传达的，可是世人却以为从"言"中能够获得"意"，为此而看重语言文字写成的书，实在是犯了一个大错误。因为"可以言论者，物之粗也；可以意致者，物之精

---

① ［英］伊格尔顿：《20世纪西方文学理论》，伍晓明译，北京大学出版社2007年版，第2页。伊格尔顿引用的诗句出自济慈的名诗《希腊古瓮颂》的第一句，查良铮译为"你委身'寂静'的、完美的处子"。参见辜正坤主编《世界名诗鉴赏词典》，北京大学出版社1990年版，第981页。
② 陈鼓应：《老子注释及评介》，中华书局1984年版，第53页。
③ 《庄子·天道》，见郭庆藩《庄子集释》第2册，中华书局1961年版，第488页。

也"①；只能表示事物一般特点的概念语言，难以揭示个别事物的特殊性，更无法穷尽那些属于个人的复杂而曲折的思想感情。当然，老庄所强调的难以"言尽"的"意"，主要是指"道"以及一些复杂的感性经验，并不是指文学所要表达的审美意识，不过他们所揭示的事实，即某些人生经验是语言难以甚至无法直接表达的，与文学传达审美经验时所遭遇的矛盾是相同的。

可是语言却是文学表现思想感情的唯一选择，在这种情况下，文学将如何言说呢？在老庄"言不尽意"论的影响下，大约在秦汉之际，《周易·系辞》的作者提出了"立象以尽意"的观点："子曰：'书不尽言，言不尽意。'然则圣人之意，其不可见乎？子曰：圣人立象以尽意。"②这里说的"言"是指概念、判断、推理的语言。《系辞》的作者认为，概念语言难以甚至不能传达的"意"，却可以借助于"象"这种符号来表达；强调在"意"的表现上，"象"有着"言"所不及的特殊功能，因为"象"具有"其称名也小，其取类也大。其旨远，其辞文，其言曲而中，其事肆而隐"③的特点，即立象尽意具有以小喻大，以少总多，由此及彼，由近及远的特点，所以"象"能以它的具体多样和它的模糊性、不确定性，喻示事物丰富而隐蔽的蕴意。虽然《系辞》所说的"象"实际上是"易象"即"卦象"，并不是文学形象，但是这里所说的"象"毕竟是一种与抽象的概念语言不同的示意符号，其既有诉诸感受的形态，又能以有限来表现无限，而意象也有类似的特点，所以后世的文学理论经常用"立象以尽意"来阐明文学艺术在传达思想感情上的特点，把"象"或"意象"视为文学艺术特有的表意符号和文学构成的基本要素。

某些现代西方美学家也有类似的见解，比如苏珊·朗格就认为，因为人类的感情生活是没有形式的，所以概念化的语言符号无法表现主观的心理世界，而"凡是用语言难以完成的那些任务——呈现感情和情绪活动的本质和结构的任务——都可以由艺术品来完成"，因为艺术创造"使这种内在的过程具有一个外部形象，以便使自己和其他的人能够看到它。……任何一件艺术品都是这样一种形象，不管它是一场舞蹈，还是一件雕塑品，或是一幅绘画、一部乐曲、一首诗，本质上都是内在生活的外部显现，主观现实的客观显现"④。

以传播学的观点看，形象之所以具有表现概念语言难以传达的信息的可能

---

① 《庄子·天道》，见郭庆藩《庄子集释》第 2 册，中华书局 1961 年版，第 554、572 页。

② 《周易·系辞上》，见李学勤主编《十三经注疏·周易正义》，北京大学出版社 1999 年版，第291 页。

③ 《周易·系辞下》，见李学勤主编《十三经注疏·周易正义》，北京大学出版社 1999 年版，第312 页。

④ ［美］苏珊·朗格：《艺术问题》，滕守尧译，中国社会科学出版社 1983 年版，第 7～8 页。

性，是因为形象作为一种传播符号具有语言符号所没有的功能。传播学认为，形象符号属于非语言符号，其既可以像语言符号那样传递信息，但是又没有概念语言的确定性；用语言学家萨丕尔的话说，形象是"一种不见诸于文字，没有人知道，但大家全都理解的精心设计的代码"①。作为传达信息的符号，形象的特点在于它既有一定的所指，又有无需对这种所指作出定量和定性规定的模糊性，形象与它所要表示的意义之间的关系并不是那么严格和确定，形象符号只是暗示或喻示某种意义，比概念语言要模糊、宽泛和含蓄得多。从表达的准确性和逻辑性上看，这固然是一种损失，然而它却为人们传递那些本身就有模糊特点的信息——比如难以言明的感悟或复杂微妙的感情——提供了一种有效的方式，这却是讲究逻辑严密的概念语言难以做到的。传播学的研究还发现，形象符号"无意中露出的非语言提示比有意给的有意思得多。……通过非语言方式给的信息，许多是来自内心深处，难以压抑"②。这说明形象符号蕴含的某些信息可能来自无意识层面；而它作为交流媒介，又是诉诸人的感受而非理智的，从而有可能调动仅仅属于接受者个人的感性经验，甚至激起深层无意识反应。而这些生动、具体、细致、丰富的人生经验，特别是处于潜意识层面的感性经验，却是抽象的概念化的逻辑语言无力表现和唤起的。作为审美创造的产物，艺术形象可以更充分地发挥形象符号在传播信息时所独具的上述功能。

不过，文学形象与传播学所说的形象并不相同。从表现形态上看，文学形象是语言创造的产物，没有日常生活形象的直观性，也不像其他艺术种类所创造的形象那样，可以直接作用于人的感官。文学给予我们的形象感，是我们在感受和理解语言的基础上，依靠想象和联想才形成的。这说明文学形象并不是一种凭借着感官就可以直接把握的实体或实像，而是语言激发想象的结果。因此，要真正理解文学形象或文学的形象性，就有必要进一步研究文学形象和语言的关系。西方文学理论对形象范畴的理解，正是在探索这种关系中展开的。

2. 文学形象和语言

在西方文学理论中，形象（image）是一个含义不断发生变化，甚至至今都有些含混不清的概念。造成这种情况的原因在于，人们越来越清晰地认识到，image一词的本义不仅难以说清楚文学形象性的特点，反倒模糊了文学的形象感和语言表现之间的关系。

---

① 转引自［美］施拉姆、波特：《传播学概论》，陈亮等译，新华出版社1984年版，第76页。

② ［美］施拉姆、波特：《传播学概论》，陈亮等译，新华出版社1984年版，第75页。

从语源上讲，image脱胎于拉丁文 imago，其本义为"肖像""影像""映像"①。作为理论术语，这个概念最初是指视觉形象，西方文学理论起初也是在视像意义上使用形象概念的，说文学具有形象性就是把文学看成一种能在读者心目中唤起生动画面的语言艺术②。直到19世纪还有人持这种观点，他们认为人类的早期语言与现在不同，特别适合写诗，因为那时的语言尚未抽象化，是具体的、描绘性的③，并因此把诗歌看成是视觉意象和文字乐感的结合④。称叙事作品中的人物为"形象"，是西方文学理论常见的一种用法，其显然也和视觉性有关，比如人们常用"栩栩如生""如见其人"来称赞某个人物形象描绘得极为到位。可是到了后来，西方文学理论对"形象"概念的用法却变得越来越不严格了，人们不仅用它来指语言描绘所产生的视觉效果，"而且用它来描述任何不同寻常的语言、隐喻、象征和修辞手段所产生的审美效果。"⑤指出能让读者获得具体、生动感受的，有时候并不是来自对视觉形象的描绘，而是来自非描摹性的语言表达方式。这说明西方文学理论对"形象"的解释已经超出了摹写物象的范围，人们更关注的是能够激发想象力的各种语言修辞方式和语言形式。于是有越来越多的文学理论家主张把 image 理解为"意象"，"形象"概念也因此逐渐被"意象"所取代。某些理论家特别指出，意象与形象的区别就在于前者并不强调"视觉图像"的意思，"意象可以作为一种'描述'存在，或者也可以作为一种隐喻存在"⑥。强调文学的形象感来自语言的各种表现方式而不是仅靠语言描摹的理论家们甚至埋怨，以往的文学理论因为过分倚重形象的视觉性，使"作品中的句法、议论、情节、时序结构和人物关系结构等都退居无足轻重的地位"，以致使"'形象'这一概念掩盖了作品中'要义'与'传达工具'之间的关系，其结果使得有关隐喻本质的一些语言事实变得模糊不清"⑦。所以在现代西方文学理论中，描述文学表现特征的术语是不强调图像意义的"意象"，用"形象"来概括文学特征的倒少见了；"形象"开始成为一个狭义的概念，主要用于叙事性的文学作品，专指诉诸视觉想象的物像。

---

① 参阅王元化：《释〈比兴篇〉拟容取心说》，见《文心雕龙创作论》，上海古籍出版社 1984 年版，第 177～178 页。

② ［美］福勒主编：《现代西方文学批评术语词典》，袁德成译，四川人民出版社 1987 年版，第 129 页。

③ ［美］韦勒克：《近代文学批评史》第 3 卷，杨自伍译，上海译文出版社 1991 年版，第 154 页。

④ ［美］韦勒克：《近代文学批评史》第 4 卷，杨自伍译，上海译文出版社 1997 年版，第 435 页。

⑤ ［美］福勒主编：《现代西方文学批评术语词典》，袁德成译，四川人民出版社 1987 年版，第 129 页。

⑥ ［美］韦勒克、沃伦：《文学理论》，刘象愚等译，江苏教育出版社 2005 年版，第 213 页。

⑦ ［美］福勒主编：《现代西方文学批评术语词典》，袁德成译，四川人民出版社 1987 年版，第 131～132 页。

美国批评家布鲁克斯在《精制的瓮》中，以莎士比亚的悲剧《麦克白》为例，说明文学中的意象（image）至少有五种形态，如果一概解释成"形象"反倒会引起混乱。五种形态分别为：1. 隐喻、明喻和一切具有比喻意义的语言，如"怜悯像赤裸的初生婴儿"；2. 描述，如麦克白夫人说"我给孩子哺乳"；3. 象征，全剧中一再出现台词"赤裸的婴儿"，使人感到它是一种神秘的所指，有特殊的意义；4. 情景，麦克白夫妇杀人的情景；5. 人物形象，剧中的各种人物。在这五种形态中，只有第4和第5两种语言描述是诉诸视觉的物态，符合形象的本义，其余三种则是因为语言的修辞表现激发了想象才使读者有了具体感受，而且这些感受都与感官无直接关系。

文学理论家、美籍华人刘若愚在《中国诗学》中提出，image既可以是一个简单意象，也可以是一个复合意象。"所谓简单意象就是一种形象用语，不涉及其他任何事物就能够引起内心的映像及激起肉体上的感觉，而复合意象则包含两个并列或相互参照的物体，或者一种事物为另一种事物所代替，也可能是一种体验转化为另一种体验。"这说明复合意象引起的感受是想象的而非感官的，至少不属于某种单一的感官经验。

参见〔美〕福勒主编：《现代西方文学批评术语词典》，袁德成译，四川人民出版社1987年版，第130页；〔美〕布鲁克斯：《精致的瓮》，郭乙瑶等译，上海人民出版社2008年版，第二章；〔美〕刘若愚：《中国诗学》，赵帆声等译，河南人民出版社1990年版，第121页。

根据上述的讨论，可以对文学形象作如下概括：凡是能够将审美意识通过语言外化为使他人在接受过程中产生审美想象和联想的感性对象，都可称之为文学形象。

二、语象、形象和意象

从语言激发审美想象的特点来看，文学形象具有不同的类型，大体上可以分为三种，即语象、形象和意象。

1. 语象（verbal icon）

语象本是符号语义学的一个术语，英美新批评的理论家维姆萨特主张用这个术语取代文学形象或意象，以避免形象概念可能造成的种种混乱。维姆萨特认为，文学形象并不都是诉诸视觉或其他感官的，而是更多地和语言的用法有关，因此用语象更切合文学实际。我们这里所说的语象，主要是指非描摹性的、但是又能引起读者具体感受和丰富联想的各种语言用法。

读者从文学中获得的许多感受，有时候并非来自描摹，而是比喻给予的。

"一个很平常的比喻已够造成绘画的困难了，而比喻正是文学语言的特点"①。比喻所以不同于描摹，是因为比喻具有"似是而非、似非而是"的特点。也就是说，所比的事物需要有相同之处，否则无法相比；所比的事物又需有不同之处，否则无法相分。"两者全不合，不能相比；两者全不分，无须相比"。"'如'而不'是'，不'是'而'如'，比喻体现了相反相成的道理。"②所以，即使比喻的两造都有视觉性，但是它们一旦构成了比喻关系，由此造成的感受却会因为二者的相反相成而难以转化为视觉形象。例如张爱玲在散文《中国的日夜》中，写她在马路上听到无线电里娓娓唱着的申曲："我真喜欢听，耳朵如鱼得水，在那音乐里栩栩游着。"这个比喻让读者体会到了一种惬意悠闲的心情，但它显然不是视觉性的"形象"。

维姆萨特在论及比喻时指出，比喻的真正功能并不在于它的解释性："在理解想象的隐喻的时候，常要求我们考虑的不是 B（喻体，vehicle）如何说明 A（喻旨，tenor），而是当两者放在一起并相互对照、相互说明时能产生什么意义。"③他又说："在比喻背后有一种两个类之间的相似性，这样就产生了更一般化的第三个类。这一类没名字，而且很可能永远没名字，只有通过比喻才能得到理解。这是一种无法表达的新概念。……诗的要点似乎在喻体和喻旨之外。"④这些都是说比喻从根本上讲并不是说明性或描绘性的，即仅仅用具象的喻体去修饰抽象的或不那么具体的喻旨。好的比喻其实是喻体和喻旨的并列对照而产生了新的意义。张爱玲作品中的比喻就有这样的特点，人们的感受此刻来自词语的比较，而不是视觉形象的叠加或转换。

文学的具象性往往来自语言唤起的想象与联想，由此形成的丰富感受甚至会超出某种感官的感觉范围，出现"感觉挪移"的现象，形成五官感觉彼此打通的"通感"（synaesthesia）。此刻引起的感受已经难以分出感觉的界限了，"颜色似乎会有温度，声音似乎会有形象，冷暖似乎会有重量，气味似乎会有体质。"⑤宋祁的名句"红杏枝头春意闹"是用听觉感受来强化视觉印象，以"吵吵闹闹"写出了春花之盛之繁的景象。李商隐《拟意》中的"珠串咽歌喉"，是说歌声美妙如珠，又圆满又光润，构成了视觉兼触觉的印象，但他要

---

① 钱锺书：《读〈拉奥孔〉》，见《七缀集》，上海古籍出版社 1985 年版，第 37 页。

② 钱锺书：《读〈拉奥孔〉》，见《七缀集》，上海古籍出版社 1985 年版，第 38 页。

③ ［美］维姆萨特：《象征与隐喻》，杨德友译，见赵毅衡编选《"新批评"文集》，中国社会科学出版社 1988 年版，第 357 页。

④ ［美］维姆萨特：《具体普遍性》，赵毅衡译，见赵毅衡编选《"新批评"文集》，中国社会科学出版社 1988 年版，第 262 页。

⑤ 钱锺书：《通感》，见《七缀集》，上海古籍出版社 1985 年版，第 56 页。

说的却是听觉感受。李贺《恼公》中的"歌声春草露，门掩杏花丛"在感情挪移上走得更远，由歌如珠，露亦如珠，推移到"歌如露"，属于"心想形状"的"听声类形"，比那种以视觉写听觉感受更复杂也更丰富了。通感是一种心理语言现象，由此形成的感受只能建立在由语言引起的想象和联想上。

*巧妙利用汉字本身的象形特点，也能造成一种视觉化的效果，但是此刻的视觉感受是从语言文字的形式而不是从语言描摹的形象中得来的，它补充和丰富了语义所要表达的感觉，与之共同创造了一种极为特殊的文学形象感。在汉代的某些大赋中，我们看到过某些作家对这种特殊语言形象效果的追求，只是其中不少作品对外在形式的追求走过了头，缺乏审美意味而更像文字游戏。倒是现代作家余光中，对此作了颇有成效的探索。例如下面这段出自他的散文《听听那冷雨》的文字：

> 惊蛰一过，春寒加剧。先是料料峭峭，继而雨季开始，时而淋淋漓漓，时而淅淅沥沥，天潮潮地湿湿，即连在梦里，也似乎把伞撑着。而就凭一把伞，躲过一阵潇潇的冷雨，也躲不过整个雨季。连思想也是潮润润的。每天回家，曲折穿过金门街到厦门街迷宫式的长街短巷，走入霏霏令人想入非非。想这样子的台北凄凄切切完全是黑白片的味道……

大量使用以"氵"为偏旁的字，再加上双声词，字里行间乃至在听觉上都似乎有了水淋淋、雨滴滴的效果，使读者仅从语言文字的形式上就能感受到雨季的存在，其显然强化了语义的表现，这也是唯有语言文字才能造成的。

具体可感性为一切艺术形象所共有，但是不同种类的艺术却因为媒介的差异而使这种可感性有了区别，进而形成了各种艺术形象独具的特点。强调这一点不仅是为了说明文学形象在表现形态上有自己的、和语言性质密切相关的特点，更是为了强调，表现形态的不同会直接影响到艺术形象的包容性和表现力。歌德曾说，"绘画是将形象置于眼前，而诗则将形象置于想象力之

*　请访问爱课程网→资源共享课→文艺学系列课程/孙文宪→第48讲（05：48.48～09：28.94）。

前"①；诉诸想象的文学也因此拥有了一个广阔的世界，使文学在把握社会展示人生上有了近乎无限的可能。

2. 形象（image）

另一类文学形象是描摹型的形象，其特点是语言的描绘能使人联想到某种物像，例如鲁迅小说《故乡》中对成年闰土的描绘：

> 他身材增加了一倍；先前的紫色的圆脸，已经变作灰黄，而且加上了很深的皱纹；眼睛也像他父亲一样，周围都肿得通红……他头上是一顶破毡帽，身上只一件极薄的棉衣，浑身瑟索着；手里提着一个纸包和一支长烟管，那手也不是我所记得的红活圆实的手，却又粗又笨而且开裂，像是松树皮了。

可以看出，这是一种白描，语言描绘的就是一个人的外貌，并没有字面之外的什么意义。描摹型形象具有接近生活形象的特点，也是叙事文学中最为常见的一种形象类型。

从形象创造的意义上说，描摹形象的目的在于通过摹写来引发视觉、嗅觉、听觉或触觉想象，给读者以如见其人，如闻其声的感受。《红楼梦》第三回写凤姐出场就有这样的效果：

> 一语未了，只听后院中有人笑声，说："我来迟了，不曾迎接远客！"黛玉纳罕道："这些人个个皆敛声屏气，恭肃严整如此，这来者系谁，这样放诞无礼？"心下想时，只见一群媳妇丫鬟围拥着一个人从后房门进来。这个人打扮与众姑娘不同，彩绣辉煌，恍若神妃仙子：头上戴着金丝八宝攒珠髻，绾着朝阳五凤挂珠钗，项上戴着赤金盘螭璎珞圈，裙边系着豆绿宫绦，双衡比目玫瑰佩，身上穿着缕金百蝶穿花大红洋缎窄褙袄，外罩五彩刻丝石青银鼠褂，下着翡翠撒花洋绉裙。一双丹凤三角眼，两弯柳叶吊梢眉，身量苗条，体格风骚，粉面含春威不露，丹唇未启笑先闻。

这段描绘给人未见其人，先闻其声的生动印象。但是，也正因为描摹型形象容易让人产生一种逼真感，读者反倒容易忽视它的深层所指。就这段描写来说，假如只有具体生动的形象感受，而不能从中读出另一层意思来：凤姐在贾府中与众不同的地位，因为贾母喜爱她使之骄横，就会大大影响对《红楼梦》

---

① ［德］歌德：《歌德自传：诗与真》上册，刘思慕译，人民文学出版社 1983 年版，第 264 页。

的理解。其实，对于有文学修养的读者来说，描摹型形象可能引起的联想并不限于物像，有心人往往会觉得描绘还在或明或暗地指向一个意在言外的东西，如"春潮带雨晚来急，野渡无人舟自横"，既可以说是对自然景观的纯粹白描，也可以说另有所指，甚至将其理解为隐喻。

3. 意象(imagery)①

许多学科都在使用意象这个术语，如心理学和文学理论都讲意象，但是含义却不一样。"在心理学中，'意象'一词表示有关过去的感受或知觉上的经验在心中的重现或回忆，而这种重现和回忆未必一定是视觉上的。"②心理学所说的意象是指一种意识之象，表示残留在感觉中的映像。文学理论则把意象视为文学形象的一种类型。作为一种文学形象，意象在中外文学理论中的基本含义大体相同，都是指为表现某种思想感情所创造的一种形象。意象与描摹型形象的区别在于，作家的主观之"意"即所要表达的思想感情，是意象型形象的主要构成因素，"象"是为表现内在的思想感情而创造的，"象"因"意"生，"象"的存在是为"意"的显现提供感性形态。

如果要做更细致的分析，我们还需注意，中外文学理论对意象的理解还有一些虽然细微却是很重要的差异。例如在意象的创造上，中国古代文论强调情景结合，即意象是主观之"意"与客观之"象"的融合，是用实在的景物去表现内在的心理感受。而西方文论则倾向于把意象理解为一种主观经验的直接显现，就像庞德说的，意象"是融合在一起的一连串思想或思想的漩涡，充满活力。如果它不达到这些规范，它就不是我所指的意象。"③或许正因为如此，西方文学尤为重视意象创造和语言修辞的关系，认为"意象可以作为一种'描述'存在，或者也可以作为一种隐喻存在"④，远不像中国古代文论那样重视"意"的显现与客观景物之间的关系。

在中国古代文学理论中，"意象"一词首见于刘勰的《文心雕龙》"神思"篇。他说："使玄解之宰，寻声律而定墨；独照之匠，窥意象而运斤。"又说："神用象通，情变所孕。"⑤虽然刘勰在这里所说的意象，是从艺术构思角度讲的，属于心理意象而不是指语言化的艺术形象，但是所讲的内容，已经涉及意

---

① 国内一般都把 image 译为"形象"或是"意象"。根据艾布拉姆斯编著的《文学术语词典》(中英对照)第 7 版的中文译本，与"意象"对应的英文应为 imagery。参见[美]艾布拉姆斯：《文学术语词典》，吴松江主译，北京大学出版社 2009 年版，第 242～243 页。

② [美]韦勒克、沃伦：《文学理论》，刘象愚等译，江苏教育出版社 2005 年版，第 211 页。

③ [美]庞德：《回顾》，郑敏等译，见《象征主义·意象派》，中国人民大学出版社 1989 年版，第 150 页。

④ [美]韦勒克、沃伦：《文学理论》，刘象愚等译，江苏教育出版社 2005 年版，第 213 页。

⑤ 刘勰：《文心雕龙·神思》，见范文澜注《文心雕龙注》下册，人民文学出版社 1958 年版，第 493、495 页。

象构成中包括的主体之情和外物形象两种因素，指出诗人是凭借着外物形象驰骋想象，外物形象又在诗人的情意之中孕育成审美意象。刘勰之后，意象作为专门术语，开始被越来越多的人使用，最终成为古代文论的一个核心范畴。

思想感情和内在精神是意象所要表现的主要对象。所以，作为抒情写意的文学形象，意象的特点在于化虚为实，以实显虚，也就是刘勰所说的"神用象通"和"拟容取心"。"神用象通"之说，源于佛教。佛教徒认为神灵是借助于塑像显示了他们的存在，所以泥塑木雕的佛像是神佛寄寓的形相，如晋代高僧慧远在《万佛影铭序》中所说，"神道无方，触象而寄"，这就是所谓的"神用象通"。不过，刘勰所说的"神"已经不完全是指神灵了，刘勰的"神"主要是指人的精神、思想、意愿，指创作思维活动中的"神思"，说的是文学对思想感情的表现需要通过形象的创造来实现。从这个意义上理解，"神用象通"和"拟容取心"一样，都是指用某种形象来表现思想感情和内在精神。因为意象所要表现的是思想、感情、心绪、意愿等精神性的对象，所以文论家们格外重视意象创造中的"意"与"象"的有机融合，重视"象"对"意"的显现的重要性。在中国古代文论中，王夫之以情、景关系的分析，对"意"与"象"之间的关系，对意象的特点和意象的创造，作了深刻全面的论述。

首先，王夫之明确地把"诗"和"志""情""意"加以区别。"诗言志""诗缘情"，但是"志""情""意"并不等于诗。诗必须通过语言营构的审美意象来表现，"志""情""意"在没有取得"象"之前只能是一种心理意象。所以王夫之说："如以意，则直须赞《易》陈《书》，无待诗也。"[1]诗是依靠具体、生动的审美意象而不是仅仅依赖"意"存在的。如果不重视"意象"的创造，认为诗只是对"志"和"意"的直接表达，那还不如直接去读哲学著作和文告好了。

在强调了"情"和"意"都必须通过"象"来呈现之后，王夫之对意象的基本结构作了具体的分析，提出了著名的情景说。王夫之认为，"情"和"景"是审美意象构成中不可或缺的两个基本因素，"情、景名为二，而实不可离。神于诗者，妙合无垠"。[2]所以，审美意象的创造不能孤立地写景，使"景"的描绘脱离了对"情"的表现而成为"虚景"。"情景一合，自得妙语，撑开说景者，必无景也"。[3]另一方面，审美意象也不可能仅由情来构成，无景之情也是"虚情"，直接表达情感有时候反而容易流于空泛，难以感动他

---

[1] 王夫之：《明诗评选》卷八，见戴鸿森注《薑斋诗话笺注》，人民文学出版社1981年版，第46页。

[2] 王夫之：《薑斋诗话》，见戴鸿森注《薑斋诗话笺注》，人民文学出版社1981年版，第72页。

[3] 王夫之：《明诗评选》，转引徐中玉主编《意境·典型·比兴篇》，中国社会科学出版社1994年版，第43页。

人。王夫之指出，"一味从情上写，更不入事，此谓实其所虚"。王夫之最后得出了这样的结论："不能作景语，又何能作情语耶？"①揭示了意象创造中情、景之间的辩证关系。王夫之通过"情""景"关系的辨析、梳理，既阐明了意象在结构上的特点，又揭示了意象创造的途径，是对中国意象理论的一次总结。

4. 意境及其构成

意境是一个和意象有关但又高于意象的诗学范畴。意境又称为境界，或简称为"境"。作为中国古代文学理论专有的术语，意境一词最初见于唐代，据说是出自王昌龄写的《诗格》。但是要追根溯源的话，其思想渊源却可以一直追溯到老子哲学，而且和佛教思想有一定的关系。

《老子》中虽然没有直接提及"意境"或"境"，但是其中有关"無"的阐释却对理解意境具有重要的意义。"無"在《老子》一书里是一个相当重要的概念，与老子哲学系统中的核心概念"道"有着密切的联系。关于"無"和"道"，《老子》是这么说的：

> "无"，名天地之始；"有"，名万物之母。
> 天下万物生于"有"，"有"生于"無"。
> "道"生一，一生二，二生三，三生万物。
> "道"之为物。惟恍惟惚。②

由以上引文来看，老子所谓的"道"是指一切存在的源始，它不受时间和空间的限制，以恍恍惚惚、不具确定形体的形态存在着。万物由"道"而生，说明"道"有无限的生机与勃勃的活力，既有形而上的意味又有隐而无形的实在性。这个"道"究竟是什么呢？老子说"無"是它的别名。这里所说的"無"，不是先有而后失去了的那个"无"。先有而后来又失去的"无"，显然是一种具体的东西，与实在具体的"有"相依相对。这个意义的"无"，在甲骨文里写作"亡"。老子所说的"無"，是指那种人们无法感知它的存在、但又确信其有的对象，即"似无而实有"的对象。也就是说"無"并不等于根本没有，只是无形无象，看不见摸不着而已。也正因为如此，它才有了不受时空限制，无时不有，无处不在的特点，才被人们想象为万事万物的主宰。所以这个虽然看不见摸不着、但是又无处不在的"無"，不仅不是"没有"，相反，它简直成了统治万有的大有。在甲骨文中，这个意义的"無"被刻画为一个人

---

① 王夫之：《薑斋诗话》，见戴鸿森注《薑斋诗话笺注》，人民文学出版社 1981 年版，第 91 页。
② 参见陈鼓应：《老子注释与评价》，中华书局 1984 年版，第 53、223、232、148 页。

两手曳牛尾或茅草而舞。由此可见"無"和"巫"及"舞"的关系。"無"作为一个似无而人们又确信其有的对象，正是"管辖万物、但又不知住在什么地方"的神灵所在，于是先民们便通过"巫"之"舞"以事"無"，企图让神灵获得对自己的好感。《说文》对"巫"的界说证实了这一点，其解释"巫"说："祝也。女能事無形以舞降神者也。"这说明"無"在先民的心目中是一个未知的、神秘的、但又让人不能不敬畏、向往的至境。如果说在上古社会，先民们对"無"的理解还不可避免地带有许多神秘色彩，是因为愚昧和无知才使他们把"无"视为幻觉中的彼岸世界的话，那么老子关于"道"和"無"的思考便有了更丰富的形而上的意味。老子的"無"，也包括对后世的文学艺术活动产生了深远影响的对"無"的意味的追求，不能说没有一点神秘的意味，但其中也显然有抽象的意味，有理想与追求的意味，有不可见闻、尚属未知客观规律的意味，也有精神家园、理想境界的意味。对意境而言的形而上的境界，也因此与这个"無"有了联系。①

　　在意境形成的过程中，佛教思想也产生了一定的影响。意境又称境界，而境界的本意是指疆土的界线，如在首次使用"境界"概念的《新序·杂事》里，所说的"守封疆，谨境界"，就是这个意思。后来佛教徒翻译佛经，拿"境界"一词来翻译梵语 visaya，用"境界"来指感觉的区域或心的活动范围，如《楞伽经》说"第一义者，圣智自觉所得，非言说妄想觉境界"，就是指心的活动范围。境界的含义中因此有了感觉对象、思维对象和智慧对象的意义，于是境界开始被人们用来界说精神世界。从这个意义上看，境界也有了可以和老子所说的"無"相通的含义，这是我们在理解文学意境时不可忽略的。事实上，古人用意境或境界来品鉴文学作品时，确实能让人从中咀嚼出这种意味来。如叶燮论苏轼的创作时说："苏轼之诗，其境界皆开辟古今之所未有，天地万物，嬉笑怒骂，无不鼓舞于笔端，而适如其意之所欲出。此韩愈后之一大变也，而盛极矣。"②再如王国维论境界说："词以境界为最上。有境界则自成高格，自有名句。五代北宋之词所以独绝者在此。""境非独谓景物也，喜、怒、哀、乐，亦人心中之一境界。故能写真景物，真感情者，谓之有境界，否则谓之无境界。"③

　　由是来看，可以把意境理解成一个有三重结构的文学意象。意境结构的第

---

① 以上关于"无"（無）的阐述，参见庞朴《说"無"》，见庞朴《良莠集》，上海人民出版社 1988 年版，第 320～336 页。

② 叶燮：《原诗》，见霍松林等校注《原诗·一瓢诗话·说诗晬语》，人民文学出版社 1979 年版，第 9 页。

③ 王国维：《人间词话》，见徐调孚注《蕙风词话·人间词话》，人民文学出版社 1960 年版，第 191、193 页。

一个层面，由意象构成，其特点为情景交融，"拟容取心"，将需要表达的思绪情感寄托于某种物象或景象，从而创造出"情中景，景中情"①的审美意象来。但是对意境的创造来说，实现"意"与"象"的融合才是一个开始。这个意象还必须为"境"的开拓和实现创造条件，即宗白华所讲的，要"使诗境、词境里面有空间，有荡漾"，"因为艺术意境不是一个单层的平面的自然的再现，而是一个境界层深的创构"②。所以意境在形象结构第二个层面的展开是境生象外，通过意象创造引发读者的想象，使其达到一种境界。此刻的意境也因此有了虚实相生的特点：由那个情景交融的意象之"实"，引发了审美想象中的境界之"虚"。司空图在《与极浦书》中，对生于"实象"外的"虚境"，作了这样的描述："戴容州云：'诗家之景，如兰田日暖，良玉生烟，可望而不可置于眉睫之前也。'象外之象，景外之景，岂容易可谈哉？"③所谓的"境生象外"，就是要有"象外之象，景外之景"。情景交融构成的意象是第一重象、第一重景，是可置于眉睫之前的实象实景。然而意境的特点就在于它还要通过这个实象实景，暗示更深广的空间，以此启发读者的想象与联想，营构第二重象、第二重景，即诉诸想象的虚象虚景。这里的虚，是相对于情景交融的意象而言的，但是对于读者的想象来说，它依然要有生动具体的可感性。王国维说："'红杏枝头春意闹'，著一'闹'字，而境界全出。"④就是因为这个"闹"字把春天的勃勃生机写出来了，让读者由眼前的满树杏花联想到春意盎然，联想到生命的活力，联想到生活的丰富和美好，虽然这些都没有写出来。这是意象之外的境界吗？可以说是，也可以说不是。因为此刻读者虽然获得了象外之象，但还没有进入意境为我们设置的那个更高的、形而上的境界。

意境结构的第三个层面是韵外之致，它是说意境除了带给人象外之象，还应使人获得言外之意。司空图说："近而不浮，远而不尽，然后可以言韵外之致耳。"⑤"近而不浮"是说意象的鲜明生动，"远而不尽"是说有象外之象，境界深邃。实现了这两点，才值得去回味诗的语言，从语言品味言外之意，品味言外之意带来的韵味。此刻从语言中所获得的韵味，会将读者带入一个形而上的层面，进入了从"有"到"無"的境界，由此生成的感受超越了眼前景物

① 王夫之：《薑斋诗话》，见戴鸿森注《薑斋诗话笺注》，人民文学出版社 1981 年版，第 72 页。

② 宗白华：《中国艺术意境之诞生》，《美学与意境》，人民出版社 1987 年版，第 221、214 页。

③ 司空图：《与极浦书》，见周祖譔编选《隋唐五代文论选》，人民文学出版社 1990 年版，第 351 页。

④ 王国维：《人间词话》，见徐调孚注《蕙风词话·人间词话》，人民文学出版社 1960 年版，第193 页。

⑤ 司空图：《与李生论诗书》，见周祖譔编选《隋唐五代文论选》，人民文学出版社 1990 年版，第348 页。

和象外之象，进入了与人生意蕴相关的思考和领悟。

三、文学形象的特点

借助语言所创造的文学形象是一个诉诸想象而非感官的对象，从这个角度来看，文学形象具有间接性、心象性、概括性和符号性的特点。

1. 文学形象的间接性

间接性是文学形象最基本的特征之一。文学形象的间接性是指，作为语言的艺术，文学形象不具有直接的现实性，用语言表现的形象只能以概念符号的形式呈现，需要通过接受者的想象和联想才可能间接地被感知。要求接受者必须在理解语言的前提下，调动自己的生活经验，才有可能通过想象感知和把握文学形象。李白的诗句"孤帆远影碧空尽，唯见长江天际流"，常被人们誉为"如画"。但是对不识字的儿童和不懂汉语的外国人来说，他只能看见印在白纸上的符号，无法通过语言的中介去感受诗句，因而也毫无"如画"的形象感可言。

文学形象的间接性虽说给文学接受带来了一些不便，它远不像视觉形象那样可以直接作用于人的感官，对文学形象的感受和理解要求读者必须具备一定的生活经验和文化基础，但是也正是这种间接性给文学形象的创造与接受留下了广阔的空间，使文学形象有了独特的魅力和无穷的意味。比如，为了创造生动感人的文学形象，作家可以充分利用文学形象间接性的特点，发挥语言的一切潜能，为读者的想象和联想提供一个广阔的空间。这时，作家对形象的描摹既不用过于概括的词语，也不是细致入微、面面俱到地去刻画，而是让自己的言说成为引发想象的诱饵。用"绝代佳人"或"手如柔荑，肤如凝脂""眉如翠羽，肌如白雪"来描绘美女，所以不如"巧笑倩兮，美目盼兮"或"回眸一笑百媚生"来得生动，就是由于前者或因太抽象太概括难以唤起想象，或因太具体太细致限制了想象。而后者则通过对人物神态特征的瞬间捕捉，为想象留下了余地，使读者有可能把自己的生活经验、审美趣味和理想倾注于其中，在联想中形成对他而言的更为生动具体的形象感。

莱辛曾说，表现"让想象自由活动的那一顷刻"是造型艺术的特点[①]，其实文学也常用。对于造型艺术来说，那是因为它无法展现事物在时间中的流动状态，所以表现某个瞬间属不得已而为之。而在文学中则是为了自觉追求言外之意，充分发挥文学形象间接性的特点，给读者以想象的自由，所以清代批评家金圣叹把它归结为作家言说的机智和技巧："夫所谓'妙处不传'云者，正是独传妙处之言也。……盖言费却无数笔墨，止为妙处；乃既至妙处，即笔墨

---

① ［德］莱辛：《拉奥孔》，朱光潜译，人民文学出版社 1979 年版，第 18 页。

都停；夫笔墨都停处，此正是我得意处；然则后人欲寻我得意处，则必须于我笔墨都停处也。"①

2. 文学形象的心象性

文学形象需要依赖接受者的想象方可存在，说明文学形象实质上是以意象或心象的形态存在的；心象性是文学形象的又一个特点。文学形象的心象性使文学有可能将本身不具形体、难以捕捉的心理活动——某种情绪、情感、思绪、感受——转化为使人能够感知的审美对象。这类表意的形象在诗歌中经常出现，休姆认为给难以捉摸的情感情绪"赋形"，使其形象化和具体化，具体到"我们甚至可以把帽子挂在上面"②，是诗歌最为显著的特点。在那些优秀的诗歌中，对情感思绪的表现确实作到了这一点，让我们感到休姆的话风趣但没有夸张。比如表现"愁"这种心绪，贺铸的"试问闲愁都几许？一川烟草，满城风絮，梅子黄时雨"，巧用季节风物，一连用了三个比喻，写出了闲愁心绪的无端、琐碎、弥漫、轻虚。而李煜的"问君能有几多愁，恰似一江春水向东流"，则借江水的滔滔不绝给愁赋予了一种沉甸甸的分量，写出了愁思之中的无限悔恨。比较二者，不能不让人钦佩诗人对情感表现的细腻幽深，那些原本说不清摸不着的心绪感受，也因此有了鲜明生动、恰如其分的形象。文学能用比喻表现心态感受，创造心象性形象的特点，古人也曾论及。罗大经在谈到贺铸时就指出，用比喻给"愁"赋形是诗家常用的手法："诗家有以山喻愁者，杜少陵云'忧端如山来，澒洞不可掇'，赵嘏云'夕阳楼上山重叠，未抵春愁一倍多'是也。有以水喻愁者，李颀云'请量东海水，看取浅深愁'，秦少游云'落红万点愁如海'是也。贺方回云：'试问闲愁都几许，一川烟草，满城风絮，梅子黄时雨。'盖以三者比之愁多也，尤为新奇，兼兴中有比，意味更长。"③心象性形象不仅见于个别诗句，有时候整首诗所展现的就是一种心绪。陈子昂的《登幽州台歌》是这类诗中最有代表性的："前不见古人，后不见来者。念天地之悠悠，独怆然而涕下。"全诗无物象可言，但是诗人却把那种因时空无限、人生短暂而生的感慨，以及渴望有所作为但实际上却孤立无奈的悲怆之感，在一唱三叹中形象化了。

在越来越注重表现人类心理生活的现代叙事文学中，心象性形象也开始日益增多，许多现代小说家都表示创造心象性的文学形象是他们的追求。伍尔夫称那些仅仅注重物象描写的作家为"物质主义者"，声称他们的做法令人"失望"，"因为他们关心的是躯体而不是灵魂"。她说：

---

① 金圣叹：《贯华堂批第六才子书》，《金圣叹文集》，巴蜀书社 1997 年版，第 395 ~ 396 页。

② ［英］休姆：《语言及风格笔记》，章祖德译，见赵毅衡编选《"新批评"文集》，中国社会科学出版社 1988 年版，第 281 页。

③ 罗大经：《鹤林玉露》，中华书局 1983 年版，第 127 页。

往深处看，生活好像远非"如此"。把一个普普通通的人物在普普通通的一天的内心活动考察一下吧。心灵接纳了成千上万个印象——琐屑的、奇特的、倏忽即逝的或者用锋利的钢刀深深铭刻在心头的印象。它们来自四面八方，就像不计其数的原子在不停地簇射……生活并不是一副副匀称地装配好的眼镜；生活是一圈明亮的光环，生活是与我们的意识相始终的、包围着我们的一个半透明的封套。把这种变化多端、不可名状、难以界说的内在精神——不论它可能显得多么反常和复杂——用文字表达出来，并且尽可能少羼入一些外部杂质，这难道不是小说家的任务吗？①

既是小说家又是批评家的福斯特，曾这样描述伍尔夫笔下的形象给自己的感受："在她看来，食物不仅是一种用来使作品显得真实的文学手段。她把食物写入书中，是因为她亲自品尝过了，因为她看到了各种画面，闻到了花的香气，听到了巴赫的音乐，因为她的感觉既精细入微又包罗万象，常常给她带来关于外部世界的第一手消息。我们应该感谢她，部分原因是由于下面这一点：在这个暴力横行、宣扬理想的时代，她提醒了我们感觉的重要性"。②也就是说，心象性的形象为人们展示了一个感觉中的世界，这个心象世界与那种仅仅描绘事物本身的物象世界确实不同，它不仅有诉诸视觉的色彩和形状，而且还有诉诸听觉的声音、诉诸嗅觉的气味，以及似乎身临其境才能感受到的氛围。

文学形象的心象性说明，文学形象其实可以呈现出各种各样的形态，它可以为物，为实，为真，也可以为情，为虚，为幻，把文学形象仅仅理解为可以"目睹"的"图画"是非常狭隘和片面的，完全忽略了语言艺术在形象创造上的特点。更何况即使把握以物象为主的文学形象，人们也不能无视它内涵的意象或心象成分。文学形象的形象性是对审美想象而言的具体可感性，读者只有凭借着综合了感知、体验、情感、理解等心理因素的想象，才有可能把握它。

3．文学形象的概括性

文学形象的概括性说的是，虽然文学形象是具体的、个别的、感性的，但是它又必须包含大于这种个别性和具体性的内涵，使其具有大于个别形象本身的寓意。刘勰用"称名也小，取类也大"③来概括文学形象的这个特点；而黑

---

① ［英］伍尔夫：《论现代小说》，瞿世镜译，见《论小说与小说家》，上海译文出版社 1986 年版，第 4 ～5、7～8 页。

② ［英］福斯特：《弗吉尼亚·伍尔夫》，戎大卫译，见瞿世镜编选《伍尔夫研究》，上海文艺出版社 1988 年版，第 15 页。

③ 刘勰：《文心雕龙·比兴》，见范文澜注《文心雕龙注》下册，人民文学出版社 1958 年版，第 601 页。

格尔则以"美就是理念的感性显现",强调感性具体的文学形象必须以理性的普遍性作为底蕴。他说,"美的内容固然可以是特殊的,因而是有局限的,但是这种内容在它的客观存在中却必须显现为无限的整体"①。概括性所以是文学形象必不可少的内在蕴含,是因为只有具备了这种属性,才能使文学摆脱自从诞生之日起就面临的一种困境与矛盾,那就是如何处理个别、具体、感性和普遍、概括、理性之间的关系。文学作为审美的对象,必须具有具体的感性形态;但是,若要对社会人生做出审美把握,使读者获得人生领悟,文学又不能不展示某种普遍意义,不能不揭示隐藏在生活现象之下的人生底蕴。可是,要做到这一切,似乎只能借助于抽象的手段和概念,这又意味着对感性、具体和偶然的舍弃与否定。文学陷入了两难,矛盾因此发生。文学家们在创作中寻找出路,理论家们也为此殚精竭虑。为了走出困境,西方文论史上曾出现过"类型化"的理论,最早提出这种见解的是贺拉斯。他主张描绘人物形象"必须注意不同年龄的习性,给不同的性格和年龄以恰如其分的修饰","我们不要把青年写成个老人的性格,也不要把儿童写成个成年人的性格,我们必须永远坚定不移地把年龄和特点恰当配合起来"②。由此来看,"类型化"是以寻求某一类事物的共性来调解个别与普遍的矛盾,其愿望虽好,但走的却是将个别抽象为普遍的路子,类型化的形象所表现的其实是同类事物的共性而不是共性在个性中的特殊表现,以致使形象仅仅成为一种符号、图式或概念。

文学形象的概括性应是艺术概括的结果,它是通过对富有特征性的具体事物的表现来显示某种普遍意义的。用歌德的话说就是,"在一个探索个别以求一般的诗人和一个在个别中显出一般的诗人之间,是有很大差别的,一个产生出了比喻的文学,在这里个别只是作为一般的一个例证或者例子;另一个是诗歌的真正本性,即是说,只表达个别而毫不想到,或者提到一般"。③二者的区别在于是从概念出发还是从具体形象的表现入手,通过形象的个性特征来显示蕴涵于其中的共性因素和普遍意义。形象的概括性是个性化概括的结果,它把某种普遍性融入具体、感性的形象之中,犹如"理之在诗,如水中盐、蜜中花,体匿性存,无痕有味,现相无相,立说无说。所谓冥合圆显者也"④。

4. 文学形象的符号性

文学所以要用形象来表现,是因为文学只有通过感性、具象的形式,才能传达复杂、丰富的审美感受。从这个意义上说,形象不仅是文学的表现形态,

---

① [德]黑格尔:《美学》第1卷,朱光潜译,商务印书馆1979年版,第142~143页。

② [古罗马]贺拉斯:《诗艺》,罗念生译,人民文学出版社1962年版,第145~146页。

③ [英]桑德斯等编选:《歌德的格言和感想集》,程代熙等译,中国社会科学出版社1982年版,第81页。

④ 钱锺书:《谈艺录》,中华书局1984年版,第231页。

而且也是文学传情达意的一种符号，是文学的"语言"。

　　把文学形象视为"语言"或符号，有助于我们理解文学形象的隐喻性或象征意义，使我们在感受形象的同时，去自觉地追寻其中隐含的意义和韵味。例如，下面这首题名为《月夜》诗："霜风呼呼的吹着，／月光明明的照着，／我和一株顶高的树并排立着，／却没有靠着。"这是现代诗人沈尹默1917年写的一首诗，被人们称作早期新诗中极为难得的一篇佳作。但是，如果仅从字面意义上去理解，人们恐怕很难感受到诗人把"霜风""月光""大树"以及树边站着的人这组形象放在一起是什么意思。可是，如果我们不是从形象本身去理解，而是将形象视为一个"符号"，一种象征，你就会注意到"一个人"和他周围的"物"：霜风、月光和大树，形成了一种对比，这个对比突出了"物"的巨大和"人"的渺小，然而这个渺小的人却没有"靠着"大树，形象符号传达出的信息是人的独立与自信，表现了一种不依不靠的独立、自由的人格。同样，读《阿Q正传》如果只看形象构成的故事，你也许只会觉得阿Q的好笑、愚蠢。但是当你把这个形象和他的故事当作表达某种意蕴的符号来理解，品味和思考形象符号蕴涵的意蕴，其深藏的内涵才可能显露出来。上述现象说明，文学形象是有蕴意的，只有追寻、思考形象的蕴意、所指，把形象作为一种表意的符号来理解，才能理解形象蕴涵的意味，把握文本的深层意义。强调形象的符号性就是强调对文学形象寓意的理解。

　　中国古代文论所以用"意象"来界定文学形象，就是为了强调艺术形象中既有可感的"象"，又有"象"所蕴涵的"意"，对"象"的理解需要以"意"的把握才算到位。这也是文学形象与生活形象的区别所在。某些艺术形象虽然有可能采用了生活形象的外壳，但它却有生活形象没有的蕴意，艺术形象在这里只是作家所要表达的审美意识的物质承担者，是一个"载体"或"化身"。

　　罗兰·巴特用符号学理论对文学语言的分析，有助于我们理解文学形象的符号性。他指出，我们可以把一般的语言视为"第一符号系统"，在这个系统中，符号的意指作用是直接的。比如能指"玫瑰"的所指对象，是一束作为园艺实体的玫瑰花。而文学语言则是建立在"第一符号系统"之上的"第二符号系统"，其表意特征是"含蓄意指"。在文学语言中，作为"第一符号系统"符号的那束玫瑰，现在成了"第二符号系统"的能指，其所指是激情、爱情。也就是说，"玫瑰"这个形象成了"爱情"的隐喻。罗兰·巴特用下面的图式

来说明"第一符号系统"和"第二符号系统"的关系：①

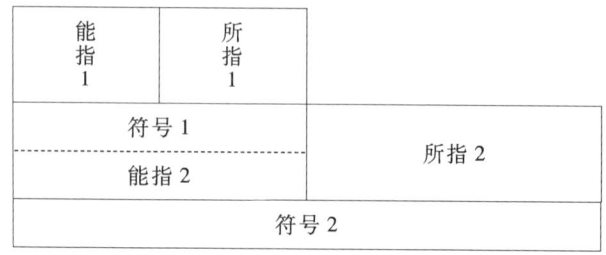

　　"能指1"和"所指1"组成了"第一符号系统"的"符号1"，作为符号的"玫瑰"此刻直接意指"玫瑰花"这个概念。在"第二符号系统"中，"符号1"即"玫瑰花"现在成为"能指2"，它的"所指2"乃是一种含蓄意指，二者构成了新的"符号2"，"符号2"的意指对象是"爱情""激情"。也就是说，我们可以把文学作品所描绘的形象视为"第一符号系统"的符号，它的所指隐含在"第二符号系统"中，我们只有把形象作为隐喻来理解，才能把握其隐含的意义。

第三节　语言的艺术

　　作为一种社会意识形式，文学和其他艺术一样，都有审美的属性，都是虚构和想象的产物，因此都具有主体性的特点。所以，仅仅根据这些共性特征，我们只能区分作为一个艺术种类的文学和非艺术的不同，还不足以把文学和其他艺术种类区别开来。文学与其他艺术种类的区别在于文学是一门语言的艺术，文学是通过语言媒介来实现对人生的审美把握和艺术表现的。所以，为了认识什么是文学，我们还需要从语言的角度进一步讨论文学的特点。

一、文学和语言

　　对事物进行必要的分类是从事科学研究的基础，也是最基本的研究方法之一。虽然艺术分类的原则相当复杂，必须顾及到各种艺术在对象、内容、形式等方面的种种特点，以及这些特点之间相互制约的关系，所以仅从某个单一因

---

　　①　参见［法］罗兰·巴特：《今日神话》，怀宇译，见《罗兰·巴特随笔选》，百花文艺出版社 1995 年版，第 97～99 页。另可参阅罗兰·巴特：《符号学原理》，李幼蒸译，生活·读书·新知三联书店 1988 年版，第 169～172 页。

素入手进行分类，难免会产生以偏概全的失误，但是在艺术分类上，人们还是常常把媒介的不同作为一种区分的重要标准。究其原因，就在于媒介、材料不仅是艺术构成的基本要素，而且还会对艺术家的感受方式和思维方式产生重要的影响，从而制约着艺术对生活的把握和形象的创造。各类艺术在对象、内容、形式等方面之所以会有差异，都与媒介有一定的关系。于是便有了根据表现媒介的不同对艺术进行的分类，即把艺术分为造型艺术、表演艺术、语言艺术与综合艺术四类。造型艺术用线条、色彩、体积等媒介来塑造形象，如绘画、雕塑；表演艺术用乐音、节奏、旋律或形体动作等媒介来塑造形象，如音乐、舞蹈。文学属于语言艺术，语言是文学塑造形象的媒介。综合了上述各种艺术所用的媒介和手段来塑造形象的被称为综合艺术，包括戏剧、影视艺术。需要说明的是，这是一种最简单的分类方法，我们所以采用这种简单分类方法的主要原因，仅在于它突出了语言对于文学的重要性，便于阐明文学作为语言艺术的特殊性。

1. 语言的特点

文学是语言的艺术，深入了解语言的属性和特点对进一步认识文学的性质与特征具有至关重要的意义。如果从上面所讲的艺术分类的角度来看，应该说"工具"是语言的基本属性，语言对文学的意义主要体现在它的传达作用上，语言是文学塑造艺术形象、传达审美意识所使用的媒介或材料。从现象上看，这也确实是一个不容置疑的事实。所以，不仅仅是一般的人，就是许多文学理论家，也往往从修辞、表达、技巧、手段的意义上来理解语言和文学的关系。

但是，随着现代语言研究的深化，人们越来越感到有必要重新认识和评估语言在文学活动中的地位。人们发现，虽然从发生学的意义上说，语言是人类出于交流需要才创造出来的一套符号系统，目的在于将其作为传达思想感情的工具，然而语言一旦形成之后，它与人类的关系却变得复杂起来。这种复杂关系首先表现在，对任何个体而言，语言具有先在性，语言先于个人而存在。这种关系意味着我们在使用语言之前，必须学习语言，接受语言给予我们的一切。于是出现了第二个问题：先于个人存在又使人不能不接受的语言，并不是简单的词语堆积，也不是透明的、无意义的符号和对各种各样事物的指称代码；语言是一种文化，一种传统；是一个民族的历史和文化的积淀，是前人经验和心理的储蓄。用语言学家洪堡特的话说，"语言的所有最为纤细的根茎生长在民族精神力量之中"，"每一种语言都包含着一种独特的世界观"①。所以，人们学习和接受语言的过程，正像语言学家帕默尔所说的那样，也是一个

---

① ［德］洪堡特：《论人类语言结构的差异及其对人类精神发展的影响》，姚小平译，商务印书馆1997 年版，第 62、70 页。

学习一种文化并受其同化的过程，"获得某一种语言就意味着接受某一套概念和价值。在成长中的儿童缓慢而痛苦地适应社会成规的同时，他的祖先积累了数千年而逐渐形成的所有思想、理想和成见也都铭刻在他的脑子里了"①。

这个事实意味着，人们对事物的感受、理解和认识，都有可能受语言和语言文化内涵的影响，语言成了人与世界发生关系的一种中介，我们关于实在的知识往往是在语言文化的参与下才形成的。关于这一点，从人人都有的时空经验中就可以发现语言给实在留下的印痕。空间原本无所谓方位，没有中心、边缘，东西南北当然也无从说起。可是人们一旦用语言为其命名，语言规定的这种关系就构成了我们关于空间的各种经验，影响着人们对空间的感受和理解，甚至到了如果不用语言来描述，人的空间感就难以形成的地步。时间也是如此。例如处于世纪之交的我们，常常自觉不自觉地从所谓的"世纪末"或"世纪初"出发，思考和谈论着人与社会的种种问题，并且由此生出了许多困惑、焦虑或希望。如果没有语言对时间的分割和命名，与时间相关的这些意义和感受大约也不会产生，至少不至于如此强烈。这些语言事实使许多思想家意识到，语言并非只是一种工具，语言其实还会影响人的经验，影响我们对世界的理解和认识。为此，哲学家卡西尔把人定义为"符号的动物"，对语言和人的关系作了如下的分析：

> 除了在一切动物种属中都可以看到的感受系统和效用器系统以外，在人那里还可发现可称之为符号系统的第三个环节，它存在于这两个系统之间。这个新的获得物改变了整个人类生活。与其他动物相比，人不仅生活在更为宽广的实在之中，而且可以说，他还生活在新的实在之维中。在有机体的反应与人的应对之间有着不容抹杀的区别。在前一种情况下，对于外界刺激的回答是直接而迅速地作出的；而在后一种情况下，这种回答是延缓了的——它被思想的缓慢复杂过程所打断和延缓。……人的符号活动能力进展多少，物理实在似乎也就相应地退却多少。在某种意义上说，人是不断地与自身打交道而不是在应付事物本身。他是如此地使自己被包围在语言的形式、艺术的想象、神话的符号以及宗教的仪式之中，以至除非凭借这些人为媒介的中介，他就不可能看见或认识任何东西。②

卡西尔的论述显然过于夸大了符号系统在社会生活中的作用；他与许多当代西方哲学家一样，在判断语言对人的影响时，忽略了人与世界联系的除了有

---

① ［英］帕默尔：《语言学概论》，李荣等译，商务印书馆 1983 年版，第 148 页。
② ［德］卡西尔：《人论》，甘阳译，上海译文出版社 1985 年版，第 33 页。

语言中介之外，还有社会实践，后者才是人类获取知识的主要来源，更不用说人还会自觉不自觉地用实践经验来调整语言给予自己的影响，特别是当语言影响和实践经验不符或矛盾的时候。不过，即使如此也不能否认，他们对语言性质、特点和功能的分析确实加深了人类对语言的认识，从而促使各种学科在自己的研究中不能不设置语言之维。语言问题成了现代学术研究不可或缺的一种视域，对于文学理论来说就更是如此。

2. 语言对文学活动的影响

关注语言在文学活动中的作用，其实是个老而又老的话题，中外文学理论几乎从文学诞生的那天起就开始思考语言问题。当代文学理论的研究与传统文学理论的区别主要在于语言观念的不同，即传统文学理论基本上是在修辞学的层面上讨论语言和文学的关系，关注语言作为表达方式、手段和技巧对文学活动的影响，属于"语言工具论"的范畴。而当代文学理论则把语言放在"文学本体"的范畴来研究，关注语言在文学本体构成中的作用，强调语言并不是在传达思想感情的阶段才出场，而是从一开始，就制约着作家对生活的感受和理解，从而影响到形象创造和意义的生产，把澄清语言问题作为讨论文学的存在、发展、性质和特点必不可少的前提。

> 保罗·利科在总结20世纪的哲学研究时说，"对语言的兴趣，是今日哲学最主要的特征之一"，"认为在事物的理论之前能够并必须先有记号理论的这种思想，是我们时代很多哲学所特有的思想"。这个特征和哲学研究的这种趋向，人称"语言学的转向"（Linguistic turn）。其主要表现为，在方法论上，人们把语言学的理论模式作为一种新的认知范式，广泛用于各种学科的研究。在观念上，人们抛弃了工具论的语言观，强调语言的本体性，认为人类关于客观世界的知识其实是由语言"再现"或"建构"的；与其说人在支配语言，还不如说是语言在支配着人。"语言学的转向"在文学研究领域的表现，便是形式主义、结构主义等文学理论的盛行，以及在当前的文学研究中对语言文化问题的关注。
>
> 参阅［法］保罗·利科主编：《哲学主要趋势》，李幼蒸等译，商务印书馆1988年版，第337页。

语言先于个体存在对文学活动的影响，集中体现在结构（structure）、话语（discourse）和"互文性"（intertextuality）对文学活动的制约上。结构是指先于个体存在的、蕴涵了某种文化规范的语言系统，如语言规则、叙述模式、文体等。话语则是指在言语活动中形成的一种语言形态，其特点在于将某种文化知识转化成特定的语言形式，使之成为含有一定的意识形态内容的、对人们的思想交流具有支配和规范作用的语言单位或文化代码。从这个意义上看，话语不是一般的符号，而是具有编码功能的符号（code）。互文性又译为"文本间性"，是指任何文本的形成都与该文本之外的其他文本或符号系统相关联，都含有对其他文本的吸收和转换的成分，因此任何文本都不是孤立自足的。互文性的提出扩展了文学研究的视野，深化了人们对文本意义的理解。与结构和话语一样，互文性也淡化了个性主体在文学创作中的作用。结构、话语和互文性都是历史形成的、体现了某种审美选择、先于个体而存在的语言规范，它们对作家创作和读者接受的影响，充分体现了语言在文学活动中所起的作用。例如，宋人范希文指出，中国古典诗歌中有一种以"俯观/仰视"为结构的句法，呈现在代代相袭的文学言说中：

> 苏子卿诗："俯观江汉流，仰视浮云翔。"魏文帝云："俯视清水波，仰看明月光。"曹子建云："俯降千仞，仰登天阻。"何敬祖云："仰视垣上草，俯察阶下露。"又："俯临清泉渊，仰观嘉木敷。"谢灵运云："俯濯石下潭，仰看条上猿。"又"俯视乔木杪，仰聆大壑淙。"辞意一也。古人句法极多有相袭者。①

其实此种句法结构在散文中也可以见到，王羲之的《兰亭集序》中就有"仰观宇宙之大，俯察品类之盛"的句子。认真考察这个现象，人们会发现古典文学对"俯观/仰视"的偏爱，与其中所隐含的文化意义有关。古书记载伏羲氏"仰则观象于天，俯则观法于地"，传说伏羲氏因此而"始作八卦，以通神明之德，以类万物之情"。②文学言说多取"俯观/仰视"结构，反映了民族的文化传统和审美取向对个体审视人生和艺术表达的影响。

从上述的例子中，可以看出语言对文学活动的深刻影响。这种影响的特点在于，它显示了文学活动不能不受民族、时代和传统的制约；语言此刻以结构、话语的形态参与着和规范着文学活动，把文学此时此地的创造与民族的历史文化联系了起来，从而显示了语言除了传达思想感情之外，还会在更内在的层面上给文学活动以深刻的影响。

二、审美和言意矛盾

作为一种审美意识，文学必须表现个体对现实人生的审美体验；作为一种语言的艺术，文学又只能用语言来传达这种审美意识，可是语言本身固有的文

---

① 范晞文：《对床夜话》，见丁福保辑《历代诗话续编》上册，中华书局 1986 年版，第 413～414 页。
② 《周易·系辞下》，见李学勤主编《十三经注疏·周易正义》，北京大学出版社 1999 年版，第 298 页。

化内涵，却有可能遮蔽个体思想感情的酝酿和表达，于是产生了文学活动中的言意矛盾。几乎是从文学刚刚开始发生的那天起，人们就觉察到了这种言意矛盾。《毛诗序》曾对最初的诗歌活动作过这样的描绘："诗者，志之所之也，在心为志，发言为诗。情动于中而形于言，言之不足，故嗟叹之，嗟叹之不足，故永歌之，永歌之不足，不知手之舞之，足之蹈之也。"[1]生命体验的丰富生动，让人感到了在抒发情感时语言的贫乏和拘束，于是发出了感叹，并求助于歌咏；难以言表的情绪和感受，甚至使人不由自主地手舞足蹈起来，人们此刻只能用形体动作来弥补语言的缺憾，让感情得到宣泄。

认真辨析一下文学活动中的言意矛盾，可以说大体上有下面三种类型：

第一类是"意"的丰富多样和"言"的符号传达之间存在着差异、距离或不对等的矛盾，用陆机的话说就是"文不逮意"。再具体一些，这类矛盾又可以分为两种。其一是"意"丰"言"寡，即所谓的"常恨言语浅，不如人意深"，它是指那种相对于要表达的丰富的思想感情而言，语言显得贫乏、浅陋、不够用的现象。刘勰感慨的"神道难摹，精言不能追其深"[2]，汤显祖说的"三分春色描来易，一段伤心画出难"[3]，以及波德莱尔担忧的"为了满足一种微妙的感情的需要，到哪儿去找具有足够强烈色彩或具有足够的细腻层次变化的用语呢？"[4]都是对此类言意矛盾具有切身感受的经验之谈，这也是人们说得最多的一种言意矛盾。其二是"言"和"意"的距离、差异、矛盾刚好与前一种相反，它并不是由于语言的不够用，而是因为语言本身所携带的意义太多、太复杂，显得不够单纯、透明，遮蔽甚至歪曲了"意"的表达。出于对语言遮蔽性的失望和不满，18～19世纪之间，欧洲有一批浪漫主义诗人沉迷于所谓的原始主义意识之中。他们认为人类早期的语言是透明的，感觉和语言尚未分离，每一个观念和每一种感受都可以找到一个与它对应的字眼，因而有利于诗歌创作。可是现代语言却变得抽象、武断、理性化，由于负载了过多的意义而显得臃肿，已经无法拿来作诗了。[5]他们说的有几分是事实几分是想象暂且不说，重要的是从他们对原始语言的无限神往中，人们看到了对语言遮蔽思想的自觉和不满，看到了作家们企盼消除言意矛盾的迫切愿望。

第二类言意矛盾表现为某些生成于个性体验的审美感受和对人生意蕴的领

①　李学勤主编：《十三经注疏·毛诗正义》上册，北京大学出版社 1999 年版，第 6 页。

②　刘勰：《文心雕龙·夸饰》，见范文澜《文心雕龙注》下册，人民文学出版社 1958 年版，第 608 页。

③　汤显祖：《牡丹亭》，人民文学出版社 1978 年版，第 63 页。

④　［法］波德莱尔：《论泰奥菲尔·戈蒂耶》，郭宏安译，见《波德莱尔美学论文选》，人民文学出版社 1987 年版，第 63 页。

⑤　参阅［美］韦勒克：《近代文学批评史》第 1 卷，杨自伍译，上海译文出版社 1987 年版，第 251 页；《近代文学批评史》第 2 卷，上海译文出版社 1988 年版，第 158～159、166、204、334 页。

悟，本身具有不可言说或言说不尽的特点，也就是庄子所说的，"意之所随者，不可以言传也"。①有些人根据庄子所讲的"轮扁斫轮"的故事批评这个见解，认为庄子否认了语言可以传达知识和技术，其实是批评者自己忽略了，轮扁强调"口不能言"的并非仅指技术，更是指隐含在技术操作中的"得之于手而应于心"②的感觉，以及只能通过实践感觉才能获得的、对技术操作规范的领悟和体验。就技术知识的掌握和运用来说，有没有这种"得之于手而应于心"的感觉和领悟，往往造成了艺术家和匠人的天壤之别。技术、知识的传达尚且如此，更不用说用语言去表达个体的复杂、丰富的情感体验了。

法国作家普鲁斯特在《追忆似水年华》里，细腻地描绘了体验这种心理活动，使我们意识到，作为人对自己心理活动的再度感受和认知，体验是一种有着不同层面、掺杂着多种心理因素的复合型的感受。体验中有对客观事物的感觉和认知，也有对这种感觉与认知的回味，还有感受所引发的人对自己的情绪、心境的体认，对造成情绪、心境的生活环境乃至生活细节的体认；而体认心理的发生又自觉不自觉地受到主体的生活境遇、认识态度和价值观念的制约，它们又必然地使体验与一个人的生活经历发生联系。因此，虽说体验的发生可能只是一种偶然，也可能只在一个瞬间，然而其心理内涵的深广、丰富与杂多，却跨越了过去和现在两种时空，包含着主体意识和对象意识两种心理内容。其内涵的丰富正如加达默尔所说，短暂的体验能使人生的整体得到再现③。由此来看，体验心理几乎没有语言言说所呈现的那种逻辑秩序，没有言说所表现的那种线性结构，也没有言说显示的那种条理分明的因果关系。所以，语言确实很难甚至无法以通常的方式来表现体验，再现体验这种交错着不同的时空、糅杂了多重内涵的心理境界。

普鲁斯特的作品对体验的细腻描写为人们了解体验心理的复杂性提供了一个对象。将其作为一种心理材料感受和分析一下，有助于理解为什么对文学来说，有许多经验是难以用语言传达的：

"一件我们从前观望过的东西，如果我们再次看到它，会把我们从前注视过它的目光连同当时把它装得满满的所有形象送还给我们。那是因为——一部红封面的书或者别的任何东西——即在我们看到它们的时候就变成某种非物质的东西留在我们心中，与这一时期我们各种各样的挂虑或感觉性质相同，并与它们不可离析地掺杂在一起。从前在一部书里读到某个名字，在它

---

①　《庄子·天道》，见郭庆藩：《庄子集释》第 2 册，中华书局 1961 年版，第 488 页。

②　《庄子·天道》，见郭庆藩：《庄子集释》第 2 册，中华书局 1961 年版，第 491 页。

③　参见［德］加达默尔：《真理与方法》上册，洪汉鼎译，上海译文出版社 1992 年版，第 88 页。

的音节间保藏着我们阅读这部书的时候刮过的疾风和灿灿的阳光……更有甚者，我们在某个时期看到的一样东西、读过的一本书并不永远和我们周围的事物相结合，它还同当时的那个我们忠实地相结合，只有通过感觉，通过当时的那个我们，它才可能被再度回顾……"

　　参见［法］普鲁斯特：《追忆似水年华》Ⅶ，徐和瑾等译，译林出版社1991年版，第193页。

　　第三类言意矛盾发生在感受、运思的过程中，其表现为先于个人存在的语言可能会影响人的感觉与思维，从而限制了个体感受和思想的形成。用禅宗的语言来说就是，"才涉唇吻，便落意思，尽是死门，俱非活路"。①与上述的两类情况不同，人们对语言会影响思维和感受的情况往往缺乏认识，原因在于"在思维中最常使用的元素是词"，"思维和语言之间有密切的关系"②；思维和语言同步进行的特点反倒使人们忽略了语言的存在，以至产生了错觉，以为感觉和思维都是在前语言状态下发生的。只有那些注意到既定的语言系统干扰和妨碍了自己运思的人，才会觉察到这种内在的言意矛盾，为语言限制了思想而深感焦虑。作为新文学的先驱，深受文言和传统文化影响而又极力主张白话和新思想的鲁迅，显然比一般人更痛苦地感到了语言对思想的限制。他曾极为感慨地说过，"别人我不论，若是自己，则曾经看过许多旧书，是的确的，为了教书，至今也还在看。因此耳濡目染，影响到所做的白话上，常不免流露出它的字句，体格来。但自己却正苦于背了这些古老的鬼魂，摆脱不开，时常感到一种使人气闷的沉重"③。觉察到语言有可能限制思维和感受的，并非只有文学家；在为思想而生活的哲学家那里，人们可以看到更强烈的反应：他们为了寻找属于自己的思想，有时候甚至会拒绝接受和使用现成的话语系统。海德格尔为了找到人生"此在"的真实体验，就抛弃了传统的哲学术语，以重新给日常语汇赋予新意的方式，用自造的概念来捕捉他的感受，孕育他的思想，建构他的理论。

　　言意矛盾的三种类型，要求文学的语言活动必须克服两种困境。

　　第一种困境来自文学传达过程中的言意矛盾。这种矛盾可能形成于感受的丰富和语言的贫乏之间的对立，也可能生成于语言自身固有的意义对表达思想感情的阻碍，还可能产生于文学所要表达的审美感受本身就具有难以言传的特点。在这里，矛盾产生的原因不同，但是文学言说面临的困境却是一样的，即

---

①　普济：《五灯会元》中册，中华书局1984年版，第719页。

②　［美］克雷奇等：《心理学纲要》上册，周先庚等译，文化教育出版社1980年版，第212页。

③　鲁迅：《写在〈坟〉后面》，《鲁迅全集》第1卷，人民文学出版社2005年版，第301页。

"意"如何实现向"言"的转化。讲究语言修辞，对日常语言进行艺术加工，强化文学语言的表现性和形象性，是文学克服这种困难经常采用的言说策略。

第二种困境是由更深刻也更内在的言意矛盾造成的，它发生在感受和思想生成的过程中。此刻，先于个体存在的语言，以它所负载的文化蕴涵，以语言本身固有的结构和逻辑，影响、规范和限制着个人意识的发生。语言因此成为横亘在人与世界、感官与实在之间的一道屏障。就像洪堡特说的那样，"人从自身中造出语言，而通过同一种行为，他也把自己束缚在语言之中；每一种语言都在它所隶属的民族周围设下一道樊篱"①。对于文学来说，解决这种言意矛盾更具有根本性，因为它直接影响着人与现实的审美关系的建立。显然，只有面对现实，投入生活，坚守、执著于个体对人生的切身体验和感受，才有可能走出这种困境。

如果说，人以审美的方式把握现实生活是文学活动的基础，而审美意识只有取得语言形态才能使文学成为现实，那么，对言意矛盾的上述分析则告诉我们，文学活动的整个过程，从审美意识的发生到审美意识的传达，都不可能脱离语言活动。文学的一些重要性质和一系列特征，也与如何处理言意矛盾密切相关。正是在这个意义上，我们说语言是文学本体的构成要素之一。

三、语言艺术的特点

以语言为媒介把握现实生活、表现主体的思想感情，是文学的基本特征。高尔基说，"文学的第一要素是语言"②；作家的理解、感受要借助于语言；进行艺术思维，孕育艺术形象，也不能完全脱离语言；最后，要把内心的审美感受和体验表现出来，物化为可供他人欣赏的艺术对象时，就只能依赖语言了。文学和语言须臾不可分离的关系，使文学对社会生活的审美把握形成了其他艺术种类所没有的特点。所以，人们常常把优秀的作家称为语言大师，把优秀的文学作品称为语言艺术的珍品。画家德加为文学竟能用语言创造一个形象化的世界百思不得其解，他对诗人马拉美说，"你们这种行当真是见鬼！我有很丰富的思想，但却无法表达出我想表达的意思"③。

文学所以让人们感到惊异，甚至产生一种神秘感，原因就在于文学的语言活动似乎改变了语言的本性。语言是一套抽象的符号系统，当人们用语言来描

---

① ［德］洪堡特：《论人类语言结构的差异及其对人类精神发展的影响》，姚小平译，商务印书馆1997年版，第70页。

② ［苏］高尔基：《和青年作家谈话》，孟昌等译，见高尔基《论文学》，人民文学出版社1978年版，第332页。

③ 转引自［法］瓦莱里：《诗与抽象思维：舞蹈与走路》，郑敏译，见［美］戴维·洛奇编《二十世纪文学评论》上册，上海译文出版社1987年版，第434页。

述某个对象时，实际上是把具体的对象符号化、抽象化和概括化了。在语言中只有一般的东西，正像心理语言学家鲁利亚所说，语言发展的历史是词与实践活动、感情活动相脱离的历史。①语言的这个特点对人类抽象思维的发展具有重要的作用，如果没有语言的抽象和概括，就不会有哲学和科学，当然也不会有历史进步和社会发展。可是，诗人和小说家们竟然就用这种抽象的语言材料，建构了一个丰富多彩、生动感人、形象纷呈的文学世界，人们当然不能不为之惊叹了。

不过，拿文学和其他艺术种类相比较，人们会发现，与诉诸视觉和听觉的艺术不同，文学的形象性和生动性并不是直观的。文学是以语言表现唤起表象、情感、想象的方式作用于读者，直接与接受者发生关系的其实是语义和语音；读者也不是凭借着感官，而是依赖想象才进入了文学世界的。尽管语言艺术的这个特点使文学形象在清晰性和明确性上，无法和其他艺术相比，但是文学也因此获得了自己的天地，一个依靠语言引发的想象而创造出来的艺术世界。本来，用抽象的语言符号描绘的艺术世界，不具有形象的直观性，读者如果不运用自己的想象，这种语言形象不会使他产生具体的感官感受。可是，像任何事情一样，凡事有一弊也有一利；对于文学来说，摆脱感官形象的束缚使它有了更为自由、更为广阔、更为深邃的表现力。在表现人生和人的思想感情的复杂性上，在表现社会生活的发展过程上，在表现心理世界的丰富和隐秘上，在表现超越现实的想象上，文学都显示了其他艺术种类难以企及的长处。即使语言的抽象与概括，运用得当，也能给文学带来独特的魅力，使文学的形象表现产生一种形而上的意味。就像美学家柏克说的那样，"描写具体事物时，插入一些抽象或概括的字眼，产生包举一切的雄浑气象，例如弥尔顿写地狱里阴沉凄惨的山、谷、湖、沼等，而总结为一个'死亡的宇宙'（a universe of death），那是文字艺术独具的本领，造型艺术办不到的"②。所以，对于文学来说，语言固然给它创造形象化的艺术世界带来了诸多不便，但也给文学带来了独特的表现力，形成了文学独具的特点。

从艺术表现的角度看，语言艺术主要有三个特点：

第一，语言艺术的表现很少受时空的限制，具有审美把握人生的巨大容量。因为文学塑造的形象不具有直观性，而是通过语言的中介诉诸读者的想象和再创造，因此文学在表现社会生活时几乎不受时间和空间的限制，具有广阔的自由。早在18世纪，莱辛就在讨论诗和画的区别时提出，语言艺术和造型艺术的不同在于后者作为一种空间艺术，只能表现最小限度的时间，即某个瞬

---

① ［苏］鲁利亚：《语言与思维》，李维译，见《国外语言学》1981 年第 4 期。

② 转引钱锺书：《读〈拉奥孔〉》，见《七缀集》，上海古籍出版社 1985 年版，第 34 页。

间，而语言艺术却可以表现动态的事物，不受时间的局限去叙述过程。钱锺书又进一步补充说，即使在空间形象的表现上，文学也有让绘画望尘莫及的自由。例如王维的《陇头吟》："长安少年游侠客，夜上戍楼看太白。陇头明月迥临关，陇上行人夜吹笛。关西老将不胜愁，驻马听之双泪流。身经大小百余战，麾下偏裨万户侯。苏武身为典属国，节旄落尽海西头。"写出了"少年楼上看星，与老将马背听笛，人异地而事同时，相形以成对照，皆在凉辉普照之下，犹'月子弯弯照九州，几家欢乐几家愁'"①。体现了语言艺术可以"把同一时间而不同空间里的景物连系配对，互相映衬"，表现空间"分合错综的关系"②，绘画就无法展现这种空间关系。不受时空限制使文学在反映生活上有了巨大的容量，无论是表现人生中一时一地，稍纵即逝的思想感受，还是反映错综复杂的社会关系，表现深邃宏大的历史内容，文学都能承担。在这一点上，其他艺术种类所受的限制就要大多了。

第二，语言艺术能够深刻、细腻地传达思想感情，表现心理生活。"语言是思想的直接现实"③，同人的思维活动有着极为密切的关系。因此，与其他艺术相比，作为语言艺术的文学似乎更适宜表现人的思想感情，展示人的心理世界。一方面，文学可以通过语言塑造形象，以形象符号传情达意，使那些难以言说或不可言说的情绪、感受获得一种具象化的表现。例如美国女诗人狄金森的无题小诗："假如我没有见过太阳/我也许会忍受黑暗；/可如今，太阳把我的寂寞/照耀得更加荒凉。"把得而复失的惆怅，把那种因为曾经拥有而倍感丧失欢乐后的寂寞和凄凉，诉说得如此细腻感人，显然是得益于她把难以言传的感情具象化了。直接表现人的心理生活几乎可以说是语言艺术的"专利"，除此之外能够涉足这个领域的恐怕只有音乐。但是音乐语言的抽象和概括，对情感情绪的表现往往比较模糊，更难像文学那样，给情感注入一定的理性内涵。

另一方面，文学又可以直接利用"语言是思想的直接现实"这个特点，展示思维活动特别是理性思维活动的过程，传达那些只能用语言才能确切表达的思想认识。从这个意义上说，文学似乎占有两种传达信息的手段，它既能使思想感情的表现保持着感性的生动和细腻，又可以直接发挥语言作为概念的功能，表现理性化的思想。后一种方式虽说只能作为形象表现的补充极为有限地使用，但也极大地丰富了文学对思想感情的表现力，使文学在一定程度上克服了其他艺术因形象的直观性和表现媒介的单一性所造成的局限，成为思想性最

---

① 钱锺书：《管锥编》第 1 册，中华书局 1979 年版，第 68 页。
② 钱锺书：《读〈拉奥孔〉》，见《七缀集》，上海古籍出版社 1985 年版，第 34 页。
③ ［德］马克思、恩格斯：《德意志意识形态》，《马克思恩格斯全集》第 3 卷，人民出版社 1972 年版，第 525 页。

强、理性色彩最浓的一种艺术。

第三，语言的丰富表现潜力拓展了文学的审美空间，使文学在把握人生上成为最自由、最带普遍性的艺术种类。与其他艺术媒介相比，语言媒介的文化内涵最为丰厚，也最为人们所熟识，这使语言具有了极为丰富的表现潜能。虽说语言的抽象性和概括性给文学以审美的方式把握生活造成了许多障碍，但是在语言艺术家的手里，却可能通过种种技巧和手法，挖掘和开拓语言表现的潜能，使语言由障碍变为得心应手的材料和工具。例如苏轼写牡丹的名句"一朵妖红翠欲流"，就是利用语言概念，创造了现实生活中不可能有的既"红"又"翠"的颜色。诗人用意其实是借色彩的虚实搭配，表现自己的感觉，"诗句里只有一个真实的颜色，就是'红'；'翠'作为颜色而论，在此处虚有其表，不跟实色'红'抵牾或抵消反而烘托得它更射眼"。"翠"在这里"只有'情感价值'，没有'观感价值'"①。江西诗派的吕本中主张，"学诗当识活法。所谓活法者，规矩具备而能出于规矩之外，变化不测而亦不于背规矩也。"②钱锺书进一步发挥说："前语谓越规矩而有冲天破壁之奇，后句谓守规矩而无束手缚脚之窘；要之非抹杀规矩而能神明乎规矩，能适合规矩而非拘牵乎规矩"③都是指文学只要巧妙地利用语言规范，便能化解言意之间的矛盾，创造出新鲜活泼的形象来。例如汪曾祺的小说《受戒》中有下面一段叙述，就是把语法、句式，甚至标点这些原本是束缚言说的语言规范，都拿来用于塑造形象了，真正做到了入乎于规矩之内而又能出乎于规矩之外：

　　过了一个湖。好大一个湖！穿过一个县城，县城真热闹：官盐店，税务局，肉铺里挂着成边的猪。一个驴子在磨芝麻，满街都是小磨香油的香味，布店，卖茉莉粉、梳头油的什么斋，卖绒花的，卖丝线的，打把式卖膏药的，吹糖人的，耍蛇的，……他什么都想看看。舅舅一个劲地推他："快走！快走！"

　　节奏紧促的叙述，参差不齐的句式，主谓宾不全的结构，把县城的热闹，行色的匆忙，以及明子只有眼花缭乱的印象都表现出来了。唯一完整的叙述句是写小磨香油的那一段，从中我们得到了明子虽然看得匆忙，浮光掠影，而香味却久久追随着他的感觉。可以说这段文字，写事态的是词语，制造气氛呈现感觉的，则靠的是结构、句式、语法等形式规则。

---

① 钱锺书：《读〈拉奥孔〉》，见《七缀集》，上海古籍出版社1985年版，第35~36页。
② 转引刘克庄：《江西诗派小序》，见丁福保辑《历代诗话续编》上册，中华书局1983年版，第485页。
③ 钱锺书：《谈艺录》中华书局1984年版，第439页。

总结本章的内容，可以给文学下这样一个定义：文学是一种以虚构和想象的方式，通过语言形象的创造来表达和交流对人生的审美感受与理解的艺术样式。

讨论题

1. 对于多种文学观，你是采取"它们都有道理"的相对主义态度，还是认为这些观点只是为进一步讨论文学本体提供了思路，需要继续研究下去呢？
2. 谈谈你对文学虚构性的看法？
3. 什么是文学的审美性？审美性使你对文学的哪些特点有了新的体会？
4. 怎样理解文学的形象性？文学形象与其他艺术种类的形象有什么区别？
5. 以一篇文学作品为例，谈谈你对语言艺术特点的认识。

参考书目

一、著作

1. ［美］艾布拉姆斯：《镜与灯——浪漫主义文论及批评传统》，郦稚牛等译，北京大学出版社1989年版，第一章"导论：批评理论的总趋势"。

2. ［古希腊］亚里士多德：《诗学》，陈中梅译，商务印书馆1996年版，第一、二、二十五章。

3. ［德］伊瑟尔：《虚构与想象——文学人类学疆界》，陈定家等译，吉林人民出版社2003年版，第一章"文学的虚构化行为"。

4. ［英］塞尔登：《文学批评理论——从柏拉图到现在》，刘象愚等译，北京大学出版社2000年版，"原序"、第一编"再现"编者按语和第一章"想象性再现"编者按语。

二、论文

1. 钱锺书：《读〈拉奥孔〉》，见《七缀集》，上海古籍出版社1985年版。

2. 曹丕：《典论·论文》，见周祖譔编选《隋唐五代文论选》，人民文学出版社1990年版。

第二章 文学文本与文体种类

文学文本是文学存在的现实形态，文本以书面语言或口头话语的形式使文学成为一个可以感知的实在对象。但是，文学文本又不是一个简单的语言事实或言语行为，而是一个有着复杂结构的系统整体。在传统文学理论看来，文学文本是作家创造的产物，是作者审美意识的物化；可是对于现代文学理论来说，文学文本却是一个独立自足的艺术世界，一个有待解释的开放对象。本章将通过上述问题的讨论分析文学文本的性质和特点。本章讨论的另一个问题是对文学文本进行分类研究，将通过小说、诗歌等文体种类的具体研究，进一步阐明文学文本的基本属性和审美规范在不同文学体裁中的具体体现。

第一节 文学文本

如果从所指对象上看，"文本"（text）与"作品"（corpus）是两个可以互相替换的概念，它们指的是同一个对象，即作为创作活动的结果和阅读活动的对象而存在的语言实体。在文学活动的整体过程中，这个实体因表现了作家的思想感情，为接受提供对象而受到理论与批评的关注。但是从文学研究的角度来说，"文本"与"作品"又是两个不同的概念，在20世纪以来的文学研究中，"文本"有了不同于"作品"的含义；"文学文本"不再被视为仅仅属于某个作家的"作品"，而是有了相对独立的意义。强调"文本"与"作品"的区别，反映了文学理论在文学观念上所发生的一种变化，体现了文学理论对于这个研究对象的全新思考与解释。本节从讨论"文本"概念的内涵入手，分析文学文本的诸种特性，重点探讨文学文本的结构与文学文本的体裁分类问题。

一、文学文本的含义和结构

对于传统文学理论来讲，"作品"概念是对这样一种关系的认定，即作品是某个作家创作活动的产物，它从属于某个主体，作品不能脱离作家而独立存在。于是，作家个人所表达的思想感情便成为作品蕴意主要的，甚至是唯一的来源。可是，人们在文学活动中却发现了另一种情况：作家的意图未必都能通过语言符号充分体现在他的作品中，刘勰《文心雕龙·神思》所说的"方其搦翰，气倍辞前，暨乎篇成，半折心始"[1]的情况其实相当普遍；而读者在接受文学作品时，也往往会形成自己的理解，形成与作家意图不尽相同的认识。这些现象说明，无论对作家来讲还是对读者而言，作品都是一个相对独立的对象，可以将其视为一个有待解释的"文本"。"文本"与"作品"的区别就在于，"文本"概念淡化了"作品"的从属性而突出了"作品"的独立性。

　　1. 文本的含义

　　* "文本"也被译作"本文"，是指一部文学作品的实际存在方式。用利科尔的话说，"'文本'就是任何由书写所固定的下来的任何话语"。[2]从语言或话语而不是从作家的角度对文本的理解和解释，突出了文本的符号特性，使文本与其所表现的事物之间的关系而不是与作家意图的关系，成为解读文本的焦点。说文本是一个符号或符号系统，就是说文本是按照一定的代码规则组成的一个自足的有机结构，这意味着文本的意义体现在文本的组织结构与它所指对象的转换关系之中。因此，若要理解文本的意义，就需要对文本进行语言结构分析。也就是说，文本的意义并非来自作家单方面的赋予，人们更多强调的是语言结构对文本意义的规定和"文本"作为符号系统的开放性。就像罗兰·巴特说的："文本只能在一种活动中，一个生成过程中被感知"，使用"文本"概念意味着人们"不再把作品看成仅仅是'信息'，甚至也不看作'语句'（也就是完成了的作品，它们的命运在被表达出来的那一瞬间便已注定），而看成永无休止的生成过程和陈述，主体则在其中挣扎不已"。[3]"文本"因此成为一个体现了新的文学观念和新的研究思路的理论术语。

　　　　在现代文化批评的语境中，广义的文本是指人们可以对其进行理解和解释的任何符号或符号链。一幅画面、一段旋律、一个场景、一种仪式乃至一

---

① 刘勰：《文心雕龙·神思》，见范文澜《文心雕龙注》下册，人民文学出版社1958年版，第494页。

② ［法］保罗·利科尔：《解释学与人文科学》，陶远华等译，河北人民出版社1987年版，第148页。

③ ［法］罗兰·巴特：《文本理论》，张寅德译，见《上海文论》1987年第5期。

* 请访问爱课程网→资源共享课→文艺学系列课程/孙文宪→第16讲（04：50.45～12：03）。

套时装、一个手势都被视为文本。文学理论研究所说的文本一般都是狭义的，即文学作品。

"文本"或"文学文本"是英美新批评、结构主义文论、后结构主义文论和接受批评等文学理论极为关注的一个重要概念。在文学理论研究的特定语境中所涉及的文本，大都是指文学文本。然而，上述的各种文学理论对文学文本的概念界定和表述又有一定的差异。在英美新批评的理论中，文学文本是一个独立的语言自足体，是一个独立于作者意图和读者解读的封闭对象；在结构主义文论中，文学文本被看成是一个遵循着特定组织规则和逻辑秩序的符号体系；在后结构主义理论中，文学文本具有多种被解释的可能性和意义的开放性；而在接受理论中，文学文本成为一个与"文学作品"相区别的概念术语，它处于读者对立面的位置上，只有通过读者的阅读和阐释才能获得意义，成为现实的文学对象。

上述各家对文学文本的理解虽然不尽一致，但是在强调文本的独立性上却是相同的。"形式主义和新批评派都把文学文本作为自主的（或'目的存在于本身的'）客体。在他们看来，只有把文本从其作者和语境中分离出来，批评家才能进行正当的有力和客观的分析"。

参见［英］塞尔登：《文学批评理论——从柏拉图到现在》，刘象愚等译，北京大学出版社2000年版，第285页。

2. 文学文本的结构

对文学文本进行结构分析，把握符号系统转换为文学意义的几个结构性的重要环节，对于深入理解文学文本具有重要的意义。另一方面，了解文本的结构也有助于辨识文学文本与非文学文本的差异。文学文本是一个符号体系，与任何符号都指向或蕴含了某种意义一样，文学文本也指向或蕴含着某种意蕴。黑格尔在论及"艺术作品应该具有意蕴"的问题时指出："它不只是用了某种线条，曲线，面，齿纹，石头浮雕，颜色，音调，文字乃至于其他媒介，就算尽了它的能事，而是要显现出一种内在的生气，情感，灵魂，风骨和精神，这就是我们所说的艺术作品的意蕴。"黑格尔基于"美是理念的感性显现"的美学观，将构成艺术作品的要素分为两种："一种是内在的，即内容，另一种是外在的，即内容所借以现出意蕴和特性的东西。内在的显现于外在的；就借这外在的，人才可以认识到内在的，因为外在的从它本身指引到内在的。"[①]黑格尔对艺术作品的内在因素与外在因素的区分，以及对内在显现于外在、外在指引到内在的两者关系的论述，是从内容/形式这种结构关系上分析文学文本

---

① ［德］黑格尔：《美学》第 1 卷，朱光潜译，商务印书馆 1979 年版，第 25 页。

的。英加登则对文学文本的结构做了四个层次的划分，虽然他并没有使用"文学文本"这个概念，而是笼统地称之为"文学作品"，但他为文学作品加了一个"已经完成的用书面形式（或其他形式，例如录音磁带）记录下来"的定语①，说明英加登所谓的文学作品就是我们所说的文学文本。英加登指出：

> 文学作品是一个多层次的构成。它包括（a）语词声音和语音构成以及一个更高级的现象的层次；（b）意群层次：句子意义和全部句群意义的层次；（c）图式化外观层次，作品描绘的各种对象通过这些外观呈现出来；（d）在句子投射的意向事态中描绘的客体层次。②

这种划分方式可与中国古代文论在阐述文学文本时常用的"言""象""意"的划分相互呼应。综合中外文论相关的理论观点，我们从语言层、现象层和意蕴层三个层次上，讨论文学文本的结构特点。

第一，文学文本的语言层，是文学文本构成的第一个层面。人们阅读文学文本时，首先接触到的是由语言材料构成的文本外观，其呈现为线性组合的词句。语言以及它的符号记录形式——文字，作为构筑文学形象体系，传达文学信息的媒介，通过一定的组合关系构成了文本的语言层面。语言层包括语音和语义两部分，相当于英加登所说的语音层次和意群层次。

文字符号本身是一个音义结合体，非文学文本一般不去刻意突出语言的声音特征而只是关注语义，但是在文学文本中，语音却可以不和具体意义相匹配而存在于文本中。比如《吕氏春秋·音初》记载了一首禹时代的歌谣："禹巡省南土，涂山氏之女乃令其妾候禹于涂山之阳。女乃作歌，歌曰：'候人猗兮！'实始作为南音。"这首歌谣实际上只是两个字：候人，另两个字"猗兮"只是用来配合音节、协调节奏，没有实际意义。可是如果没有这两个虚字，就不能称其为歌谣。在更成熟的文学文本中，可以更多地看到这种有音无义的语言现象，比如屈原《离骚》中的"兮"字。对于文学文本特别是诗歌而言，语音具有独立的地位和价值。就像韦勒克说的那样，"每一件文学作品首先是一个声音的系列，从这个声音的系列再生出意义。……在许多艺术品中，当然也包括散文作品在内，声音的层面引起了人们的注意，构成了作品审美效果不可分割的一个部分"③。中西语言在性质上虽有表意和表音之分，但韦勒

---

①　[波兰]英加登：《对文学的艺术作品的认识》，陈燕谷等译，中国文联出版公司1988年版，第3页。

②　[波兰]英加登：《对文学的艺术作品的认识》，陈燕谷等译，中国文联出版公司1988年版，第10页。

③　[美]韦勒克、沃伦：《文学理论》，刘象愚等译，江苏教育出版社2005年版，第175页。

克在论述语言的声音层面时，强调的"谐音、节奏和格律"等要素，在汉语中也被视为造成文学文本独特语音效果的主因。尽管在不同的语言中，谐音、节奏和格律的具体表现并不相同，但有一点却是一致的，即语词的声音效果很难与诗的意义语调相背离。如唐代刘采春的《望夫歌》："不喜秦淮水，生憎江上船；载儿夫婿去，经岁又经年。"有论者指出，此诗"字音复多舌齿间字，吟咏之际，别有轻盈娇稚之韵味，使人怜煞也"，①一首诗的总体韵味被精心地构筑于特殊的字音之上，足以见出语词声音效果在诗中的地位了。

讲究音韵使文学语言读起来上口、悦耳，能更好地体现中国古代文论常说的"气势"，使读者从声调中感受到情感的波动，有一唱三叹，荡气回肠的效果。钱锺书指出，贾谊的《过秦论》中有些句子如果从语义上说，其实是同义反复，并没有增加新的信息，"'席卷天下''包举宇内''囊括四海''并吞八荒'四者一意，任举其二，似已畅足，今乃堆叠成句，词肥义瘠"②。但是对情感的表达来说，排比句却能造成一种气势，读起来朗朗上口，形成极好的节奏感，使情感得到淋漓尽致的宣泄。如果说表现情感也是文学必备的功能的话，那么，可以说这篇散文的语音、语调承担的就是这个功能。或者说，这些句子的感情价值大于语义价值，充分体现了语音特有的审美性。从这个意义上说，文学文本的语言层具有相对独立的审美价值，语言通过"能指"即自身的形式特点，给读者以审美的感受，这在诗歌语言中表现得尤为突出。

语言文字是表达意义的，文学语言同样如此，不过文学文本在语义层面上却有和非文学文本不同的特点。非文学文本为求得交流效果的直接性和透明性，在语义方面往往追求明了、准确的效果。而文学文本的语义表达基于内涵的丰富性、信息的综合化和体验个性化的要求，则会借助各种修辞手段，有意违反已有的语言成规，以期使它的表意成为具有审美价值的艺术创造行为。文学语言因此具有多义朦胧、含蓄蕴藉的特性。如"若到江南赶上春，千万和春住"（宋·王观《卜算子·送鲍浩然之浙东》）中的"春"字，既指自然季节，同时又有一种拟人化的可亲近性，带有浓郁的感情色彩。"东边日出西边雨，道是无情却有情"（唐·刘禹锡《竹枝词》），通过描述一种特殊的天气现象，利用汉语的谐声双关特点，由"晴"到"情"，构筑了一个精致的场景，极其形象又极其朴素地展示出初恋少女的迷茫眷恋之情。

文学语言的这种语义特征，可以根据文学文本所处的特殊语境来把握。语言学所讲的语境，是指与言语行为有关的超语言背景。社会语言学家认为，若想确定话语的真正含义，就应将其置于实际的环境中去进行研究。也就是说，

① 傅庚生：《中国文学欣赏举隅》，陕西人民出版社1983年版，第183页。
② 钱锺书：《管锥编》第3册，中华书局1979年版，第891页。

语境使文本具有了意义。但是，与非文学文本一般都具有单一而明确的语境不同，文学文本语境建立的前提条件恰恰是与日常语境相脱离，只有当文本脱离了日常实用语境，超然于实际目的之后，它才可能被理解为文学文本。当然，脱离了日常语境的文学文本并不是不需要依靠语境来确定其意义，而是将文本放在一个开放的环境中，使其得以在多种语境关系中体现多样化的意义内涵。文学文本语境的这个特点为读者创造性地参与提供了条件，使读者的想象活动有了更开阔的空间。卡勒指出："如果文学是一种脱离了语境，脱离了其他功能和目的的语言，那么它本身就构成了语境，这种语境能够促使或者引发独特的关注。"①当读者在自己的创造力和想象力的引领下，为文学文本构筑起一个超越日常语境的审美语境时，文学文本的语言层面作为一种特定符号组合便指向和显示了一个特殊的文学形象体系，文学文本实现了由语言层向现象层的转换。

第二，文学文本的现象层，是文本结构的第二个层面。与非文学文本不同，文学文本语言的所指并不是抽象的概念，而是一个文学形象体系，其构成了文学文本的现象层。从文学文本主要是由形象系统构成的意义上说，有无现象层是区分文学文本和非文学文本的根据之一。用钱锺书的话说，"诗也者，有象之言，依象以成言；舍象忘言，是无诗矣，变象易言，是别为一诗甚且非诗矣"②。因此，在文学文本的构成中，现象层居于核心地位，它既是语言层的所指，又是意蕴层的能指。现象层的这个特点也成为我们判断文学文本审美价值的重要根据：文学文本不仅要有生动感人的形象或意象，而且这个形象体系还应有丰富幽深的审美蕴涵。具体来说，在抒情类文学文本中，现象层主要体现为连贯流动的情感对应物；而在叙事类文学文本中，现象层则体现为行动的人物、发展的情节和变换的环境。

抒发主体情感是抒情文本的基本特征。情感本身是不具形体的，用语言文字表达情感要经过一个转换过程，把无形无相的内在情感转化为具体可感的艺术形象。比如与人约会却久候不来，难免焦躁不安，这大约是每个人都有过的经验。倘若直接抒写失落、烦躁的心境，恐怕很难表现得蕴藉有味，然而南宋诗人赵师秀的《约客》，却用物景和细节的描绘，把这种情绪表现得深蕴含蓄，余味无穷："黄梅时节家家雨，青草池塘处处蛙。有约不来过夜半，闲敲棋子落灯花。"诗人以"黄梅时节"的雨多天闷、蛙声不断，写出主人期盼客人的焦虑；不绝于耳的雨声、蛙声，更反衬了"有约不来过夜半"的孤寂。最妙的是末句，以"闲敲棋子"的下意识动作，写出了主人由期望转失望、因久

---

① ［美］卡勒：《文学理论入门》，李平译，译林出版社 2008 年版，第 26 页。
② 钱锺书：《管锥编》第 1 册，中华书局 1979 年版，第 12 页。

候而无聊的心境。将情感转换为形象的抒情方式，在 T. 艾略特看来，就是给情感寻找一种能够使之凝定与物化的"客观对应物"。所以人们由语词现象去把握其传达的情感蕴涵时，不应胶着于文字现象本身。可以说，抒情文本的现象层不仅是由文字固定下来的实景，更应是由物化形象引发的、能促使人产生悠远联想的虚境，即所谓的"诗家之景，如蓝田日暖，良玉生烟，可望而不可置于眉睫之前也"。①以实出虚、以有寓无，在虚实相生中塑造朦胧而又完整的文学形象，这正是抒情文本现象层面的特色。如李白的《玉阶怨》："玉阶生白露，夜久侵罗袜。却下水晶帘，玲珑望秋月。"诗人在此描写一位女子深夜寂寞孤独的那种幽怨之情，全诗通篇无一"怨"字，却让人感到 20 个字无不在写怨。读者直接看到的是夜色转深、寒露湿袜，女子隔帘望月的"实景"，但"夜久"分明是比喻女子思念之深切，"秋月"分明是在寄托女子悲凉之心境。形象由是而变得朦胧，女子的幽怨之情从中油然而生，达到了"言在此而意在彼""言有尽而意无穷"的境界。

从现象上看，叙事文本的现象层似乎是对生活现实情景的描摹，不像抒情文本的现象层那样，可以使人明显感到主体的介入。其实，构成叙事文本现象层的形象体系同样是虚构和想象的产物，和抒情文本的现象层一样容含了某种意蕴。比如说，故事讲述行为需要遵循一定的故事逻辑才能完成。故事逻辑是指在先后发生的事件之间，通过叙述人为建立起的一种关系，以此来表述事件之间的因果联系，因此具有虚构的性质。在叙事文本的现象层面上，人物、情节、环境被赋予了与生活材料不完全一样的特征和形态。例如鲁迅的小说《祝福》，从题材上看，是一个不幸的下层妇女如何因两次守寡而被封建伦理置于死地的故事。但是，由于叙事者的特殊叙事方式，这篇小说的蕴意却远远超出了故事本身的意义。小说中的第一人称叙述者，是一个对故乡既有怀念之情，又对其奉行的伦理秩序持批判态度的"新党"式人物；这种身份和祥林嫂向他提出"有没有魂灵"的询问，使这个人物成为小说中的一种批判性因素。然而，叙述过程的展开，却逐渐显示出叙述者与"故乡"的伦理秩序之间存在着相当复杂的关系，这里既有"我"对故乡的隔膜、疏远和"我"对封建伦理的反省、自疚，也有"我"因为"说不清"祥林嫂提出的问题而产生的窘迫与惶恐。这使"我"要离开故乡不仅意味着对故乡的失望，同时也意味着"我"对故乡伦理秩序的逃避和对应负的道德责任的逃避。如此来看，由"我"展开的叙述远远超出了祥林嫂故事本身的含意；《祝福》不仅表现了对封建伦理的批判，更通过"我"的暧昧态度和对现实的逃避，表现了对现代知识分子社会责

---

① 司空图著：《与极浦书》，见周祖譔编选《隋唐五代文论选》，人民文学出版社 1990 年版，第351 页。

任的思考。这层寓意不在祥林嫂的悲剧故事之中，而是通过叙述方式改变了故事本身的连续性才形成的。就像英国批评家克默德所说，小说的叙述就是对时间纯粹连续性的重新组合，"连续性在我们感觉中是持续不断的日常时间的重要特征。当这一特征被建立在此刻与遥远的开头和结尾之间的一种有意义的关系，即一种过去、现在和未来之间的和谐清除之后，虚构作品就会发生变化"①。其自然会激发读者的进一步思考，去寻找文本的深层意蕴。

第三，文学文本的意蕴层，即文学文本的"蕴涵意指"。对文学文本来说，虽然形象的创造即现象层的存在至关重要，成为人们区别文学文本和非文学文本的根据，但是从根本上讲，现象层的创造并不是文学的目的，文学文本的价值最终取决于它所蕴涵和显示的审美意味。正是在这个意义上，我们说意蕴层是文学文本构成中不可或缺的成分；意蕴是否丰富、深厚，直接影响着文学文本的审美价值；意蕴是文学文本的灵魂所在。

在英加登的文本结构四层次划分中没有涉及意蕴层的问题，他所说的再现客体和图式化外观层次都属于文本的现象层面。也许是意识到原有理论的不足，英加登后来又谈到了"构成作品顶点"的"形而上学性质"或"观念"。他说："在阅读中现实化的外观不仅使作品再现客体的直观外观更强烈更丰富，它们还把一些特殊的审美价值因素（例如装饰因素）带到作品中来。对这些因素的选择常常同作品或其某一部分的主要情调密切相联，或者同一种形而上学性质密切相联。一种特殊的形而上学性质的出现构成了作品的顶点并且在阅读中对作品的审美具体化发挥着重要的作用。"在英加登看来，"文学的艺术作品的'观念'是一个既可以在作品中具体地呈现也可以通过作品而呈现的、互相调节的、'可以证实的'、综合的、本质的审美价值质素集"②。不过，英加登提醒人们注意，这种"形而上学性质"或"观念"并不是和文学作品无关的、一个同作品相异的结构，而是"我们可以把它设想为在作品中本身中"的"观念"。因此文学文本经过读者读解之后，不仅能够构成一个审美对象，"并且能够产生一种同作品相适应的审美价值"③。

英加登所说的文学文本作为观念加以表现的审美价值，与黑格尔对艺术作品"意蕴"的分析颇为相似。黑格尔说，"遇到一件艺术作品，我们首先见到的是它直接呈现给我们的东西，然后再追究它的意蕴或内容。前一个因素——即外在的因素——对于我们之所以有价值，并非由于它所直接呈现的；我们假

---

① ［英］克默德：《结尾的意义——虚构理论研究》，刘建华译，辽宁教育出版社 2000 年版，第 47 页。

② ［波兰］英加登：《对文学的艺术作品的认识》，陈燕谷等译，中国文联出版公司 1988 年版，第 62～63、87 页。

③ ［波兰］英加登：《对文学的艺术作品的认识》，陈燕谷等译，中国文联出版公司 1988 年版，第 85～86 页。

定它里面还有一种内在的东西，即一种意蕴，一种灌注生气于外在形状的意蕴"。黑格尔将这种意蕴解说为一种内在的生气，即作品的情感、灵魂、风骨和精神。就文学文本而言，"意蕴"当然不同于现象层中的文学形象，用黑格尔的话讲，"这里意蕴总是比直接显现的形象更为深远的一种东西"①。文学文本的意蕴不能脱离文学形象即文本的现象层面而单独存在，形象与意蕴的关系是融合统一的关系。

> 钱锺书曾通过《易》和《诗》的比较，说明在文学文本中"意"和"象"是不可分离的。他说："《易》之有象，取譬明理也，'所以喻道，而非道也'（语本《淮南子·说山训》）。求道之能喻而理之能明，初不拘泥于某象，变其象也可；及道之既喻而理之既明，亦不恋着于象，舍象也可。到岸舍筏，见月忽指，获鱼兔而弃筌蹄，胥得意忘言之谓也。词章之拟象比喻则异乎是。诗也者，有象之言，依象以成言；舍象忘言，是无诗矣，变象易言，是别为一诗甚且非诗矣。故《易》之拟象不即，指示意义之符（sign）也；《诗》之比喻不离，体示意义之迹（icon）也，不即者可以取代，不离者勿容更张。"钱锺书的辨析说明，对于文学文本来讲，作为能指的形象或现象层，与作为所指的意蕴或意蕴层的关系既不是二分的，也不是任意的；某种意蕴只能包含在特定的形象或形象体系之中。所谓形象和意义不能二分，就是说文学文本的意义不可能从形象体系或现象层中分割出来，意蕴不可能脱离现象层而独立存在，文学文本的意蕴就蕴含在现象层即形象体系之中。
>
> 参见钱锺书：《管锥编》第1册，中华书局1979年版，第12页。

如果说文学文本要表现某种观念的话，那么它也不是一般的观念，而是诗意的观念，即意蕴内涵与诗意形象的完美结合。正因为文本的意蕴是包含于文学形象之中，而不是直接显示出来的，所以才使文学文本的意蕴显得意味深长。拿李商隐的七律《锦瑟》来说，在56个字中，作者聚合了"庄生梦蝶""杜宇啼春"的典故和"鲛人泣泪，颗颗成珠"，"蓝田日暖，良玉生烟"的传说，在现象层面构筑起丰富而多义的形象体系，追忆往事的无端怅惘之情作为全诗的深层意蕴，悄然隐含在形象之中，从而使其表现的惆怅之情有了远比"惆怅"这个概念更为丰富，更为复杂，也更为多样的内容，以致使这首七律又以其难解而闻名，正所谓"诗家总爱西崑好，独恨无人作郑笺"。②所以说

① ［德］黑格尔：《美学》第1卷，朱光潜译，商务印书馆1979年版，第24、25页。
② 元好问：《论诗三十首》，见郭绍虞笺释《杜甫戏为六绝句集解·元好问论诗三十首小笺》，人民文学出版社1978年版，第67页。

文学文本的意蕴是只可意会，难以言传；"意会"即是对形象的感受和体味，"言传"之难就在于找不到确切的概念说清楚。据此，可以说文学文本的意蕴即蕴涵于文本现象层的意义，具有含蓄、多义的特点。

文学文本是一个由语言层、现象层和意蕴层所构成的、有深度的统一体，上一层次是下一层次的形式化显现，而下一层次则给上一层次提供了存在的内容和依据。其中，现象层具有中介连接的作用，文学形象在与文学语言和文学意蕴的双重关系中体现了文学文本的内容与形式的辩证统一。

二、文学文本的体裁分类

我们虽然可以根据语言层、现象层和意蕴层的结构关系以及三个层面所具有的特点，从整体上了解文学文本的特殊性，但是又要看到，在文学文本整体中还存在着不同的文本类型，它们在具体的形式结构上，如语言的表现形态、体制篇幅的规模等方面，还有相当大的差异。这就要求我们把文学文本划分为不同的文体种类，通过文学体裁的分类研究进一步细化对文学文本的认识。辨识文本结构形式及其相关因素的差异性，是从理论上区分文体种类和文学体裁的主要根据。但是这并不是说体裁分类只是一种形式研究，因为文学的体裁分类既涉及对文本存在的基本形态和表现形式的确认，同时也是对各种文学文本的话语程式和规范惯例的一种分析和认识。就像卡勒说的，"体裁就是语言的一种约定俗成的功能，一种与世界的独特的关系，一种规范和期望"①。所以在韦勒克看来，"文学类型的理论是一个关于秩序的原理"，并引皮尔逊的话说，"文学的各种类别'可被视为惯例性的规则，这些规则强制着作家去遵守它，反过来又为作家所强制'"②。明确指出文学体裁不仅仅是一种形式，而且也是一种审美规范，文体因此会对作家的创作和读者的接受产生一定的制约性。

1. 体裁分类及其理论意义

中国古代文体学对体裁分类有相当细致和深入的研究，不过"体裁"这一术语在古代文论中却出现的较晚。文体意识的形成是文学意识成熟的一种标志，所以在魏晋南北朝时期，随着文学观念的自觉，在曹丕的《典论·论文》、陆机的《文赋》、挚虞的《文章流别志论》和刘勰的《文心雕龙》等著述中，都有关于文体和文体分类的论述。只是在这些论著中，还没有出现"体裁"这个概念，论者一般是以"体"来指称文本体裁的；在刘勰的文论体系中，"体"还有文章风格的意义。明代胡应麟在《诗薮》内篇卷一中说："文章自有体裁，凡为某体，

---

① ［美］卡勒：《结构主义诗学》，盛宁译，中国社会科学出版社 1991 年版，第 204 页。

② ［美］韦勒克、沃伦：《文学理论》，刘象愚等译，江苏教育出版社 2005 年版，第 267、266 页。

务寻其本色，庶几当行。"显然已经认识到体裁具有制约创作的意义。受其影响，徐师曾在《文体明辨序》中对体裁的规范作用作了发挥，指出"夫文章之有体裁，犹宫室之有制度，器皿之有法式也。"将文章的体裁比作房屋的结构规范与器皿的形体样式，强调了文体研究的地位和意义。

在现代文论中，"体裁"是对法语词 genre 的汉译，genre 在英语中对应的词有 type（样式）、species（种类）、class（门类）等，是指文本的明显可辨的种类特征，这些特征是作者遵循和运用一定写作规范的结果，它可以防止读者将此文本与其他文本相混淆。①正像在英语中没有一个与 genre 等义的词一样，在汉语中，genre 也被译为"体裁""种类""文类"等不同术语。

体裁分类对文学研究具有重要的意义。文学文本体裁分类问题受到重视，是文学发展相对成熟、文学观念趋向自觉、文学理论逐渐完善的标志。这样说的原因在于，在现代文学理论看来，体裁处于联结和规范各种文学活动的中介位置："无论从哪方面讲，体裁都处于中间地位，介于文学的普遍性和作品的特殊性之间，介于可进行历史定位的文化传统和永恒的语言类型之间，介于写作要求和解读契约之间……"②概括说来，体裁分类的理论意义表现在以下三个方面：具体文本与总体文学的中介，作者创作与读者阅读的纽带，文学传统与个人写作的桥梁。

一切具体的文学文本都是个性化的，但正像个性化的言谈离不开稳定的类型化的语言模式一样，个性化的文本也只有在获得稳定的、非个性化的形式即取得某种体裁之后，才能形成特定的意义。体裁分类理论把具体文本放在文学的范式、惯例的背景上加以研究，在具体文本的批评阐释与文学整体的理论框架之间建立起了联系，有关体裁分类的理论因此成为研究具体文本与总体文学之外的第三种研究成果的结晶。有论者结合诗歌研究，阐述了体裁、文类研究在文学理论中的地位："文类概念满足了诗论的三个理论需求。这些需求首先与单个诗篇的概念有关，对它进行考察是进行进一步思考的基础。……在另一方面，文学理论需要一种文学概念—— 一种假定的诗歌总体，但事实上，这种所谓的总体只是一批已知的单个范例性作品——即经典——而已。可是这些极端的东西不能满足所有的需要，因而明显需要第三个概念：即有关同类诗归集或归类的概念，这一概念比单个范例作品的概念大，但又比假定的总体——即文学——这一概念要小得多。"③由于体裁是这样一个大于单个文本，又小于总体文学的中间概念，所以具体文本中各成分的结构意义只有与体裁联系起

①　参见《牛津文学术语词典》"genre"条，上海外语教育出版社 2000 年版，第 90 页。
②　［法］达维德·方丹：《诗学——文学形式通论》，陈静译，天津人民出版社 2003 年版，第 107 页。
③　［美］厄尔·迈纳：《比较诗学》，王宇根等译，中央编译出版社 1998 年版，第 315～316 页。

来才能理解，而文学理论研究又须以体裁这一文本的规范化的形式来统合对具体文本的解读与阐释，将体裁作为建构理论的出发点与根据。

在文学创作与文学接受活动中，作者和读者的行为都要受体裁的规范和制约。巴赫金认为，每一种体裁都具有一定的观察和理解现实的方法和手段，其特点完全由这些方法决定，作者必须学会以体裁的眼光观察现实。托多罗夫在论及巴赫金的这一观点时说："体裁是一种提供模拟世界的模型化体系"①，把规范性视为体裁的基本功能。作为一套写作和阅读的规则，体裁在规范文学生产的同时，也制约着文学接受。如果说体裁为作者提供了一套"文学语法"，从而规范着创作过程及其结果的话，那么读者也只有具备了理解这一套语法的"文学能力"，才能实现特定体裁所规定的阅读任务。体裁似乎在赋予读者一个确定的角色，用一套程序来引导读者的阅读。

> 卡勒在论及体裁对创作和阅读的规范时指出：
>
> "把一个文本当作悲剧来读，就是赋予它以一个框架，既呈现出秩序，又表现出错综复杂性。而对于各种体裁的叙述，其实应该是对阅读和写作过程中发挥功能的类型予以界定，对各种使读者能够归化文本，找到文本与世界的关系的期待予以界定，或者，如果换一个观察角度，对作家在某一特定时期能够得到的那种语言功能予以界定。"
>
> "喜剧之所以存在，正是因为把某作品当作喜剧来阅读的这种期望与读悲剧或史诗不相同。"
>
> 参见［美］卡勒：《结构主义诗学》，盛宁译，中国社会科学出版社1997年版，第204～205页。

文学体裁是在文学历史进程中逐渐产生并发展成熟起来的，当面对一个文学文本时，体裁理论实际上是把当前的文本与历史形成的文学规范相对照和相联系，使人们通过成规和惯例来把握文本的特点，对它作出阐释和评价。因此可以说，体裁意识和体裁理论中内含着历史因素。有学者指出，体裁恰好把可以在时间因素之外进行的单个作品的分析，与所有已存在的、过去的作品联系起来。"由于各体裁都有将某一文章与过去的一些作品进行比较的使命，所以把文本间的相互联系性看成是对体裁所作思考的最后阶段似乎是合理的"②。卡勒赞同体裁作为文学程式和规范必然包含历史因素这一观点，同时还指出了与此相关的另一问题，即体裁理论能够让人意识到个人创作与文学传统的内在

---

① ［法］托多罗夫：《米哈伊尔·巴赫金与对话理论》，蒋子华等译，见《巴赫金、对话理论及其他》，百花文艺出版社2001年版，第289页。

② ［法］达维德·方丹：《诗学——文学形式通论》，陈静译，天津人民出版社2003年版，第129页。

联系。他说:"创作一首诗或一部小说的活动本身就意味着介入了某种文学传统,或者至少与某种诗歌或小说观念有关。这一活动之所以可能,就是因为存在着这种文学体裁。当然,作者可以反其道而行之,他可以设法推翻体裁的程式,但是,这恰好正是作者创作活动的范围背景,正如食言之所以可能,是由于存在着遵守诺言的社会习俗一样。"①因此,就一部文学文本而言,对其创新性、艺术价值等问题的认识和评价,需要参照它遵循或违反体裁规范的实际策略方能完成,这是体裁理论中必有的历史维度。

2. 体裁分类的几种基本方法

文学文本的体裁分类既是一个历史性的问题,又是一个理论性的问题。说它具有历史性,是因为体裁分类的结果总要适用于文学史上已经存在的大量文本,而且对于将来一定时段内可能出现的文本也要有基本的定位和归类作用;体裁分类既有总结性,又有前瞻性。说它具有理论性,是因为体裁分类作为文学理论研究的重要组成部分,又是在一定的理论基础上展开的;分类所依据的理论由于着眼点和切入角度的不同,其结果就会有相应的差异。文体分类上所以会形成"二分法""三分法""四分法"等不同的分类方法,原因就在于此。

韦勒克认为文学文本分类的根据大致着眼于两个方面。他说,文体的划分"应视为一种对文学作品的分类编组,在理论上,这种编组是建立在两个根据之上的:一个是外在形式(如特殊的格律或结构等),一个是内在形式(如态度、情调、目的等以及较为粗糙的题材和读者观众范围等)"。韦勒克指出,从表面上看,二者中任何一种都可以成为分类基础,但关键性的问题却在于还要找到另外一个根据,以便从外在与内在的结合上来确定文学类型。②

文学文本的体裁分类随着文学的发展和理论依据的变化而形成了不同的划分结果。从中外文学理论史看,最早出现的是"二分法"。中国的"二分法"把文本体裁分为韵文和散文两大类,其依据是文本的外部特点即二者在语言形式上的不同。由于这种划分过于笼统,没有涉及题材、构思等问题,难以区分文学文本和非文学文本,现在已废弃不用了。国外的"二分法"以亚里士多德在《诗学》中的划分为代表,其根据模仿现实手段的不同将文本分为史诗和戏剧两大类。由于史诗是通过语言来模仿现实的,不像戏剧那样有音乐等因素介入,因此被看作严格意义上的文学类型。至于史诗的语言表现形式,则既可以是韵文,也可以是散文。③可见,同样是"二分法",以亚里士多德为代表的西方古典文论更侧重于文本的内在形式。亚里士多德的"二分法"没有提及抒

---

① ［美］卡勒:《结构主义诗学》,盛宁译,中国社会科学出版社1997年版,第177页。
② ［美］韦勒克、沃伦:《文学理论》,刘象愚等译,江苏教育出版社2005年版,第274页。
③ ［美］韦斯坦因:《比较文学与文学理论》,刘象愚译,辽宁人民出版社1987年版,第107页。

情诗，当抒情诗在文学中的地位逐渐提升之后，"二分法"即由 "三分法"所替代，即将文学文本分为叙事类、抒情类、戏剧类三类。"三分法"至今仍然流行于西方文论界。

弗莱的"四分法"是以文学文本具有不同的表现方式为分类根据的。他说："文类的中心原则是相当简单的，文学中的文类区别的基础似乎是表现的原则。词语可以在观众前面表演出来，可以在听众面前讲出来；或者它们可以歌唱出来，或者可以为读者写出来。"①弗莱列出的四种不同的文本表现方式，对应于四种文类。正如有学者所言，"这的确是件壮举，因为加拿大诗学家弗莱试图将三位一体与韵文–散文形式的对立按其'展示方式'融合成一种作品分类：在观众面前表演的诗歌是戏剧；在听众前朗诵的则是叙事诗；自己背朝观众唱或吟诵的就是抒情诗，而小说则是应安静地阅读的"②。弗莱的"四分法"与我国流行的"四分法"在立论依据与分类结果上并不相同。在我国，"四分法"是将文学文本划为诗歌、小说、散文、戏剧文学四大类。这种分类方法主要着眼于文学文本的外在形态，同时也考虑到题材选择和形象塑造的特点，以文本的语言特征、体制篇幅为依据加以分类。此种划分初见于晚清时期，五四以后被广泛运用并在理论上予以确立。由于它具体明确，易于掌握，运用方便，尽管在理论依据上也许不如"三分法"严谨，但实用性更强，因此成为现代文学理论采用较多的一种体裁分类方法。

> 巴赫金在体裁研究中提出了"言语体裁"概念。他指出，言语体裁是人们在语言使用过程中形成的，"每一单个的表述，无疑是个人的，但使用语言的每一领域却锤炼出相对稳定的表述类型，我们称之为言语体裁"。"特别需要强调的是言语体裁（口头的和书面的）的极端差异性"。为此巴赫金又将言语体裁分为"简单类型"和"复杂类型"两种。简单类型的言语体裁指日常的叙事、对话、各种事务性的文件，复杂性的言语体裁是"意识形态型"的，包括各种文学体裁和其他文体，它们"是在较为复杂的和相对发达而有组织的文化交际（主要是书面交际）条件下产生的，如艺术交际、科学交际、社会政治交际等等"。复杂类型的言语体裁把各种简单类型的言语体裁吸收过来，并加以改造。
>
> 巴赫金认为，"应该通过对这两类体裁的分析来揭示和界定表述的本质；只有在这一条件下所作的界定才能符合表述复杂而深刻的本质"。
>
> 巴赫金的论述不仅揭示了文学体裁对文学言说的规范性，而且对进一步

---

① ［加拿大］诺斯洛普·弗莱：《批评的剖析》，陈慧等译，百花文艺出版社1998年版，第308页。

② ［法］达维德·方丹：《诗学——文学形式通论》，陈静译，天津人民出版社2003年版，第126～127页。

认识文学体裁的构成，认识各种话语类型与不同体裁的关系也极富于启发性。言语体裁的理论是对文学体裁研究的重大发展。

参见［苏］巴赫金：《言语体裁问题》，晓河译，见《巴赫金全集》第4卷，河北教育出版社1998年版，第140~143页。

第二节　诗歌

本节将围绕抒情性这一基本特点展开对诗歌体裁的讨论。首先讨论诗歌抒情的对象、性质、内涵等，并在抒情性的背景下来认识诗歌的想象及其在语言形式上的特点，指出正是基于抒情的需要，诗歌的语言和结构都有背离日常语言的趋势，从而形成了诗歌对语言形式的特殊要求，格律就是这种特点的精细化和规范化。其次，论述诗歌的意象和意境问题，指出意象和意境的创造就在于如何处理情感抒发与客观物象的关系。

一、诗歌与抒情

诗歌是最古老最重要的一种文学样式，"古老"是说早在原始社会就有了诗歌，最初的诗和音乐、舞蹈结合在一起，后来才逐渐独立出来。"重要"是指在世界文学史上，诗歌曾长期处于主导地位，被视为文学的代表，以致使"诗"成了文学的统称；无论是中国还是西方，"文学"的观念都要比"诗"晚许多。

诗是借助讲究韵律的语言和丰富的想象，含蓄地表现思想情感的文体。这个界定说明了诗歌的主要特点在于它的抒情性和语言的韵律性。不过，在相当长的历史时期里，西方文学理论更看重的却是诗歌的叙事功能而不是它的抒情性，钱锺书在谈到德国18世纪文论家莱辛的名著《拉奥孔》时说，"那时候，故事画是公认为绘画中最高的一门，正如叙事的史诗是公认为文学中最高的一体"①。古希腊最早的叙事文学就是史诗，此后有文艺复兴时期但丁的《神曲》，17世纪弥尔顿的《失乐园》，叙事诗在西方文学中一直代表着诗的正宗，直到浪漫主义文学思潮兴起，现代文体意义上的小说发展起来以后，诗歌的叙事功能才开始逐步减弱，抒情诗的文学地位才有了变化。

抒情诗在中国的地位却和西方相反，诗的抒情性从一开始就受到人们的肯定。古代典籍《尚书》中有"诗言志，歌永言，声依永，律和声"②的说法，

---

① 钱锺书：《读〈拉奥孔〉》，见《七缀集》，上海古籍出版社1985年版，第41页。
② 李学勤主编：《十三经注疏·尚书正义》，北京大学出版社1999年版，第79页。

"言志"是指对内心情志的表达；"永言"即"歌咏"，是说诗以歌咏的言说方式来言志；"声依永""律和声"则是指诗歌的吟唱讲究声音的和谐优美，体现了诗歌语言讲究韵律的抒情特点。《尚书》所描述的是最早的诗歌活动，那时的诗还不具有真正的文学意义，而是与祭祀、祈祷、巫术等活动联系在一起，有着一定功利目的的活动。也就是说，人类早期的诗歌活动不仅具有诗、歌、舞三位一体的特点，而且诗与巫也是联系在一起的，人类祖先常常用这种方式向神灵表达自己的愿望、理想和祈求。排除原始诗歌活动中的巫术、神话因素，从中能够看到的就是诗歌表达理想愿望的抒情性。诗歌语言的一系列形式特点，如讲究韵律、节奏、声调，都与抒情性有着密切的关系。大约正是因为有"言志"的传统，从文学史上看中国诗歌的叙事特点远不如西方突出，虽然也可以举出少量有代表性的文本，但总的来说，中国古代的诗歌还是以抒情言志为主流。抒情性是诗歌作为一种文学样式的基本特征，在今天已是共识。

诗的抒情性首先体现在对题材的选择和处理上。与其他抒情文类一样，诗歌一般很少对社会生活的形态、人们之间的联系以及事件发展的过程做具体细致的描绘。就像黑格尔说的，诗所特有的对象或题材不是自然风光或人的外表形状，而是精神方面的旨趣，"在全部事物中，只有那些可以向精神活动提供动力或材料的才可以出现在诗里"，情感生活成为诗歌特有的内容，诗歌"只为提供内心观照而工作"。① 19世纪的英国批评家赫兹利特说："恐怖是诗，希望是诗，爱是诗，恨是诗；轻视、忌妒、懊悔、爱慕、奇迹、怜悯、绝望或疯狂全是诗。"②表现了浪漫主义运动之后人们对诗的抒情性的认同。当然，这并不是说在诗歌里没有形象描写和生活过程的展现。对于人情世态、山水风光，中外诗歌都不乏出色的描绘。但是这些在诗里都是以人的内心情感的流动和变化为线索展开的。而且，经过主体情感的渗透和改造以后，作为物象的客体往往失去或改变了原有的客观性质而成为诗人情感寄托的对象。这就是中国古代诗论常讲的借景言情、融情入景、托物咏志。诗歌的上述特点使它有可能更充分更自由地传达主体的审美感受，并唤起读者相应的情感反应和审美体验。

诗的抒情性不应作狭义理解。"诗言志"对中国诗歌有着深远的影响，后来虽然有"缘情"一脉，但"情"和"志"始终都有密切的联系。白居易说："感人心者，莫先乎情，莫始乎言，莫切乎声，莫深乎义。诗者，根情，苗言，华声，实义。"③将"情"视为"根"，"义"视为"实"，与"诗言志"的

---

① 　[德]黑格尔：《美学》第3卷下册，朱光潜译，商务印书馆1984年版，第19页。
② 　[英]赫兹利特：《泛论诗歌》，袁可嘉译，见《欧洲古典作家论现实主义和浪漫主义》(1)，中国社会科学出版社1980年版，第302页。
③ 　白居易：《与元九书》，见周祖譔编选《隋唐五代文论选》，人民文学出版社1990年版，第234～235页。

古训相合。诗歌所表现的感情，是因为凝聚了诗人独特的人生体验和审美理解才获得了强烈的艺术感染力。所以对诗来说，抒情并不意味着情感毫无节制的宣泄。相反，有成就的诗人都会通过不断提炼、升华自己的情感而使之获得更为普遍的审美意义。被艾布拉姆斯誉为第一个伟大的浪漫主义诗人的华兹华斯曾说过"诗是强烈情感的自然流露"，但是他又强调"这些热情、思想和感觉都是一般人的热情、思想和感觉"，"它们与我们伦理上的情操、生理上的感觉以及激起这些东西的事物相联系"；"诗人以人的热情去思考和感受"①。华兹华斯的观点体现了诗歌表达的情感与人类心理和人生意义的关联。

诗歌对情感的表现需要丰富的想象来支撑，想象性成为诗的又一个显著特征。正像赫兹利特所说，"诗歌是幻想和感情的白热化"②。虽说一切文学创造都少不了想象，但是对于叙事文类来讲，想象的腾飞还需顾及事件发展的逻辑和保留物象的自然形态，唯有诗歌才要求想象的"白热化"，给想象提供广阔的空间。其原因在于，想象和情感之间存在着彼此相依的互动关系：情感的运动为想象和幻想的活跃提供了内在动力，而唯有丰富的想象才能为情感的表现找到使之外化的形象。就像陆机《文赋》说的，"情瞳昽而弥鲜，物昭晰而互进"③。情感和想象不仅是诗的内容的构成要素，而且影响到诗歌的语言、结构和形式。

二、诗的语言和结构

在各种文学样式中，诗歌对语言的要求最为讲究，"诗是语言的精粹"④。诗人要撷取和提炼自己的审美感受，以理想的形象体系来表现，创造出饱含审美意蕴的意象和意境，也就相应地要求凝练而富于表现力、具有节奏和韵律的语言，诗的语言和日常生活语言因此有了明显的区别，表现为诗歌对日常语言的"背离"。就像黑格尔说的，当"一个民族已经掌握了一种发展成熟的表达日常生活的散文语言"时，"为着要引起兴趣，诗的表现就须背离这种散文语言，对它进行更新和提高，变成富于精神性的"⑤。诗歌语言的这种"背离"首先表现为诗对日常语言的提炼，诗要以尽可能经济的语句表达尽可能丰富的内容，使每个词都有极强的表现力。为了达到这个目的，诗歌甚至使

---

①　［英］华兹华斯：《〈抒情歌谣集〉序言》，曹葆华译，见《欧美古典作家论现实主义和浪漫主义》(1)，中国社会科学出版社 1980 年版，第 267～268 页。

②　［英］赫兹利特：《泛论诗歌》，袁可嘉译，见《欧洲古典作家论现实主义和浪漫主义》(1)，中国社会科学出版社 1980 年版，第 303 页。

③　陆机：《文赋》，见张少康《文赋集释》，上海古籍出版社 1984 年版，第 25 页。

④　朱自清：《诗的语言》，见《朱自清古典文学论文集》上册，上海古籍出版社 1981 年版，第 79 页。

⑤　［德］黑格尔：《美学》第 3 卷下册，朱光潜译，商务印书馆 1984 年版，第 66 页。

语言发生扭曲和变形。如李贺的《南山田中行》"鬼灯如漆点松花"一句，竟用黑色描绘灯光，"非言漆烛之灿明，乃言鬼火之昏昧，微弱如萤，沉黯如墨；……非谓烧漆取明，乃谓祇如漆之黑而发光。想象新诡，物色阴凄，因旧词别孳新意，遂造境而非徒用典，其事与'烂如日月'大异"①。诗歌对日常语言的"背离"还表现为对规范句法的"破坏"。在中国古代诗词中，主谓宾的位置相当灵活，诗人经常为了突出某个意象或造成某种特殊的语言效果而改变词序、句序、字词组合和句子结构。杜甫《秋兴八首》中的名句"香稻啄余鹦鹉粒，碧梧栖老凤凰枝"就是一个经常被人们提及的例子。若按一般的文法来讲，这两句分明不通；若说是倒装句，理解成"鹦鹉啄余香稻粒，凤凰栖老碧梧枝"，又显得过于平直，毫无诗味。有研究者指出，这两句其实并不是写"鹦鹉啄稻""凤凰栖枝"之事，"乃在写回忆中的渼陂风物之美，'香稻'、'碧梧'都只是回忆中一份烘托的影像，而更以'啄余鹦鹉粒'和'栖老凤凰枝'，来当做形容短句，以状香稻之丰，有鹦鹉啄余之粒；碧梧之美，有凤凰栖老之枝，以渲染出香稻、碧梧一份丰美安适的意象"②。钱锺书在谈到这种现象时说，"盖韵文之制，居囿于字数，拘牵于声律，……散文则无此等禁限"，"故歇后、倒装，科以'文字之本'，不通欠顺，而在诗词中熟见习闻，安焉若素。此无他，笔、舌、韵、散之'语法程度'（degrees of grammaticalness），各自不同，韵文视散文得以宽限减等尔"。而"词之视诗，语法程度更降，声律愈严，则文律不得不愈宽，此又屈伸倚伏之理"③。

　　随着情感的起伏和流动，诗歌自然形成了鲜明的节奏与和谐的韵律。节奏是在诗人情感支配之下，由声音的强弱、高低、长短以及音节的停顿所构成的一种有规律的运动。不同的心情往往表现为不同的诗歌节奏。如表现轻松愉快的节奏为明快悠扬，表现昂扬奔放的节奏为急促有力，而悲哀忧伤的表现则需要缓慢低沉的节奏，语言节奏成为传达情感最直接、最有力的方式，或者说节奏本身就是诗歌情绪、情感的构成部分。"所以节奏之于诗是它的外形，也是它的生命，我们可以说没有诗是没有节奏的，没有节奏的便不是诗"④。节奏既体现在诗歌句子的内部，也体现在句与句、节与节之间的联系和结构上。押韵是加强诗歌节奏、增加情感色彩的一种手段。"韵是去而复返、奇偶相错、前后相呼应的。""轻重不分明，音节易散漫，必须借韵的回声来点明、呼应和贯串。"⑤押韵的形式多种多样，与各民族语言的特点有着密切关系，汉语

①　钱锺书：《管锥篇》第 2 册，中华书局 1979 年版，第 782～783 页。
②　叶嘉莹：《杜甫秋兴八首集说》，上海古籍出版社 1988 年版，第 56～57 页。
③　钱锺书：《管锥编》第 1 册，中华书局 1979 年版，第 149～150 页。
④　郭沫若：《论节奏》，《文艺论集》，人民文学出版社 1979 年版，第 229 页。
⑤　朱光潜：《诗论》，《朱光潜美学文集》第 2 卷，上海文艺出版社 1982 年版，第 174～175 页。

诗歌一般押句尾韵。

经过长期的创作实践和历史承传，形成了对诗歌在字数、句数、节奏、押韵、音调等方面的某些固定要求，如汉语诗歌对平仄的要求，英语诗歌对轻重音、长短音的要求，于是古代诗歌创作逐步走上了程式化的道路，形成了严格的格律。狭义上的中国古代诗歌分为古体诗和近体诗两种，唐代以前的古体诗，或称古风、古诗，除了押韵，并没有其他严格的格律要求。产生于齐梁，形成于唐代的近体诗，则在诗的字句、用韵、平仄、对仗等方面，都有严格精细的格律限制。后来兴起的词、曲等诗歌形式也有和近体诗相接近的格律要求，而且由于词牌、曲牌的多种多样，格律的要求更为复杂。而西方诗歌中的轻重音、长短音、音步、顿数等，也往往都有一定的格律限制。十四行诗就属于格律要求严格的诗歌样式。

诗歌具有与日常语言不同的特殊语言形态，而这些语言形式又关联着诗歌所要表现的思想感情，所以很难把诗歌转译成散文。其难主要不在于词语意义的传达，而在于节奏韵律、分行排列等语言形式所蕴含的种种情感色彩和审美意味，往往是散文语言无法表现的。例如闻一多所说的诗歌语言形式特有的绘画美、音乐美、建筑美，散文难以再现；诗的意蕴、情趣也因此会丧失许多。

所以西方形式主义文论尤为关注诗歌和语言形式之间的这种关系，就像雅各布森所说："诗歌的显著特征在于，语词是作为语词被感知的，而不只是作为所指对象的代表或感情的发泄，词和词的排列、词的意义、词的外部和内部形式具有自身的分量和价值。"①对诗歌和语言关系的深入研究，使形式主义文论对语言形式在诗歌中的意义、对诗歌语言形式的特殊性等方面，提出了许多颇有启发意义的见解。但是他们因此而否认思想感情对于诗的意义，却过于偏颇了。从这个角度上看，黑格尔的下述见解值得注意。他在谈到诗歌过于追求语言形式的偏颇时指出，由于过分强调语言形式的意义，"以至把这种特殊表现方式看成一种主要任务，着眼点很少在内心生活的真实情况，而更多地在语言方面的美妙，光润，文雅及其效果。于是诗就降落到修辞和演讲的地位。……这种表现方式对于诗的内在生命会起破坏作用"。所以他强调"真正的诗的效果应该是不着意的，自然流露的，一种着意安排的艺术就会损害真正的诗的效果"。②似乎是对黑格尔的回应，艾略特指出避免诗歌在语言追求中陷入偏颇的途径就在于，"诗界的每一场革命都趋向于回到——有时是它自己宣称——普通语言上去"，因为"诗的音乐性必须是一种隐含在它那个时代的普通用语中的音乐性。这还意味着它必须隐含在诗人所生活的那个地方的普通

---

① 转引自[英]霍克斯：《结构主义和符号学》，瞿铁鹏译，上海译文出版社1987年版，第63页。
② [德]黑格尔：《美学》第3卷下册，朱光潜译，商务印书馆1984年版，第67页。

用语中"。①

追求对日常语言的"背离"和向日常语言的"回归"这一对矛盾,凸显了诗歌既要格律形式,又要避免陷入格律形式的矛盾境况。格律日趋精细无疑提高了诗歌艺术表现的水平,使之更为精巧,但同时又难免对诗思的自由表达造成一定的束缚。因此中国在律诗绝句盛行的时代,还是有人去写形式要求较为宽松的古体诗。"在近代文艺上,随着韵文向散文化亢进,抒情诗也逐步地从韵律的规格中摆脱出来。自19世纪末叶开始发展起来的自由诗不仅无视韵脚,而且连韵律等也达到了自由化"②。到了五四时期,终于出现了自由诗取代格律诗的局面。新诗的发展破除了传统诗的格律,但新诗在走过了近百年的历程之后,至今仍未摆脱探索的困惑,而且在形式上还是积淀了某些格律因素的经验。反省新诗面临的矛盾与困惑,或许能帮助我们更深刻地理解诗歌语言的特点。

与诗歌语言表现的上述特点密切相关,诗歌在结构上也有自己的特色。从表层结构上看,诗歌和其他文体明显不同的是诗的分行、分节排列;从深层结构上看,诗歌追求跳跃式的结构形式;诗歌的结构可以既不遵循自然的时空顺序,也不遵循事理的逻辑关系,而是依照主体情感抒发的想象轨迹展开,其间许多省略、伸缩、交叉和颠倒,打破了按部就班的秩序,形成了跳跃式的结构,诗歌因此具有了与其他体裁迥然不同的文体面貌。

三、诗的意象和意境

1. 意象

中国古代诗学极为推崇意象。在诗歌理论中,意象是指那种将某种情感意念融入特定物象的艺术形象。其中的"意"指意念、意蕴,"象"指经过意念、意蕴点染的物象;"意象"即表意之象、寓意之象、见意之象。"意"与"象"的关系正如王弼所说,"象生于意,故可寻象以观意"③。意象的最大特点在于它是一种为表达某种意蕴而创造的形象。虽然某些意象在形态上也保留了对具体物象的描绘,但是其中所包蕴的丰富内涵却不是生活物象本身所具有的。如马致远《天净沙·秋思》中的诸种意象,主要是靠互相联系构成的意象群来表达特定的意念,从而也获得自身的意蕴。如最后一句"断肠人在天涯"构成的意象,可以说起到了画龙点睛的作用。由于和这一"断肠"的旅途征人或他乡游子相联系,由于"断肠"这一特定情境的规定,小令中所表现的种种景象

---

① [英]T.艾略特:《诗歌的音乐性》,王恩衷译,见《艾略特诗学文集》,国际文化出版公司1989年版,第180页。

② [日]竹内敏雄:《艺术理论》,卞崇道等译,中国人民大学出版社1990年版,第101页。

③ 王弼:《周易略例·明象》,见楼宇列著《王弼集校释》下册,中华书局1980年版,第609页。

才被涂抹上了一种苍凉悲凄的色调，充溢着耐人寻味的意蕴。如果没有这一句，作者所罗列的种种物象就不可能获得这种意蕴而成为具有感染力的艺术形象。

西方文论把意象视为诗人的主观意念与外界的客观物象猝然撞击后的产物，显然偏重于主观印象在意象构成中的作用。按照意象派诗人庞德的说法，"一个意象是在瞬间呈现出的一个理性和感情的复合体"①。 T.艾略特提出诗人表达思想感情不能像哲学家或技巧不高明的诗人那样直接抒发情思本身，而要找到一种"客观对应物"，通过物体、情景、事件、掌故、引语等构成的意象体系来表达，即所谓的由意生象。李商隐《乐游原》表现的意象体现了这一过程："向晚意不适，驱车登古原"写出了抒情主人公的心情不快。"夕阳无限好，只是近黄昏"给不愉快的心情找到了"客观对应物"，此刻的"夕阳""古原"都成为表现诗人心境的意象。当然，由意生象并不是意象创造的唯一模式，由象生意或意象共生在意象创造中也是常见的。杜甫的《春望》就是由"国破山河在，城春草木深"的景象触发了"感时""恨别"的情思，由这种情思生成了"花溅泪""鸟惊心"的意象，最终形成的意象"白头搔更短，浑欲不胜簪"，则体现了意与象的并生。

意象的创造和运用并不完全取决于诗人个人，意象的生成和运用不仅要受民族的心理结构、文化背景和文学惯例的影响，而且还会受业已存在的诗歌意象体系的制约，甚至和人类共通的心理有关。天阴天晴，在古往今来的诗歌中都是和人的情绪的消沉抑郁或开朗高昂相联系的意象。根据心理学家和生理学家的研究，空气的潮湿程度和人的情绪之间确实有着一定关系。至于自然界的其他种种物象，诸如日升日落，月圆月缺，夏去秋来，冬尽春回，山岳摩天，江河入海，等等，自古至今，无不与人的情绪、心境相呼应，构成某种默契，从而形成具有普遍意义的审美关系，具有荣格所说的原始意象的性质。它们在历代诗文中反复出现，延绵不绝，形成了不言自明的象征意义。在共同的自然环境、历史背景、文化传统基础上产生的意象体系，是一个民族的重要精神财富。一些艺术感染力很强的意象，往往被历代诗人们一再袭用。因此，从纵的方面讲，意象有传承性；从横的方面讲，意象有普遍性。诗人在此基础上，或袭用旧的意象，或创造新的意象，用以表达自己独特的审美感受和理想。当然，在文学发展的进程中，某些古老的意象会由于种种原因变得陈旧而丧失了生命力，从而促使诗人们去创造新的意象。

2. 意境

意境是中国古典诗学的重要范畴，在西方文论里还难以找到一个与它相当

---

① 　［美］庞德：《回顾》，郑敏译，见戴维·洛奇编《二十世纪文学评论》上册，上海译文出版社 1987年版，第 108 页。

的概念或术语。意境是指诗人的主观情意与客观物象相互交融而形成的一种艺术境界或审美境界，具有"境生于象而超乎象"的特点①。近代学者王国维借鉴西方文艺理论，对传统的境界观念予以新的阐发，提出了许多独到的见解，被认为是意境理论的集大成者。他在《人间词话》开篇就提出"词以境界为最上。有境界则自成高格，自有名句"②。他把"境界"即意境看作创作和审美的最高标准。他说："何以谓之有意境？曰：写情则沁人心脾，写景则在人耳目，述事则如其口出是也。"③指出意境应具备鲜明的生动性和艺术感染力。他还从创作原则、情感色彩等方面论及意境的分类等问题，形成了比较完整的意境理论体系。纳入现代文学理论视野来考察，可以说意境实际上是一种特殊的意象体系。在这种体系中，既有十分鲜明、富于启示性的生活景象，又使景象含有十分丰富、让人品味思索而得之于言外的意蕴，二者有机融合所形成的艺术境界即意境。

文学往往需要通过描绘、营构有形的生活现象来传达作者的生活感受、体验和评价，从而形成构形与表意的结合。意境包括了意和境两个方面，而且意的因素更显得重要；在构形和表意两个环节上，表意居于主导地位，因此形成了意境在构形和表意上的特点。

意境的绘形除了要受主体意识的投射、点染之外，还有虚化和集合性的特点。所谓虚化，是指作家对具体物象及其相互关系不作工笔式的实写描绘，而是跳跃式的大笔虚写甚至不写，使诗歌呈现出不同程度的空白，给读者留下想象和体味的天地，造成"象外之象，景外之景"。如《天净沙·秋思》中的意象、各组意象内部和意象之间，就都存在着这种虚化现象。有些直抒胸臆的作品，其中很少甚至完全没有直接绘形，主要凭借抒情本身具有的强烈的感情力量构成意境。所谓集合性，是指构成意境的各种物象不是支离破碎的罗列和堆砌，而是紧密和谐地联系成一个有机的整体，构建成生动的环境、场景、氛围，从而形成立体感和空间感。唐代诗人刘禹锡《乌衣巷》中出现了六个具体的物象：乌衣巷口、朱雀桥边、夕阳斜、野草花、飞燕、百姓家。孤立地看，它们之间虽然有一定的联系，却可能引出各种不同的感受和联想；但一经诗人精心构建，就形成了一个有特定指向的时空形态。东晋到中唐数百年间历史演变的无数悲欢，世事苍茫、沧海桑田的无穷感慨，都凝聚其间；具体意象也因此得到意蕴的点染而生气勃勃。

意境的表意对于绘形来说具有积极的主导性，即根据主观意念对客观事物

---

①　袁行霈：《中国古代诗歌的意境》，见《中国诗歌艺术研究》，北京大学出版社 1987 年版，第 56 页。

②　王国维：《人间词话》，见徐调孚注《蕙风词话·人间词话》，人民文学出版社 1960 年版，第 191 页。

③　王国维：《宋元戏曲考》，见姚淦铭等编《王国维文集》第 1 卷，中国文史出版社 1997 年版，第 389 页。

的面貌和性质作种种渲染和改造，对客观物象之间的联系作种种调整和虚构。除此以外，意境的表意一般还具有超越性和哲理性的特点。所谓超越性，是指意境所包含的意蕴不但超越了具体物象，而且多有言外之意，弦外之音，言有尽而意无穷，留下了再三玩味体验的空间。和意象一样，意境具有创造的主观性、内涵的不确定性和感受的意会性。而且由于意境往往是由众多意象组成的，因而就在更大范围和整体上显示出这种特点，具有司空图所说的"韵外之致""味外之旨"①。李商隐的那些《无题》诗之所以历来解说纷纭，莫衷一是，以至出现许多穿凿附会，与意境的这个特点不无关系。现代的朦胧诗也有类似的效应。在对意象的感受意会中，在对这类作品的诵读把玩中，人们的审美创造欲望和能力往往得到了更高层次的满足。意境所包含的意蕴往往已不是或不仅仅是对具体事物的认识评价，而是对整个社会、人生、历史、宇宙的一种哲理性的感受和领悟，读者对于意境的感悟也常常会进入诗的哲理层面，从而超越了诗人的本意。

> 诗之至处，妙在含蓄无垠，思致微渺，其寄托在可言不可言之间，其指归在可解不可解之会，言在此而意在彼，泯端倪而离形象，绝议论而穷思维，引人于冥漠恍惚之境，所以为至也。若一切以理概之，理者，一定之衡，则能实而不能虚，为执而不为化，非板则腐，如学究之说书，闾师之读律，又如禅家之参死句，不参活句，窃恐有乖于风人之旨。以言乎事，天下固有有其理，而不可见诸事者，若夫诗则理尚不可执，又焉能一一征之实事者乎？而先生断断焉必以理事二者与情同律乎诗，不使有毫发之或离，愚窃惑焉。此何也？予曰：子之言诚是也，子之所以称诗者，深有得乎诗之旨者也。然子但知可言可执之理之为理，而抑知名言所绝之理之为至理乎？子但知有是事之为事，而抑知无是事之为凡事之所出乎？可言之理，人人能言之，又安在诗人之言之？可征之事，人人能述之，又安在诗人之述之？必有不可言之理，不可述之事，遇之于默会意象之表，而理与事无不灿然于前者也。……
>
> 要之作诗者，实写理事情，可以言言，可以解解，即为俗儒之作。惟不可名言之理，不可施见之事，不可径达之情，则幽渺以为理，想象以为事，惝恍以为情，方为理至事至情至之语。此岂俗儒耳目心思界分中所有哉？则余之为此三语者，非腐也，非僻也，非锢也。得此意而通之，宁独学诗，无适而不可矣。
>
> 叶燮：《原诗》，见霍松林等校注《原诗·一瓢诗话·说诗晬语》，人民文学出版社1979年版，第30~32页。

---

① 参见司空图：《与李生论诗书》，见周祖譔编选《隋唐五代文论选》，人民出版社1990年版，第348、349页。

第三节　散文

像诗歌一样,散文也是出现得很早,有着悠久历史的一种文体。不过,散文的"辈分"虽然很老,但散文的"文学身份"却一直不那么明了。在相当长的时间里,人们一直很难把文学意义上的散文与非文学性散文截然分开;即使到了今天,某些散文样式依然徘徊于文学和非文学之间,被人们视为"边缘文体",本节的任务就是在与其他文学样式的比较中阐述文学散文的特点。首先是区分狭义的文学散文和广义的非文学的散文,其次论述文学散文的特点就在于表达对人生的审美感受,最后讨论散文在结构、语言等表现形式上的特点。

一、散文与感受的抒发

散文的产生始于文字记事。从现有材料看,中国的文字记事大约从商代就开始了,距今已有3000多年的历史。在这个漫长的历史过程中,被人们视为散文的其实"不限于那些写景抒情的所谓'文学散文'",而是把"政论、史论、传记、墓志以及各体论说杂文统统包罗在内,因为,在中国古代,许多作家写这类文章,其'沉思''翰藻',是不减于抒情写景的"①。同样的情况在西方也可以见到,王佐良在研究英国散文的著述中说,"英文散文适用的领域十分广大,不论是宣告、叙事、说明问题、进行辩论,还是游记、抒情、写小说剧本、写信、写便条、写日记等等都要用散文。……在英文散文发展顺利的时候,不仅文学家能写好散文,各界人士都出现散文能手,全社会都关心语言质量"②。在中国,"散文"作为一种狭义的体裁的称谓被认为最早出现于南宋,如罗大经《鹤林玉露》记杨东山语:"山谷诗骚妙天下,而散文颇觉琐碎局促";又记周必大语:"四六特拘对耳,其立意措词,贵于浑融有味,与散文同"③,就是从文体观念上对散文、韵文和骈文的区分。那么,什么样的散文才称得上是文学散文呢?

1.散文的含义

作为文学体裁,散文首先是和韵文特别是诗歌相对的概念,和英文的prose的内涵基本相同。在我国古代,散文最初只是一个和骈文相对的概念。不过这种区分并不是专指文学作品的,也适用于经传史籍等非文学性作品。到了现代,随着文学观念的日趋清晰,人们所说的散文就排除了一切韵文和骈体

---

① 郭预衡:《中国散文史》上册,上海古籍出版社1986年版,第1页。
② 王佐良:《英国散文的流变》,商务印书馆1994年版,第354页。
③ 罗大经:《鹤林玉露》,中华书局1983年版,第265、27页。

文。不过仅仅着眼于语言特点的散文概念仍是一个广义的大散文概念，非文学性的散文也包含其内。到了20世纪30年代中期，新文学家们对文学散文的基本认识是："我们的散文，只能约略地说，是 prose 的译名，和 essay 有些相像"，①"是与诗、小说、戏剧并举，而为新文学的一个独立部门的东西，或称白话散文，或称抒情文，或称小品文。这散文所包甚狭，从'抒情文''小品文'两个名称就可知道……"②在上述狭义散文的发展过程中，报告文学、传记文学、杂文等体裁也逐渐兴盛，被人们归入散文一类。可是如此划分虽然排除了非文学性的散文，却又使散文的内涵模糊起来，外延也过于宽泛、芜杂；现在的一般做法是将报告文学、传记文学、杂文列为独立的文体。

20世纪80年代以后，散文创作得到了很大的发展，在许多方面突破了人们对现代文学散文的某些约定俗成的规范。例如以文化散文、学者散文等命名的散文创作，就在题材、篇幅、风格等方面和传统意义上的"抒情文"或"小品文"有了相当的距离。许多学者、新闻工作者、艺术家和诗人投入散文写作，又将其他文体的形式和技巧带入了文学散文。传媒特别是网络的发展给更多的人提供了以散文这种自由的文体抒发自己心灵的机遇，散文被注入了更多的新鲜成分。即使狭义的文学散文，其构成本身也比诗歌、小说复杂得多。在社会生活发生巨大变化而文学被边缘化的背景下，对于散文这一本来就处于文学边缘的文体，要求其绝对的"纯"或"净化"就显得特别困难。当然这并不是说文学散文没有自己的基本规范，否定在文学和文学理论的范围内讨论文学散文的必要性，而是说仅从文体形式上难以说清楚问题，对文学散文的确定更值得注意的是这种文体的内涵。也就是说，文学散文与非文学散文的根本区别并不在于是否讲究语言形式之"美"，是否讲究修辞技巧；文学散文最突出的特点，在于它是对人生审美感受或感悟的抒发，而非文学散文则不以这种审美表现为目的。从这个意义上讲，可以将文学散文界定为一种以抒发对人生的审美感受为内容的文学体裁。

2. 散文抒发感受的特点

*散文和诗歌、小说、剧本等文学样式一样，都要表达作者对人生的审美

---

① 郁达夫:《散文二集导言》，见《中国新文学大系·散文二集》，上海良友图书公司1936年版，第3页。

② 朱自清:《什么是"散文"》，见《文学百题》，生活书店1935年版，第238页。

* 请访问爱课程网→资源共享课→文艺学系列课程/孙文宪→第6讲（02:27.21～08:00.61）。

感受，有所区别的是，散文把感受的抒发作为基本内容和行文的脉络，它不像小说以叙事为主，作者对于生活的感受只能通过叙事间接地表现，感受既不是叙事的主要对象，在小说中也不具有独立的意义。散文也不像以抒情为主的诗歌那样，使感受的表达受制于情绪和情感，诗歌很少对感受本身作理性的梳理与反思。而散文不仅在内容上要求真实、直接、自然地表达作者自己对人生的感受和体悟，更要展现这种感受和体悟产生的过程和缘由。散文对感受的表现从内容到形式都更趋向于生活的自然形态，有着比诗更大的自由。

　　散文在取材表意方面比诗歌更为广泛和丰富，可以广泛地表现大千世界的种种人事景物、情理心态，几乎没有对象上的限制，而且在表现的方式和手法上可以兼用叙述、描写、议论、抒情，没有其他文体必有的各种惯例和成规。散文的限制仅在于必须融进作者自己对生活对象的真实感受和体悟。将散文归结为"抒情文"是广义的，散文的抒情要求融入一定的理性成分和反思意味，经常带有叙述性的描写和哲理性的议论。这种叙述和议论成分深化了情感的表现，也深化了读者的理解和体验。散文的对象是从现实生活或历史生活中撷取的某些侧面和片段，但是散文并不停留在记述和描绘上，散文要表现的是对于现实和历史的感受，是对这些人生感受的反思和审理，散文抒发的正是这种感受和体悟。

　　散文不但拥有广泛和丰富的题材领域，而且在传达审美感受方面也有自己独特之处。散文往往是从心情和感觉的自然形态出发，渐进地注入对审美感受的表现、梳理和反省，包括意象的创造和意境的升华。诗歌是将诗人自己的审美感受凝聚于意象或意境，作为已经完成的审美对象提供给读者，经验过程跳跃而模糊。散文抒发感受更讲求经验或心理的梳理，讲求感受经验和经历的真实性和具体性，反对情感和经验的虚拟。清人吴乔在说到"诗与文之辨"时曾有"诗酒文饭"之喻，他说："意喻之米，文喻之炊而为饭，诗喻之酿而为酒；饭不变米形，酒形质尽变。"[①]以一连串的比喻说明，诗歌对经验和材料的加工，使诗的意象与原型相比，无论在形式上还是在蕴涵上都有了极大的变化，诗的意象是生活物象的凝练与升华，散文则往往是对经验感受的直接表达，感受及其表现形式都似乎保留着生活的原生形态，自然而亲切。正因为如此，散文才给人带来了似乎没有刻意加工的"散"的感觉，才会有更大的包容性。也正因为如此，散文在篇幅、结构和表现技巧上，不像诗歌、小说、戏剧文学那样，有严格的文体规范甚至程式，散文为"意"的抒写和表现提供了更大更自由的文体空间。

　　散文虽然有抒情性散文、记叙性散文、议论性散文的区分。但实际上都属

---

①　吴乔：《答万季埜诗问》，见《清诗话》上册，上海古籍出版社 1978 年版，第 25 页。

于广义的抒情，即表达对生活的感受，只是在表达感受的对象和方式上有所不同而已。而且，在各类散文里，抒情、记叙、议论等因素也不同程度地并存，只是其中某一方面为主或更突出而已。

抒情性散文一般有较多的情感成分，对狭义的情感抒发倾注了较大力度，和诗歌有更多相近的成分。其中一部分就被称为散文诗，处于散文和诗的交叉地带。这种抒情性散文特别注意意象和意境的营造。

记叙性散文以记叙为主要表达方式，但感受的抒发却是叙述的主线，贯穿于叙述始终。记叙性散文按其记叙对象大致可以分为叙事、记人、写景、状物等类型。记人和叙事散文区别于小说、报告文学、传记文学对人物、事件的把握和表现，一般不追求人物和情节的完整性而重在抒发对人物和事件的主观感受和认识，更融入了作者的反省和体认。写人常常只是通过若干片段，以小见大，注重神似和人物的内在精神。叙事则不讲究故事与情节，往往在勾勒事件基本框架的前提下，突出细节和印象。写景和状物在小说、报告文学、传记文学中处于辅助性的地位，作为人物、事件的背景或环境，在展示人物性格、推动情节发展中起烘托铺垫的作用。散文却将其作为独立的审美对象来表现，使之成为抒发、寄托感悟的对象或载体，以致使写景、状物类的散文往往带有比记人、叙事类散文更浓重的主观抒情色彩，甚至就是情意化、人格化的景物。

议论性散文虽然以议论为主，但是文学散文的议论却是在叙事或描写的语境中，融合了较多的言情表意成分，抒发自己对人生、社会和历史的审美感受和体悟。议论中的引经据典，说古道今，无不体现知识性的趣味和感悟人生的智慧，在与现实人生产生一定程度的碰撞、接通和融洽中，发生特殊的审美联系，从而实现间接的抽象知识与直接的具象知识的平衡。这类散文对于提升散文整体的审美特质，具有重要的意义。

杂文和小品、随笔确实颇难区分。 20世纪30年代，鲁迅等左翼作家和周作人、林语堂等人在共同的小品文名称之下，进行了不同文体的争论和创作实践。后来左翼的小品文有了另一名称，即杂文。当时有人总结说："小品文是一种和静的抒情，杂感文是一种战斗的抒情。"[1]也就是说，对于这两种文体来说，抒情是共同的，只是抒情的内容和格调有区别。杂文即杂感文另立门户以后，区分"和静的声音"和"战斗的声音"在散文内部就不那么明显了。随笔也因其偏于议论而常被另列于小品之外。其实，由于杂文和随笔的议论往往不限于对人生的审美观照，已难以归类为文学散文，更多地带有边缘性文体的特征。

---

[1] 林慧文：《现代散文的道路》，见《中华文艺》第3卷第4期，1940年12月。

二、自由和自然的形式

由于直接朴素地表达人生感受的需要，散文在表现形式上显得更为自由和自然。

1. 散文的结构

散文在结构方面和诗歌有某些共同之处，它们都以主体内心情感和思绪的流动起伏作为线索，具有心理结构或情绪结构的特点。与诗歌结构的不同之处在于，散文对篇幅和结构的要求，没有诗歌那么严格，因而可以比较轻快舒畅地进行抒写，似乎是信手拈来，随意点染。但是这并不是说散文的结构散漫无拘，抒发某种关于人生的审美感受始终是组织散文结构的潜在规则，由此形成了散文题旨的集中性和结构形式的灵活性。李广田曾通过不同体裁的比较来说明散文结构的特点，他说："诗必须圆，小说必须严，而散文则比较散。"他把诗歌比做珍珠，追求圆满、完整；把小说比做建筑，严密紧凑，秩序井然；把散文比做河流和散步，可以随意流淌和走动，最后归入大海或是回到家中①。关于散文结构的特点曾有过所谓"形散神不散"的说法，因其内涵比较宽泛曾引起颇多争议，但是如果仅仅将其作为对散文结构特点的说明还是恰当的。所谓"形散"可以理解为与其他文体比较，散文在结构上没有一定的模式或成规，随感而发，有较大的自由。并不是说结构的"散漫"或"散乱"，否定散文结构也有形式美和艺术性。而"神不散"则是指散文主旨线索的集中，这虽然是各种文体的共同要求和特点，但是对于散文随感而发的表意特点来讲，强调"神不散"也并非无的放矢。抒发人生审美感受的特点使散文的表现具有相当的广泛性，同时也决定了它在文体结构上的多样化，"形散神不散"正是针对散文在表意和结构上的这种整体性特点而言的。

2. 散文的语言

抒发感受决定了散文语言具有质朴自然、随性而谈、娓娓道来的特点。如果说论文的主体是报告者，小说的主体是叙事者，诗歌的主体是自语者，那么散文的主体则是以对话者的姿态出现，散文语言因此被林语堂等人界说为"小品文笔调""闲谈体""娓语体"等，要求散文写作"如良朋话旧，私房娓语。此种笔调，笔墨上极轻松，真情易于吐露，或者谈得畅快忘形，出辞乖戾，达到西文所谓'衣不钮扣之心境'"②。强调散文语言的自然和放松，并不是说散文的语言不要加工或散文语言只能有一种特色，而是就散文语言为抒发感受

---

① 李广田:《谈散文》,见俞元桂主编《中国现代作家散文理论》,广西人民出版社 1983 年版,第 148～149 页。

② 林语堂:《论小品文笔调》,见李宁编《小品文艺术谈》,中国广播电视出版社 1990 年版,第 98 页。

而形成的文体风格和整体要求来说的。其实，由于表意的需要和篇幅的限制，散文对语言的精炼和形象化有着相当高的要求。有些散文名篇甚至写得很华美，语词绚丽，章句复杂，修辞多样。但是对于散文来说，各种风格的语言形式都只有一个目的，最终还是为了更酣畅地表达作者的审美感受，从人生感受的交流上讲，只是显示出一种不同的谈话风格而已。

其实，以有限的文字来表达对于人生的某种感受，使散文语言在许多方面有着和诗歌一样的追求，它们都要求语言的凝练含蓄；为了适应情感表现的丰富多彩，也都重视修辞方式和语言技巧。只是散文更追求平易自然，诗歌更讲究章法格律。诗歌抒情要有自我，散文对感受的诉说需要倾听和交流，言语姿态有所区别。散文和小说相比，因为抒发感受的需要，在叙述和描写的自然平实之中，也不免露出个人的趣味，显得更个性化一些。郁达夫认为："现代的散文之最大特征，是每一个作家的每一篇散文里所表现的个性，比从前的任何散文都来得强。"过去的散文"很少人性，及社会性与自然融合在一处的"，而"现代散文就不同了，作者处处不忘自我，也处处不忘自然与社会"。"一粒沙里见世界，半瓣花上说人情，就是现代的散文的特征之一" ①。

散文的性质决定了它给作者个性的张扬提供了更广阔的空间。小说出于叙事的需要，主体审美感受的表达往往是间接的，其个性隐含在叙事话语和人物的创造中。诗歌张扬的自我却不能不受特定形式如节奏、韵律、语言、结构等方面的束缚。相比之下，散文要自由多了，它不但要展现作者个人对生活的感悟和理解，而且还要表现这些感悟和理解形成的过程，写出心灵的碰撞和震动，因而散文更容易流露出作者的自然情感，袒露出自己的性情和气质。

葛琴在《略谈散文》中通过与相关文体的对比，对散文的特点做了如下分析：

第一，它不同于诗或散文诗的地方，不仅是形式上较为自由广泛，而且在内容上，它不采用虚构的题材。散文往往是作者对于实际生活中间所接触的真实事物、事件、人物以及对四周的环境或自然景色所抒发的感情与思想的记录，是一种比较素静和小巧的文学形式。第二，正因为它是以抒发思想与感情为主，所以对故事的描述并不重要，这是它不同于速写或报告的地方，后者乃是以描写出故事或环境的轮廓为主的。第三，散文中间偶然也可以发挥一些议论，但却不是主要的，这是它和杂文区别的地方。一般说来，它是更接近于诗的一种东西，所谓诗的感情，在散文中间是一个重要因素。

文中还谈到散文写作的两个重要条件：第一，就是真实的感情，并且这

---

① 郁达夫：《散文二集导言》，见《中国新文学大系·散文二集》，上海良友图书公司1936年版，第5、9页。

种情感是和作者的思想力相关联的。一个艺术作家对于宇宙与人生的问题，对于历史与社会的问题，常常是在思考着，探索着，因此日常一切具体的事物，往往会特别敏锐地引起他情感的激发，一个作家的思想力愈强，他的情感也愈崇高、优美、真实，于是文章的感召力也愈强烈。第二，便是朴素。有什么就说什么，不需要雕刻、堆砌和虚构，这样才能显示出原来的真实情感。有许多美丽的散文，大抵是描写身边琐事，平平写来，却极动人，这就是由于它的朴素无华，行文如流水，任其所至，不加壅阻，文章便显得自然、真实。所谓散文美，也就是指这种朴质和真挚。

参见俞元桂：《中国现代散文理论》，广西人民出版社 1983 年版，第 138 ~140 页。

第四节　小说

与诗歌相比，小说成熟的时间较晚。虽然中国小说和欧洲小说的源头可以分别上溯至 2000 年前的先秦文献及古希腊的神话传说，但是作为与诗歌、散文并立的独立文体，中国小说是在唐代前后，欧洲小说是在文艺复兴时期，才开始出现的。然而小说又是一种"大器晚成"的文体样式，在中国是宋元以后，于欧洲是 18 世纪，小说获得了长足的发展，其地位在人们的心目中日益提升，以致在今天许多人看来，小说差不多就等于文学了，就像在这之前，人们把诗歌视为文学的代表一样。小说受到如此关注不是没有原因的，从文学整体来看，就题材内容的丰富深刻、表现手法的开放自由而言，小说确实走在其他文学体裁之前。随着小说的成熟和影响力的扩大，各种小说理论也相继出场，文学理论的格局也因此得到了充实和拓展。

一、小说与叙事

中国小说的源头主要有两个，一个是古代神话传说和先秦诸子典籍中的寓言，另一个是《春秋》《左传》等史传文学。"小说"一词，最早见于《庄子·外物》："饰小说以干县令，其于大达亦远矣。"不过此处的"小说"并不是指一种文体，而是指与经国治世的大道理相对的"小道理"，甚至是庶民百姓口头传播的琐屑之言。到了汉代，开始出现"小说"这种文体，按照东汉初年桓谭的解释，所谓的"小说"是"丛残小语"，对于"治身理家，有可观之辞"。此时所谓的小说是指作为正史的附庸和补充而存在的稗官野史，只能说是小说的雏形。直到唐代"传奇"的出现，小说才从野史和琐碎闲谈的阴影中走出，成为一种独立的文体。宋代洪迈称赞唐代小说，认为可以与诗歌媲美。

他说:"唐人小说,不可不熟,小小情事,凄惋欲绝,洵有神遇而不自知者,与诗律可称一代之奇。"①从此之后,人们开始对小说另眼相看,认为小说非奇不传,地位不可替代。小说由此步入艺术殿堂,在中国逐渐发展、成熟起来。

在西方语言中,称谓小说的词有 novel、roman、fiction等。 novel最初的意思是新奇异常,表示一个带来新信息的、令人惊异的故事。 roman源于中世纪的 romance,意为用民间语言讲述的传奇故事。 fiction的原意是谎言和虚构杜撰之辞,后用来指称小说,意在突出小说的虚构性和想象性。西方不同语种对小说的不同称谓,一方面显示了小说发展的源流轨迹,另一方面也体现出了小说的基本内涵与特性。西方学者把小说视为叙事文学系统中的一种晚近的体裁样式,"所谓古代地中海传统中的早期叙事文学,指的就是被誉为西方文学的最初源头之一的荷马史诗(epic)。从 18世纪末开始到今天,西方的文学理论家经常把'史诗'看成是叙事文学的开山鼻祖,继之以中近世的'罗曼史'(romance),发展到 18和19世纪的长篇小说(novel)而蔚为大观,从而构成一个经由'epic—romance—novel'一脉相承的主流叙事系统。"②这个说法将小说与其源头即史诗相连接,凸显了小说的叙事特性。而另一些研究者则进一步指出小说的叙事具有虚构性,如 17世纪的法国神父于埃将小说定义为"虚假的爱情故事的总体,用散文体写就的艺术,其目的在于娱乐和教育读者"③。这个定义除了从文体形式和目的作用上阐明小说的特点外,更强调了小说的虚构性质。虚构作为小说的又一个重要特征,也有它的历史渊源:"想象的冒险,不真实的人物,虚构的情节:小说的语言始终处在一种不真实中,它和神话、传说以及史诗一样都具有象征性的空间。"④从这个意义上可以说,叙事与虚构,或者说虚构性的叙事,是小说最基本的特性或特征。

1. 小说的叙事特点

叙事就是讲故事,它是一个运用某种话语、按照一定的顺序讲述系列事件的过程。叙事的特征在于展示连续发展的、趋向一个有结局意义的系列事件,这些事件是按照一定的原则和顺序排列起来的。叙事原则可以概括为两条:接续与转换。接续是指把事件与事件的连续建立在某种因果关系之上,使一个事

---

① 参见《唐人说荟·例言》,见黄霖等选注《中国历代小说论著选》上册,江西人民出版社 1982 年版,第 64 页。

② [美]浦安迪:《中国叙事学》,陈珏译,北京大学出版社 1998 年版,第 8 ~ 9 页。

③ 参见[法]贝尔纳·瓦莱特:《小说——文学分析的现代方法与技巧》,陈艳译,天津人民出版社 2003 年版,第 14 页。

④ [法]贝尔纳·瓦莱特:《小说——文学分析的现代方法与技巧》,陈艳译,天津人民出版社 2003 年版,第 1 页。

件引发和推进另一个事件。转换则是指由于事件之间的内在冲突关系导致了事态变化，比如人物所处的情景由好变坏，主人公从出走到归家，等等。叙事顺序是指叙事要按照一定的秩序来建立事件之间的联系或关系，其不仅具有安排叙事脉络的形式作用，更重要的是通过叙事关系的建立，赋予事件新的意义。正如研究者所说，"在叙述层面，小说的作用就在于将真实混乱无序而且经常是没有意义的发展变得有序——或者处理成一种巧妙的无序。换句话说，就是将逸事处理成宿命"①。逸事变为宿命，意思是说奇异、偶然的事件被赋予了必然如此的结局。叙事顺序体现了小说叙事的一个重要特点，即"逆向的因果关系"。叙事讲的是过去的事情，被讲述的先前的事件是因为后来的事件才有了自己的意义，并成为后来事件的前因。叙事的这个特点被研究者称为"后向预言"，即一系列事件的结尾，那个最终的结局，决定着作为开端的事件的意义。②

从叙事的历史来看，史诗、浪漫故事即罗曼史，与小说构成了一个完整的叙事体系，但是就叙事发展而言，小说叙事与史诗或浪漫故事的叙事传统又有明显不同。与史诗相比，小说叙事的对象由崇高的英雄世界转向平凡的个人世界，普通人取代具有传奇经历的英雄而成为叙事的主要对象，小说成为通过个体的人透视总体意义上的人的特殊叙事领域。对此，德国学者凯塞尔总结道："全部世界（在崇高的声调中）的叙述叫做史诗；私人世界在私人声调中的叙述叫做'长篇小说'。"③与浪漫故事相比，小说叙事侧重于现实生活的描绘，不再沉迷于理想世界的构筑；人物塑造更加客观，注重社会性格的刻画，不再执著于张扬人物的内心或幻想。

总之，从叙事层面上看，小说具有运用叙事话语相对完整地展示普通人物生活的特性，从而使小说明显地不同于其他文学体裁。小说叙事的完整性使小说和通过写景状物来表达人生感受的叙事散文拉开了距离；小说的客观讲述语调与诗歌的主观抒情语调之间现出了差异；小说对事件的"叙述"方式又与剧本的"演示"方式存在着显而易见的不同。正是通过这种比较，我们说叙事是小说的本质特性之一。

2. 叙事与虚构

虚构不等于虚假，文学艺术的虚构处于真实与虚假之间。托多罗夫说："最早的现代逻辑学家（比如弗雷格）早就指出，文学作品不经受真实性检

---

① ［法］贝尔纳·瓦莱特：《小说——文学分析的现代方法与技巧》，陈艳译，天津人民出版社2003年版，第87页。

② 参见［美］华莱士·马丁：《当代叙事学》，伍晓明译，北京大学出版社1990年版，第80~81页。

③ ［德］凯塞尔：《语言的艺术作品》，陈铨译，上海译文出版社1980年版，第474页。

验，它既非真实，也非虚假，它恰恰是虚构的。"①就是说一种叙述因为是虚构的而具有了文学性。研究者指出，文学叙述赖以存在的条件是，叙述者或叙述手段的存在和所叙述的事件的不存在。"这些事件作为虚构的东西是存在的，但作为现实则是不存在的"②。小说叙述的事件在现实生活中并未实际发生，因此读者不必去追问福楼拜笔下的爱玛是否真的在现实生活中服毒自尽了。如果硬要用真实性去要求小说叙事，小说就变成了历史。

但是从另一方面看，小说叙述又并非和真实生活全然无关，真实生活构成了小说家和读者的经验世界，而小说的虚构则需要依赖经验世界，虚构是经验世界的改造与变形；或者说，小说的虚构则是在经验世界之上的改造与变形，是经验世界被作家心灵折射之后的结果。就像韦勒克说的，"伟大的小说家们都有一个自己的世界，人们可以从中看出这一世界和经验世界的部分重合，但是从它的自我连贯的可理解性来说它又是一个与经验世界不同的独特的世界"③。可以说，强调小说的虚构性，目的不只是为了显示它与真实的界限，更重要的是为了说明小说叙事的可能性与自由性，强调小说对于可能世界的构建与描绘。正如亚里士多德所说："诗人的职责不在于描述已经发生的事，而在于描述可能发生的事，即根据可然或必然的原则可能发生的事。"④小说叙事作为"虚拟世界系统"中的一员，是对人类可能世界的认识与探索。米兰·昆德拉说："小说考察的不是现实，而是存在。存在不是已经发生了的事情，存在是人类可能性的领域，是人能够成为的一切，他有能力作出的一切的领域。小说家通过发现这种或那种人类的可能性来绘制存在的版图。"⑤正因如此，小说叙事才与历史叙事有了根本的不同。历史叙事依据真实事件，处理的是已知的材料，面对的是"事已如此"的现实。小说虚构性叙事的目的则不在于说明已知，而是发现未知，它能够带领人们进入可能的世界。小说叙事因其虚构特性而插上了想象的翅膀，它可以自由地描绘与表达，翱翔于可能世界之中。这就是小说虚构叙事的意义，也是小说叙事的一个本质性的特征。

综上所述，可以对小说作如下界定：小说是用散文形式写成的、有一定长度的、虚构的叙事文体。

---

① ［法］托多罗夫：《文学概念及其他》，蒋子华等译，见《巴赫金、对话理论及其他》，百花文艺出版社 2001 年版，第 8 页。

② 参见［美］斯格勒斯：《符号学与文学》，谭大立等译，春风文艺出版社 1988 年版，第 90 页。

③ ［美］韦勒克、沃伦：《文学理论》，刘象愚等译，江苏教育出版社 2005 年版，第 249 页。

④ ［古希腊］亚里士多德：《诗学》，陈中梅译，商务印书馆 1996 年版，第 81 页。

⑤ ［捷克］米兰·昆德拉：《关于小说艺术的对话》，艾晓明译，见《小说的智慧——认识米兰·昆德拉》，时代文艺出版社 1992 年版，第 41 页。

二、故事和人物

小说是一种虚构的叙事作品，这个界定不仅说明了小说叙述的故事并非现实生活中的事件，同时也是强调叙事即运用一定的叙事技巧讲述故事对于小说的重要性。"讲故事"在人类文化活动中的地位和意义得到了越来越多的理论家的关注与强调，甚至产生了这样一个关于人的定义："人是会讲故事的动物"。小说叙事因此被理解为，"叙事就是作者通过讲故事的方式把人生经验的本质和意义传示给他人"①。故事构成了小说叙事内容的基本成分。

1. 小说与故事的区别

不可否认，对于小说来讲故事确实很重要，即使在现代小说中，故事依然是决定小说可读性的重要因素。但是，如果我们注意到故事往往是"按时间顺序排列的事情"，那么，小说又确实不等于故事，因为故事只能告诉我们一件事情之后接下去会发生的事，并不关注事情之间的因果关系。从小说发展的历史来看，故事是现代小说形成之前的一种叙事形态，所以"它不是所有一切通称为小说的十分复杂的文学有机体所共有的最高因素"②。现代小说理论之所以要强调小说和故事的区别，是为了突出叙事技巧即讲述故事的方式在小说构成上的作用。我们说小说就是"讲故事"，意思是说，小说对故事的叙述实际上是通过情节展开的。情节也是叙述事情，但是与故事不同，情节叙述的重点在因果关系上。关于情节和故事的区别，福斯特作过这样的分析，他说："'国王死了，后来王后死了，'这是一个故事。'国王死了，后来王后由于悲伤也死了，'这是一段情节。"二者的区别在于，"情节把时间顺序暂时挂起来，它离开故事在自己的范围内尽量发展"③。也就是说，故事突出的是事件本身，所以故事的吸引力及其蕴意取决于事件本身。而情节则是对事件所以发生的原因和过程的描述，这就使情节叙述有了两个特点：其一，对事件原因和过程的描述为塑造人物、挖掘事件的蕴涵留下了广阔的空间，情节的展开使故事呈现出更复杂的人际关系和生活矛盾，从而为小说审美地表现人生提供了某种可能。其二，叙事顺序即情节的构成、展开和人物形象的塑造需要叙事技巧。从讲故事到叙述情节，体现了小说发展成熟的轨迹。

---

① ［美］浦安迪：《中国叙事学》，北京大学出版社 1998 年版，第 5～6 页。

② ［英］福斯特：《小说面面观》，方土人译，见《小说美学经典三种》，上海文艺出版社 1990 年版，第 222 页。

③ ［英］福斯特：《小说面面观》，方土人译，见《小说美学经典三种》，上海文艺出版社 1990 年版，第 271 页。

现代小说理论强调形式技巧对于小说叙事的意义。俄国形式主义者什克洛夫斯基和艾亨鲍姆率先提出"故事"（指素材、本事或内容）与"情节"的区分。"故事"指按实际时间顺序和因果关系排列的事件，"情节"指对这些素材的艺术处理或形式加工。和传统上指代作品表达方式的术语相比，他们所说的"情节"范围较广，包括篇章结构上的叙述技巧、在时间上对故事的重新安排（如倒叙、从中间开始叙述等）。

法国结构主义叙事学家托多罗夫受什克洛夫斯基等人的影响，提出以"故事"和"话语"两个概念来区分小说的素材和表达形式。"话语"和"情节"的指代范围基本一致，但是要比"情节"更准确地概括了与叙事技巧相关的各种叙述现象。因此在现代叙事理论中，人们使用较为普遍的是"故事"和"话语"这对术语。

参见〔俄〕什克洛夫斯基：《故事和小说的结构》，方珊译，见《俄国形式主义文论选》，生活·读书·新知三联书店 1989 年版；〔美〕杰弗逊等：《西方现代文学理论概述与比较》，陈昭全等译，湖南文艺出版社 1986年版，第 23~24 页；申丹：《叙述学与小说文体学研究》，北京大学出版社2004 年版，第 17~18 页。

2. 人物与情节的关系

传统小说理论强调小说叙事和三个基本要素有关，即人物、情节和环境；讨论这三个要素及其相互关系，构成了传统小说理论的主要内容。

在小说中，人物和情节构成了一种互动关系，人物性格通过一系列事件得以显现，故事情节则表现为人物连续活动的序列。也就是说，人物塑造离不开情节，情节的展开也不能没有人物。但是如何确定情节和人物在小说叙事中的地位和作用，文论史上却有着不同的看法。亚里士多德在《诗学》中列出了悲剧的六大成分，即情节、性格、言语、思想、戏景和唱段。他把情节放在首位，认为"情节是悲剧的根本，用形象的话说，是悲剧的灵魂，性格的重要性占第二位"，"悲剧是对行动的摹仿，它之摹仿行动中的人物，是出于摹仿行动的需要"。[①]虽然亚里士多德讨论的并不是小说，那个时代小说还远未成熟，但是强调情节的重要性而把人物创造置于次要地位，却对早期的小说理论影响颇深。

关于人物与情节何者更重要的问题，现代小说理论则有不同的看法。英国小说家兼批评家戴维·洛奇指出："人物是小说最重要的一个因素，……在刻画人物本性时，其手段的丰富多彩和在心理挖掘的深度方面，欧洲小说的伟大

---

① 〔古希腊〕亚里士多德：《诗学》，陈中梅译，商务印书馆 1996 年版，第 64~65 页。

传统是无与伦比的。"①更有论者认为，情节发展的动因实际上来自人物，"人物对他必须面对的情境所作的反应往往就是情节的发端"；"假如我们不承认情节是通过人物为欲望所支配的抉择来发展的，那就几乎想不到什么才是情节发展"②。如何解决人物与情节的这种对立关系，热奈特提供了一个可变化的算式：$A \times C = K$。这里的 A 代表行动（action），C 代表人物（character），K 代表常数（constant），即行动乘人物等于一个常数。③热奈特的意思是，在小说的叙事中，情节的复杂性与人物性格的复杂性成反比：假如要强调行动或情节的复杂性，人物的塑造就会相对弱一些，例如侦探小说。反之，以刻画性格为主的心理小说，由于强化了人物的塑造，情节便居于相对次要的地位。另一种理论则把人物与情节的主次关系的决定权交给了读者，认为这种主次关系在读者那里是可逆的："读者根据自己的阅读注意力的焦点变化，会在不同的时刻把可以获得的信息归于不同的主次等级之下。因此当行动成为读者的注意力中心时，人物就可能从属于行动，而一旦读者的兴趣转移到人物身上，那么行动便可能从属于人物。"④可见，在小说叙事中，人物与情节实际上可以合为一体，虽然可以视具体情形的不同而分别凸显人物或者情节，但两者总体上是互为依赖的。对此，中国传统小说理论倒有比较辩证公允的观点，比如《水浒传》第四十六回"宋公明一打祝家庄"，有石秀到祝家庄打探虚实的一段情节，金圣叹在回首总评中说："石秀探路一段，描出全副一个精细人。"⑤"探路"是情节，"精细人"是人物性格，金圣叹认为在情节描绘中可以同时塑造人物，二者相辅相成。

根据性格塑造与故事情节的关系，可以区分出两类人物观。一类是功能性的人物观，另一类是心理性的人物观。功能性人物观认为人物的意义体现于人物在情节中的作用，而心理性人物观则认为人物的心理或性格具有独立存在的意义。功能性人物观认为人物应绝对从属于情节，而心理性人物观则把人物视为小说的首要因素，文本中的一切都为揭示或塑造人物性格而存在。⑥这里涉及人物分类问题。

就人物类型的划分而言，福斯特的"扁形人物"与"浑圆人物"的划分影

---

① ［英］戴维·洛奇：《小说的艺术》，王峻岩等译，作家出版社1998年版，第76页。

② ［美］R. V.卡西尔：《情节：在今日小说中的地位》，朱纯深译，见狄克森、司麦斯合编《短篇小说写作指南》，辽宁教育出版社1998年版，第127～128页。

③ 转引自［美］华莱士·马丁：《当代叙事学》，伍晓明译，北京大学出版社1991年版，第139页。

④ ［以色列］里蒙-凯南：《叙事虚构作品》，姚锦清等译，生活·读书·新知三联书店1989年版，第65页。

⑤ 金人瑞：《贯华堂刻〈第五才子书水浒〉七十回总评》，见马蹄疾《水浒资料汇编》，中华书局1980年版，第191页。

⑥ 申丹：《叙述学与小说文体学研究》，北京大学出版社2001年版，第61页。

响较大。"扁形人物"有类型化的特点，是围绕着单一的观念或素质塑造的。"浑圆人物"则有性格复杂丰满、人物具有立体感的特点，这类人物往往有一个核心性格，同时又体现出不同的性格侧面和层次。①韦勒克将"扁形人物"称作"静态型的"，认为这类人物易于漫画化或抽象的理想化，"浑圆人物"则是"动态型或发展型的"，似乎特别适用于长篇小说。②如果说上述理论对小说人物的分类是在"共时"的层面上进行的话，那么小说人物还可以从"历时"层面上进行分类。博尔赫斯比较小说与史诗，认为两者的最大差异在于人物描绘："史诗所描写的都是英雄人物——而这个英雄也是所有人类的典型象征。……大部分小说的精髓却在于人物的毁灭，在于角色的堕落。"③中国的小说研究者也结合传统小说中的不同人物，指出人物形象的描绘经历了魔化—凡化—变形化这样一个发展过程。④在这里，人物成为人们理解小说历史，甚至是整个文学发展历史的切入点，通过人物塑造手法和人物特征的变化，我们看到的是人自身不断进步，人的自我认识不断深化的发展轨迹。

三、现代叙事理论

如果说人物、情节等内容要素是传统小说理论关注的焦点的话，那么，现代叙事理论讨论的重点则在小说的叙事方式上。也就是说，叙事理论讨论的重点不是叙事作品的内容和目的，即"叙事作品说了什么"，而是叙事作品的组织形式和表现方式，即"叙事作品是如何说的"。西方叙事理论在 20 世纪随着俄国形式主义和法国结构主义文学理论迅速发展起来，最终形成对现代小说研究影响深远的叙事学。叙事学研究将小说视为一个独立于各种外在因素的客体，根据一定的模式，用定量的方法来确定小说内部各种成分及其之间的关联，主人公、叙述者、叙述方式、叙述行为等叙事构成要素是叙事学的主要研究课题。这些问题在不同的研究者那里受到不同程度的关注和论述，各种叙事理论之间并没有形成统一的术语和理论。但是叙事学研究一般都涉及三个基本层面：故事层面、叙述层面和文本层面。故事层面呈现为前后有序的事件，是作为文本的叙述内容而存在的，其关键问题是小说的表层结构与深层结构的关系；叙述层面指文本的创造性叙述过程和叙述行为，涉及作者、叙述者、人物、读者之间的关系以及叙述者的分类问题；文本层面是叙述行为的物质化结果，主要讨论叙述时间、叙述视点、叙述距离等

---

① 参见［英］福斯特：《小说面面观》，方土人译，见《小说美学经典三种》，上海文艺出版社 1990 年版，第 225～264 页。"扁形人物""浑圆人物"又译为"扁平人物""圆型人物"。

② ［美］韦勒克、沃伦：《文学理论》，刘象愚等译，江苏教育出版社 2005 年版，第 256 页。

③ ［阿根廷］博尔赫斯：《博尔赫斯谈诗论艺》，陈重仁译，上海译文出版社 2002 年版，第 48～49 页。

④ 参见陆志平、吴功正：《小说美学》，东方出版社 1997 年版，第 19 页。

问题。

1．小说的表层结构与深层结构

在故事层面上，叙事学理论的关注焦点是小说的表层结构与深层结构的关系。"表层结构""深层结构"原本是语言学概念，出自乔姆斯基的"转换生成语法"，这种语法通过确定几条深层结构规则和一套把深层结构变为表层结构的转换规则，使有限的语法规则能够转变为无限的语句表述。表层结构指这些句子本身的组织形式，作为规则的深层结构则隐含于句子内部。与之对应，叙事学把小说的深层结构视为从文本中抽象出来的故事的各种成分之间的静态逻辑关系，其构成了小说的叙事语法，是一种抽象潜在的叙述结构；小说的深层结构体现了作者对世界的认知倾向。而故事的表层结构则是指实现叙述深层结构的特殊方式，即通过转换行为从数量有限的基本结构中生成各种故事变体；表层结构体现了叙事者按照一定的时序原则和因果原则对故事的支配。小说表层结构的特性表现在，叙述语言的线性序列控制着读者的注意力，暗示叙述时间和事件的发展进程；语言表达的逻辑关系突出或消隐事件意义的某些部分；句法类型和语词的重复使用体现了作者的语言风格。这种研究的意义在于，从表面看来形态各异的叙事文本中可以发现相同或相似的故事结构，有助于人们理解小说的寓意，也能帮助我们认识个体创作和文学传统的关系。托多罗夫的《〈十日谈〉语法》通过对薄伽丘《十日谈》的语法分析，从100个具体故事中总结出了简单明确的结构图式，可以看作是这一理论的代表性成果。

2．作者与叙述人

叙事学理论的叙事层面关注的是叙述者及其叙述行为的问题。因为叙述人以及他的讲故事行为构成了叙事文学的内在特质，有学者从这一角度区分了西方文学的三大文类：抒情诗有叙述人但没有故事，戏剧有场面和故事而没有叙述人，只有叙事文学既有故事又有叙述人。①

叙述人与作者的关系是叙事学理论研究的一个要点。以往的小说理论往往把作者与叙事者混为一谈，或者把书中的叙事人视为作者的代言人。叙事学却认为，小说中的叙述人并不是作者，而是作者创造的一个特殊角色。作者假借这个虚构的角色之口说话，不管他用第一人称还是第三人称都是如此。纳博科夫的《洛丽塔》中的第一人称叙述人是一个犯有杀人和诱拐少女罪的中年动物学家；罗伯-格里耶的《嫉妒》中的第三人称叙述人则是一位藏在角落里的嫉妒的丈夫，他正窥视着自己的妻子与她的情人幽会。强调叙述人和作者的区别，意味着叙述者和他的叙述行为实际上是构成叙事内容的一种成分，这对文

----

① 参见［美］浦安迪：《中国叙事学》，北京大学出版社1996年版，第18页。

本意义的理解具有重要作用。出于这种认识，叙事学对叙述者的分类问题也相当重视。根据叙述者所属的叙述层次和参与故事的程度，热奈特等人区分了"超故事"叙述者、"内故事"叙述者、"异故事"叙述者和"同故事"叙述者几大类。① "超故事"叙述者处于他所叙述的故事"上面"，"内故事"叙述者是超故事叙述者所讲故事里的一个人物，同时他又讲述了一个故事。"异故事"叙述者不参与故事，不在故事中出现，"同故事"叙述者则在故事中出现并参与故事。小说中的叙述者往往在上述身份中身兼两职。在小说中，最常见的是处于叙述的故事之上且不参与故事的叙述者，如鲁迅小说《药》的叙述者不出现于故事中，而且占据了高于故事的叙述权威地位，因此这类叙述者具有"全知"特质。他熟知华老栓和华大妈的内心思想和情感活动，能够亲临人物独自去的地方，既可跟随老栓上街买人血馒头，又可与华大妈一道为儿子上坟，了解发生在不同地点的、人物不了解的事情，如人血馒头与革命者夏瑜的关系。《狂人日记》的叙述者"我"则是"内故事"的叙述者，而且直接参与故事，同时又是一个"同故事"的叙述者，因为作为狂人的"我"是"超故事"叙述者"余"的"昔日在中学校时良友"。《孔乙己》的叙述者，咸亨酒店的小伙计"我"，既出现在故事中，是"同故事"叙述者，又处于所叙孔乙己的故事之上，是一个"超故事"叙述者。

3. 叙事时间、叙事距离和叙事视角

叙事学理论在文本层面主要讨论叙事时间、叙事视角、叙事距离等问题。

* 叙事时间涉及文本时间与故事时间的关系。在叙事话语中，时间是一个基本因素；叙述赋予故事的时间即所谓的文本时间或叙述时间，显然不同于故事本身的时间，因此如何处理叙述时间与故事时间的关系就成为一项叙事技巧，直接影响着文本意义的构成。"在很多叙事虚构作品中，时间不仅仅是反复出现的主题，而且还是故事与文本的组成部分。言语叙述的独特性在于，时间在其中是由再现工具（语言）和再现对象（故事事件）同时构成的。因此，在叙事虚构作品中，时间可以被界说为故事和文本之间的年月次序关系"②。

---

① 参见［以色列］里蒙-凯南：《叙事虚构作品》，姚锦清等译，生活·读书·新知三联书店1989年版，第169~173页。

② ［以色列］里蒙-凯南：《叙事虚构作品》，姚锦清等译，生活·读书·新知三联书店1989年版，第79页。

* 请访问爱课程网→资源共享课→文艺学系列课程/孙文宪→第10讲（37：57~43：54.82）。

热奈特从顺序、时距和频率三个方面探讨了叙述时间和故事时间的关系。①顺序指时间的前后排列次序，小说的叙述时间可以和故事时间的次序相同，也可以不同。传统小说常用前一种叙述次序，而后者则形成了"倒叙""插叙"等叙事效果，是现代小说叙述常用的次序。时距指叙述时间与故事时间在长度上的关系，即叙述时间可以比故事时间长，也可以比它短，涉及叙述的"加速"和"减速"。如相对于故事时间，叙述时间可以"省略"（无限快）、"概括"（比较快）、"场景"（比较慢）、"休止"（零度进展）。"读者常常把加速和减速看作评价事件是否重要、是否占有中心的标志。"②频率指叙述的次数与故事发生次数之间的关系，其涉及叙述的重复问题，而"'重复'事实上是思想的构筑"③。讨论叙述时间和故事时间的关系可以揭示叙述文本、叙述话语的自由性和创造性。

　　叙述距离和叙述视角被热奈特归入小说语言的处理方面。叙述距离在叙述文本中体现为所提供的细节的数量和精确程度：细节越多越精确，叙述者及读者离场景就越近；反之则离场景较远。可见叙述距离在形成叙述的逼真感或悬念方面，在调整读者介入叙事的程度方面，均有明显作用。叙述视角又被称作"视点"或"聚焦"，它关注的是"谁在看"和"谁在讲"的问题。故事的某些方面，可以通过视角和聚焦得到清晰显现，而另一些方面则可能因处于焦点之外暂时或永久地不为人知。叙述视角可分为外部视角与内部视角两种，又被称为外聚焦和内聚焦。外部视角给人的感觉近似于旁观者的叙述，其传递的信息只限于人物的所作所为，不涉及他们的所想所感。内部视角是从故事中人物角度展开的叙述。内聚焦可以是固定的，也可以是多重的。热奈特还提出了第三种视角即非聚焦，类似于传统叙事中全知全能的视角。视角是叙述人看待和叙事的角度，对应于读者的注意点，独特视角的叙述能够提高读者阅读的兴趣，产生悬念，甚至影响到读者对小说人物的情感反应及道德判断。正如戴维·洛奇所言："《包法利夫人》若是从查理·包法利的视点叙述的话，恐怕就变成了另一本迥然不同的书了。"④由此可见叙述视角对小说叙事的影响。

　　4. 复调小说理论

　　巴赫金的复调小说理论从另一个角度探讨了叙事问题。巴赫金指出："长

---

　　①　参见［法］热奈特：《叙事话语·新叙事话语》，王文融译，中国社会科学出版社 1990 年版，第13 页。

　　②　［以色列］里蒙-凯南：《叙事虚构作品》，姚锦清等译，生活·读书·新知三联书店 1989 年版，第100 ~ 101 页。

　　③　［法］热奈特：《叙事话语·新叙事话语》，王文融译，中国社会科学出版社 1990 年版，第73 页。

　　④　［英］戴维·洛奇：《小说的艺术》，王峻岩等译，作家出版社 1998 年版，第28 页。

篇小说作为一个整体，是一个多语体、杂语类和多声部的现象。"①因为这种文体可以容纳多种多样的话语类型，而不同的话语形式则反映了不同的社会声音，体现了观察世界的不同视角，而且基本上被人物化了，成为人物的语言和思想。所以，"小说里在语言和文意上具有一定独立性、具有自己视角的那些主人公，他们的话语是用他人语言讲出的他人话语"，各种人物都有自己的思想和意志，作者则和他们"保持着远近不同的距离"②，从而形成平等对话的关系。据此，巴赫金对长篇小说作了这样的界定，他说，"长篇小说是用艺术方法组织起来的社会性的杂语现象"，"小说正是通过社会性杂语现象以及以此为基础的个人独特的多声部现象，来驾驭自己所有的题材、自己所描绘和表现的整个实物和文意世界"③。所谓的"复调小说"或"多声部小说"，就是巴赫金借用音乐学的术语"复调"或"多声部"对长篇小说上述叙事特点的阐述。

　　米兰·昆德拉则从小说的结构层面上讨论了叙事的复调问题。他认为，音乐中的复调是指两种或更多声音同时呈现，它们被完整地结合在一起，但又保持着各自的相对独立性，复调小说也应如此。他以自己小说对同时展开的多条故事线索的结构性处理为例，提出小说在结构布局上的复调特点："小说中的对位的必要条件是：第一，各个不同的'线索'平等；第二，整体的不可分割。……复调在小说中与其说是技巧性的，不如说是富有诗意的。"④里蒙-凯南则区分了两种类型的复调，一种在小说文本内部，另一种在小说文本外部，或者说是处于诸文本之间。文本内部的复调即巴赫金所讨论的复调。她说："叙述者—聚焦者的意识形态通常被认为是权威的，而文本中的所有其他意识形态都从叙述者—聚焦者这个'更高'的位置得到评价。在较为复杂的情况下，那个单独的权威外部聚焦者让位于若干个意识形态立场。……这些立场当中，有些是部分或全部一致的，有些是相互抵触的，它们之间的相互作用就造成了对作品文本的不统一的'复调'式阅读理解。"⑤文本外部或文本之间的复调效果，又被视为一种"互文性"的表现，它是指一个文本对其他文本的

---

　　①　[俄]巴赫金：《长篇小说的话语》，白春仁译，见《巴赫金全集》第3卷，河北教育出版社1998年版，第39页。

　　②　[俄]巴赫金：《长篇小说的话语》，白春仁译，见《巴赫金全集》第3卷，河北教育出版社1998年版，第99、100页。

　　③　[俄]巴赫金：《长篇小说的话语》，白春仁译，见《巴赫金全集》第3卷，河北教育出版社1998年版，第40～41页。

　　④　[捷克]米兰·昆德拉：《关于结构艺术的对话》，艾晓明译，见《小说的智慧——认识米兰·昆德拉》，时代文艺出版社1992年版，第64页。

　　⑤　[以色列]里蒙-凯南：《叙事虚构作品》，姚锦清等译，生活·读书·新知三联书店1989年版，第147页。

引用、融入、指涉。形成互文性的手法是多种多样的，比如滑稽模仿、暗指、直接引文、平行结构等。里蒙–凯南说，"一些理论家相信，互文性是文学的根本条件，所有文本都是用其他文本的素材编织而成的，不管作者是否意识到这一点"①。文本之间的多声部性或复调性也因此而形成。

第五节　剧本

作为文学体裁，剧本的特殊性在于它是戏剧艺术的一个组成部分，剧本的性质和特点无不与这种基本规定有关。我们关于剧本的讨论因此要从分析戏剧艺术对剧本的性质、特点的制约和影响谈起，剧本是为戏剧演出而写的，必须适应戏剧艺术的整体特征。本节讨论的另一个重点是分析戏剧冲突和戏剧结构，并根据戏剧冲突性质的不同考察悲剧、喜剧和正剧的特点。论述的第三个要点是戏剧艺术对戏剧语言的规定以及它们之间的关系问题。

一、戏剧艺术与剧本

在现代中国，戏剧概念有两种含义，狭义的戏剧概念是指 drama，即我们所说的"话剧"；广义的戏剧还包括东方一些国家、民族的传统舞台演出形式，如中国的戏曲、日本的歌舞伎、印度的古典戏剧等。本节所讨论的剧本是指狭义戏剧的剧本即话剧剧本。

戏剧是一种源远流长的艺术样式，它由演员扮演剧中人物，运用对话和动作的表演表现情节，展开叙事。作为在舞台上完成的表演艺术，戏剧是文学、音乐、美术、舞蹈等多种艺术形式的综合体。早期的戏剧并没有剧本或只有简单的演出大纲，演员根据剧情的需要进行即兴表演，包括自编台词。剧本作为舞台演出的文学依据或记录，是随着戏剧艺术和其他文学样式的发展而逐步成熟起来的。欧洲早在古希腊就出现了悲剧家埃斯库罗斯、欧里庇得斯、索福克勒斯和喜剧家阿里斯托芬的著名剧作。中国的古典戏曲创作则成熟较晚，到元代才得到充分发展，出现了关汉卿、王实甫等人的著名剧作，如《窦娥冤》《西厢记》等。在新文学发展的过程中，伴随着话剧的引进和文学观念的更新，剧本作为一种重要文学样式的地位逐步确立，20世纪30年代出版的《中国新文学大系》将剧本与小说、诗歌、散文等分别结集，就是一个明证。

剧本是为戏剧表演提供的文学脚本，作为演出本的剧本还有舞台演出的记录，所以也被称为台本。虽然人们可以通过阅读接受、欣赏文学剧本，但接受者只有具备了戏剧艺术的基本知识，以戏剧欣赏的实际经验为基础，才可能在

---

① ［英］戴维·洛奇：《小说的艺术》，王峻岩等译，作家出版社1998年版，第110页。

头脑中形成关于戏剧演出的丰富想象。而且，这种阅读欣赏通常也不可能达到观看实际表演的效果，因为戏剧表演给予观众的审美感受是多方面的，这是仅从文学层面上阅读剧本难以企及的。导演与演员在实现戏剧功能上的作用也不可忽视，例如从中国的古典戏曲来看，演员表演的作用甚至会超过剧情和剧本的作用。　100多年来，导演在西方戏剧艺术的发展过程中产生了特别重要的影响，这种情况同样见于今天中国的话剧。所以，作为演出本的剧本由于融入了导演和演员的创造，往往和剧作家最初创作的剧本有一定的差异。从这个意义上讲，我们可以把剧本视为一种带有中介性的文学样式，它像是一件半成品，还有待于导演和演员的二度创造。

　　由于戏剧表演是在舞台上进行的，所以又有很大的时空限制。舞台是一个有限的、固定的空间，场景不可能像电影那样自由地转换，这就给表演的时空转换造成了极大的限制，进而限制了表演的对象和方式。所以剧本写作必须考虑什么样的故事和场面才能搬上舞台；怎样才能在有限的空间内表现剧情的发展变化；不能在舞台上演出的内容如何通过对话来交代……戏剧文学的一些特点，如人物语言的对话性、情节相对集中以及强调矛盾冲突等，都源于戏剧艺术的规范。

　　西方戏剧和中国传统戏曲在处理时空关系方面有很大的差异。

　　"在西方人看来，戏剧是摹仿，是生活在舞台上如实的展示，那么虚构的时空与现实的时空只有达到同一，这种展示才是理性可以接受的"。"几乎所有西方戏剧的时空结构都是封闭的"。

　　"戏曲开放的时空结构，是由中国传统特有的时空观念与戏曲文本的叙述化因素决定的。戏曲的时空结构相对于西方戏剧来说，具有五大特点：1.戏曲的时空往往是叙述语言的范畴，以虚当实，因而具有较大的自由性；2.戏曲时空是相对的、主观化的，它是生命存在的经验本身，而不是冷漠的物质形式；3.戏曲时空是具体的，体现在季候风物上，时间与空间往往难以区分，成为一个四维的时空连续体；4.戏曲中实物化的时空不只是存在的坐标，还具有充分的象征与原型意义；5.戏曲时空是想象时间，它超越了感知界限，不落形荃"。

　　参见周宁：《比较戏剧学——中西戏剧话语模式研究》，上海社会科学院出版社1993年版，第94～95、105页。

　　剧本是为演出而写的，所以剧本在内容和形式上都要充分考虑舞台表演的特点，同时也要考虑观众的接受条件和习惯，因此对剧本写作往往有如下要求：

　　第一，剧本在篇幅上有一定限制。戏剧实际演出的时间一般不超过三小时，剧本要根据这个时间限制来决定自己的长度和容量。中国传统戏曲有连台本戏，一部戏可以连续演出若干场，观众可以连续观看，剧本也相应较长，这种情况现在已经少见，现代戏剧也没有这种样式，由此形成了对剧本的长度、容量和结构的限制。

第二，出于舞台演出的需要，剧本要求人物、事件乃至场景都应相对集中。要把头绪繁杂、人物众多的小说改编成戏剧，往往只能突出其中的一条线索，删除或削弱其他线索，减少出场人物，并将场景适当集中。这样做的用意在于使观众可以在有限的时间里，因为剧情相对集中而对戏剧留下清晰和深刻的印象。老舍说："我们执笔写戏，眼睛要老看着舞台。剧本是要放在舞台上去受考验的。"①可以说是道出了剧本写作的特点和要求。

第三，剧作家在创作时必须充分注意戏剧的艺术特点，注意各种不同戏剧类型的特殊性。不同类型的剧本创作既有共同性，又有差异性。只有掌握了这一点，剧本才有可能顺利地转化为舞台形象。不同的戏剧类型在表现形式和技巧上都有自身的特色，如传统的现实主义戏剧与现代派的象征主义、表现主义戏剧，在基本的表现方式、形式结构和技巧手段上，都有相当大的差异，剧本写作必须考虑这些特点。同时，剧本创作还应该适应观众观看演出的接受方式和接受心理。

二、戏剧结构、戏剧冲突和戏剧情境

由于要适应舞台演出在时间和空间上的限制，剧本与小说等其他叙事文学相比，在取材和结构上更讲求集中性。

1. "三一律"和戏剧结构

亚里士多德在《诗学》中指出，"悲剧是对一个严肃、完整、有一定长度的行动的摹仿，它的媒介是经过'装饰'的语言，以不同的形式分别被用于剧的不同部分，它的摹仿方式是借助人物的行动，而不是叙述，通过引发怜悯和恐惧使这些情感得到疏泄。"②强调演出时间对戏剧创作有严格限制，要求情节是一个"完整、有一定长度的行动"，提出了行动的整一性问题。到了16世纪文艺复兴时代，意大利的戏剧理论家们不仅在"行动的整一性"的基础上补充了"时间的整一性"和"地点的整一性"，而且还对三个整一性作了明确的规定。如卡斯特维特罗提出："演出时间与剧中行动的时间必须固定不变，不仅限于一个城市，或一所房子，而且必须仅仅限于那个为一个人物所能看见的

---

① 老舍：《一点小经验》，见《老舍论创作》，上海文艺出版社1982年版，第188页。
② ［古希腊］亚里士多德：《诗学》，陈中梅译，商务印书馆1996年版，第62页。

地方。"①由此构成了重要的戏剧规则之一，即所谓的"三一律"，规定剧中情节、地点、时间必须完整一致，即要求戏剧所展示的行动应限于单一的情节，局限于同一地点并在一天之内完成。

从剧本结构的要求上讲，"三一律"突出了舞台限制，有其合理之处，曾经长期影响欧洲戏剧文学的创作。17世纪法国古典主义戏剧甚至把"三一律"奉为不可违反的结构原则，使"三一律"成为一种模式乃至教条。可是如此严格的结构规定，无疑极大地限制了戏剧艺术的表现，因此自"三一律"提出之后，反对意见就不绝如缕。英国戏剧更由于莎士比亚的影响，"三一律"从未占据过主导地位。欧洲大陆则随着18世纪浪漫主义戏剧的兴起，"三一律"的迷信也开始被打破。不过也应看到，"三一律"虽然有局限性，但情节的完整统一，地点和时间的相对集中，却符合戏剧舞台的基本规定，适应戏剧欣赏的一般要求，只要不把它当作不可变更的教条，灵活运用"三一律"对行动、地点和时间的要求，还是剧作家为取得戏剧效果时可以采用的策略。例如曹禺的《雷雨》通过两处场景，八个人物，不到一昼夜的时间，展现了周、鲁两个家庭之间几十年的恩恩怨怨，反映了旧中国深刻的社会矛盾。老舍的《茶馆》虽然出场人物多，时间跨度大，但场景却相当集中，通过一个茶馆的衰落表现了中国社会数十年的变迁。

戏剧文学有幕、场的划分，也是戏剧结构的一种方式。所谓的"幕"是戏剧情节发展的大段落，"场"则是戏剧情节的小段落，因此一幕可以包括若干场。幕与幕的转换用闭幕来区分，场与场的转换通常用暗转来表示。剧本利用"场"和"幕"的划分既可切割时空，又可以把许多应该交待但是不适宜表演的事件、人物推到幕后，通过出场人物的叙述来表现，把戏剧情节和动作组织安排到有限的舞台空间中，使结构严密紧凑，以适应戏剧集中性的要求。

2. 戏剧冲突

作为一种依靠舞台表演来实现叙事的艺术，戏剧非常强调矛盾与冲突，由此形成了所谓的"戏剧冲突"。戏剧冲突是指表现在戏剧中的、因矛盾双方的意志对抗或内心矛盾而造成的、能够推动剧情发展的矛盾冲突。戏剧冲突是戏剧艺术表现矛盾的特殊艺术形式，是戏剧性的集中体现，展示戏剧冲突也因此成为戏剧和剧本的基本特征之一。

在繁体汉字里，"戏""剧"这两个字本身就隐含了矛盾冲突的意思。"戲"从"戈"，根据《说文解字》的解释，这个字表示"三军之偏"，是古代战车的一种组织形式。《说文》又讲，"戲"还可以理解为"兵"，显然有对抗、争斗的意思。在现实生活中，我们也常在这种意思上使用"戏"这个概

---

①　转引自〔英〕尼柯尔：《西欧戏剧理论》，徐士瑚译，中国戏剧出版社1985年版，第43页。

念：两个人发生冲突，争执起来了，人们会说"这下子有'戏'可看了"。这里的"戏"就是指矛盾。"劇"从"虍"从"豕"，"豕"指野猪，表示虎和野猪相斗。《说文解字》说"虎豕之斗，不解也"，强调了矛盾斗争的激烈程度。从字源上看，也可以知道戏剧的基本要求就是表现矛盾冲突；为戏剧表演而写的剧本，当然要突出戏剧冲突了。

剧本强调戏剧冲突，从根本上说是为适应戏剧舞台演出的需要。戏剧演出要受比较严格的时空限制，同时还要适应观众的接受心理，能够让观众坐下来，抓住观众并使他们兴致勃勃地看下去。要抓住观众，就要靠吸引人的故事，靠角色之间的矛盾冲突。正如戏剧理论家布罗凯尔所说：

> 一个剧本要激起并保持观众的兴趣，造成悬疑的氛围，就要依赖"冲突"（conflict）。事实上，一般对戏剧的认识便是：它总包含着冲突在内——角色与角色间的冲突，同一角色内心诸般欲望的冲突，角色与其环境的冲突，不同意念间的冲突。①

老舍也指出："写戏须先找到矛盾与冲突，矛盾越尖锐，才越会有戏。戏剧不是平板地叙述，而是随时发生矛盾，碰出火花来，令人动心，在最后解决了矛盾。"②在这个意义上，可以说"没有冲突就没有戏"，戏剧冲突是戏剧和戏剧文学的灵魂。

但是对于戏剧来说，它所表现的矛盾冲突除了要有戏剧性即好看、吸引人以外，又因为舞台时空的限制，不能发展得太慢、太分散，所以戏剧冲突又要相对集中。这就使戏剧冲突与一般小说中所表现的矛盾冲突有了一定的区别。在小说中，矛盾冲突可以有一个比较缓慢的发展过程，叙事者尽可以为矛盾冲突高潮的到来做各种各样的铺垫。可是戏剧冲突却不能这么做，舞台演出的空间和时间不允许过分铺张矛盾发生的过程。矛盾的集中性和激烈性，是戏剧冲突不同于一般叙事作品矛盾冲突的主要特点。这说明，戏剧冲突虽然要有生活依据，但它又不同于生活矛盾。只有那些具有尖锐性、激烈性，并富于戏剧表演的矛盾冲突，才能构成戏剧冲突。

戏剧冲突所要求的矛盾还要有必然性，即形成戏剧冲突的根本动因在于矛盾双方内在的对立和冲突。戏剧理论家弗莱塔克说："所谓戏剧性，就是那些强烈的、凝结成意志和行动的内心活动，那些由一种行动所激起的内心活动；

---

① ［美］布罗凯尔：《世界戏剧艺术欣赏——世界戏剧史》，胡耀恒译，中国戏剧出版社 1987 年版，第 28 页。

② 老舍：《一点小经验》，见《老舍论创作》，上海文艺出版社 1982 年版，第 186 页。

也就是一个人从萌生一种感觉到发生激烈的欲望和行动所经历的内心过程，以及由于自己的或别人的行动在心灵中所引起的影响；也就是说，意志力从心灵深处向外涌出和决定性的影响从外界向心灵内部的涌入；也就是一个行动的形成及其对心灵的后果。"①弗莱塔克的意思是，从根本上讲，戏剧冲突应源于矛盾双方内在的意志冲突。所谓的意志冲突是指矛盾冲突的性质具有内在的、必然的特点。引起戏剧冲突的矛盾，无论是从人物性格上看，还是从情节发展过程上看，都是必然要发生的，甚至给观众一种预感、期待，使观众感到随着剧情的发展非得出事情不可。所以，尽管戏剧冲突必须具有外在的动作性，但是从根本上说，引起矛盾冲突的原因却在于人物的性格、命运和利益之间的对立，而不是源于和人物的性格、命运、利益等因素没有必然联系的那些偶然事件，如某些拙劣戏剧中常见的"冲突"：一个偶发的事件、从天而降的灾害、得了不治之症，等等，都成了推动剧情发展、制造戏剧冲突的根本原因。其实这些因素，与人物个性和情节发展并没有必然联系，把它们放到任何一出戏、任何一个人身上都可以。因此这类冲突可以说都是缺乏必然性的冲突，并不具有戏剧冲突的性质。

对戏剧冲突的内在性或意志冲突不能做过于狭隘的理解。这里所说的"意志""内在"，主要是强调引起戏剧冲突的矛盾性质应该是必然的、深刻的。实际上，在不同的戏剧中，戏剧冲突的表现形态可以是多种多样的。内在的意志既可以体现为一种"由内到外"的戏剧冲突，也可以体现为一种"由外到内"的冲突。所谓"由内到外"，是说引起冲突的根本原因源于人物内在的矛盾，由此导致事件的发生和外在动作，如曹禺《雷雨》中四凤和周萍的悲剧之所以会发生，既有现实原因如两人身份、地位的悬殊，但更主要的是他们的血缘关系造成的伦理冲突，而这一冲突又源于时代和社会给上一辈人造成的关系。正是这种内在的矛盾，使他们的悲剧必然发生。所谓由外到内的戏剧冲突，是指引发矛盾的原因虽然是外在的事件，但是矛盾后来的发展、激化，却是源于矛盾双方内在的不协调，如易卜生的《玩偶之家》，娜拉自行借贷造成的夫妻冲突，本来带有一定的偶发性。可是这个事件却使娜拉发现，自己不过是丈夫的玩偶，整出戏的真正冲突，推动剧情发展的根本动因，实质上是娜拉与其丈夫之间的这种内在冲突。

虽然明显的冲突在多数戏剧内占了很重的分量，但也有些剧本并不以此为意。桑顿·威尔德的《小镇风光》一剧就没有什么冲突在内。他以一个叙述人代之，在重要的关键处以叙述人开场，甚至不惜打断戏的进行。他所显示的，是一个小村庄的一天，并且他暗示，戏中的早晨、中午和夜晚是与孩

① ［德］弗莱塔克：《论戏剧情节》，张玉书译，上海译文出版社1981年版，第10页。

提、成年与死亡相契合的。如此，虽有小小的个人内心的冲突，却不见大的争斗。然而，"冲突"的观念又可以扩大到包括表面上见不到角色间冲突的剧本。比方说，在《秃头女高音》一剧中，事件的发生好像漫无秩序，它们显然也不依赖冲突而联系。可是，以强调日常生活语言的陈词滥调为手法，伊欧纳斯柯强迫观众去思想，去怀疑我们习以为常的日常行为。这样的剧本则在观众的意识里造成一种分裂，一种冲突。

[美]布罗凯尔：《世界戏剧艺术欣赏——世界戏剧史》，胡耀恒译，中国戏剧出版社1987年版，第28页。

3. 戏剧情境

戏剧情境是指孕育和表现戏剧冲突的情节和境况。戏剧理论中的"情境"说是狄德罗首先提出的。为倡导严肃剧即正剧，狄德罗强调人物性格的形成和矛盾冲突的发生源于人的社会处境，指出以往的喜剧把矛盾冲突仅仅归咎于性格是过于简单的作法。他说，正剧要搬上舞台的，"已经不是人的性格而是人的社会处境了。到目前为止，在喜剧里，性格是主要对象，处境只是次要的。……过去，人们从性格引出情节线索，一般是找些能烘托出性格的场合，然后把这些情景串起来。现在，作为作品基础的应该是人物的社会地位、其义务、其顺境与逆境等。依我看，这个源泉比人物性格更丰富、更广阔，用处更大"①。这里所说的作为戏剧基础的"社会处境"就是"戏剧情境"。具体来说，戏剧情境主要表现为剧中人物活动的具体时空环境，对人物发生影响的事件的具体情况和人物之间的关系。戏剧情境包含了戏剧情节构成的诸多因素，如环境、事件、人物关系的相互作用、推动人物变化的动机和行动等，所以戏剧情境构成了情节发展的重要基础。戏剧情境的作用是推动人物产生动机并导致具体行动，在此过程中也给人物性格的表现和发展提供了客观条件和直接动因。而变化中的情境，又成为导致戏剧冲突爆发和发展的条件与契机。其中，体现为人物之间矛盾关系的戏剧情境是构成戏剧冲突的重要条件，不断发生的具体事件和情况则往往成为导致冲突的契机。

正因为戏剧情境对戏剧的构成和戏剧冲突的发展具有如此重要的意义，所以对演员来讲，把握剧本的"规定情境"即了解和感受戏剧情境，对他们扮演角色，体验与表现戏剧人物具有极其重要的意义。就是说，演员创造角色的前提和基础，就是搞清楚"规定情境"，在特定的戏剧情境中感受和体验角色。观众欣赏戏剧也和戏剧情境有着密切关系。一出戏对观众有多大的吸引力，观

---

① [法]狄德罗：《关于〈私生子〉的谈话》，张冠尧等译，见《狄德罗美学论文选》，人民文学出版社1984年版，第107页。

众能否进入剧情和感受人物的喜怒哀乐，都与戏剧情境有关。可以说，戏剧情境是观众与角色产生交流乃至发生共鸣的媒介。所以，营造戏剧情境对剧本写作具有重要的意义。

4．悲剧、喜剧与正剧

根据戏剧冲突的性质和特点，可以将戏剧分为悲剧、喜剧和正剧。①

悲剧这个术语"泛指用文学的形式，尤其是用戏剧的形式，来表现造成主人公（主要人物）灾难性结局的严肃行为"②。所以鲁迅说，"悲剧将人生的有价值的东西毁灭给人看"③。根据亚里士多德的解释，悲剧不仅表现了主要人物的灾难性结局，而且还因为主人公虽不是完美无缺，但也并非邪恶之极的坏人，而是二者兼有；他们"之所以遭受不幸，不是因为本身的罪恶或邪恶，而是因为犯了某种错误"④。所以悲剧主人公的苦难与失败给予观众的感受既不是幸灾乐祸，也不是情绪上的压抑，而是"通过引发怜悯和恐惧使这些情感得到疏泄"，这是一种净化或纯化心灵的"情感陶冶"。⑤悲剧主人公的失败往往能激发人们对美好理想的更强烈的向往和追求。

从戏剧冲突的角度看西方悲剧的发展，其呈现出这样一个历史过程，即人物性格由单纯趋向复杂，冲突由外在矛盾转向内在矛盾，主人公也由神祇、王公、贵族延伸到下层平民。古典主义之前，悲剧多取材于神话、传说、民族史诗，主人公只能是超人的神祇、王公和贵族，矛盾冲突往往生成于和国家命运、民族生活、宗教信仰相关的重大事件。随着19世纪批判现实主义文学的兴起，普通民众的日常生活才成为悲剧的表现对象，戏剧冲突更多地表现了普通人的日常生活和社会力量、时代变迁以及伦理道德之间的矛盾。然而，无论是哪一种悲剧，其打动人心的力量都是来自于悲剧主人公不甘心于命运的安排，不屈从于环境的压迫而进行的抗争和奋斗。

喜剧是以可笑性为外在表现特征的戏剧类型。它的产生比悲剧略晚，古希腊的阿里斯托芬首创了这种戏剧形式。喜剧以各种引人发笑的表现方式和手法，把戏剧的各个环节，包括戏剧冲突和戏剧情境的许多因素，乃至人物的语言、动作和形态等，都以反讽的方式予以夸张，通过人物和社会生活不同侧面的相互悖逆和乖讹，产生滑稽戏谑的效果。比较常见的喜剧是以讽刺嘲笑丑恶落后的性格、品质和社会现象，以此肯定美好、进步的现实或理想。所以鲁迅说："喜剧

---

① 悲剧和喜剧作为美学范畴，不仅适用于戏剧文学，我们这里是就戏剧类别的意义上来谈。

② ［美］艾布拉姆斯：《文学术语词典》，吴松江主译，北京大学出版社2009年版，第643页。

③ 鲁迅：《再论雷峰塔的倒掉》，《鲁迅全集》第1卷，人民文学出版社2005年版，第204页。

④ ［古希腊］亚里士多德：《诗学》，陈中梅译，商务印书馆1996年版，第97页。

⑤ ［古希腊］亚里士多德：《诗学》，陈中梅译，商务印书馆1996年版，第63页。

将那无价值的撕破给人看。"①喜剧也可以歌颂美好的事物，表现人生的苦难。根据描写对象和表现手法的差别以及艺术家审美态度的不同，喜剧可以分为四类：一是以社会生活中的否定性事物为对象的讽刺喜剧和幽默喜剧；二是表现社会生活的肯定性事物的抒情喜剧；三是西方现代戏剧中把人生最深层的苦难扭曲为笑的荒诞喜剧；四是通过逗乐的举动和夸张的戏谑来引人发笑的闹剧。

正剧是兼有悲剧和喜剧成分的戏剧样式，又称悲喜剧。在欧洲大陆，从古希腊到 17 世纪古典主义时期，悲剧和喜剧之间一直有着相当严格的界限，彼此不能混淆。古典主义坚持只有上层社会人物的生活才能适合悲剧主题，下层人物只适合喜剧主题。到了 18 世纪，随着市民社会的发展，表现世俗生活并打破悲剧、喜剧界限的戏剧形式才开始出现，当时称为流泪喜剧，其实就是最初的正剧。在启蒙运动时期，经过戏剧理论家狄德罗和莱辛的倡导，正剧得到了迅速发展，其突破了古典主义的成规，成为一种能够表现复杂的思想感情和广阔社会生活内容的戏剧形式。法国启蒙主义戏剧家博马舍首先把这种戏剧称之为正剧，对其合理性进行了有力的论证。黑格尔指出：在正剧里，"力求达到悲剧和喜剧的和解，或至少是不让这两方完全对立起来，各自孤立，而是让它们同时出现，形成一个具体的整体"②。正剧反映的矛盾冲突通常总是以正义战胜邪恶获得解决，以正面人物获得胜利而告终。 19 世纪以后正剧成为最常见的戏剧类型之一，以挪威剧作家易卜生的《玩偶之家》为代表的社会问题剧是正剧的一种特殊类型，它和狄德罗、博马舍等人倡导的市民正剧一脉相承。正剧的另一种类型是英雄正剧，其题材与英雄悲剧相近，但过程和结局不同，在剧中以正面英雄为代表的进步力量经过艰苦的历程，最终总是取得战胜腐朽势力的胜利。

美国职业导演、剧作家和戏剧评论家科恩指出，欧美戏剧从 19 世纪后期开始进入了一个新的发展阶段，"其中最重要的一段仍在继续之中，这就是现代戏剧"。它包括现实主义戏剧、自然主义戏剧和象征主义戏剧。可以说 20 世纪前 30 年是"戏剧的各种主义盛行的时代。各种运动不断地进行着实验，自觉地努力重新定义戏剧艺术"。

"现代戏剧从不墨守成规或满足于表达一些简单的寓意，它不是树立偶像的戏剧，也不是绝对的英雄和恶人的戏剧。在一定程度上，现代戏剧反映了它所处时代的困惑，努力澄清、说明、记录或探究人类在一个复杂、不稳定的宇宙中的命运"。

德国戏剧家布莱希特提出的"史诗剧"和"间离效果"理论，就是对西

---

① 鲁迅：《再论雷峰塔的倒掉》，《鲁迅全集》第 1 卷，人民文学出版社 2005 年版，第 203 页。
② ［德］黑格尔：《美学》第 3 卷下册，朱光潜译，商务印书馆 1981 年版，第 294 页。

方传统戏剧成规的颠覆。他认为戏剧并不是对生活的模仿，相反，"戏剧必须间离它所表演的一切"，拉开与现实生活的距离。"为了制造间离效果，演员必须放弃他所学过的一切能够把观众的共鸣引到创造形象过程中来的方法"。"演员一刻都不允许使自己变成剧中人物……不应该与剧中人物的感情完全一致，以免使观众的感情完全跟剧中人物的感情一致。在这里观众必须具有充分的自由"。只有在这种间离效果中，演员和观众才不会对戏剧所表现的东西仅仅只有感受；间离效果让他们在超越感受、体验的同时去思考、认识和反省。

参见 [美] 科恩：《戏剧》，费春放主译，上海书店出版社 2006 年版，第 227～228、237 页。[德] 布莱希特：《戏剧小工具篇》，张黎译，见《外国现代剧作家论剧作》，外国文学研究资料丛刊编辑委员会编，中国社会科学出版社 1982 年版，第 103～104 页。

三、戏剧语言

戏剧兼有叙事和抒情两种因素。虽然戏剧从根本上说是一种叙事，但是作为舞台表演艺术，戏剧又不可避免带有抒情的成分。剧中的人物"被一般的戏剧漩涡所席卷，自愿和不自愿地，适应其对于其他人物以及整个创作概念的关系而行动——这是他的客观方面；他在你面前打开自己的内心世界，暴露出心灵的一切隐秘曲折；你偷听到他跟自己进行的无声的谈话——这是他的主观方面"①。正是由于戏剧能表现人物的内心世界，才使得戏剧的叙事有了抒情性。

戏剧的叙事和抒情主要靠人物的表演来实现，人物语言是表演的基础和基本手段，所以，在戏剧文学中人物语言特别重要。因为在舞台演出中，一般来讲不会有叙述人语言出现，戏剧的叙事主要依靠人物语言。和小说中的人物语言有所不同，戏剧人物的语言在戏剧叙事和抒情中承担着多项任务：展开剧情，推进戏剧冲突，同时还要表现人物自身的性格特点，在某些情况下还需要与台下的观众形成交流。用高尔基的话说，"剧中人物之被创造出来，仅仅是依靠他们的台词，即纯粹的口语，而不是叙述的语言"②。从这个意义上讲，剧本实际上是一种代言文体，剧本也因此被视为最难把握的一种文学体裁。

根据戏剧的特殊要求，戏剧文学的人物语言要有动作性、个性化的特点，

---

① [俄] 别林斯基：《智慧的痛苦》，满涛译，见《别林斯基选集》第 2 卷，上海文艺出版社 1980 年版，第 100 页。

② [苏] 高尔基：《论剧本》，孟昌译，见高尔基《论文学》，人民文学出版社 1978 年版，第 57～58 页。

并且要富于潜台词。语言的个性化是指人物语言要符合人物的身份、年龄、气质、职业、经历、性格和所处的特定情境。优秀的剧作家往往通过寥寥数语，就把人物的特征表现了出来。老舍说："在写话剧对话的时候，我总期望能够实现'话到人到'。这就是说，我要求自己始终把眼睛盯在人物的性格与生活上，以期开口就响，闻其声知其人，三言五语就勾出一个人物形象的轮廓来。"①由于戏剧对人物的刻画只能通过表演实现，不能像小说那样，还可以依靠叙述人的语言从旁描绘、点拨，所以特别重视人物语言的个性化。

剧中人物的语言不仅要求个性化，而且还要有动作性。美国戏剧理论家劳逊说："抽象的或淡淡一般的感受或想法的对话是没有戏剧性的。话语描绘了或表现了动作，才有价值。"②强调人物语言要能引发动作，适应表演。与生活中的语言交流不同，戏剧人物语言不仅让观众听，更要让观众能够看。舞台上如果出现大段的无动作的台词，会破坏戏剧效果。但戏剧人物语言的外在动作又必须有内在的根据，即动作的发生与人物之间的内在冲突有关，动作性不是指没有内在冲突的激烈争吵或动作行为，而是指人物语言必须是在特定情境中，基于对环境的感受和反应来说的。对话要影响对方的心理，才能引起反动作。剧中人物的对话如果不能作用于其他人物，不能影响人物之间的关系，使矛盾冲突发生变化，就不具备动作性。

与此相联系，剧本中的人物语言还特别要求含蓄蕴藉，富于"潜台词"意味。"潜台词"是指这样一种语言现象：有些话戏剧人物虽然没有说出来，但是观众却可以根据剧情，意会到话中有话，另有所指，还有一层潜在的意思没有直说，给观众留下意会、回味和想象的余地。戏剧人物语言之所以要有"潜台词"，从根本上说是为了表现戏剧冲突；潜台词就是暗藏着引发冲突的台词。富于潜台词的人物语言往往会引起对方的反应，暗示某种情况和引发新的矛盾冲突。

由于戏剧演出既不能重复，又不能解释，所以除了塑造人物形象的特殊需要之外，戏剧文学的语言一般都要求尽可能通俗易懂，明朗动听，一方面便于演员"上口"，另一方面便于观众"入耳"。

剧中人物的语言不能封闭于剧情之中，仅限于人物之间的交流，还应该考虑到与观众的交流，形成更好的剧场效果。戏剧中的旁白常常就是剧中人物撇开其他人物而面向观众的表白，独白在某些时候也具有这种意义。至于剧本中的叙述人语言即所谓的"舞台提示"，主要是关于舞台布置、幕场交接、演出

---

① 老舍：《对话浅论》，见《出口成章——论文学语言及其他》，人民文学出版社 1984 年版，第 51 页。

② ［美］劳逊：《戏剧与电影的剧作理论与技巧》，邵牧君等译，中国电影出版社 1978 年版，第 217 页。

动作之类的技术性的交待和提示，与戏剧对语言的特殊要求没有直接关系。

讨论题

1. 与非文学文本比较，文学文本的特性是什么？
2. 为什么说体裁对创作和接受都有一定的规范作用？
3. 诗歌语言为什么会"背离"日常语言？
4. 如何理解小说的叙事特性与虚构特性？
5. 剧本的叙事与小说叙事有什么不同？
6. 戏剧冲突、戏剧情境对戏剧艺术的意义是什么？

参考书目

一、著作

1. ［波］罗曼·英加登：《对文学的艺术作品的认识》，陈燕谷等译，中国文联出版公司 1988 年版，"导言"与第一章"对文学艺术作品认识的初级阶段"。

2. ［以色列］里蒙－凯南：《叙事虚构作品》，姚锦清等译，生活·读书·新知三联书店 1989 年版，第四章"文本：时间"与第六章"文本：聚焦"。

3. ［美］卡勒：《结构主义诗学》，盛宁译，中国社会科学出版社 1991 年版，第七章"程式与归化"。

4. ［美］布罗凯尔：《世界戏剧艺术欣赏——世界戏剧史》，胡耀恒译，中国戏剧出版社 1987 年版，第三章"戏剧的结构、形式与风格"。

二、论文

1. 司空图：《与李生论诗书》，见周祖譔编选《隋唐五代文论选》，人民文学出版社 1990 年版。

2. 袁行霈：《中国古代诗歌的意境》，见《中国诗歌艺术研究》，北京大学出版社 1987 年版。

第三章　文学的形态类型

当我们的文学研究从观念的层面转向具体的文学现象时，呈现在人们面前的是一个五彩缤纷的艺术世界。在这个世界中，文学不是以统一的面貌，而是以多种多样的表现形态存在着：有些作品近似于现实生活的再现，具有写实形态；另一些作品则以夸张、变形的形象构建了一个与现实人生迥然不同的想象世界；还有些作品带有明显的象征性，其形象也因此有了符号的意味……这些远比抽象概念更为丰富的文学现象提醒我们，若要认识什么是文学，仅从整体上把握文学的一般属性和基本特征是不够的，我们还需要通过对各种文学表现形态的分类研究，了解文学的一般属性和基本特征在不同的文学类型中的特殊表现。黑格尔在论及艺术整体和艺术类型的关系时指出，作为"整体"的艺术具有"一些重要的差异面"，这些差异面形成了"艺术的各种特殊的类型"和"各种特殊的艺术表现方式"①。本章就是以文学的形态类型为对象，对丰富多样的文学现象所作的一种分类研究，通过文学形态类型和文学思潮、流派的关系的讨论，阐明几种基本的文学形态类型的特点，进一步细化相关的理论知识。

第一节　文学的思潮、流派和形态类型

多样化的文学形态是在文学发展的历史过程中逐渐形成的；在这个过程中，文学思潮的发展变化和各种文学流派活动对不同文学形态的形成起了重要的作用。作为创造性的精神生产，个性化是文学创作追求的目标，但是一个作家写什么和怎么写，其实并不完全取决于自己，因为任何个体的想象都不可能完全摆脱生活经验的限制，摆脱时代、社会与文学成规给予的影响，即使大作

---

① 　[德]黑格尔:《美学》第 2 卷,朱光潜译,商务印书馆 1979 年版,第 1 页。

家也在所难免。正像丹纳说的，"艺术家不是孤立的人"，"艺术家本身，连同他所产生的全部作品，也不是孤立的。有一个包括艺术家在内的总体，比艺术家更广大，就是他所隶属的同时同地的艺术宗派或艺术家家族"①。钱锺书也表达过类似的见解，而且更周密地指出，这种影响还可以从反面去理解："一个艺术家总在某些社会条件下创作，也总在某种文艺风气里创作。这个风气影响到他对题材、体裁、风格的去取，给予他以机会，同时也限制了他的范围。就是抗拒或背弃这个风气的人也受到它负面的支配，因为他不得不另出手眼来逃避或矫正他所厌恶的风气。"②丹纳说的"家族"、钱锺书说的"风气"，都可归属于流派或者思潮现象，它们使处于同一时代和社会条件下的许多作家，在艺术表现上有了某些相似或相同的特点，从而形成了文学在表现形态上的类型。所以，若要深入理解文学的形态类型，首先需要了解文学思潮和文学流派的特点。

一、文学的思潮与流派

文学活动与社会生活、时代变迁的关系深刻地影响了文学的发展演变，就像刘勰《文心雕龙·时序》中说的，"文变染乎世情，兴废系乎时序"③；文学思潮的起伏递嬗，就是这种关系的集中体现。

1. 文学思潮

* 所谓文学思潮，是指在一定的社会文化思想的影响下，为适应社会变革和艺术创新的需要而形成和发展起来、并产生了广泛社会影响的文学思想潮流。文学思潮不是偶然出现的文学现象，它的发生也并非仅仅出于单纯的文学要求。因社会发展而引起的政治、经济与文化上的变化，以及由此产生的思想需求，往往成为导致文学思潮发生的社会原因，直接或间接地促成了文学思潮的形成和发展。所以，与一般的文学现象相比，从文学思潮中可以更直接地看到文学活动与时代发展的关联，看到文学活动与各种思想文化运动之间的互动关系，以致使人们很难把历史上的某些文学思潮——比如18世纪末至19世纪前期盛行于欧洲的浪漫主义文学思潮和中国五四时期的新文学思潮——视为单纯的文学现象。

---

① ［法］丹纳：《艺术哲学》，傅雷译，人民文学出版社1963年版，第5页。

② 钱锺书：《中国诗和中国画》，见《七缀集》，上海古籍出版社1985年版，第1页。

③ 刘勰：《文心雕龙·时序》，见范文澜著《文心雕龙注》下册，人民文学出版社1958年版，第675页。

* 请访问爱课程网→资源共享课→文艺学系列课程/孙文宪→第19讲（30：39～38：39）。

文学思潮以张扬某种文学观念为标志，探索和建构与时代变迁相适应的审美范式是文学思潮的显著特点。一种特定的文学思潮必定有其特定的文学观念，这种文学观念和与之相应的审美理想、创作追求、理论范式以及批评模式，共同构成了引导文学潮流走向的思想基础，从而对一个时期甚至一个时代的文学活动，产生广泛而深刻的影响。正因为如此，一种文学思潮的兴起往往会形成一定规模的运动，西方学者因此常用文学运动来指称思潮现象，强调"思潮"对于某个"阶段"、某个"时期"文学活动的影响的广泛性和持久性。例如，韦斯坦因认为，研究文学发展的理论基础"存在于'运动'和'时期'的辩证法中"，其表现为文学发展出现了一个新的阶段，一批志趣相同的创新者以新的艺术成功地取代了前人，"如果这批创新者的创新和实验能够在思想和艺术上统一，并发展出一种独特的纲领，那就形成了文学上的'运动'"①。韦斯坦因所说的文学"运动"正是我们讲的思潮现象。

文学思潮的形成有一个渐进积累的过程，一种思潮所倡导的文学思想和创作主张，要随着社会变革的进程和创作实践的深化才能逐渐清晰起来。在这个过程中，形形色色的社会思潮、文化思潮或哲学思潮，都会对文学思潮的形成产生一定的影响。因此，人们从一种文学潮流中不仅能够看到文学本身的革新要求和时代的审美趋向，而且还会发现，文学的这种革新要求实际上是对社会文化变革的一种回应，直接或间接地反映了时代的变化。也就是说，文学思潮所主张的创新与变革，所倡导的观念与思想，虽然以文学为立足点，但是这些文学思想的孕育和文学实践的形成，却是因为受到了各种文化思想的启发，源于社会政治经济生活的变化。在五四新文学思潮和新时期文学思潮的发展过程中，我们都可以发现这样的特点。正因为如此，文学思潮对于社会的影响也常常会超出文学的范围，波及社会生活和思想文化的各个层面。文学思潮充分体现了文学活动与社会变革和时代发展的密切关系。

作为一种生发于文学变革的需要而产生的思想潮流，文学活动本身的矛盾冲突是促成思潮发生的内部原因，也是我们在考察思潮形成时首先需要关注的因素。所以韦勒克在分析文学运动发生的原因时特别强调，"由文学史中有意识地系统阐述的纲领、派系和自我解释等所提供的证据材料当然是不应该低估的"。②文学思潮形成的内部原因，是指对思潮的形成具有重要影响的、与文学活动直接相关的各种因素，如文学观念和审美追求的变化、与之相应的文学规范和创作准则的提出，等等。正是这些体现了文学变革要求的因素，为文学运动的形成奠定了思想基础，冲击着已经枯萎了的文学成规和既定的文学观念，显示了新的文学思想和创作趋势

---

① ［美］韦斯坦因：《比较文学与文学理论》，刘象愚译，辽宁人民出版社1987年版，第91、87页。

② ［美］韦勒克、沃伦：《文学理论》，刘象愚等译，江苏教育出版社2005年版，第316～317页。

势必取而代之的必然性与合理性。倡导某种新的文学观念之所以会成为文学思潮的标志，正是因为文学观念的变革集中反映了时代、社会的发展变化对文学的要求。表现和满足新的审美需求是促成文学思潮发生发展的内在原因，文学思潮也因为满足和适应了文学革新的要求而引领着一个时代的文学风气。

2. 文学流派

与文学思潮一样，文学流派也是一种与文学的创造活动密切相关、对文学的发展演变有着重要影响的文学现象。文学流派是指一批作家，因为在思想倾向和文学观念上有相近的见解，在创作实践上有共同的艺术追求，并以他们的创作实绩显示了相似的风格特色而形成的创作群体。相近的文学见解、共同的艺术追求和特有的群体风格特色，是流派形成的基础和标志。至于是否以社团组织的形式出现或制定、发表宣言纲领，对于流派的存在来说并不是必须具备的条件。所以在文学史上，既有以结社方式集聚起来，通过纲领或宣言统一群体创作所形成的文学流派，也有并不存在社团实体，但却因为有共同的文学见解并在创作实践中显示了群体特色而被认同的文学流派。

流派的形成与文学思潮有着密切的关系。流派与思潮常常同时出现，几乎形影相随，二者的联系或表现为一种文学思潮促成了某个流派甚至多个流派的形成与发展，或表现为某个文学流派以其广泛、深刻的影响促成了某种文学思潮的产生。例如五四以后的十多年间，由于现实主义文学思潮的影响，在小说创作中先后产生了"人生派小说""乡土派小说"等小说创作流派；而这些小说流派又以它们相同或相近的特点，如关注现实人生、揭示社会矛盾或以较高的艺术成就吸引了更多的追随者，等等，推动了现实主义文学思潮的发展和深化。但是，文学流派并不等于文学思潮，两者的区别主要体现在它们作为文学活动具有不同的特点。文学思潮的特点在于对某种文学观念的倡导，思潮以文学思想的革新体现了文学活动对社会变革的回应；而文学流派则是相对单纯的文学现象，是创作实践的产物，通过创作实绩显示群体特色是这种文学活动的特点。

韦斯坦因认为，"'运动'和'流派'的不同在于它大体上是一批同代人的努力，不存在导师—弟子的师承关系。一个运动当然不能没有代表性人物做其领袖，但这位领袖未必一定是它的导师。这就是说，通常，领袖同成员一样要坚决遵循既定的纲领，但导师讲话就具有法律的权威性。同时，流派所代表的时间较长，因为弟子辈都是较为年轻的一代，他们认为有责任和义务把导师的教义发扬光大"。

韦斯坦因强调师承关系是流派特点的观点，和中国古代文论关于诗派的论述颇为接近。钟嵘《诗品》论诗追根溯源，如评刘琨"其源出于王粲"；评陶渊明"其源出于应璩，又协左思风力"，等等，开寻根论派之先河。唐代张为作《诗人主客图》，以主、客之分梳理诗歌创作中的师承关系，如称白居易为"广大教化主"，在"升堂""入室""及门"的标目下列举与其有师承关系的若干诗人，"皆所谓客也"。李调元认为"宋人诗派之说实本于此"。强调师承渊源，是中国古代文论研讨流派形成的重要根据，"诗学流派，各有专家，要其鼻祖，归源《风》《雅》，《风》《雅》所衍，流别已伙"。

参见［美］韦斯坦因：《比较文学与文学理论》，刘象愚译，辽宁人民出版社1987年版，第91页；锺嵘：《诗品》，见陈延杰注《诗品注》，人民文学出版社1961年版，第37、41页；张为：《诗人主客图》，见丁福保辑《历代诗话续编》上册，中华书局1983年版，第70页；毛先舒：《诗辩坻》卷一。

　　除了受思潮的影响之外，文学流派的形成还有多方面的原因。从文学的生存环境看，某些社会历史条件对流派的形成具有重要意义。一般说来，社会矛盾尖锐复杂或思想文化比较开放的时代，更容易促成流派的发生。因为在这样的社会条件下，政治、经济、文化和各种体制都处于激荡、变革之中，思想活动也因此有了更大的自由和更开阔的空间。在这样的社会环境中，质疑现存的价值观念和既定的文学规范，接受和倡导新的文学思想，往往会成为普遍的社会要求，甚至形成一种文化风气和审美趋势，使作家的创作和理论家的探索得到充分的发动，为形成各种文学群体创造了条件。

　　在影响流派形成的诸多因素中，与文学活动直接有关的因素构成了流派形成的内部原因。流派并不是文学产生之初就有的现象，而是文学发展到一定的阶段，形成了某种传统或创作成规之后的产物。所以，从文学本身来讲，体现了成规延续的师承关系被许多学者视为流派形成的重要原因。如宋代批评家刘克庄在分析"江西诗派"的形成时，就特别强调师承关系的作用。他说："至六一、坡公，巍然为大家数，学者宗焉。然二公亦各极其天才笔力之所至而已，非必锻炼勤苦而成也。豫章稍后出，会萃百家句律之长，究极历代体制之变，搜猎奇书，穿穴异闻，作为古律，自成一家，虽只字半句不轻出，遂为本朝诗家宗祖，在禅学中比得达摩，不易之论也。"[①]由于文学活动中的师承关系往往和地域文化有一定的联系，所以也有人特别强调地域文化因素对流派形成的作用。如清人张泰来就认为，"诗派，人之性情也。性情不殊，系乎风土"。[②]这种看法虽然可以从某些流派那里得到印证，如明末"公安派"和清

① 刘克庄：《江西诗派小序》，见丁福保辑《历代诗话续编》上册，中华书局1983年版，第478页。
② 张泰来：《江西诗社宗派图录》，见王夫之等撰《清诗话》上册，上海古籍出版社1963年版，第62页。

代"桐城派"的形成，都和地域文化有一定的关系。但是从根本上说，足以显示"公安派"或"桐城派"的特点，使作家们凝聚成一个创作群体的，还是他们共同推崇的文学主张和彼此相近的创作特色。事实上，参与这两个流派的活动并取得显著成绩的，并非都是公安人或桐城人。从这个意义上说，思想倾向相近，有共同关心的文学和社会问题，在文学观念和审美趣味上有共同语言，一致认同和遵循某种创作准则，才是促成流派形成的重要基础和根本原因。

文学思潮和文学流派的出现是文学走向自觉、走向成熟的一种标志。思潮现象与流派现象都显示了文学活动对变革、创新和发展的有意追求，即使这种追求有时候表现为前进与后退、革新与保守之间的对立和竞争，但是对于文学的发展来讲，这种对立和竞争也是一种推动变革、改变现状的因素，因为只有在对话和交流中，文学变革才能获得更加开阔的视野和发展多种多样的风格形态。关于这一点，丹纳有一个说法，他说："科学同情各种艺术形式和各种艺术流派，对完全相反的形式与流派一视同仁，把它们看作人类精神的不同的表现，认为形式越多越相反，人类的精神面貌就表现得越多越新颖。"①把文学研究的科学性理解成对各种艺术形式和流派的一视同仁，却不辨析它们在审美理想或审美价值上的区别以及思想品味的高下，丹纳显然忽视了人文科学和自然科学的差异；但是他强调不同的艺术形式和流派是人类精神的不同表现，倒是一个很有启发性的见解。因为正是存在于思潮和流派中的这种内在精神，才促成了文学形态类型的形成。

二、文学形态类型的风格特征

文学在表现形态上具有多种类型的现象，很早就引起了人们的关注。刘勰在《文心雕龙·体性》中，把文章的风貌分为"典雅""远奥""精约""显附""繁缛""壮丽""新奇""轻靡"等"八体"，就涉及文章表现形态的风格类型问题。刘勰对"八体"的区分，有的是就个人风格而言的，但更多的是从修辞方式和表现形式上来说的，着眼点是文章在表现形态上的特点。巴尔扎克在谈到19世纪的欧洲文学时曾指出，这个时代的文学有"三种形式、面貌或者体系"，他分别称之为"形象文学""观念文学"和"折中主义的文学"。他说，"形象文学""特别嗜好高贵的形象、浩大的自然景物"；"观念文学""避免讨论，不欣赏梦想，然而喜欢结局"；"文学上的折中主义"则"要求照世界原样表现世界"。②巴尔扎克所说的"形象文学""观念文学"和"折中主义的

---

① ［法］丹纳：《艺术哲学》，傅雷译，人民文学出版社1963年版，第11页。
② ［法］巴尔扎克：《拜尔先生研究》，李健吾译，见王秋荣编《巴尔扎克论文学》，中国社会科学出版社1986年版，第260～261页。

文学"，实际上就是后人说的浪漫主义文学、古典主义文学和现实主义文学。这种文学分类，同样是从表现形态类型上来说的。在当代的文学研究中，国内也有学者提出，"从中外文学理论对文学发展过程的描述来看，目前不少学者都承认文学创作的类型说，即把文学分为浪漫主义文学、象征主义文学、现实主义文学、自然主义，以及包括各种派别的现代主义文学"①。这些事实说明，根据表现形态的特点划分不同的文学类型，在类型学的层面上阐释文学和文学创作，是一种可行的理论研究方式。

对文学进行分类，通常会涉及两个基本方面：一个是文体种类的划分，另一个是风格类型的划分。日本美学家竹内敏雄指出，"艺术类型学的研究面对着种类与风格两大问题领域"，并认为二者的区别在于，"艺术的种类是根据与作品的结构因素相关的客观的标志而区分、归纳的类型；艺术的风格是以创作的活动方向有关的主观的标志为准则而设立的类型"②。根据作品的结构形式所作的分类研究即文体或体裁的分类研究，在第二章已经讨论了；竹内敏雄所说的风格类型研究，就是本章所讲的文学形态类型问题。

> 苏联美学家斯托洛维奇在论及艺术类型研究时指出，类型研究应该从两个方面进行，其一是对艺术种类和体裁的体系进行系统研究；其二是对"艺术创作基本类型"即艺术基本风格体系的研究。关于后者他强调说，"艺术创作不仅根据各种形式和体裁分类，而且也根据它们的类型分类。在表明把各种创作方法和流派统一起来的共性和表明艺术掌握世界的最普遍的原则时，美学中越来越经常地使用'艺术创作类型'的概念"。
>
> 日本美学家山本正男认为，艺术类型问题"应该作为艺术精神的基本类型来解决"。他所说的"艺术精神基本类型"由三个方面来决定：第一是艺术精神的构成态度；第二是艺术精神的构成能力；第三是艺术精神采用的构成手段。
>
> 上述说法虽然在具体内容上不尽一致，但是承认文学的分类研究不仅包括以结构形式为对象的文体种类研究，而且还应该包括以艺术精神或艺术创作为对象的风格类型研究，却是共同的。
>
> 参见[苏]斯托洛维奇：《审美价值的本质》，凌继尧译，中国社会科学出版社1984年版，第181页。[日]山本正男：《艺术精神的基本类型》，林木森译，见陆梅林等主编《艺术类型学资料选编》，华中师范大学出版社1997年版，第516～529页。

---

① 钱中文：《文学发展论》，高等教育出版社2005年版，第172页。
② [日]竹内敏雄：《艺术理论》，卞崇道等译，中国人民大学出版社1990年版，第88页。

从现象上看，文学的形态类型是根据作品形象化的直观特征来划分的，似乎只要从形象描绘的外在特点上，就可以判断作品的表现形态属于写实类型、表现类型还是象征类型。其实问题并非如此简单，文学形态类型的形成实质上和文学观念有关，区分形态类型的根据还要从其形成的内在原因中去寻找。从创作的角度讲，一个作家所以要用这种而不是那种形态类型来建构他的艺术世界，是因为他认为只有他所选择的表现形态才足以体现自己的审美理想、文学观念和艺术追求；表现形态是某种文学观念在艺术创作中的具体体现。例如，巴尔扎克的作品之所以采用了严格的写实形态，是因为在他看来小说家的职责即在于摹写社会生活，就像他所表白的，"法国社会将写它的历史，我只能当它的书记"。为实现这样的艺术追求，他给自己确定了如下的创作准则："编制恶习和德行的清册、搜集情欲的主要事实、刻画性格、选择社会的主要事件、结合几个本质相同的人的特点揉成典型人物，这样我也许能写出许多历史学家没有想起写的那种历史，即风俗史。"①说文学的表现形态是创作主体的审美理想和艺术追求的外在显现，就是在这个意义上讲的。所以，竹内敏雄把体现了作家精神特质的艺术风格视为区分文学形态类型的根据，认为文学的表现形态是风格的形象体现。他说："风格，可以说特别是艺术领域的创作者的'精神'特质在作品的'形态'上表现出来的'样子'。"②提醒人们注意文学的表现形态和文学观念的内在联系。

艾布拉姆斯在讨论西方浪漫主义文论时，对文学观念、艺术追求、创作准则和文学形态类型之间的关系作了分析。他指出，在西方文学史上，有两种关于文学的隐喻"在选择、阐释、整理和评估艺术事实的过程中起到了重要作用"，③隐含于其中的文学观念深刻地影响了作家审美理想的建构和对创作准则的把握。受其影响，文学也因此有了两种不同的表现形态。

艾布拉姆斯所说的第一种隐喻是将文学比喻为"镜子"，"在柏拉图以后的很长时间里，美学理论家一直喜欢求助于镜子来表明这种或那种艺术的本质"，④用镜子的反映来说明文学是对现实生活的模仿：

　　　　艺术即模仿，多少像一面镜子。……它在客观上使人将兴趣集中于

---

① ［法］巴尔扎克：《〈人间喜剧〉前言》，陈占元译，见王秋荣编《巴尔扎克论文学》，中国社会科学出版社 1986 年版，第 62 页。

② ［日］竹内敏雄：《艺术理论》，卞崇道等译，中国人民大学出版社 1990 年版，第 86 页。

③ ［美］艾布拉姆斯：《镜与灯——浪漫主义文论及批评传统》，郦稚牛等译，北京大学出版社 1989 年版，第 43 页。

④ ［美］艾布拉姆斯：《镜与灯——浪漫主义文论及批评传统》，郦稚牛等译，北京大学出版社 1989 年版，第 44 页。

作品的题材及其在现实中的种种原型之上……它促使人们将作品中明白表现现实世界的那些成分与其他被认为只起"装饰作用"的，给读者以更大快感的言语性、想象性成分一分为二地对立起来，并促使人们潜心追求艺术的"真谛"，追求艺术与其应当反映的事物之间的某种一致性。①

这说明如果作家把文学视为一面反映现实生活的镜子，他势必关注其笔下的艺术形象与现实生活的相似程度，追求艺术创造的真实感，从题材的选择到文学的表现方式，都力求更贴近社会生活本身，于是形成了文学表现形态上的写实风格。

另一种隐喻则把文学说成是照亮人生启迪心智的"灯"，其体现了"浪漫主义诗人和批评家关于心灵在感知过程中的作用的流行看法"，强调文学是诗人的情感、幻想和理想追求的表现，"它在感知世界的同时也为这世界添彩增辉"②。按照这种文学观念，文学被解释成心灵的表现，文学创造的特点在于："释放出自身的热情和生命，从而将冰冷的无生命世界改造成一个与人的生命共存的温馨世界，并通过同一种活动把平白的事实转变为诗歌。"③也就是说，当另一些作家把文学视为用心灵和理想之光来照亮人生的一盏明灯，强调文学是主体情感的自然流溢的时候，他们更看重主观心灵对生活材料和现实经验的整合作用，就像柯勒律治说的，"人的心灵则是散布于自然形象的所有理性之光的聚焦点，使所有这些形象整合起来，纳入人的心灵维度之内"，④因此形成了与写实形态迥然不同的表现风格。

文学表现一旦形成了类型之后，对文学的创作活动和接受活动都会产生深刻的影响，成为规范创作和接受的一种因素。所以韦勒克强调，"我们必须把类型认作一个'规范性'的概念，认作某种基本的模式，一个实在的、有效的惯例，因为它实际上作为模式规定着具体作品的写作"⑤。

在文学形态类型形成的历史过程中，思潮和流派起了重要的作用。虽说文学的各种表现形态都是在文学创作实践中逐渐发展起来的，是渐进积累的产

---

① ［美］艾布拉姆斯：《镜与灯——浪漫主义文论及批评传统》，郦稚牛等译，北京大学出版社1989年版，第47页。

② ［美］艾布拉姆斯：《镜与灯——浪漫主义文论及批评传统》，郦稚牛等译，北京大学出版社1989年版，第82~83页。

③ ［美］艾布拉姆斯：《镜与灯——浪漫主义文论及批评传统》，郦稚牛等译，北京大学出版社1989年版，第98~99页。

④ ［英］柯勒律治：《论韵文或艺术》，刘象愚等译，见塞尔登编《文学批评理论——从柏拉图到现在》，北京大学出版社2000年版，第21页。

⑤ ［美］韦勒克·沃伦：《文学理论》，刘象愚等译，江苏教育出版社2005年版，第314页。

物，但是文学表现形态的成熟、定型以至成为显示某种文学观念的形态类型，并对文学活动产生的广泛影响，却往往是文学思潮或文学流派张扬、推动的结果。对文学发展产生了深远影响的几种文学类型，如现实主义文学、浪漫主义文学和现代主义文学等的形成，就有这样的特点。梳理思潮、流派和文学形态类型之间的这种关系，对于我们深入了解现实主义、浪漫主义和现代主义，具有重要的意义。

第二节　现实主义文学

现实主义（realism）是文学研究活动中最为常见的术语之一，但是由于人们常常在不同的意义上使用这个术语，现实主义也因此成为文学理论中含义最为模糊的概念之一。一般来说，人们经常在三种意义上使用这个术语：其一是指一种文学思潮或文学运动；在这个意义上，现实主义是一个与特定的历史时期相关的概念，指发生在文学史上某个时期的思潮、运动或流派；而作为思潮或流派的现实主义则有一个从开始到结束的历史过程。现实主义的另一个含义是指一种审美理想或文学精神；现实主义文学精神的根本特点在于它尤为强调文学对现实社会生活的关注和参与，这个意义上的现实主义具有相当宽泛的包容性，它实际上包括了一切严肃对待现实人生的文学，即使在某些浪漫主义或现代主义作家身上，人们也可以看到这种关注现实的文学精神。现实主义的第三种含义是指文学的一种表现形态或形态类型，其特点是以生活固有的样子来建构艺术世界，强调文学形态与现实生活形态的相似或相近。现实主义是文学的基本表现形态之一，作为表现形态的现实主义是一个文学类型学的概念。尽管以上三种含义的所指对象在文学活动中彼此也有关联，但它们毕竟是性质不同的文学现象，不加分析地把它们混为一谈，是造成现实主义概念混乱的原因之一。

本节主要讨论作为文学形态的现实主义的特点和与之相关的现实主义文学理论的发展演变。

一、现实主义文学与写实

作为一种文学表现的形态类型，现实主义文学最为显著的风格特征是它的"写实性"。无论是对具体形象的塑造，细枝末节的刻画，还是在整体的表现形态上，现实主义文学都力求贴近社会生活现实，追求艺术虚构的真实感。韦勒克在分析了欧洲一些作家和理论家对现实主义的论述后，得出了如下结论："这些著述系统阐述了以少数简单概念为基础的一种确定的文学信条，那就是艺术应该对现实世界做出真实的描绘；所以，艺术应该通过细心观察和认真分析来研究当代生活和风尚。艺术应该冷静地、不带个人感情地和客观地完成这件事。"①韦勒克还说，"'现实'一词也是一个包容性的字眼；丑恶的、令人厌恶的、粗俗的东西都是艺术的合法题材。禁止谈论的题材如性和死亡（爱情和死亡总是被允许谈论的）现在被允许进入艺术的领域"②。韦勒克的上述说法基本上概括了现实主义文学表现形态的"写实性"特征，不过还需要补充一点：现实主义文学对生活的再现是以艺术概括为基础的。

从表现形态上讲，现实主义文学的"写实性"主要体现在"真实性"和"客观性"两个方面。

1. 现实主义与真实性

要求文学在表现形态上能够"真实"地再现生活原貌是现实主义文学"写实性"的标志，也是"写实性"的基本内涵。用别林斯基的话说就是，"我们要求的不是生活的理想，而是生活本身，像它原来的那样。不管好还是坏，我们不想装饰它"，现实主义文学的"显著特点在于毫无假借的直率，生活表现得赤裸裸到令人害羞的程度，把全部可怕的丑恶和全部庄严的美一起揭发出来，好像用解剖刀切开一样"③。作为想象和虚构的产物，文学在表现形态上完全可以不受现实生活的约束，现实主义之前的古典主义和浪漫主义都是这样做的，然而现实主义文学创造的艺术世界却追求真实再现现实世界的效果，使虚拟的艺术世界像现实生活本身一样。"它所反对的是怪诞的、童话般的、寓言式的和象征性的、高度风格化的、完全抽象的和装饰性的东西。现实主义意味着我们不要神话、不要童话、不要梦幻的世界。现实主义还意味着反对不大可能、纯属偶然以及非常离奇的事件。"④。为了追求艺术表现的客观性和真实感，现实主义文学特别注重写实白描和细节刻画。因为具体情景，特别是细节描写的准确，最容易让人忽略艺术加工的痕迹而产生真有其人其事的感受。所以巴尔扎克强调，对于现实主义文学的虚构来说，如果"小说在细节上不是真实的话，它就毫无足取了"⑤。艺术表现的具体、细致和准确，强化了现实主义文学的写实性和真实感。对于巴尔扎克的细节描写，丹纳是这么描述的：

---

① ［美］韦勒克：《文学研究中的现实主义概念》，张金言译，见韦勒克《批评的概念》，中国美术学院出版社 1999 年版，第 219 页。

② ［美］韦勒克：《文学研究中的现实主义概念》，张金言译，见韦勒克《批评的概念》，中国美术学院出版社 1999 年版，第 232 页。

③ ［俄］别林斯基：《论俄国中篇小说和果戈理君的中篇小说》，满涛译，见《别林斯基选集》第 1 卷，上海译文出版社 1979 年版，第 154 页。

④ ［美］韦勒克：《文学研究中的现实主义概念》，张金言译，见韦勒克《批评的概念》，中国美术学院出版社 1999 年版，第 231 页。

⑤ ［法］巴尔扎克：《〈人间喜剧〉前言》，陈占元译，见王秋荣编《巴尔扎克论文学》，中国社会科学出版社 1986 年版，第 68 页。

"他开始写作不是按照艺术家的方式，而是按照科学家的方式。他不描写而解剖。他不像莎士比亚或圣西门，一下子便猛力地闯进人物的灵魂；他围绕着他们打圈子，耐心地、笨重地、像解剖家一样，先提起一条筋肉，然后一根骨头，然后一条血管，然后一条神经。他要察看过浑身的器官和官能，方才动到脑筋和心脏。"①丹纳一方面批评了这种近乎繁琐的写实形态会让人乏味，另一方面又承认，人物经过这样一番冗长的描写，"他变成了真的人，清楚而有力地印入了我们的记忆和信念"，"他的人物都活在人间，进入了我们的日常谈话"②。

以写实形态建构艺术世界给现实主义文学带来了独特的艺术魅力，它使读者忘却了艺术和现实的界限。这种忘却不是沉溺于虚幻之中，恰恰相反，由于现实主义文学的写实特点，读者在现实生活中忽略了的经验和意义，却被作品中的人物唤醒了，就像卢卡契（又译卢卡齐）说的，"艺术的效果，即接受者沉浸于作品的行动中和完全进入作品的特殊世界中，全都产生于这样一个事实，即艺术作品以其特有的品质提供了一种与接受者已有的经验所不同的对现实更真实、更完整、更生动和更动态的反映，并以接受者的经验以及对这种经验的组织和概括为基础引导他超越自己的经验界限，达到对现实更具体的洞见"③。而要获得这样的效果，对生活的再现就必须经过艺术概括，现实主义文学的写实性是以艺术概括为基础的。

 * 现实主义文学在表现形态上的写实性是对生活现象进行某种提炼、概括后的产物，目的在于通过具体的艺术形象来表现更广泛的人生内容，揭示隐藏在琐碎生活现象之中的某种本质性的东西。所以巴尔扎克说："只限于严格摹写现实，一个作家总可以在某种程度上成为忠实的、成功的、耐心的或勇敢的描绘人类典型的画家、讲述私生活戏剧的人、社会动产的考古学家、职业名册的编纂者、善与恶的登记员；可是，为了博得凡是艺术家都渴望得到的赞扬，

---

① ［法］丹纳：《巴尔扎克论》，鲍文蔚译，见《欧美古典作家论现实主义和浪漫主义》（2），中国社会科学出版社1981年版，第186~187页。

② ［法］丹纳：《巴尔扎克论》，鲍文蔚译，见《欧美古典作家论现实主义和浪漫主义》（2），中国社会科学出版社1981年版，第189~190页。

③ ［匈牙利］卢卡契：《艺术与客观真理》，刘象愚等译，见塞尔登编《文学批评理论——从柏拉图到现在》，北京大学出版社2000年版，第58~59页。

* 请访问爱课程网→资源共享课→文艺学系列课程/孙文宪→第22讲(1：05.05~08：24.84)。

不应该进一步研究产生这些社会现象的多种原因，寻出隐藏在无数人物、情欲和事件总汇底下的意义么？在寻找了（我没有说：寻到了）这个原因，这种社会动力之后，不是还需要对自然里面的根源加以思索，看看各个社会在什么地方离开了永恒的法则，离开了真，离开了美，或者在什么地方与它们接近么？"①巴尔扎克的表白说明，现实主义文学在表现形态上的写实性，并不是对现实生活的简单复制，而是对现实生活材料精心筛选和艺术加工之后的概括的结果。

2. 现实主义与客观性

现实主义文学"写实性"的又一体现是它的"客观性"。表现形态上的"写实性"源于主体创作态度的"客观性"，"客观性"是现实主义文学实现"真实性"的前提条件。从这个意义上说，"客观性"又是现实主义文学"写实性"的内在规定。"客观性"要求作家必须忠于现实生活，不回避矛盾，不粉饰生活，所以高尔基给现实主义下的定义是"对于人和人的生活环境作真实的、不加粉饰的描写的，谓之现实主义"②。为此，现实主义文学在把握生活时，尤为强调作家要对生活现象做细致入微地观察，强调作家不要把自己的意愿强加于生活，而是按照现实生活本身固有的逻辑去表现生活。福楼拜在这方面做得尤为突出，他在给乔治·桑的信中说，"艺术不是用来描写例外的事物；同时把自己的心放在纸上，我感到有一种不可抑止的厌恶。我甚至以为一个小说家，没有权力表现他的意见，不管是什么意见。难道老天爷说过，说过他的意见？"③福楼拜的坦言让人看到了一种近乎冷漠的客观性。

可是，强调客观性并不意味着现实主义作家只是单纯地记录生活现象，丝毫不介入其中。卢卡契在讲到现实主义的客观性时特别指出，这种客观性是对"总体性"即社会整体而言的。他说："艺术反映现实的客观性在于正确反映总体性，因此一个细节在艺术上的准确性与这个细节是否对应于现实中的相同细节没有关系。"④而要做到对社会整体把握的客观性，作家势必有所选择。巴尔扎克指出，"并不是现实生活中发生的一切都得描写成文学中的真实，同样，文学中的全部真实也不就等于现实生活的真实"，作家的"使命就是把一些同类的事实融成一个整体，加以概括地描写。难道他不应该是力求表达事件的精神，而不要去照抄事件的吗？"⑤有时候，为了如实再现生活，坚守现实主义文学"客观性"的作家甚

---

① [法]巴尔扎克：《〈人间喜剧〉前言》，陈占元译，见王秋荣编《巴尔扎克论文学》，中国社会科学出版社1986年版，第62页。

② [苏]高尔基：《谈谈我怎样学习写作》，戈宝权译，《论文学》，人民文学出版社1978年版，第163页。

③ 转引自李健吾：《福楼拜评传》，湖南人民出版社1980年版，第114页。

④ [匈牙利]卢卡契：《艺术与客观真理》，刘象愚等译，见塞尔登编《文学批评理论——从柏拉图到现在》，北京大学出版社2000年版，第63页。

⑤ [法]巴尔扎克：《〈古物陈列室〉、〈刚巴拉〉初版序言》，程代熙译，见王荣秋编《巴尔扎克论文学》，中国社会科学出版社1986年版，第142页。

至不惜违背自己的愿望和情感，把揭示生活的真实放在首位。恩格斯在论及巴尔扎克时，高度评价了现实主义文学的这个特点，指出为了真实地再现生活，"巴尔扎克就不得不违背自己的阶级同情和政治偏见；他看到了他心爱的贵族们灭亡的必然性，把他们描写成不配有更好命运的人……这一切我认为是现实主义的最伟大的胜利之一，是老巴尔扎克最大的特点之一"①。以客观态度表现生活不仅使优秀的现实主义作品具有了让读者洞悉人生的艺术魅力，而且还有了近乎于历史文献的价值，马克思在谈到英国批判现实主义作家狄更斯等人的时候说："现代英国的一批杰出的小说家，他们在自己的卓越的、描写生动的书籍中向世界揭示的政治和社会真理，比一切职业政客、政论家和道德家加在一起所揭示的还要多。他们对资产阶级的各个阶层，从最高尚的食利者和认为从事任何工作都是庸俗不堪的资本家到小商贩和律师事务所的小职员，都进行了剖析。"②说的就是现实主义文学的这个特点。

正如韦勒克所说："艺术避免不了同现实打交道，不管我们怎样缩小现实的意义或者强调艺术家所具有的改造或创造的能力。'现实'（实在）同'真理''自然'或'生活'一样，在艺术、哲学以及日常用语中都是带有价值观念的词。全部过去的艺术都以描写实在为目的，即使在它讲到更高一层的实在时也是如此。"③文学与现实生活之间的这种关系，使现实主义成了最基本、最重要、也是拥有最多读者的文学形态类型之一。现实主义是一种以写实性的形象和形态，通过典型化的艺术概括来表现社会现实和人生经验的文学类型。

> 对于现实主义文学，西方文学理论家有种种不同的评价。例如韦勒克认为，现实主义文学强调"客观性""具有某种否定的意味，即对主观性和浪漫主义自我膨胀的反感：实际上常常是对抒情性和个人情绪的否定"，从而和文学艺术的某些基本要求相矛盾。韦勒克还认为，现实主义文学强调人生矛盾的社会成因，强调社会关系的作用，"意味着拒绝接受那些完全不可能的、纯偶然的和极不寻常的事件和情节……'现实'在当时显然已经有了明确的含义，它代表着十九世纪科学的、秩序井然的世界，一个因果关系分明的世界，一个没有奇迹和超验王国的世界"，不仅过于简单化了，而且"暗含着说教的倾向"。"从理论上说，完全忠实地表现现实就必须排除任何种类的社会目的或宣传意图。现实主义在理论上的困难，或者说它的矛盾性显然正在于此"。
>
> 塞尔登在论及现实主义文学理论时指出："有许多难点和混乱与'现实

---

① ［德］恩格斯：《致玛格丽特·哈克奈斯》，《马克思恩格斯文集》第 10 卷，人民出版社 2009 年版，第 571 页。

② ［德］马克思：《英国资产阶级》，《马克思恩格斯全集》第 10 卷，人民出版社 1962 年版，第 686 页。

③ ［美］韦勒克：《文学研究中的现实主义概念》，张金言译，见《批评的概念》，中国美术学院出版社 1999 年版，第 231 页。

主义'这一术语有关，最为突出的是以下四种：1．无法区分'客观'（文献的）现实主义和'主观'（心理的）现实主义。2．将这一术语用于题材（下层生活，中产阶级生活，等等）而不是用于表现方式。3．将这一术语与中立性和客观性相关联（笛福和杜鲁门·卡波特是现实主义的，而理查逊和弗吉尼亚·伍尔夫则不是）。4．普遍认为语言能够再现'真实'"。

现代小说家伍尔夫认为现实主义文学追求的"真实性"是"物质主义"的，"他们关心的是躯体而不是心灵"。她强调不同的人对于客观真实有不同的感受和看法，真正的真实是积累在我们内心深处的各种印象，即一种主观的真实感，现实主义文学"往往使我们错过、而不是得到我们所寻求的东西。不论我们把这个最基本的东西称为生命还是心灵，真实还是现实"。

参见［美］韦勒克：《文学研究中现实主义的概念》，高建为译，见《文学思潮和文学运动的概念》，中国社会科学出版社1989年版，第241、235~236页；［英］塞尔登：《文学批评理论——从柏拉图到现在》，刘象愚等译，北京大学出版社2000年版，第37页；［英］伍尔夫：《论现代小说》，瞿世镜译，见《论小说和小说家》，上海译文出版社1986年版，第4~5、7页。

二、现实主义理论的发展

作为一种自觉的文学思想，现实主义文学理论形成于19世纪的欧洲，但是现实主义文学思想的萌发，却可以追溯到古代。

1．现实主义文学理论在西方的发展演变

"现实主义"作为一个专用的文学理论术语出现于1826年，当时有位法国作家撰文宣称，有一种新的文学观念正在兴起，"这种文学学说可以十分恰当地称为现实主义：它日益盛行而且将导致人们忠实模仿的不是艺术杰作而是自然所提供的原型。某些迹象表明，它将成为十九世纪的文学，即反映真情实况的文学"①。在这之前，康德和谢林的哲学著作中曾用过"现实主义"这个词，席勒于1795年发表的论文《论素朴的诗和感伤的诗》中也曾出现过"现实主义者"，但是他们所说的"现实主义"并不含有今天人们公认的那种意义。1842年巴尔扎克在《〈人间喜剧〉前言》里，系统地阐述了他的文学观，明确提出"严格摹写现实""照世界本来的样子表现世界"等创作主张，已经涉及现实主义文学理论的核心，并以自己的创作推动了现实主义文学的发

---

① 转引自［美］韦勒克：《近代文学批评史》第4卷，杨自伍译，上海译文出版社1997年版，第3~4页。

展。但是现实主义作为一种产生了广泛社会影响的文艺思潮并成为公众关注的话题，则是由于法国画家库尔贝的作品引起的。 1855年，库尔贝因自己的画作被巴黎世界博览会拒绝而自行举办了一个简陋的个人画展，他在展览目录的前言中发表了被人们称为"现实主义宣言"的评论，声称"我脱离系统、不带成见地学习古代与现代艺术。我不想再模仿别人，更不想抄袭，此外，我也不打算求取'为艺术而艺术'的庸俗目标。不！我只想根据对传统的完整认知，描绘出属于我个人的理性独立意识。认识是为了创造，这就是我的理想。依据我自身的判断，在诠释这个时代的习俗、理念与外貌时能占有一席之地；不只是做一名画家，更要做一个人；总之，要创造一种活生生的艺术——而这就是我的目标"①。库尔贝对绘画传统的反叛和强调艺术必须面对现实的主张，引发了一场论战。其友人小说家尚佛勒里积极撰文声援，有关论文在1857年结集为《现实主义》一书出版，而这一年又恰逢福楼拜的小说《包法利夫人》因为触及"伤风败俗"的现实被告上法庭，对社会习俗和艺术成规的公然挑战让现实主义成了全社会关注的问题，现实主义也因此成为19世纪中后期影响最大的文艺思潮。"现实主义"这个术语在五四前后传入中国，不过当时人们将其翻译为"写实主义"。

对西方文学理论来说，现实主义的文学观念其实来自一个几乎延续了两千年的传统，在亚里士多德的《诗学》中就可以看到它的雏形，那就是以"模仿说"为基础文学理论。模仿意味着对外在世界的复制或再造，亚里士多德正是在这个意义上把模仿视为艺术的本质。同时亚里士多德又强调，艺术对生活的模仿并不是简单的复制，艺术对生活的模仿是以提炼和筛选生活材料为前提的，所以他认为"诗是一种比历史更富于哲学性、更严肃的艺术，因为诗倾向于表现带普遍性的事，而历史却倾向于记载具体事件"②。为了达到这个目的，艺术可以虚构，"就作诗的需要而言，一件不可能发生却可信的事，比一件可能发生但却不可信的事更为可取"③。虽然以柏拉图为代表的另一种模仿说认为艺术模仿的现实只是一个"感觉世界"，而感觉世界则是"理式"的摹本或影子，所以文艺是摹本的摹本、影子的影子，"和真实隔着三层"④，否认模仿具有再现生活真实的意义，但是对西方文学理论有着深远影响的还是亚里士多德的模仿说。认为文学是现实生活的模仿的观点在西方传统文学理论中一直居于主导地位，正如波兰美学家塔塔尔凯维奇所说，"模仿在艺术论中保

① 转引自[英]修·昂纳、约翰·弗莱明：《世界艺术史》，吴介祯等译，南方出版社2002年版，第673页。

② [古希腊]亚里士多德：《诗学》，陈中梅译，商务印书馆1996年版，第81页。

③ [古希腊]亚里士多德：《诗学》，陈中梅译，商务印书馆1996年版，第180页。

④ [古希腊]柏拉图：《文艺对话集》，朱光潜译，人民文学出版社1980年版，第73页。

持住它的地位，至少长达三个世纪之久"，"在15至16世纪之间，没有其他的名词比模仿更加通行，也没有其他原则比模仿原则更加通用"①。关于文学"再现"生活的理论，把文学视为反映现实的"镜子"，以及批判现实主义文学思潮的兴起，都与亚里士多德的模仿说有着一定的关联。

> 随着现代主义文学的产生和发展，对现实主义文学和文学理论的研究在西方似乎停滞了。正如美国批评家迪克斯坦所说，"在20世纪前半段现代主义写作的鼎盛时期，现实主义作为一种艺术形式，被斥为笨拙、过时，只是机械反映社会表层、社会现实和社会习俗"。
>
> 迪克斯坦认为这种看法是肤浅的，强调现实主义精神的重要性，认为现实主义文学艺术具有不可替代的价值。他说："如果你认为现代作家和画家弃现实主义传统而去，因此背弃现实世界，这种想法是愚蠢的。尽管艺术的表现形式五花八门，但倘若不反映我们周围和内心的复杂世界，便很难令我们产生真正的兴趣。理解这一点，将有助于我们重新发现那些秉持现实主义传统的作家和艺术家"。他认为，"现实主义写作的特殊价值，在于它密切关注重大社会变迁——大规模的移民潮、从农村到城市的人口迁移、伴随新的社会流动性而不断扩大的阶级（阶层）差别、民主和个人主义思想的传播、重大技术突破、生活方式和道德习俗的深刻变迁、社会经济的高度现代化。文学能让我们领悟到，这些发展不是抽象深奥、苍白无血的社会潮流，而是对个体生活、个体与周遭的一切关系带来深刻影响的社会巨变"。
>
> 参见［美］迪克斯坦：《途中的镜子——文学与现实世界》，刘玉宇译，上海三联书店2008年版，第1~2页。

2. 典型理论与艺术概括

从西方文学理论和批评的发展历史来看，现实主义文学理论对叙事文学的研究和阐释具有重要的意义。这种重要性集中体现在与人物形象创造有关的典型理论上，用卢卡契的话说，"现实主义文学的主要范畴和标准乃是典型"②。韦勒克也认为，"'典型'概念对现实主义理论和实践极为重要，因为'典型'构成现在与未来、现实与社会理想之间的桥梁"。③

典型（type）指典型人物或典型性格。在希腊文中典型有模子的意思，意

---

① ［波兰］塔塔尔凯维奇：《西方六大美学观念史》，刘文潭译，上海译文出版社2006年版，第278、281页。

② ［匈牙利］卢卡契：《〈欧洲现实主义研究〉英文版序》，见《卢卡契文学论文集》（2），施界文译，中国社会科学出版社1981年版，第48页。

③ ［美］韦勒克：《文学研究中的现实主义概念》，见《批评的概念》，张金言译，中国美术学院出版社1999年版，第233页。

谓典型就像同一个模子可以铸造出许多同样的东西一样，也是通过一个形象反映了某一类人的特点，可见这个术语最初的意思是强调形象的概括性和普遍性。启蒙运动以后，随着西方叙事文学的发展和日趋成熟，突出个性特征越来越成为塑造人物形象的重点，典型理论也随之逐渐完善。康德和黑格尔都曾用"理想"来阐述与典型有关的问题，强调"理想"具有通过个别形象来显现理念的特点。典型概念真正为人们所熟识则是通过批评活动；19世纪的许多现实主义作家和文学批评家，尤其是法国作家巴尔扎克和俄国批评家别林斯基等人，都把典型作为一个重要的批评术语，广泛运用于对批判现实主义小说中人物形象的分析和评价。典型理论的形成与现实主义叙事文学的发展是同步的，"对于典型的重视在现实主义理论中几乎普遍存在的"，[①]它以现实主义文学对人与社会关系的理解为底蕴，反映了现实主义文学在人物形象的创造上特有的审美追求。

现实主义文学理论对典型问题的论述，集中体现在对人物形象的创造提出的如下观点。

第一，典型人物具有"整体个性"的特点。具有个别、具体的感性形态，是一切文学形象也包括人物形象共有的特点，作为具有更高审美价值的人物形象，典型人物在个性表现上与一般人物形象的区别就在于典型的个性有整体性的特征，即黑格尔所说的"整体个性"。黑格尔在阐释"理想"形象时，从他的"美是理念的感性显现"的理论出发，强调艺术形象应该表现某种"理念"而获得普遍的意义，不过这种普遍性的表现"必须形象化为独立自主的个别人物"，"如果没有形象化为独立自主的个别人物，它们就还只是一般思想或抽象观念，不是属于艺术领域的"。[②]黑格尔通过比较莎士比亚和法国古典主义戏剧在形象塑造上的差异，提出对个别人物的描绘应该做到"单一与杂多的统一"，即人物形象既应该有与众不同的个别性、特殊性，又不能把形象的个别性与特殊性表现成一种具有抽象意味的单一性，"只是用一些代表仇恨，妒忌，怨望，以及德行和罪恶，信仰，希望，爱情，忠贞之类的枯燥冰冷的寓言来表现"。[③]在黑格尔看来，"理想"人物的个别性和特殊性的表现应有这样的特点：

性格的特殊性中应该有一个主要的方面作为统治的方面，但是尽管具有这个定性，性格同时仍须保持住生动性与完满性，使个别人物有余地可

---

① 　[美]韦勒克:《文学研究中的现实主义概念》,见《批评的概念》,张金言译,中国美术学院出版社1999年版,第236页。

② 　[德]黑格尔:《美学》第1卷,朱光潜译,商务印书馆1979年版,第283页。

③ 　[德]黑格尔:《美学》第1卷,朱光潜译,商务印书馆1979年版,第284～285页。

以向多方面流露他的性格，适应各种各样的情境，把一种本身发展完满的内心世界的丰富多彩性显现于丰富多彩的表现。①

这个思想既是对古典主义类型化倾向的批判，也是对个性化理论的一种发展和深化。黑格尔把那种既突出了某种性格特征，使其成为人物性格多样表现的主导方面，又以主导性格又有多样丰富表现的人物形象，称为"定型的整体"。他说："戏剧人物必须显得浑身有生气，必须是心情和性格与动作和目的都互相协调的定型的整体。这里的关键并不在于特殊性格特征的广度，而在把一切都融贯成为一个整体的那种深入渗透到一切的个性，实际上这个整体就是个性本身，而这个个性就是所言所行的同一泉源，从这个泉源派生出每一句话，乃至思想，行为举止的每一个特征。"②黑格尔以"定型的整体"阐述了单一与杂多之间辩证的关系：没有单一，没有"定型"，没有性格的特殊性，人物性格的丰富表现就无法统一，难以体现与众不同的个性；没有性格丰富多样的表现，人物性格的特殊性就会成为贫乏的单一，成为一种类型，一个抽象的概念或符号。只有将二者融为一个"整体"时，人物性格才有了既特殊又丰富的表现，才有了所谓的个性。如此显现的个性是以丰富性和多样性为基础的，因而它比特殊、具体、个别有着更深厚的蕴涵。典型人物的个性正是这种"整体个性"，"每个人都是一个整体，本身就是一个世界，每个人都是一个完满的有生气的人，而不是某种孤立的性格特征的寓言式的抽象品"③。

第二，典型人物的普遍性在于体现了深广的社会历史蕴涵。作为现实主义叙事文学的产物，典型人物以他们独特的个性和命运，显示了人生和人性与社会历史活动密切相关的某种底蕴，从而成为人们观照生活、理解人生和洞悉人性的社会蕴含的对象。就像卢卡契所说，"一个时代最重要的社会的、道德的和灵魂的矛盾——在典型里交织成一个活生生的统一体"④。

不同的文学思潮或流派，对生活和人性的理解不尽相同，它们以各自的人生理想和人性观念塑造着艺术形象，从而赋予艺术形象不同的意蕴。现实主义叙事文学的特点就在于通过社会关系描绘生活和塑造形象，把人物的性格、命运视为生活环境的产物。19世纪的批判现实主义小说家大都和巴尔扎克一样，执著于从社会环境和社会关系中寻找生活和人性所以如此的答案；许多作家都有巴尔扎克在《〈人间喜剧〉前言》中所表述的那种人生观念。巴尔扎克

---

① ［德］黑格尔：《美学》第 1 卷，朱光潜译，商务印书馆 1979 年版，第 304 页。
② ［德］黑格尔：《美学》第 3 卷下册，朱光潜译，商务印书馆 1981 年版，第 265 页。
③ ［德］黑格尔：《美学》第 1 卷，朱光潜译，商务印书馆 1979 年版，第 303 页。
④ ［匈牙利］卢卡契：《马克思、恩格斯美学论文集引言》，见《卢卡契文学论文集》（1），严宝瑜译，中国社会科学出版社 1980 年版，第 291 页。

说，他构思《人间喜剧》的意念"是从比较人类和兽类得来的"；"动物是在它生长的环境中形成它的外形"，"在这个问题上，社会与自然相似。社会不是按照人展开活动的环境，使人类成为无数不同的人，如同动物之有千殊万类么？"①所以，在典型人物身上所显示的人生或人性的普遍性，是人的社会性，是社会关系和社会环境对人生和人性的深刻影响。

从这个角度看，在典型理论的发展史上，马克思和恩格斯占有极为重要的地位，他们以自己对社会历史规律的洞悉，深刻阐明了如何理解和表现典型形象的普遍性。马克思和恩格斯通过总结西方叙事文学，尤其是19世纪以巴尔扎克为代表的批判现实主义文学的创作经验，阐明了典型形象的意义在于以"一定的单个人"②来显示人的社会本性，纠正了类似于巴尔扎克那种拿自然界来类比人类社会的简单做法，指出影响和决定人物性格与命运的社会环境实质上是各种社会关系的总和，揭示了人物性格和命运的形成与社会环境以及历史时代的关系，提出了"真实地再现典型环境中的典型人物"③的命题。从环境的典型性上理解人物的典型性，是典型理论的一个发展，充分体现了现实主义文学理论的特点。典型环境的理论一方面强调了社会环境是形成人物性格和促使他们行动的原因，如果不能充分表现社会环境的特点，人物的性格与行动将失去可以理解的基础。另一方面又通过环境的典型性，揭示了影响人物性格和命运的社会环境应有的丰富内涵。恩格斯所说的典型环境包括两个层次，既指个人生活的具体环境，又指必然会对个人生活环境产生影响的、由社会发展趋势所规定的历史环境，指出人物的生存环境是具体的生活环境与体现了社会发展趋势的历史环境的统一。强调环境构成具有这个特点的意义在于，如果说在个人生活的具体环境中，人们还可能受到某种个别的、偶然的或暂时的因素的影响，难以发现人物的命运要受社会关系的制约的话，那么，对具体环境的历史特点和时代脉络的把握，却能使人洞悉偶然现象之下的必然，发现具体生活环境中那些琐碎变化的社会意义。恩格斯在批评哈克奈斯时提及巴尔扎克，就是为了指出由于能够了解历史的发展趋势，巴尔扎克才有可能"看到了他心爱的贵族们灭亡的必然性，把他们描写成不配有更好命运的人"，以此阐明对历史环境和时代特点的把握如何深刻地影响了巴尔扎克，使他有可能从生活的细节中发现"在他看来是模范社会的最后残余怎样在庸俗的、满身铜臭的暴发

---

①　[法]巴尔扎克：《〈人间喜剧〉前言》，陈占元译，见王秋荣编《巴尔扎克论文学》，中国社会科学出版社1986年版，第57~58页。

②　参见[德]恩格斯：《致明娜·考茨基》，《马克思恩格斯文集》第10卷，人民出版社2009年版，第544~545页。

③　[德]恩格斯：《致玛格丽特·哈克奈斯》，《马克思恩格斯文集》第10卷，人民出版社2009年版，第570页。

户的逼攻之下逐渐屈服"。①恩格斯通过典型环境和典型人物关系的阐释，从根本上揭示了典型人物的审美价值就在于显示了人性和人生必然要受社会关系制约的普遍意义。

第三，典型人物在形象创造和展示人生上具有独特的审美价值。文学史上被人们称之为典型的那些人物形象，都具有吸引和感染读者的巨大力量，作家创造的典型人物启迪了一代又一代的读者，使人们能以新的眼光去发现日常生活的意义，在感悟人生的同时认识了自己，从而显示了一种永久的、能够激发智慧和丰富感受的艺术魅力。别林斯基曾对典型人物有一个著名的界说，道出了典型人物何以具有永恒的艺术魅力的原因。他说：

> 每一个典型对于读者都是似曾相识的不相识者。你不必说：这是一个具有壮阔灵魂、强烈情欲、渊博智慧、但理性褊狭的人，他爱妻子爱到疯狂的程度，只要有一点不忠贞之嫌，就会用手去扼死她，——你可以简短扼要地说：这是奥瑟罗！你不必说：这是一个深刻地懂得人的使命和生活目的，努力为善，但丧失了灵魂的活力，做不成一件好事，由于感到自己的无力而痛苦着的人，——你可以说：这是哈姆莱特！②

说典型"似曾相识"，是因为典型人物身上蕴含了人生或人性中某种具有普遍意义的东西，以这种普遍性为媒介，典型人物走进了我们的日常生活，表现了我们共有的感受、情绪和思想。说典型人物又是一个"不相识者"，是一个让人们感到陌生和新鲜的形象，是因为那些你我都可能具有的感情和思想，在他身上却表现得那么强烈，那么集中，那么富于个性；并以这种强烈、集中的个性化表现，显示了在人们熟视无睹的生活现象之下所隐藏的奥秘。在这个意义上不妨说，典型就是对人生和人性的一种发现，一种敞开；典型的独创性就在于能让人们从平凡、熟悉的生活现象中发现人生的奥秘；典型的永恒魅力就在于以这种发现和敞开提升了读者的感受和理解。

可是，一切艺术形象的魅力都是建立在对人生的独特发现之上的，与它们相比，典型独具的审美价值又在什么地方呢？典型人物的创造离不开典型环境，典型创造是从社会关系中来把握人生和人性的，典型人物所展示的一切，无不与生活中的各种社会关系，如政治的、经济的、道德的和阶级的种种关系

---

① ［德］恩格斯：《致玛格丽特·哈克奈斯》，《马克思恩格斯文集》第 10 卷，人民出版社 2009 年版，第 571 页。

② ［俄］别林斯基：《论俄国中篇小说和果戈理君的中篇小说》，见《别林斯基选集》第 1 卷，满涛译，上海译文出版社 1979 年版，第 191 页。

紧密联系在一起。与其他艺术形象相比，典型形象更鲜明也更突出地显示了"人的本质不是单个人所固有的抽象物，在其现实性上，它是一切社会关系的总和"①这个特点。典型形象的永久魅力，就在于以审美的形态显示了人生和人性的社会价值。虽说这是现实主义叙事文学的主要特征，也是典型形象的主要特征，但是由于文学与社会生活之间的必然联系，由于社会属性是人性构成中最基本的要素，所以现实主义和典型形象所具有的这个特点，也远远超出了某种文学类型和形象类型。这也是现实主义文学会有长久的生命力的根本原因。

根据以上的论述，可以对典型人物作这样的概括：典型人物是现实主义叙事文学所创造的、在整体个性的表现中显示了某种社会历史蕴意的、具有高度审美价值的人物形象。

强调艺术表现的典型性是现实主义文学理论的又一重要内容。由于采取了再现现实生活的表现形态，现实主义文学更为重视艺术创造对生活现象的提炼和概括，强调通过创造具有典型性的艺术形象来揭示社会人生的某些本质、特点和规律。

不同的文学类型在进行艺术概括时，有不同的方式和途径；现实主义文学的艺术概括是通过典型化的途径来实现的。所谓的典型化是指：通过收集、分析大量的生活材料，从中提炼出最能体现某种人物或某种生活现象特点的素材进行整合、虚构，在艺术加工的基础上创造出新的文学形象的过程。经过艺术加工，文学所创造的艺术形象既是个别的，又因为体现了同类现象共有的特点而具有了普遍的意义。正如高尔基所说，"这种描写从纷乱的生活事件、人们的相互关系和性格中，攫取那些最具有一般意义、最常复演的东西，组织那些在事件和性格中最常遇到的特点和事实，并且以之创造出生活画面和人物典型"②。这种蕴含了普遍意义的个别形象，就是具有典型性或典型意义的形象；创造具有典型意义的艺术形象的过程即典型化的过程。

> 塞尔登认为，德国文学理论家奥尔巴赫的模仿说把现实主义与贯穿漫长历史时期的文体发展联系起来，对这一概念作了一次极为重要的革新。奥尔巴赫的论点是，在古典时期，"文体的划分"是社会等级在文学上的表现，它阻止了按现代意义所理解的现实主义的发展。因为只有社会等级最高的角色才能被作为真正严肃的人来描写。普通人的生活只能以揶揄的方式（喜剧或讽刺）来描写。但是基督的故事却违反了文体划分原则：最底层的人（木匠）被等同于最高的存在。使中世纪基督教文学无法达到完美的现实主义严

---

① [德]马克思:《关于费尔巴哈的提纲》,《马克思恩格斯文集》第 1 卷,人民出版社 2009 年版,第 505 页。

② [苏]高尔基:《俄国文学史》,缪灵珠译,上海译文出版社 1979 年版,第 207 页。

肃性的原因是它的来世观：最完美的意义不在现世，而在天国。只有在现代小说里，作家才以完全严肃的态度将平庸的现实按其历史的具体性加以表现。

参见［英］塞尔登：《文学批评理论——从柏拉图到现在》，刘象愚等译，北京大学出版社2000年版，第39～40页。

3. 自然主义及其文学主张

19世纪60年代，自然主义（naturalism）在法国兴起，而且很快就繁盛起来，成为19世纪后期影响颇大的一种文学思潮。虽说自然主义有自己的文学主张，并用一套理论表明它和现实主义有区别——自然主义的重要代表左拉甚至还写过一篇题为《巴尔扎克和我的区别》的小文章——然而从实质上看，自然主义的理论更像是对批判现实主义文学理论的一种延续和发展，或者更准确地说，是一种片面、扭曲的延续和发展。这种片面、扭曲主要来自自然主义对现实主义的误读，但是也和19世纪的批判现实主义理论本身存在的缺陷有关。

自然主义文学理论的形成深受实证主义哲学和自然科学，特别是遗传学的影响。自然主义理论的代表作、左拉的《实验小说论》，就是以医学科学家贝尔纳的《实验医学研究导论》作为理论依据写成的。左拉所谓的"实验小说"，并不是指探索性的小说，而是主张小说写作应像科学实验，如医生解剖生物那样，用文学去分析解剖人的机体、心理；把生理学和自然科学的观念与方法引入文学领域。左拉宣称："实验小说是本世纪科学进步的结果；它继续并补充了生理学，而生理学本身又是建基于化学和物理学的；它以服从物理化学定律并由环境影响所决定的自然人的研究代替抽象人的研究，代替形而上学的人的研究，一句话，它是我们科学时代的文学，正如古典文学和浪漫文学是相应于经院哲学和神学的时代一样。"①除此之外，左拉还强调，"我在这里所谈论的是事物的怎样而不是它们为什么。对一个实验论的学者来说，他所努力要缩减的理想或未知，即未被决定之物，永远只限于怎样的领域中。他把另一种理想，即探究为什么的工作，留给哲学家们去做，他一天也没有决定它的奢望"②。这种只展示现象而不追究原因的理论，来自实证主义哲学的一个基本观点，即只需分析产生现象的环境，无需探索事物的始因和目的因。由此来

---

① ［法］左拉：《实验小说论》，毕修勺等译，见朱雯等编选《文学中的自然主义》，上海文艺出版社1992年版，第141页。

② ［法］左拉：《实验小说论》，毕修勺等译，见朱雯等编选《文学中的自然主义》，上海文艺出版社1992年版，第152页。

看，所谓的自然主义就是以自然科学与实证主义哲学的理论、方法来观察、表现社会人生的一种文学主张和文学实践。

> 　　在分析了巴尔扎克作品的特点后左拉说，他的作品与巴尔扎克的区别在于："我的作品将不这么具有社会性，而有较大的科学性。巴尔扎克想借助他三千个人物形象来撰写风俗史，他把这部作品建立在宗教和王权的基础之上。他所有的才智都用来说明世界上有律师，有无所事事者等等，就像有狗，有狼等等一样。总之，他希望他的作品是当代社会的一面镜子。
>
> 　　"而我的作品完全是另一回事，范围要比较狭窄。我想描绘的不是当代社会，而仅仅是一个家族，同时指出一个受环境影响的家族的作用。如果我同意有一个历史背景，那仅仅是因为要有一个起反作用的环境……我的主要任务是要成为纯粹的自然主义者和纯粹的生理学家。我没有什么原则（王权、天主教），我将有一些规律（遗传、先天性）。我不想像巴尔扎克一样，对人类事物有一个判断，我不愿像他一样是一个政治家、哲学家、道德家。我将满足于做一个学者，满足于叙述如何寻找内在原因。另外，没有任何结论。"
>
> 　　参见［法］左拉：《巴尔扎克和我的区别》，王振孙译，见朱雯等编选《文学中的自然主义》，上海文艺出版社1992年版，第291～292页。

　　自然主义文学的种种理论和实践，如强调要从生理的、遗传的角度来理解和表现社会人生，人物塑造要表现他的气质而非性格，以科学实验的方式观察生活和描绘细节，只展示生活现象是"怎样"的而不去追问"为什么"，等等，都源于它的基本出发点，即追求"绝对的真实"，就像左拉说的，"想象力不再是小说家的首要品质"，"当今，小说家的首要品质是真实感"①。正是对所谓的真实性、客观性的追求，使自然主义把生理学、遗传学当成了读解和表现人生与社会的根据。从现实主义的"写实性"出发，最终却远离了现实主义的初衷，这个结果不能不引起我们的深思。现实主义理论强调写实性和客观性，与文学艺术的想象、虚构和创造等基本属性之间，存在着相当复杂、微妙的关系，只有通过一系列中介环节的揭示才能厘清，而自然主义却以所谓"科学"的方式简单地处理这种关系，甚至混淆了"艺术真实"与科学的区别，否认文学与社会的关系和文学的"人学"性质。我们说自然主义是19世纪现实主义理论的片面延续，就是指它对现实主义"真实性"的理解，在理论阐释的定位和尺度的把握上，混淆了文学与科学、想象与写实的界限。在某种意义上

---

　　①　［法］左拉：《论小说》，郑克鲁译，见朱雯等编选《文学中的自然主义》，上海文艺出版社1992年版，第205、207页。

可以说，如何处理写实与虚构的关系，对现实主义在今天的发展，依然具有重要的意义。

第三节　浪漫主义文学

与现实主义一样，浪漫主义（romanticism）作为一种文学的表现形态，在世界各民族文学发展的初期就已有雏形。表现理想、幻想和抒发情感本是促成文学发生的重要原因之一，也是文学构成的基本要素，从这个意义上说，以表现幻想和情感为基本特征的浪漫精神显然是文学生成的一个重要源头，文学从一开始就和浪漫主义精神有着血缘上的联系。白璧德甚至认为，"在任何时代、任何地方，一切原始的人类想象都属于同样的浪漫主义"①。但是作为一种文学思潮，一种成熟的文学表现类型，以及作为一种文学观念，浪漫主义却是后来才逐渐形成的；浪漫主义文学的发展及其理论的成熟都经历了一个漫长的历史过程。本节所讨论的问题，都是以成熟形态的浪漫主义文学为对象的。

一、浪漫主义文学与表现

艾布拉姆斯在系统、深入地研究了西方浪漫主义文学理论和批评的历史之后发现，"浪漫主义者关于诗歌或一般艺术的论断，常常涉及诸如'流溢'之类使内在的东西得以外化的隐喻。'表现'（expression）就是用得最多的术语之一"②。由此可见，无论是浪漫主义文学运动的当事人，还是浪漫主义文学的研究者，都把"表现"视为浪漫主义这种文学形态类型的基本特征。对于中国文学理论来说，把文学视为一种"表现"似乎早已成为定论，然而在19世纪初的西方文论史上，浪漫主义文学对"表现"的张扬却不啻为一场革命。

1. 浪漫主义表现论的文化蕴涵

在浪漫主义文学思潮刚刚兴起的时期，占据着主导地位的文学观念是"模仿说"，当时盛行的新古典主义用种种清规戒律约束文学的想象，就像塞克里坦说的，"古典主义代表了某种具有周期性的企图，它旨在使人的情感生活井井有条"③。浪漫主义对"表现"的张扬是反对新古典主义的产物，所以在西方文学批评史上，人们常常以古典/浪漫的对立模式来描述它们之间的关系，

---

① ［美］白璧德：《卢梭与浪漫主义》，孙宜学译，河北教育出版社2003年版，第3页。

② ［美］艾布拉姆斯：《镜与灯——浪漫主义文论及批评传统》，郦稚牛等译，北京大学出版社1989年版，第69页。

③ ［英］塞克里坦：《古典主义》，艾晓明译，昆仑出版社1989年版，第67页。

以此说明浪漫主义文学思潮和运动产生的原因。韦勒克指出，"浪漫主义的意思简直包括一切不是按照古典传统写出的诗歌"，其含义是"指那种与新古典主义诗歌相对立并从中世纪和文艺复兴时期得到启发并以此为榜样的诗歌"①。

但是，要真正理解浪漫主义张扬"表现"的动机，还需要了解当时的文化语境。浪漫主义文学思潮的发生和发展有着比文学的审美诉求更深刻的历史原因，从中可以看到文学思潮与文化思潮和社会变革之间的密切关系。作为一种社会文化思潮，浪漫主义不仅仅表现在文学领域内，它实际上是新兴的资产阶级反对王权和贵族的民主运动，亦反映了现代民族在思想文化上的觉醒与要求。其中包含着对旧传统、旧制度的否定，对新的社会理想的追求，以及对个性解放、个性自由和个性独立的肯定。甚至还有虽然也裹挟在这个变革要求的潮流之中，但是其愿望却是退回中世纪的怀旧思潮，即高尔基所说的消极浪漫主义思潮。②德国古典哲学和法国的空想社会主义，都对浪漫主义思潮的形成和发展产生了深刻的影响。

> 西方学者在研究浪漫主义文学思潮时特别强调它的社会文化背景，指出："1750年后西方各国艺术最显著的共同之点就是拒绝认可现存的社会世界——虽然，回顾起来，生活在当时社会中的人享受着空前的财富、权利，或（按照推想）快乐。18世纪末期的艺术断然丧失了对物质财富的爱恋，很少像此前风行一时的洛可可绘画那样亲切地描绘丝绸和华丽服饰……18世纪后期艺术中最强烈的倾向就是拒斥转瞬即逝的事物而向往恒久的本质。对纯洁质朴的追求又常常采取游历邈远之乡的方式。诗歌、戏剧、绘画乃至小说选用的地点环境每每令人想起原始社会或前社会（pre-social）的社会状况，与被视为当时西欧生活特征的奢华风气恰成对照。"
>
> "很显然，如此普遍的美学原则转向是不能完全在艺术的范围内得到解释的；18世纪的文化反映了深刻的和广泛的感情变化，及一种对当时社会的普遍拒斥态度。反映现代生活的不堪接受的方面——奢华靡费、繁缛礼仪、等级制度——并把这些奉为社会价值的艺术品和风格不再时兴。"
>
> 参见［英］玛里琳·巴特勒：《浪漫派、叛逆者及反对派：1760—1830年间的英国文学及其背景》，黄梅等译，辽宁教育出版社1998年版，第25、36页。

---

① ［美］韦勒克：《文学史上的浪漫主义概念》，见《批评的概念》，张金言译，中国美术学院出版社1999年版，第129、147页。

② ［苏］高尔基：《俄国文学史》，缪灵珠译，上海译文出版社1979年版，第71页。

与社会变革的诉求相呼应，浪漫主义文学的"表现性"集中体现在"抒情性"和"个性化"两个方面。

2. 表现论与抒情性

作为一种文学类型，抒情几乎成了浪漫主义文学的标志，就像艾布拉姆斯说的：

> 任何一首诗所必须通过的首要考验，已不再是"它是否忠实于自然"或"它是否符合理想的评判者和人类普遍性的要求"，而是另一方面迥异的标准，即"它是否真诚？是否纯真？是否符合诗人创作时的意图、情感和真实心境？"因此作品不再被认为主要是实际的或拔高自然的反映；对自然举起的镜子变得透明，使之得以洞察诗人的思想和心灵。①

浪漫主义文学强调抒情性，首先与诗歌这种文体有关；诗几乎是浪漫主义文学的"专用"体裁，关于浪漫主义文学性质和特色的种种讨论，多半是围绕着诗歌的特点来讲的。但是，我们说浪漫主义文学具有抒情性的特点，却不仅仅是从诗歌意义上说的，而是强调浪漫主义的抒情性根源于它的表现论的文学观。如前所述，浪漫主义是一种将文学视为照亮人生、给生活以理想和希望的文学类型。正是这种把文学艺术视为照亮人生的一盏"明灯"，认为文学是以想象和虚构，以它对美好心灵的表现给人生以希望的文学观念，构成了浪漫主义文学强调抒情的基础。从这个意义上可以说，浪漫主义不是因为诗歌才强调文学的抒情性，而是因为赋予了文学表现个性、追求理想的重任，才把诗歌当作自己的武器。作为时代变革的表现，浪漫主义文学需要激情，就像高尔基说的："浪漫主义乃是一种情绪，它其实复杂地而且始终多少模糊地反映出笼罩着过渡时代社会的一切感觉和情绪的色彩，可是，它的基调是：对新事物的期待、在新事物面前的惶惑、渴望认识新事物的那种烦躁不安的神经质的向往。"②对于西方文学传统来说，浪漫主义对抒情的张扬动摇了根深蒂固的"模仿说"的文学观，同时也打击了崇尚理性、贬低个性、墨守成规的新古典主义。

把表现性视为浪漫主义文学的质的规定，还在于"表现"和"抒情"充分体现了浪漫主义作为一种文学类型的特点。在论及浪漫主义文学的特点时，许多批评家都强调，"尽管诗歌可能是表达理想的，但使它与事实背离的主要原

---

① ［美］艾布拉姆斯：《镜与灯——浪漫主义文论及批评传统》，郦稚牛等译，北京大学出版社 1989 年版，第 26 页。

② ［苏］高尔基：《俄国文学史》，缪灵珠译，上海译文出版社 1979 年版，第 70 页。

因，则是它把受到诗人感情的作用并已被这感情改变了的感觉对象同事实混为一谈了"①。也就是说，对情感的关注和表现让浪漫主义文学拥有了自己的对象和自己的感受方式。所以波德莱尔反驳那些以外在的特点来界定浪漫主义的人，指出"浪漫主义恰恰既不在题材的选择，也不在准确的真实，而在感受的方式。他们在外部寻找它，而它只有在内部才有可能找到"②。强调浪漫主义文学对情感生活的关注与它在感受方式上的主观介入不无关系。

3. 表现论与个性化

浪漫主义文学的"表现性"还意味着"个性化"。与现实主义文学强调客观性，以生活固有的面貌来塑造艺术形象不同，浪漫主义文学以一种超越现实的文学精神，执著于个人理想和幻想的表现，强烈地冲击了传统的文学观念，即那种根据作品和它所反映的现实对象的关系来判断文学价值的文学观。正如艾布拉姆斯所说，在浪漫主义思潮盛行的时代，"人们普遍地用文学作为个性的标志——而且是最可信赖的标志——这是十九世纪初特有的审美倾向的产物"③。把文学视为情感和心境的表露，认为文学创作是欲望的幻想性的满足，势必导致浪漫主义文学理论对个性主体的关注，个性主体在文学活动中的作用被提升到从未有过的高度上，就像诗人史蒂文斯说的那样："诗人所以成为一个强有力的人物，就因为他一直在创造或应当创造我们永远向往但并不了解的一个世界，因为他赋予生活以最高的虚构形式，否则我们的生活是不堪设想的。"④而雪莱干脆把诗人视为"立法者或先知"，断言诗人是"想象并且表现这万劫不毁的规则的人们，不仅创造了语言，音乐，舞蹈，建筑，雕塑和绘画；他们也是法律的制订者，文明社会的创立者，人生百艺的发明者，他们更是导师，使得所谓宗教，这种对灵界神物只有一知半解的东西，多少接近于美与真。"⑤在西方文学史和文论史上，还从来没有如此张扬个性的文学和文论。浪漫主义把个性主体视为文学的灵魂所在。在浪漫主义看来，现实是不完美、有缺陷的，因此应该在艺术创造中表现个人的理想追求。试图用美好的理想取代平庸的现实，按照个人愿望，以情感逻辑来想象和创造理想境界。所以

① ［美］艾布拉姆斯：《镜与灯——浪漫主义文论及批评传统》，郦稚牛等译，北京大学出版社 1989 年版，第 77 页。

② ［法］波德莱尔：《一八四六年的沙龙》，见郭宏安编译《波德莱尔美学论文选》，人民文学出版社 1987 年版，第 218 页。

③ ［美］艾布拉姆斯：《镜与灯——浪漫主义文论及批评传统》，郦稚牛等译，北京大学出版社 1989 年版，第 361 页。

④ ［美］史蒂文斯：《必要的天使》，刘象愚等译，见塞尔登编《文学批评理论——从柏拉图到现在》，北京大学出版社 2000 年版，第 34 页。

⑤ ［英］雪莱：《为诗辩护》，缪灵珠译，见刘若端编《十九世纪英国诗人论诗》，人民文学出版社 1984 年版，第 122 页。

在文学创作中，浪漫主义遵循的是理想化的原则，只要能够表现理想与希望，文学塑造的形象即使违背生活本身固有的逻辑也无关紧要。浪漫主义文学所创造的艺术形象因此常常会改变生活原有的形态，在感情和理想的强烈作用下，大胆地、人为地创造出虚构、夸张、变形的意象、人物或环境。浪漫主义文学创造的艺术世界不是模拟现实的"镜像世界"，而是一个想象的、超现实的、主观化了的世界；通过建构在现实生活中不可能有的理想世界，纵情地抒发自己的感情，表达个人的愿望。浪漫主义的批评家米尔认为，"诗并不存在于对象本身"，而是产生于审视对象时的"心境"之中。当诗人描绘一头狮子时，他"描绘狮子是虚，描绘观看者的兴奋状态是实"；诗必须忠实，但不是忠实于外界对象，而是必须忠实于"人类情感"。于是诗所表现的对象就不再属于外部世界，它只是诗人内心状态外化的等值物——是扩展了的、形诸言语的象征。①艾布拉姆斯对浪漫主义的这种见解作了如是概括：对个人理想的表现构成了浪漫主义的"一种动因"，"是诗人的情感和愿望寻求表现的冲动，或者说是像造物主那样具有内在动力的'创造性'想象的迫使"，②成为推动浪漫主义文学发展的重要原因。

强调个性表现使浪漫主义文学带上了强烈的主观色彩。朱光潜指出："浪漫主义最突出的而且也是最本质的特征就是它的主观性。""由于主观性特强，在题材方面，内心生活的描述往往超过客观世界的反映。以爱情为主题的作品特别多，自传式的写法也比较流行。"③浪漫主义的主观性既显示在它的表现形态上，更融入内在精神之中，用雨果的话说就是，"人心是艺术的基础，就好像大地是自然的基础一样"④。不过这并不意味着浪漫主义主张放任情感，说过"一切好诗都是强烈情感的自然流露"的华兹华斯，同时又强调，"凡是有价值的诗，不论题材如何不同，都是由于作者具有非常的感受性，而且又深思了很久。因为我们的思想改变着和指导着我们的情感的不断流注"⑤，以理性和知识限定了个人的情感和主观性。

"表现性"规定了浪漫主义文学类型的基本特征，使浪漫主义文学在题材的选择、主题的提炼和艺术表现的方式上，都形成了与以往文学迥然不同的鲜明特色。从理论研究的角度讲，对抒情和个性的强调也推动了重视情感分析和

---

① ［美］艾布拉姆斯：《镜与灯——浪漫主义文论及批评传统》，郦稚牛等译，北京大学出版社 1989年版，第 28 页。

② ［美］艾布拉姆斯：《镜与灯——浪漫主义文论及批评传统》，郦稚牛等译，北京大学出版社 1989年版，第 26 页。

③ 朱光潜：《西方美学史》下册，人民文学出版社 1979 年版，第 727 页。

④ ［法］雨果：《〈秋叶集〉序》，柳鸣九译，见《雨果论文学》，上海译文出版社 1980 年版，第 99 页。

⑤ ［英］华兹华斯：《〈抒情歌谣集〉序言》，曹葆华译，见刘若端编《十九世纪英国诗人论诗》，人民文学出版社 1984 年版，第 6 页。

个性研究的现代批评模式的形成。

作为一种表现型的文学类型，浪漫主义文学更多地采用了远离现实生活的神话传说、奇异故事和异国风情作为自己的题材；即使与现实生活相关的题材，浪漫主义作家也会以自己的丰富想象将其描绘成一个理想的世界，或是创造超人的英雄，或是描绘纯朴的田园，在理想的境界中表现他们憧憬的社会、人生和人性。民间文学的资源也因此成为浪漫主义文学寻找灵感和素材的宝库，许多浪漫主义作家都对民间传说、民谣、民歌有着浓厚的兴趣，他们中的很多人都是民间文学的收集者和整理者，甚至很多创作都是在加工和改造民间传说的基础上进行的。与之相应，浪漫主义文学在艺术形式和表现手法上也形成了与"表现性"相应的特点，通过大胆的夸张、奇特的想象、激昂的情感、华丽的语言、浓郁的抒情等，有意地拉大文学与现实生活的距离，凸显艺术虚构的理想性。浪漫主义是一种以充满激情的艺术想象来表现主观情感和理想追求的文学类型。

二、浪漫主义理论的发展

如果不纠结于"浪漫"或"浪漫主义"这个术语，而是从内在精神中寻找联系，那么，在西方文论史上与浪漫主义相关的文艺思想可以追寻很远。古希腊柏拉图的灵感说和迷狂说、古罗马朗吉弩斯的天才论，都对浪漫主义的形成有着重要的影响。正如塞尔登所说，这些古代思想"预示了许多后来于18、19世纪得到发展的论题和设想"[①]。据韦勒克考订，与文学有关的"浪漫"一词在18世纪出现之后，欧洲各国的用法虽然并不相同，甚至在含义上相互矛盾，但是总的说来都是把"浪漫"名下的文学当做一种和古典主义相对立的、新的诗歌名称。他说："如果我们考察一下整个大陆上自称为'浪漫主义的'具体文学的特点，我们就会发现全欧都有着同样的关于诗歌及诗的想象的作用与性质的看法，同样的关于自然及其与人的关系的看法，基本上同样的诗体风格，在意象、象征及神话的使用上与18世纪的新古典主义截然不同。"[②]根据在浪漫主义名下所达成的这种共识，韦勒克对欧洲浪漫主义文学的基本特征作了如下的概括，指出浪漫主义文学："就诗歌观来说是想象，就世界观来说是自然，就诗体风格来说是象征与神话。"[③]从西方文学的历史发展来看，对韦

---

① ［英］塞尔登：《文学批评理论——从柏拉图到现在》，刘象愚译，北京大学出版社2000年版，第155页。

② ［美］韦勒克：《文学史上的浪漫主义概念》，张金言译，见《批评的概念》，中国美术学院出版社1999年版，第115页。

③ ［美］韦勒克：《文学史上的浪漫主义概念》，张金言译，见《批评的概念》，中国美术学院出版社1999年版，第155页。

勒克的概括可以理解为：浪漫主义文学的兴起意味着一种新的文学范式的出现。浪漫主义运动所促成的这种范式转换，是西方文学从古典向现代的一次蜕变，也是从模仿说的古典文学理论向表现说的现代文学理论的一次蜕变。艾布拉姆斯认为："从模仿到表现，从镜到泉，到灯，到其他有关的比喻，这种变化并不是孤立的现象，而是一般的认识论上所产生的变化的一个组成部分。"①

> 　　在西方文论史上"浪漫"这个概念有多种含义。英国文学理论家巴特勒说：
>
> 　　"两百年来，'浪漫'（romantic）一词用法经历了巨大的变化。在18世纪里该词与'罗曼司'（romance）有直接的联系。是标示中世纪或文艺复兴时代的古旧遥远的文化的一个文学词汇，适用于包括歌谣、小曲、阿里奥斯托式和斯宾塞式的史诗等一些文学样式。照现代通俗用法，'浪漫小说'是文学体裁的一个亚类别，即爱情故事，多发生在虚幻的背景中。读者可以在其中任意放纵他（或更经常是她）的狂放不羁的奇思异想。该词的现代学术含义当然要比俚俗的'浪漫'更严格、更少感情色彩，然而甚至连学者专家对它的理解也不像他们所想的那么严谨。或许值得注意的是，在19世纪早期，肯于承认浪漫主义是当时文化现象的作家远远没有愿意自称是晚期浪漫派或后浪漫派的20世纪文人多。
>
> 　　完全符合我们现在的理解的那种意味丰富的浪漫主义乃是一个事后才有的运动；而当时人们所经验的却是另一回事。"
>
> 　　参见［英］玛里琳·巴特勒：《浪漫派、叛逆者及反对派：1760—1830年间的英国文学及其背景》，黄梅等译，辽宁教育出版社1998年版，第2页。

从范式转换的角度看，浪漫主义文论对想象、自然和诗歌艺术的阐释对西方文学理论的发展具有重要的意义。

1. 浪漫主义的想象观

浪漫主义文论对想象予以了特殊的关注。虽然在浪漫主义之前，西方文学理论在讨论文学创作时也常常提及想象，但是关于想象的讨论却是以文学创造的"机械论"为基础的，即认为想象类似于机械运动，"在心灵活动的这种基本模式与构成牛顿的力学科学的物质、运动和力这些基本概念之间，有着明显的相似性"②。所以18世纪的想象理论认为，"在创造过程中，想象再大胆，

---

　　①　［美］艾布拉姆斯：《镜与灯——浪漫主义文论及批评传统》，郦稚牛等译，北京大学出版社1989年版，第81~82页。

　　②　［美］艾布拉姆斯：《镜与灯——浪漫主义文论及批评传统》，郦稚牛等译，北京大学出版社1989年版，第252页。

也不过是把可感觉的整体割离成部分，再将这些部分组成新的整体"①；想象仅仅被视为一种加工、组合与连接现实材料的方式或手段。

可是浪漫主义文论却强调想象的创造性，认为想象具有超越现实和表达理想的功能。华兹华斯认为，在诗歌创作必须具备的五种能力即观察和描绘、沉思、想象和幻想、虚构以及判断中，想象最具有创造性，因为想象力在创造意象时，具有"赋予的能力、抽出的能力和修改的能力"；想象可以"造形和创造"，"想象力最擅长的是把众多合为单一，以及把单一分为众多"②。柯勒律治则通过区分想象和幻想，进一步阐释了想象的创造性。他指出，幻想"只与固定的和有限的东西打交道。幻想实际上只不过是摆脱了时间和空间的秩序的拘束的一种回忆……必须从联想规律产生的现成材料中获取素材"③。而想象却是一种被激情所推动的创造，"它调和同一的和殊异的、一般的和具体的、概念和形象、个别的和有代表性的、新奇与新鲜之感和陈旧与熟悉的事物、一种不寻常的情绪和一种不寻常的秩序……"，想象"藉赖那种善于综合的神奇的力量，使它们彼此混合或（仿佛是）溶化为一体"④。浪漫主义文学理论对想象的这种阐释突出了想象的创造功能，强调了想象与表现的互动关系，不仅明确了浪漫主义文学的标志性特征，推动了这种文学类型的发展，而且为现代文学观念的确立奠定了基础。

2. 浪漫主义的自然观

在浪漫主义文论中，"自然"是一个经常出现的字眼，它被浪漫主义赋予了多重含义，几乎与各种重要的理论概念，如想象、天才、感性、创造、题材、主题、技巧等都有或多或少的联系。

把自然视为人的本性，是浪漫主义文论所说的"自然"的第一种含义。浪漫主义文论通过对自然人性的强调，要求文学表现真实的情感，把诗的抒情归结为人对自身热情和生命力的释放。浪漫主义诗人普遍认同这样的看法："诗歌产生于原始情感的自然流溢，并以此作为一切真正的诗歌的条件。"⑤为了追求情感的真挚，在浪漫主义运动中甚至出现了一种"原始主义"的倾向：推

---

① ［美］艾布拉姆斯：《镜与灯——浪漫主义文论及批评传统》，郦稚牛等译，北京大学出版社1989年版，第250页。

② ［英］华兹华斯：《〈抒情歌谣集〉1815年序言》，曹葆华译，见刘若端编《十九世纪英国诗人论诗》，人民文学出版社1984年版，第36～37、46页。

③ ［英］柯勒律治：《文学生涯》，见刘若瑞编译《十九世纪英国诗人论诗》，人民文学出版社1984年版，第61～62页。

④ ［英］柯勒律治：《文学生涯》，见刘若瑞编译《十九世纪英国诗人论诗》，人民文学出版社1984年版，第69页。

⑤ ［美］艾布拉姆斯：《镜与灯——浪漫主义文论及批评传统》，郦稚牛等译，北京大学出版社1989年版，第133页。

崇人类生存的原始状态，认为只有在这种生存状况中，才有语言和人性的纯朴。浪漫主义理论对天才、感性的理解，都与这种自然观有一定的联系。

浪漫主义所说的"自然"的另一个含义，是相对于"社会"来说的。韦勒克指出："许多伟大的浪漫主义诗人的自然观有着一些个人之间的差别。但是他们全都反对18世纪的机械宇宙观……所有浪漫主义诗人都把自然当作一个有机整体，把自然看作类似于人而不是原子的组合——一个不脱离审美价值的自然。"①在这种观念的影响下，大自然成为诗人们憧憬的对象，浪漫主义文学一方面把大自然作为自己的题材，另一方面又在对自然的描绘中，表现了对资本主义发展所带来的违反人性的都市文明和工业文化的失望。浪漫主义诗人继承了卢梭"返回自然"的思想，把自然和社会对立起来，歌颂自然的纯朴与美丽，批判世俗社会的平庸和奢靡。在这种自然观中还流露出了一种神秘感，"浪漫主义把自然当作一种语言或是一首和声协奏曲……整个宇宙被认为是一个由各种符号、契合、象征组成的体系，这个体系同时又是有生命的并且按照节奏颤动"②，这使以自然为题材的浪漫主义文学中常常出现与神话或者宗教相关的意象。韦勒克说："所有伟大的浪漫主义诗人都是神话创造者和象征主义者。他们的实践必须通过他们试图给予世界的一种只有诗人才能领悟的神话解释来理解。"③他的论述并非言过其实。在欧洲文学艺术的历史上从未有过如此倾心于自然的现象，正如李斯托威尔所说："自然这块天地，不得不等到十九世纪的浪漫主义运动，方才得到充分而又细致的发掘。拜伦、雪莱、华兹华斯、歌德，是他们第一次把大海、河流、山峦带进了他们自己的作品。"④

韦勒克认为，"在浪漫主义的自然观、想象观和象征观之间有着深刻的关联和相互的蕴含关系。没有这样一种自然观，我们就不能相信象征和神话的重要性。没有象征和神话，诗人就会失去他所需求的洞察实在的工具；而没有这样一种相信人类心灵的创造力的认识论，也仅仅不会有一种有生命的自然界和一种真正的象征主义。"⑤韦勒克提醒人们注意浪漫主义对想象、自然和诗歌艺术的理论阐释是相互关联的，把握这种关联性是我们理解浪漫主义的基础。

---

① ［美］韦勒克:《文学史上的浪漫主义概念》，张金言译，见《批评的概念》，中国美术学院出版社1999年版，第175页。

② ［美］韦勒克:《文学史上的浪漫主义概念》，张金言译，见《批评的概念》，中国美术学院出版社1999年版，第167页。

③ ［美］韦勒克:《文学史上的浪漫主义概念》，张金言译，见《批评的概念》，中国美术学院出版社1999年版，第183页。

④ ［英］李斯托威尔:《近代美学史述评》，蒋孔阳译，上海译文出版社1980年版，第186页。

⑤ ［美］韦勒克:《文学史上的浪漫主义概念》，张金言译，见《批评的概念》，中国美术学院出版社1999年版，第190页。

第四节 现代主义文学

现代主义文学通常是指产生于19世纪末，衰落于20世纪中叶的一种文学思潮，包括了象征主义、未来主义、意象派、表现主义、意识流小说和超现实主义等文学流派和文学现象。作为现代工业社会和垄断资本主义历史时期的产物，现代主义文学以其特有的形态，给人们呈现了动荡不安的20世纪西方社会的思想、心理和生活。而作为一种文学的表现形态，现代主义文学具有和传统文学迥然不同的面孔。赫伯特·里德在谈到现代派绘画时说："我们现在所关心的，不是欧洲绘画艺术的合乎逻辑的发展，也不是历史上任何类型的发展，而是与一切传统猝然决裂的运动……欧洲五个世纪努力的目标公然被放弃了。"①里德的这个说法同样适用于现代主义文学，对西方文学传统的彻底颠覆是现代主义文学最为显著的特点。本节就以对文学传统的颠覆为线索，讨论现代主义文学在表现形态上的象征性；结合某些文学流派，分析现代主义文学的基本性质和主要特点。

英国文学批评家斯班特指出，从整体上看，现代主义是通过以下特点来运作的：

"现代文学艺术史上的诸多运动（即种种'主义'），均是为了从整体上表现过去与将来的对抗关系而设置的技术纲领。不同类型的纲领，通过分析，可归入下列范畴：

1. 通过新艺术，体现现代经验。
2. 通过艺术手段创造某种类型的希望，以影响社会。
3. 这样一种艺术观：把过去与现在融为一体的现代象征主义。
4. 艺术代替生活。
5. 变形。
6. 关于传统的革命性概念。"

参见［英］斯班特：《现代主义是一个整体观》，罗少华译，见《现代主义文学研究》上册，中国社会科学出版社1989年版，第157~158页。

一、现代主义文学与象征

现代主义文学是一种非常庞杂的文学现象，其中包括了多种文学流派和文

---

① 转引［英］布雷德伯里等：《现代主义的名称和性质》，胡家峦等译，见《现代主义》，上海外语教育出版社1992年版，第4页。

学理论。当我们把现代主义作为一种文学思潮和文学形态来讨论时，主要是阐述的是它的总体特征；作为具体的文学现象和与之相关的文学理论，现代主义文学中的各种文学流派之间其实存在着相当大的差异。我们说现代主义在表现形态上具有"象征"特点，就是从总体特征上概括的。

象征（symbol）本是一种常见的艺术手法，自古以来就在文学和其他艺术中广泛使用，其最一般的含义就是用某一事物去代表或者表示别的事物。按照韦勒克的解释，"在文学理论上，这一术语较为确当的含义应该是：甲事物暗示了乙事物，但甲事物本身作为一种表现手段，也要求给予充分的注意"①。美国另一位批评家劳·彼林说，"象征的定义可以粗略地说成是某种东西的含义大于其本身"；"象征意味着既是它所说的，同时也是超过它所说的"②。关于象征的上述分析说明，作为一种表现方式，象征最主要的特点就在于通过暗示的方式来表达某种大于象征符号本身的意义。可是对现代主义文学来说，象征不仅仅是一种表现技巧或表现手段；现代主义文学与象征有着更内在的联系。要认识这种内在联系，还需从现代主义文学的特点说起。

作为一种文学现象，现代主义（modernism）的产生和发展有其特殊的社会历史背景和深刻的思想文化原因。现代主义文学产生于19世纪末，在20世纪初开始波及西方各国，20世纪的二三十年代是现代主义文学艺术的鼎盛时期。50年代以后，作为文学思潮的现代主义逐渐走向衰落，所谓的后现代文化在西方各国崭露头角，并逐渐成为20世纪后期文化和文学艺术的主要现象。

现代主义形成发展的上述过程说明，现代主义文学思潮的发生与资本主义的现代发展有着密切的关系。从19世纪末开始，资本主义进入了垄断资本主义阶段。资本主义社会特别是一些发达的西方国家，一方面因经济和科学技术的发展，带来了社会生活和生活方式的巨大变化，另一方面则是各种矛盾的加深与激化，如社会与自然的矛盾、发达国家和第三世界的矛盾、科学技术和人文精神的矛盾、个体存在与社会控制的矛盾、物质欲望和精神追求的矛盾，等等。再加上两次世界大战的相继发生，传统观念和信仰的失落与丧失，使现实生活给予人们的种种感受，如孤独、焦虑、迷茫、绝望等，逐渐成为一种普遍流行的社会心理，导致了精神危机的蔓延。可以说，传统理念和信仰的丧失，以及对现实社会人生的迷惘，是促成现代主义文学思潮发生的两个重要的原因。尼采"上帝死了"的感慨所以能够流行开来，被人们普遍接受，正是理念丧失和人生迷惘的社会心理弥漫于世的集中表现。因为尼采所谓的"上帝"，实质上是指维系西方社会的传统和信仰，这种传统和信仰却因为现代社会的发

---

① ［美］韦勒克、沃伦：《文学理论》，刘象愚等译，江苏教育出版社2005年版，第214页。

② ［美］劳·彼林：《谈诗的象征》，见《世界文学》1981年第5期。

展和变动失去了存在的基础而崩溃了，人们在现实中又找不到新的价值观念，找不到足以寄托心灵的精神支柱，丧失了对未来的希望。非理性、反理性的思潮因此泛滥、叔本华的唯意志论、尼采的超人哲学，柏格森的直觉主义和弗洛伊德的潜意识学说也因此流行开来，成为这个时代精神生活的时尚，并为现代主义文学的形成发展提供了哲学和思想基础。

面对这样的社会人生，滋生了现代主义文学特有的危机感和幻灭感，资本主义发展带来的全面异化使人们陷入了悲观甚至厌世的情绪之中，由此产生的精神创伤、变态心理、绝望情绪和虚无思想，构成了现代主义文学的基本内容，而这是传统文学很少甚至从未接触过的题材和主题，它迫使现代主义文学不得不寻找、建构自己的感觉方式、思维方式和表现方式，因此带来了现代主义文学在艺术观念和技巧方法上的探索与创新。从表现人生经验的意义上讲，也可以说现代主义文学开拓和深化了一个全新的艺术领域。

如何表现这样一个异化的世界，表现生存于其中的扭曲、变态，以及表现具有非理性特点的精神生活，是现代主义文学面临的挑战。现代主义文学需要找到自己的语言和方式，需要创造全新的艺术形象，来表现那些复杂的、难以言传的思想感情。于是，象征到了现代主义文学手里，已经不仅仅是一种表现的手法或技巧了，它成了与现代主义文学所要表现的思想感情相对应的示意符号和表现形态；象征作为一种艺术表现的形态类型，也因此有了新的意义和功能。批评家弗里德曼指出，尽管人们把詹姆斯、普鲁斯特、乔伊斯、康拉德、福克纳和伍尔夫等人视为现代主义小说不同流派的代表，但是从某种意义上来说，他们的创作都"继承了法国象征主义诗歌的遗产"，具有象征的形态和意味。这么说的根据在于，他们创作的"新小说不像它的前辈们那样注重按顺序讲故事和从生到死单刀直入地刻画人物；它更愿意分解叙述，把经验切割成小块的时间，通过重复出现的意象和象征，而不是通过事件来把这些零碎的经验连接起来"。与传统小说相比，"象征主义小说不那么注重外部现实，而更注重其他艺术形式。当我们开始讨论这种小说时，'模式'和'节奏'等术语就必然会进入我们的语汇"①。也就是说，一般地讲，现代主义文学所创造的形象往往带有某种象征意味，文本意义不仅存在于形象本身，更存在于形象作为一个寓意符号的所指之中，存在于形象符号所暗示、激发的感受和想象之中。象征符号隐含着大于其本身的意义和内容，这使现代主义文学的形象要求读者更关注其暗示、隐含或象征的意味。作为一种形象类型，象征要比形象或意象带有更明显也更浓厚的符号意味；而作为一种文学的表现形态，象征要求读者

---

① ［英］弗里德曼：《象征主义小说：从于斯曼到马尔罗》，胡家峦等译，见布雷德伯里等编《现代主义》，上海外语教育出版社 1992 年版，第 423 页。

必须关注现代主义文学所隐含的寓意。

二、文学传统的颠覆

与西方的传统文学相比，现代主义可以说是面目全非。它以形象、主题和艺术表现形式上的创新与变异，显示了现代主义文学对传统的颠覆。我们所以把这种变化称为颠覆，是因为现代主义文学的创新与变异是如此之大，以至有人认为，"以往任何时代都没有产生过这样的作品，这些作品……新颖得令人震惊，令人困惑。……比起任何其他'新诗'来，现代诗歌不仅具有更多的新颖色彩，而且还以一种新的方式表现出它的新颖，几乎是一个新的维度里的新颖"①。而现代主义文学的这种颠覆和反驳，首先是对有着悠久历史的现实主义文学传统来讲的。

> 英国的批评家们借用自然科学对地震的描述，来说明现代主义对文化传统的颠覆程度和由此产生的巨大影响。他们指出：
>
> "文化地震学试图记载艺术、文学和思想史上经常发生的感情变化和转移，这种变化和转移在程度上惯常分为三个大级度。在刻度的始端是那些时尚的震动，它们似乎有规律地随着时代的更迭而稍纵即逝，十年是测量其变化曲线的一个恰当周期，这些曲线从始动发展到高峰，随后便逐渐消失。第二种是较大的转移，其影响更深、更久，形成长时期的风格和感情，这些是用世纪为单位来加以有效测量的。第三种则是那些剧烈的脱节，那些文化上灾变性的大动乱，亦即人类创造精神的基本震动，这些震动似乎颠覆了我们最坚实、最主要的信念和设想，把过去时代的广大领域化为一片废墟（我们很有把握地说，这是宏伟的废墟），使整个文明或文化受到怀疑，同时也激励人们进行疯狂的重建工作。二十世纪给我们带来了新的艺术，这是无可否认的……但是，我们也日益深信，这一新的艺术起源于、或本身就是第三种灾变性的大动乱。"
>
> 参见［英］布雷德伯里等：《现代主义的名称和性质》，胡家峦等译，见《现代主义》，上海外语教育出版社1992年版，第3页。

作为一种全新的文学表现形态，现代主义文学与传统文学，尤其是与现实主义文学相比，存在着巨大的差异，人们常常用"断裂"来描述二者之间的关系。从表现形态上看，现代主义文学的颠覆性主要体现在下面四个方面，即内容上的"向内转"，表现上的隐喻性，文学形象的符号化以及对"异化"主题

---

① ［英］刘易斯：《时代的描述：就职讲演》，秦传安译，转引自布雷德伯里等编《现代主义》，上海外语教育出版社1992年版，第4~5页。

的发现和开拓。将现代主义文学的这些特点与传统文学，特别是现实主义文学
比较一下，我们也许可以看得更清楚一些。

1. 内容上的"向内转"

现代主义文学在内容上的"向内转"包含两个意思，其一是指现代主义文
学的主观性，即现代主义在整体表现上的主观化。其二是指现代主义把自己的
表现对象转向人的心理生活、思想生活，乃至潜意识心理和非理性的世界。如
果把这种"向内转"与西方的文学传统相比，特别是和现实主义文学相比，我
们就会发现它不仅是文学兴趣或题材选择上的一种变化，而且更是一种文学观
念的重构；现代主义对"什么是文学"的理解已经和文学传统没有了共同语
言。模仿论的文学观强调通过再现现实生活来描述人生与人性；以这样的方式
把握人生，又反映了以现实生活中的矛盾冲突来理解和解释人性的文学传统。
现实主义文学中也有情感和心理的表现，但是正如卢卡契所说，在现实主义看
来，"这种内心生活在一部小说中同样只有同故事情节发生关系，只有作为前
提，作为一个个别行动的阶段或结果，才能有意义"①。这意味着现实主义认
为人类精神生活和心理世界的奥秘，都隐藏在物质生活与社会关系的矛盾冲突
之中。然而现代主义却认为，人们的内心生活，特别是潜意识的心理活动，要
比物质现实更能表现人性和人生的真实。法国"新小说"的代表人物罗布-格
里耶就认为，现实主义文学认为"现实世界的一切都是可以解释的，作家的任
务就是解释这个世界。而今天却相反，真实性的概念与不可解释的东西有
关"，所以，"现实主义绝不是对真实的描述。恰恰相反，现实主义每时每刻
都要给真实赋以某种意义"②。格里耶提出的问题，并不仅仅是在讨论文学艺
术应该把表现内心还是再现外部世界作为自己的对象，而是对模仿论的文学观
和现实主义的质疑。从这里可以看出，现代主义强调表现内心生活的重要
性，其实是表达了这样一种文学观：人的主观世界、人的心理生活，尤其是
人的潜意识世界所呈现的扭曲心态，要比他的实际生活更真实，更接近人的
本真状况。正是基于对人生和人性的这种理解，现代主义文学才有了主观化
的特点，才会发生所谓的"向内转"，才有了与模仿说或再现论的文学传统
截然有别的文学观。而且，在现代主义文学那里，这种对内心生活的表现还
有从理性的意识活动转向非理性的潜意识活动的特点，这也是西方传统文学
所没有的。

---

① [匈牙利]卢卡契：《叙述与描写——为讨论自然主义和形式主义而作》，刘半久译，见《卢卡契文
学论文集》(1)，中国社会科学出版社 1980 年版，第 83 页。

② [法]罗布-格里耶：《现实主义与新小说》，见崔道怡等编《"冰山"理论：对话与潜对话》下册，工
人出版社 1987 年版，第 535 页。

意识流小说大师伍尔夫在《论现代小说》中，以一种近于挑战的语言表达了现代主义文学"向内转"的意向。她说：

"如果作家是个自由人而不是奴隶，如果他能随心所欲而不是墨守成规，如果他能够以个人的感受而不是以因袭的传统作为他工作的依据，那么，就不会有约定俗成的那种情节、喜剧、悲剧、爱情的欢乐或灾难，而且也不会有一粒纽扣是用庞德街的裁缝所惯用的那种方式钉上去的。生活并不是一副副匀称地装配好的眼镜；生活是一圈明亮的光环，生活是与我们的意识相始终的、包围着我们的一个半透明的封套。把这种变化多端、不可名状、难以界说的内在精神——不论它可能显得多么反常和复杂——用文字表达出来，并且尽可能少羼入一些外部杂质，这难道不是小说家的任务吗？"

参见［英］伍尔夫：《论现代小说》，瞿世镜译，见《论小说与小说家》，上海译文出版社1986年版，第8页。

2. 表现上的"隐喻性"

因为不那么关注描绘外在的生活现象，而是要表现人的心理生活特别是潜意识心理活动，现代主义文学在艺术表现上更多地采用了隐喻性的表现方式。所谓隐喻性的表现方式，是指现代主义文学往往用间接的、暗示的、象征的表现方式来表达的思想感情和塑造艺术形象。比如，现实主义文学的表现形态及其塑造的形象，大多具有描摹性或再现性，与社会现实生活的固有形态相似或相近；文学所要表达的意义，源于作品所描绘的生活和形象之中。而现代主义文学的隐喻性表现，则使其描绘的现象与形象都成为一种符号，一种象征，其蕴意隐含在象征符号的隐喻之中。作品所要表达的思想，往往与形象本身蕴含的意义无关，或者说现代主义文本的深层寓意不是靠读解形象本身就能理解的，而是要从形象符号所引申的、隐含的或象征的意味中去寻找。现代主义文学所以给人留下了晦涩难懂的印象，与它在表现形态上的这种隐喻性有直接的关系。

例如，里尔克的诗歌《豹——在巴黎植物园》，就充分体现了现代主义文学在表现上的这种隐喻性。这首被视为后象征派诗歌典范的名作，所写的与其说是一只关在笼子里的豹子，还不如说是一个受社会压抑和限制的现代人，甚至也可以解释成诗人借豹子的处境表现自己的心情。这种拟人化的表现手法本是常见的艺术手段，但是诗人致力于"感觉世界"的表现却使我们不能不把这只豹子视为一种象征或隐喻，诗人要写的是现代人在社会生活中的心理状态和情绪。可是这一切并不是直接表达的，而是以铁笼隐喻现代社会，以关在铁笼中的豹子隐喻现代社会中人的生存状态，以豹子在狭小圈子中旋转的"昏眩"隐喻现代人的迷惘、彷徨和苦闷。作品所表现的，不仅是现代人的生存状况，更表现了现代人因这种生存状况而产生的压抑感。

3. 形象的"符号化"

现代主义颠覆文学传统的第三个方面，体现在形象的"符号化"上。现代主义文学在表现形态上的隐喻性，使其创造的文学形象有了明显的"符号化"特点。所谓形象的符号化，是指为了承担隐喻或象征的功能，现代主义的文学形象往往具有抽象化、符号化的特征。传统文学作品都追求形象的生动性、具体性；现实主义的文学形象，更追求与生活形象相近的具象性和真实感。这些文学形象虽然也是虚构和想象的产物，也追求大于其本身的寓意，但是并不舍弃艺术形象的感性形态。而现代主义文学中的形象，却往往因为强调象征意味而带有符号化的特点，具有一定的抽象性。更不用说在某些现代流派或现代主义作家那里，更以夸张、变形、扭曲的方式创造形象，有意拉开文学形象与生活形象的距离，强化形象的符指功能，迫使读者不得不把他们笔下的形象当做一种符号来读解。

文学形象的"符号化"说明，以现代主义表现形态呈现艺术形象并不是对现实生活某个对象的直接摹写，而是一种有着明显的所指性或指代特点的符号，它提醒人们应关注形象所隐喻或象征的某种观念，要求人们去探究、思考和感悟这个形象所隐含的内容，而不是通过对形象本身的感受理解文本。例如前面讲到的里尔克笔下的"豹"，虽然诗人也描绘了豹子的动作乃至神情，而且相当传神，但是诗人创造这个形象并非只是为了描绘失去自由的动物，其更深层的意蕴在于表现对现代人生存现实的迷惘。同样，卡夫卡的《变形记》让主人公变成了一只大甲虫，其用意也在于暗示或象征人在现实生活中的处境和状况，隐喻被物质利益所驱使的现代人的生活，其实和甲虫没有本质的区别。

现代主义文学形象的符号性使这种形象与传统文学的形象有了根本的区别。这种区别不仅体现在现代主义文学在表现形态上已失去了传统文学形象的生动性和具体性，强化了文学形象的象征意味和符号化特点；而且从形象的内在蕴意上说，现代主义的文学形象也因为追求某种形而上的抽象意味，而丧失了文学形象寓意的感悟性和丰富性。卡夫卡许多作品中的人物，有时候连名字也没有，更不用说对性格、体貌的细致描绘了。作者显然正是通过这种抽象化、概念化的方式，提醒读者注意到形象的符号意味，以此促使读者去追寻和思考其中隐含的意义。

4. 对"异化"主题的发掘和拓展

现代主义文学颠覆文学传统的第四个方面体现在对文学主题的把握、理解和拓展上，其表现为现代主义文学挖掘和展示了传统文学极少涉及的"异化"主题。与传统文学往往致力于表现人性美和鞭挞人性丑不同，现代主义文学更关注的是现代社会中的人性异化现象，对异化的反思、揭示和批判，集中地体现了现代主义文学对西方现代文明的危机意识和变革意识。揭示异化和由之带来的精神创伤与变态心理，构成现代主义文学的基本主题。如果说能够表现前人没有表现过的人生经验是艺术创新的一种标志的话，那么，异化主题的开掘可以说是现代主义对文学表现领域的一种拓展和丰富。

"异化"（alienation）本为德国古典哲学术语，黑格尔用"异化"表示本质向存在、主体向客体的转化关系，如"绝对精神"向物质世界的演化。费尔巴哈则用"异化"表示人的本质的二重化和颠倒，认为宗教是人的本质的虚幻反映和自我异化。马克思批判吸收了黑格尔和费尔巴哈的异化思想，在理论与实践统一的基础上对异化作了新的阐释，提出了劳动异化理论，指出在资本主义的生产关系中，"工人生产的财富越多，他的生产的影响和规模越大，他就越贫困。工人创造的商品多，他就越变成廉价的商品。物的世界的增值同人的世界的贬值成正比"①。工人生产的产品以异化存在物同他的劳动对立，工人的劳动不属于自己，劳动因此失去了其本有的性质，仅仅成了维持个人生存的手段，这就是劳动的异化。马克思指出，私有财产是一切异化，首先是劳动异化的基础和原因，又是劳动异化的结果。异化劳动导致了自然界同人相异化，人的生命活动同人相异化，人的社会本质同人相异化以及人同人相异化②。现代主义文学集中地反映了资本主义给现代社会带来的这些矛盾，揭示了现代社会普遍存在的异化现象，形成了现代主义文学特有的"异化"主题。但是，由于思想上的局限，现代主义文学往往看不到消除异化现象的出路和前途，这使现代主义在揭示和批判异化现象的同时，又表现出对人生与社会的迷惘、悲观，甚至绝望的情绪。具体来讲，现代主义文学所表现的异化主题，主要集中在以下四个方面，即人与社会关系的异化、人与人关系的异化、人与自我关系的异化和人与自然关系的异化。

第一，人与社会关系的异化。人是社会的动物，个人只有依赖社会才能生存和发展，社会为人的发展创造了环境和条件，这本是人与社会的基本关系。但是历史和现实却表明，由于私有制和资本主义的发展，个人与社会的关系却常常陷入矛盾冲突，甚至发展到敌视对抗的地步。对物质利益的无限追求成了现代资本主义社会的生存法则和价值标准，建立在这个基础之上的道德观念、理想信仰和教育体制，都沦为压抑人性的工具，社会体制及其实施的规范准则不仅无助于人的发展，而且成为限制和压抑人性的桎梏。就像马克思说的，"私有制使我们变得如此愚蠢而片面，以致一个对象，只有当它为我们拥有的

① ［德］马克思：《1844 年经济学哲学手稿》，《马克思恩格斯文集》第 1 卷，人民出版社 2009 年版，第 156 页。

② 参见［德］马克思：《1844 年经济学哲学手稿》，《马克思恩格斯文集》第 1 卷，人民出版社 2009 年版，第 161～163 页。

时候，就是说，当它对我们来说作为资本而存在，或者它被我们直接占有，被我们吃、喝、穿、住等等的时候，简言之，在它被我们使用的时候，才是我们的"。社会对人的规训致使"一切肉体的和精神的感觉都被这一切感觉的单纯异化即拥有的感觉所代替"①。因此，表现人与自己生存的社会环境的矛盾与对立，表现个人对社会的敌视与反抗，也就成了现代主义文学的一个主题。描述人已成了社会"局外人"的孤独处境，咏叹被社会放逐的"流亡者"的迷惘，同情乃至颂扬与公共道德和社会法律对抗的"罪犯"，都成为现代主义文学特有的形象。塞林格的小说《麦田里的守望者》，因塑造叛逆少年霍尔顿而成为现代主义文学的经典。霍尔顿的理想是"我将来要当一名麦田里的守望者。有那么一群孩子在一大块麦田里玩。几千几万的小孩子，附近没有一个大人……我的职务就是在那守望。……我整天就干这样的事，我只想做个麦田里的守望者"。从这个叛逆少年的自白里，人们不难看到对社会现实的迷惘和渴望摆脱一切束缚的要求。传统文学也表现人与社会的矛盾，揭露和批判资本主义社会对人性的扭曲和扼杀，但在暴露与批判的深度上却不及现代主义文学。不过，传统文学并没有因为异化而失去改变社会和重建人性的希望，现代主义文学却几乎丧失了改变人与社会异化关系的信心，甚至在自己的批判中表现出蔑视和破坏一切社会规范的偏激，其中既有对现存资本主义社会的尖锐批判，也有无限张扬自我、对抗一切社会秩序的极端情绪。

第二，人与人关系的异化。这种异化关系主要表现为在现代社会中，人与人之间的关系越来越多地受到物质利益的支配，人们失去了正常的合作关系，失去了相互之间的关怀，资本主义社会的人际关系因受制于商品交换的原则而变得冷漠、残酷，更使自我中心成为人际交往的基本准则和通行方式，异化"使人和人之间除了赤裸裸的利害关系，除了冷酷无情的'现金交易'，就再也没有任何别的联系了。它把宗教虔诚、骑士热忱、小市民伤感这些情感的神圣发作，淹没在利己主义打算的冰水之中"，②人们再也难以找到情感交流和精神交流的通道。现代主义文学给人们展示了这种彼此敌对、人类无法沟通思想感情的可怕图景，揭示了现代社会人际关系的矛盾、冷漠乃至对抗。卡夫卡《变形记》中有一个情节：变成甲虫的格里高尔渴望向家人倾诉，可是，"他发出的声音人家再也听不懂了"。钱锺书说这个"自觉口齿了澈，而隔户听者闻声不解"的情节，让人看到了"群居类聚而仍孤

---

① ［德］马克思：《1844年经济学哲学手稿》，《马克思恩格斯文集》第1卷，人民出版社2009年版，第189~190页。

② ［德］马克思、恩格斯：《共产党宣言》，《马克思恩格斯文集》第2卷，人民出版社2009年版，第34页。

踪独处之象"。①小说写出了个人在社会群体中的孤独与凄苦，堪称揭示人际关系异化的经典场面。

第三，人与自我关系的异化。人与自我关系的异化暴露了现代资本主义的畸形发展及其导致的异化所造成的人性分裂和变异，表现了人对自我认识的困惑和迷惘。现代主义文学更在精神分析学的潜意识理论的影响下，致力于探求这种异化关系的由来，揭示人与自我关系异化的种种表现。在现代主义文学中，这种异化关系常常表现为人性善与人性恶的对立、理性与本能的对立、精神与身体的对立以及双重乃至多重人格的冲突。通过展示人与自我关系的异化，现代主义文学反思人性的复杂性和资本主义发展对于人性的扭曲。于是，寻找自我、追问"我是谁"、表现人性的失落、无法确认自己的身份、显示人格分裂，等等，便成了现代主义文学经常表现的题材和主题。

第四，人与自然关系的异化。人与自然关系的异化不仅是现代主义文学经常涉及的一个主题，而且也是后现代文艺最为关注的一个话题。现代主义文学通过表现人与自然关系的异化，深刻地揭示了资本主义现代工业的发展对自然生态的破坏，物质欲望的张扬对人的本性的扭曲，以及盲目崇尚技术和追求工具理性所导致的人文生态的丧失。在现代主义文学中，人与自然关系异化的主题，常常以现代工业的扩张对自然生态的破坏，以奢靡生活与纯朴人性的对立，以大自然对人类社会的惩罚，以技术、物质对人的精神世界的压抑、扭曲甚至控制这类题材来表现。自然在人类生活中淡出甚至消失，失去了传统文学所咏吟的那种诗情画意，就像现代派诗人托麦斯所描绘的那样，天空成了一块裹尸布，地球不过是柴炭和灰烬的混合，风景用自己的线条表明它只是一具巨大的尸体。

现代主义文学对异化的思考和表现，既有其深刻反省现代社会种种症结的一面，又在描绘这幅怪异、荒诞、令人沮丧的人生画面的同时，表达了对人生失去希望的悲观情绪，而这是传统文学少有甚至从未表现过的。应该说，现代主义文学确实揭示和暴露了资本主义发展给人类社会带来的种种灾难，反映了由此造成的社会和精神危机。从这个意义上说，现代主义文学有它独特的意义和价值，异化主题确实切中了存在于现实生活中的许多值得思考的问题，但是现代主义文学所表现的消极情绪和悲观心理，却是必须反省和批评的。

5. 现代主义文学的艺术特征

与传统文学迥然不同的对象和主题，要求现代主义文学必须探寻与之相应的艺术表现方式和技巧，表现新的生活经验和人生感受使现代主义在艺术表现

---

① 钱锺书：《管锥编》第 2 册，中华书局 1979 年版，第 568 页。

上有了诸多创新，由此形成了现代主义文学特有的艺术特征。

文艺思想和艺术表现方式有着密不可分的关系。由于现代主义文学注重表现内心生活或心理现实，强调本能、潜意识对人性的形成具有决定性的作用，从而促成现代主义文学在艺术表现的方式和手段上有了许多不同于传统文学的特点。在艺术与生活、艺术与现实、艺术与真实的关系上，现代主义和西方文学传统有着全然不同的认识。现代主义认为艺术是表现，是创造，是内心生活与心理真实的展示，这使现代主义文学极大地膨胀了文学本身的主观成分。而在内容与形式的关系上，现代主义作家大都倾向于形式决定论，认为在艺术创造中形式远比内容更为重要；离开了形式、技巧就无从表现他们所关注的人生体验。这种观念一方面使现代主义在文学形式和表现技巧上有了更多的探索和创新，扩大和深化了文学表现的领域；另一方面也使现代主义文学对思想内容的表达显得更加隐蔽、晦涩，甚至出现了为形式而形式、为技巧而技巧的趋向。与西方文学传统相异的这种文学观念和文学实践，使现代主义具有了重主观表现、重艺术想象和重形式创新的特点，由此形成了如下的艺术特征：

推崇主观色彩极重的表现法，反对客观的描写法。所谓"表现法"，是指现代主义文学为了展现内心生活的"真实"，往往不惜用变形或变异的形态歪曲客观事物的原貌，曲折地表现主观的思想感情。这里的主观感情，既不同于浪漫主义文学的直抒胸臆，也不同于现实主义文学在客观再现中融入的反思或批判，而是个体经验乃至无意识心理的表现。无可否认，主观表现法确实强化了文学对心理世界的表现力，让我们认识了人类心理生活的丰富性和复杂性；但是由于"表现法"浓厚的主观色彩和感觉的个人性，也极大地限制了它的可交流性，给现代主义文学带来了晦涩难懂的毛病。

强调主观随意的自由联想。联想和想象本是文学虚构的基本方式，不过在传统文学中，创作的联想和想象基本上是建立在相似性和因果关系的基础之上，有一定的生活经验根据。而现代主义文学推崇的自由联想却有相当大的主观性，立足于表现异化感受更使这种自由联想远离了正常的生活逻辑，显得离奇乖巧，荒诞不羁，个人的直觉和幻觉使其有很大跳跃性，往往使不摸底细的读者找不到思路。主观随意的自由联想有时确实能扩大现代主义文学的表现力，例如现代派诗人艾吕雅描写新中国成立后的巴黎"像鸡蛋一样新鲜"，狄兰·托马斯把阳光比喻为"太阳踢出来的足球"，给人的感觉虽然有些怪异，不过也能带来一种出乎意料的惊喜。但现代主义文学的自由联想在更多的情况下给人的感觉是荒诞、震惊，甚至不可理喻。这或许强调了它要表现被异化了的感受，但显然也增加了读者理解的难度。

*在语言形式上，现代主义文学广泛运用意象比喻，运用不同的文体、文字的排列形式、标点符号，甚至改变拼写方法，来暗示人的感觉、印象和精神状态。在这方面现代主义文学最为突出的贡献，就是创造了"意识流"表现手法并促使"意识流小说"的诞生。它在心理探索的广度和深度上，无疑超过了传统文学，对异化的表现达到了相当的深度。现代主义文学对语言形式表现技巧的探索强化和扩张了文学的表现力，用得好，能给人一种新鲜别致的感受；用不好，或者一味追求形式上的创新、怪异，就会走入内容贫乏空洞的形式主义，而这种情况在现代主义文学中也确实存在，甚至为数不少。

> 英国文学批评家弗莱彻在论及现代主义小说对艺术技巧的探索时指出：
>
> "现代小说把艺术手段和模式视为作品的核心，要求读者参与到作品的有效秩序中去；所以它们使小说的现实主义作用受到限制，并迫使我们把小说这个特定秩序和结构作为一个连接的整体来理解。现代主义小说的主题之一其实就是小说艺术本身：通过迫使读者超越小说转述的内容而进入它的形式，这个主题已经使现代主义小说具有一种占支配地位的象征性质。"
>
> "这一切都导致了写作技巧的彻底革命和对于形式的高度重视；其后果至今仍在这两个方面对我们产生影响。一方面是在写小说时，刻意追求形式完美，语言灵活和构思巧妙，而不依赖于连接性和模仿；另一方面是暴露内在的晦涩和属于同一现象的艺术危机……"
>
> 参见［英］约翰·弗莱彻：《内省小说》，胡家峦等译，见布雷德伯里等编《现代主义》，上海外语教育出版社1992年版，第367～368页。

讨论题

1. 什么是文学思潮？文学思潮对于文学的发展演变具有什么意义？
2. 谈谈你对现实主义文学的看法。
3. 自然主义与批判现实主义有什么联系和区别？
4. 谈谈浪漫主义文学在西方文学史上的地位和作用。
5. 为什么说现代主义文学是对文学传统的颠覆？你对这种颠覆作何评价？

* 请访问爱课程网→资源共享课→文艺学系列课程/孙文宪→第31讲(16：45～26：39)。

参考书目

一、著作

1．［美］艾布拉姆斯：《镜与灯——浪漫主义文论及批评》，郦稚牛等译，北京大学出版社 1989 年版，第三章"浪漫主义关于艺术和心灵的类比"。

2．陈伯海：《近四百年中国文学思潮史》，东方出版中心 1997 年版，导论"自传统至现代"。

3．袁可嘉：《欧美现代派文学概论》，广西师范大学出版社 2003 年版，第三章"欧美现代主义文学的成就、局限和问题"。

二、论文

1．［英］华兹华斯：《〈抒情歌谣集〉序言》，曹葆华译，见刘若端《十九世纪英国诗人论诗》，人民文学出版社 1984 年版。

2．［美］韦勒克：《文学史上浪漫主义的概念》，张金言译，见韦勒克《批评的概念》，中国美术学院出版社 1999 年版。

3．［美］韦勒克：《文学研究中现实主义的概念》，张金言译，见韦勒克《批评的概念》，中国美术学院出版社 1999 年版。

第四章 文学创作

　　探讨文学创作的性质与特征是中外文学理论最早涉及的话题之一，"创作论"是文学理论的重要组成部分。文学理论所以关注创作问题，一是因为创作构成了文学活动的起点，了解创作对理解文本具有重要的意义；二是因为创作过程——平淡无奇的原始材料经过作家的艺术加工之后升华成令人赏心悦目的艺术品——体现了审美创造活动的一系列特点，研究这些特点有助于进一步认识文学的性质和特征。所以，探讨文学创作的过程及其规律，对于古今中外的文学理论来说，都是一个经久不衰的话题。但是，文学创作又是一个有着相当难度的研究对象，因为创作是一个极其复杂的精神生产过程，涉及心理活动、思维过程以及意识和语言的关系等问题，而不同的作家在创作上又有自己的个性特点和特殊方式，以致使理论在概括任何创作特点时，都不能不注意可能遭遇到的特例。

　　基于文学创作的上述特点，本章主要是通过对创作主体、创作心理和形式与风格等问题的讨论，分析文学创作中具有共性的一些问题，而不是对文学创作全过程的系统研究；讨论的方式则是在描述、梳理经典作家的创作实践和创作理论的基础上，分析相关的问题。文学创作是一种个体性和创造性都很强的实践活动，过于学理化的定性、定量分析，难免削足适履，无助于对创作特性的认识。

第一节　文学创作与作家

　　文学创作的主体是作家，没有作家就没有创作。虽然现代西方文学理论有所谓的"让作家死去"的说法，试图颠覆传统文学理论将作家视为文学活动中心的观点，突出语言结构和文学规范对创作活动的制约，但是我们仍要强调，作为一种创造性的精神生产活动，作家在创作活动中的主体作用是不可忽略的；个性主体的存在是决定文学创作是否具有独创性的基础和前提。因此，讨论文学创作不能不首先关注作家，即使他是一个要受制于各种因素而不可能完全自由的主体。

作家的人生经验、心理特征和创作个性等主观因素，对文学创作具有直接的影响；而作家置身于其中的历史环境和文化语境，以及业已存在的文学传统和各种文学惯例，则以或隐或显的方式，制约和规范着他的创作活动。从这个意义上讲，文学的创作过程也可以理解成作家为表现他对人生的感悟而力求超越种种既定文学规范的过程，所以 16 世纪的意大利批评家卡斯特维特罗才说，"欣赏艺术，就是欣赏困难的克服"①。本节以作家为视点，依次讨论文学创作与人生经验、文化传统和创作个性的关系。

一、文学创作与人生经验

作为一种创造性的审美活动，文学创作体现了作家对人生的一种审视、感悟和反省。作家与人生经验，构成了文学创作必不可少的两个基本要素；文学创作源于作家与某种人生经验的遇合，而这种遇合关系的建立，则取决于作家主体。

> 20 世纪 80 年代，法国《解放》杂志邀请世界各国著名作家就"您为什么写作"一题撰文，其中有这样一些回答：
>
> 巴金说，"我想用它来改变我的生活，改变我的环境，改变我的精神世界"；
>
> 台湾作家陈映真说，"写作则是为了使那些绝望的人重新充满希望，让那些因失败的人重鼓斗争的勇气，使受凌辱的人重获自由与尊严"；
>
> 美籍华人作家白先勇说，"我写作，是因为我愿把内心深处无声的痛苦用文字表达出来"；
>
> 德国作家伯尔说，"写作首先是创作某一故事的愿望"；
>
> 英国作家格林的回答则是："写作是由不得我的事。好比我长了个疖子，只等疖子一熟，就非得把脓挤出来不可。"
>
> 中国作家们强调的是精神追求在创作中的意义，而有些西方的作家们似乎更强调个人的原因，甚至把接近于无意识的欲望视为激发创作的动机。不过，尽管有这样的区别，我们还是可以发现，把创作视为出于主体天性的某种需要，却是中外作家们的共同之处。说主体在文学创作中具有决定性的作用，正是从这个意义上说的。
>
> 参见王歌等编选：《世界 100 位作家谈创作》，上海文化出版社 1987 年版。

---

① 转引自杨绛：《艺术与克服困难》，见《杨绛作品集》第 3 卷，中国社会科学出版社 1993 年版，第 122 页。

1．作家是创作活动的主体

作家是文学创作活动的主体，但文学理论并非从一开始就意识到作家在创作活动中所处的这种地位，中外文学理论对创作活动中的主体曾经有过各种说法。

西方文学理论最初把文学创作同神的启迪联系在一起，古希腊的柏拉图就主张"诗灵神授"说，把创作视为神灵附体于诗人的结果，诗人被视为神的喉舌或是代言人。他说："诗人是一种轻飘的长着羽翼的神明的东西，不得到灵感，不失去平常理智而陷入迷狂，就没有能力创造，就不能作诗或代神说话。诗人们对于他们所写的那些题材，说出那样多的优美词句……并非凭借技艺的规矩，而是依诗神的驱遣。"①按照这种说法，诗人不过是一个中介或载体，诗歌创作实际上被解释成神的而不是人的创造。"诗灵神授"说的创作论一方面反映了人们对艺术创造的神秘感，另一方面也透露了人们对艺术创造神秘性的探索和猜测。于是，随着文明的发展，西方文学理论对创作主体的研究越来越倾向于在后一种说法上展开，"诗灵神授"说逐渐被强调诗人才能的"天才"论所取代。康德是"天才论"的主要代表，他说："天才是天生的心灵禀赋，通过它自然给艺术制定法规。"②从康德的解释中可以看出，"天才论"的创作理论不仅仅是对主体创作特殊才能的强调，同时也包含着对生活经验的否认；"天才"是天生的禀赋，与后天的经验无关；天才只属于艺术，不属于科学，因为艺术创造更多地出自人的感性本能。正因为如此，天才的创造过程是难以说清楚的，艺术创造不可分析也不可复制。

从"诗灵神授"说到"天才论"，一脉相承的是对创作活动中主体的神奇作用的强调，因为难以解释文学创作何以能够把平凡无奇的生活材料升华成激动人心的艺术品，于是只有从神灵或天才那里寻找答案。如果撇开这些理论的神秘色彩，我们可以发现这些说法其实都注意到了文学创作的特殊性，注意到文学创作需要特殊的才能和智慧。无可否认，作为创作活动的主体，作家确实需要有与众不同的能力和才情，但是这种能力并不是神灵给予的或神灵附体的结果，其部分来自某种先天的素质，但更多的还是来自生活经验的积累与技能技巧的训练；就是先天的素质也离不开后天的护养。所以要揭示文学创作的奥秘，还需要了解这种创造性的活动和作家人生经验的关系。从这个角度看，中国古代文学理论以"感物说"来解释创作主体，就显得更为接近文学创作的实际。

中国古代文论强调自然物色是作家生活经验中最为基本的元素，刘勰说大

---

① ［古希腊］柏拉图：《伊安篇》，朱光潜译，见《文艺对话集》，人民文学出版社1963年版，第8页。

② ［德］康德：《判断力批判》上卷，宗白华译，商务印书馆1985年版，第152～153页。

自然的山林水域是诗人文思的渊薮和宝库,他用诗一般的语言描述了自然景色的四季更替所带来的诗人心理体验的变化,春回大地让诗人胸怀舒畅,夏日炎炎使诗人心情郁闷,秋高气爽引诗人深思远虑,冰雪遍野教诗人矜持谨严,所谓"岁有其物,物有其容;情以物迁,辞以情发。一叶且或迎意,虫声有足引心。况清风与明月同夜,白日与春林共朝哉"①。自然物色之中,不仅仅有微虫入感、四时动物,更有宇宙的浩渺、生命的律动以及形而上之道的无限与永恒……因而,自然物色常常构成作家生活经验中最具诗情亦最具哲理的内涵。与西方文论的"诗灵神授"和"天才论"仅从主体的角度讨论创作问题不同,中国古代文学理论是从主体与客体即诗人与世界的关系上界说文学创作的,强调了创作活动的"感物"特点,既突出了诗人在创作活动中的主体地位,又把外物世界视为激发创作必不可少的审美对象。

在文学创作中,自然物色能感动作家,除了"自然"本身的魅力之外,还有社会生活的因素在起作用。诗人感物而动心,这个"物"包括了人生活于其间的"自然"与"社会",自然物色之"物"与社会人生之"物"密不可分,因为对自然的感触离不开社会阅历和生活经验,而丰富的人生阅历又能极大地强化对自然的感受。

无论是自然还是社会,在作家的生活经验中,总是表现为个体的生存状态和自我的心路历程,中国文学理论更强调文学创作对于这种体验对象的表现,从而突出了创作主体的作用。用王国维的话说,"诗人对于宇宙人生,须入乎其内,又须出乎其外。入乎其内,故能写之;出乎其外,故能观之。入乎其内,故有生气;出乎其外,故有高致"②。

海德格尔强调艺术作品对于存在者具有开启或解蔽(Entbergen)的意义。为此,他颠倒了艺术与自然的关系,认为先有了艺术作品,人们才从艺术作品中看见自然:"神庙的坚固的耸立使得不可见的大气空间昭然可睹了。作品的坚固性遥遥面对海潮的波涛起伏,由于它的泰然宁静才显出了海潮的凶猛。树木和草地,兀鹰和公牛,蛇和蟋蟀才进入它们突出鲜明的形象中,从而显示为它们所是的东西。"海德格尔据此而得出结论说:"神庙在其阒然无声的矗立中才赋予人类以关于他们自身的展望。"也就是说,只有艺术作品才照耀出人和万物之本然,才使万物"升起"、"发生";"这种对大地的制造由作品来完成"。那么艺术作品为什么会有开启或解蔽的作用呢?海德格尔认为这和艺术作品的创造有关,"真理乃通过诗意的创造而发生"。海德格尔指出,诗意的创造不"摹仿"也不是"表现",诗意的创造

---

① 刘勰:《文心雕龙·物色》,见范文澜注《文心雕龙注》上册,中华书局1958年版,第693页。
② 王国维:《人间词话》,见徐调孚等注《蕙风词话·人间词话》,人民文学出版社1960年版,第220页。

是"把……带出来"，即让存在者敞开，显现其真理。而这种艺术创作不能区分什么主体、客体，它只是"接受"存在的真理。

海德格尔对艺术创造的分析，与中国古代文论在"感物"的基础上讨论文学创作有着某种相通之处。

参见［德］海德格尔：《艺术作品的本质》，孙周兴译，见《海德格尔选集》上册，上海三联书店1996年版，第261~265页；张世英：《进入澄明之境——哲学的新方向》，商务印书馆1999年版，第198~200页。

高尔基在谈到他为什么要写作文学作品时说，"我对于我为什么写作这个问题作这样的回答：由于'令人苦恼的贫困生活'对我的压力，还因为我有这样多的印象，使得'我不能不写'"；"我时常觉得自己像喝醉了酒一样，并体验着由于想一口气就说完所有使我苦恼和使我快乐的事情而发作的啰啰嗦嗦和言语粗俗的狂热，我之所以想说是为了'释去重负'。"①高尔基的回答让我们看到主体的经验和激情对创作活动展开的决定性。

2. 人生经验对文学创作的意义

论及生活经验对作家创作的影响，值得注意的是中国古代文论对某些特殊人生经验的强调。钱锺书指出："中国文艺传统里一个流行的意见：苦痛比快乐更能产生诗歌，好诗主要是不愉快、烦恼或'穷愁'的表现和发泄。这个意见在中国古代不但是诗文理论里的常谈，而且成为写作实践的套板。"②在最初的文学作品中，人们已经可以看到诗歌创作与这种人生经验的关系，如《诗经》中就有"心之忧矣，我歌且谣"（《魏风》），"君子作歌，维以告哀"（《小雅》）的诗句；屈原在《九章·惜诵》中也说到"发愤以抒情"。后来司马迁把这种现象视为一种规律，认为作家创作与坎坷人生经历之间有着密切的对应关系。他说：

夫《诗》《书》隐约者，欲遂其志之思也。昔西伯拘羑里，演《周易》；孔子厄陈、蔡，作《春秋》；屈原放逐，著《离骚》；左丘失明，厥有《国语》；孙子膑脚，而论兵法；不韦迁蜀，世传《吕览》；韩非囚秦，《说难》《孤愤》；《诗》三百篇，大抵圣贤发愤之所为作也。此人皆意有所郁结，不得通其道也，故述往事，思来者。③

① ［苏］高尔基：《谈谈我怎样学习写作》，孟昌等译，见《论文学》，人民文学出版社1978年版，第166、185页。
② 钱锺书：《诗可以怨》，见《七缀集》，上海古籍出版社1985年版，第102页。
③ 司马迁：《太史公自序》，见《史记》第10册，中华书局1959年版，第3300页。

司马迁举出八个例子，描述了这样一种现象：坎坷的生活阅历或悲剧性的人生体验，成就了伟大的作品。这种现象在中外文学史上具有相当的普遍性，常被人们提及。在中国，有"诗可以怨""发愤著书""不平则鸣""穷而后工"的说法；在西方也有"愤怒出诗人""艺术是表现苦难的语言""文学是苦闷的象征"等观点。这些说法表明，对于文学创作来说，坎坷的生活经历和由此形成的创伤性心理体验，会郁结为一种潜在的创作动力，促使作家通过艺术的想象和虚构来获取心理平衡，也就是司马迁所说的"发愤著书"。从理论上讲，人生的欢愉和穷苦，都可成为文学表现的对象，都具有艺术的感染力。但文学创作的历史告诉我们，创伤性生活经验似乎较之欢愉性生活经验有着更高的审美价值，更容易激发读者的共鸣。这也就是韩愈说的"和平之音淡薄，而愁思之声要妙；欢愉之辞难工，而穷苦之言易好"①。心理学认为，欢乐的情感是向外发散的，而痛苦的情感则往往向内集聚。文学家愤而著书，就是把坎坷阅历给予的人生感悟凝聚成作品的审美内涵。刘勰论建安文学，认为是时代的苦痛造就了文学的梗概多气；钟嵘品五言诗，认为写哀怨凄怆之情的作品才是最有滋味者。乔治·桑回顾写作《安第阿娜》的过程时说，"我是在一种激情的驱使下写这本书的"，"在我身上只有很鲜明的和炽热的感情、对野蛮和愚昧的被奴役状态的憎恶"②。悲剧性的人生和创伤性的体验，从人生感悟、情感内蕴、文学风格、语言形式等诸多方面，酿成文学作品独特的美学价值和艺术魅力。

创作是主体与生活的融合，体现了文学创作的"对象化"特点。

"对象化"原本是一个哲学术语，最初由黑格尔提出，他用这个术语阐述了主体与客体关系的变化。黑格尔认为，物质世界是"绝对精神"自我发展的结果，对象化即"绝对精神"的外化。马克思摒弃了黑格尔给"对象化"赋予的唯心主义内涵，指出社会实践才是主、客体关系变化的基础。文学创作的对象化就是在这个基础上发生的，它是指作家以体验的方式感受生活，将世界作为人的对象性的存在来把握，从而使外在于自己的生活对象，成为主体感觉经验中的对象。此刻，生活不仅仅是一个主体之外的认识对象，而且更因为作家的感同身受，因为作家以切身经验的体认，而成为主体化、情感化和个性化了的对象。只有在这个时候，在作家与自己的对象结成一种十分密切的感性实践关系的时候，他才可能把这个经验对象转化为具体感人的艺术形象。从这个意义上说，对象化的过程即创作主体与生活对象的遇合过程。作家王蒙结合自己

---

① 韩愈：《荆潭唱和诗序》，见郭绍虞主编《中国历代文论选》第 2 册，上海古籍出版社 1979 年版，第 129 页。

② ［法］乔治·桑：《我的一生》，见《世界文学》1982 年第 2 期。

的创作经验，对生活经验与主体的对象化关系做了这样的描述："我认为写作的时候，不但要求助于自己的头脑，而且要求助于自己的心灵，求助于自己的皮肤、眼睛、耳朵、鼻子、舌头和每一根末梢神经，例如你写到冬天，写到寒冷，……而不去动员你的皮肤去感受这记忆中的或假设中的冷，如果你的皮肤不起鸡皮疙瘩，如果你的毛孔不收缩，如果你的脊背上不冒凉气，你能写好这个冷吗？"①

如何认识文学创作与自我表现的关系，在文学理论中一直是个有争议的话题。如果从对象化的角度看，应该承认文学活动确实含有"自我表现"的成分，审美活动的体验性使自我表现成为对象化的题中应有之义。既然一个作家是凭借着个人的生活经验来选择审美对象的，既然生活材料只有经过他的感受和体验之后才可能转化为艺术形象，既然艺术形象中必然地包含着主体独特的发现、理解和创造，人们就不能不承认他的作品里必然会有仅仅属于他个人的、从他的内心中生发的成分。从文学创作的实践来看，"自我"还是一种不可或缺的因素。文学创作中所以会出现"撞车"的雷同现象，根本的原因并不是由于题材的相似，而是由于作家面对相似的生活，没有自己的感受与体验，没有自己的发现与理解，他找不到与众不同的"自我"，与生活没有发生"对象化"的关系。所以，尽管题材本身的意义也会影响作品的价值，但是从根本上说，文学创作的独创性并不取决于生活材料，更重要的还是主体必须要有自己对生活对象的独特感受、独特理解和独特的表达方式。

高尔基认为能否做到这一点，是成为艺术家的先决条件。他说："我确信，每一个人都具有艺术家的禀赋，在更细心地对待自己的感觉和思想的条件下，这些禀赋是可以发展的。摆在人面前的任务是：找到自己，找到自己对生活、对人们、对既定事实的主观态度，把这种态度体现在自己的形式中，自己的字句中。"能够做到这一点，即使同样的生活现象，在不同的作家笔下也会化为形态各异的艺术形象。

当然，我们也不能因此否认那种自觉或不自觉地在想象世界中把以个人为中心的自我意识加以膨胀，从而使"自我表现"走向极端的现象。但是这种现象只能说明文学创作需要思考怎样表现自我才会获得丰富的社会内涵和审美价值，却不能成为否认文学需要"自我"的口实。所以高尔基又说，"不要把自己集中在自己身上，而要把全世界集中在自己身上"，"诗人是世界的回声，而不仅仅是自己灵魂的保姆"。

参见［苏］高尔基：《文学书简》上册，曹葆华等译，人民文学出版社1962年版，第426、497~498页。

---

① 王蒙：《倾听生活的声息》，见《漫话小说创作》，上海文艺出版社1983年版，第8页。

从创作缘起于作家与生活对象的遇合关系上讲，生活经验不仅是文学创作的源泉和激发创作激情的触媒，而且也是规范作家创作的一种制约性因素。从现象上看，作家面对的大千世界、芸芸众生给他提供了取之不尽、用之不竭的创作材料，他的创作似乎没有任何限制。但是，如果作家不能把这些生活材料转化成自己的经验对象，对其所描绘的生活没有切身体验，他实际上是无法进入创作状态的。也就是说，作家的阅历和经验决定了他的审美视野和创作世界，他无法容纳自己不熟悉、因而也不能产生创作激情的对象。所以王夫之说："身之所历，目之所见，是铁门限。" ① 从这个意义上说，丰富的生活阅历有利于文学创作的发展。不过从遇合关系上讲，如果作家对有限的生活经验具有深刻的理解和体验，也会对创作产生积极的影响，例如勃朗特姐妹、冰心、张爱玲这些生活天地有限的作家，同样写出了传世之作。王国维曾说："客观之诗人，不可不多阅世。阅世愈深，则材料愈丰富，愈变化，《水浒传》、《红楼梦》之作者是也。主观之诗人，不必多阅世。阅世愈浅，则性情愈真，李后主是也。" ② 这里所说的"主观之诗人"，指的就是对有限的生活经验能做深刻反省和深入体认的创作。王国维不仅认为生活经验的局限并不影响创作，而且还认为"阅世愈浅"愈有利于诗人保持自己的"真性情"，倒是从作家排除世俗利欲干扰的角度，说出了保持真性情对创作的意义。不过这个道理毕竟有限，因为生活阅历的贫乏不但会导致创作源的枯竭，而且还会影响对有限生活经验的体认和反省的深度。

二、文学创作与文化传统

　＊文学创作不仅与作家及其人生经验有关，而且还受历史文化传统和文学惯例的影响，讨论作家创作与传统和惯例的关系由此成为研究文学创作需要涉及的话题。中国古代文学理论在讨论文学创作时，既讲师法自然，"搜尽奇峰打草稿"（《石涛话语录》）；也讲师法古人，"转益多师是汝师"（杜甫《戏为六绝句》）。这个问题在今天更有不可忽视的现实意义，因为在全球化的文化语境中，对当今文学创作发生影响的，不仅有来自本国的传统与惯例，而且还

---

　① 王夫之：《夕堂永日绪论》，见戴鸿森《薑斋诗话笺注》，人民文学出版社 1981 年版，第55页。

　② 王国维：《人间词话》，见徐调孚等注《蕙风词话·人间词话》，人民文学出版社 1960 年版，第198页。

　＊ 请访问爱课程网→资源共享课→文艺学系列课程/孙文宪→第38讲（00：26～05：30）。

有域外文学和文化带来的种种规范和模式。

1．文学创作和文学传统

从文学创作的实践历史来看，创作受传统和惯例的影响是一个普遍存在的现象。韩愈钟爱先秦散文，苏东坡"最喜陶渊明"，曹雪芹自号"梦阮"，说明他对阮籍的倾慕，而莎士比亚对他身后的英国文学创作来说，几乎就是一种传统或规范……悠久而厚重的文学传统，无疑会给后来的文学创作提供坚实的基础和深刻的启发。文学经典对于后世文学的影响就是一个范例。经典对于后来的文学创作具有深刻的影响，并不完全是指后人的文学创作对经典的自觉学习，更普遍的现象是经典以潜移默化的方式，在无形之中影响甚至决定着后人的创作取向。这种现象之所以会发生，与文学经典的权威性有关。对于多数作家来讲，经典的成就具有一种不可抗拒的魅力，经典因此成为后人仿效的样板，许多作家都是在文学经典的影响下走上创作道路的。经典的权威性还体现在它往往为后来的文学创作提供了法则或标准，在有意无意之间成为后人从事文学创作的参照系统，事实上经典也确实让后人的创作避开了从头摸索的曲折过程。

关于历史传统与当下创作的关系，艾略特认为它首先体现在给作家的当下创作赋予了"历史的意识"：

> 历史的意识不但使人写作时有他自己那一代的背景，而且还要感到从荷马以来欧洲整个的文学及其本国整个的文学有一个同时的存在，组成一个同时的局面。这个历史的意识是对于永久的意识，也是对于暂时的意识，也是对于永久和暂时的合起来的意识。就是这个意识使一个作家最敏锐地意识到自己在时间中的地位，自己和当代的关系。①

艾略特的意思是，当下的创作并不是孤立存在的，任何创作都与其他创作，特别是文学创作的传统有着十分重要的联系。所以，"诗人，任何艺术的艺术家，谁也不能单独地具有他完全的意义。他的重要性以及我们对他的鉴赏就是鉴赏他和以往诗人以及艺术家的关系"。也就是说，任何一首诗都处在诗歌传统的有机链条之上，任何创作都不可能脱离诗的传统而独立进行。传统既是当下创作的背景，人们只有把当下创作置于传统之中，才能判断它的意义和价值；传统也为当下的个人创作提供了规范，"他的作品中，不仅最好的部分，就是最个人的部分也是他前辈诗人最有力地表明他们的不朽的地方"②。

---

① ［英］T. S. 艾略特：《传统与个人才能》，卞之琳译，见戴维·洛奇主编《二十世纪文学评论》上册，上海译文出版社 1987 年版，第 130 页。

② ［英］T. S. 艾略特：《传统与个人才能》，卞之琳译，见戴维·洛奇主编《二十世纪文学评论》上册，上海译文出版社 1987 年版，第 130 页。

艾略特对传统的肯定揭示了文学创作的另一面，即创作不仅要依赖现实的和个人的生活经验，而且还受到传统潜移默化的影响，所以我们"不但要理解过去的过去性，而且还要理解过去的现存性"。不过需要指出的是，艾略特之所以如此强调传统对于创作的意义，与他的文学观念有着直接的联系。艾略特反对浪漫主义文学观对个性的张扬，认为诗的价值取决于它的非个人化程度，强调"诗不是放纵感情，而是逃避感情；不是表现个性，而是逃避个性"，"诗之所以有价值，并不在于感情的'伟大'与强烈，不是由于这些成分，而在于艺术作用的强烈"①。指出诗的价值并非取决于情感的个人表达，而是取决于诗歌对普遍意义的表现和通过媒介（medium）形成精细完美的组合，形成表现的技巧和形式。普遍意义和形式、技巧等，都是来自对文学传统和惯例的继承。

与艾略特肯定传统不同，同样关注传统的美国批评家布鲁姆，则把传统视为当下创作的一种压力，他强调文学创作作为创造性的活动，其生命和发展维系于不断地创新，维系于对传统的不断超越。从这个意义上说，传统对文学家既能形成一种启迪和激励，也可能酿成一种束缚和焦虑。布鲁姆说：

> 前驱者像洪水一样向我们压来，我们的想象力可能被淹没，但是，新诗人如果完全回避前驱者的淹没，那末他就永远无法获得自己的想象力的生命。②

布鲁姆用"洪水"喻指文学传统，形象地暗示传统的两重性，并借此表达了文学家因传统影响而生的焦虑。可是，正如布鲁姆所说，传统和经典又是绕不开的，后人的创作只有寻找如何化解或超脱传统的途径。布鲁姆开出的方法是"创造性的误读"，或称"戏谑性摹仿"，也就是在自己的创作中强化前代作家的某些次要特点，以此造成一种错觉，似乎这些风格特点是"我"首创的，前人倒像是由于巧合而在模仿"我"；这就是所谓的对前人的有意误读。布鲁姆认为，诗的传统的形成乃是一代代诗人误读各自前驱的结果，而我们对古典诗歌的理解只不过是前人千百次"误读"的结晶。

虽然中国古代有不少的文论家如王充、曹丕、葛洪等，都反对贵古贱今而主张今胜于古，但是尊重文学传统还是中国文学理论的基本特色，以至创作的"复古"倾向在文学史上屡见不鲜。不过，尽管古代文学创作在复古思潮中也有对古人的步趋、模拟甚至剽窃，但复古思潮的主要倾向还是刘勰所说的"通变"：既尊重传统，所谓"参古定法"而"通则不乏"；亦提倡创新，所谓

---

① ［英］T. S.艾略特：《传统与个人才能》，卞之琳译，见戴维·洛奇主编《二十世纪文学评论》上册，上海译文出版社 1987 年版，第 138 页。

② ［美］哈罗德·布鲁姆：《影响的焦虑》，徐文伯译，生活·读书·新知三联书店 1989 年版，第169 页。

"望今制奇"而"变则其久""日新其业"。①亦即清代批评家刘熙载说："诗不可有我而无古，更不可有古而无我。"②

2. 文学创作和母题、原型

如果说经典和惯例对文学创作的影响往往是无形的话，那么，从文学创作和母题、原型的关系上，我们则可以找到文学创作受制于传统的实在轨迹。

母题（motive）是指源于传统的、不可再分的"最基本的情节因素"。如西方文学中常见的错认身份、老少婚配、儿子寻父、子女对父亲的忘恩负义③，等等，以及中国文学中常见的幻化、离魂、闺怨、复仇等，都属于在叙事文学中被创作反复使用的情节单元。"母题"这个术语，是文学理论从民俗学那里移植来的。民俗学用"母题"来描述民间文学中常见的一种现象，即由于口授是民间文学的主要传播方式，从而造成民间文学的叙事具有类型化的特点，母题就是指那种反复出现于不同文本的、与叙事类型化特征相关的最小单元或成分。由此可见，母题并非生成于现实情景，也不属于个人的创造，而是源于传统的一种情节模式。母题以它的构成显示了文化传统向叙述形式的转化、浸渗和凝聚。而作为文化和文学传统的母题，还可以突破时代、地域、文化、语言及艺术类型种种局限，使一些基本的叙事单元获得永久性的"通变"。如"王子复仇"的母题，可以从丹麦传说变为莎士比亚的悲剧；子女对父亲"忘恩负义"的母题，又可以从莎士比亚的悲剧《李尔王》，变为黑泽明的电影《狂》。

母题的形成可以追溯至远古神话时代，比如"垂死化生"是中国古代神话传说中最基本的情节因素之一：夸父死后化为桃木，盘古死后化生为草木万物，女娲淹死后化为精卫鸟衔木填海不止，等等。从中国神话反复出现的"垂死化生"母题中，可以深刻地体会到远古人类对自然永恒性的观察与把握，也含有对人类死亡现象的困惑与否定。反过来说，正是在体认永恒自然与短暂人生基础上所形成的远古人类的自然观、宇宙观和死亡意识，催生出中国神话"垂死化生"的母题。

在中国古代爱情诗歌和小说中，还可以看到一个与"垂死化生"相关的母题：爱情主人公死后幻化为木为禽。汉乐府《孔雀东南飞》中的焦仲卿与妻刘兰芝死后化为连理枝和比翼鸟，东晋志怪小说《搜神记》中韩凭夫妇殉情后亦化为相思树和鸳鸯，而"梁祝化蝶"的故事更是家喻户晓。这种"殉情幻化"母题一方面与"垂死化生"的神话母题有着文化和文学上的渊源关系，同时也可见出道教、佛教"灵魂可以不灭，精魂可以交通"思想的影响。"离魂"也是中国爱情小说反复出现的一个母题：爱情主人公病中或死后，其灵魂离开身体，附着在一个健康鲜活的身体

---

① 刘勰：《文心雕龙·通变》，见范文澜《文心雕龙注》下册，人民文学出版社1958年版，第521页。

② 刘熙载：《艺概》，上海古籍出版社1978年版，第84页。

③ ［美］韦勒克、沃伦：《文学理论》，刘象愚等译，江苏教育出版社2005年版，第254页。

上与心上人幽会。在魏晋志怪、唐传奇、宋元话本、明清小说及戏曲中，都能见到"离魂"母题的各种变体。如果说"幻化"母题更多地体现出神话式的浪漫，而"离魂"母题则在浪漫的外衣之内蕴藏着对现实生活的眷恋，对感性、欲望、情感的大胆追求。如此众多的文学家，在不同时代和社会，以不同的语言形式、艺术风格和艺术种类，讲述不同的故事，塑造不同的形象，却沿用一个大致相同或相似的母题，从中不仅可以见出文学传统对文学创作的深刻影响，同时还能把握民族文化和民族审美心态的积淀过程及显现状态。

原型（archetype）本是荣格分析心理学的一个术语。荣格认为人的无意识由个人无意识和集体无意识构成。个人无意识主要指曾经意识到，但以后因为遗忘或压抑而转入无意识层面的内容。个人无意识与个人经历和经验相关，完全属于个人，因此不具有普遍意义。集体无意识的存在却不取决于个人后天的经验，而是由遗传获得的普遍性精神机能。集体无意识是人类在以往的历史进化过程中积累的集体经验，其记录和凝聚了自史前社会直至今日的所有微小变化和差异事件。集体无意识是一个储藏所，储藏着那些被荣格称之为原始意象的东西。人从先辈那里继承了这些意象，保留在无意识世界的深层，成为一种先天的倾向或潜在的可能性，从而使人在相似的生活境遇中，对世界做出与自己祖先类似的反应。荣格认为，集体无意识有很强的向外表现的欲望，当它们不能在人的意识中表现时，就会在人的梦境、幻想和其他象征形式中显露，因而人们可以从这些表现迹象中去发现集体无意识的存在。这些迹象便是原型，原型是人类集体无意识的表现，人类的创造活动源于集体无意识的激发和显露。文学理论意义上的原型，是指在不同时代的文学作品中反复出现并能激发读者情感反应的构思、形象或意象。比如英雄、大地母亲、智慧老人、魔鬼、月亮、香草、石头等原型，在中外文学作品中屡屡出现。就审美而言，正是集体无意识，把个体的种种经验和印象组织成了美的形式——对称、和谐和富有节奏感的简化形式。

荣格认为，文艺创作和原型之间存在着如下关系：

> 生活中有多少种典型环境，就有多少个原型。无穷无尽的重复已经把这些经验刻进了我们的精神构造中，它们在我们的精神中并不是以充满着意义的形式出现的，而首先是"没有意义的形式"，仅仅代表着某种类型的知觉和行动的可能性。当符合某种特定原型的情景出现时，那个原型就复活过来。①

在文学创作中，这种"没有内容的形式"好比是尚未冲洗的底片，有待于

---

① ［瑞士］荣格：《集体无意识的概念》，冯川等译，见《心理学与文学》，生活·读书·新知三联书店1987年版，第101页。

作家用自己的生活经验和创作行为将它显影成像，用荣格的话说就是"一个原始意象只有当其被人意识到并因此而被人用意识经验的材料充满时，它的内容才被确定下来"①。原型并不直接作用于创作，而是规范当下的创作，具有整合、归纳现实经验的作用。从这个意义上讲，文学创作几乎可以说是一种被动的行为，作家艺术家受"集体无意识"的支配。就像荣格说的，"艺术是一种天赋的动力，它抓住一个人，使他成为它的工具。艺术家不是拥有自由意志、寻找实现其个人目的的人，而是一个允许艺术通过他实现艺术目的的人"。所以在荣格看来，"不是歌德创造了《浮士德》，而是《浮士德》创造了歌德"②。

原型具有整合现实经验的功能，也是接受心理不可或缺的构成要素。源于人类最为遥远的记忆的原型是一种神话思维，原型体现了把神话英雄当作"想象性的类概念"来把握的特点，就是说由某一类人物概括起来所产生的形象就是原型。比如在原始时代，人们还没有"勇猛""精明"这类抽象概念，而是通过"阿喀琉斯""尤里西斯"来体会"勇猛"和"精明"所具有的精神特质。在这里，这两个人物并不仅仅是以比喻的方式来承载概念，而是同时具有了感性和精神的内容，以原型诉诸人们的感知。无论是神、人，还是一个过程，都会在历史进程中作为反复出现的形象，保留各种同类经验所留下的心理痕迹。从这个意义上讲，原型是一个典型的、反复出现的意象。就像荣格说的，"一旦原型的情境发生，我们会突然获得一种不寻常的轻松感，仿佛被一种强大的力量运载或超度。在这一瞬间，我们不再是个人，而是整个族类，全人类的声音一齐在我们心中回响"。③就是说，作家在创作中一旦表现了原型，就好像表达了人类的声音，使他的感受和思维从偶然、短暂提升到了永恒，形象的个人经验被纳入了人类的命运，而这种审美效果的形成，是因为把原型从无意识的深渊中发掘出来，作家个人的创作也因此获得了普遍的价值，使之能为同时代人接受，让人获得原型给予我们的酣畅淋漓、欣喜若狂的感觉。

原型和母题的区别在于，原型是一种源于文化传统的原始意象，主要表现为形象类型，而母题则是在叙事过程中历史形成的基本的叙事单元，具有叙述模式和形式结构的特点；二者的共同之处在于它们都是文化或文学传统的组成部分，生成于族群积累的人生经验，并在这些经验中积淀了族群共有的文化传统和审美习惯。创作受原型和母题影响的现象，反映了历史文化在现实生活中

---

① 转引[美]卡尔文·霍尔、沃农·诺德：《荣格心理学纲要》，张月译，黄河文艺出版社1987年版，第36页。

② [瑞士]荣格：《心理学与文学》，冯川等译，见《心理学与文学》，生活·读书·新知三联书店1987年版，第141、143页。

③ [瑞士]荣格：《论分析心理学与诗歌的关系》，冯川等译，见《心理学与文学》，生活·读书·新知三联书店1987年版，第121页。

的延续和传统价值观念对现实意识的浸渗，体现了传统文化观念和审美趣味对当下文学创作的制约。艾略特曾指出，诗人保留了其民族历史的完整层次，在迈向未来时，继续在精神上与自己的童年保持着联系，所以"艺术家比其同时代的人更为原始，也更为文明"①。说艺术家"更为原始"，是因为他们在文学创作中总爱振叶寻根、观澜溯源，从具有原始或原初意味的原型与母题中吸收创作灵感和精神营养；说他们"更为文明"，则是因为他们在创造性地运用那些原型和母题时，总是要融进自己对现实人生的理解和对审美理想的追求。

> 加拿大文艺理论家弗莱是原型批评理论的集大成者，其代表作《批评的剖析》被誉为20世纪原型批评理论的"圣经"。弗莱不像荣格偏重从心理学意义上解说原型，而是侧重从文学艺术角度去解说，他把原型界定为文学中反复出现的"意象"或"联想群"。在这个意义上说，作为象形文字的汉语与原型有着内在的关联。以"象"这个汉字为例，"象"就是大象的象形。象形字的来源是图画字，先民造字描摹一种物形，由于观察和表现上的偏差，显得不很逼真，经过长久训练后才能把物体画得逼真。当一头巨象的图画完成后，看画的人不约而同地喊出"象"，于是"象"这个字在汉语里面就成了"形象""想象""象征""象似"等语的词根。在这里，中国人关于"象"的概念之原型可以从这个字的最为古老的写法中直观地加以认识——甲骨文中的"象"就是当时中原地区常见的大象之写生符号。弗莱认为，批评家的职能之一，是重构或再造被历史所遗忘的诸如创造与知识、艺术与科学、神话与概念之间的原始联系。这一职能可以利用汉字的活化石作用来有效地完成。汉族先民通过感性直观，从大象这一庞然大物的表象中抽绎出与形象相关的各种概念。比如《周易》用卦爻符号象征自然和人事的变化，构成一种因象见义的象征思维模式，"是故易者象也，象也者像也"（《系辞》）。《周易》重"象"和"象征"的思维方式对中国文艺理论影响深远；而追根溯源，《周易》这一思想的文化原型实乃古汉语像"大象"之形的"象"。
>
> 参见唐兰：《古文字学导论》（影印本），齐鲁书社1981年版，第73页；弗莱：《作为原型的象征》，见叶舒宪《神话—原型批评》，陕西师范大学出版社1987年版，第146~166页；叶舒宪：《原型与跨文化阐释》，暨南大学出版社2002年版，第250~253页。

三、文学创作与创作个性

作为一种精神生产，文学需要独创性。因此，对于作家的创作来说，有无

---

① 转引自［美］韦勒克、沃伦：《文学理论》，刘象愚等译，江苏教育出版社2005年版，第87页。

创作个性至关重要，其直接影响到一个作家的创作生命和艺术成就。读者也往往根据作家的创作个性和由此形成的个人风格，来判断作家、作品的优劣。从这个意义上讲，作家的成就并不表现在他留下了多少作品，而是表现在他的作品是否显示了与众不同的创作个性。明代文论家高棅在《唐诗品汇总序》中说："今试以数十百篇之诗，隐其姓名，以示学者，须要识得何者为初唐，何者为盛唐，何者为中唐、为晚唐，又何者为王、杨、卢、骆，又何者为沈、宋，又何者为陈拾遗，又何者为李、杜，又何者为孟为储，为二王，为高、岑，为常、刘、韦、柳，为韩、李、张、王、元、白、郊、岛之制。辩尽诸家，剖析毫芒，方是作者。"①高棅虽然是对批评家讲的，认为有眼光的批评家应该仅凭作品就能识别作者。不过从另一面来看，也可以说他所列举的唐代诗人，都有自己的创作个性，所以即使隐去他们的姓名，读者也能从众多诗歌中找出他们的作品来。由此可见，创作个性是一个作家成熟与否的重要标志，它显示了作家在文学创作上的个人特点，所以歌德把创作个性视为作家"内心生活的准确标志"②，马克思则认为创作个性体现了作者的"精神个体性"③。

1. 创作个性与个性

创作个性是一个文学理论术语，与心理学术语"个性"有关但又有根本的区别。心理学所谓的个性又称为心理特征，是一个人特有的兴趣、气质、天赋、能力和性格等心理因素的总和。个性是以个人的生理素质为基础，受具体生活情境的影响，在长期社会实践中逐步形成、发展起来的；心理个性形成于人的社会化过程，这是一个人人都会经历的成长过程。所以从心理学上说，每个人都有自己的个性，区别仅在于有人的心理个性表现得鲜明、突出，有人却表现得隐蔽、含蓄。但是创作个性却并非每个作家都有，尽管从事文学创作的人都在追求。在文学史上，虽然毕生都在从事创作，然而至死也没有形成自己的创作个性的作家大有人在。其原因在于，创作个性是在创作实践中逐渐形成的，其体现为一个作家在观察生活、感受生活和艺术表现上都有自己的特点，并将这种创作上的个性特点保持下来，成为他的一种特色和标志。由此可见，创作个性的形成取决于创作实践，是作家在实践中不断总结自己的创作经验、追求自己的创作特色的结果。与个性的形成以生理素质为基础不一样，创作个性必须通过创作实践的不断探索和自觉追求才能形成。这说明在创作个性的生成过程中，主体因素的发挥起着决定性的作用。

---

① 高棅：《唐诗品汇总序》，见郭绍虞主编《中国历代文论选》第 3 册，上海古籍出版社 1980 年版，第 15 页。

② ［德］爱克曼：《歌德谈话录》，朱光潜译，人民文学出版社 1979 年版，第 39 页。

③ ［德］马克思：《评普鲁士最近的书报检查令》，《马克思恩格斯全集》第 1 卷，人民出版社 1956 年版，第 7 页。

尽管个性不等于创作个性，但是创作个性的形成却和个性有一定的关系。作为个人心理特征的体现，个性显示了一个人的性格、气质，在现实生活中会影响待人处世的方式。从这个角度看，个性显然会影响作家对生活的感受和理解，影响他对题材的选择和表现题材的方式。不过从创造心理学和文学的虚构性、想象性上讲，个性对文学创作的影响其实是非常复杂的，二者之间并不存在着必然的对应关系。因为，生活实践有可能使一个人的气质和他的创作取向截然不同，他也许会选择和自己的个性气质相反的对象，利用文学的虚构性，以心理补偿为动机来创作。此刻，参与文学创作的是与个性气质不同的另一种心理因素，从而使源于生理的气质在这里起不了直接或决定性的作用。这种创作心理就像霍兰德所说，"人所希望的，人亦害怕；人所害怕的，人亦希望"①。从这个意义上看，"文如其人"未必是一种规律，文不如其人倒是常见的现象，因为虚构权力和补偿心理有可能让一个作者在他的创作中去表现其本人实际上没有，但他又希望有的那种品格和个性。

> 钱锺书《谈艺录》在谈到扬雄的"心声心画"时指出："'心画心声'，本为成事之说，实渺先见之明。然所言之物，可以饰伪：巨奸为忧国语，热中人作冰雪文，是也。其言之格调，则往往流露本相：猖急人之作风，不能尽变为澄淡，豪迈人之笔性，不能尽变为谨严。文如其人，在此不在彼也。"钱锺书这里讲的实际上是"文不如其人"。
>
> 古今中外，这方面的言论颇多，兹举数例如下。南朝梁简文帝萧纲说："立身之道与文章异，立身先须慎重，文章且须放荡。"金代元好问评潘岳："心声心画总失真，文章宁复见为人。高情千古《闲居赋》，争信高仁拜路尘"。清代画家松年说："吾辈处事不可一事有我，惟作书画必须处处有我。我者何？独处一家之谓耳。"19世纪荷兰画家凡·高说："我愈是疯癫，就愈是个艺术家。"瑞士心理学家荣格认为艺术家是有两重性的人，他的外表与他的灵魂不相干，他的自觉意识与他的无意识原型不相干；韦勒克说，"艺术作品可以算是蕴藏着作家真实面目的'面具'或'反自我'"。
>
> 参见钱锺书：《谈艺录》，中华书局1984年版，第162~163页；元好问：《论诗三十首》，见郭绍虞笺释《杜甫戏为六绝句集解·元好问论诗三十首小笺》，人民文学出版社1978年版，第62页；俞剑华：《中国画论类编》，中国古典艺术出版社1956年版，第323~324页；荣格：《心理学与文学》，冯川等译，生活·读书·新知三联书店1987年版，第23页；韦勒克：《文学理论》，刘象愚等译，江苏教育出版社2005年版，第79~80页。

---

① ［美］霍兰德：《后现代精神分析》，潘国庆译，上海文艺出版社1995年版，第6页。

中国古代文论在讨论文学家的性格、气质和创作才能时，多用"才性"一词，这个概念与现代文学理论所说的创作个性极为接近。古代文论所说的才性，是指"才能禀赋"；其中的"才"，指文学家的创作才华、才藻、才能、才思；其中的"性"，指文学家的气质、个性、情性、德性。二者整体性地构成文学家的精神个性，即现代文学理论所说的创作个性。古代文论认为，作家的创作才能与气质个性一样，既有得之于先天和遗传的部分，也有得之于后天和习染的部分。前者即所谓的"必乏天才，勿强操笔"①；后者即所谓"学慎始习""功以学成"②。

2. 创作个性的特点

体现在创作过程和作品中的创作个性，主要表现在以下几个方面：

第一，审美理想与审美趣味上的个性化。在创作实践中，审美理想与审美趣味的个性化是指一个作家在切入生活的角度、观察生活的方式以及对生活材料的理解上，有他自己独特的、与众不同的特点。贾平凹的小说往往带有一种神秘意味，读他的某些作品总让人想起《聊斋》；池莉很关注小人物的生活，能从俗人俗事中发现生活的意味和乐趣。这些都表现了一个作家独特的审美追求，表现了由创作个性所决定的独特的审美方式和对生活的把握、理解。

第二，在艺术形象塑造和作品意蕴提炼上的个性化。创造什么样的艺术形象和挖掘、表现什么样的主题、意蕴，是创作个性的又一重要的表现。形象创造和意义挖掘，是作品构成中最基本的要素，也最能体现一个作家的特点。与众不同的创作个性往往集中地表现在作家从人们熟识的生活材料中创造出了让人耳目一新的形象，挖掘出发人深省的意蕴。鲁迅小说《伤逝》对爱情主题的处理，巴金塑造的高觉新形象，都体现了这样的特点。可以说，辨别一个作家有无创作个性的最佳方式，就是看他的作品在表现人们都熟悉的生活、形象和思想时，能让我们产生一种陌生和惊奇的感觉，让我们看到从未看到的东西。

第三，创作个性还体现在作家的艺术表现中。艺术表现的各种形式，如用何种体裁样式，语言操作的方式，修辞造句，甚至某种句法某些用词，都可以见出一个作家的创作个性来。例如，张爱玲喜欢用比喻，她的比喻常常用于表现内心感觉的特点，而且这种感觉多少都和人生悲凉有关，世态炎凉成为她的比喻所指的中心意象，体现了她在语言表现上的特点。

根据以上的讨论，可以这样界定创作个性：创作个性即体现于创作实践和创作结果中的个人特征，显示出一个作家在感受生活、理解生活和表现生活上的与众不同的个性特点。

---

① 颜之推：《颜氏家训·文章》，见郁沅等编选《魏晋南北朝文论选》，人民文学出版社1996年版，第435页。

② 刘勰：《文心雕龙·体性》，见范文澜《文心雕龙注》下册，人民文学出版社1958年版，第506页。

第二节　创作心理

在某种意义上说，研究"文学创作"的难度主要来自创作心理的复杂性和隐蔽性。作家在文学创作中的心理活动，不仅包括可以把握、可以分析的意识活动内容，而且还有许多难以把握的、与灵感思维相关以及属于潜意识的心理对象。而且从整体上说，作为创造性思维的创作心理本身就带有许多不确定的因素；活跃于其间的情感、想象、直觉等，往往因人而异也因时而异，在很大程度上与思维主体的个性有关。所有这些，都给创作心理研究带来了诸多不便。本章借鉴已有的普通心理学和文艺心理学的理论成果及分析方法，结合文学创作的心理实际，依次讨论几个与文学创作密切相关的心理因素，如动机、灵感、构思、想象、情感等；重点不在讨论这些因素的心理学特点，而是分析它们在文学创作中的功能和意义。

一、动机、艺术触发与灵感

讨论文学创作的心理活动，从发生程序上讲，首先需要关注的心理因素是创作动机，同时包括与创作动机相关的艺术触发和灵感。

1. 创作动机

心理学所说的动机，是指满足人的需要的活动动力，即导致行为发生的主观意图。文学理论所说的创作动机则指促使创作欲望和创作行为发生的心理原动力。创作动机的形成有着非常复杂的心理内涵，激发创作欲望的心理因素既有来自意识层面的，也有源于深层潜意识的，或者二者混杂在一起，就像心理学家阿瑞提所说的那样，在创造性的活动中"并不是一种动机而是几种动机混在一起的，其中有些是有意识的，有些是无意识的，某一方面或许占有优势"①。促发行为的动机并不都是来自主体意识到的需要，人的有些行为可能是无意识驱动的，真实的动机并不为主体所知，他体验到的其实只是掩盖了真实动机的假象。比如有的作家热衷于塑造高大英勇的人物形象，似乎意在褒扬和赞美他，但在作者的潜意识中，真实的动机也许是要为自己曾受的屈辱和卑污作辩解。文学理论所以关注创作动机，一方面在于批评的需要，分析创作动机有利于理解文本的意义，特别是潜藏的意蕴；另一方面则是因为惊异于作家们的想象和创造，不能不追问是什么愿望、意图，激发了作家的想象，使他能够虚构出一个如此诱人的艺术世界。

在西方文论史上，较早涉足于动机研究的是亚里士多德，他用人的模仿天

---

① ［美］阿瑞提：《创造的秘密》，钱岗南译，辽宁人民出版社 1987 年版，第 39 页。

性来解释创作动机和欣赏动机的发生。他说：

> 作为一个整体，诗艺的产生似乎有两个原因，都与人的天性有关。首先，从孩提时代起人就有模仿的本能。人和动物的一个区别就在于人最善模仿，并通过模仿获得了最初的知识。其次，每个人都能从模仿的成果中获得快感。①

这个解释今天看来显然过于一般化了，现代心理学则更多地把创作动机的形成视为个体欲望的表现和宣泄，其中以弗洛伊德精神分析学的解释影响最大。弗洛伊德强调文学创作动机的形成与他称之为"白日梦"的心理现象有关，认为"幻想的原动力是没有得到满足的愿望，每一次幻想是一个愿望的满足，就是对令人不满的现实作了一次改正"②。这个解释强调作家创作动机的形成，是因为艺术的虚构和想象能够满足他在现实生活中难以实现的欲望和理想。根据白日梦理论，弗洛伊德还对文学创作研究提出了这样的建议："以研究幻想为起点，进而探讨作家选择文学素材的问题。"③

以想象和虚构来弥补现实缺憾构成了创作深层动机的说法，并非毫无根据，古今中外许多作家对其创作原因的描述，都可以说明某些创作动机确实与之有关。例如清代的戏曲理论家李渔谈到戏曲创作时就指出，戏曲的虚构和人们的愿望有关："我欲做官，则顷刻之间便臻荣贵；我欲致仕，则转盼之际又入山林；我欲做人间才子，即为杜甫、李白之后身；我欲娶绝代佳人，即作王嫱、西施之元配……"④对现实生活极为敏感的作家，很容易生成丰富的心理感受，对生活中的矛盾冲突有着超出常人的体认，从而产生了排除匮乏的愿望，这种心理状态对创作动机的形成有很大影响。日本文艺理论家厨川白村认为文学是"苦闷的象征"，也把释放或转移"苦闷"的愿望视为创作的动机。他认为作家都有表现个性的强烈愿望，但是这种愿望常常受到现实生活的束缚和压抑，苦闷挣扎因此成为人类生存的状态，文学创作正是人们想方设法脱离这种苦境的一种办法。高尔基就曾说过，"由于'令人苦恼的贫困生活'对我的压力，还因为我有这样多的印象，使得'我不能不写'"⑤。文学创作的虚

---

① ［古希腊］亚里士多德：《诗学》，陈中梅译，商务印书馆1996年版，第47页。

② ［奥地利］弗洛伊德：《创造性作家和白日梦》，黄洪熙译，见戴维·洛奇编《二十世纪文学评论》上册，上海译文出版社1987年版，第68页。

③ ［奥地利］弗洛伊德：《创造性作家与白日梦》，黄洪熙译，见戴维·洛奇编《二十世纪文学评论》上册，上海译文出版社1987年版，第74页。

④ 李渔：《闲情偶记》，见《中国古典戏曲论著集成》第7卷，中国戏剧出版社1959年版，第54页。

⑤ ［苏］高尔基：《谈谈我怎样学习写作》，孟昌等译，见《论文学》，人民文学出版社1978年版，第166页。

构和想象在某种程度上也确实能够消解人的穷愁和苦闷，使穷贱易安，幽居靡闷，这说明创作行为的发生与缺乏性动机即源于缺乏和痛苦的动机有关。正是在这个意义上，人们认为艰辛的生活要比安逸的日子更能造就作家。

> 美国心理学家克雷奇等人在研究中将显在动机分为缺乏性与丰富性两类，指出丰富性动机是"与生存和安全动机相反的类型，可称为满足和寻求刺激的动机，对探索、理解、创造、成就、爱情或自我尊敬感的渴望，所有这些欲望完全不是为排除痛苦和危险的"。而缺乏性动机起于机体内的缺乏和痛苦，其特征是排除缺乏、避免危险、逃避威胁，从而消解心理紧张，减缩张力，维护生存和安全。
>
> 美国心理学家格里格等人指出，研究动机可以帮助我们了解以下五个方面的问题：把生物学和行为联系起来；解释行为的多样性；从公开的行动来推断内心的状态；将责任感赋予行动；解释逆境中的意志。
>
> 他们的理论对认识创作动机有一定的参考价值。
>
> 参见［美］克雷奇等：《心理学纲要》下册，周先庚等译，文化教育出版社1981年版，第379～388页。［美］格里格等：《心理学与生活》，王垒等译，人民邮电出版社2003年版，第325页。

屈原忧愁幽思而作《离骚》，可以说是起于缺乏性动机。司马迁在论及屈原时曾大发感慨："夫天者，人之始也；父母者，人之本也。人穷则反本，故劳苦倦极，未尝不呼天也；疾痛惨怛，未尝不呼父母也。"①使我们意识到环境险恶、世道炎凉、命途坎坷、遭遇穷愁，很容易酿成作家的心灵苦痛，失去心理平衡，从而产生缺失性心理体验，《离骚》的写作说明了这种心理状态极容易转化为创作动机。如果说缺乏性动机是对痛苦的宣泄，那么丰富性动机则是对欢乐的渴望，对成功、爱和自我实现的追求。人的丰富性动机超出了直接的生存需求，表现为一种对人的"自我确证"的需要。歌德写《少年维特之烦恼》缘于"失恋之苦痛"这一缺乏性动机，而写《浮士德》则是缘于"人的自我确证"这一丰富而宏大的文化动机。有学者将中国古代的文学观概括为"以文为用、以文为哭和以文为戏"②，就创作动机而论，"以文为哭"是缺乏性的；而"以文为用"和"以文为戏"，则分别体现了文化意义上的"化成天下"和超越实际功利的"游于艺"，具有丰富性特征。

在西方，同样是以潜意识来解释艺术创造的深层动机，荣格却与弗洛伊德不同，他主张用集体无意识而不是个体无意识来解释文学的创作动机。荣格认

---

① 司马迁：《屈原贾生列传》，见《史记》第8册，中华书局1959年版，第2482页。

② 参见王先霈：《国学举要·文卷》，湖北教育出版社2002年版，第23～34页。

为,文学创作的发生以心理的和幻觉的两种方式进行,"我想把艺术创作的一种模式叫做'心理的',而把另一种模式称为'幻觉的'。心理的模式加工的素材来自人的意识领域,例如人生的教训、情感的震惊、激情的体验,以及人类普遍的危机,这一切便构成了人的意识生活,尤其是他的情感生活"。①其构成了创作的显在动机,使材料服从于直接的、有意识有目的的要求。而幻觉模式则涉及集体无意识,"为艺术表现提供素材的经验已不再为人们所熟悉。这是来自人类心灵深处的某种陌生的东西……这是一种超越了人类理解力的原始经验"②,由此形成的创作动机具有不期而至的特点,与原型即那些反复出现的意象、故事和想象有关。作家正是受了集体无意识或原型的影响,才创造出了触及他的民族之魂的伟大作品。荣格把弗洛伊德所注重的个体心理扩展到民族心理,又把民族心理看作代代相传的积淀物,集体无意识正是由这些积淀物所构成,作家创作的潜在动机即根源于这种集体无意识。

有不少作家自觉地把自己的创作动机与群体的需求和意志连接在一起,是为了实践他的社会理想,实践他作为民族、阶级和人类的一个成员的义务。鲁迅曾说:"我也并没有要将小说抬进'文苑'里的意思,不过想利用他的力量,来改良社会。……所以我的取材,多采自病态社会的不幸的人们中,意思是在揭出病苦,引起疗救的注意。"③这里面当然也包含了作家对社会黑暗现实的愤慨和批判;伟大作家的创作动机,总是与社会大众的心理愿望息息相通。

以上只是关于创作动机的一般性讨论,其实在文学创作实践中,创作动机的生成原因要复杂得多。正如阿诺·理德所说:"艺术家进行创作的动因,这包括了他过去所有的生活状况,他在创作时的身心状况、意识和气质。包括所有能引起灵感现象的一切情况。这些情况严格说来可以包括直到艺术家所描写的那件事情为止以前的全部宇宙的历史。"④因此在具体研究时,应注意创作动机的形成与作家生活经历和创作经验的各种关联。

2. 艺术触发

由动机驱使,作家进入了创作状态,于是有了与创作实践密切相关的艺术触发。艺术触发是指在创作动机的驱使下,现实生活的某种因素激发了作家的创作欲望,使之进入创作实际操作的过程。形成艺术触发的标志,是作家产生

---

① [瑞士]荣格:《心理学与文学》,冯川等译,见《心理学与文学》,生活·读书·新知三联书店1987年版,第127页。

② [瑞士]荣格:《心理学与文学》,冯川等译,见《心理学与文学》,生活·读书·新知三联书店1987年版,第129页。

③ 鲁迅:《我怎么做起小说来》,《鲁迅全集》第4卷,人民文学出版社2005年版,第525、526页。

④ [英]阿诺·理德:《艺术作品》,朱狄译,见《美学译文》第1辑,中国社会科学出版社1980年版,第90页。

了强烈的创作欲望和进入写作状况的基本思路。艺术创作不同于其他写作，仅仅从理论上、思想上认识到写作的重要性而没有创作的欲望和具体的感受，还是难以进入创作必须的心理状态。对文学创作的理解有一个常见的误区，那就是把某些与创作冲动没有直接关系的想法、要求、任务、使命，错当成与创作直接相关的要素了，甚至认为这些外在于创作的因素就可以成为激发创作的直接动机。其实，没有艺术触发激起的欲望和启发的思路，是不可能写出好作品的。文学创作不是模式化的写作，不可能遵循某种规则或套路就能实现。作为一种创造性的精神生产，文学创作需要激情、欲望、冲动。从心理活动上讲，这个过程要求作家全身心地投入，要求调动多种心理要素。唯有如此，才可能推动作家进入创作的临近状态。

从时间上讲，艺术触发可以分为当下性的和长期性的。当下性的艺术触发是指创作冲动的即时形成；长期性的艺术触发则是指创作欲望的萌生经历了一个酝酿过程。一个作家的艺术触发属于哪一种，与生活经验的积累、创作个性的特点和触发因素的刺激都有关系。一般地说，已有较为充足的经验积蓄和思想准备，发生当下性艺术触发的机会较多。反之，则多为长期性的艺术触发。艺术触发的两种情况，其实也有内在的联系。当下性艺术触发虽然就发生而言是即时的，但需要以生活经验的积累为基础。而长期性艺术触发虽然有一个日积月累的过程，可是创作欲望的激发还是需要某种因素的干预，而有可能刺激创作冲动的种种因素，往往可遇而不可求，带有某种机遇性。

有两种因素与艺术触发的形成有密切的关系。其一是素材的积累、孕育、消化，可以使创作处于积蓄待发的状态；其二是某种生活因素的介入，冲撞、激发了积累的素材和经验。艺术触发的著名的例子是列夫·托尔斯泰在写作小说《哈吉·穆拉特》时的一次经历。托尔斯泰是这样描述的：

> 昨天，我穿过一片刚刚犁过的黑土田地。一眼望去，除了黑土以外，什么也没有，连一根绿草也看不到。可是在尘土飞扬的灰秃秃的路旁，却长着一棵鞑靼花（牛蒡），这棵花有三条幼枝，一条已经断了，断枝头上挂着一朵沾满了泥的小白花，另一条也折断了，上面沾满污泥，黑色的残枝显得垂头丧气，十分肮脏；第三条幼枝向旁边伸出去，虽然也因为蒙上灰尘而变黑了，但还活着，中间部分还是红红的。这使我想起了哈吉·穆拉特。我真想把一切都写出来。在这一片田野上，只有它把生命坚持到最后，不管怎样总算坚持下来了。①

①　转引自［苏］赫拉普钦科：《作家的创作个性和文学的发展》，满涛等译，上海人民出版社1977年版，第24～25页。

一棵脆弱却有顽强生命力的牛蒡花，让托尔斯泰感受到了弱者生命的执著和抗争的勇气，这个偶然的现象打开了作家构思小说的思路，使作家找到了进入创作状态的感觉和思想。牛蒡花给予作者的启发，就是所谓的艺术触发。这个事例说明，艺术触发源于生活素材和作家意向的碰撞。碰撞让作家找到了感觉，产生了思想，甚至有了写作的结构和线索，使原来还是混沌的、不明确的经验感受和零散的生活素材，一下子被这种偶然因素照亮了，作家的想象因此活跃起来，形象开始生动，结构逐渐清晰，意向得到凝聚，于是形成了创作冲动。艺术触发往往带有机遇性说明，引发艺术触发的因素可以是多种多样的，一个故事，一件物品，一个细节，一种念头，有时甚至是一句话，一个动作，都有可能成为激发创作欲望的因素。从这个意义上说，艺术触发的形成有时候会伴随着所谓的灵感现象。

3. 灵感

阿瑞提指出："创造者的另一种动机可能是来源于他所具有的非常活跃的或者是强烈的想象力，这种情况的形成是出于生物学原因或是其他至今还不清楚的原因。"[①]这种说不出原因的、非常活跃的想象力，从功能上讲是引发创作的临近动机，从心理活动的特点上讲就是灵感。灵感是指创作过程中由于思维紧张、情绪高涨而导致的一种感悟，这种感悟对创作的认识和作家的想象而言是一种飞跃。灵感的发生具有偶发性、短暂性、亢奋性和创造性的特征。柏拉图是西方文论家中最早讨论灵感现象的，他说，诗人如果"不得到灵感，不失去平常理智而陷入迷狂，就没有能力创作"；而灵感在他看来则是源于神的启迪，它使诗人进入不能自己的迷狂状态，"若是没有这种诗神的迷狂，无论谁去敲诗歌的门，他和他的作品永远站在诗歌的门外"[②]。柏拉图把灵感的发生归为神授，虽然指出了灵感具有感性直觉而非意志可控的特点，但因此将其神秘化显然缺乏说服力，不过他强调灵感具有创造性和偶发性，能够带来创作的飞跃，则是符合灵感的实际。

关于灵感，中国作家亦时常论及，如明代戏剧家汤显祖根据自己的创作经验，对灵感做了这样的描述："自然灵气，恍忽而来，不思而至，怪怪奇奇，莫可名状。"（《合奇序》）苏轼把捕捉灵感比作追索逃犯，说"作诗火急追亡逋，清景一失后难摹"，强调了灵感具有瞬息即失的偶发特点。郭沫若自述在写《凤凰涅槃》时，突然感到有诗意袭来，便在纸上东鳞西爪地写出那首诗的前半部分。晚上睡觉前，灵感又发生了，于是伏在枕上用铅笔火速地写出了诗的后半部。他还说在灵感发生时全身作寒作冷，牙齿打战。这些描述表现了灵

---

① ［美］阿瑞提：《创造的秘密》，钱岗南译，辽宁人民出版社1987年版，第38页。

② ［古希腊］柏拉图：《文艺对话录》，朱光潜译，人民文学出版社1979年版，第7~8页。

感发生时的亢奋性，即灵感的来临使作家陷入了精神高度兴奋的状态，有时甚至近乎于柏拉图所说的迷狂。郭沫若创作《地球，我的母亲》一诗的过程是说明灵感现象的好例。他说："《地球，我的母亲》是民八学校刚好放了年假的时候做的，那天上半天跑到福冈图书馆去看书，突然受到了诗兴的袭击，便出了馆，在馆后僻静的石子路上，把'下驮'（日本的木屐）脱了，赤着脚踱来踱去，时而又率性倒在路上睡着，想真切地和'地球母亲'亲昵，去感触她的皮肤，受她的拥抱……在那样的状态中受着诗的推荡，鼓舞，终于见到了她的完成，便连忙跑回寓所把她来写在纸上，自己觉得就好像真是新生了的一样。"①

从郭沫若的描述中可以看出，灵感的迷狂状态并非真的失去了理智，而是作家在精神专注于艺术创造和艺术想象时所产生出来的思绪腾飞、高度兴奋的心理状态。从心理形式上看，灵感状态是非理智的，带有直觉性，但是如果考虑到作家为创作正处于紧张的思维之中，以及时代风云给予诗人的影响，那么我们就会发现，灵感的形成和作用还是要靠精神状态和生活经验做基础的。灵感不期而至，带有偶发性，但是被调动起来的记忆、感受、体验，却是长期积累起来的，更融入了诗人对时代、民族、历史的思考和理解。在这个基础上，才会发生思绪纷飞，使平时苦苦构思而未得到的形象、主题、情节、意境等，此时突然涌现出来。许多奇妙不凡的构思、出神入化的场景、隽永闪光的语言，都在这个时刻涌现，形成所谓"意静神王，佳句纵横，若不可遏，宛若神助"②的情况。灵感思维的出现带来了创造力的爆发，富于创造性正是灵感思维的本质特征。

西方文论一般强调灵感"动"的一面，而中国文论则看到灵感思维的"动中之静"。陆机《文赋》谈到灵感时说：

> 若夫应感之会，通塞之纪，来不可遏，去不可止。藏若景灭，行犹响起。方天机之骏利，夫何纷而不理。……及其六情底滞，志往神留，兀若枯木，豁若涸流，览营魂以探赜，顿精爽而自求。理翳翳而愈伏，思轧轧其若抽。是故或竭情而多悔，或率意而寡尤。③

灵感思维的突发、突变、突破等特征，均可见出灵感是"动"之极致，陆机所说的"天机之骏利""行犹响起"，就是灵感之"动"。但他同时又指出灵

---

① 郭沫若：《我的作诗的经过》，见《中国现代作家谈创作经验》，山东人民出版社1980年版，第42页。

② 皎然：《诗式》，见何文焕辑《历代诗话》上册，中华书局1981年版，第31页。

③ 陆机：《文赋》，见张少康《文赋集释》，上海古籍出版社1984年版，第168页。

感是动静兼备、动静相济的，"应感之会"也就是"通塞之纪"，通则动，塞则静，"兀若枯木，豁若涸流"便是喻灵感之"静"。灵感的或动或静都是瞬间发生的事，难以捉摸，故陆机自叹"吾未识夫开塞之所由"。动静之由系于天机，非人力所及，因此要顺其自然，不可强求，这就是"率意而寡尤"，否则便会"竭情而多悔"。正是看到了灵感的动中之静，陆机主张诗人在创作前应"伫中区以玄览"，在创作中应"课虚无以责有，叩寂寞而求音"①。刘勰也提出了"陶钧文思，贵在虚静"②的看法。苏轼则根据自己的创作经验，认为"欲令诗语妙，无厌空且静"③……这些说法表明，中国古代文论十分重视灵感发生和虚静心态之间的关系。认识灵感的静态特征，不仅有助于探索灵感思维的心理奥秘，而且还有助于创作心态的调整。以静待动，以静养动，以宁静的心态诱发灵感，也有心理学的依据。心理学认为，大脑皮层的基本神经过程是兴奋与抑制的统一，以动为特征的"兴奋"和以静为特征的"抑制"，共同构成大脑皮层的正常机能，二者缺一不可。灵感作为心理上的优势兴奋中心，必然含有抑止成分，虚静心态有利于两种心理因素的协调，更何况心理诱导的实质就是在兴奋过程中通过每次兴奋强化它的对立面。根据心理学的正诱导规律，抑制能够引起兴奋，虚静能够滋养激情。美国传记作家亨利·托马斯甚至认为，贝多芬的耳聋是为他的天才之花准备的土壤，寂静使他捕捉到了天堂的和声。

二、艺术构思与想象

刘勰的《文心雕龙》以"神思篇"统驭创作论，他所说的"神思"兼及构思与想象，可以说"神思"即构思之中的想象或想象之中的构思。在刘勰看来，想象是启动并完成艺术构思的主要方式；构思则是想象驰骋其间的一个完整过程。对艺术思维的这种整体性的把握，要比那种看起来条理分明的逻辑分析，更接近创作心理的原生态。艺术构思即创作构思，是文学创作中最为重要的阶段，它几乎涵容了文学创作过程中可能涉及的所有心理现象，如前面已谈到的动机与灵感，以及后面将要谈到的想象、情感和理性等。

1. 艺术构思的目的

艺术构思是指创作主体以虚构想象的方式，对创作素材进行选择、提炼、加工、改造，使之凝聚成一个体现了创作意图的艺术整体的思维过程。具体来

---

① 陆机：《文赋》，见张少康《文赋集释》，上海古籍出版社 1984 年版，第 64 页。

② 刘勰：《文心雕龙·神思》，见范文澜《文心雕龙注》下册，中华书局 1958 年版，第 493 页。

③ 苏轼：《送参寥师》，见王文诰辑注《苏轼诗集》第 3 册，中华书局 1982 年版，第 906 页。

说，这个过程可以人为地分解为孕育形象、探索形式、建立结构和提炼意蕴等环节；但是就构思的实际情况而言，它们其实是混杂为一体的。艺术构思是文学创作中极其重要的一个过程，这种重要性在于，只有通过构思活动，才有可能将生活素材转化成审美对象，使种种想象结构成整体意象，为进入写作打好基础。鲁迅在谈到自己的创作经验时说，他的写作是在"静观默察，烂熟于心，然后凝神结想"之后，"一挥而就"的[①]。鲁迅说的"静观默察，烂熟于心，然后凝神结想"，就是艺术构思的过程。

　　* 作为文学创作中的主要环节，艺术构思的目的和特质在于创造性，即通过想象、虚构，创造出一个不同于现实世界的艺术世界。正如黑格尔所说，"艺术作品既然是心灵产生出来的，它就需要一种主体的创造活动，它就是这种创造活动的产品，……这种创造活动就是艺术家的想象"[②]。要把生活素材升华为审美对象，艺术构思必须孕育和创造不同于现实生活的艺术形象。人们常说创作源于生活，这说明文学创作不能脱离生活经验、生活材料；但是，文学创作之所以是创造，更重要的是它要在现实生活提供的材料的基础上，生产出高于现实生活经验的思想感情，创造出现实生活中没有的艺术形象。从这个意义上说，艺术构思不是对已有的生活经验的梳理和修饰，也不是对现实生活经验的复制和延伸，艺术构思应该是对现实经验的超越和提升。为此，艺术构思活动展开的前提是中断现实生活经验，进入一个想象的世界。迈不出这一步，就不可能有艺术构思和艺术创造。让自己的想象拘泥于生活经验和现实材料的作者，不可能产生好的艺术构思。艺术的创造性始于艺术构思对现实经验的超越和虚构想象的介入。所以，从心理特征上说，艺术构思就是展开想象。

　　　作家毕飞宇和评论家张钧就生活经验与想象的关系曾有如下对话：

　　张钧：……我总觉得，人活到哪个份上，才能写到哪个份上。……如果仅仅依靠想象性的经验，我想你也许能够写出很灵动的东西，但很难写出很沉痛的东西。有的东西靠想象可以获得，而有的东西只有靠体验才能得到，尤其是一些比较个人化的东西。……

　　毕飞宇：……想象是什么？就是由这个经验到那个经验的飞跃。经验本身，它是一个具有很强升华力的东西，它的升华力之所以形成，靠的就是作

---

① 鲁迅：《〈出关〉的"关"》，《鲁迅全集》第6卷，人民文学出版社2005年版，第538页。

② ［德］黑格尔：《美学》第1卷，朱光潜译，商务印书馆1979年版，第356页。

* 请访问爱课程网→资源共享课→文艺学系列课程/孙文宪→第34讲
（03：00～08：29）。

家的意愿与想象……我们经常听一些阅尽人间春色的人给我们讲，他们的经验多么多么丰富呀，但是他们就是写不出，原因是什么，就是他们的经验缺少想象，没有升华力，没有由此及彼的功能。换句话说，作为个体的人来讲，他们没有非常丰富的想象去带动他们的经验，所以那种经验对他们来说是死的，没有任何形而上的意义，顶多是生活本真意义上的，但这种生活的经验又有什么意义呢？

张钧：可以说想象性经验就是文学之所以成为文学的一种表征。

毕飞宇：是这样的。在这里，我绝不否定经验对于一个作家的重要性，只不过强调了作家的某一种能力。

张钧：《历史缅怀与城市感伤——毕飞宇访谈录》，见《小说的立场——新生代作家访谈录》，广西师范大学出版社2002年版，第119页。

中国古代文论很早就认识到想象对于文艺创作、艺术构思的重要性。中国古代文论史上第一篇系统讨论创作问题的《文赋》，对想象在艺术构思中的作用作了生动的描述和细致的分析：

其始也，皆收视反听，耽思傍讯，精骛八极，心游万仞。其致也，情曈昽而弥鲜，物昭晰而互进。倾群言之沥液，漱六艺之芳润。浮天渊以安流，濯下泉而潜浸。于是沈辞怫悦，若游鱼衔钩而出重渊之深；浮藻联翩，若翰鸟缨缴而坠曾云之峻。收百世之阙文，采千载之遗韵。谢朝华于已披，启夕秀于未振。观古今于须臾，抚四海于一瞬。[①]

这段描述指出了艺术构思活动中的想象具有这样一些特点：其一是"精骛八极，心游万仞"，艺术构思的想象需要以现实生活的经验和材料作为想象的基础，后来刘勰更明确地把想象的这个特点概括为"神与物游"。其二是"观古今于须臾，抚四海于一瞬"，艺术想象不受时间和空间的束缚与限制，它可以穿梭于古今之间，可以在瞬间之中把握。这个见解上承司马相如的"赋心"说，又为刘勰的"神思"论奠定了基础。其三，陆机说艺术想象具有"思涉乐其必笑，方言哀而已叹"的特点，揭示了想象过程中包含着丰富的情感活动，刘勰的"神用象通，情变所孕""登山则情满于山，观海则意溢于海""谈欢则字与笑并，论戚则声与泣偕"等，都是对这个观点的进一步发挥。其四，指出艺术想象具有"情曈昽而弥鲜，物昭晰而互进"的特点，说明陆机已经认识到想象具有推动构思深化的功能，认识到思想感情和艺术形象都是在丰富多彩的

---

① 陆机：《文赋》，见张少康《文赋集释》，上海古籍出版社1984年版，第25页。

想象过程中逐渐形成的。可以说，陆机关于想象的上述讨论，基本上概括了艺术构思中想象活动的重要特点。

作为文学创作活动的一个重要环节，艺术构思的具体目标是孕育形象、酝酿意蕴和安排结构。

其实，从产生创作冲动的那一瞬间，艺术构思就已经开始了对意蕴的酝酿、开掘和把握。创作冲动的萌发源于作家的感悟，对感悟的咀嚼、品味、分析，是对意蕴或主题的酝酿和把握。只有捕捉到那种激发了创作激情和欲望的东西，意蕴或主题的酝酿才有了衍生的土壤，形象的孕育才有了生动起来的灵魂，结构的安排才形成沟通思路的脉络；意蕴或主题的酝酿是在形象孕育和结构探索的过程中逐渐形成的。伴随着意蕴或主题的生成，是对题材的开掘，于是有了作家对题材本身蕴含的意义的深化、突破或转移，从而使得题材中所包含的一切都有了艺术的光泽和审美的韵味，并且会反过来映照意蕴或主题。主题的提炼与题材的开掘相互往复，作家正是通过这种互动往复的过程，使自己的艺术构思完善、精致起来。

意蕴或主题的提炼、开掘过程，亦是意象或形象的孕育过程。我们用"孕育"这个概念，是要用"十月怀胎"的生命现象喻指"形象生成"的特点。作家受现实生活的冲击和感动，发现他所要描写的生活原型，这就好比"受胎"，"然后，他就全神贯注在这个胚胎上。他用生动的生活感受和印象作为原料，用自己的心血和思想感情作为营养，来不断地培育和滋补胎儿"[①]，并热切地盼望着一个新生命的降临。老舍"骆驼祥子"这一人物形象的"受胎"，缘于与朋友的一次闲谈。朋友随便说起在北平时曾用过一个车夫，这个车夫自己买了车，又卖掉，如此三起三落，到最后还是受穷。朋友简单的叙述引起作家的创作冲动，老舍当时就说："这颇可以写一篇小说。"随后，艰苦而复杂的"孕育"开始启动，"由1936年春天到夏天，我入了迷似的去搜集材料，把祥子的生活与相貌变换过不知多少次——材料变了，人也就随着变"[②]。在不断地变换之中，在素材的取舍和意蕴的开掘之中，一个新的艺术生命——骆驼祥子——便唤之欲出了。艺术形象的孕育，较为常用的方法是鲁迅说的"杂取种种人，合成一个"[③]。列夫·托尔斯泰也说，"如果只是以一个人为模特儿，那么写出来的人物毫不典型，只是某种个别的，特殊的和不会引起注意的东西。而恰好需要的是从某个人物身上取得其主要的特征，再补充所看的其他人物的特征。这样就会典型了。要塑造一个具体的典型，需要观察

---

① 蒋孔阳：《形象与典型》，百花文艺出版社1980年版，第67页。
② 老舍：《我怎样写〈骆驼祥子〉》，《老舍论创作》，上海文艺出版社1982年版，第44页。
③ 鲁迅：《〈出关〉的"关"》，《鲁迅全集》第6卷，人民文学出版社2005年版，第538页。

许多同一类型的人"①。当然，也有专用一个人作生活原型的，但对于文学创作来讲，这种现象相对而言要少。

结构的安排看起来是个较为单纯的技术性工作，其实不然。结构对于意蕴或主题的显现，对意象或形象的创造，都有相当的影响。列夫·托尔斯泰在谈到艺术形式时说，只要对艺术形式的无限小的要素稍有破坏，就会导致艺术效果的彻底毁灭。他说："我曾经在什么地方引用过俄国画家勃留洛夫关于艺术所说的一句至理名言，我不能不在这里再引用一下……勃留洛夫在修改学生的习作时，只是在一些地方改动了那么一点，一幅蹩脚的、没有生气的习作马上就变活了。一位学生说：'瞧，只动了一点点，就整个改观了。'勃留洛夫说：'艺术就开始于这一点点开始的地方。'他用这句话说明了艺术最大的特点。"②托尔斯泰的意思是，艺术始于形式开始出现的地方，由此可见形式结构的安排在艺术构思中的作用。

意象派诗歌的著名篇章、庞德的代表作《在一个地铁车站》，仅有两行："人群中这些面孔幽灵一般显现；/湿漉漉的黑色枝条上的许多花瓣。"据庞德回忆，这个小小的镜头是偶然在巴黎地铁车站上获得的，让他激动的印象促使他写下了一首三十一行的诗，但他不满意，信手撕了。半年之后，他又为这个印象写了一首十五行的诗，仍然不满意，感到表现的强度不够。又过了一年，他终于在不懈的努力下，把这个印象浓缩为两行，觉得这首小诗"密实可喜"，自认为达到了期望的境界。

马科斯·坎利夫认为，这首诗的创作"时间因素似乎很重要，宛如酒之醇化"，在对印象沉思默想的过程中，诗人的艺术思维渐入佳境。

诗的结构形式也很重要，上下两句形成了两组形象的对应：模糊的面孔/黑枝条上的花瓣。这种结构形式和这组对应的形象，突出了诗人对印象、直觉的表现；两组形象之间相互映衬，使一种神秘的深层意味隐含于其中。由此可见，诗的结构形式对意象的创造起了作用。甚至可以说，结构形式就是意象的构成成分。回过头再去想，最初的那首三十一行的诗和后来的那首十五行的诗，怎么可能表现现在这么丰富的内容呢？结构形式对于艺术构思和艺术表现的作用，由此可见一斑。

参见辜正坤：《世界名诗鉴赏词典》，北京大学出版社1990年版，第642～643页。

---

① 转引自〔苏〕古谢夫：《托尔斯泰是怎样进行创作的》，冯增义译，见《俄国作家批评家论列夫·托尔斯泰》，中国社会科学出版社1982年版，第458页。

② 转引自〔苏〕维戈斯基：《艺术心理学》，周新译，上海译文出版社1985年版，第42页。

2. 想象和艺术构思的关系

艺术构思中的想象活动似乎天马行空，其实是有限制的，这个限制来自文学创作与想象之间的关系：想象始终是在创作动机和目的的驱使下展开的；想象的空间无限，然而想象的起点和归宿却和创作动机相联。

具体来说，想象受制于创作首先体现在想象活动要受生活经验的限制，也就是鲁迅说的，艺术家的想象"归根结蒂，还是不能凭空创造。描神画鬼，毫无对证，本可以靠了神思，所谓'天马行空'似的挥写了，然而他们写出来的，也不过是三只眼，长颈子，就是在常见的人体上，增加了眼睛一只，增长了颈子二三尺而已。这算什么本领，这算什么创造？"①鲁迅的意思是说，文学的想象虽然自由，但是还必须服从艺术创造的规律，即想象和虚构的目的在于创造一个高于现实生活的艺术世界，让人能从艺术的虚构中看到生活的真实，加深对社会人生的理解。所以艺术构思中的想象应是基于人生体验的想象，而不是胡思乱想。

其次是艺术构思的想象活动还要受制于创作的意图或目的，想象和虚构的最终目的是完成艺术创造。具体说来，想象要有助于形象和意象的创造，要能够深化和拓展主题，总之，想象是实现艺术创造的手段、方式和途径。只有在这个前提下，想象对于文学创作才是有意义有价值的。

第三，艺术想象还要受文化传统和创作成规的制约。从现象上看，想象活动似乎仅仅依赖于作为创作主体的个人，似乎完全是自由的。即使说想象有限制，好像也只是关系到想象主体个人的生活经验，与其他因素并无关系。其实，因为任何个人创作都是在一定的文化传统和艺术成规中进行的，所以无论自觉与否，他的想象都要受到传统和成规的影响。它们以民族心理、文化原型、思维模式、意象类型、修辞方式、话语操作、结构形式等形态，几乎无处不在地隐含在创作过程之中，对创作主体的想象产生或大或小的影响。

艺术构思作为一个复杂的心理活动过程，实质上有各种各样的心理因素参与其间，其中包括情感、联想、记忆、意志、分析、判断、推理等。从这个意义上说，艺术构思是一种综合性的心理活动，讨论文学创作需要对这些心理因素做全面的把握。但是就艺术构思的性质而言，想象居于核心地位，各种心理因素从根本上说都是围绕着想象展开的，它们的出现、介入，最终也是为了激发想象。所以，对艺术构思的研究需要围绕着想象活动进行。换言之，我们可以把艺术构思理解为一种有诸多心理要素参与其间的"心理流"，它们共同构成了创作心理活动的整体；而在各种心理要素参与的流动过程中，想象始终是一条主流。

---

①　鲁迅：《叶紫作〈丰收〉序》，《鲁迅全集》第 6 卷，人民文学出版社 2005 年版，第 227 页。

　　西方文学理论对想象的认识经历了一个发展过程。古希腊的文艺理论忽视想象在艺术创造中的作用，亚里士多德在他的《诗学》里根本没有提及"想象"，古希腊的哲学和心理学虽然有所涉及，但是对想象的看法却是歧视甚至敌视的。只有阿波罗尼阿斯是个例外，把想象和造型艺术联系起来并给予了很高的评价。后世的古典主义理论一方面承认想象是文艺创作的主要特征，另一方面又把想象视为正确认识的障碍，认为它低于理智，甚至把想象归于错觉、疯狂一类。只有意大利的个别文论家因为诗人但丁推崇想象而开始研究它。18世纪初，维科提出诗歌出于想象而哲学出于理智的思想，认为它们不仅分庭抗礼而且水火不容。想象（Imagination）受西方文艺理论关注、推崇并作为一个重要的术语，出自19世纪早期浪漫主义批评家的诗歌理论。自此以后，在西方文论中想象的地位越来越高，到了20世纪更出现了把想象和潜意识联系在一起的文学理论。

　　以英国文论为例，想象的含义大致经历了这样的一些变化：

　　起初，在文艺复兴时代，想象被视为与理性相对立的，是一种仅仅与诗和宗教相关的概念或手段。例如培根认为它是人的三种才能之一：历史与记忆有关，诗歌与想象有关，哲学与理性有关。莎士比亚说诗人"具有严密的想象"。

　　在新古典主义时期，一般认为想象是唤起形象（尤其是视觉形象）的才能，并与模仿自然的过程相联系。新古典主义认为想象往往要超越理智，所以诗人必须使自己的想象受理智的制约，理智决定着想象的表现形式。

　　到了18世纪后期，与理性相对立的想象被视为一种极为生动的思维活动，它能影响情感，形成"它自身的美的世界"，形成一个理想化的幻象。这个幻象能够产生即时的快乐。浪漫主义批评家认为想象是大脑各种能力的综合与统一，这种力量使诗人窥见事物内部的相互关系，例如美和真的统一，为此区分了想象（Imagination）与幻象（fancy）的不同。

　　在文学理论中想象常被视为一种具有"成形"或者"排列"的力量，这种力量使想象在艺术创造中具有权威性，人们由此获得新的创造物，一种新的现实，而不是幻想或幻象。所以，区分想象与幻象的不同，也就成了西方文学理论常常讨论的问题。

　　参见钱锺书等：《外国理论家、作家论形象思维》"西欧古典理论批评家和作家部分"前言，中国社会科学出版社1979年版，第4~5页；林骧华：《西方文学批评术语辞典》，上海社会科学院出版社1989年版，第402页。

三、审美情感与理解

讨论文学创作必须顾及情感与理解两种心理因素的原因在于，这两种性质和作用几乎完全相反的心理因素，不仅以它们各自的特点，而且以它们之间的相互作用，以它们相反相成的关系，对文学创作形成微妙而深刻的影响。可以说，文学创作的诸多特点，创作活动的特殊性，几乎都与这两种心理要素和它们之间的复杂关系有关。

1. 文学创作与审美情感

文学作品"以情感人"是世人皆知的常识，也是中外文学理论在论及文学时一再提及的特点。从中国文学和文论来看，"重情"是一个悠久的传统，从《诗经》时代开始文学就有了把"情"作为根基的自觉，诗骚的艺术精神中已含有将"情感作为创作原动力"的心理学思想。从文论来看，早在公元4世纪之初，陆机的《文赋》便以"诗缘情而绮靡"的论断，把"情感"视为规定文学的根据。刘勰推崇"为情而造文"，反对"为文而造情"，则表现了将"情"之有无和"情"之真伪作为规定文学创作的重要标准。从中国古代文论史来看，先后出现的李贽的"童心"说、公安三袁的"性灵"说、汤显祖的"至情"说、曹雪芹的"写儿女之真情"说，均显示了理论始终都把情感视为文学构成和文学创作基本要素的思想和理念。

西方文论讨论文学创作时，同样重视情感的作用。例如，黑格尔强调情感是艺术作品的生命之所在，也是艺术品的美学感染力之所在。他说，艺术品"按照内容的性质使我们忧，使我们喜，使我们感动或震惊，使我们亲历身受愤怒、痛恨、哀怜、焦急、恐惧、爱、敬、惊赞、荣誉之类的情绪和热情。……一切情感的激发，心灵对每种生活内容的体验，通过一种只是幻相的外在对象来引起这一切内在的激动，就是艺术所特有的巨大威力"[①]。俄国作家列夫·托尔斯泰更是力主用情感来界定文学艺术。在他看来，"只要作者所体验过的感情能感染观众或听众，这就是艺术"。艺术活动在他看来就是情感的传达和交流："在自己心里唤起曾经体验过的感情，而在唤起这种感情之后，用动作、线条、色彩、声音以及语言所表达的形象把这种感情传达出来，使别人也能体验到同样的感情，——这就是艺术活动。艺术是这样的一种人类活动：一个人用某种外在的标志有意识地把自己体验过的感情传达给别人，而别人能被这些感情所感染，也体验到这些感情。"[②]美国符号美学家苏珊·朗格将"艺术"定义为"人类情感的符号的创造"，认为所谓的艺术就是创造

---

① [德]黑格尔:《美学》第1卷,朱光潜译,商务印书馆1979年版,第58页。

② [俄]列夫·托尔斯泰:《什么是艺术》,何永祥译,江苏美术出版社1990年版,第59～60页。

"一种表达意味的符号，运用全球通用的形式，表现着情感经验"①。这些观点不仅强调了情感在文学艺术的构成中具有质的规定性，而且还说明了，对于文学创作来讲，情感亦是不可或缺的心理要素，它给创作活动带来了生生不息的活力和令人耳目一新的创造。

情感之所以会在文学活动中产生如此深刻、如此巨大的影响，成为创作心理构成中的重要因素，是因为活跃于文学活动中的情感属于审美情感，与日常生活中的情感有着质的区别。审美情感是在审美活动中形成的、具有人的感性的丰富性，能够确证自己是人的本质力量的感觉。因此审美情感所激发所追求的不是一般的满足，而是对美的需要。审美情感对文学创作的心理感受、运思方式和语言操作的影响，也因此具有了审美规范的意义。在科学研究中，逻辑思维一旦开始，情感就悄然隐退，由理性和逻辑支配着思维的运行。而在文学创作中虽然也有理性和理智的作用，但处于主导地位的则是审美情感。

情感在文学创作中的作用，主要表现在以下几个方面：

其一，情感推动、引导着想象的展开。作家从事文学创作，需要审美情感的激励，想象也因为审美情感的参与而活跃起来，并沿着审美的轨迹展开。好作品常常是作家在审美情感的驱使和引导之下，激发了审美激情，使他处于不吐不快的境况下才产生的。这就是人们常说的"因情生文"。

其二，情感影响着对生活材料的感受和理解。在文学创作中，支配思维活动的，往往不是单纯的逻辑规律，而是审美的情感逻辑。思维和想象在审美情感的驱使下，以审美的方式和审美的关系展开。类似于"白发三千丈"这样的诗句，从生活逻辑来看显然不合理，但是在审美关系中，以情感逻辑来看却是合理的，因为只有这种夸张、变形的形象，才足以表现愁思的深度。文学艺术中经常出现的夸张、变形，都是受情感逻辑支配的结果。许多作家都有这样的经验，对于创作有用的生活材料，并不仅仅是对事件本身的记忆，能让作家们刻骨铭心的记忆往往是生动的、感性的情绪记忆，只有在情绪记忆中才能保留事件发生时给人留下的感觉印象，也只有在情绪记忆里才有那种让人动心的审美感受。戴望舒的《雨巷》表现的就是一种情绪记忆，诗人不是单纯地写景、写事，而是写他感受、感觉中的景与事。

其三，情感还会对作家理解人生、判断价值形成深刻的影响。文学艺术对于人生的理解、对于价值的判断往往有着自己的特点，那是一种从审美关系上而不是根据实用的生活经验所作出的理解和判断，于是文学艺术作品常常会提出一些"合情却未必合理"的问题，冲击着我们习以为常的规范和准则，让习惯于逻辑思维的人大伤脑筋。但也正因为如此，才显示了文学的魅力和价值，才

---

① ［美］苏珊·朗格：《情感与形式》，滕守尧译，中国社会科学出版社1986年版，第12页。

确立了精神生活的意义。

2. 文学创作与艺术理解

在各种心理因素中，处于认知层面的理解对文学创作亦有深刻的影响。虽然文学理论强调情感对创作的意义，但是"艺术所要达到的目的是对于情感生活之本质的洞察和理解"①，所以文学创作并不以情感展示为目的，创作同时也是对生活的审视和思考，这是一个审美的过程。尤其是在叙事作品的创作中，表现复杂的社会和人际关系，塑造有深度的人物形象，都需要理解的参与。一个对人生、人性没有深刻认识的作家，不可能塑造出感动读者的艺术形象。从这个意义上说，理解是创作心理构成中不可缺少的因素，直接影响着作品的意义和价值。但是又须注意，构成创作心理要素的理解，活跃于创作过程中的理解活动，又有不同于一般理解的特点，它是一种艺术理解或审美认知，具有融感性与理性为一体的特点，而不像一般的理解活动那样，只是一种逻辑的、抽象的和分析的活动。在文学创作中，艺术理解的作用表现在作家对自己的情感积累的再开掘、再认识、再理解和再思考。创作心理活动一方面表现为作者在情感驱动下的想象，通过想象实现对生活的超越；另一方面创作又要求作者能以"他者"的身份，通过艺术理解对自己的情感活动和想象活动进行某种审视和判断。

由于艺术理解的参与，文学创作的心理活动因此有了思维的特点和性质。也就是说，文学创作同时也可以理解为一种思维的过程，这是一种形象思维或艺术思维。就像别林斯基所说的："诗人用形象思索"②，"艺术是对真理的直感的观察，或者说是用形象来思维"③。形象思维具有既不脱离感性形象或感性材料，又能实现对事物的理性把握的特点。

郑板桥对其画竹过程的描述，为我们理解艺术思维的发生过程和这种思维方式的特点，提供了一个生动的范例。他说：

> 江馆清秋，晨起看竹，烟光日影露气，皆浮动于疏枝密叶之间。胸中勃勃遂有画意。其实胸中之竹，并不是眼中之竹也。因而磨墨展纸，落笔倏作变相，手中之竹又不是胸中之竹也……独画云乎哉！（《板桥题画》）④

---

① ［美］苏珊·朗格：《艺术问题》，滕守尧译，中国社会科学出版社1983年版，第89页。

② ［俄］别林斯基：《智慧的痛苦》，满涛译，见《别林斯基选集》第2卷，上海译文出版社1979年版，第96页。

③ ［俄］别林斯基：《艺术的概念》，满涛译，见《别林斯基选集》第3卷，上海译文出版社1980年版，第93页。

④ 郑燮：《板桥题画》，见《郑板桥集》，上海古籍出版社1979年版，第154页。

从作为生活素材的"园中之竹"，到融入了画家审美感受的"眼中之竹"，再到经过艺术构思而形成审美意象的"胸中之竹"，最后成为画家笔下艺术形象的"手中之竹"，郑板桥描述了一个艺术创造的全过程。在这个过程中，作为自然之物的竹子，如果不与人发生关系，其本身并不具有审美的意义；但是经过画家的艺术创造，最终成为表现其审美理想的艺术形象，从自然之物演变为蕴含着某种意蕴的审美对象。这是一个质变的、升华的过程。但是对于艺术创造来说，对于画家的思维活动来说，眼中之竹、胸中之竹和手中之竹，始终都是具体的、感性的对象，它们之间的区别仅仅在于因为画家的感受、情感、想象和理解不断深化，竹子逐渐被注入了越来越丰富的意蕴，所以胸中之竹已不再是眼中之竹，手中之竹也不再是胸中之竹，体现了艺术思维始终不脱离感性形象、但又能达到理性把握的特点。在这个过程中，不但画家的思维始终没有脱离感性材料，而且他对竹的感受、理解和思考，也始终没有采取抽象思维的方式，画家并没有把他"晨起看竹"，初次见到"浮动于疏枝密叶之间"的印象或映像，转换为抽象的概念或理念。他是通过审美感受，通过艺术想象，通过情感的投入，来不断深化最初形成的印象或映像，最后通过艺术创造，使手中之竹成为他的审美理想的表现。

第三节 形式和风格

本节从文学创作的角度讨论形式与风格，分析形式和风格的形成及其之间的关系，以及形式、风格对于文学创作的意义。中国古代文学理论有一个重要范畴"体"，这个"体"有二义：体裁与体貌，前者属于文学作品的形式，后者则关系到作品风格，可见形式和风格本为一"体"。文学创作的最终成果即体现在这种"体"的凝定上，其表现为"形式"对艺术风格和思想感情的整合，而文学接受对作品艺术风格的感受也只能从形式的把握入手，由此可见形式创造对文学创作的重要意义。

一、形式的凝聚

就创作过程而言，艺术构思的成果，即作家所要表现的思想感情，最终都须通过一定的艺术形式来表现，所谓"形式的凝聚"，就是对文学创作这个特点的概括。在这里，我们没有采用常见的说法，把文学创作的最后阶段描述为"物化审美意识"或"用语言形式表现审美意识"，而是强调形式对艺术构思的成果具有"凝聚"作用，阐明形式与创作的关系。也就是说，形式不是在艺术构思完成之后才出场的，形式的作用并非仅仅在于"物化"，给构思的结果赋予某种可感的外貌；形式其实从一开始就参与了作品的创造，创作过程就是一个逐渐向形式凝聚的过程。然而，文学理论对"形式"在文学创作中这一作用的认识，却经历了一个颇为曲折的过程。

1. 理论对"形式"认识的变化

虽然人们很早就意识到形式对于文学的重要性，如最初对文学的认识往往都着眼于语言形式，以是否讲究语言修辞来区分文学和非文学，分辨好作品和坏作品。但是这并不是从功能意义上理解形式，而是把形式视为内容的载体或容器。这种形式只有在从属内容的前提下才有意义的观点，在文学理论中根深蒂固。用清人袁枚的话说就是，"意似主人，辞如奴婢"①。由此形成的重内容轻形式的思想，长期制约着人们对形式的理解。把形式置于从属地位的观念，成为古典文学理论讨论形式问题的基础和前提。

从中国古代文论来看，战国时代的韩非大约是在否定形式的路上走得最远的。他不但否认形式的意义，而且还认为形式有害于内容。在韩非看来，"文为质饰者也"，形式不过是内容可有可无的饰品，所以好东西根本无需形式，"其质至美，物不足以饰之"。不仅如此，韩非还认为凡是讲究形式的，其内容一定不美，"物之待饰而后行者，其质不美也"②。虽然在古代文论史上像韩非这样的为数极少，但是由于中国古代文论历来有重视内容的传统，从"诗言志"到"文以载道"，内容始终被视为文学的生命所在，从而造成古代文学理论对形式问题的讨论，大多是在如何更好地显现内容的前提下，在技巧的层面上展开的。于是在形式研究上，出现了许多"诗格""诗式""诗法"一类专门讨论诗歌语言技艺和法则的著述。明清的小说评点，格外关注的也是小说作法和小说读法。极少有人从形式的角度研究思想内容的显现和开拓的问题。魏晋时期嵇康的《声无哀乐论》，大约是中国古代美学史上少有的一个例外。嵇康认为音乐本身并不含有或哀或乐的情感内容，只有"单复"（旋律的单一与繁复）、"高埤"（乐音的高亢与低回）、"善恶"（音乐的悦耳与刺耳）等形式要素。音乐之所以能引起听者的情感反应，从根本上说，是音乐的形式因素与接受者的心理因素存在着一种结构上的对应，所谓"（五音）皆以单、复、高、埤、善、恶为体，而人情以躁静专散为应"③。嵇康试图说明音乐的形式要素与接受者的心理要素存在着"异质同构"的关系。嵇康之前，先秦两汉以儒家为正宗的音乐理论，过分强调音乐的政治教化作用而有意忽略音乐本身所具有的形式美，所以"声无哀乐"对音乐形式的阐述，在一定程度上纠正了儒家音乐理论的偏颇。

① 袁枚：《续诗品》，见郭绍虞辑注《诗品集解·续诗品注》人民文学出版社 1963 年版，第 145 页。
② 陈奇猷：《韩非子集释》上册，上海人民出版社 1974 年，第 334～335 页。
③ 嵇康：《声无哀乐论》，见戴明扬《嵇康集校注》，人民文学出版社 1962 年版，第 216 页。

　　在西方古典文学理论中，无论是"再现"论还是"表现"论，对文学形式的研究和思考也基本上是在"形式服务于内容"的前提下展开的。虽然远在古希腊时期，西方文论就已经有了相当丰富相当成熟的修辞学理论，专门研究文学和演说话语，但是正如塞尔登所说，古典修辞学"是以语言的表现手段为核心"①发展起来的，在思路上还是"形式从属于内容"。西方古典文论在形式研究上所以难以走出这个思路，在很大程度上是因为"有机论"的文本观限制了理论的视野。首先提出"有机论"的亚里士多德认为，艺术作品各部分之间的关系构成了一个有机整体，对于艺术整体来说，不但各部分都是不可缺少的，而且其位置与大小也不能随意变化。浪漫主义文论更明确地指出，"生命"是决定文本"统一性"的根本要素。虽然亚里士多德这套理论的诸多细节也有人批评反对，但是把艺术作品视为一个有机整体的思想却是支撑西方古典文论的基础之一，就像塞尔登说的，"文学研究中'统一性'的概念曾被认为是自明之理"②。后来黑格尔对形式和内容关系的辩证分析，虽然提出了形式和内容互为前提并相互转化的观点，但依然没有超出"有机论"对形式的基本看法。在这样的理论语境中，显然难以滋生独立的形式意识。所以，20世纪形式主义文论的兴起，首先抨击的就是古典文论的"有机整体论"。

　　强调形式的独立性，在西方古典文论里虽说也有一些，但是影响微小。对形式问题展开系统深入的研究，以至影响到西方文学理论的思路和格局，是从20世纪初才开始的。俄国形式主义、法国结构主义和英美新批评等理论流派是这股思潮的主要代表，他们在文学形式的研究上虽有各自的理论和不同的观点，但是，在强调语言形式的相对独立性，认为语言形式决定了文学和文本意义，否定内容决定形式等问题上，却是共同的。所以塞尔登认为，"语言是建构的，而非透明的传达思想的工具，这种认识标志着现代批评的特点"③。

　　2. 形式在文学创作中的意义

　　从文学创作的角度讲，形式主义文论都强调语言形式在文学创作中的建构功能。文本的意义与其说是来自作家意图、题材或形象，还不如说是来自形式的排列组合，叙述的方法、角度和语言修辞效果。在内容与形式的关系上，形式主义理论完全颠倒了传统的认识，在他们看来，不是内容决定形式，而是形式决定内容；因为只有找到合适的形式，内容才能显现出来。就像卡西尔说

---

　　①　［英］塞尔登：《文学批评理论——从柏拉图到现在》，刘象愚等译，北京大学出版社2000年版，第254页。

　　②　［英］塞尔登：《文学批评理论——从柏拉图到现在》，刘象愚等译，北京大学出版社2000年版，第283页。

　　③　［英］塞尔登：《文学批评理论——从柏拉图到现在》，刘象愚等译，北京大学出版社2000年版，第283页。

的："不是感染力的程度而是强化和照亮的程度才是艺术之优劣的尺度。"①形式主义文论为了突出语言形式的作用而否认内容在文学创作中的意义，把艺术形式的作用推到了极端，显然是偏颇的。他们的理论不能引导我们科学、全面地认识文学创作的规律。但是他们对形式意义的阐述，以及对某些具体问题的分析，却能给人不少启发；在纠正只重视内容而轻视形式的偏差上，形式主义理论的某些分析发人深省。例如对文学创作来讲，不能说形式是消极、被动的，内容可以随意地选择形式。实际上，艺术形式具有不可忽视的能动作用，这种能动性不仅表现在内容只有通过与之相应的形式才能得到充分的显现，而且更体现在完美的艺术形式能够深化、提升和拓展内容。其实，艺术创造本身就是这样一个过程：生活材料被置于某种艺术形式之中，才成为审美的对象，它会让原来生活于其中的人通过这件艺术作品，对自己，对他所熟悉生活，产生全新的感受和认识，因为艺术形式"照亮""强化"了生活材料。这就是我们所说的形式的"凝聚"作用。

俄国形式主义理论家什克洛夫斯基提出的"陌生化"（остранение）理论，与我们所说的形式"凝聚"作用有相通之处。"陌生化"是指，通过用陌生或反常的方式表现人们熟悉的事物，把人们习以为常的事情变成艺术作品里的陌生或新奇的对象，从而使人们在艺术形式中获得对事物的真实感受，克服习惯造成的感觉迟钝、麻木。什克洛夫斯基在论述艺术创造的陌生化原则时指出：

> 那种被称为艺术的东西的存在，正是为了唤回人对生活的感受，使人感受到事物，使石头更成其为石头。艺术的目的是使你对事物的感觉如同你所见的视像那样，而不是如同你所认知的那样；艺术的手法是事物的"反常化"手法，是复杂形式的手法，它增加了感受的难度和时延，既然艺术中的领悟过程是以自身为目的的，它就理应延长；艺术是体验事物之创造的方式，而被创造物在艺术中已无足轻重。②

什克洛夫斯基所说的陌生化手法，确实是文学创作中常用的手法，如艾青《小泽征尔》一诗中的两句："你的耳朵在侦察／你的眼睛在倾听。"刻意在语词的动宾结构上制造倒错现象：耳朵—侦察，眼睛—倾听，以强化我们的感受。北朝诗人江淹《别赋》中早有类似的句型："使人意夺神骇，心折骨惊"。

---

①　［德］卡西尔：《人论》，甘阳译，上海译文出版社 1985 年版，第 188 页。

②　［俄］什克洛夫斯基：《作为手法的艺术》，方珊译，见《俄国形式主义文论选》，生活·读书·新知三联书店 1989 年版，第 6 页。"陌生化"又译为"反常化""奇特化"。

"心"何以能"折"？"骨"何以能"惊"？语言的反常使用造成了钟嵘所说的"惊心动魄，几一字千金"（《诗品》）的审美效果。再如王蒙小说《春之声》的描述："咣的一声，黑夜就到来了。一个昏黄的、方方的大月亮出现在对面墙上。"黑夜的到来本来悄无声息，现在却是有声响的；月亮本是圆的，现在却成了方方的，而且不是挂在天上，却是出现在墙上。这种描写无疑给人一种陌生感，然而，它却恰到好处表现了主人公的感受，写出了坐在闷罐车上的岳之峰，在火车的咣当声中似睡非睡、恍恍惚惚的心理幻觉。艺术贵在独创，作为语言艺术的文学，通过陌生、反常的语言表现形式"凝聚"了特殊的人生经验，使之得以表现。

中国现当代作家秉承杜甫"语不惊人死不休"的传统，充分认识到语言对于文学的重要性。

老舍说："我们总是一提到作品，也就想到它的美丽的语言。我们几乎没有法子赞美杜甫与莎士比亚而不引用他们的原文为证。所以，语言是我们作品好坏的一个部分，而且是一个重要部分。我们有责任把语言写好！"

曹禺说："如果我们不爱语言，不感到文学语言的魅惑力量，不能沉醉在丰富深刻的人民语言的奇妙世界里，那便是'缘木求鱼'，空有一个决心，是学不好如何使用语言的奥妙的。要爱语言，要着迷，语言的妙境才能领会得到；之后，才能谈到学着掌握语言，学着使笔下生花，创造同样真实、生动、迷人的语言境界。"

汪曾祺说："语言不是外部的东西。它是和内容（思想）同时存在，不可剥离的。语言不能像橘子皮一样，可以剥下来，扔掉。世界上没有没有语言的思想，也没有没有思想的语言。往往有这样的说法：这篇小说写得不错，就是语言差一点。我认为这种说法是不能成立的。……写小说就是写语言，小说使读者受到感染，小说的魅力之所在，首先是小说的语言。小说的语言是浸透了内容的，浸透了作者的思想的。我们有时看一篇小说，看了三行，就看不下去了，因为语言太粗糙。语言的粗糙就是内容的粗糙。"

参见老舍：《关于文学的语言问题》，作家出版社1964年版，第60页；曹禺：《语言学习杂感》，《红旗》1962年第14期；汪曾祺：《中国文学的语言问题》，见《汪曾祺文集·文论卷》，江苏文艺出版社1993年版，第1～2页。

以独特的结构形式来组织叙事，体现了叙事作品对形式"凝聚"功能的运用。人生活于其中的时间和空间是有序的、不可逆转的，文学的叙事却常常要打破人们习以为常的现实时空顺序，并按照艺术表现的需要重新安排时间和空间，用独特的叙事形式来改变或重构内容。俄国作家布宁在短篇小说《轻轻的呼吸》里，叙述一个外省女中学生短暂而充满悲剧意味的一生。梅歇尔斯卡娅本是一位漂亮、幸福而又充满活力的姑娘，但她所遭遇的两次"爱情事件"却毁灭了她的生命。作家如果按照事件实际发生的时序依次叙述，那将是一个恐怖、丑陋的故事。作家独具匠心地用他自己的叙事结构将整个故事的时空顺序打乱，用独特的叙述技巧将可怕的事件凝定在有意味的形式之中。

"故事时间"与"叙事时间"对列如下：

故事时间（现实生活的时空顺序）　叙事时间（叙事结构的形式凝定）

A．女主人公的童年、少年及早恋；　G．墓地（十字架、瓷花圈、肖像）；

B．与同学谈"轻轻的呼吸"；　　　　A．女主人公的童年、少年及早恋；

C．被老地主马留京诱骗；　　　　　E．同女校长的谈话（供认）；

D．与哥萨克军官订婚；　　　　　　F．对站台的描写（枪杀）；

E．同女校长的谈话（供认）；　　　D．与哥萨克军官订婚；

F．对站台的描写（枪杀）；　　　　C．被老地主马留京诱骗；

G．墓地（十字架、瓷花圈、肖像）。B．"轻轻的呼吸"。

用"墓地"开头，为小说营造出一种悲凉的基调或氛围，使读者一开始就知道这是一个死者的历史，从而消解了阅读中可能出现的紧张。女中学生对被诱骗的供认，是在她同女校长的谈话中，作为关于鞋子、发式和妇人的讨论的一个细节说出来的；而枪杀则是作为对刚开来的火车以及站台的冗长描写的一个细节来叙述的。小说结尾用来点题的"轻轻的呼吸"，本是《古代笑林》关于女性美的一个描述，含有某种戏谑的味道。但小说最后写到："如今，这轻轻的呼吸重又消散在世上，消散在这云天里，消散在这料峭的春风里……"我们不难看出，"轻轻的呼吸"其实是一种叙事结构和形式手法，作者用它来处理可怕的故事内容，使读者感受到的不是恐惧或丑恶，而是乍暖犹寒的悲剧气氛和悲凉意境。心理学家维戈茨基在分析这篇小说的形式特征时指出：

千百年来，美学家们一直在强调形式和内容的和谐一致，强调形式图解、补充和配合内容；而我们忽然发现，这是一个莫大的谬误，形式是同内容作战，同它斗争，形式克服内容，形式和内容的这一辩证矛盾似乎正是我们的审美反应的真正心理学内涵。①

艺术形式是物化审美意识的基础，也是实现艺术提炼、艺术概括的基本方式。形式的凝聚在文学创作中的意义正在于此。

———————————

①　[苏]维戈茨基：《艺术心理学》，周新译，上海文艺出版社1985年版，第213页。

二、风格的形成

西方文论的风格（style）一词源于希腊文，其本义是表示一个长度大于厚度的不变的直线体，其义项有"木堆""石柱""雕刻刀"等。传入拉丁文后则取"雕刻刀"义，并由此而喻指我们今天所说的"风格"。因此，风格一词首先是表示组成文字的一种特定方式，其次是喻指以文字装饰思想的一种特定方式。在西方的一些语种中，风格仍然含有笔调、修辞、文体、文风、文笔等涵义。古代汉语中的"风格"一词最早是用来品评人物的，喻指或描绘人物的人格风貌，如《世说新语·德行》说李元礼"风格秀整，高自标举"，又如《晋书·庾亮传》称庾亮"美姿容，善谈论，性好老庄，风格峻整，动由礼节"。用"风格"品评诗文，一般认为始见于《颜氏家训·文章》："古人之文，宏才逸气，体度、风格去今实远。"其中的"风格"即指文章的风范格局。中国古代文论中，"品""式""体""体貌""体性""风骨"等术语，均含有"风格"之义。

1. 风格的含义及表现

文学风格是一个涵义宽泛的概念，包括作家风格、作品风格、文体风格、流派风格、时代风格、民族风格等。而无论是何种意义上的文学风格，归根到底都要通过文学作品表现出来，是作家创作个性在作品中的形式凝定。所以，文学理论所说的文学风格一般都是指作家作品的风格。准确地说，文学风格是作家的创作个性在作品中的艺术呈现，其体现在一系列作品中，显示出独特而稳定的艺术风貌和艺术格调。有无创作个性是文学创作的关键，所以歌德说风格"是艺术所能企及的最高境界，艺术可以向人类最崇高的努力相抗衡的境界"，并认为文学创作依次有三种境界：自然的单纯模仿，作风，风格。"单纯的模仿以宁静的存在和物我交融作为基础；作风是用灵巧而精力充沛的气质去攫取现象；风格则是奠基于最深刻的知识原则上面，奠基在事物的本性上面，而这种事物的本性应该是我们可以在看得见触得到的形体中认识到的。"①

> 文学理论所说的风格有两种含义，一种是指个人特有的作风及其表现，即个人风格；另一种则是指某种特有的艺术表现方式所体现的风范格局。决定文学形态类型的正是后一种意义上的风格。朱光潜在翻译黑格尔的《美学》时，把这两种不同意义的风格分别译为"作风"和"风格"，并在注释中解释说："作风（Manier）是个别作家们特有的；风格（stil）是某一种艺术所特具的表现方式，例如绘画和雕刻因所用的媒介不同，在风格上也就不同。"

---

① ［德］歌德等：《文学风格论》，王元化译，上海译文出版社1982年版，第1~4页。

　　关于"作风"与"风格"的区别，王元化有一段论述颇为精到，可以加深我们对文学风格的理解。王元化说："在外国文论中，风格和作风是两个截然不同的概念，并不像我们现在的许多论文一样不仅没有对这两个词作严格的区别，甚至有时是在异语同义的情况下使用它们的。然而，在外国文论中，作风一词多半含有贬义。固然，作风也显示了作者的某种独创性，不过这只是一种坏的独创性……歌德的风格论，是把'自然的单纯模仿'——'作风'——'风格'作为不同等级的艺术品来看待的。事实上，这一问题直接涉及美学的根本问题，即审美的主客体关系问题。'自然的单纯模仿'偏重于单纯的客观性，这就是在审美主客关系上以物为主，以心服从于物，亦即以作为客体的自然对象为主，以作为主体的作家思想感情服从于客体。'作风'则相反而偏重于单纯的主观性，这在审美关系上是以心为主，用心去支配物，亦即以作为主体的作家思想感情去支配、驾驭、左右作为客体的自然对象。至于'风格'则是主客观的和谐一致，从而达到情境交融、物我双会之境。因此，歌德认为它是艺术所能企及的最高境界。"

　　19世纪德国的威克纳格也提出过关于"风格"的"主客二因素"说。他指出："假如'风格'一词更为明确地特别规定为语言的表现，那么，我们就可以这样说：风格是语言的表现形态，一部分被表现者的心理特征所决定，一部分则被表现的内容和意图所决定。""倘用更简明的话来说，就是风格具有主观的方面和客观的方面。"

　　参见[德]黑格尔：《美学》第1卷，朱光潜译，商务印书馆1979年版，第369页；王元化：《思辨短简》，上海古籍出版社1989年版，第140～141页；[德]威克纳格：《诗学·修辞学·风格论》，见歌德等《文学风格论》，王元化译，上海译文出版社1982年版，第17～18页。

　　文学风格作为文学创作的最高境界，是作家成熟的标志，是作家刻印在自己作品上面而区别于其他作家的徽章。诚如丹纳所说："每个艺术家都有他的风格，见之于他所有的作品"，"一个艺术家的许多不同的作品都是亲属，好像一父所生的几个女儿，彼此有显著的相像之处。"[①]应该说愈是成熟的、出色的作家愈是如此，比如古代的李白与杜甫，现代的鲁迅与郭沫若。李白、杜甫同为唐代诗人，风格却各不相同。李白的诗歌表现对富豪权贵的蔑视，张扬个性，追求自由，其风格豪迈、奔放、自然、清新。杜甫的诗歌描写时代的战乱和国家、民族及个人命运的悲苦，其风格沉郁、悲怆、遒劲、顿挫。同为现

---

　　① ［法］丹纳：《艺术哲学》，傅雷译，人民文学出版社1963年版，第4页。

代作家，鲁迅对民族劣根性怀有深刻的忧患，对人类心灵的幽深有一种悲剧性的洞察，其风格因此凝重、悲痛、犀利、冷峻。郭沫若以诗人的浪漫和激情拥抱祖国和大地，以叛逆者的决断和勇猛去冲绝专制文化的羁绊，属于王国维所说的那种"主观之诗人"，其风格因此邈越、奇崛、雄豪、热烈。

丹纳关于同一个艺术家的风格有"相像之处"的理论，还可以引申开来，说明同一个时代，同一个地域，甚至同一个国家或同一个民族的整体风格。钱锺书《谈艺录》开篇第一节为"诗分唐宋"，主要讨论中国诗歌的时代风格。钱锺书指出："唐诗多以丰神情韵擅长，宋诗多以筋骨思理见胜。"①唐代诗人的作品自主真率，澄净明朗，更多一些主动性的情感抒发和心灵的自然流露；宋代诗人的作品则多一些理思和哲理，多一层模仿和比附，所以被后人视为以学问为诗，以议论为诗，以文字为诗。中国古代诗歌的风格还有一个"南北现象"，也就是不同地域的作家作品有不同的文学风格，而且这种风格的地域性分野早在"风骚"时代就开始了。北方的《诗经》立足于现实的大地，咏歌生活的艰辛、苦难和爱情的纯真、美好，诗风质朴、自然、清新、涵泳。南方的《楚辞》耽迷于天地宇宙的神秘、奇异和魔幻，辞风瑰丽华美、奇幻飞动、诡谲动荡。由《诗经》与《楚辞》所开创的南北文风的差异，在整个中国文学史上一直存在着。《北史·文苑传》有一个概括性的描述："江左宫商发越，贵于清绮；河朔词义贞刚，重乎气质。气质则理胜其词，清绮则文过其意。理深者便于时用，文华者宜于咏歌。"魏晋南北朝之后，北宋词风之豪放与南宋词风之婉约，20世纪二三十年代京派与海派之争，20世纪后期所谓"南方的写作"与"北方的写作"，等等，都可以视为文学风格之地域性差异在不同历史时期的表现。

中国古代文论对文体形态的研究，有两条并行不悖的路径：一是据才性以明体貌，亦即依据作家创作个性来明辨文学的风格体貌；二是据文体以明体貌，亦即依据不同的体裁来分辨文学风格。而这种辨体研究的总趋势是由单一而丰富，由简明而繁复。曹丕有"文之清浊有体，不可力强而致……虽在父兄，不能以移子弟"②的说法，这是以作家才性为依据，将文学风格分为两大类：阳刚与阴柔；他又说："盖奏议宜雅，书论宜理，铭诔尚实，诗赋欲丽。"③这是以文体类型为依据，将文学风格分为"雅、理、实、丽"四大类。到了陆机的《文赋》，其风格论则有"十体"之分："诗缘情而绮靡，赋体物而浏亮。碑披文以相质，诔缠绵而凄怆。铭博约而温润，箴顿挫而清壮。颂

---

① 钱锺书：《谈艺录》，中华书局1984年版，第2页。
② 曹丕：《典论·论文》，见郁沅等编选《魏晋南北朝文论选》，人民文学出版社1996年版，第13页。
③ 陆机：《文赋》，见张少康《文赋集释》，上海古籍出版社1984年版，第71页。

优游以彬蔚，论精微而朗畅。奏平彻以闲雅，说炜烨而谲诳。"虽然其中的一些文体已不属于今天所说的"文学"，但其风格类型如"温润""清壮""闲雅"等，则是古往今来文学批评中常用的风格术语。

刘勰《文心雕龙·体性》专论文学风格：

> 一曰典雅，二曰远奥，三曰精约，四曰显附，五曰繁缛，六曰壮丽，七曰新奇，八曰轻靡。典雅者，熔式经诰，方轨儒门者也；远奥者，馥采典文，经理玄宗者也；精约者，核字省句，剖析毫厘者也；显附者，辞直义畅，切理厌心者也；繁缛者，博喻酿采，炜烨枝派者也；壮丽者，高论宏裁，卓烁异采者也；新奇者，摈古竞今，危侧趣诡者也；轻靡者，浮文弱植，缥缈附俗者也。①

通观《文心雕龙》，可以见出刘勰对文学风格的分类绝不止于"八体"，上编文体论共讨论了 30 多种文体，对每一种文体都有风格方面的描述；而《体性篇》还依据作家才性区分出十多种文学风格。此处所引"八体"，兼及创作个性与文学体裁两大方面，其着眼点是各类风格在语言表达上的形态特征，对每一体的描述简洁、精要并切合创作实际。可以说，刘勰的这段论述，是中国古代文论中最为经典的文学风格论。到了唐代末年，司空图作《二十四诗品》，用 24 首四言诗，描述 24 种文学风格。司空图的风格研究，不仅使风格的分类更加细致多样，而且使风格研究的诗性言说达到一个很高的水准。

就风格的种类而言，无论是"四科""八体"，还是"十二类""二十四品"，均无法穷尽文学史上已经存在着的文学风格。而风格研究的难度，不仅在于分类的困难，更在于表述的困难。风格无形而有迹，它不是文学文本中的语言、形象、情节、环境、情感、思想等具体因素本身，但又与这些因素有关，而且只有当诸种因素在文学文本中谐和融洽、浑然天成之时，风格才会自然而然地流露出来。任何刻意的设计或自以为是的强求都将有违风格的自然天性，最终只会导致风格的丧失。由于风格构成的这种涵泳性、意会性和自然天成的特征，使得对风格的领悟、把握、界定、描述不可能采用纯理性的分析，而常常要借用文学的描述方式。在某种意义上说，对文学风格的领悟和言说，只可描述而难以定义，只可品味而难以分解，只可意会而难以言传，就像夏天吹过田野的一阵风，我们可以从树叶的喧响和秧苗的起伏中感觉到它的存在，却很难准确地认清它的面貌和形状。对于文学风格，我们需要品味，需要用诗性语言来绘其形传其神。

---

① 刘勰：《文心雕龙·体性》，见范文澜《文心雕龙注》下册，人民文学出版社 1958 年版，第 505 页。

中国古代文论的风格品评源于人物品评，而人物品评多用比兴手法、形象描绘和意象言说。如《世说新语》品评嵇康的人格、人品之美，"肃肃如松下风，高而徐引"，"岩岩若孤松之独立，其醉也，傀俄若玉山之将崩"①，语中并无概念性的界定或品题，而嵇康人格形象的高洁、独立跃然纸上。人物品藻的这种诗性言说，直接影响了风格品评，司空图的《二十四诗品》是这方面的典型代表。郭绍虞指出："司空氏所作重在体貌诗之风格意境。"②"体貌"即画的描绘。这种用诗的语言来描绘诗歌风格的诗画一体的言说方式，对于风格研究来讲，既能传其神也能写其意。

《二十四诗品》如诗如画地描绘出 24 种诗歌风格：雄浑、冲淡、纤秾、沉着、高古、典雅、洗炼、劲健、绮丽、自然、含蓄、豪放、精神、缜密、疏野、清奇、委曲、实境、悲慨、形容、超诣、飘逸、旷达、流动。以"典雅"为例："玉壶买春，赏雨茆屋。坐中佳士，左右修竹。白云初晴，幽鸟相逐。眠琴绿阴，上有飞瀑。落花无言，人淡如菊。书之岁华，其曰可读。"③对"典雅"这种诗歌风格，司空图用人物形象来言说。读《典雅》一品，我们分明看见一位有"典雅"之风的"佳士"，赏雨于竹林茅屋而品酒以玉壶，横琴于飞瀑之下而目送幽鸟落花。"落花无言"是佳士的心境，"人淡如菊"是佳士的人品。司空图展示的这幅"人境双清"的图画，是"典雅"诗风的人格化和意境化。《二十四诗品》所论的 24 种风格，就是 24 种意境或 24 种人格形象，如《高古》中"手把芙蓉"的"畸人"，《自然》中"过雨采苹"的"幽人"，《沉著》中的"脱巾独步"之客，《豪放》中的"真力弥满"之士……风格言说的人格化和意境化，让人对风格的领悟和把握更加真切也更加深入。

司空图《二十四诗品》，在清虚淡雅的诗句中，含蕴着所评对象的风格之美。如"冲淡"一品中的"犹之惠风，荏苒在衣"，典出陶渊明《归去来兮辞》"风飘飘而吹衣"。陶诗是冲淡的，陶潜的冲淡风格体现在他所营构的诸多意象之中；司空图取陶诗"风之在衣"之象来体貌"冲淡"之品，既有语言风格的美，又有典故意象化之妙。这种美文化、诗意化的言说方式，较之纯理论、纯思辨的言说，更能传冲淡之神，也更能使读者明冲淡之味。又如"缜密"一品有"水流花开，清露未希"，是取《诗经》"蒹葭凄凄，白露未希"之境体貌"缜密"之品，是以水之流续、露之未干，点出缜密之风格，不露声色地将风格品评含蕴在前人的意象之中。又如《典雅》《绮丽》《实境》《悲慨》诸品，本来是可以说"实"说"白"的，司空图却说得空灵、含蓄。"落花无

---

① 徐震谔：《世说新语校笺》下册，上海古籍出版社 1984 年版，第 334 页。
② 郭绍虞：《诗品集解·续诗品注》，人民文学出版社 1963 年版第 1 页。
③ 司空图：《诗品》，见郭绍虞《诗品集解·续诗品注》，人民文学出版社 1963 年版第 12 页。司空图是否是《二十四诗品》的作者，学术界尚有不同意见。

言，人淡如菊"以写"典雅""浓尽必枯，淡者屡深"以绘"绮丽""遇之自天，泠然希音"以表"实境"，"萧萧落叶，漏雨苍台"以状"悲慨"……诗意盎然又余味无尽。再如《含蓄》一品是中国古代诗歌中最常见的风格，司空图之后，不少的文论家都讨论过"含蓄"，按理说应是后来居上，但所有的后来者均不及司空图之说"含蓄"。且不说"空尘""海沤"之喻、"渌酒""返秋"之比，亦不论"真宰""沉浮"之典、"万取一收"之结，仅起首一联"不著一字，尽得风流"，便胜过所有的摹仿者！

2．风格的稳定性与多样化

刘勰《文心雕龙》在专门讨论风格的《体性篇》中指出，文学风格的形成是"情动而言形，理发而文见，盖沿隐以致显，因内而符外者也"[1]，可见风格之形成有着内外两方面的因素：作家的创作个性与作品的语言形式。关于前者，本章上一节在讨论"创作个性"时已经涉及，下面着重讨论文学风格的形成与语言形式之凝定的关系。作家的创作个性是看不见摸不着的，必须通过作品的语言形式而凝定下来。因此，接受者对作家创作个性及文学风格的把握，最基本也是最直观的对象就是作品的语言形式。中国文论的"体"之中包含着文体、语体等义项，西方文论一向注重风格与语言的联系，现代新批评更是将语言形式视为规定文学风格的根本，强调文学风格产生于作家对语言的运用，包括特定的词汇、语法、语气及其他种种表达方法。就叙事文学而言，语言的运用主要表现在人物塑造上面。例如，鲁迅习惯于运用简练朴素的白描手法，三言两语就勾画出人物的形貌特征；而茅盾则往往以精雕细刻的写实性的描绘，将人物的形貌、语言、行动、心理写得细致入微。鲁迅所选用的词汇简洁且富于情绪色彩，句子较短，少有重叠或附加的成分，句与句之间也少有语义上的并列或反复，可谓一气呵成，由此形成一种较为迅疾的节奏。他的小说语言还酌量采用一些通俗的文言词汇和畅达的文言句法：

几枝老梅竟斗雪开着满树的繁花，仿佛不以深冬为意；倒塌的亭子旁边还有一株山茶树，从暗绿的密叶里显出十几朵红花来，赫赫在雪中明得如火，愤怒而且傲慢，如蔑视游人的甘心于远行。

同样是景物描写，茅盾所选用的词汇平实、精确，有较多的形容词，句子也较长，句与句之间的意思有不少是平行的或相互补充的，以使所描写的对象显得具体、完备、细致，呈现出立体感：

---

[1]　范文澜：《文心雕龙注》下册，人民文学出版社 1961 年版，第 505 页。

　　太阳刚下了地平线。软风一阵一阵地吹上人面，怪痒痒的。苏州河的浊水幻成了金绿色，轻轻地，悄悄地，向西流去。黄浦的夕潮不知怎的已经涨上了，现沿着这苏州河两岸的各色船都浮得高高地，舱面比码头还高了约莫半尺。风吹来外滩公园里的音乐，却只有那炒豆似的铜鼓声最分明，也最叫人兴奋。

　　上引两段景物描写，前一例出自鲁迅的《在酒楼上》，后一例出自茅盾的《子夜》。细细品味比较，我们可以从两位作家的小说语言中，看出他们不同的文学风格。

　　前面谈到风格的形成是作家成熟的标志，所以无论是对作家个人来说，还是对整个文学的发展而言，一个作家如果没有自己的风格，当然不是一件好事。但是，如果一个作家在形成了自己的风格之后却处于一成不变的状态，同样不是一件好事。因为，风格的稳定就意味着有了类型化的倾向，其势必会削弱创作的创造性。所以，已经形成自己风格的作家，还有一个如何求新求变的问题。就作家个人而言，其风格的形成，既有因成熟而凝固的一面，又有因发展而变化的另一面。前者使作家的风格形成静态稳定的同一性，后者使作家的风格形成动态开放的多样性。同一性通过多样性表现出来，多样性统一于同一性之中。社会生活是发展变化的，社会的文化思想也是发展变化的，与之相应的是，作家的生活道路、文学观念、审美情趣等也会发生某些变化甚至转折。再者，随着作家创作实践的发展和深化，作家本人的才性也日趋完美，为适应读者审美需求的多样性和变易性而不断进行新的艺术尝试和探索，其结果就使得作家的风格在原有的基础上进一步发展而呈现出多样性。文学史上的情形正是如此。刘勰在《文心雕龙·辨骚》中，用"酌奇而不失其真，玩华而不坠其实"[1]来概括屈原诗歌风格的同一性；同时又以"骚经九章，朗丽以哀志；九歌九辩，绮靡以伤情；远游天问，瑰诡而慧巧；招魂大招，耀艳而深华"，来说明屈原诗歌风格的多样性。莎士比亚前期作品具有明朗愉悦的色彩，后期作者却有着明显的阴暗忧郁的情调，其文学风格同样呈现出多样性特征。茅盾以鲁迅的作品为例，说明作家风格的多样性，他指出："统一的独特的风格只是鲁迅作品的一面。在另一方面，鲁迅作品的艺术意境却又是多种多样的。"[2]比如：金刚怒目的《狂人日记》不同于谈言微中的《端午节》，含泪微笑的《在酒楼上》亦有别于沉痛控诉的《祝福》，而

① 范文澜：《文心雕龙注》上册，人民文学出版社1961年版，第47~48页。
② 茅盾：《联系实际，学习鲁迅》，《茅盾评论文集》上册，人民文学出版社1978年版，第414页。

《风波》的深思熟虑和热烈期待更是不同于《涓生手记》寂寞澄静后面的鱼龙变幻。即便是同一部《故事新编》，其风格就有《补天》之诡奇、《奔月》之雄浑、《铸剑》之悲壮和《采薇》之诙谐。优秀的作家，往往在一种鲜明独特的主要色调的贯穿下，调以不同的配色或衬色，使自己作品的风格不断变化，不断发展，使自己的艺术世界呈现得丰富多彩、气象万千。

文学风格的多样性与人的精神生活和内心世界的丰富性密切相关。马克思在批判普鲁士专制政府对文风的粗暴干涉时指出："你们赞美大自然悦人心目的千变万化和无穷无尽的丰富宝藏，你们并不要求玫瑰花和紫罗兰散发出同样的芳香，但你们为什么却要求世界上最丰富的东西——精神只能有一种存在形式呢？我是一个幽默家，可是法律却命令我用严肃的笔调。我是一个激情人，可是法律却指定我用谦逊的风格。没有色彩就是这种自由唯一许可的色彩。每一滴露水在太阳的照耀下都闪耀着无穷无尽的色彩。但是精神的太阳，无论它照耀多少个体，无论它照耀着什么事物，却只准许产生一种色彩，就是官方的色彩！"①人的精神世界是丰富多彩的，作为人的精神产品的文学也应该是丰富多彩的。一个作家可能同时兼有"幽默家"和"激情人"的个性特征，由此而显露出的文学风格则必然是多样性的。另一方面，文学接受者的精神世界以及审美趣味和需求更是多种多样的，这也就要求文学作品应具有风格的多样性和丰富性，非如此则无法满足广大读者多层次、多方面的精神的和审美的需求。

讨论题

1. 如何从文学创作的特定角度来理解文学与生活的关系？
2. 试比较原型与母题的异同。
3. 谈谈你对中国古代文艺学"才性"论的理解。
4. 结合你所熟悉的文学史事实，谈谈情感和想象在创作构思中的心理学作用。
5. 为什么说形式的问题首先是一个语言的问题？

参考书目

一、著作

1. ［美］韦勒克、沃伦：《文学理论》，刘象愚等译，江苏教育出版社

---

① ［德］马克思：《评普鲁士最近的书报检查令》，《马克思恩格斯全集》第 1 卷，人民出版社 1956 年版，第 7 页。

2005年版，第八章"文学和心理学"，第十四章"文体和文体学"。

2．［苏］维戈茨基：《艺术心理学》，周新译，上海文艺出版社1985年版，第七章"轻轻的呼吸"。

3．王先霈：《国学举要·文卷》，湖北教育出版社2002年版，第二章"中国古人对文学的几种基本态度"。

二、论文

1．刘勰：《神思》《情采》《物色》，见范文澜注释，《文心雕龙注》，人民文学出版社1958年版。

2．［俄］什克洛夫斯基：《作为手法的艺术》，方珊译，见《俄国形式主义文论选》，生活·读书·新知三联书店1989年版。

3．钱锺书：《诗可以怨》，见《七缀集》，上海古籍出版社1985年版。

第五章　文学接受

文学接受是文学活动系统中一个不可或缺的环节，这么说一方面是指文学作品只有通过接受环节才能进入社会，创作因此才有了意义；另一方面则是强调，接受活动以再创造的方式参与了文学生产，直接规定了文学作品审美价值的实现和社会功能的发挥，从而形成了在审美活动层面上的文学接受与文学创作之间的互动关系。本章以文学接受活动为对象，通过分析接受活动的过程和特点，讨论文学接受的性质和意义。阅读欣赏和文学批评是文学接受的两种基本形式，它们既有关联又有区别。了解这两种接受形式的具体特点及其之间的关系，对进一步理解文学接受活动具有重要的意义。上述三点，即讨论文学接受的一般性质、阅读欣赏和文学批评的特点及其之间的关系，是本章的主要内容。

第一节　接受在文学活动中的地位

文学作品在没有阅读之前，其内含的审美价值是以潜在的状态存在着。要实现文学作品的审美价值，发挥文学的社会功能，就必须使作家创作的作品成为一个现实的审美对象，而这只有进入接受过程方可实现。在这个意义上，可以说接受的过程就是文学文本从一个物质对象转换为审美对象的过程；只有通过接受过程，文学文本潜在的审美意义才可能释放出来，进而实现自身的价值。接受过程不但成就了作品，而且还会对文学创作发生直接或间接的影响，形成接受与创作之间的互动关系；接受在文学活动中的地位只有通过这个全过程才能显现出来。

一、接受与文本意义的衍生

在讨论"什么是文学作品"时，现代文学理论常常会首先强调文学作品是一种"人工制品"（artifact），文学作品和一件雕塑、一幅绘画一样，是一个实际存在的客体。在这个看起来似乎过于简单又有些文不对题的答案中，隐含着一种很重要的思想，那就是：文学作品的意义或价值的实现不能脱离它和接受活动的关系；当文学作品孤立存在时，其价值和功能都处于潜在状态。海德格尔对这个思想曾做过深入细致的阐发。他说："如果我们从这些作品的未经触及的现实性角度去观赏它们，同时又不自欺欺人的话，就必将看到，这些作品就是自然现存的东西，与物的自然现存并无二致。一幅画挂在墙上，就像一支猎枪或一顶帽子挂在墙上。……贝多芬的四重奏被存放在出版社的仓库里，就像地窖里的马铃薯一样。"可是，"艺术作品远不只是物因素。它还是某种别的什么。这种别的什么就是使艺术家成其为艺术家的东西。当然，艺术作品是一种制作的物，但它所道出的远非仅限于纯然的物本身。作品还把别的东西公诸于世，它把这个别的东西敞开出来。所以作品乃是比喻。在艺术作品中，制作物与别的东西结合在一起。'结合'一词在希腊文中叫 $\sigma\upsilon\mu\beta\alpha\lambda\lambda\epsilon\iota\nu$。所以作品乃是符号。"①海德格尔的分析说明，当文学作品没有进入接受关系之前，它只具有物质属性，它更重要的另一面即文学的审美性却被掩盖了。一般的物只是物，而作为物质实体的艺术品却同时又是一个审美对象，只是文学作品的这种潜在的审美意义不会自行显露出来，它有待于读者的阅读。

与其他艺术作品相比，文学文本潜在的审美意义只有通过接受方可实现的特点更为突出。由语言符号构成的文学文本不具有其他艺术文本的直观性，其审美意义潜藏在语言符号之中。从这个意义上说，接受活动是激活并使文学文本意义得以衍生的具体手段。就像曼古埃尔说的那样，"正文的存在是个沉默的存在，一直沉默到读者阅读它的时候。只有当有阅读努力的目光接触到刻写板上的这些标记时，正文才有了主动的生命。所有的书写都有赖于读者的包容与接纳"。他用富于诗意的语言对接受作了这样的界定："阅读就是书写的礼赞。"②尧斯用一个比喻形象化地描述了接受活动的这种意义，他说："一部文学作品，并不是一个自身独立、向每一个时代的每一读者均提供同样的观点的客体。它不是一尊纪念碑，形而上学地展示其超时代的本质。它更多地像一部管弦乐谱，在其演奏中不断获得读者新的反响，使文本从词的物质形态中解放出来，成为一种当代的存在。"③确实如此，以语言符号呈现的文学作品就像

---

① ［德］海德格尔：《艺术作品的本源》，孙周兴译，《海德格尔选集》上册，上海三联书店1996年版，第239～240页。

② ［加拿大］阿尔维托·曼古埃尔：《阅读史》，吴昌杰译，商务印书馆2002年版，第219页。

③ ［德］尧斯：《走向接受美学》，周宁等译，见《接受美学与接受理论》，辽宁人民出版社1987年版，第26页。

乐谱一样，只有通过读者的阅读即"演奏"，抽象的语言符号才能变成生动感人的艺术形象，成为一件有生命的艺术品。

文学文本意义的实现有待于接受的参与，是20世纪众多文学理论家的共识，萨特对此曾有如下的论述：

"……如果世上只有作者一个人，他尽可以爱写多少就写多少，但是作品作为对象，永远不会问世，于是作者必定会搁笔或陷于绝望。但是在写作行动里包含着阅读行为，后者与前者辩证地相互依存，这两个相关联的行为需要两个不同的施动者。精神产品这个既是具体的又是想象出来的客体只有在作者和读者的联合努力之下才能出现。只有为了别人，才有艺术；只有通过别人，才有艺术。"

"阅读确实好像是知觉和创造的综合；阅读既确定主体的主要性，又确定客体的主要性；客体是主要的，因为它不折不扣具有超越性，因为它把它自身的结构强加于人，因为人们应该期待它、观察它；但是主体也是主要的，因为它不仅是为揭示客体（即使世间有某一客体）所必需的，而且是为这一客体绝对地是它那个样子（即为生产这个客体）所必需的。简单地说，读者意识到自己既在揭示又在创造，在创造过程中进行揭示，在揭示过程中进行创造。确实不应该认为阅读是一项机械性的行动，认为它像照相底版感光那样受符号的感应。如果读者分心、疲乏、愚笨、漫不经心，他就会漏掉书里的大部分关系，他就不能使对象'着'起来（就像我们说火'着'了或'没着'那样）；他只是从暗处拉出一些文句来，这些文句好像是随随便便出现的。如果读者处于自身最佳状态，他将越过字句而获得一个综合形式：'主题'、'题材'或者'意义'，而组成这个形式的每一句话，将只不过是一种局部性的职能。"

参见［法］萨特：《什么是文学？》，施康强译，见《萨特文学论文集》，安徽文艺出版社1998年版，第98～99页。

当读者打开文学文本，他首先看到的是语言符号；对语言符号的读解和想象，使他获得了形象感，于是通过文学文本的语言层和现象层，通过对这两个层面所呈现的描绘、比喻、象征、隐喻、形象等语言现象的理解和感受，借助于自己的生活经验和情感体验，以再创性的艺术想象，逐步展开他的接受过程。也只有通过这个过程，文学文本潜在的意义才会逐渐敞现出来。而读者自己的经验又使他的感受和理解具有了个人的特点，从而使他的接受在获得文本意义的同时，又有了新的发现和创造。从这个角度说，文学文本的意义不仅通过接受得到了显现，而且还在接受过程中衍生了。正是接受活动带来的文本意义的衍生，形成了文学独具的魅力。高尔基曾这样描述他少年时代读福楼拜的短篇小说《一颗纯朴的心》时所获得的感受，他说："我完全被这篇小说迷住了，好像聋了和瞎了一样，……在这里隐藏着一种不可思议的魔术，我不是捏造，曾经有好几次，我像野人似的，机械地把书页对着光亮反复细看，仿佛想从字里行间找到猜透魔术的方法。"①认真想一想，这确实是件很值得思索的事情：一本白纸黑字的书，除了抽象的语言符号之外什么都没有；读者不读它，它在那里什么也不会产生。然而一旦被读者展开阅读，沉默的文本马上变得鲜活生动，好像有了生命似的，让读者从中获得那么多的感受和意义。

二、接受与创作的互动

文学文本只有通过接受活动才能实现其审美意义，体现了接受在文学活动系统中的中介地位，接受的这种中介作用集中体现在它与创作的互动关系上。马克思对消费与生产关系的分析，揭示了这种互动关系的实质。马克思说：

> 消费直接也是生产。正如在自然界中元素和化学物质的消费是植物的生产一样。……生产中介着消费，它创造出消费的材料，没有生产，消费就没有对象。但是消费也中介着生产……没有生产，就没有消费，但是，没有消费，也就没有生产，因为如果没有消费，生产就没有目的。②

文学接受也是一种消费活动，因此和一般消费活动一样，文学接受同时也制约着文学生产即文学创作。接受对创作活动的制约体现在两个方面，其一是作家创作的文学文本，只有通过接受才能实现其作为文学作品的审美价值，成为具有现实意义的文学作品。正如马克思所说，"产品不同于单纯的自然对象，它在消费中才证实自己是产品，才成为产品"，"产品在消费中才得到最后完成"③。作家创作文学作品，目的在于生产审美的对象，而文学作品能否作为审美对象实现自身的价值，则要通过接受活动才能得到证实。从这个意义上说，读者也是文学作品的生产者，是他的参与才促成文学作品审美价值的实现。接受制约创作的第二个意思，是指文学接受具有推动文学创作的作用，具体表现为接受活动的需要为创作提供了动机。"消费创造出新的生产的需要，

---

① ［苏］高尔基：《谈谈我怎样学习写作》，戈宝权译，见《论文学》，人民文学出版社1978年版，第182～183页。

② ［德］马克思：《1857—1858年经济学手稿·导言》，《马克思恩格斯文集》第8卷，2009年版，第14～15页。

③ ［德］马克思：《1857—1858年经济学手稿·导言》，《马克思恩格斯文集》第8卷，2009年版，第15页。

也就是创造出生产的观念上的内在动机，后者是生产的前提。"[1]读者对文学作品的接受不是被动消极的，他会按照自己的审美需求、审美习惯和审美趣味选择、褒贬作品，自觉或不自觉地对作家创作的得失、优劣品头论足。读者的阅读需要反映了社会的审美趋向和趣味，从而成为推动、刺激甚至引导文学创作的重要因素，促使作家反省自己的创作，调整自己的方向，更新创作技巧和艺术风格，以适应和满足接受的需求。在现代社会，接受对创作的这种制约表现得更为普遍也更为显著，因为现代社会的文学生产更多地受到市场运作的影响，很多系列小说、姊妹篇、续集正是在这种情况下创作出来的。当然，接受对创作的这种市场化调解也可能带来消极的一面，使质量低劣、狗尾续貂的现象时有发生。但是这毕竟说明了接受对创作的反作用是不可忽视的事实；文学接受是影响、制约文学创作和文学发展变化的重要因素。

文学接受和文学创作互动关系的另一面，体现为创作对接受的影响和制约。"消费而无对象，不成其为消费"[2]，文学创作是接受活动得以形成的基础和前提；没有文学创作，就没有文学接受。在这个前提下，创作制约接受的更重要的意义体现在对接受活动的引导上。就像马克思说的，"艺术对象创造出懂得艺术和具有审美能力的大众，……因此，生产不仅为主体生产对象，而且也为对象生产主体"[3]。也就是说，创作要求文学接受必须有审美的特点，按照文学的方式来接受和理解作品，所以接受过程也是读者培养和提高自己的文学修养和艺术趣味的过程。

总之，文学接受和文学创作作为文学活动的两个组成部分，既有区别又相互依存，是一种互动性的关系。虽然创作是文学活动的起点，在这种互动关系中居于支配地位，但是从认识文学接受活动的性质和意义上讲，理论研究显然要对接受反作用于创作的机制予以更多的关注。更何况随着现代传媒技术和文化市场的发展，接受与创作的互动关系更加密切，呈现出许多传统文学理论不曾遭遇和少有研究的新情况。文学理论在这个领域中，还有更多的问题需要探讨。

三、接受与文学功能的实现

早在中国文学的滥觞期，人们就认识到文学具有多方面的功能。孔子所说

---

① ［德］马克思：《1857—1858 年经济学手稿·导言》，《马克思恩格斯文集》第 8 卷，2009 年版，第 15 页。

② ［德］马克思：《1857—1858 年经济学手稿·导言》，见《马克思恩格斯文集》第 8 卷，2009 年版，第 16 页。

③ ［德］马克思：《1857—1858 年经济学手稿·导言》，见《马克思恩格斯文集》第 8 卷，2009 年版，第 16 页。

的"诗可以兴，可以观，可以群，可以怨，迩之事父，远之事君，多识于鸟兽草木之名"①，虽然反映的是儒家对文学的看法，其根本在于强调诗歌的教化功能，却也道出了一个重要的事实，即文学在现实生活中可以发挥多种多样的社会作用。

1．接受机制与功能的发挥

文学之所以可能发挥多种社会功能，首先与文学的性质及其构成有关。文学作为一种社会意识形式，必然包含着反映现实生活的因素，从而使文学具有了认识作用。人们可以通过文学作品，了解社会，认识人生。文学作为作家以审美的方式把握人生的产物，又使其成为表现作家思想感情的对象，读者因此受到启发、感染和熏陶，文学的教育功能也由此在潜移默化中得到现实。但是，仅仅根据文学的特性，从理论上来判断它具有什么样的功能是远远不够的，因为文学的功能或作用需要通过接受关系来实现，正如卡冈所说，"文化的功用是在社会和人的形成、发展和完善中被决定的"②。现代文学理论强调文本的意义只能存在于读者的阅读和理解之中的观点，对我们认为接受活动具有重要的意义。文学可能发挥什么样的功能，往往与文学接受者的不同需要有关。"功用永远不是别的，而是适应需要"③。例如，人们常说的文学的认识功能、教育功能、娱乐功能、补偿功能、审美功能，等等，便与读者的求知、学习、娱乐、欲求和审美等动机之间，存在着对应性的关系。所以，对于文学社会功能的科学认识，既不能根据个人的经验来描述，也不能仅仅根据文学的性质做纯粹的理论推导，而是要从文学功能的发挥所依赖的机制和关系中去讨论问题；理论研究只有把文学置于社会实践之中，通过对读者接受活动的考察，才能获得对文学社会功能的科学认识。文学活动的历史告诉我们，文学自身的构成特点与其产生的社会影响之间，并不存在着绝对的对应关系；文学究竟能够形成什么样的社会作用，在现实生活中发挥什么样的功能，往往与读者的接受方式、阅读动机及其对文学的理解有着密切的关系。社会文化语境和读者的接受方式会直接决定着文学社会功能实现的方向和程度。也就是说，文学的社会作用是在处于一定文化环境中的读者的积极参与下，才得以形成的。

与一切事物功能的发挥都不可能脱离社会实践一样，文学功能也只有通过读者的接受过程方可实现，而功能的现实化总和操作主体有关，总和接受主体的条件与主体所处的环境有关。接受者自身的文学素养，他所处的社会文化环境，对文学有可能发挥什么样的功能，以及在多大程度上实现这种功能，都起

---

① 《论语·阳货》，见杨伯峻编著《论语译注》，中华书局 1958 年版，第 192 页。
② ［苏］卡冈：《美学和系统方法》，凌继尧译，中国文联出版公司 1985 年版，第 170 页。
③ ［苏］卡冈：《美学和系统方法》，凌继尧译，中国文联出版公司 1985 年版，第 172～173 页。

着极其重要的作用。读者的接受活动是文学功能实现机制中的一个关键因素，正如萨特所说："文学对象是一只奇怪的陀螺，它只存在于运动之中。为了使这个辩证关系能够出现，就需要一个人们称之为阅读的具体行为，而且这个辩证关系延续的时间相应于阅读延续的时间。"①文学虽然具有审美的特点，但是在文学接受过程中，并非一切读者都能从审美关系上，以审美的方式和审美者的角色与作品发生关系。文学文本一旦产生，进入社会，各种不同身份、不同角色的读者，完全有可能站在各自的立场上，以不同的态度、取不同的角度、在不同的关系上去接受作品。且不说由于主观偏见所造成的认识误差会使同一部文学作品在不同的读者那里，产生不尽一致甚至是截然相反的社会作用，就像鲁迅说的，一部《红楼梦》"单是命意，就因读者的眼光而有种种：经学家看见《易》，道学家看见淫，才子看见缠绵，革命家看见排满，流言家看见宫闱秘事"②。就是在不曲解文学文本的正常情况下，也可能发生这样的现象：由于不同的读者有不同的生活经历、艺术素养、心理结构，在阅读文学作品时有不同的目的和愿望，受各自心理定势的制约以及特定文化环境的影响，都会使借助于艺术形象来传达意义的文学作品，产生各种各样的社会效果。

文学作品作为一个有机的整体系统，本身就隐含着形成多样化社会功能的可能性，但是从文学活动的根本性质上说，文学接受应在审美关系中展开，在一般的情况下，人们接受文学作品的主要目的还是为了获得审美的愉悦，进入审美的境界，放松心情，调节心理，通过知识与经验的重构获得人格精神的提升。只有以这样的方式接受文学作品，才可能实现文学接受的规定性。而优秀的文学作品也确实能够为读者提供审美想象的空间，满足读者的精神需求。不过在接受活动的实践中，将文学文本视为单纯的审美对象的接受需求往往只是文学接受需要中的一种，作为接受对象的文学文本其实也不排斥、拒绝其他接受需要，比如人们以历史的眼光阅读文学作品，或者从哲学的层面理解文学作品的寓意，等等。这些"各取所需"的接受方式一方面证明了文学功能的实现不可能脱离读者接受的选择，另一方面也提醒我们，对文学作品的多样化接受也有可能丰富读者对文学审美意义的感受，成为实现文学接受审美目的的一种补充。

2. 文学接受与期待视野

传统文学理论认为，作品的意义或来自其表现的生活内容，或来自作家主

---

① ［法］萨特：《什么是文学？》，施康强等译，见《萨特文学论文集》，安徽文艺出版社 1998 年版，第96 页。

② 鲁迅：《〈绛洞花主〉小引》，《鲁迅全集》第 8 卷，人民文学出版社 2005 年版，第 179 页。

体的赋予；这种见解意味着文学文本的意义在文本诞生的那一刻就已确定，接受的作用仅在于对既定意义的感受和理解。现代形式主义文论认为，作品的蕴意与创作主体无关，文学文本是一个独立的自足体，其蕴意来自文本的语言形式，而且对接受者来说，文本也是一个意义已经确定的对象。英美新批评甚至认为，读者对文本意义的解释属于"感受谬见"。上述两种理论对文本意义来自何处虽然持完全相反的见解，但在否认文本意义与接受活动有关的这点上却有共同语言，即它们都无视读者的存在，忽略了接受活动对文学存在的重要意义。然而现代接受理论却认为，文学的存在依赖于接受，加达默尔说："艺术作品的存在是一种游戏，并且是那种为了使艺术作品得以具体化而必须被观赏者观赏的游戏。因此，对所有的文本真实性来说，也只有在理解的过程中，僵死的意义踪迹才能转换为富有活力的意义。"①就是说，存在于文本之中的寓意在未被接受之前，只能以意义"踪迹"的形态隐匿在文本之中，只有读者的接受活动才可能激活这种"僵死的意义"。

文学文本意义的传达和读解都必须通过形象符号，而形象符号与其所指意义的关系则往往具有不确定性，这个特点决定了接受活动在文本意义生产中的能动作用。虽然作家试图表现的思想感情和题材本身的含义都会对文本意义的形成产生重要影响，但是文学只能借助形象来传达意义的特点，却使读者对文本意义的理解有了不受作家意图和题材含义限制的可能。"作者之用心未必然，而读者之用心何必不然。"②是文学接受中时常发生的现象。正是在这个意义上，我们说文学作品的意义及其社会作用，只能在读者阅读的参与下才能实现。文本的意义和功能是读者与文本相互交流的结果，并不是也不可能完全取决于作者的意图。不过，强调这一点并不是说读者对文本的理解可以随心所欲，接受活动不受任何限制。提出"读者反应批评"的理论家费什指出："意义既不是确定的以及稳定的文本的特征，也不是不受约束的或者说独立的读者所具备的属性，而是解释团体所共有的特征。解释团体既决定一个读者（阅读）活动形态，也制约了这些活动所制造的文本。"③费什所说的"解释团体"，是指一种社会化的公共理解系统，它与一定的知识背景、阅读经验和各种文学规范有关。这个理解系统给读者提供了接受文本的方式，并制约着读者接受解释文本的范围。

这里已经涉及"期待视野"的问题。期待视野是接受美学的一个重要概念，指文学接受者所拥有的并作为标准或框架而带入接受活动的理解模式，它

---

① ［德］加达默尔：《真理与方法》上册，洪汉鼎译，上海译文出版社 1982 年版，第 151 页。

② 谭献：《复堂词话》，见唐圭璋编《词话丛编》第 4 册，中华书局 1986 年版，第 3987 页。

③ ［美］费什：《看到一首诗时，怎样确认它是诗》，文楚安译，见《读者反应批评：理论与实践》，中国社会科学出版社 1998 年版，第 46 页。

由接受者以往文学阅读所积累的经验、对文学形式和技巧的了解，以及自身的生活经历、文化水平和欣赏趣味等因素构成，是通过长期的社会实践和审美实践逐渐形成的。期待视野是一个包含了不同层次的有机结构体，其中既有源于接受个体的经验和理想，也有时代、社会、民族和传统的文化积淀。按照美国批评家霍拉勃的理解，"'期待视野'显然指一个超主体系统或期待结构，'一个所指系统'或一个假设的个人可能赋予任一本文的思维定向"①，其相当于心理学家皮亚杰所说的会对人类认识活动产生一定影响的先在"图式"。皮亚杰说："存在着一个为大家承认的一些认识论理论所共有的公设，即假定：在所有认识水平上，都存在着一个在不同程度上知道自己的能力（即使这些能力被归结为只是对客体的知觉）的主体；存在着对主体而言是作为客体而存在的客体（即使这些客体被归结为'现象'）；而首先是存在着在主体到客体、客体到主体之间起着中介作用的一些中介物（知觉或概念）……关于认识论的头一个问题就将是关于这些中介物的建构问题"。②这种"图式"不仅在接受过程中起作用，而且影响甚至规定着文学作品的社会功能或某种功能的某些方面的实现。由于每个接受者都有自己的阅读经验、知识积累和生活经历，因此在接受过程中每一个读者都是以自己的期待视野与文学作品发生关系。

期待视野像一个十分灵敏的雷达，使个体读者敏感地感知与自身具有"同构性"的作品，而对于那些在自己期待视野之外的作品，则会产生隔膜甚至"熟视无睹"。所以，读者以什么样的期待视野参与文学接受，将直接决定着文学社会功能实现的方向。

伊格尔顿指出，接受美学家伊瑟尔不仅强调读者的参与影响着文本意义的生成，而且还认为作品对读者也会产生重大影响，他说："最有效的文学作品是迫使读者对于自己习以为常的密码和期待产生一种崭新的批判意识的作品。作品质问和改变我们带去的固有信念，'否证'我们墨守成规的认识习惯，从而迫使我们第一次承认他们的本来面目。有价值的文学作品不仅不加强我们的既成认识，反而侵犯或僭越这些规范的认识方式，从而教给我们新的理解密码。"所以，在伊瑟尔看来，"阅读的全部意义就在于，它使我们产生更深刻的自我意识，促使我们更加批判地观察自己的身份，这就好像是，当我们努力阅读一本书时，我们所'读'的一直就是我们自己。"

参见［英］伊格尔顿：《二十世纪西方文学理论》，伍晓明译，北京大学出版社2007年版，第77页。

---

① ［美］霍拉勃：《接受理论》，周宁等译，见《接受美学与接受理论》，辽宁人民出版社1987年版，第341页。

② ［瑞士］皮亚杰：《发生认识论原理》，王宪钿等译，商务印书馆1985年版，第21~22页。

3. 个体接受和群体接受

制约接受活动的期待视野不仅与读者个体的阅读经验有关，而且还受群体接受的影响。群体接受显示了具有相近文化背景的社会群体在一定时期里的文学接受趋向，其形成于一定的社会心理和公众话题的推动，受制于特定的文学风尚、文化积淀和艺术惯例的影响。有相似或相近的文学观念与审美趣味，是群体接受形成的前提。与个体接受相比，群体接受具有一定的公共性和交流性。群体接受带来了文学接受上的"从众"现象，从而形成了对个体接受的制约和支配。在现代社会中，由于传媒技术的发展，文学活动受群体接受的影响越来越突出。阅读风气的形成和畅销书的出现，如20世纪80年代初国内掀起的武侠小说热和言情小说热，就是群体接受的产物。一个时代有一个时代的生活，生活在一个时代的人们有共同关心的问题，这些问题一旦在文学作品中得到了艺术表现，相关的作品就会被众多接受者争相传阅，群体接受的局面迅速形成。

文学风尚与群体接受的形成有着密切的关系。文学风尚是指在一定时期内，为适应社会上普遍流行的审美趣味而形成的文学风气和习惯。因为与社会普遍关注的文学问题有关，又有一定的时间性，所以文学风尚的兴起和消失都比较快。然而群体接受的广泛社会基础又使文学风尚具有相当大的感染力，不仅文学接受，甚至整个文学活动，都很难摆脱它的影响。新时期以来先后出现的"伤痕文学""反思文学""改革文学""寻根文学""新体验小说""新写实小说"以及"女性写作""私人化写作"等文学现象的发生和流行，在某种意义上说都和各个时期的文学风尚有关，从中可以看到文学风尚、群体接受与文学创作之间相互影响、彼此制约的互动关系。

影响群体接受的又一个重要因素是民族的审美文化积淀。民族审美文化积淀是在长期的历史过程中形成的，显示了一个民族与众不同的文化特点对文学接受的影响和制约，并由此形成了文学接受的传统与惯例。批评家将这种惯例描述为"每一个门类系统都是为了使该门类所属的艺术作品能够作为艺术品来呈现的一种框架结构"①，其不仅制约着作家的创作，而且也规定着读者的接受。对于接受个体来说，这种惯例是一种先验的存在，它形成于历史，却又存在于现实生活之中，既为民族群体所共有，又影响着每一个成员的个体选择，以融入个体接受期待视野的方式，从深层次上制约着个体的接受活动，对读者与文本的关系产生深刻的影响。例如，中国小说从传奇、话本、拟话本到章回体的独特发展道路，培养了中华民族欣赏叙事文学的习惯，使大多数读者至今依然习惯

---

① 参见［英］凯瑟琳·洛德：《社会惯例和迪基的艺术惯例的理论》，周金环译，见《美学译文》(3)，中国社会科学出版社1984年版，第237～238页。

于阅读那种故事性较强、人物性格鲜明、情节生动的小说；习惯于接受故事情节清晰、前后有照应、结局有交代的叙述方式，而对西方现代小说偏重于内心活动、头绪多跳跃大、离开情节去描绘人物的叙述方式则多少有些隔膜。

个体接受与群体接受之间存在着相互影响、相互制约的关系。群体接受不仅为个体接受营造了文学阅读的语境，在有意无意之间引导着个体的接受取向，而且还以它与审美习惯和文学传统的关联，影响着个体接受期待视野的形成。不过，群体接受的"从众"特点却有可能会限制人们对文学创新的敏感与认同。尧斯指出，当"接受者的意识无须转到尚属陌生的经验视野上"，还是以传统的眼光来看待作品的创新时，"那么这部作品就在向'美味'艺术或者消遣艺术的领域靠拢"①。而个体接受，特别是能在审美层面上阅读作品的个体接受，却能调整和转换自己的期待视野，适应作品的创新并影响群体接受的审美趣味。从这个意义上讲，个体接受又对提高群体接受的水平具有极其重要的作用。

第二节　阅读和欣赏

文学接受有多种形式，如阅读、欣赏、批评、研究等。对于一般的读者来讲，最基本也是最常见的两种接受形式是阅读和欣赏；在阅读和欣赏基础上对文学作品的批评、研究，则是带有学术阐释性质的接受活动。文学阅读和文学欣赏是两种不同的接受形式；从接受所介入的创造程度上讲，前者为消极接受，后者为积极接受，欣赏比阅读具有更自觉、更突出的审美性。文学欣赏作为一种审美性的接受活动，具有不同于一般阅读的心理特点，它要求读者在接受过程中更注重对文学作品审美表现的感受和体验，更强调想象和联想在接受过程中的作用，文学接受也因此才进入再创造的境界。

一、消极接受和积极接受

阅读和欣赏是文学接受的两种基本形式，但是二者有区别。人们通常认为，阅读属于消极接受，而欣赏则是一种积极接受。阅读是识字者都有的能力，也是人们在接受文学作品时最常见的状态和方式。其所以被视为消极接受是因为，在阅读中读者往往处于被动接受信息的状态，此刻的接受只是把文学作品当作一种读物，以了解文本的基本内容为目的。也就是说，一般的阅读使接受者还停留在对作品字词句的表层解析和思考上，尚未进入话语的深层寓意

---

① ［德］尧斯：《作为向文学科学挑战的文学史》，王卫新译，见《读者反应批评》，文化艺术出版社1989年版，第149页。

和关注作品的形式、技巧。这种接受方式实际上并没有把文学作品当作一个审美对象，因此也很难同作品中虚构的生活、人物、情景发生情感上的交流；阅读还没有做到"入乎其内"，没有深入到作家创造的艺术世界之中，也没有将自己的生活经验、思想情感带进对文学作品的感受和理解中去。质言之，阅读此刻还拘泥于语言文字的表层意义，还没有把作品所呈现的语言符号转换成艺术符号，没有以审美的方式感受和理解艺术形象。

> 对消极接受的特点，英加登做了如下分析：
>
> "在许多情况下，读者的全部努力都在于思考句子的意义，而没有使意义成为对象并且仍然停留在意义领域中。没有作出理智的努力，从所读的句子进入到同它们相应的和由它们投射的对象。当然，这些对象永远是句子意义自动的意向投射。然而，在纯粹消极的阅读中，人们没有试图理解它们，特别是没有综合地构成它们。所以在消极阅读中没有发生同虚构对象的任何交流。"
>
> "这种纯粹消极的接受的阅读方式——它也往往是机械的——在阅读文学的艺术作品和科学著作时都经常发生。人们仍然知道自己在读什么，然而理解的范围往往限于所读的句子本身。但是人们没有清楚地意识到自己读的是关于什么以及它的质的构成是什么。人们忙于应付句子意义本身而不是以这样的方式接受句子使自己能够通过它进入作品的对象世界；人们过分被个别句子的意义限制了。人们'一个句子接着一个句子'地读，每一个句子都是孤立地理解的；未能达到对刚读过的句子同其他句子（有时离开得相当远）进行综合地结合。如果要求消极的读者对所读过的内容作一简单的综述，他就会做不到。"
>
> 参见［波兰］罗曼·英加登：《对文学的艺术作品的认识》，陈燕谷等译，中国文联出版公司1988年版，第36～37页。

作为积极接受的文学欣赏则是读者为了满足审美需要，在理解文学作品的基础上，结合自身的经验感受，通过想象、联想、情感、思维、再创造等心理活动，以构成审美意象、获取美感愉悦的精神活动。文学欣赏者首先把自己当作审美主体，把文学作品当作审美客体，他虽然也关注作品的字词句及其意义，但并不拘泥于语言文字本身，而是要穿过语言符号这道"墙"，进入到作品的艺术世界中去；不仅感受文学作品所呈现的艺术世界和思想感情，而且还把自己的生活体验和人生感悟带入对作品的理解，参与对作品艺术世界的创造，和作为欣赏客体的艺术形象保持相似的情感与心境，才能使欣赏主体潜入作品，"入乎其内"，与作品虚拟的艺术世界融为一体，休戚相关，感同身受。不过这种想象性的介入只能是"暂时"的，而不是潜入作品后就不出来。欣赏既要"入乎其内"，又要"出乎其外"，因为文学欣赏只能建立在主体与对象既有交流又保持着某种审美距离的关系之上。

对读者来说，使文学作品中的艺术形象活跃于自己感受中的主要手段是审美想象。与其他艺术种类不同，文学欣赏面对的是语言作品，语言描绘的文学形象不具有绘画、雕塑所创造的艺术形象的直观性，要感受、欣赏只能间接存在的文学形象，显然更需要接受主体的介入和想象活动的参与。这种参与正如刘勰所说，具有"缀文者情动而辞发，观文者披文以入情，沿波讨源，虽幽必显"①的特点，即文学欣赏的审美想象可以视为作家创作想象的逆过程。这个观点不仅说明了文学欣赏的审美想象源于对审美客体的感受，又强调了欣赏者自己的生活经验是感受和理解作品思想感情的基础；读者只有依赖切身的人生体验，才能对作品所表现的思想感情有深切、细致的把握，实现接受美学所说的读者与文学文本之间的对话和交流。接受活动的审美想象虽然因为融入了读者的经验而有了一定的创造性，但是这种审美想象却是由作品引起的，读者的参与和创造是为了深化对作品的感受和理解，而不是任意的，更不应偏离作品。正如法国美学家杜夫海纳所说："想象不必预测，只须遵循本文的线路，不必为寻找题外之意而迷失方向。"②所以，对积极接受的读者主体来说，在文学欣赏的过程中，特别是在欣赏发生之初，欣赏者与欣赏对象能否处于相近或一致的情感状态或精神状况之中，将直接影响着欣赏的水平和质量。因为主体与对象在精神或心理上有无这种相似性，能否形成沟通和交流，常常决定着欣赏的成效。"忧心忡忡的、贫穷的人对最美丽的景色都没有什么感觉；经营矿物的商人只看到矿物的商业价值，而看不到矿物的美和独特性。"③在欣赏中，由于移情作用的缘故，欣赏主体会把自己的感情意绪移进、注入到欣赏对象中去，欣赏对象所蕴涵的情感志趣，也会调动、深化欣赏主体的感受。二者往复回流，才能带来欣赏的愉悦。在这里起重要作用的是欣赏主体的心境，欣赏者保持平和的心境最有利于审美活动的展开，因为心理变化太剧烈，往往会导致对文学作品欣赏的偏颇甚至偏离。

英国著名的文化批评家霍加特指出，读者也可以对文学作品进行"文学/文化"阅读，因为"一部艺术作品，无论它如何拒绝或忽视其社会，但总是深深地根植于社会之中的。它有其大量的文化意义"。据此，霍加特把"文学/文化"阅读分为"品质阅读"和"价值阅读"两种，前者强调对文学语言的审美阅读，后者则强调对文学的文化阅读。他说：

---

① 刘勰：《文心雕龙·知音》，见范文澜《文心雕龙注》下册，人民文学出版社1958年版，第715页。

② ［法］杜夫海纳：《审美经验现象学》，韩树站译，文化艺术出版社1996年版，第406页。

③ ［德］马克思：《1844年经济性哲学手稿》，见《马克思恩格斯文集》第1卷，人民出版社2009年版，第192页。

　　"品质阅读""表示试图尽可能完全地把握作品的肌质，表示首先注意到语言中的各种要素，重音和非重音，重复和省略，意象和含混等，然后由此向人物、事件、情节和主题运动。人们必须始终记住文学作品中有三个主要因素：审美因素、心理因素和文化因素。简而言之，审美因素是指那些为审美需要、以及形式结构等因素所决定的特征。心理因素是指那些显然是为特定作品的创作个人所决定的特征。文化因素则主要是由某个时期特定社会中产生某部作品的背景所决定的特征。"

　　"'价值阅读'，这个术语并不表示阅读者此刻正试图作出一个自在的作品的'价值判断'，而是说他试图尽可能敏锐和准确地描述出他在作品中所发现的价值。显然，他们不可能像测量一样是完全'客观的'或外在于作品，他只是正在被观察的场景中的一个角色。在任何为了文化意义所作的阅读中，他都必须从某些前提、选择活动以及某种预先存在的判断出发——否则，他就无法在众多可能的前提之间作出选择。在某些方面，他无法避免至少是作出隐含的价值判断，但他始终可以清醒地意识到自己的介入，并试图保持与'价值判断'相分离的'价值阅读'。"

　　"文学/文化"阅读理论的提出反映了文学理论在文学阅读研究上的多样化态势。

　　参见[英]霍加特：《当代文化研究：文学与社会研究的一种途径》，周宪译，见《当代西方艺术文化学》，北京大学出版社1988年版，第37、34～35页。

　　作为积极接受的文学欣赏，主要由审美感知、审美体验和审美判断三个阶段构成：

　　第一，审美感知。审美感知是文学积极接受的第一个阶段，是欣赏活动展开的基础。读者要从文学作品中获得审美感受，首先需要把握审美意象。但由于文学作品的审美意象并不具有直观性，呈现在读者面前的只是语言文字，所以读者的审美感知只能通过语言符号的引导，借助于联想和想象才能形成审美意象，这就使文学接受的审美感知有了三个特点：第一，作为审美感知对象的审美意象是间接形成的；读者不能依靠感官直接获得对文学作品的审美感受，而必须借助于对语言符号的感知和想象间接获得。第二，审美感知既是对作品本身的把握，又具有一定的主观性；读者对作品语言形象的想象，要依赖自己的生活经验和审美经验，这使读者的审美感知不能不带有一定的主观成分。第三，审美感知具有差异性。由于接受活动的想象性和主观性特点，使得读者获得的审美意象与作家创造的审美意象，在可感形式和内在意蕴上都存在着一定的差异，由此形成了不同的读者对同一作品的审美感知不尽一致，甚至存在着较大差异。

在审美感知活动中，读者对审美意象的感受有一个从个别、分散的具体对象，上升到圆满、完整的审美意象的过程，审美感觉也在这个过程中上升到审美知觉。知觉是在感觉的基础上形成的，是对审美对象的各个部分、各种属性的综合、整体的把握，由此才可能形成由诸多感觉材料综合而成的审美意象。例如，读马致远的《天净沙·秋思》，读者的感觉如果只是停留在枯藤、老树、昏鸦等个别的、分散的、孤立的事物表象上，就无法进入这首小令的艺术境界。读者只有按照作品文字符号所规定的系统结构模式，将这些感觉材料综合起来，才能获得生动完整的审美意象，感受到飘零在外的孤独游子对家人亲情的思念之心。从这个事例可以看出，虽然文学接受的审美感知不可避免地带有一定的主观性和差异性，但是审美感知不同于日常生活中的感觉的最大特点，就在于对审美对象的整体性把握。

审美感知中还有一个重要的现象，就是通感，或称作联觉。所谓通感或联觉是指接受主体在想象中将不同的感觉器官的信息通道联系起来，使各种感觉材料交叉刺激，互相补充，彼此渗透，相互转换，从而形成生动鲜明、完整统一的感知映像的审美心理活动。在文学接受中由听觉感受引起视觉形象，或由视觉形象触发听觉感受，或由视觉、听觉而沟通其他感觉器官的感受，这样的接受心理现象是屡见不鲜的。

第二，审美体验。审美体验是文学积极接受的第二个阶段。接受者对感知到的审美意象进一步展开体察或体认的心理活动，构成了这一阶段的文学欣赏。在审美感知的基础上，接受者往往会把自己的生活经验带入对作品的感受和理解中，入乎其内，设身处地，推己及人，物我两忘，从而使外在于自身的审美意象成为自己的欣赏对象。此刻，接受者或将自己的经验感受融入对作品的体认之中，使审美意象更为生动、具体；或在审美意象的浸润中丰富自己的感受经验，通过审美体验提升自己的精神境界。于是，审美体验成为接受者与文学对象对话交流的过程，文学欣赏也因此达到新的境界。

文学欣赏的审美体验包括两个方面：第一是通过接受者的感受查验审美意象，我国古代文论称之为"品尝""品味"或"玩味"。这种比喻性的说法虽然有些模糊，却道出了接受者查验审美意象的特点就在于对其语言形式的把玩。正如豪泽尔所说："如果我们仅仅理解了作品的思想内容和那些完全可以用语言表达的成分，那么我们事实上并没有理解它的独特的艺术价值和美学结构。这种艺术价值和美学结构存在于字里行间，并不是用明白的语言表达出来的。特殊的艺术幻觉和形象并无明确无误的概念与之对应。"[①]也就是说，对文学

---

① ［匈牙利］豪泽尔：《艺术社会学》，居延安等译，学林出版社1987年版，第179~180页。

作品审美意象的深入感受不能停留在对语言的理性分析上，而是需要用切身的经验，以感性体验的方式细细品味语言形式。审美体验的第二个方面是对文学作品艺术境界的体认。文学作品不仅描绘和表现现实人生，同时也是对现实世界的超越和提升，人们之所以欣赏文学作品就是因为文学世界往往能把我们带入一个洞悉人生甚至超越现实的艺术境界。在这个艺术境界里，读者不仅对熟悉的生活现象和人生经验有了新的感知，而且更获得了精神人格的滋养与升华。可以说，审美体验所包括的对审美意象的体察玩味和对艺术境界的融入认同两个方面，体现了文学接受活动在深化阶段的重要特点，那就是接受活动此刻沉迷陶醉在艺术氛围之中，处于一种超越现实的"物我两忘"状态。

第三，审美判断。文学积极接受的第三个阶段是审美判断。接受者在获得审美体验之后，往往会在有意无意之间对已经获得的精神满足和审美享受进行回味和咀嚼，试图分析和领悟在自己接受活动中所获得的感受与体认，从而对审美意象的感性形态、审美趣味和价值取向作出或认同或质疑或否定的判断，这个过程就是审美判断。审美判断是审美体验的一种理性升华。

接受活动要进入审美判断，前提是要从审美体验的沉迷中解脱出来，以"出乎其外"的视角和心境审视作品。所谓"出乎其外"，用现代美学来解释，就是审美主体与审美客体要拉开一定的心理距离。英加登说："在审美经验过程中的认识行为，特别是那些涉及审美对象有价值的方面及其内在结构的认识行为，似乎是一种特殊的行为，在理解力上远远超出了任何审美经验的感知因素。它的特殊性质仍然有待研究，这里我们只能说它们是瞬时的启发，一种特殊的直观，可以使我们对正在构成的审美对象保持一定的距离。"[1]因为只有保持一定的距离，我们才能超越感觉、感受的局限，并追问其所以形成的原因，进而做出价值反应和审美判断。不过，作为文学欣赏的审美判断并不同于逻辑判断。逻辑判断是一个"蒸发"事物表象、从具体到抽象的推理过程，而审美判断则是寻找感性反应形成的原因，追问感性反应的价值取向，这是一种由感性直观直接升华为"顿悟"的思维活动；"顿悟"虽有理性的意义，却不是理性分析的逻辑推理，更无抽象概念的参与。审美判断始终不脱离具体的审美意象，既不借助于抽象的概念分析，也没有思辨推理的过程。因此，文学欣赏的审美判断只有理性的效应而无逻辑判断的必然性，它只是具体、个别的审美主体根据个人的审美经验对文学作品审美性的一种认知。因此，对文学欣赏的审美判断来讲，"有一千个读者就有一千个哈姆莱特"可谓常见的现象。

根据上述讨论，可以说文学接受就是读者以自己的生活经验和审美趣味读

---

① ［波兰］英加登：《对文学的艺术作品的认识》，陈燕谷等译，中国文联出版公司1988年版，第410～411页。

解、感受和体认文学作品的过程。

> 《红楼梦》第二十三回写林黛玉聆听、欣赏《牡丹亭》一段，可以视为对文学欣赏全过程即"感知—体验—判断"过程的生动描绘，细细品味，有助于理解文学欣赏的特点：
>
> "这里黛玉见宝玉去了，听见众姐妹也不在房中，自己闷闷的。正欲回房，刚走到梨香院墙角外，只听见墙内笛韵悠扬，歌声婉转，黛玉便知是那十二个女孩子演习戏文。虽未留心去听，偶然两句吹到耳朵内，明明白白一字不落道：'原来是姹紫嫣红开遍，似这般，都付与断井颓垣……'黛玉听了，倒也十分感慨缠绵，便止步侧耳细听，又唱道是：'良辰美景奈何天，赏心乐事谁家院……'听了这两句，不觉点头自叹，心下自思：'原来戏上也有好文章，可惜世人只知看戏，未必能领略其中的趣味。'想毕，又后悔不该胡想，耽误了听曲子。再听时，恰唱到：'只为你如花美眷，似水流年……'黛玉听了这两句，不觉心动神摇。又听道：'你在幽闺自怜……'等句，越发如醉如痴，站了立不住，便一蹲身坐在一块山子石上，细嚼'如花美眷，似水流年'八个字的滋味。忽又想起前日见古人诗中，有'水流花谢两无情'之句；再词中又有'流水落花春去也，天上人间'之句；又兼方才所见《西厢记》中'花落水流红，闲愁万种'之句：都一时想起来，凑聚在一处。仔细忖度，不觉心痛神驰，眼中落泪。"
>
> 参见曹雪芹：《红楼梦》第二十三回"西厢记妙词通戏语，牡丹亭艳曲警芳心"，人民文学出版社1973年版，第270~271页。

二、语感、体认和想象

作为积极接受的文学欣赏是一种审美的心理活动，接受者的鉴赏心理有着不同于阅读心理的特殊性。一般的阅读从识文断字开始，是在理解字词句的基础上，通过识别、分析、记忆而获取相关知识，主要是一种逻辑思维活动，遵循的是认识活动的一般过程和规律。在阅读活动中，读者虽然可以有不同的见解，但这种差异主要源于不同的认识和理解，并非产生于读者个人的意愿、情感和想象，也不是读者对作品形象世界的虚拟、假设、延伸和发展。阅读需要读者以客观的立场、冷静的分析、准确的判断去理解文本的本意。文学欣赏则不同，文学欣赏的心理活动属于审美心理活动，一般阅读所排斥或拒绝的那些主观的、情感的、想象的心理因素，在文学欣赏中不仅允许存在，而且还相当活跃。在文学鉴赏的心理活动中，语感、体认和想象起着重要的作用。

1. 语感

文学欣赏所说的语感是指读者感受文学语言符号的审美特点及审美蕴涵的

能力，其具体表现为对文学话语形式的音、形、义等方面的审美性的直觉反应，如对文学语言隐含意义的领悟，对语言形式和语言技巧表意功能的理解，等等。语感的形成与一个人的文化程度和阅读经验有着密切的关系。一个读者的语感如何，对于文学欣赏来说具有极其重要的意义。这不仅因为文学是语言的艺术，文学形象及其蕴含的思想感情都是通过语言来表现的，对语言的感受能力将直接影响到能否把文学作品作为自己的欣赏对象；同时还因为文学的语言要比日常生活语言更为讲究修辞，具有隐喻性、情感性、含蓄性、象征性等特点，从而使文学话语常常带有必须揣摩方可感受的"言外之意"。因此，是否具有敏锐的语感，也就成为读者能否进入欣赏境界的关键。关于语感，夏丏尊有一段话被广为征引，他说：

　　　　在语感敏锐的人的心里，"赤"不但只解作红色，"夜"不但只解作昼的反对吧。"田园"不但只解作种菜的地方，"春雨"不但只解作春天的雨吧。见了"新绿"二字，就会感到希望焕然的造化之工、少年的气概等说不尽的情趣。见了"落叶"二字，就会感到无常、寂寥等说不尽的诗味吧。真的生活在此，真的文学也在此。①

　　这是针对中学语文教学而言的，实际上也完全适用于欣赏。"赤""夜""田园""落叶"这些字词都极为平凡，但对语感敏锐的人来讲，却能感受到这些普通词语后面所隐含的意味，进而感受其中的诗味，获得生动的形象感。对语感敏锐的读者来说，文学作品的语言好像有一种特别的魔性，读者会因为它的诱导而走进一个绚丽多彩的艺术世界。

　　语感的作用在于通过感觉和感知语言文字的深层内涵来激发读者对文学形象的想象，所以语感会直接影响到文学欣赏的展开。一个语感丰富的读者，往往可以透过看似平凡的语言文字具体地感受艺术形象的形态、情状、氛围，让它们从抽象的语言符号中站立起来，由模糊到清晰，由简单到复杂，由单一到丰富，由静态到动态，直至活灵活现、跃跃欲动、栩栩如生，形成更生动、更丰满的艺术形象。而敏锐语感的培养与形成，则取决于我们对语言文字的文化内涵和文学语言特点的熟悉与理解。

　　2. 体认

　　对于文学欣赏来说，借助于语感去感觉和感知艺术形象只是第一步，欣赏还要求读者必须调动自己的情感，把自己的生活经验和思想经验投入到艺术形象中去，以己之身、以己之心去察觉、感受艺术形象，作出自己的审美取舍，

---

　　①　夏丏尊：《传染语感于学生》，见《夏丏尊散文选集》，百花文艺出版社 2009 年版，第 14 页。

这就是文学欣赏中的"体认"。

在阅读作品之前，作品中的艺术形象对读者来说是陌生的；在初始阅读过程中，读者和作品之间也保持着一种距离；只有经过阅读之后，由于体认的参与，最初的陌生感和距离感才会渐渐消失，在读者和作品之间逐渐建立起一种默契，以至让读者产生共鸣，使他的思想感情与作品所表达的思想感情相通甚至相同。由此可见，所谓的体认，就是指欣赏者以感同身受、设身处地、推己及人的方式体察文学作品及其艺术形象。从这个意义上说，文学欣赏的体认过程实际上是一个情感投射的过程，即"同化"或"移情"的过程。这里所说的"同化"（assimilation）源于哲学解释学，其本意是指为了理解历史事件，解释者需要体验或设身处地地理解历史人物的命运，想象自己在当时的境况中会如何思想和行动，指出这种"同化"就是将异己的东西转化为自己的东西，使他人的经历、情感成为自己的经验。接受美学则通过"同化"强调接受活动的互动性，指出文学接受的特点就在于读者以自己的审美心理结构整合文学作品，当作品的审美信息与接受者的审美心理结构相近或一致时，读者的审美心理结构就得到强化与巩固。"同化"是接受者首先采取的本能性的心理行为，他总是从既有的审美心理结构出发，去领悟、理解、解释作品，接受那些与其审美心理结构具有同构性的作品，排斥或不喜欢与他的审美心理结构具有非同构关系的作品。

但是对读者来讲，拒绝或排斥与自己的审美心理结构相异的作品，其实是不利于文学欣赏的。在文学接受中往往有这种情形，即有些读者不愿放弃那些自己一时还读不懂的作品，而是想方设法改变自己原有的期待视野，补充和更新自己的审美心理结构，使自己能够适应和理解这些作品。这就是文学接受研究中所说的审美心理结构的"顺应"问题。文学接受中的"顺应"不仅经常发生，而且也是必要的。特别是在社会变革和转型的时期，由于文学的观念、形式、手法和技巧都会发生或大或小的变化，势必导致文学创新，从而出现与读者审美期待相异的作品，这就需要读者调整和更新自己的审美心理结构，丰富和拓展自己的审美视野。皮亚杰指出："认识的获得必须用一个将结构主义和建构主义紧密地联系起来的理论来说明，也就是说，每一个结构都是心理发生的结果，而心理发生就是从一个较初级的结构过渡到一个不那么初级的（或较复杂的）结构。"[①]从这个意义上说，顺应意味着新的审美心理结构的形成和建立。

文学欣赏"体认"中的"同化"，并不等于"移情式阅读"。"移情式阅读"是指读者不是以审美欣赏的态度与作品发生关系，而是让自己充当作品中

---

① ［瑞士］皮亚杰：《发生认识论原理》，王宪钿译，商务印书馆 1985 年版，第 15 页。

的角色，在作品中寻找和自己相似的人物，移情于人物身上，以人物自居，并以此来理解和评说作品。鲁迅在论及应怎样看待《红楼梦》的社会影响时，就曾批评过这种"移情式阅读"。他说："……中国人看小说，不能用赏鉴的态度去欣赏它，却自己钻入书中，硬去充一个其中的脚色。所以青年看《红楼梦》，便以宝玉、黛玉自居；而老年人看去，又多占据了贾政管束宝玉的身份，满心是利害的打算，别的什么也看不见了。"①这个分析说明了文学欣赏"体认"的审美性，"同化"是以读者的经验填充形象的空白，目的在于丰富对形象的感受，而不是充当作品中的角色，抹杀审美的距离。

3. 想象

文学的语言形式虽然可读可听，但与其他艺术相比，语言塑造的文学形象却不具有直观性，它既不能像造型艺术那样呈现具体的视觉形象，也不能像音乐那样直接作用于人的听觉感受。其他艺术塑造形象的媒介如线条、色彩、节奏、旋律、动作等，都与某种感官相连，与之相关的艺术形象也因此具有了视觉性、听觉性或触觉性。可是在文学作品中却不可能直接呈现这种诉诸感官的艺术形象，作家只能将一切感官感受转化成语言，用语言来描写、叙述。所以读者要从文学作品中得到具体生动的形象感，则需要通过对语言的感受和理解，依赖心灵的想象来获得。换句话说，其他艺术创造的视觉形象或听觉形象可以靠直接刺激接受者的感官来实现，而文学欣赏中读者的形象感则要靠对语言的想象来获取。正因为这样，读者的想象力才成为文学欣赏活动中的关键性因素，缺乏想象力的读者则很难进入深层的文学欣赏状态。

文学表达思想感情、塑造艺术形象的特点，也要求接受活动中的读者必须具备丰富的想象力。以语言为媒介来塑造艺术形象，使文学形象具有了不确定的特点，即使作家的描绘鲜明生动、细致入微，也难以改变文学形象的这种模糊性。因为在感受文学形象时，读者对语言描绘的想象，总是自觉不自觉地把自己在生活中获得的人或物的印象当作想象的根据，"依样画葫芦"般地想象语言描述的那些形象。而读者又有各自的生活经验和形象记忆、情绪记忆，所以他们想象的情况总不大一样，即使对同一个人物形象，不同读者的想象也会有很大的出入，就像鲁迅说的，"我们看《红楼梦》，从文字上推见了林黛玉这一个人，但须排除了梅博士的《黛玉葬花》照相的先入之见，另外想一个，那么，恐怕会想到剪头发、穿印度绸衫，清瘦，寂寞的摩登女郎；或者别的什么模样，我不能断定。但试去和三四十年前出版的《红楼梦图咏》之类里面的画像比一比罢，一定是截然两样的，那上面所画的，是那时的读者的心目中的

---

① 鲁迅：《中国小说的历史的变迁》，《鲁迅全集》第 9 卷，人民文学出版社 2005 年版，第 348 页。

林黛玉"①。作家描绘如此具体的人物形象都能引起这样丰富的想象，那些着墨不多或写意性的形象，当然会给读者留下更大的想象空间。从这里可以看出审美想象在文学欣赏活动中的重要性。

三、欣赏的再创造

文学欣赏是一种再创造的活动。王朝闻指出："欣赏活动……应该说不是简单地接受作品的内容。对于欣赏者自己来说，当他受形象所感动的同时，要给形象作无形的'补充'以至'改造'。这种精神活动不是一成不变的，更不是毫无限制的，但它是可能的和必要的。"②这里说的就是文学艺术欣赏中的再创造。

文学欣赏之所以具有再创造的特点，原因是多方面的。如前所述，处于欣赏状态中的读者，对文学作品的接受并不是简单地照搬和复制；读者会根据自己的生活经验、形象记忆和情绪记忆来想象作品中的艺术形象，这使文学欣赏带有了一定的加工改造的成分，正是读者对文学作品的这种补充、丰富和拓展，使文学欣赏成为一种在作家创作基础上的二度创造。文学欣赏的再创造性说明，欣赏活动给予读者的感受，并不是作家或作品单方面提供的，而是读者参与创造，与作家、作品共同"合作"的结果。

1. 召唤结构与再创造

文学作品之所以能引起读者的再创造，是因为文学文本在结构上具有非文学文本所不具有的一个特点，即接受美学所说的"召唤结构"。"召唤结构"是文学作品所以能够吸引读者，激发他们的丰富想象，使文学接受成为审美活动的重要原因之一。

"召唤结构"是德国美学家伊瑟尔首先提出的。伊瑟尔在研究接受活动的特点时，试图解释这样两个问题：其一是文学作品如何调动了读者的能动作用，促使他对文本的描述进行个性加工；其二是文本在何种程度上为读者的加工提供了预结构。伊瑟尔认为，文学文本和非文学文本的区别在于，非文学文本描述的对象具有外在的现实性和确定性，所使用的语言是一种解释性或说明性的语言；而文学文本则是虚构的产物，其中虽然也有来自现实世界的成分，但这些成分的组合方式已经发生了变化，从而构成了一个人们似乎熟悉但实际上是陌生的世界。所以，与现实生活中的实践交往不同，文学接受最重要的特点就是"不存在面对面的情境。文本不能使自身适应每一个开始和它接触的读者"，"读者永远也不可能从文本那里了解到，他对于它的观点是如何准确，

---

① 鲁迅：《看书琐记》，《鲁迅全集》第5卷，人民文学出版社2005年版，第560页。

② 王朝闻：《欣赏，"再创造"》，《王朝闻文艺论集》第2集，上海文艺出版社1979年版，第124页。

或者如何不准确"①。正是在这个意义上，接受美学认为文学文本的基本特性就是"不确定性"，并进一步指出，"在文本中，不确定性有两种基本结构——空白和否定"。例如，文学形象作为一种表意符号的含蓄和多义、文学作品在描述和结构上所留下的各种空白，都是不确定性的体现。文学接受就是在这种不确定性的基础上发生的，"这些空白和否定是文学交流的基本结构，因为它们引起了在文本和读者之间发生的相互作用，而且从某种程度上来说，它们也调节这种相互作用。"②伊瑟尔指出，不确定性的存在及其对读者的影响，形成了文学文本特有的"召唤结构"，"这些空白引诱读者去实施存在于文本之中的基本运作过程"，③要求读者在接受过程中必须调动自己的审美想象力，发现空白，玩味文本中那些沉默无言的因素，并用自己的经验和感受将这些空白填补起来，更积极、更自觉地参与文本的创造。也就是说，文学接受的召唤性并不是外在于文学文本的东西，也不是读者强加于接受活动的，而是文学文本自身具有的结构特征。在伊瑟尔看来，空白的存在并不是文学文本的缺陷，相反，正是这种不确定性使文学文本具有了召唤和推动读者参与文学创作、开拓想象空间的可能。召唤结构是文学文本能够激发读者想象，使读者以再创造的方式参与接受的根本原因。

具体说来，由于不确定性的存在，文学文本具有了开放性。它促使读者积极地去填补空白，为读者提供了想象和解释的空间。比如，叙事作品情节线索的突然断开，或者朝出人意料的方向发展；一个叙述部分围绕着某个人物展开，又突兀地转向另一个人物；只有部分场景或对话在文本中得到了较为具体的展现，而更多的场景和对话却被省略，等等，中间都存在着不确定因素，都给读者留下了某种空白。"这样做的结果，我们努力去想象这个故事会怎样发展；而通过这种方式，我们就加强了我们固有的、对这个故事中的事件过程的参与。"④文学的魅力显然和文学文本的这种"召唤结构"有关，因为"空白使读者恢复了故事本身的生命——他和故事中的人物一起，体验着他们的活动。在关心故事的绵延这个方面，读者的缺乏知识在一定程度上把他和人物联

----

① ［德］伊瑟尔：《审美过程研究——阅读活动：审美响应理论》，霍桂恒译，中国人民大学出版社1988年版，第225页。

② ［德］伊瑟尔：《审美过程研究——阅读活动：审美响应理论》，霍桂恒译，中国人民大学出版社1988年版，第248页。

③ ［德］伊瑟尔：《审美过程研究——阅读活动：审美响应理论》，霍桂恒译，中国人民大学出版社1988年版，第230页。

④ ［德］伊瑟尔：《审美过程研究——阅读活动：审美响应理论》，霍桂恒等译，中国人民大学出版社1988年版，第262页。

系在一起了——在他看来，人物的未来是一种可以体会的不确定性。"①一般说来，在提供足够信息的前提下，文学文本所包含的不确定性和空白愈多，给读者留下的想象空间就愈大，就愈能激起读者参与的积极性和创造性，接受活动也才可能成为审美的精神享受。

"召唤结构"虽然给读者的创造提供了相当的自由度，但是这并不意味着读者可以任意想象，因为"召唤结构"的不确定性是相对而言的。就像伊瑟尔说的，"本文相对的不确定性提供了读者把它具体化的范围。但是，这并不等于说读者理解是主观任意的。因为确定性和不确定性的结合制约着本文和读者之间的相互作用。不能把这种双向过程称为主观任意的"②。这就是说，"召唤结构"实际上既包含着不确定性，同时还具有一定的确定性，确定性和不确定性的交织决定了读者的接受活动既有选择的自由性，又是非随意性的。

2. 期待视野与再创造

与鉴赏对象具有"召唤结构"相对应，文学鉴赏对作为接受主体的读者也有某种要求，接受美学称之为"期待视野"。"期待视野"是说文学欣赏的发生，不仅与作为欣赏对象的文学作品有关，而且还受制于作为欣赏主体的读者；读者已有的经验、知识、趣味、能力构成了他与作品发生关系的范围和限度，影响着接受作品的心理过程和接受效果。读者的欣赏活动，就是在这个范围内，在其既定的心理框架中展开的。马克思说："如果你想得到艺术的享受，那你就必须是一个有艺术修养的人。"③鲁迅说："读者也应该有相当的程度。首先是识字，其次是有普通的大体的知识，而思想和感情，也须大抵达到相当的水平线。否则，和文艺即不能发生关系。"④都强调了期待视野对欣赏活动发生的重要性。加达默尔说："在理解活动的一开始，就有一种对意义的预期引导着我们的理解努力。"⑤从这个意义上说，读者要培养自己的鉴赏能力，提高自己的鉴赏水平，首先需要构建和调整自己的期待视野，丰富自己的人生阅历，加强自己的艺术修养。期待视野的建构和拓展，是读者有可能欣赏各种文学作品的必要条件。

尧斯的接受研究尤为关注期待视野在接受活动中的作用。他指出，读者接

---

①　［德］伊瑟尔：《审美过程研究——阅读活动：审美响应理论》，霍桂恒等译，中国人民大学出版社1988年版，第262页。

②　［德］伊瑟尔：《审美过程研究——阅读活动：审美响应理论》，霍桂恒等译，中国人民大学出版社1988年版，第32页。

③　［德］马克思：《1844年经济学哲学手稿》，《马克思恩格斯文集》第1卷，人民出版社2009年版，第247页。

④　鲁迅：《文艺的大众化》，《鲁迅全集》第7卷，人民文学出版社2005年版，第367页。

⑤　［德］加达默尔：《美学和解释学》，夏镇平等译，见《哲学解释学》，上海译文出版社1994年版，第102页。

受文学作品时的心理活动并不是主观随意的，只能在某种期待视野的引导下与作品发生关系，"接受一个文本的心理过程在美学经验的基本视野中绝对不只是纯粹主观印象的随意序列，而是在一个受到引导的感知过程中对某些指示的执行"。在尧斯看来，期待视野的存在不仅表明了文学接受要受制于读者已有的经验和知识，而且影响着接受活动的创造性。他指出，"文学的期待视野比历史的生活实践的期待视野更为突出，因为它不仅保存了已有经验，而且还预期有待实现的可能，并为了新的希望、要求和目标而扩大社会行为的有限空间，从而开辟了通向未来经验的通道"；"只有当读者的文学经验进入他生活实践的期待视野、孕育出他理解世界的能力，从而反作用于他的社会行为，才能清楚地看到文学天生具备的社会功能"[①]。

期待视野的形成与阅读动机有一定的关系。根据心理学理论和文学接受类型，读者的阅读动机大体上可分为三种：一是补偿性动机，即通过阅读寻求个体情感的满足；二是求知性动机，即通过阅读寻求对社会、人生的认识或感悟；三是审美创造动机，即通过阅读寻求作家的审美创造。不管出自哪一种阅读动机，都会对期待视野产生影响。正如萨特所说："阅读过程是一个预测和期待的过程。人们预测他们正在读的那句话的结尾，预测下一句话和下一页；人们期待它们证实或推翻自己的预测，组成阅读过程的是一系列假设、一系列梦想和紧跟在梦想之后的觉醒，以及一系列希望和失望；读者总是走在他正在读的那句话的前头，他们面临一个仅仅是可能产生的未来，随着他们的阅读逐步深入，这个未来部分得到确立，部分则沦为虚妄，正是这个逐页后退的未来形成文学对象的变幻的地平线。"[②]萨特的阐述，让我们更深切地认识了文学接受过程中期待视野的作用和意义。

为了更好地展开接受活动，读者还需要调整和拓展自己的期待视野。从理论上说，读者与作品的交流所以能够进行，是因为期待视野与作品之间有一种"同构"关系。然而在接受实践中，两者却常常有距离甚至发生矛盾。这是因为读者的审美心理结构是在一定的时代、社会、文化传统中形成的，不可避免地带有某种局限，这就使任何个体的期待视野都不可能完全应对丰富多样的文学世界，使他在欣赏中能与各种文学作品产生交流。如果碰上文学发生了某种变革时，读者的接受活动甚至会因此而陷入困境。这种困境说到底就是期待视野与创作和作品的距离阻碍了欣赏的进行，为解决这一问题读者就必须调整自己的期待视野。

---

① ［德］尧斯：《作为向文学科学挑战的文学史》，王卫新译，见《读者反应批评》，文化艺术出版社 1989 年版，第 147、168、166 页。此文把 expectation horizon 译为"期望视野"，现按通行的译法，均改为"期待视野"。

② ［法］萨特：《什么是文学》，施康强译，见《萨特文学论文集》，安徽文艺出版社 1998 年版，第 96～97 页。

期待视野是一个多层面的复合体，视野的调整因此会涉及诸多因素。从文学接受的角度讲，首先需要调整的大约是读者在审美选择上的"偏食"。如上所述，由于期待视野的局限，任何一个读者在阅读中都难免发生一定的"偏食"现象，但是作为文学的接受者，读者要清醒地认识到出于个人审美趣味的选择仅仅只是文学审美世界中的一花一瓣而已。要想进入丰富多样的文学世界，要想培养和提升自己的审美能力，就不能囿于自己狭小的经验世界，而要以开放的审美观念去阅读各种各样的文学作品，在阅读中拓展审美空间，提高审美能力，在文学接受的实践中调整和拓展自己的审美格局，使自己的期待视野能够适应社会文化和文学活动法则中的变化。

对期待视野的调整来说，更深层的变化是调整文化结构。文学活动不仅是一种审美活动，同时还表现和包容了种种文化现象。读者能否接受某一种或某一类文学作品、能接受到什么程度，不仅涉及审美趣味，更涉及审美活动赖以形成的社会文化。但是，文化结构的形成却是社会历史的积淀，文化结构模式对读者的影响具有相当的稳定性，要撼动它、改变它，不仅需要读者付出更大的努力，而且与整个社会的变化息息相关。

霍拉勃在研究"接受理论"的著述中指出，"'视野'这一术语在德国哲学圈子里屡见不鲜"，作为一个理论概念它的含义大体上经历了这样一个变化过程：

"伽达默尔曾用它指'我们从一个特殊的有利角度把一切尽收眼底的视觉范围'。在相同背景中，他的前辈胡塞尔和海德格尔同样引用了这一概念。视野与'期待'一词的复合使用也并非全新，科学哲学家卡尔·波普尔和社会学家卡尔·曼海姆早在尧斯之前就采用了这一术语。它似乎与文化事务也有一种先在的联系。艺术史家 E. H. 冈布里奇在波普尔的影响下，在《艺术与幻觉》一书中把'期待视野'定义为一种'思维定向，记录过分感受性的偏离与变异'。因此，'视野'与'期待视野'出现的背景极为广阔，从德国现象学理论一直到艺术史。"

参见［美］霍拉勃：《接受理论》，周宁等译，见《接受美学与接受理论》，辽宁人民出版社1987年版，第340页。

3. 期待视野与召唤结构的关系

当读者具备了某种期待视野，作为鉴赏对象的文学文本也具有某种召唤结构的时候，并不一定会形成审美的欣赏关系。文学欣赏关系的确立，不仅仅要求鉴赏的主客体都具备了所必需的条件，而且要求鉴赏活动的主客体之间，即期待视野和召唤结构之间，应该有一种相互对应的关系，即读者的期待视野与文学文本的审美表现以及文本的召唤结构，应处在同质同构的关系中，使期待视野和召唤结构能够一致或相近。假如一个读者具有良好的现代文学修养，有着丰富的生活经验，但他面对的却是一个古代文学的文本，即期待视野和召唤结构之间、主体与对象之间存在着不对应或错位现象时，他对作品的感受就势必会受到限制，从而影响鉴赏的质量和深度。

在鉴赏活动中，读者的期待视野有时候可能和作品的召唤结构、与作品所表现的审美经验一致或相近，有时候却可能不一致或有落差，即二者之间没有形成对应性的关系，鉴赏质量就会发生问题，甚至可能根本不会形成鉴赏关系。这时候，就需要读者去了解自己不熟悉的召唤结构，调整自己的期待视野。尧斯说："假如人们把既定期待视野与新作品出现之间的不一致描绘成审美距离，那么新作品的接受就可以通过对熟悉经验的否定或通过把新经验提高到意识层次，造成'视野的变化'。"①尧斯把期待视野的调整视为读者接受水平的提升。一般说来，优秀的文学作品都有其艺术的独创性和新颖性，它们不可能简单地迎合读者既有的期待视野，而总是要打破读者熟悉的视野，开拓新的审美对象和空间。所以，为了更好地也是更多地鉴赏文学作品，读者必须不断地改变自己的期待视野，以适应不断发展不断变化的文学创作。由于读者的期待视野是随着其生活经验和审美经验的增加而不断变化的，因此，在一个时期畅销的作品到了另一个时期可能会变得湮没无闻，而某些在问世之初不被重视的作品后来却可能得到人们的高度评价。

> 研究阅读史的曼古埃尔以卡夫卡的作品为例，指出阅读活动的创造性在很大程度上与作家及其创作的文本有关，也就是说文本的召唤结构会直接影响到人们的接收方式和接受效果。他说：
> 卡夫卡受到了从字面上、寓意上、政治上、心理学上各角度的读法。阅读所产生的著作总是在数量上胜过孕育它们的文本，这是老话，但是，下面这道事实还是透露了一些阅读活动的创造性本质：同样的一页可能会令一些读者大失所望，而另外的读者可能会开怀大笑。我的女儿蕾雀儿在 13 岁时就读《变形记》，认为它是一则幽默故事；卡夫卡的朋友雅努赫将此部小说读成一篇宗教和伦理寓言；布莱希特将它解读成"唯一正牌的布尔什维克主义作家"之作；匈牙利评论家卢卡奇将它封为颓废布尔乔亚的代表作；博尔赫斯将它诠释成对芝诺的吊诡（paradoxes of Zeno）的重新铺述；"法国评论家马尔泰·罗贝尔说它是最清晰纯净的德文著作之一"；纳博科夫则将它（部分地）读成一则青春期忧惧（adolescent Angst）的寓意故事。事实则是，卡夫卡的故事是从他自己的阅读经验所滋养出来的。这些故事一边提供了理

---

① ［德］尧斯：《走向接受美学》，周宁等译，见《接受美学与接受理论》，辽宁人民出版社 1987 年版，第 31 页。

解的幻觉，一边又让这种幻觉消失无踪；换句话说，它们暗中破坏作者卡夫卡的技艺，以满足读者的卡夫卡的需要。在卡夫卡死于维也纳左近的疗养院后7年，葡萄牙诗人费尔南多·佩索阿在其《尸检描记》一书中写道："诗人是作伪者。"他补充到："那些读他作品的人他们阅读时，并未感受到首鼠两难的痛苦，而他们的痛苦全然是虚构。"

　　参见[加拿大]阿尔维托·曼古埃尔：《阅读史》，吴昌杰译，商务印书馆2002年版，第115页。

第三节　文学批评

　　作为一般的读者，文学接受的方式主要是阅读和欣赏，他的判断和批评往往是不自觉的；而对于文学研究者来说，则要将文学接受从阅读和欣赏推进到分析、解释和批评。文学批评是文学接受的又一种存在方式，或者准确地说，文学批评是一种理性分析的文学接受方式。作为文学接受的一种具体形态，批评与阅读、欣赏既有内在的联系，也有很大的区别，其集中体现为批评是阅读和欣赏的延续与深化。虽然阅读和欣赏也含有一定的分析、评价的成分，但是它们并不像文学批评那样把分析与评价作为接受的目的。本节首先讨论文学批评的含义，通过分析文学批评与文学欣赏的关系、文学批评的阐释性，以及批评的阐释性和文学文本的可阐释性等问题，阐述文学批评的性质和特点。其次讨论文学批评在整个文学活动中的意义，进一步分析文学批评作为一种特殊接受方式所独有的价值。最后讨论文学批评的尺度和价值判断，阐明批评活动与文学观念、审美观念和文学理论的内在联系。

一、批评和阐释

　　西方文论所说的"批评"源自希腊文 krités或 krineín，意思是"裁判"或"判断"①。英文中的"批评"有批评、批判性意见、评论性文章，评论，攻击、责难、非难等多种含义，而且起初使用的范围也相当宽泛，并不限于文学。根据韦勒克的考察，"这个名词的意义扩大到既包括整个文学理论体系又指今天所说的实用批评以及日常书评，是17世纪才有的事情"②。中国古代对

---

　　① ［美］韦勒克：《文学批评:名词与概念》，张金言译，见《批评的概念》，中国美术学院出版社1999年版，第20页。

　　② ［美］韦勒克：《文学批评:名词与概念》，张金言译，见《批评的概念》，中国美术学院出版社1999年版，第22页。

文学艺术的批评活动曾有过不同的称谓，如春秋时代所说的"观乐""观舞"的"观"，就是指在欣赏基础上的审察。"说诗"也是古代文论常用的一个术语，所谓的"说"含有解说、解释的意思。东汉以后，"评""论"开始在评议人物、讨论著述中普遍使用。明代中后期，中国文论出现了将"批""评"连用的现象，并成为评论小说、戏曲剧本的一种特殊形式。清人周亮工《尺牍新钞》卷一引陈衍对"批评"的解释："所谓批评者，一则能抉古人胸中欲吐之妙，以剖千古不决之疑；一则援引商略，判然详尽，以自见其赅博。"①就有"阐释"的涵义，已相当接近今人所说的批评了。韦勒克指出，批评概念在西方的形成，"显然同日益增长的怀疑态度、不相信权威和法规的意思来讲的普遍批判精神及其传播以及后来又同以鉴赏力、情趣、情感或某种不可言喻的东西等为准有关的过程。以前一个专指对古典作家进行文字考证的名词慢慢变得等同于整个有关理解、判断甚至认识论的问题。"②韦勒克对"批评"概念的梳理和解释说明，文学批评是沿着"阐释性"发展而来的，批评活动的形成和定位，标志着人们对这种文学接受方式的认同和肯定。

文学批评有广义和狭义两种，广义的文学批评涵盖非常宽泛，从新书的评介到系统的理论研究都可以包含其中，这个意义上的"文学批评"几乎可以说是"文学研究"的同义语。狭义的文学批评则专指在鉴赏的基础上，以文学理论为指导，对文学文本以及与之相关的文学现象进行分析、研究和评价的阐释活动。从这个特点看，狭义的文学批评只能说是文学研究的一个分支。显然，广义的文学批评和狭义的文学批评在研究对象和研究目的上都有相当大的区别。我们下面要讨论的是狭义的文学批评。

1. 批评以文学欣赏为基础

文学批评主要是对文学作品作理性的分析、解释和评价，但是为了达到这个目的，文学批评却必须从文学欣赏开始，欣赏既是批评活动的第一个阶段，又是展开文学批评的前提和基础。批评与欣赏之间之所以存在着如此密切的关系，从根本上说，是由批评的对象即文学文本的特点所决定的。以审美的方式、用艺术形象来表现思想感情的文学作品，首先是一个审美的对象，人们只有通过阅读、感受、体验、想象等审美活动，才能理解文学作品。所以文学批评只有通过文学欣赏才有可能进入作品的审美世界，然后才谈得上进一步阐释和分析艺术形象所蕴含的思想感情。如果没有阅读欣赏，批评者连艺术之门都无法进入，批评的分析、解释和评价又从何做起？文学批评虽然要对作品进行

---

①　参见王先霈、王又平：《文学理论批评术语汇释》，高等教育出版社 2006 年版，第 32 页。

②　［美］韦勒克：《文学批评：名词与概念》，张金言译，见《批评的概念》，中国美术学院出版社 1999 年版，第 23 页。

理性分析，但是文学批评的理性分析，并不是脱离形象感受的纯粹逻辑推理，就像鲁迅说的，"诗歌不能凭仗了哲学和智力来认识，所以感情已经冰结的思想家，即对于诗人往往有谬误的判断和隔膜的揶揄"①。如果把文学文本、艺术形象直接当作理性分析的对象，排除对它们的审美感受和体认，任何评论者都会陷入对文学作品的误读和误解，因为不是建立在审美感受和审美理解之上的分析与判断，所读解和分析的并不是文学语言和艺术形象的含义。

19世纪的英国批评家德·昆西说，从儿童时代起，他就对莎士比亚《麦克白》剧中的一个情景和它引起的效果感到迷惑。这个情景是邓肯被谋杀后响起的敲门声，由此引起的效果是，"敲门声把一种特别令人畏惧的性质和一种浓厚的庄严气氛投射到凶手身上"。昆西说："多年来我一直不能领会为什么敲门声会产生这样的效果。""我的思考力断然宣称敲门声不能产生任何效果。但我心里有数；我感觉到它的确起了效果"。

昆西的意思不是说不能分析这个现象，而是说在艺术欣赏中，"读者的感觉和印象比读者的思考力和理性要重要得多"。所以他奉劝读者，"当自己的思考力和自己心灵中任何一种能力相矛盾时，绝不要理睬自己的思考力。不论思考力多么有用，多么不可缺少，单纯的思考力是人类心灵中最低下的能力，并且也是最不可靠的"。

后来昆西用心理学分析了这种感觉，指出"一切施加于任何方向的作用都可以用反作用来加以最好的说明和衡量，更好地为人们所理解"。邓肯被杀之后，突然响起的敲门声提醒凶手和观众，谋杀发生在人间！谋杀使人性消失，魔性上台。可是，"我们听到了敲门声，敲门声清楚地宣布反作用开始了：人性的回潮冲击了魔性；生命的脉搏又开始跳动起来。我们生活于其中的世界重新建立起它的活动，这个重建第一次使我们强烈地感到停止活动的那段插曲的可怖性"。

昆西的分析揭示了批评与欣赏的关系：他一方面说明了欣赏对感受作品的重要性（敲门声给人深刻的印象），另一方面又强调了批评要分析的对象应是欣赏给人的印象（感觉和印象比思考力和理性重要得多），批评只有通过分析欣赏获得的感受，才有更深刻地理解和发现（敲门声的效果和意义）。

参阅［英］德·昆西：《论〈麦克白〉剧中的敲门声》，李赋宁译，见《莎士比亚评论汇编》上册，中国社会科学出版社1979年版，第223～230页。

---

① 鲁迅：《诗歌之敌》，《鲁迅全集》第7卷，人民文学出版社2005年版，第246页。

2. 批评的阐释性

文学批评必须以文学欣赏为基础，但是文学批评并不是对欣赏过程和欣赏感受的描述，而是对审美感受及其形成原因的分析，是欣赏活动的延续和深化。 T. 艾略特指出，批评的目的"是解说艺术作品，纠正读者的鉴赏能力"①。文学批评需要在文学欣赏的基础上对文学作品作出理性分析，解释形象给予我们的感受和文本隐含的意义。这个过程体现了文学批评的阐释性。加达默尔说："解释学是一种澄清的艺术，它通过我们的解释努力传达我们在传统中遇到的人们所说的东西。凡在人们所说的东西不能直接被我们理解之处，解释学就开始起作用。"②正是在这个意义上，美国批评家赫斯说："批评就是解释。"③从广义的角度看，阐释就是理解和分析文学作品的含义，这个意义上的阐释要涉及与文本意义生产相关的各个方面，如作品的类型、结构、形象、主题、效果等，此刻阐释面对的是文学作品整体。从狭义的角度看，阐释一部作品就是用释义或分析的手段来读解作品的语言和形象，揭示和评论隐含于其中的意义，所以这种阐释把具有隐喻性的语言形式和语言形象视为文学批评的重点。从理论上讲，文学批评对作品的阐释应包括上述两个层面，即通过语言形式和形象系统的阐释进入对作品的主题和效果的阐释，不过在文学批评实践中，不同的批评范式或流派其实有不同的侧重。例如形式主义的文学批评更关注对语言结构和语言形式的阐释，通过语言形式的分析解释作品的主题和效果；而传统的社会批评则强调分析风格类型和艺术形象的重要性，把作品的形态类型和艺术形象视为决定作品主题和效果的基本因素。

钱锺书说："比喻正是文学语言的特点。"④文学作品的含义隐藏在作品的字里行间和语言描述的形象体系之中，如果不了解文学语言的特点，仅从字面上读解往往难以理解文学作品的深层寓意。所以文学批评必须从语言阐释入手，才能把隐藏在形象体系中的意义揭示出来。但是相当多的批评却在不同程度上忽略了文学作品的语言形式、语言结构和语言的隐喻性，往往不经过语言分析就直奔形象或主题。这么做不仅忽略了作品语言形式所隐含的意蕴，而且还会架空批评对形象和主题的分析，使批评对作品的阐释缺乏提升读者认识的洞察力。 20世纪以来，俄国形式主义、英美新批评和结构主义等批评学派致

---

① ［英］艾略特：《批评的功能》，王恩衷译，见《艾略特诗学文集》，国际文化出版公司 1989 年版，第 62 页。

② ［德］加达默尔：《美学和解释学》，夏镇平等译，见《哲学解释学》，上海译文出版社 1994 年版，第 99 页。

③ ［美］赫斯：《解释的有效性》，王才勇译，生活·读书·新知三联书店 1991 年版，第 239 页。"interpretation"可译为"解释""阐释"或"诠释"。

④ 钱锺书：《读〈拉奥孔〉》，见《七缀集》，上海古籍出版社 1985 年版，第 37 页。

力于对语言的形式、结构和语义的研究，在其影响下，文学理论和文学批评逐渐形成了自觉的语言意识，在阐释文学作品的过程中，批评越来越关注文本意义和语言的关系。

奥里金认为，从语义分析上讲，批评对文学语言的阐释应包括对以下三重意义的分析："第一，确定文本'自身的'（历史—语法的）意义；第二，解释'精神的'或道德的意义；第三，解释'神灵的'或者寓言—象征的意义。"

内塞索尔通过奥古斯丁对一首中世纪小诗的分析，具体解释了文学批评分析"三重意义"的操作方式。他说：

"圣奥古斯丁在其著作《基督教教义》中，借助一首为每一位中世纪批评家都熟悉的小诗，归纳了至今鲜为人知的注释工作。

字面意义多明了，/寓言意义细分晓，/道德意义辨善恶，/神秘意义藏奥妙。

这在字面意义、寓言意义和道德意义的分析上又增加了第四层解释，即神秘解释。人们喜欢用来说明词汇四种意义的例子是"耶路撒冷"。首先，就字面意义而言，它表示一座历史名城；其次，就寓言意义而言，它指的是教会；再次，它的伦理—道德意义包含着基督徒的灵魂之意；最后，它的神秘意义暗示着必将到来的上帝之城——"新耶路撒冷"。

参见［美］罗里·赖安等编：《当代西方文学理论导引》，四川文艺出版社1986年版，第199～200页。

3. 阐释的基本类型

在某种意义上说，文学批评对作品的阐释总带有仁者见仁、智者见智的特点，批评家们对一部作品的理解无论怎样相似或接近，也只能是相对的，理解和分析存在着差异总是难以避免。这种情况对文学批评的分析和评价的可信性显然是一个挑战。文学批评与文学欣赏的一个重要区别，就在于批评不能像欣赏那样可以按照个人的兴趣和口味来接受作品。文学批评的文本阐释应有合理性与可信度，它的评价和分析只有得到他人的认同时才有意义。当然，这也不是说批评对一个文本的评价和判断必须被人们普遍接受，而是说批评阐释的方式和过程应是合理的、有根据的。也就是说，文学批评的阐释是在一定的规范中展开的，人们因为认同这种规范，批评对作品的阐释才有了说服力和有效性。阐释有效性与规范之间的关系正如伊瑟尔所说："文学需要解释，因为作者以语义营造的文学文本，只有通过可供参照的认知结构才能把握其意义。"①他强调了文学批评只有在一定的"认知结构"即某种规范中阐释作品的意义,其分析和判断才有说服力,才能得到人们的认同。对文学批评来说,文学理论就是决定其阐释具有合理性与有效性的规范或认知结构;文学理论是批评分析作品意义和判断作品价值的依据。

从文学批评的发展历史和操作实践来看,因为文学观念和理论依据的不同,批评对文学作品意义的阐释实际上存在着不同的取向。伊格尔顿指出:"现代文学理论大致分为三个阶段:全神贯注于作者的阶段(浪漫主义和19世纪)、绝对关心作品的阶段(新批评),以及近年来注意力显著转向读者的阶段。"②根据这个划分,我们把批评对文学文本的意义阐释按照取向分为三种类型:第一种是把作者视为文本意义的生产者,认为文学作品的意义是作者赋予的;第二种认为作品的意义来自文本自身,主张通过分析语言的形式、结构和语义去阐释作品的意义;第三种则认为文本的意义产生于接受活动,把读者当作文本意义的生产者。当然,这三种取向还可以细分,比如同样都把作者主体视为文本意义的来源,可是因为对主体有不同的认识,批评对作品意义的分析实际上有很大的区别:有的强调作品的意义来自作家对社会人生的感受和认识,有的则认为作品的意义潜藏于作者的无意识之中,有的更看重作者的性别、民族、身份等因素对文本意义生产的影响。

从文学批评的历史发展来看,文学批评对作品意义的阐释有如下三种基本类型:

第一,从作者主体角度阐释文本意义。把作者视为文本意义的生产源,从作者那里寻找理解和解释文本的根据,可能是最古老的一种批评观念。中国在先秦时期,就有孟子的"知人论世"说,强调"颂其诗,读其书,不知其人,可乎?是以论其世也,是尚友也。"③这种传统的批评方式随着文学理论对作者主体认识的发展,在今天有了多样化的形态,如批评对作品意义的主体来源的认识,就经历了从理性到无意识、从社会身份到性别身份、从个人到主体间性等变化。

从作者主体那里寻找解释文本意义的根据,关注的重点是作者的人生阅历对其创作动机和意图的影响,尤其关注各种社会因素在其中的作用,用社会历史的原因来阐释作者的动机、意图、心理,以此作为理解和解释文本意义的根据。因为作者的生活经验与写作动机、主观意图和文本蕴意之间存在着相当复杂的关系,所以从主体角度阐释作品的意义不能简单化,要避免庸俗社会学的

---

① [德]伊瑟尔:《虚构与想象——文学人类学疆界》,陈定家等译,吉林人民出版社 2003 年版,第 1 页。

② [英]伊格尔顿:《20 世纪西方文学理论》,伍晓明译,北京大学出版社 2007 年版,第 73 页。

③ 《孟子·万章下》,见杨伯峻《孟子译注》上册,中华书局 1960 年版,第 251 页。

错误。

由于结构主义思潮的影响，作家主体在文学活动中的地位不断受到质疑，但全然否认作家在文本意义生产中的作用显然不符合实际，当代文学理论的"身份"研究在一定程度上纠正了结构主义文论的这种偏颇，为文学批评从主体角度阐释文本意义提供了新的思路。与主体概念强调作者在文学活动中的决定作用不同，"身份"研究具有"非本质主义"的含义。赛义德指出，"身份，不管是东方的还是西方的，法国的还是英国的，不仅显然是独特的集体经验之汇集，最终都是一种建构"，"人类身份不是自然形成的，稳定不变的，而是人为建构的，有时甚至是凭空生造的。"①所以，从"身份"角度展开的文学批评特别关注作家主体的被建构性，强调身份的多样化对主体体验人生的影响，在主体与身份的复杂关系中阐释文本的意义。

第二，以文本为依据的意义阐释。以文本本身为依据的文学批评，把形式、结构、语义、修辞等和语言以及语言活动相关的因素，作为理解和解释文学作品寓意的根据。艾布拉姆斯说："它在原则上把艺术品从所有这些外界参照物中孤立出来看待，把它当作一个由各部分按其内在联系而构成的自足体来分析，并只根据作品存在方式的内在标准来评判它。"②这种把文学批评建立在语言分析基础之上的做法，由于排除了各种社会历史因素与文学活动的关系，因此对作品意义的阐释往往局限在单纯的审美性上，有形式主义的偏颇，但是它却使"文学批评由此而被变成了一种更严格的和更少依赖印象的事业"，不仅让文学批评"对于形式和语言的丰富性比大部分传统批评更为敏感"③，而且增强了文学批评的可操作性和科学性。所以，如果能与其他批评方法结合，以文本为依据的意义阐释作为文学批评的一个维度还是可行的。

> 以文本为依据的意义阐释，往往排斥作家在文本生产中的作用，罗兰·巴特甚至提出写作就是"作者的死亡"。这么说并不是否认作品有它的作者，而且是强调我们在理解文本的意义时，应清醒地意识到，作者自己想说什么和语言能够让他说什么并不是一回事。福柯指出，"'作者'是话语的一种作用"，"它的存在是功能性的"，意思是文本的生产过程中确实有作者，但是作者并不一定是生产文本意义的主体，在更多的情况下作者只是一种功能，即传达某种话语而不是创造某种话语。所以福柯用"作者/作用"来描述作品的生产者，指出"主体不应该被完全放弃。它应该被重新考虑，

---

① ［美］赛义德：《东方学》，王宇根译，生活·读书·新知三联书店1999年版，第426～427页。

② ［美］艾布拉姆斯：《镜与灯——浪漫主义文论及批评传统》，郦稚牛等译，北京大学出版社1989年版，第31页。

③ ［英］伊格尔顿：《20世纪西方文学理论》，伍晓明译，北京大学出版社2007年版，第100页。

不是恢复一种创造主体的主题，而是抓住它的作用，它对话语的介入，以及它的从属系统……简言之，必须取消主体（及其替代）的创造作用，把它作为一种复杂多变的话语作用来分析。"

　　参见［法］罗兰·巴特：《作者的死亡》，怀宇译，见《罗兰·巴特随笔选》，百花文艺出版社 1995 年版，第 300 页；［法］福柯：《作者是什么》，逢真译，见《最新西方文论选》，漓江出版社 1991 年版，第 450 ~ 451、458 页。

　　第三，从读者接受角度阐释文本意义。从读者接受角度对文本意义的阐释又称"读者反应批评"，这种批评有一个重要特点，即它的批评对象具有明显的建构性。也就是说，这种批评所阐释的对象并不是一个与批评主体无关的、外在的文本，批评也不把分析文本原意作为自己的目的，而是强调批评的阐释对象是它自己设置和建构的，批评对作品的理解和解释，取决于阐释者的"前理解"和批评选择的"视域"。前理解、视域，都是哲学阐释学的概念，说的是在解释活动展开之前批评家已有的知识、感觉、思想，它们的存在使批评对文学作品的阐释有了一种"筹划"或"预期"。在强调批评应有客观性的人看来，前理解和读者视域的存在会干扰批评对文本意义的理解，但是读者反应批评却认为，批评家只有从自身的存在出发，把作品当作自己的对象，批评才能发掘文本的现实意义。如此理解阐释与作品的关系，意味着读者反应批评对批评价值的重新定位。人们一般都认为，文学批评的价值取决于对作品本意的揭示程度，而读者反应批评则认为批评的价值取决于批评者与文本"视域融合"的程度。也就是说，文学批评实际上是批评者和文本的交流与对话，批评的任务就在于阐释文本的意义能否改变接受者的视域，使接受者对自己的存在有更深的体验和理解。这就是加达默尔说的："审美经验也是一种自我理解的方式。但是所有自我理解都是在某个于此被理解的他物上实现的。"① 从这个意义上说，文学批评的价值不仅体现在批评家对文学作品意义的阐释上，而且体现在批评对文学作品功能意义的揭示上，即分析和评价一部作品对读者感受和理解人生具有什么样的意义。它意味着文学批评不只是靠阐释作品的本意来帮助读者理解作品，更重要的还在于沟通读者与作品的关系，帮助读者通过文学作品更好地理解自身存在的意义。

　　除了根据作品意义阐释的取向可以对批评做如上划分之外，法国文学批评家蒂博代还从批评主体的角度，把文学批评分为三种，即"有教养者的批评，

---

　　① ［德］加达默尔：《真理与方法》上卷，洪汉鼎译，上海译文出版社 1992 年版，第 124 页。

专业工作者的批评和艺术家的批评"①。所谓"有教养者的批评"是指读者自发的批评，这种批评发生在读者读完作品之后，免不了要说长道短、评头论足的过程中，其特点在于往往只求精神上的快乐与享受，因此带有随意性、印象式的色彩，有时候还会受群体接受的影响，追赶时髦甚至出现误读、误解。

"专业工作者的批评"是一种由职业批评家所承担的批评，"是由专家来完成的，他们的职业就是看书，从这些书中总结出某种共同的理论"，"批评家通过这种批评所欲照亮的不是已经完成的艺术之路，而是将要遵循的艺术之路，因此这是一种教育式批评"②。专业批评在文学理论的指导下，运用概念、术语、范畴、命题来分析作品，并在这个基础上给文学作品以科学的判断和评价。瑞士批评家阿尔培·贝甘特别指出，职业批评不仅要阐释和评价作品的意义，而且应该发挥引导读者的作用，提升读者对文学作品的理解。他说："评论家在撰写中的首要任务是，要考虑如何教别人读书。为此，他就不能光是评论一通，这是对文学价值比较无知的人也能办到的……评论家的评论，则相反地在于发挥一种教育作用，也就是说，他要突出一本书中那些行家里手才能识别出的价值，以便读者大众慢慢地学会注意这种有价值的东西。"③也就是说，职业批评应有一种对读者的担当意识。

"艺术家的批评"又被蒂博代称为"大师的批评"，是指作家依据自己的创作经验来阐释文学作品意义的一种批评。因为有创作的实践经验，作家往往能从旁观者忽略的角度或层面感受和理解作品，发现被一般读者和职业批评家视而不见的东西，从而对文本作出令人耳目一新的解释。职业批评家布鲁克斯面对作品曾发出这样的哀叹："事实上，我们几乎不了解不同诗人的种种创作方式，在我们看来，好像慎之又慎的创作，（也许）同诗中其他的内容一样是'自发的'。"④让职业批评家左右为难的这些地方，对作家来说几乎不成障碍，"操千曲而后晓声，观千剑而后认器。"（刘勰《文心雕龙·知音》）切身的创作体验和丰富的实践积累，往往能让作家分出哪里是"慎之又慎"的刻意，哪里又是"自发的"流露，从而对文学作品作出比自发批评和职业批评更贴近创作生态的阐释。

---

① ［法］蒂博代:《六说文学批评》,赵坚译,生活·读书·新知三联书店1989年版,第3页。

② ［法］蒂博代:《六说文学批评》,赵坚译,生活·读书·新知三联书店1989年版,第3、35页。

③ ［英］阿尔培·贝甘:《文学批评的作用》,朱景冬等译,见《波佩的面纱》,社会科学文献出版社1999年版,第179～180页。

④ ［美］布鲁克斯:《精致的瓮——诗歌结构研究》,郭乙瑶等译,上海人民出版社2008年版,第24页。

二、文学批评的意义

意义、功能和作用都是在一定的关系中形成的，因此要了解文学批评的意义也必须把批评活动放在整个文学系统、甚至整个社会系统当中去考察。从这个角度看，文学批评是在"作家—作品—读者"这样一个相互作用的动态系统中运作的，而文学活动这个动态系统的运作，又受制于社会、历史的发展演变。把文学批评放在这个关系网络中来认识，可以说文学批评具有阐释评价作品、推动作家创作和引导读者接受的意义；而批评活动与文学理论的关系，又使批评实践对文学理论的发展和建设也有了不可低估的意义。

第一，阐释和评价文学作品。阐释和评价文学作品是批评的基本功能。与一般接受活动中的阐释与评价不同，文学批评对作品的阐释和评价是建立在理论分析基础之上的。正如别林斯基所说："进行批评——这是就意味着要在局部现象中探寻和揭露现象所据以显现的普遍的理性法则，并断定局部现象与理想典范之间的生动的、有机的相互关系的程度。"①所以评价的第一步是阐释性的，即通过分析作品的语言、形象去把握其内在的意蕴，在这个基础上理解作品的意义和价值。评价活动的第二步是反思性的，意在超越作品的现象层面，洞悉作品的深层底蕴，从作品既有的价值意义中去揭示和探求更有普遍意义的人生经验。富于启发性的评价需要有开阔的视野，不限于对作品本身的分析，而是通过比较，在社会历史的语境中，以开阔的文化视野来读解和阐发文本的意义。因此好的文学批评往往是对文本寓意的一种发现甚至创造。如钟嵘评曹植的诗、杜甫论李白的绝句等，都有这样的特点。优秀的文学批评往往能从具体的文学现象中发现某种带有普遍意义的社会、文化现象，如19世纪的俄国文学批评从屠格涅夫作品中对"多余的人"这一典型形象的发现，从奥斯特洛夫斯基的《大雷雨》中看到了"黑暗王国里的一线光明"，以及中国现代文学批评从鲁迅的《阿Q正传》对病态人格的"精神胜利法"的发现，等等，都体现了文学批评在作品阐释上的重要性。

第二，推动和调节文学创作。文学批评通过对作家作品的分析和研究，指出其思想和艺术方面的高下优劣、成败得失，给予肯定或否定、赞扬或批评，并通过批评反馈社会和读者对创作的要求与希望，帮助作家认识自己创作的长处和短处，总结创作经验，提高创作水平。而文学批评对现实生活的褒贬剖析，常常会影响作家对生活的观察、选取、认识和开掘，丰富作家对现实生活的感受和提高理解人生的能力。文学批评对创作技巧、艺术风格的分析和阐

---

① ［俄］别林斯基：《关于批评的讲话》，满涛译，见《别林斯基选集》第3卷，上海译文出版社1980年版，第574页。

释，对文学思潮、文学流派的辨析和评价，对审美趋向、艺术品味的把握和鉴识，更对作家创作水平的提高和创作个性的形成产生积极的影响。虽然批评与创作常常会因为旨趣和品位的差异而形成某种矛盾，以致使许多作家对批评心存芥蒂。例如既是批评家又是作家的桑塔格就曾断言："阐释是智力对艺术的报复"，"去阐释，就是去使世界贫瘠，使世界枯竭"，她甚至疾呼"反对阐释"①。但是这并不意味着创作对文学批评本身的否定，而是要求批评家应在洞悉文学活动特点的基础上展开批评。就像高尔基说的："为了使批评家有权注意作家，他必须比作家更有才华，更清楚地了解历史和自己国家的风气，一般来说，他在智能上比作家更高。"②所以，文学批评对创作的规范功能最终要上升到从整体上把握文学创作的规律，建构适应文学审美特点的观念体系，为创作设置相应的方向，引导、制约和规范文学创作的实践发展。显然，文学批评的这种规范功能说到底就是昭示一种艺术理想，并使这种艺术理想成为文学创作最直接、最重要的调节机制。

在论及文学的功能时，既是诗人又是批评家的 T.艾略特说：

"我并不否认艺术可以有本身以外的目的；但是艺术并不一定要注意到这种目的，而且根据评价艺术作品价值的各种理论，艺术在发挥作用的时候，不论它们是什么样的作用，越不注意这种目的就越好。但是，另一方面，批评就必须有明确的目的；这种目的，笼统说来，是解说艺术作品，纠正读者的鉴赏能力。这样，批评家的任务已是十分明显规定的了；要判断批评家是否出色地完成了自己的任务，一般说来哪种批评有用，哪种没用，也比较容易。但是如果我们对这个问题稍加注意的话，我们就会发现目前的批评界远不是这么回事。目前的批评界远不是一个足以排斥一切骗子的互相宽容、步伐整齐一致的场所。它比星期天公园里吵吵闹闹，连各自的不同点在哪里还说不清楚的演说家并不高明多少。从事批评，本来是一种冷静的合作活动。批评家，如果是真正名副其实的话，本来就必须努力克服他个人的偏见和癖好——这是每个人都容易犯的毛病——在和同伴们共同追求正确判断的时候，还必须努力使自己的不同点和最大多数人协调一致。如果我们发现相反的情况占优势，我们就不禁要猜疑这些批评家是在靠粗暴极端地反对别的批评家维持生活；要不然就是企图用人家早已持有的意见，来为自己个人的某些微不足道的癖好加油添酱。而这些则因为爱虚荣或迟钝，所以还在固执己见。我们不得不将这一类的批评家排斥出去。"

---

① ［美］苏珊·桑塔格：《反对阐释》，程巍译，见《桑塔格文集·反对阐释》，上海译文出版社 2003 年版，第 9 页。

② 转引自［苏］鲍列夫：《美学》，乔修业等译，上海译文出版社 1988 年版，第 389 页。

参见［英］艾略特:《批评的功能》，罗经国译，见戴维·洛奇编《二十世纪文学评论》上册，上海译文出版社1987年版，第141～142页。

第三，引导读者的文学接受。文学批评的意义还体现在对读者接受活动的引导上。读者接受所以需要文学批评的引导，是因为社会分工不同，一般读者对文学作品的理解往往会受到学识、经验和艺术修养等方面的限制，这使许多读者的文学接受常常带有直观、感性的特点，习惯于根据日常生活经验去理解和评价作品，忽略或低估了艺术技巧、审美方式在文学作品中的存在和影响。从而使许多读者的文学接受往往偏重于故事情节，忽略了对作品思想情感的探究，更难以品味作家的匠心和作品的技巧了。即使有一定阅读经验和艺术修养的读者，也可能受个人经验和审美趣味的限制，难以适应艺术创新给文学带来的新变化。豪泽尔说:"艺术风格越是发展，艺术作品新奇的成分就越是丰富，艺术消费者对作品的接受就越是困难，这时就越需要中介者的参与和帮助。"[1]文学批评正是帮助一般读者走进文学世界不可或缺的中介者。对于读者接受来说，文学批评的又一个重要作用，体现在对文学作品的选择和鉴别上。文学作品浩如烟海，新人新作层出不穷，其间难免鱼龙混杂、良莠不齐。文学批评对作品的阐释和评价，客观上起到了鉴别和筛选的作用，成为接受与创作良性循环机制中的重要因素。

第四，丰富和发展文学理论。文学批评对文学理论的建设具有重要的意义，它们之间的关系正如韦勒克所说:"文学理论、原理和标准是不能从真空中得到的:历史上每个批评家都是通过接触具体艺术作品来发展他的理论的，这些作品是他得去选择、解释和分析并且还要进行讨论的。批评家的意见、等级的划分和判断由于他的理论而得到支持、证实和发展，而这些理论也从艺术品中吸取养分并得到例证的支持，从而变得充实和言之成理。"[2]正是在这个意义上，我们说文学批评对文学理论的更新和发展具有重要的意义。和文学理论相比，文学批评更贴近文学创作实践，要时时面对文学活动出现的新现象和提出的新问题，从而使批评实践必须检验和淘汰陈旧的理论概念和命题，探究新的研究方法和理论模式以适应文学的发展变化。正是在这个过程中，文学批评促进了理论研究的突破和超越，推动了文学理论的发展变化。

---

[1]　［匈牙利］豪泽尔:《艺术社会学》，居延安等译，学林出版社1987年版，第151页。
[2]　［美］韦勒克:《文学理论、文学批评和文学史》，张今言译，见《批评的概念》，中国美术学院出版社1999年版，第5页。

三、批评尺度和价值判断

　　文学批评要对文学作品及其相关的文学现象进行理智的分析、评价和判断，必须要有一定的标准或尺度。有了批评的尺度，文学批评才能依傍一定的准则对文学作品的思想内容、艺术形式、审美趣味和美学追求作出相应的评价和判断。虽然文学世界的丰富和多样给批评尺度的把握和运用带来了很大的困难，但是正如韦勒克所说，"没有任何东西可以抹杀批评判断的必要性和对于审美标准的需要，正如没有任何东西可以抹杀对于伦理或逻辑标准的需要一样"①。人们因此把尺度或标准的确认视为文学批评的基本问题，对尺度或标准的讨论也因此成了文学批评史上的一道风景线。

　　文学批评是否需要标准或尺度，人们的看法并不一致，中国文学批评史上就曾多次发生过有无批评标准的争论。坚持文学批评有标准的人认为，任何批评的展开都需要遵循一定的准则，而反对者则认为文学批评其实并无标准可言，例如钟嵘所说这种情况："观王公缙绅之士，每博论之余，何尝不以诗为口实，随其嗜欲，商榷不同。淄渑并泛，朱紫相夺，喧议竞起，准的无依。"②就是一种依据说诗者自己的口味，兴之所至，随机而发的"准的无依"式的批评。但是钟嵘认为"诗之为技"，毕竟"较尔可知"，批评总是需要一定的准则才能作出判断和评价。从文学批评史来看，其实所有的批评家在批评实践中都在运用一定的标准，区别仅在是否自觉而已。在我国，孔子是明确提出文学批评标准的第一人，他说："诗三百，一言以蔽之，曰：思无邪。"③这就是他编选诗歌的标准。鲁迅说："我们曾经在文艺批评史上见过没有一定圈子的批评家吗？都有的，或者是美的圈，或者是真实的圈，或者是前进的圈。没有一定的圈子的批评家，那才是怪汉子呢。……我们不能责备他有圈子，我们只能批评他这圈子对不对。"④这里所说的"圈子"就是指文学批评的标准。韦勒克也说过类似的意见，强调批评的问题不是要不要标准，而是运用什么样的标准，他说："假如我们要寻求某种标准，即人应该如何视文学为有价值和应该如何去评价文学，我们就必须得通过某些定义去解释。人认为文学有价值必须以文学本身是什么为标准，人要评价文学必须根据文学的文学价值高低做标准。文学的本质、效用和评价必然是密切地互相关联的。"⑤从

　　① ［美］韦勒克：《文学理论、文学批评和文学史》，张今言译，见《批评的概念》，中国美术学院出版社 1999 年版，第 14 页。

　　② 钟嵘：《诗品序》，见陈延杰《诗品注》，人民文学出版社 1961 年版，第 3 页。

　　③ 《论语·为政》，见杨伯峻编著《论语译注》，中华书局 1958 年版，第 12 页。

　　④ 鲁迅：《批评家的批评家》，《鲁迅全集》第 5 卷，人民文学出版社 2005 年版，第 449～450 页。

　　⑤ ［美］韦勒克、沃伦：《文学理论》，刘象愚等译，江苏教育出版社 2005 年版，第 284 页。

这个角度看，文学批评的尺度应该依据文学的性质、特点以及由此形成的价值、功能来制定。只是由于文学本身的发展演变，以及社会文化的变迁，以及不同阶级和社会集团在意识形态上的差异，使人们对文学的性质、特点和功能的认识也处在不断变化的过程中，文学批评的标准因此有了随着时代、社会和文学而变化的特点。

　　艺术批评首先依靠某种艺术形式所固有的规律：文学批评依靠文学理论；音乐批评——音乐理论；造型艺术批评——绘画、雕塑、版画的理论；戏剧批评——戏剧理论；电影批评——电影理论。但是，像我们已经指出的那样，所有艺术形式的共同美学基础是一致的。美学是各种艺术科学的方法论基础。正是它确定艺术价值的标准，只有借助这种标准才可能"揭示文学艺术作品的美和缺点"。批评是美学理论同艺术创作和艺术感知的实践之间的必要环节。艺术批评的卓越代表别林斯基非常清楚准确地确定了艺术批评的地位。他写道："批评的对象是把理论应用于实践"；"批评不停地运动，向前发展，为科学搜集新的材料、新的素材。这是运动着的美学……"换言之，批评——这是实际运用的美学；它对艺术作品作出认识清楚的和论证充分的评价。

　　实际上，每个读者、听众、观众在某种程度上都是批评家，因为他评价艺术作品。但这些评价经常似乎是理由不充分的，无法进一步检验我们因艺术感知所产生的快感或不快感。我们参加趣味争论时，不论证自己评价的合理性，不解释我们为什么喜欢此而不喜欢彼，那已经不行了。艺术批评就旨在帮助我们认清作品的审美评价，并在理论上论证它。通过艺术批评表现出美学理论的效用。文艺批评在发展马克思列宁主义美学传统的同时，应该把思想评价的准确性、社会分析的深刻性同美学上的严格要求、对天才和富有成果的创作探索的珍惜态度结合起来。

　　参见［苏］斯托洛维奇：《审美价值的本质》，凌继尧译，中国社会科学出版社1984年版，第283～284页。

　　文学批评的尺度是用来衡量、评价和判断文学作品在内容和形式、思想和艺术等方面所达到的水平高低的标准。中外文学批评史都曾经提出过各种各样的文学批评标准：孔子在坚持"思无邪"标准的同时，还把"温柔敦厚"当作评诗的标准，刘勰、钟嵘等提出的标准是"风骨"，司空图以"味"论诗，严羽以"兴趣"评诗，袁枚提出"音律风趣"的标准，王国维则把"境界"作为批评的准则。柏拉图以政治标准衡量文艺，狄德罗认为批评应该从自我之外找出一个标准，车尔尼雪夫斯基把艺术性作为杰出作家作品的标志，列夫·托尔斯泰则认为感染程度是衡量作品艺术价值的唯一尺度，恩格斯把美学观点和历

史观点的统一当作文学批评的最高标准，毛泽东则认为文学批评的标准应是政治标准和艺术标准的统一。进入新时期以后，在文学批评标准的讨论中有人主张把真、善、美作为批评的标准，有人认为文学批评的标准应该包含思想标准和艺术标准两个测度……从历史上看，关于文学批评标准的讨论真可谓不一而足。

文学批评的标准是根据人们对文学的需求，对文学的性质、特征、构成与功能的认识而提出的，它意味着提出批评标准的前提是洞悉文学和文学活动的特点，从文学是人类审美活动的产物来确认批评尺度的；因此，对审美价值的认同是文学观念中最重要也是最基本的思想。赫施指出："文学是一种特殊的对象，这种特殊的对象要求有一套其特有的概念和方法，如果人们从非属文学的概念出发去探讨文学，那么，人们就忽略了两个极为重要的核心：含义和价值。"[1]因此，文学批评的标准既要以审美价值观念为中心，又应兼顾文学构成的各种要素。尽管文学的发展和时代社会的变迁使人们对文学的认识与要求并非始终如一，文学批评的标准也因此有了与之相应的差异，但审美作为文学的基本属性却始终是决定文学价值的根本因素。因此，与文学审美性相关的各种艺术特征，如语言的创造性、形象的鲜明性、情感的感染性、思想意蕴的深刻性，以及艺术构思、艺术手法、艺术技巧、艺术语言和艺术风格的独创性和新颖性，等等，都是构成文学批评审美标准的具体要素。

> 把批评分为对意义的阐释（Deutung）和对价值的判断（Wertung）两种，当然是可以的。但是，在"文学批评"中，单取其中一种的做法是很少有过的，也是很难行得通的。"判断性批评"不加修饰地追求和提供出一种作家和诗的生硬的级别，同时摘取权威的论据或求助于文学理论的一些教条。除此而外，也不可避免地要包含有分析和分析性的比较。另一方面，一篇看起来好像是纯粹注释性的文章，从它的存在本身来说，其中也必然会提供一些最低限度的价值判断；而且，如果它是对一首诗的注释的话，它提供的就是一种审美价值判断，而不是历史、传记或哲学性价值的判断。把时间和注意力花费在一个诗人或一部诗上就已经是一种价值判断了。而有少数注释性文章仅仅只是在选择题目上来作出自己的判断。"理解诗歌"很容易转入"判断诗歌"，这种判断是通过作品细节的判断，是在分析中所作的判断，而不是在文章最后一段作声明式的判断。
>
> 参见［美］韦勒克、沃伦：《文学理论》，刘象愚等译，江苏教育出版社2005年版，第300页。

---

① ［美］赫施：《解释的有效性》，王才勇译，生活·读书·新知三联书店1991年版，第167页。

强调审美价值是文学批评价值尺度的主要成分，并不意味着文学批评的价值取向仅限于此。事实上，因为文学活动与社会生活的广泛联系，审美价值尺度其实又会呈现出多样化的形态，并与各种非审美活动有了不同程度的关联。所以，除了审美的评价和判断外，政治、社会、历史，哲学、文化、宗教，都有可能成为文学批评判断作品价值的必须考虑的尺度。就像赫施说的，"由于批评所努力的就是，描述本文和广泛的与之相联的现实及价值的关系，因而……假如人们用'宗教的''哲学的''自然科学的''历史的'或'口语上的'去取代'文学的'这个词时，那么，我们所作分析的绝大部分依然是有效的"①。对文学作品内涵的社会、文化因素的分析和读解，并不总是与审美判断矛盾冲突的；有时恰恰相反，非审美内容的揭示倒深化了批评对作品审美特点的阐述。

文学批评的尺度具有历史的相对性。批评的尺度不是一成不变的常数，而是一个随着时代变迁、社会发展、文学观念和审美情趣的变化而不断调整的变数。所以每一个时代都有自己特定的批评尺度。文学本身的发展变化是促成批评调整尺度的主要原因。如中国古代文学的主流文体经历了从诗歌、散文到戏曲、小说的变化；西方文学的表现形态也有一个从古典主义、浪漫主义、现实主义到现代主义的发展演变，文学本身的这种演变都向文学批评提出了调整尺度乃至更新标准的要求。正如韦勒克所说，"在我们丰富多样的艺术经验的冲击下，人们不得不放弃那种认为只有一种永恒不变的假定"②。固守唯一尺度的文学批评，终究会被文学所抛弃。

促成文学批评调整尺度的另一个因素来自批评家。从纵向上看，不同时代的批评家在社会立场、文化思想、文学观念和审美情趣上都不相同，这些批评家们对文学的要求显然铭刻着各自时代的印记，因此用来衡量文学思想和艺术水准的尺度也不一样。即使处于同一时代的批评家，也有知识结构、艺术修养和文学观念上的种种差异。所有这些都决定了文学批评尺度的相对性与多样性。

当然，就相对稳定的文学环境而言，文学批评的尺度又有绝对性的一面。因为特定的时代、社会和民族文化，都使文学本身的审美活动有了某种质的规定性，这就使得几乎所有的文学批评都有了审视文学作品的共同语言。如果没有相对稳定的尺度和规范，文学批评也就失去了存在的意义和作用。

---

① ［美］赫施：《解释的有效性》，王才勇译，生活·读书·新知三联书店 1991 年版，第 166 页。

② ［美］韦勒克：《文学理论、文学批评和文学史》，张金言译，见《批评的概念》，中国美术学院出版社 1999 年版，第 15 页。

讨论题

1. 文学接受与其他文学活动之间是什么关系？
2. 期待视野会对文学接受产生什么样的影响？
3. 文学欣赏与再创造是什么关系？
4. 谈谈群体接受对你的影响。
5. 文学批评与文学欣赏是什么关系？

参考书目

一、著作

1. ［德］伊瑟尔：《审美过程研究》，霍桂恒等译，中国人民大学出版社1988年版，第八章"读者的构造活动是怎样激发起来的"。

2. ［德］尧斯：《接受美学和接受理论》，周宁等译，辽宁人民出版社1987年版，第三章"主要理论家"。

二、论文

1. ［德］尧斯：《什么叫审美经验》，罗悌文译，见《接受美学译文集》，生活·读书·新知三联书店1989年版。

2. ［荷兰］福克马等：《文学的接受——接受美学的理论与实践》，邓鹏译，见《接受美学译文集》，生活·读书·新知三联书店1989年版。

3. ［德］尧斯：《作为向文学科学挑战的文学史》，王卫新译，见《读者反应批评》，文化艺术出版社1989年版。

第六章　文学活动

　　文学是人类一种特殊的精神活动，依据马克思的观点，文学是人类把握世界的方式之一，也是人们参与改造世界的方式之一。[1]文学作为一种活动，始终都要以广阔的社会生活为舞台，它总要或直接或间接地与各种各样的社会因素发生联系，现实生活中的文学始终是在审美和非审美、"纯粹"和不"纯粹"的张力下发生、运作的。文学的发展和变化，文学的生命和活力，都源于文学活动与现实人生的这种广泛联系。如果说前五章是从审美角度对狭义文学的研讨，那么本章就是从文化的角度对广义的文学进行动态的考察，目的在于通过对文学活动的描述和分析，理解作为人类实践活动形态之一的文学活动的特点、目的、运作、意义、活动的空间，以及与其他社会活动的关系，进一步阐明文学活动的广泛性、文化性，明确广义文学与狭义文学之间的关系。

第一节　文学活动的空间

　　当我们把文学作为一种社会活动来观照时，就会发现文学的根须几乎延伸到社会生活的每一个角落，与社会生活的各个方面都有着千丝万缕的联系，文学的世界并不是一个纯粹虚拟的审美空间。从文学的历史来看，无论是个人还是社会，介入文学活动的直接原因其实更多的还是来自某种现实的需要。文学与社会的这种广泛联系必然使影响着社会运作的各种因素——政治的或经济的，道德的或宗教的，心理的或物质的——直接或间接地作用于文学活动，从而使文学有了审美与非审美复合的意义空间。所以阿多诺认为艺术具有双重本质，它既有自律性，又是一种社会现象，因此还有一定的他律性；强调人们必

---

　　①　参见［德］马克思：《1857—1858 年经济学手稿·导言》，《马克思恩格斯文集》第 8 卷，人民出版社 2009 年版，第 25 页。

须从两个方面考虑艺术的本质:"一方面是作为自为存在的艺术,另一方面则是它与社会的联系。艺术的这种双重本质显现于一切艺术现象中;这种现象本身则是变化和矛盾的。"①

要了解文学活动的空间,就要了解文学与社会生活的广泛联系究竟对文学发展产生了什么样的影响。换言之,首先需要了解社会构成的各种因素及它们之间的关系,然后才能在文学活动的空间里看到各种社会因素在文学活动中所起的作用。据此,我们将从三个方面来考察文学活动与社会生活广泛的联系。一是文学与人生的关系;二是文学与道德、性别的关系;三是文学与阶级、民族的关系。

一、文学与人生

1. 文学与修身养性

文艺与人生有着不解之缘。中国古人对此有许多言论,在他们的眼里,文艺活动同人的生命活动紧密相连,或者说,没有文艺,就没有完整、健康的人性。于是有了"乐者,乐也,人情之所不能免也"②,"耳之欲五声,目之欲五色,口之欲五味,情也。此三者,贵、贱愚、智贤、不肖,欲之若一"③,"生民之道,乐为大焉"④等说法,认为文艺是人的生存需要。再如,"夫耳目,心之枢机也,故必听和而视正。听和则聪,视正则明"⑤,则是强调人在感受艺术作品时,会对其精神状况产生重大影响,当人们听到好的音乐("和"),看到美的图画纹采("正"),人的耳目就会变得聪明,就会有益于精神健康。开明的统治者也往往利用艺术这一特点作为富国养民之道,如《吕氏春秋》也有"民气郁阏而滞著,筋骨瑟缩不达。故作为舞,以宣导之","是故圣人之于声、色、滋味也,利于性则取之,害于性则舍之,此全性之道也"⑥的说法。

---

① [德]阿多诺:《艺术与社会》,周宪等译,见《当代西方艺术文化学》,北京大学出版社1988年版,第70页。

② 《礼记正义·乐记》,见李学勤主编《十三经注疏·礼记正义》下册,北京大学出版社1999年版,第1143页。

③ 《吕氏春秋·情欲》,见北京大学哲学系美学教研室编《中国美学史资料选编》上册,中华书局1980年版,第82页。

④ 《礼记正义·乐记》,见李学勤主编:《十三经注疏·礼记正义》下册,北京大学出版社1999年版,第1113页。

⑤ 《国语·周语下》,见北京大学哲学系美学教研室编《中国美学史资料选编》上册,中华书局1980年版,第7页。

⑥ 《吕氏春秋·本生》,见北京大学哲学系美学教研室编《中国美学史资料选编》上册,中华书局1980年版,第78、81页。

古希腊的思想家也注意到文学艺术的养性作用。苏格拉底认为："如果教育的方式适合，它们就会拿美来浸润心灵，使它也就因而美化；如果没有这种合适的教育，心灵也就因而丑化。"①亚里士多德更是看重文艺怡情养性的作用，指出"音乐的三种利益为：其一，教育；其二，被除情感……其三，操修心灵，操修心灵又与憩息和消释疲倦相关"②。在《诗学》中，亚里士多德强调悲剧对于人的"净化"或"疏泄"作用。他认为人都有恐惧与怜悯之心，但不是过强，就是过弱，人们欣赏悲剧，使过强的感情通过眼泪得以宣泄，过弱的感情通过痛感得以加强，人的心理感情就可以趋于健康的平衡。别林斯基说阅读普希金的作品，"是培养人性的最好的方法，特别有益于青年男女"，"人们将用他的作品来培养和发展不仅是美学的，并且是伦理的情感"③。所以，文学艺术能对智慧和心灵产生综合性的影响，它可以触及人的精神的任何一个角落，造就完整的个性。

文学还对人类改造客观世界和主观世界的实践活动，发生直接或间接的影响。苏联作家邦达列夫曾经这样描绘文学对人的影响："当一个人打开书的时候，他可以仔细地端详第二种生活，就像是看到一面镜子的深处，他寻找着自己心目中的英雄人物，寻找着自己思想的答案，并且不由自主地以别人的命运、别人的勇气去衡量自己的性格特点，他惋惜，怀疑，懊恼，他笑，他哭，他同情，他参与着主人公的活动——书的影响力就在这里产生了"，"如果谁从来没有醉心于一本严肃的书，那他应该感到最大的遗憾——因为他使自己与世隔绝。他拒绝了第二个现实，第二次经验，从而等于缩短了自己的生命。"④确实，文学能在它所表现的艺术世界里，给人以第二次生活，第二个生命。它不是幻觉和想象中的生活，不是梦境中的满足，而是因人生经验的扩大与精神境界的升华给生命带来的充实与丰富。它让人重新认识自己，鼓舞人以美的理想去创造新的生活。从文学接受的角度来看，文学作为人际交往的特殊话语，必将有助于一个社会的成员形成对事物的共同理解，建立大家都认同的伦理规范，保持和谐的人际关系，强化情感与审美的交流。

获得娱乐感也是文学的一个重要功能。娱乐就是自由的精神超越与释放，是有益于身心健康的心理调节，是积极的心理与生理休息。文学艺术产生的根源之一，就是人们为了休息和娱乐。鲁迅曾说："至于小说，我以为倒是起于休息的。人在劳动时，既用诗歌以自娱，借它忘却劳苦了，则到休息时，亦必要寻一种事情以消遣闲暇。这种事情，就是彼此谈论故事，而这谈论故事，正

---

① ［古希腊］柏拉图：《文艺对话集》，朱光潜译，人民文学出版社1980年版，第62页。
② ［古希腊］亚里士多德：《政治学》，吴寿彭译，商务印书馆1965年版，第474～475页。
③ 见《别林斯基论文学》，［俄］别列金娜编选，梁真译，新文艺出版社1957年版，第59、62页。
④ ［苏］邦达列夫：《瞬间》，李济生等译，上海译文出版社1983年版，第237页。

就是小说的起源。"①而恩格斯在谈到民间故事书的价值时，特别指出"民间故事书的使命是使农民在繁重的劳动之余，傍晚疲惫地回到家里时消遣解闷，振奋精神，得到慰藉，使他忘却劳累，把他那块贫瘠的田地变成芳香馥郁的花园；它的使命是把工匠的作坊和可怜的徒工的简陋阁楼变幻成诗的世界和金碧辉煌的宫殿，把他那身体粗壮的情人变成体态优美的公主"②。可以说，文学价值的娱乐功能，就是指读者在对文学作品的接受过程中，获得情绪的平衡、感觉的快适和心灵的愉悦，从而达到精神的调剂与休息的一种审美享受。值得注意的是，文学的娱乐功能是与文学的其他功能同时发生，并给它们涂上浓郁的、美的感情色彩。正是这种特殊性，带来了文学娱乐功能的积极意义：它不是让人在娱乐中消沉，而是让人在愉悦中奋起。正如鲁迅所说，文学作品"能给人愉快和休息，然而这并不是'小摆设'，更不是抚慰和麻痹，它给人的愉快和休息是休养，是劳作和战斗之前的准备"③。

2. 文学与社会心理

文学与人生的关系，尤为突出地表现在对社会心理的影响上。普列汉诺夫对文学与社会心理之间的密切关系曾作过这样的论述，他说：

> 要了解某一国家的科学思想史或艺术史，只知道它的经济是不够的。必须知道如何从经济进而研究社会心理；对社会心理若没有精细的研究与了解，思想体系的历史唯物主义解释根本就不可能。……因此社会心理学异常重要。甚至在法律和政治制度的历史中都必须估计到它。而在文学、艺术、哲学等学科的历史中，如果没有它，就一步也动不得。④

需要补充的是，社会心理对文学的影响是随着社会的发展逐渐强化和扩大的。这是因为，社会心理对文学的影响还表现为消费对生产的制约，而消费在大多程度上可以制约生产，又和流通有着直接的关系。按照马克思的说法，消费制约生产主要体现为"消费创造出新的生产的需要，也就是创造出生产的观念上的内在动机，后者是生产的前提"⑤。显然，要形成这种关系就要有市场，有流

---

① 鲁迅：《中国小说的历史的变迁》，《鲁迅全集》第9卷，人民文学出版社2005年版，第312～313页。

② ［德］恩格斯：《德国的民间故事书》，《马克思恩格斯全集》第41卷，人民出版社1979年版，第14页。

③ 鲁迅：《小品文的危机》，《鲁迅全集》第4卷，人民文学出版社2005年版，第593页。

④ ［俄］普列汉诺夫：《论唯物主义的历史观》，见《普列汉诺夫哲学著作选集》第2卷，生活·读书·新知三联书店1962年版，第272～273页。

⑤ ［德］马克思：《1857—1858年经济学手稿·导言》，《马克思恩格斯文集》第8卷，人民出版社2009年版，第15页。

通；对于文学来说，就是作家创作的作品能够广泛流传，读者的接受也有选择的余地。最后，读者的选择与接受还能及时反馈给作家，成为他创作下一部作品的"内在动机"。只有具备了这些条件并形成良性循环的时候，社会心理才可能对文学活动发生重要影响。而具备这些条件的前提，首先是整个社会生产的发展，所以我们说社会心理对文学的影响有一个逐渐强化扩大的过程。

虽然文学与社会心理的关系要受消费制约生产规律的支配，但是作为审美的艺术，作为一种精神生产，文学的追求却与社会心理之间存在着某种矛盾，起因在于社会心理本身的特点。作为反映社会存在的产物，社会意识包含着相当丰富和庞杂的内容，是一个多层次的结构体。如果按照由低级到高级的次序来考察，可以发现社会意识中包含着两个有明显差别的基本层次，即社会心理和社会意识形态。社会心理和意识形态都属于意识范畴，同为经济基础所决定，都是对社会存在反映的产物，但是就反映的内容而言，两者又有明显的差异。社会心理是一种普遍流行的、以感性形式表现的社会意识，它直接与人们的日常生活相联系，带有不系统、不定型和自发的特点，具体表现为在大众中广泛流行的情绪、感情、心态、习惯、爱好、情趣、成见等；社会心理因此往往呈现在社会风俗、自发倾向和时代风尚之中。在某些时期，由于文化水平和艺术素养的限制，低水平的社会心理可能对文学生产发生直接的作用。例如，在中国明代中晚期淫秽风气的影响下，出现大批格调低下的色情小说。而意识形态则是一种高水平的社会意识，具有一定的理性色彩和概括化、系统化的特点，具体表现为哲学、宗教、道德、政治和法律思想等。从它们与社会存在的关系看，社会心理是对社会存在的直接反映，生成于日常生活，所以只能对社会有直观和局部的把握。意识形态对社会存在的反映是间接的，不拘泥于个别事实使它有可能从整体上概括地把握自己的对象。社会心理是意识形态的来源之一，它为思想家们构筑系统的思想提供了原始材料；而意识形态又会反过来影响甚至支配社会心理，并以社会心理为中介再反作用于社会存在。

社会心理的特点使它对文学活动产生了极为复杂的影响。从积极的一面说，"文变染乎世情"①，社会心理是推动文学发展的巨大动力。它要求文学创作不能仅仅成为作家个人感受和趣味的表现，还必须顾及社会的需要和能力，适应社会心理对文学的需求。艺术生产和文学接受之间的这种相互制约、彼此渗透的关系，实际上成了调节文学创作与社会文学需求关系的杠杆，促使文学必须始终保持与现实生活的密切联系。但作为自发形成的、感性直观的社会意识，社会心理对文学的需求又包含着多种动机，其要求与选择会有许多未必与文学的审美特点相一致的因素。例如，20世纪70年代末中国出现的"伤

---

① 刘勰：《文心雕龙·时序》，见范文澜《文心雕龙注》下册，人民文学出版社 1958 年版，第 675 页。

痕文学",尽管有许多作品在内容和形式上都比较粗糙,表现出一种过于外露的感伤情绪,其思想性和艺术性都远非无懈可击,但是由于"伤痕文学"表现、适应和满足了那个特定时代的社会心理——主要是政治情绪的表达而并不完全是审美要求,所以仍能吸引大量读者。人们忽略或容忍了它的缺陷,甚至以其为标准反过来还形成了一股左右文学创作的力量,在一定的时间和范围内制约着创作。为适应这种社会心理而创作的作品确实尽到了时代赋予的政治责任,付出的代价却是消解或淡化了文学的审美特点,所以一旦时过境迁,其中许多作品便会被人们淡忘,或者再也难以激起读者的阅读热情。它们的命运与文学史上的某些作品很相似:当年曾风靡一时,震撼人心,在今天的读者看来却极为平淡乏味。究其原因,多半是因为这些作品是为适应那个时代的社会心理而写的,读者一旦远离了产生作品的生存环境,就再也无法找到可以和作品发生感情交流的支点。这种现象提醒人们,文学创作既要注意满足社会心理的需要,又不能让文学只是停留在被动适应社会心理的水平上,更不能迎合庸俗的趣味,使社会心理成为影响文学健康发展的消极因素。

社会心理不仅影响着创作,而且还影响着文学价值的实现。"作者之用心未必然,而读者之用心何必不然。"①是接受活动中常见的现象,它使文学作品在社会流传过程中被改写了,"我们在某种程度上总是从自己的关切出发来解释文学作品的,……这一事实可能就是为什么某些文学作品似乎世世代代保持自己价值的原因之一"②。当人们以非审美的方式来接受文学作品时,文学作品虽然因之流传,但是它的审美价值其实并没有得到充分实现。要获得对文学的完整认识,就不能忽视社会心理对文学的这种改写,因为它构成了文学存在的现实形态,反映了文学在社会生活中的真实地位和实际作用。

3. 文学与人生体验

深入研究文学使人们意识到,文学不仅仅把人们熟悉的生活作为自己的对象,而且文学还以自己特有的方式,对人的性格、命运、思想、感情,乃至潜意识作了丰富、复杂、多样的表现,从而为人们展现了唯有文学方能展现的生活经验和思想感情,这是一个只有借助于文学才能进入的人生世界。其实,许多文学理论家早已意识到,文学对人与人生的表现有异于非文学对人和人生经验的理解。清人叶燮就曾说过:"可言之理,人人能言之,又安在诗人之言之;可征之事,人人能述之,又安在诗人之述之!必有不可言之理,不可述之事,遇之于默会意象之表,而理与事无不灿然于前者也。"③西方许多作家和

① 谭献:《复堂词话》,见唐圭璋编《词话丛编》第4册,中华书局1988年版,第3987页。
② 〔英〕伊格尔顿:《二十世纪西方文学理论》,伍晓明译,北京大学出版社2007年版,第11页。
③ 叶燮:《原诗》,见霍松林等校注《原诗·一瓢诗话·诗说晬语》,人民文学出版社1979年版,第30页。

理论家也曾发表过类似的见解，例如，艾略特就认为，诗能传达一种特殊的人生经验，让读者获得唯有文学才能给予的人生感受。他说："诗总能传达某种新的经验或某种对熟识事物的新颖的理解，或者表达某种我们经历过但无法言传的东西。它们可以开拓我们的意识面，改善我们的感受性。"①

> 存在主义哲学家萨特在《什么是写作?》一文中说:
>
> "思想遮蔽了人，但是我们只对人感兴趣。放声大哭是不美的;它伤害别人。好的推理也伤害人，司汤达早就看到这一点。若有一种掩盖着一场痛哭的推理，这就正中下怀了。推理除掉了哭泣中不恭敬的成分，而哭泣则在暴露其感情根源的时候除掉了推理中咄咄逼人的成分。我们既非过分感动，又非完全信服，于是可以安全地享受众所周知能从欣赏艺术品得到的有节制的快感。这便是'真正'的、'纯粹的'文学:一种呈现为客观形式的主观性，一种经过古怪的安排后变得与沉默相等的言词，一个对自身有争议的思想，一种理性，但它仅是疯狂带上的面具，一种永恒，但它暗示自己仅是历史的一个瞬间，一种历史瞬间，但它通过它揭露的底蕴，突然指向永恒的人，一种永恒的教训，但它与教训者本人的明确意志相左。"
>
> [法]萨特:《什么是文学》，施康强等译，见李瑜青等编选《萨特文学论文集》，安徽文艺出版社1998年版，第89页。

总之，文艺的目的就是要唤起人对生活和世界的丰富感受，使人去感受事物、感受世界、感受人生，而不是把活生生的人变成没有感觉的机械人。在日常生活中，我们囿于实用和各种利害关系，迫于生计，对周围世界缺乏应有的感受能力，各种各样能唤起美感的东西往往被我们错过，我们的感觉已麻木不仁。所以俄国形式主义认为，文学就是用"陌生化"的手法，即运用新鲜、奇异的语言，把人的感觉从麻木状态中解放出来。用什克洛夫斯基的话说:"那种被称为艺术的东西的存在，正是为了唤回人对生活的感受，使人感受到事物，使石头更成其为石头。艺术的目的是使你对事物的感觉如同你所见的视像那样，而不是如同你认知的那样;艺术的手法是事物的'反常化'手法，是复杂化形式的手法，它增加了感受的难度和时延，既然艺术中的领悟过程是以自身为目的的，它就理应延长。"②

这告诉我们，语言的陌生化并不单单是为了新奇，而是为了通过新奇的语

---

① [英]艾略特:《诗的社会功能》，王恩衷译，见《艾略特诗学文集》，国际文化出版公司1989年版，第241页。

② [俄]什克洛夫斯基:《艺术作为手法》，方珊译，见《俄国形式主义文论选》，生活·读书·新知三联书店1989年版，第6页。

言和形象，使人从漠然或麻木状态中惊醒起来，感奋起来，"唤回人对生活的感受"。郭沫若在《凤凰涅槃》中写道："我们新鲜，我们净朗，/我们华美，我们芬芳，/一切的一，芬芳。/一的一切，芬芳。/芬芳便是你，芬芳便是我，芬芳便是他，芬芳便是火。/火便是你。/火便是我。/火便是他。/火便是火。/翱翔！翱翔！/欢唱！欢唱！"就日常语言的标准看，这些诗句似乎是逻辑不通，颠三倒四，但正是这些新鲜而奇异的诗句，却可以产生一种"陌生化"效果，让读者强烈地感受到凤凰新生之后的新鲜、活泼、自由，体现出个性解放带来的狂欢化享受。

二、文学与道德、性别

1．文学与道德

道德是调节和制约人与人、人与社会相互关系的行为准则和规范，它不同于国家或行政组织制定的法令、规章，强制性地规范人的行为，道德是通过教育、宣传和良知造成的社会舆论和风气，影响人们形成自我规范的道德意识，约束人们的行为，调整人们的关系。文学与道德同属社会的上层建筑，相互之间有着密切的联系和影响，以人为中心、以社会生活为表现对象的文学作品因此有了一定的道德内涵，文学创作也因此体现着作家的道德意识与道德理想。

从中外文学史上看，道德是人们判断文学价值最早使用的标准之一。例如《论语》中所记载的孔子对《诗》的解释：

> 子曰：《诗三百》，一言以蔽之，曰：思无邪。
> 子曰：《关雎》乐而不淫，哀而不伤。
> 子谓《韶》，尽美矣，又尽善也。谓《武》，尽美矣，未尽善也。
> 诗可以兴，可以观，可以群，可以怨。迩之事父，远之事君，多识于鸟兽草木之名。①

尽管后人对孔子上述言论中某些字句的解释不尽相同，但认为其体现了儒家以伦理道德理解文学的思想，却是大家的共识。到了汉代，《毛诗序》更以"经夫妇，成孝敬，厚人伦，美教化，移风俗"②的道德规范，概括了社会对文学的要求。亚里士多德在阐发悲剧的"净化"或"疏泄"功能时，也把道德意味作为其中的内涵之一。而柏拉图所以主张把诗人赶出他所设计的理想国，一个重要的理由就在于他认为诗歌只能败坏人们的道德。尽管从发展的角度

---

① 《论语·阳货》，见杨伯峻编著《论语译注》，中华书局 1958 年版，第 192 页。
② 李学勤主编：《十三经注疏·毛诗正义》上册，北京大学出版社 1999 年版，第 10 页。

看，这些在文学活动初期所形成的观点还是一种不成熟的文学理论，它与早期的文学创作常常以扬善惩恶为题旨，自觉不自觉地把文学当作道德说教的工具一样，都忽视了文学本身的独立价值。但是，尽管如此，文学的发展却并不因此而舍弃自身与道德的联系，人们对文学的要求和评价文学的标准，至今仍然包含着道德的准则和维度。这个现象不仅说明了在现实生活中社会依然把道德内容作为文学应有的一种内涵，而且还提醒人们，文学的审美特点与道德意识之间存在着某种内在的联系。

只要认真考察一下文学的发展历史就会发现，文学的发展与道德意识的变化几乎是同步的，不同的善恶观念时时制约着审美意识，影响着文学价值取向的变更。文学与道德之间之所以会形成如此密切的关系，既有反映在表层的直接原因，也有二者在更深层次上的内在契合。

从表层原因上讲，文学的发展与道德的变化几乎同步，那是因为人性的显示往往体现在道德选择上，人生的价值也常常需要用道德来衡量。善与美原本就是你中有我，我中有你，很难在二者之间划出一条泾渭分明的界限。道德自身的特点更强化了这种关系。作为一种意识形式，道德是调整人与人、个人与社会关系的行为规范的总和，是一种靠社会舆论、人的信念、习惯、传统和教育来发挥作用的价值系统。与其他社会意识形态不同，道德没有专门属于自己的特殊领域，它渗透在人类的一切活动中，关联着人们的各种行为——社会的和个人的、物质的和精神的、公开的和隐蔽的。正因为道德具有这种无时无处不在的特点，以人和人生为对象的文学才和道德结下了难以分割的关系。随着自身的成熟，文学逐渐抛弃了单纯以扬善惩恶来显示道德评价的幼稚方式，它越来越倾向于把道德内容融化在表现人性的各种形式中，就像道德本身隐匿在生活的每一个角落里一样。

把文学与道德紧密联系在一起的更深层的原因，是二者作为意识形式有着许多内在的相似性，这集中地反映在文学与道德对人性和人生价值的理解和阐释上。道德结构中包含着明显的对立因素，一方面，道德观念具有超前性，它往往用高于现实的理想来规范人们的行为，显示了道德的理想化特点。另一方面，道德规范中也有相当多的源于传统和习俗的成分，这又使道德观念有了相对的稳定性和保守性。这个特点使道德与现实常常处在一种矛盾关系之中：超前性甚至包括保守性，使道德成为批判当下现实的一种力量，人们也因此将道德作为精神追求的对象，从而体现了道德在现实生活中的积极意义；而保守性又使道德难以适应现实生活的变化，有时候竟可能与社会历史的发展、与生产关系的变革不同步，甚至发生尖锐的冲突。于是就有了恩格斯所说的这种历史现象："每一种新的进步都必然表现为对某一神圣事物的亵渎，表现为对陈旧的、日渐衰亡的、但为习惯所崇奉的秩序的叛逆。"①由于道德的渗透性，人们几乎在社会生活的一切领域，在历史发展的每一个阶段，都可以找到这种道德矛盾，它或者表现为新的生活方式与传统道德规范的冲突，或者表现为旧的生产关系与新的道德观念的对立。当社会历史处在某种变革的关键时刻，这种冲突和对立就会以相当普遍和极其尖锐的形态浮现在生活的表层，使每一个人都面临着对道德准则和价值观念的重新选择，种种内在的心灵矛盾和外在的行为冲突，也由此发生。就此而言，道德为文学审视人生和认识人性提供了一种视角，使道德成为文学理解和评价社会生活的基本尺度之一。它不仅为文学塑造生动的艺术形象提供了丰富的素材和想象的空间，更激发了作家们探索生活和反思人性的激情。中外文学史上的许多经典作品和艺术形象的魅力，都来自文学观照人生的这种道德视角。

不过，即使道德与文学有着如此密切的关系，它们之间还是存在着某种不协调甚至冲突，其集中体现在文学与道德对价值选择的差异上。道德的对立因素固然为表现人性的复杂和多样提供了一种形态，但是道德规范却要求人们在现实生活中必须回答它所设置的难题，做出明确的选择，道德的价值标准是唯一的，人性在道德法庭上只能有非此即彼的两种可能：道德的或不道德的。而以审美方式把握现实的文学关注的却是人生的体验，对于文学来说，道德的冲突与矛盾正是人性复杂和人生两难的真实显现，审美的意义就在于人类通过这种矛盾经验，深化了对自身的理解和对人生的感悟。文学史上那些影响深远的作品的魅力，就在于写出了道德冲突中人性的困惑和踌躇。正是这种价值选择的差异区分了道德和文学，造就了文学和道德既无法分离又难以合一的关系。

2. 文学与性别

女性主义思潮的兴起，为我们反思文学提供了一个全新的视角。越来越多的人开始认识到，男权中心主义是人类文明史上最大的道德偏见。以此回顾文学的历史，人们发现性别歧视处处可见，文学以感人的话语和生动形象掩饰了并美化着社会现实中存在的男女不平等关系，自觉不自觉地维护着父权制社会的稳定秩序。女性主义批评认为，传统的文学理论纯然是基于男性经验并将其视为普遍规律的理论。作为文学阐释的概念和批评的准则，这些批评理论以其固执的优越感、典型的家长式姿态统治着文坛，妇女只是作为被压抑的对象留存其中。这种文学批评不能和不愿用女性特有的审美经验考察女性创作心理过程，也不能从女性生活的角度揭示女性作品的内涵，对女性形象的评价也往往有失偏颇。因此以往的文学批评并不是一种"中性"批评，而是排斥女性，表

---

① ［德］恩格斯:《路德维希·费尔巴哈和德国古典哲学的终结》,见《马克思恩格斯文集》第 4 卷,人民出版社 2009 年版,第 291 页。

现了男性偏见文学研究。女性主义批评对传统文学理论的这一反思，深刻地影响了文学理论研究的当代发展。

文学中的性别歧视是人类文化发展特定阶段的产物。在人类社会发展史上，"母权制被推翻，乃是女性的具有世界历史意义的失败。丈夫在家中也掌握了权柄，而妻子则被贬低，被奴役，变成丈夫淫欲的奴隶，变成单纯的生孩子的工具了"①。几千年来，无论中西，就两性文化而言，一直沿袭男尊女卑的传统。亚里士多德曾说："女性之为女性，是由于缺乏某些品质"，"我们应该把女人的特性看做要忍受天生的不完善。"②孔子言之更甚："唯女子与小人难养也。"③强大的占主流地位的父权制对女性的压迫是深重的，并且被认为是天经地义的。随着社会的进步、女性的觉醒，女权运动的出现是一种必然。

女性主义批评家肖瓦尔特对西方女性主义文学研究的特点作了如下概括：

"'女性批评'（gynocriticism）这一术语，用来描述妇女写作的女性主义研究，包括对妇女文本阅读和对妇女作家（一种女性的文学传统）之间以及妇女与男人之间的互文本关系的分析。"

"女性批评假定，所有的写作都打上了性的烙印。正如阿莉西亚·奥斯特莱克指明的那样，'作家必然表现出性的经历，如同他们必然表现出民族、时代、语言之精神'。尽管女性主义批评家认识到性的意义必须在历史、民族、种族和性别等各种语境中加以解释，但她们认为，妇女作家不可能完全自由地放弃她们的性。"

"女性批评的第二个假定是妇女写作总是'双文本的'，它既与男性的文学传统对话，又与女性的文学传统对话。……无论是妇女写作还是女性主义批评，必然是'一种双声话语'，既表征男性，又表征占支配地位；既在女性主义之内言说，又在批评之内言说。在阅读妇女文本时，女性批评尝试着自由地运用一系列阐释技巧，它没有指定一种固定的文本分析模式，而是广泛地采纳了后结构主义的洞见，尤其是那些与女性意义有关的洞见。"

参见［美］肖瓦尔特：《女性主义与文学》，戴阿宝译，见柏棣编选《西方女性主义文学理论》，广西师范大学出版社2007年版，第4～6页。

在向以父权制为标志的传统文化发出振聋发聩的叛逆之声的同时，女性主

---

① ［德］恩格斯：《家庭、私有制和国家的起源》，见《马克思恩格斯文集》第4卷，人民出版社2009年版，第68页。

② 转引自［法］波伏娃：《第二性》第1卷，郑克鲁译，上海译文出版社2011年版，第8页。

③ 《论语·阳货》，见杨伯峻编著《论语译注》，中华书局1958年版，第198页。

义文学理论和批评也提出了一些独树一帜的见解和主张。其中"女性视角"的提出构成了女性主义批评解读作品的基点。所谓女性视角，即用女性意识、女性经验观照作品，它包括一套与男性迥异的阅读和写作标准。女性的共同经验使女性主义批评格外关注同性的作品，尤其是那些表现女性意识、女性世界的作品。研究女性文学的本质和特征这一行为本身就是女性主义批评的立场所致。简·奥斯丁、勃朗特姐妹、乔治·艾略特等经典作家一直是西方女性主义批评关注的对象。我国五四时期的女作家庐隐、丁玲，当代女作家张洁、张辛欣、王安忆、林白、陈染等人的创作则是中国女性批评的热门话题。不可否认，女作家们的作品题材不同，人物各异，表现形态也多种多样。但是，由于女性生理尤其是心理上的某些共同特点使这些女作家的作品蕴涵着一些共同的东西。欧内斯特·贝克在《英国小说史》中单辟一章谈女性小说家，他评论说："女文学家的特殊性犹如种族或远祖传统的独特性一样，将她们与那另一性别截然区分开来。只消随意选取一群女作家，无论我们在她们的才华、见解或个人脾性上看出多大的不同，这差异性均有明显属于女性气质的相似性与之匹敌，甚至相似很可能压倒了差别。"①总之，女性主义批评因其革命性和破坏力而给当代西方文学研究带来了一股活力，它从社会性别的角度向人们昭示了，被视为普遍真理的传统文学观念的霸权性和虚伪性，动摇了以男权为中心的文学批评传统，开拓了以性别文化研究文学的道路。当然，女性主义批评本身还存在着许多分歧，理论上也有一些尚未澄清的悖论，应当用分析的态度对待。

三、文学与阶级、民族

1. 文学与阶级

马克思主义文学理论尤为关注文学活动的社会属性，强调人的社会存在状况对审美的影响。就文学家而言，只能生活在特定时代的社会环境中，使其创作不可能超越历史的限制；他通过作品表现出来的审美理想，归根到底也只是对其社会存在的一种想象。所以，在阶级对立的社会形态中，文学生产虽然属于那种远离物质生产的精神生产，但仍然要受制于其赖以生存的社会，仍然要受占统治地位的主流意识形态的影响，文学作品因此不能不表现出一定的阶级倾向性，这是一个被文学史上的无数作品反复证明了的事实。鲁迅曾说过："文学不借人，也无以表现'性'，一用人，而且还在阶级社会里，即断不能免掉所属的阶级性，无需加以'束缚'，实乃出于必然。"②例如，古代小说里

---

① 转引自[美]肖瓦尔特：《她们自己的文学——英国女小说家：从勃朗特到莱辛》，韩敏中译，浙江大学出版社 2012 年版，第 3 页。

② 鲁迅：《"硬译"与"文学的阶级性"》，《鲁迅全集》第 4 卷，人民文学出版社 2005 年版，第 208 页。

的《水浒传》和《荡寇志》，虽然题材接近，但因作者的旨趣和态度不同，就表现了不同的阶级性。当然，我们不能由此就简单地认定，一个作家就一定是某个阶级的代言人。由于文学与阶级之间的关系十分复杂，判断一个作家及其作品的阶级倾向，需要研究大量的材料，更不能忽略文学审美活动的特殊性，要从他的创作实际出发，要从作家全部作品中所表现出来的立场、思想的整体倾向上去判断，而不是用庸俗社会学的方式，根据作家的出身或社会地位贴上一个标签。列宁对列夫·托尔斯泰的分析，为研究文学与阶级的关系提供了一个典范。就出身而言，托尔斯泰属于"上层贵族地主"，但是他一生的创作却表现了19世纪后半叶到20世纪初的俄国农民的诉求，用列宁的话说，表现了"广大群众的情绪，描绘他们的境况，表现他们自发的反抗和愤怒的情感"，当然，也表现了在封建宗法制度长期压迫下的俄国农民的弱点。列宁指出："作为俄国千百万农民在俄国资产阶级革命快到来的时候的思想和情绪的表现者，托尔斯泰是伟大的。托尔斯泰富于独创性，因为他的全部观点，总的说来，恰恰表现了俄国革命是农民资产阶级革命的特点。"据此，列宁作出了"列夫·托尔斯泰是俄国革命的镜子"的判断①。列宁的分析，既让我们看到了文学活动与阶级之间的复杂关系，又展示了以阶级视角阐释文学所特有的洞察力。

　　文学与阶级的关系的复杂性，还表现在文学家与他所属的阶级之间有时会发生的矛盾上。马克思和恩格斯在论及这种矛盾时指出：在统治阶级内部，也有精神生产和物质生产的分工形式，而这种分工有时会导致统治阶级和它的思想家之间的分裂，"在这一阶级内部，这种分裂甚至可以发展成为这两部分人之间的某种程度的对立和敌视，但是一旦发生任何实际冲突，即当这一阶级本身受到威胁的时候……这种对立和敌视便会自行消失"②。正是这个现象，提醒文学研究在分析作家、作品的阶级倾向时，在阐释文学与阶级的关系时，必须慎之又慎。例如，唐代大诗人白居易，创作了大量为民生疾苦呼吁的诗歌，写下了"是岁江南旱，衢州人食人"（《轻肥》）；"低头独长叹，此叹无人喻：一丛深色花，十户中人赋"（《买花》）和《卖炭翁》《观刈麦》等名句名篇，并以他的创作和理论推动了以反映民生疾苦为宗旨的新乐府运动，使"权豪贵近者相目而变色"（《与元九书》）。但正如白居易自己所说，他是"为君，为臣，为民，为物，为事而作，不为文而作"③，本意仍在维护统治阶级

---

　　①　[苏]列宁：《列夫·托尔斯泰是俄国革命的镜子》，《列宁选集》第2卷，人民出版社1972年版，第371页。

　　②　[德]马克思、恩格斯：《德意志意识形态》，《马克思恩格斯文集》第1卷，人民出版社2009年版，第551页。

　　③　白居易：《新乐府序》，周祖譔编选《隋唐五代文论选》，人民文学出版社1990年版，第244页。

的利益。白居易创作的理想追求与其作品产生的社会效果之间的反差说明，当我们研究这样的文学家的时候，不能根据文学作品的社会影响就简单地认定文学家背叛了他的阶级，不能简单地、教条主义地或肯定一切，或否定一切，而是必须十分细致地、具体地分析他们创作的全部情况，承认他们的立场、倾向的复杂性。

现代社会学指出，阶级是根据资产或财富占有的不同所做的一种社会分层，但分层也可以基于其他属性，如性别、年龄、宗教或职务等；分层角度虽然有区别，对社会研究来说其作用却是共同的，即"社会学家用社会分层来指称存在于人类社会的个人和群体之间的不平等"①。不同的社会分层使阶级与集团、群体的关系表现得错综复杂，这是我们在讨论文学的阶级属性时必须注意的。例如，归属于不同集团、群体的作家由于所处的地位不同，代表着不同的利益，这样他们必然会把不同集团、不同群体的意识带入文学的审美活动，使文学阶级性的表现与不同集团、群体的利益纠缠在一起。另一方面，无论作家的阶级、集团和群体的归属有何不同，其思想感情也不会完全受制于阶级、集团或群体，作家作为一个人，必然有人之共有的生命意识，有人与人之间相通的人性，也必然会关注人类共同的生存问题。这使文学创作必然会表现人类共通的情感和愿望，从而超越一定的阶级、集团或群体的倾向性。孟子早就说过："恻隐之心，人皆有之；羞恶之心，人皆有之；恭敬之心，人皆有之；是非之心，人皆有之。"②他还说："人之所不学而能者，其良能也；所不虑而知者，其良知也。孩提之童无不知爱其亲者，及其长也，无不知敬其兄也。"③这中间善良、美好的情感常常是人类共同的情感的表现。如下面这首《菩萨蛮》：

> 枕前发尽千般愿，要休且待青山烂，水面秤锤浮，直待黄河彻底枯。白日参辰现，北斗回南面。休即未能休，且待三更见日头。

这是下层人民的歌谣，但表达恋人对爱情的忠贞的这种感情，却不仅仅属于某个阶层、阶级或集团、群体，而是属于全人类的共同的美好感情。从这个意义上看，表现阶级、集团和群体的倾向性与人类共通性的对立统一，是文学审美活动的一个重要特点。

2. 文学与民族

广义地讲，文学与民族的关系所讨论的是文学与民族文化传统的问题。不

---

① ［英］吉登斯：《社会学》，赵旭东等译，北京大学出版社 2003 年版，第 357 页。

② 《孟子·告子上》，见杨伯峻译注《孟子译注》下册，中华书局 1960 年版，第 259 页。

③ 《孟子·尽心上》，见杨伯峻《孟子译注》下册，中华书局 1960 年版，第 307 页。

同的民族有不同的文化传统，生活在民族文化传统中的作家不能不受其影响，其创作必然会融入民族文化的基因：民族的语言文字、神话、宗教、习俗、思维、审美理想，等等。所以伏尔泰说：

> 从写作的风格来认出一个意大利人、一个法国人、一个英国人或一个西班牙人，就像从他面孔的轮廓，他的发音和他的行动举止来认出他的国籍一样容易。意大利语的柔和和甜蜜在不知不觉中渗入到意大利作家的资质中去。在我看来，辞藻的华丽、隐喻的运用、风格的庄严，通常标志着西班牙作家的特点。对于英国人来说，他们更讲究作品的力量、活力和雄浑，他们爱讽喻和明喻甚于一切。法国人则具有明澈、严密和优雅的风格。他们既没有英国人的力量，也没有意大利人的柔和，前者在他们看来显得凶猛粗暴，后者在他们看来又未免缺乏须眉气概……①

在前资本主义时代，因为人群之间的交往、迁徙受到客观条件的限制，大多世代生活在相对稳定的地域文化圈内，文学的民族文化特征因此而得到了稳定的保存和鲜明的体现。但是，在资本主义全球扩张的过程中，居于弱势地位的国家和民族还能否保持自己文学的民族特点，却成了一个严峻的问题。国际资本主义不仅通过资本来控制当今世界的经济和政治秩序，而且还试图通过知识话语来控制全球的文化生产乃至不同国家或民族的意识形态。这种话语控制不只是简单地将少数强势国家的观念和原则强加给第三世界，而且更以推行其知识话语的形式消解着人类文化的多样形态。西方普遍主义的蔓延已经成为人们难以忽视的潮流，在诸如文化人类学、心理学、文学理论、哲学、政治科学等领域，西方的学说已经被等同为普遍的客观性知识。在这种强大的话语支配力量面前，第三世界的文化和知识不能不处于屈就和边缘的地位，自然也就无法伸张与西方话语平等的合法性。这使第三世界各民族在构建自己的文化身份、知识形式和历史的时候，常常会陷入一种无力感。这便是后殖民认识焦虑的来由。

> 对现代性进行类似走马观花的考察，就已经能够充分地表明，在历史的方面和地缘政治的方面，如何理解世界存在着许多的方法，其间存在着某种极性（polarity）或者说偏向（warp）。许多人已经指出，并不存在着任何内在的理由认为西方/非西方的对立应当决定现代性的地理角度，唯一的理由是此对立肯定起了这样一个作用，即确立西方假想的统一性（putative unity）。这

----

① ［法］伏尔泰：《论史诗》，薛诗绮译，见伍蠡甫主编《西方古今文论选》，复旦大学出版社1984年版，第71～72页。

个统一性是个形体不明和具有支配力量的实体性（positivity），对于它的存在我们长期以来从未提出疑问。不用说，西方不是一个简单而直截了当的地理范畴。我们不需要参照历史详情便能够发现在19世纪和20世纪以来的西方一直在恣意地扩张和移动。西方是在话语中自己形成的主体的一个名称，但它又是一个在话语中构成的一个对象。看起来，这个名称总是将自己与那些在政治上或者经济上比其他社区、社群、国民（peoples）显得更为优越的地区、社群、国民联系在一起。西方这一名称与日本这个名称一样。一般认为日本是指一个地理区域、传统、国民的同一性、文化、民族集团、市场，等等。但是，与所有其他地理特殊性有关的名称不同，西方还意味着它拒绝将自己的疆域加以限定；它自称能够长期保持超越所有这些特殊性的冲动，若是不能够超越这一冲动本身的话。这就是说，西方永远不满足于他体所认识的西方；它总是迫切地要求去接近自己的他体，以便不断地改造自我形象；它不断地在它与他者的交往之中寻找自己；它永远不会满足于被认识，相反，它却宁可去认识他体；它宁愿做认识的提供者而不做认识的接受者。要言之，西方必须代表普遍性的契机，在这个契机之下，所有特殊性被扬弃。诚然，西方本身就是一个特殊性，但是它却作为一个普遍的参照系数，按照此参照系数所有他体能够识别出自己是个特殊性。在这一点上，西方以为自己是无所不在的。

参见［美］酒井直树：《现代性与其批判：普遍主义和特殊主义的问题》，白培德译，见张京媛主编《后殖民理论与文化批评》，北京大学出版社1999年版，第384～385页。

从文学领域来看，具有典型意义的个案是如何评价已取得不凡实绩的黑人文学。作为他者，黑人文学以自己充满独立性的创作向西方文坛表明了自己的存在，但有些白人文学批评家却坚持用自己的文学理论来解释他们本来陌生的黑人文学，以黑人是否懂得白人的意识形态、理论观念、文学成规和语言形式为批评标准，评判黑人文学的高下贵贱。以黑人土语刺耳难听，粗俗混杂，与高贵的英语格格不入，断言黑人文学粗糙卑劣，境界低下，属于文学的渣滓和废物，认为黑人文学的存在降低了那个国家的智商，玷污了人类的文明。这些论调遭到黑人作家和批评家的强烈反击；后殖民主义评论家更是对这种充满了政治、民族与文化偏见的非美学批评进行了批判，指出这种文学批评本身就是白人民族优越论和殖民主义思想的表现。

后殖民主义文学批评出现，给当代文学与民族关系的理论研究提出了新问题和新思路，使今天的文学和文学理论研究，走出了仅仅在审美的或语言技巧的层面上讨论问题的思路和视野，而是开始更广泛地涉足权利、民族、性别、阶级、阶层等问题，开始关注对文学话语更复杂、更丰富、更深层蕴含的分析。从后殖民文学研究中，我们可以预期对文学与民族问题的研究，不但会拓展文学理论研究的视域，而且还会给它注入新的活力。

第二节　文学活动的历史

马克思将人类生活于其间的社会结构比喻为一座大厦，生产力和生产关系构成了大厦的基础部分，马克思称之为经济基础；而竖立于其上的法律、政治制度，以及与之相适应的、观念形态的政治和法律思想，道德、哲学、宗教、文学、艺术等，则构成了所谓的上层建筑。经济基础与上层建筑的关系正如恩格斯所说："政治、法、哲学、宗教、文学、艺术等等的发展是以经济发展为基础的。但是，它们又都相互作用并对经济基础发生作用。"①所以，我们对文学活动历史的考察，既要关注政治、经济等因素对文学的影响，又必须在社会生活、社会文化的背景下认识这些影响，因为只有通过这种综合性的研究，方能理解文学活动历史机制的多重性。

一、文学发展与政治、经济

与各种社会意识形式对文学的影响主要表现在精神领域中有所不同，政治和经济给予文学的影响远远超出了思想文化的范围。政治与经济既可能通过改变人们的思想观念使自身的影响深入到文学活动的意识形态层面，又可以通过政治制度或者经济规律，制约着甚至决定着文学的历史走向和整体面貌。所以阿多诺说，"从艺术发动之初一直延续至现代集权国家，始终存在着大量对艺术直接的社会控制"②。对文学活动具有根本的制约性和规定性，是政治与经济作用于文学活动的重要特点。而且，由于政治与经济主要是根据社会运作的需要而不是单纯的审美需要来规范文学活动的，所以它们对文学的要求也常常带有直接的功利性目的，从而使文学活动必须在审美关系之外的其他社会关系中运作，这是政治、经济影响文学的又一个重要特点。所以，从政治、经济的角度审视文学，不仅为我们观照文学提供了更为开阔的视野，而且有助于全面理解文学与社会生活的关系以及这种关系的多样化。

1. 文学与政治

在社会生活中，政治对文学的影响往往最为直接也最为重要。不管人们对

---

① ［德］恩格斯：《致瓦尔特·博尔吉乌斯》，见《马克思恩格斯文集》第 10 卷，人民出版社 2009 年版，第 668 页。

② ［德］阿多诺：《艺术与社会》，周宪等译，见《当代西方艺术社会学》，北京大学出版社 1988 年版，第 67 页。

此持有什么态度，这都是一个不以人的意志为转移的客观事实。虽说文学与政治同属上层建筑，一样受经济基础的制约，但是由于政治在社会生活中所处的地位和所起的作用都极为特殊，所以政治对文学的影响远非其他社会意识形式可比。在庞大的上层建筑体系中，政治距经济基础最近，与经济基础的关系最为密切和直接，所以说政治是经济的集中表现。不仅如此，政治还承担着沟通其他上层建筑与经济基础关系的职能，调节着上层建筑各部门和各种社会意识形式——其中也包括文学——与经济基础的关系，使之适应经济基础的需要，或者为改变生产关系制造舆论。一定阶级的政治，集中体现了该阶级的利益和要求；只有通过政治，社会运作的各种需要才能得到充分实现。所有这些，都决定了不仅在上层建筑体系中，而且在整个社会生活中，政治都居于主导的地位。文学则不然，文学与哲学、宗教一样，属于"那些更高地悬浮于空中的意识形态的领域"①，文学的这种地位使它不能不受到政治给予的巨大影响。不过，这里所说的政治影响并不像有些人所理解的那样，完全来自主观方面，似乎政治对文学的影响仅仅体现在政治意志的贯彻上。其实，任何一种社会因素都是首先从它的社会职能出发来作用于文学的，政治也是如此。所以，政治对文学的影响最为突出的特点，是要求文学必须适应上层建筑和经济基础对它的要求，必须关注社会的运作和发展的方向。也正因为如此，在政治影响下的文学才会注意到自身发展与社会运作的各种关系，才会使自己对生活的感受和评价融含了政治和经济的测度，而不是仅仅着眼于审美。

具体地说，这种影响因政治表现形态的不同而体现在如下两个方面：

其一是体现为制度、设施和方针政策的政治对文学的影响。作为制度、设施和方针政策，政治体现了统治阶级的意志，所以带有强制性，它使政治可以干预社会的文学活动，对文学产生直接的作用。尽管从中外文学史上看，政治施加影响的动机是各种各样的，所造成的结果有正面的和负面的不同，并不一定完全符合文学自身的特点与规律，但是它毕竟以文化环境的创造为文学活动提供了必要的条件，从而给文学发展以切实的影响。

中外文学的发展历史都证明，凡是政治比较开明，统治阶级确实把文学艺术活动视为调节社会正常运作不可缺少的组成部分，并实行有利于文化繁荣的政策时，文学的发展就比较顺利，甚至可能出现文学繁荣的局面；相反，凡是政治黑暗，思想禁锢，当权者推行带有文化专制色彩的高压政策时，包括文学活动在内的整个文化生活都会冷落凋敝，文学创作也会停滞不前，甚至出现衰落倒退的现象。我国唐代文学的繁荣，以及意大利16世纪佛罗伦萨的文艺复

---

① ［德］恩格斯：《致康拉德·施米特》，《马克思恩格斯文集》第 10 卷，人民出版社 2009 年版，第 598 页。

兴，我国新时期文学的蓬勃发展，都体现了政治对文学艺术的发展所起的积极作用。

唐代文学所取得的成就在中国文学史上留下了极为辉煌的一页，这一成就的获取在很大程度上便是得益于唐代的政治制度。从总体上讲，初唐与盛唐的统治者所制定的一系列政治制度和方针政策，都为文学的发展创造了有利的条件。如均田制的实行打击了豪门地主，把国家掌握的官田、无主田和荒地分配给部分无地农民，用租庸调税法减轻农民负担等，都是以政治手段对生产关系的调整，其结果不仅在一定程度上解放了社会生产力，而且也为中小地主及其知识分子参与国家政治和社会文化活动提供了条件，而这些人正是当时文学活动的主力。儒、道经典均被列为科举考试的内容，对外来文化的传入持积极态度，则反映了唐代在思想文化上的开放政策，这对开阔文人们的视野和思路，活跃文化思想起了积极的作用。国家空前规模的统一和政治上的安定，不仅给文学发展创造了一个良好的社会环境，而且促进了国内各民族文化和中外文化的交流，使唐代文学有可能在吸收其他民族文化的基础上丰富自己。所有这些由政治所营造的社会文化环境，孕育了唐代特有的充满生气、勇于创造的时代精神。正像鲁迅所说，"唐人也还不算弱，例如汉人的墓前石兽，多是羊，虎，天禄，辟邪，而长安的昭陵上，却刻着带箭的骏马，还有一匹鸵鸟，则办法简直前无古人"，"汉唐虽然也有边患，但魄力究竟雄大，人民具有不至于为异族奴隶的自信心，或者竟毫未想到，凡取外来事物的时候，就如将彼俘来一样，自由驱使，绝不介怀"[1]。于是，在这个开放、活跃的社会文化环境中，在这些有利于社会物质生产和精神生产的条件下，出现了李白、杜甫、韩愈、柳宗元等文学大家，也促进了诗歌、散文和传奇文学的繁荣与鼎盛。

除了上述一般的制度与政策之外，唐代实行的科举制度更是给文学的发展和繁荣以直接的刺激。科举制度是封建时代选拔官员的一种制度，从唐代开始正式确立。比起两汉的察举制和魏晋南北朝的九品中正制，唐代的科举考试体现了较大的优越性，其主要表现为，唐代科举考试的实施为出身寒族和中小地主阶层的知识分子开启了参与国家政治的途径。与文学直接有关的是当时科举考试盛行的行卷之风；所谓行卷，是指应试的举子在考试以前把自己创作的文字加以编辑，写成卷轴，送给在社会上、政治上或文坛上有地位的人，请求他们向主考人推荐，希望增加自己及第可能的一种手段。后来，唐代又在进士科举中采取了以诗赋取士的制度。这些制度和风习明显地刺激了文学创作。虽说以诗赋取士助长了绮靡不实的文风，许多诗文难脱奉迎之气，让韩愈多年后重读自己为此所作的诗文还感到羞惭，但是，"如果就进士科举以文词为主要考

---

① 鲁迅：《看镜有感》，《鲁迅全集》第 1 卷，人民文学出版社 2005 年版，第 208、209 页。

试内容因而派生的行卷这种特殊风尚来考察，就无可否认，无论是从整个唐代文学发展的契机来说，或者是从诗歌、古文、传奇任何一种文学样式来说，都起过一定程度的促进作用"①。士人应试，年年都要由各地集中来到京都，旅途的见闻，相聚的交流，以及送人赴试、贺人及第和慰人落第等一系列活动，既为人们积累生活经验和激发创作欲望创造了条件，又给文学创作提供了丰富的题材。从这个意义上说，政治制度影响文学更为直接的表现，其实是一种文化环境的营造。

如果从动机上讲，政治所以关注文学其实是以实现其本身的社会职能为目的的。所以，即使政治采取了鼓励、扶植文学的方针和政策，政治对文学的要求也不会仅仅局限在审美上，它更需要文学发挥多方面的社会作用，有利于政治目的的实现。例如17世纪的法国，是西欧典型的封建君主制国家，它是建立在资产阶级与贵族阶级平衡妥协的基础之上的。所以，为了巩固君主专制制度，保持资产阶级与封建贵族的平衡妥协，统治者在文学活动中竭力鼓吹、推行古典主义，要求文学必须按照绝对王权的政治标准和艺术标准来进行创作。这种被人们称为新古典主义的特点是，在政治上拥护和歌颂绝对王权；在思想上提倡"自我克制""温和折中"式的"理性"精神；在题材上借用古代的故事，表现宫廷和贵族的生活，并赋予它悲壮崇高的色彩；在文体上要求结构严谨，语言高雅简明。于是，君主专制政治所推行的、看起来似乎是一种积极的文艺政策，酿成的后果却是新古典主义文学的畸形发展。对文学来说其显然是有明显的片面性，对政治而言新古典主义却不失为一个成功的典范，它确实为巩固君主专制的统治起了重要作用。

其二是作为意识形态的政治即政治思想对文学活动的影响。与政治制度和政治设施不同，政治意识形态对文学的影响一般来讲不带有强制性，它以人们接受某种政治思想，认同某种意识形态的方式作用于文学活动。也正因为如此，政治意识形态对文学的影响就有了更为内在、更为隐蔽的特点。它既可能以旗帜鲜明的政治观点出现，在更多的情况下，也可能以潜移默化的方式浸透在文学活动之中，表现在作家、作品的思想倾向或情感态度上。有人认为政治思想的介入一定不利于文学活动，其实是一种过于简单的看法，并不完全符合文学史的事实。作为一个社会、一个时代或一个阶级的利益、信念、追求的集中表现，政治意识在其形成之时，同样可能充满了热情与活力，是激励人们追求理想、价值甚至甘愿为之献身的巨大精神动力，也是解剖社会的锐器。中外文学史上有许多作家和作品之所以获得成功，原因之一就在于其表现了鲜明的政治倾向和政治热情。正如恩格斯所说，"悲剧之父埃斯库罗斯和喜剧之父阿

---

① 程千帆：《唐代进士行卷与文学》，上海古籍出版社1980年版，第88页。

里斯托芬都是有强烈倾向的诗人，但丁和塞万提斯也不逊色；而席勒的《阴谋与爱情》的主要价值就在于它是德国第一部有政治倾向的戏剧。现代的那些写出优秀小说的俄国人和挪威人全是有倾向的作家"①。在一定的意义上甚至可以说，某些作家作品之所以能够深刻地揭示社会与人生，依赖的正是政治上的敏锐。鲁迅在《〈自选集〉自序》中说："我做小说，是开手于一九一八年，《新青年》上提倡'文学革命'的时候的……我的作品在《新青年》上，步调是和大家大概一致的，所以我想，这些确可以算作那时的'革命文学'"，"自然，在这中间，也不免夹杂些将旧社会的病根暴露出来，催人留心，设法加以疗治的希望。""这些也可以说，是'遵命文学'。不过我所遵奉的，是那时革命的前驱者的命令，也是我自己所愿意遵奉的命令，决不是皇上的圣旨，也不是金元和真的指挥刀。"②鲁迅作品的伟大价值，首先在于与中国革命的血肉联系。

当然，文学终究不是政治，政治意识形态也不同于审美意识，所以恩格斯告诫作家不应使政治思想的表现游离于形象之外，"倾向应当从场面和情节中自然而然地流露出来，而无须特别把它指点出来"③。英国批评家斯特恩则从政治意识形态与现实生活的关系上说明了政治在何种情况下才可能有利于文学。他认为：

> 意识形态，或者用李奇顿堡较为温和的话说——一个时代的"信念体系"，并不是先验的限定物。相反，在其初始阶段，在其尚未僵化为陈词滥调之前，一个时代的信念是这一时代的文学中非常重要的成分。当这些信念变成教条的壁垒时，它们便开始作为一种思想奴役的体系强加给文学作品或任何形式的个人想象力……只是到了这时，作家的思想和影响范围才变得狭隘起来。④

也就是说，只有当一种政治思想脱离了社会生活实践，落后于历史前进的步伐，不再表现时代和人民的信念与追求，并开始变成政客手里的工具时，它才会因为失去活力、锐气和热情而成为文学创作的桎梏。在这之前，在一种政

---

① ［德］恩格斯：《致明娜·考茨基》，《马克思恩格斯文集》第 10 卷，人民出版社 2009 年版，第 545 页。

② 鲁迅：《〈自选集〉自序》，《鲁迅全集》第 4 卷，人民文学出版社 1981 年版，第 468～469 页。

③ ［德］恩格斯：《致明娜·考茨基》，《马克思恩格斯文集》第 10 卷，人民出版社 2009 年版，第 545 页。

④ ［英］斯特恩：《文学与意识形态》，周宪等译，见《当代西方艺术文化学》，北京大学出版社 1988 年版，第 234～235 页。

治思想仍然是一个时代或者社会的表征的时候，它给予文学的积极影响会远远超过其他社会因素。更何况，无论是文学活动还是从事这种活动的任何个人，都不可能不受意识形态的影响、制约和限制，在文学创作和接受的过程中，可以更清楚地看到这一点。

对于作家来说，特定的政治意识形态往往会影响他的审美理想的建构，会成为他观照、理解和表现社会生活的一种尺度或标准，进而制约着他对生活材料的取舍和艺术形象的创造。在中国历史上长期处于统治地位的儒家政治思想就对古代文学的发展产生了深远的影响，而在汉代独尊儒术之后，不难发现这种意识形态是怎样地压抑了作家们的艺术才华，削弱了其作品的批判力度。即使如写出了"三吏""三别"这类作品的杜甫，也在批判现实为民请命的同时，把希望寄托在"况乃王师顺，抚养甚分明"（《新安吏》）的幻想上，淡化了作品的悲剧内涵。在中国古代文学史上，能以冷静的现实主义眼光洞悉人和人的价值而被摧残、被否定的作家大有人在，可是古典文学中又始终未能产生更多的、真正具有悲剧意识的文学作品，原因就在于深受"怨而不怒"的儒家美学的规范和儒家政治思想的束缚。政治意识形态对审美意识的这种渗透和影响，必然会给文学注入种种与作家个人思想相矛盾甚至相对立的成分，从而使许多古典文学作品的思想内涵显得非常复杂。反过来说，体现了时代精神的政治思想，包括对腐朽、僵化的政治思想的怀疑，都会给文学创作带来新的生机，强化作品的思想力量。倘若对这一点视而不见，一味从审美上理解和解释文学作品，不仅会在判断上发生失误，而且还会疏漏文本固有的丰富内涵，人为地使文学贫乏化了。

政治思想对于文学接受活动的影响就更为常见也更为明显了，其主要体现在读者以政治的观点和方式来理解、解释文学文本的意义和价值，发掘文本所隐含的意识形态内容。从解释学的角度说，这种做法是接受活动自身固有的性质和特点，因为接受者的理解和解释，只能在已有的文化、知识背景下发生，政治思想此刻构成了读者的"前理解"（pre-understanding）。对于文学作品来说，以政治观念来理解和解释，作品自身的审美内涵虽然被忽视了，但是它隐含的政治意义却可能得到阐发，而这是单纯的审美读解难以做到的。台湾学者萨孟武由《水浒》论及中国古代社会，由《红楼梦》解剖中国的旧家庭，就是从社会政治学的角度来阅读文学作品，而这个视角的选择也确实让他从书中读出了许多被人们忽视的意义，有助于人们全面理解文学作品的丰富内涵。[1]更何况，把握文本的社会政治内容，对审美感受和理解的深化也有积极的作用。

①　参见萨孟武：《〈红楼梦与中国旧家庭〉、〈水浒传与中国社会〉、〈西游记与中国政治〉》，岳麓书社1998年版。

在今天，受政治观念支配的意识形态对文学的影响已经超出了国界，在相当程度上成为一种全球性的文化现象。有人称之为"文化帝国主义"，有人称之为"后殖民主义"，都是指极少数国家凭借着在政治、经济和文化上的优势，积极向他国进行文化输出。它与资本主义早期的海外殖民，以及帝国主义通过军事、经济和政治手段侵略、掠夺、压榨弱小国家不同，这种精神文化的渗透主要表现在意识形态领域，而且其对象不限于弱小民族，它以潜移默化的方式影响着甚至改造着他国的民族文化，其中当然也包括文学。文化的后殖民现象说明了政治意识形态对文学活动的影响，会随着政治、经济的全球化日益加剧也日益复杂。

2．文学与经济

比较而言，经济基础对文学发展的影响更为根本。无论各种社会意识形式和政治制度会对文学活动产生多么重要的影响，文学作为精神活动的产物，它的发展变化，它的根本性质，归根到底还是由经济基础所决定的。正如马克思所说："人们在自己生活的社会生产中发生一定的、必然的、不以他们的意志为转移的关系，即同他们的物质生产力的一定发展阶段相适合的生产关系。这些生产关系的总和构成社会的经济结构，即有法律的和政治的上层建筑竖立其上并有一定的社会意识形式与之相适应的现实基础。物质生活的生产方式制约着整个社会生活、政治生活和精神生活的过程。"①

这就是说，在人类的社会生活中，经济基础即物质生活的生产方式具有决定性的作用，它制约着上层建筑，决定各种社会意识形式，当然也最终决定着文学。如果说，各种社会意识形式和政治制度对文学活动的影响往往是具体、直接的，那么，一般来说，经济基础对文学本身的影响则往往是间接发生的，但是却带有根本制约性的特点。所谓根本制约性，包括两个方面的意思：

其一，是指文学发展变化的根本原因在于经济基础的变更。文学在其发展过程中无论与各种社会意识形式发生怎样的关系，受多大的影响，它本身和这些因素其实都不具有绝对独立的品格，它们最终都要受经济基础即生产方式的制约。正是在这个意义上，马克思、恩格斯说意识形态没有自己的历史，因为各种社会意识形式归根结底不过是现实生活过程的"反射和回声"。强调这一点是为了说明，我们如果要把握文学活动更深层的机制，要了解各种社会意识形式之所以会以某种特定的方式或形态对文学产生影响，就必须关注物质生活的生产方式及其发展变化；生产关系与生产方式中隐含着解释各种社会现象的最终根据。

---

① ［德］马克思:《〈政治经济学批判〉序言》,《马克思恩格斯文集》第2卷,人民出版社2009年版,第591页。

其二，经济基础对文学活动具有根本制约性，是说经济基础对文学的作用主要体现对文学发展的宏观趋势、整体面貌和基本属性的规定上，即体现在对文学活动的宏观控制、对文学的基本性质和主要特点的制约上，而不是讲文学发展演变的任何细节、文学的一切特点和具体原因都取决于经济基础。

无视前一种根本制约性，会背离马克思主义历史唯物论的基本原理，或者被复杂多变的文学现象所迷惑，难以揭示文学演化的深层原因；或者会丧失观照文学活动的开阔视野，错把文学当成一个封闭的"自足体"，导致文学阐释的空洞与贫乏。俄国形式主义、英美新批评、结构主义、精神分析批评等现代文学理论的致命弱点，就在于无视文学活动与人类基本社会实践之间的这种关系。而忽视了后一种根本制约性，企图用经济作为唯一原因去说明一切具体的文学现象，把文学活动的具体过程直接与生产方式挂钩，以为二者之间存在着一一对应的关系，则会陷入庸俗社会学的歧途，同样会导致文学理论的简单化。那么，经济基础对文学活动的根本制约性应该怎样理解呢？具体地讲，这种根本制约性主要表现在如下两个方面：

第一，物质生产方式决定着文学的时代面貌。任何一个时代的文学的性质与特点的形成，最终都要受这个时代的经济基础的制约。文学是"人学"，怎样认识人和表现人，直接决定着一个时代的文学性质。而"人的本质不是单个人所固有的抽象物，在其现实性上，它是一切社会关系的总和"①。人是在一定的社会关系中、特别是在生产关系中塑造着自身，于是形成了每个时代特有的人的现实需要和心理世界，形成了特定的关于人的观念和人生的价值标准。这不能不直接影响着文学活动对人的理解和表现，从而构成了一个时代的文学的深层意蕴和主要内容。尽管同一时代的作家和作品，可以在人性和人生的表现上呈现出多样、丰富和复杂的形态，但是从根本上看，无论是作家本人的，还是艺术形象所体现的思想感情、价值观念，都不会超出其所属的生产关系和生产方式规定的范围。例如，同为叛逆女性，王实甫笔下的崔莺莺就不同于夏洛蒂·勃朗特笔下的简·爱；同样是回顾评估自己的一生，沈复的《浮生六记》也有异于卢梭的《忏悔录》。前者明显地体现了封建社会生产关系所规定的道德观念和人生理想，而后者则反映了资本主义生产关系下所形成的人生观念和审美意识。

有时候，经济基础的内部矛盾也会反映在文学中。在阶级社会里，由于经济基础本身所包含的生产关系不是单一的，必然存在着各种矛盾甚至激烈、复杂的对抗，因而在一个时代里并非只有一种人性观念和人生观念。这种存在于社会生活中的复杂多样的关系，反映到文学领域内，便造成了同一社会里也可

---

① ［德］马克思：《关于费尔巴哈的提纲》，《马克思恩格斯文集》第 1 卷，人民出版社 2009 年版，第 501 页。

能有几种不同性质和内容的文学的现象。中国古代乐府诗和历代民歌所表现的审美理想和人生观念，就有异于文人们的创作。到了封建社会的中后期，由于城市商品经济的发展，中国文学中还出现了过去从未有过的、反映市民阶层人生观念和审美趣味的作品，《杜十娘怒沉百宝箱》《卖油郎独占花魁》等，即为其中的典型代表。对于这类文学作品所表现的审美理想和价值观念，如果不从生产关系的变化上去理解，就无法把握它们的开创意义，也不可能对其在文学史上的地位作出准确、科学的判断。

物质生产方式也会对文学形式产生一定的制约作用。随着经济基础的发展变化，社会生活的改变丰富和扩充了文学的内容，而新内容的表现必然促使与之相适应的新形式的产生，于是出现了文学体裁、艺术语言和表现技巧等方面的创新。而且，更重要的是，新的文学形式的发展与成熟，还有赖于经济基础为其创造必要的社会条件。例如，话本、章回小说、杂剧等新的文学形式之所以出现和兴盛于中国封建社会的中后期，固然和这一时代的繁纷复杂的生活内容，很难通过诗歌、散文等传统文学样式获得充分展现有一定的关系；同时也是因为商品经济的发展，手工业、运输业、商业的发达，以及城市经济的繁荣，造就了一个前所未有的、广大的市民社会，为这些新文学形式的存在和发展创造了相应的文化环境和读者群。这说明生产力和社会经济的发展，会直接影响文化的普及、提高与繁荣。例如，从印刷技术的进步和刻书业的兴隆上，可以明显地看到生产方式对文学活动的重要影响。苏轼在《李氏山房藏书记》中，曾对宋代印书业的发展及其对文人、文化的影响，作过这样的描述："余犹及见老儒先生，自言其少时，欲求《史记》、《汉书》而不可得。幸而得之，皆手自书，日夜诵读，唯恐不及。近岁市人转相摹刻，诸子百家之书，日传万纸，学者之于书，多且易致如此，其文词学术，当倍蓰于昔人……"[1]宋代作者蜂起，宋人诗文崇尚"学问""用事"，显然和印刷业的发展以及苏轼所描述的上述现象有关。

第二，经济基础决定着文学的发展演变。既然经济基础决定着一个时代的文学的基本面貌，那么，随着经济基础的变更，文学也必然会发生相应的变化。经济基础与文学的这种关系，不过是前一种关系在历史过程中的运动形态。只是经济基础的变更影响文学的发展变化，并不是亦步亦趋、如影随形，而是或迟或早、参差不齐。因为包括文学在内的整个社会意识形态系统的变化，是一个极其复杂的过程，它除了从根本上要受物质生产方式的制约外，同时还要受其他各种社会因素的影响。然而无论迟早，文学的发展变化最终要适应经济基础，则是一条客观规律。以欧洲近代文学发展的历史为例，我们可以清楚地看到这一规律的

---

[1]　苏轼：《李氏山房藏书记》，见《苏轼文集》第2册，中华书局1986年版，第359页。

表现。从 14~16 世纪的文艺复兴算起，欧洲近代文学在五六百年里先后出现过人文主义、古典主义、启蒙主义、浪漫主义和批判现实主义等文学思潮或运动。此起彼伏的文学现象看似复杂，其变化似乎毫无规律可言，但是如果与这一时期的生产力的发展变化联系起来看，人们不难发现文学现象的变化其实和当时的经济发展，和由生产关系所决定的阶级斗争、社会矛盾及思想文化的冲突都有着密切的关系。　14~16 世纪，是欧洲资本主义生产关系的形成时期，文艺复兴就是新兴资产阶级为适应这种新的生产关系发起的思想解放运动。但是，资本主义的生产关系并没有因此完全确立自己的历史地位，17 世纪法国建立的中央集权的君主专制国家，就是资产阶级和封建王权妥协的产物。带有浓厚的崇尚王权色彩的资产阶级文学思潮即古典主义的产生，就是这种妥协的反映。进入 18 世纪，资本主义有了进一步的发展，资产阶级迫切要求掌握政权以巩固新的生产关系，于是出现了为之制造舆论的启蒙主义文学。资本主义生产关系在这场斗争中获得了胜利，也开始暴露出自身的痼疾，活跃于 18、19 世纪之交的浪漫主义文学以对理想的追求表达了对现实生活的失望和不满，而批判现实主义则用暴露和批判来完成自己对现实生活的把握。从根本上说，正是资本主义生产关系的这一形成过程，推动了西方文学这五百年的变化。

　　3．艺术生产与物质生产的不平衡

　　由于经济基础对文学的制约作用是在最根本的意义上发生的，因此当我们对文学的发展过程做更具体的考察时，会发现它在某些时候与物质生产的发展变化并不同步。针对这种现象，马克思提出了艺术生产和物质生产发展的不平衡理论，他说：

　　　　关于艺术，大家知道，它的一定的繁盛时期决不是同社会的一般发展成比例的，因而也决不是同仿佛是社会组织的骨骼的物质基础的一般发展成比例的。例如，拿希腊人或莎士比亚同现代人相比。就某些艺术形式，例如史诗来说，甚至谁都承认，当艺术生产一旦作为艺术生产出现，它们就再不能以那种在世界史上划时代的、古典的形式创造出来；因此，在艺术本身的领域内，某些有重大意义的艺术形式只有在艺术发展的不发达阶段上才是可能的。如果说在艺术本身的领域内部的不同艺术种类的关系中有这种情形，那么，在整个艺术领域同社会一般发展的关系上有这种情形，就不足为奇了。①

━━━━━━━━━━

　　①　[德]马克思：《1857—1858 年经济学手稿·导言》，《马克思恩格斯文集》第 8 卷，人民出版社 2009 年版，第 34 页。

也就是说，艺术的繁荣和发展，并不是简单地、机械地随着社会发展和经济发展的步子前进，两者的发展水平并不一定成比例。历史上文学艺术的某些繁荣时期，不但不是出现在经济发展的高潮阶段，相反，倒有可能出自物质生产比较落后的时代。具体地说，主要有两种情况：

第一种情况是，在某个时代产生了一种艺术样式，而后虽然社会的物质生产水平提高了，经济发展了，这种艺术样式反而衰微甚至消亡了，对于后人来说，这种艺术样式也因此成为不可企及的、划时代的典范。例如产生于古希腊时期的神话和史诗，就没有随着社会经济的发展而继续发展。在英国，比16世纪文艺复兴时代的物质生产水平要高得多的近现代，也没有产生一个像莎士比亚那样的文学巨匠。对于中国的现代文学而言，唐诗、宋词、元曲也是没有随着社会经济的发展而重视光彩的古代艺术典范。这些，都体现了文学艺术和物质生产在纵向发展上的不平衡关系。

第二种情况是从横向比较而言的，指处于同一时代各国之间的不平衡关系。例如某些物质生产水平较低的国家，倒有可能取得远比物质生产水平较高的国家更高更大的文学成就。正如恩格斯所说，18世纪末叶以后的德国，虽然"国内的手工业、商业、工业和农业极端凋敝"，"但是在德国文学方面却是伟大的……这个时代的每一部杰作都渗透了反抗当时整个德国社会的叛逆的精神"[1]。再如19世纪中叶，在经济方面大大落后于西欧其他国家的挪威，却出现了易卜生那样杰出的戏剧家。恩格斯认为，这个时期挪威文学的繁荣，"除了俄国以外没有一个国家能与之媲美"[2]，而19世纪的俄国，在经济上与挪威一样也落后于西欧发达的资本主义国家。

如何理解这些不平衡现象呢？它们的存在是否可以说明经济基础对文学的制约作用失效了？马克思在论及这种不平衡现象时特别指出，"困难只在于对这些矛盾作一般的表述。一旦它们的特殊性被确定了，它们也就被解释明白了"[3]。这里说的特殊性是指，"要研究精神生产和物质生产之间的联系，首先必须把这种物质生产本身不是当作一般范畴来考察，而是从一定的历史的形式来考察。……如果物质生产本身不从它的特殊的历史的形式来看，那就不可能理解与它相适应的精神生产的特征以及这两种生产的相互作用"[4]。说经济基础从根本上制约着文学，是指文学艺术这种特殊的精神生产所表现的一切，

---

①　[德]恩格斯：《德国状况》，《马克思恩格斯全集》第2卷，人民出版社1957年版，第633~634页。

②　[德]恩格斯：《致保尔·恩斯特》，《马克思恩格斯文集》第10卷，人民出版社2009年版，第583页。

③　[德]马克思：《1857—1858年经济学手稿·导言》，《马克思恩格斯文集》第8卷，人民出版社2009年版，第34~35页。

④　[德]马克思：《剩余价值理论》，《马克思恩格斯全集》第26卷(1)，人民出版社1972年版，第296页。

都不可能超越经济基础为其提供的对象和范围。这里所说的经济基础，并不是一个抽象的一般的范畴，而是指具有一定的历史形式的生产关系。所以，要解释文学艺术的发展与物质生产不平衡的现象，首先需要把经济基础放在具体的历史形式中来考察。如果做到了这一点，人们会发现上述的不平衡现象其实是社会物质生产决定艺术生产的特殊表现形态。

古希腊的史诗和神话这类艺术形式，只能产生于物质生产不发达的社会历史阶段，它们是人类童年幻想的产物，而这种幻想是建立在尚未认识大自然、社会生产力相对落后的基础之上的。在科学技术发达的时代，孕育孳生这些幻想、观点和关系的土壤不复存在，随着自然力越来越多地在现实生活中被人类所支配，人们借助于想象以征服自然的神话也就理所当然地会走向消亡。所以马克思说，希腊神话所表现的那些观念，难道能同自动纺织机、铁道、机车和电报并存吗？荷马史诗《伊利亚特》能够同活字盘、印刷机并存吗？正因为如此，随着物质生产条件的巨大变化，那些生成于较低生产水平上的文学艺术，由于永远地失去了生存的基础和条件，所以只能以过去时代的古典形态存在着。

另一种不平衡现象，即那种文学艺术的繁荣局面反倒出现于物质生产相对落后的年代或地区的现象，其实是横向比较的结果，也就是把德国、挪威和俄国的物质生产能力与同一时期的其他国家相比的结果。从这个角度来看，文学艺术的繁荣确实没有出现在物质生产水平较高的国家里，似乎缪斯格外钟情于穷人。但是，如果我们把审视的角度由横向改为纵向，不以其他国家的物质生产水平为参照，而是以德国、挪威和俄国本身的经济发展历史为参照，那么就可以发现，这些国家的文学艺术的繁荣和兴盛，仍有它的经济基础，它是本国生产关系变更或经济高涨的产物，尽管这种一国范围内的经济变更或发展，与其他发达国家相比似乎微不足道，因此难以改变其经济落后的局面。无论是18世纪的德国，还是19世纪的挪威与俄国，当时都处于新的生产关系即将打破旧的生产关系的时刻，发生在经济基础上的这一深刻演变，不仅动摇了这些国家既定的社会阶级关系，也为文学艺术的发展演变创造了社会文化环境。上述的具体分析说明，正因为文学的发展必须与具体的即特定时代的社会生产关系和生产力相适应，才造成了它的一定繁荣时期同物质生产和社会的一般发展不成比例的现象。

造成艺术生产与物质生产不平衡的又一个原因，是文学艺术的发展和繁荣除了受经济基础的影响外，某些重要的社会文化因素也会起作用。例如，社会分工所造成的精神生产与物质生产的分离，使艺术生产具有了相对的独立性，文学发展的具体过程因此不再与物质生产发生直接联系，而是更多的受制于某些中介因素。由于文学属于更高地悬浮于空中的社会意识形式，它与经济基础的联系必须通过一系列中间环节方能实现，所以这些中介因素也会对文学的发展起到一定的、有时候甚至是极为重要的作用。

艺术生产一旦在社会分工的基础上脱离了物质生产而相对独立，必然会按照本身运作的方式与规律对文学产生影响，尽管从根本上说，这种影响依然要受经济基础的制约。文学发展的历史继承性就是这种相对独立性的集中表现。恩格斯曾就哲学的发展说，"每一个时代的哲学作为分工的一个特定的领域，都具有由它的先驱传给它而它便由以出发的特定的思想材料作为前提"[1]。在其他精神生产中也有类似的现象，文学的历史发展同样如此。任何一个时代的文学，或者任何一个作家的文学创作，都是在前人的经验积累的基础上发生的，其中包括人们对文学性质与特点的认识，由审美关系所规定的艺术掌握世界的特殊方式，以及文学本身的种种成规。许多文学自身特有的规律，就是从相对独立的艺术生产中派生出来的。由于文学的具体发展不能不受这些特殊规律的支配，因此它的繁荣与衰退也就不会直接地取决于物质生产的水平了。

通过考察政治、经济对文学发展的影响，使我们更清楚地看到了文学在其现实形态上与社会生活的广泛联系，看到了各种社会观念和价值标准对文学活动的深刻影响。文学发展与物质生产的不平衡现象说明，在认识文学的性质与特点时，一方面要充分估计到各种非审美的社会因素对文学活动的介入和影响，看到这些因素在文学发展中所产生的重要作用。另一方面又要看到，上述各种因素不过是经济基础制约文学活动的中间环节，它们本身也是生产关系的产物。不平衡现象就是这些因素相互交织、彼此作用之后的产物。由此来看文学活动，其范围和对象都显然超出了单纯的审美关系，显示了文学活动的开放性。这个事实，应是我们讨论文学发展和演变规律的基础与前提。

二、文学发展与文化

文化，作为人类各种文明创造的积累，赋予人类以深刻的思想和远大的目光。把文学看作是一种文化现象，意味着我们把文学置于人类的文化系统中加以考察。本节在大文化的视域里，侧重从哲学、宗教和文化交流三个方面讨论文学发展与文化之间的关系。

1. 文学与哲学

哲学很少以充当审美对象的形式介入文学活动，所谓哲学题材在文学创作中较为罕见。虽然也有例外，如法国启蒙主义思想家伏尔泰写的哲学小说，还有存在主义哲学家萨特的某些文学作品，都可以说是一种形象化了的哲学或者

---

① ［德］恩格斯：《致康拉德·施米特》，《马克思恩格斯文集》第 10 卷，人民出版社 2009 年版，第 599 页。

说是把抽象的哲学思想形象化了，但这毕竟是少数。由于哲学是以高度概括化和抽象化的方式来把握世界的，与文学以具体的感性形象来表现人生完全不同，所以二者在表现形态上相去甚远。哲学既无法像道德那样，为文学提供表现人性的素材，也不可能像社会心理那样，成为直接影响文学活动的动机。但是这并不意味着可以忽略哲学在文学活动中的作用，事实上，哲学作为人类认识世界和自身的一种思维成果，必然会成为包括文学在内的一切社会意识形式的思想源泉。哲学为文学理解人生和感悟人生提供了思路、思想和方法。所以，如果从最深层的关系上看，可以说文学与哲学有着某种内在的契合，哲学的深处往往蕴含着诗的意味，诗的极致也必然弥漫着哲学的精神。东方的老子、庄子、慧能，西方的帕斯卡尔、尼采、海德格尔，都可以说是哲学家里的诗人；而屈原、苏轼、曹雪芹和但丁、T.艾略特、卡夫卡，则完全称得上诗人里的哲学家。哲学对文学的影响具有自己的特点，它以持久、深刻和内在见长。

从文学发展的历史来看，哲学思潮的演变深刻地影响了一代又一代的文学面貌。虽说这种影响很少有立竿见影的效果，它更多的是以潜移默化的方式在人们的思想深处静静地发生着，但是它的持久性却能决定整整一个时代的文学风貌。古希腊哲学以二元对立的思维方式把握世界，把人与世界的关系理解为主体与对象的关系，对西方文学有着深远影响的模仿说正是在这种哲学背景下产生的。在模仿说的影响下，客观地描摹或再现对象世界的真实面貌成了西方文学的重要特征和悠久的传统。17世纪的法国深受唯理主义哲学的影响，其崇尚理性和秩序的思想直接促成了文艺创作中新古典主义思潮的形成。当19世纪中叶以后的西方现代哲学把对人的认识从群体转向个体，并在非理性的潜意识层面上高扬人的本能时，文学中的现代主义运动开始了，西方文学产生了波德莱尔、卡夫卡、福克纳这样的作家，并相继产生了象征主义、表现主义、超现实主义和存在主义等文学流派或思潮。虽然中国古代因为少有西方那种纯思辨性的哲学，人们从中国文学发展演变的轨迹中不太容易看清楚哲学影响的清晰脉络，但是如果对不同形态的文学作比较，我们依然有可能发现深层哲学意识的差异给文学活动留下的痕迹。例如，就古典诗歌而言，唐诗与宋诗就是两种不同的形态，"唐诗多以丰神情韵擅长，宋诗多以筋骨思理见长"①。造成这种差异的原因很多，其中重要的一点就是，宋人的诗歌创作往往更看重所谓的"理趣"。理念意识的增强，是宋代文学发展中的突出现象，其显然与宋代哲学的内向收敛的思维方式和明道穷理的价值取向有关，尽管文学家和理学家在对人生和人性的反省思考方面，存在着深刻的分歧。文学发展演变的历

---

① 钱锺书：《谈艺录》，中华书局 1984 年版，第 2 页。

史，说明了哲学会从根本上影响文学的概貌和风气，因为任何一个时代的作家都会自觉或不自觉地从这个时代的哲学中吸取思想营养，为自己审视人生选择一种认识角度，取得某种价值标准，使自己的创作获得必不可少的思想深度。人与世界是文学和哲学共有的对象，追寻、思考人生与世界的奥秘是文学和哲学的相通之处，正是在这种基础上，形成了哲学对文学的启迪，使哲学思潮的嬗变成了文学发展演化的内在动因之一。

考察文学活动的深层追求，可以发现哲学给予文学的影响具有深刻、内在的特点。从现象上看，文学与历史相仿，二者似乎都在具体地再现着特定时代的社会生活和生活中的人。然而早在古希腊时期，亚里士多德就认识到了再现生活现象并不是文学的目的，他说：

> 诗是一种比历史更富于哲学性、更严肃的艺术，因为诗倾向于表现带普遍性的事，而历史却倾向于记载具体事件。所谓"带普遍性的事"，指根据可然或必然的原则某一类人可能会说的话或会做的事——诗要表现的就是这种普遍性……①

这些话里已经蕴涵着文学对具体事物的表现要有超越描述对象的思想。并且，亚里士多德还明确指出，诗的这个特点和致力于揭示事物普遍性的哲学极为接近。典型性、象征性、对某种寓意的追求，都表现了文学对"哲学性"即把握事物普遍性的追求，"哲学意味"成了文学的内在要求乃至本性。如果说，在文学发展的历史过程中，作家们最初还是通过描写对象本身的意义，通过任何个别都必然包含着一般的某些因素这种关系，不自觉地实现了文学表现对具体生活对象的超越的话，那么，随着哲学意识的浸渗，随着人们对文学的"哲学意味"的自觉探寻，文学越来越有意识地把对生活现象的超越作为自己追求的目标。它成了文学走向成熟的一种标志，也成了一个作家走向成熟的标志。当文学对表现对象的超越达到了在哲学意义上显示人生的某种意蕴时，文学也就在更高的层次上实现了对生活的审美把握。哲学意识的灌注是文学作品获得深刻性的重要条件之一。屈原的《离骚》、歌德的《浮士德》、曹雪芹的《红楼梦》和鲁迅的《阿Q正传》之所以耐读，一个重要的原因就在于这些作品中蕴涵了丰富的人生哲学的意味，使读者能够从中获得超越形象本身的思想启发。从这些作品中读者不仅仅获得了对某种具体生活现象的感性了解和对这种生活意义的认识，更重要的是还得到了关于人生与人性的某种感悟。

---

① ［古希腊］亚里士多德：《诗学》，陈中梅译，商务印书馆1996年版，第81页。

2. 文学与宗教

文学与宗教的关系远比文学和其他社会意识形式的关系要复杂得多，其原因首先来自宗教本身，来自宗教在社会生活中所起作用的复杂与多样。作为一种社会意识形态，"宗教是人民的鸦片"①，它要求人们顺从和忍耐现实生活中的不幸与苦难，放弃自我，放弃抗争，将希望寄托在神灵的恩赐上，用来世的飘渺的幸福掩盖现实的苦难，以虚幻的允诺麻醉人们的精神。所以，历来的剥削阶级都把宗教作为一种统治工具，用它对劳动人民进行精神压迫。从这一点上说，宗教对文学的影响是消极的。渗透了宗教意识的文学作品不过是宣传教义的一种工具，文学也因此沦为了神学的奴婢。在宗教世界观支配了整个社会的中世纪的欧洲，就有许多这种性质的作品。中国唐代兴起的所谓"变文"，也是一种用口语将佛教通俗化的文学形式。为了吸引听众，虽然变文中也常常采用一些人们喜闻乐见的题材，如历史故事、民间传说等，从而对后来的白话小说产生了重要影响，但是变文的主要内容还是演释佛经故事，传播佛教教义，仍属于宗教文化范畴。由于这一类作品受宗教意识的支配，因此它们不仅在客观上起着扩大宗教影响的作用，而且就其自身的性质来说，也较少具有审美的意义。

不过，如果把眼光放得更开阔一些，不限于从宗教的性质上来考察它和文学的关系，我们就会发现宗教对文学的发展也有积极的影响，这点同样不可忽视。而且，在某种意义上说，宗教对文学的积极作用要比消极作用更值得研究者关注，因为这种积极作用是在更深的层次上发生的，反映了宗教与文学在本体构成和运思方式上的某种接近。

从原始宗教的生成上看，宗教这种极为虚幻的意识形式的出现倒有着非常现实的原因，它是由于人类在大自然面前感到无能为力而萌发的。在这里，自然条件对人的生存威胁是宗教意识形成的直接原因，而人能够意识到自身所受的威胁，即人的自我意识的萌发则是宗教意识产生的必要条件。也就是说，宗教意识不是从人类诞生的那天起就产生了的，尽管当时人的生存同样艰难，人类同样承受着自然的压抑。宗教意识的萌发还需要另一个条件，那就是人类必须能够感受到生存环境对自己不利，为自身的处境深感痛苦，并且渴望摆脱痛苦和获得更好的生活条件。这种对生存状况的自觉显然是刚刚走出动物界的早期人类所没有的，它只能在人类发展到一定的阶段，形成了自我意识之后才会出现。所以马克思说，"宗教是还没有获得自身或已经再度丧失自身的人的自

---

① ［德］马克思:《〈黑格尔法哲学批判〉导言》,见《马克思恩格斯文集》第 1 卷,人民出版社 2009 年版,第 4 页。

我意识和自我感觉"①。这意味着在宗教的神秘经验中,潜藏着人类的自我意识和人生追求,只是它以虚幻意识的方式、以自我异化的形态扭曲地表现着。在这个意义上可以说,宗教也是一种人生哲学。主体的自我意识是文学本体构成中不可或缺的一种要素,审美活动中的对象化便是突出的表现。尽管宗教活动中的自我意识与审美有着本质的不同,它是在虚幻的想象中将现实的人异化为非现实的神,自我意识的异化最终导致对人自身的否定;而文学审美活动的对象化则是建立在由社会实践所造成的自然人化的基础上,自我意识生成于人对自身实践活动的观照,是对人的价值的肯定。但是就人类渴望认识自身,寻找精神家园这点而言,宗教与文学艺术又确实很相似,也许这就是为什么许多作家会选择宗教题材或主题的原因。一位宗教意识并不浓厚的当代德国女作家曾表白,她的作品所以会出现宗教主题。是"因为我认识到,对于人来说,具有一个支撑点、一个立足点很重要。也许这个立足点不需要任何名称。但上帝就是这个中心、这个立足点的一个名称"②。巫术活动之所以会成为原始艺术的重要形态,艺术的起源之所以和巫术活动有着千丝万缕的联系,以及一些思想家之所以会提出的"以艺术代宗教"的设想,等等,显然都和原始宗教所体现的这种自我意识有关。

宗教的思维方式和传播方式与文学的审美活动也有着相似之处。为了领悟和传达神秘的宗教意识,形象和情感体验成了宗教交流常用的媒介手段。在一定的意义上可以说,宗教信仰其实是建立在感情认同的基础之上的。为此,宗教哲学把诉诸情感体验和感性直观的思维方式极大地精致化和系统化了。宗教高扬幻想、直观、感悟、体验和内省的思维能力,提出了一套辩证、细腻的宗教认识论的概念、范畴和运思模式,探讨语言传达神秘经验的方式和技巧。所有这些不仅在一定程度上促进了形象思维能力的发展,而且也深化了文学理论对艺术思维和语言问题的认识。当然,宗教的形象思维具有虚幻的性质,并且受抽象的宗教观念的制约,和艺术思维并不完全一样,但是这并没有影响它对文学创作和欣赏的浸渗。从禅宗和中国古典文学的关系中,人们可以看到这种影响的内在性和深入性。

唐宋以降,"以禅入诗"和"以禅喻诗"成了古代文论中屡屡提及的话题。前者涉及禅宗和文学在本体构成上的某种类似,后者则反映了禅宗与文学在运思方式和语言策略上的相近。

---

① 〔德〕马克思:《〈黑格尔法哲学批判〉导言》,《马克思恩格斯文集》第1卷,人民出版社2009年版,第1页。

② 〔瑞士〕德赖维茨:《普罗米修斯、耶稣和生活的勇气》,徐菲译,见〔德〕汉斯·昆等著《神学与当代文艺思想》,上海三联书店1995年版,第141页。

"以禅入诗"是指把禅意或禅思引入诗中，从而达到深化作品的蕴意和含蓄性的目的。除了某些明显的借助诗的形式宣扬禅理即宗教意识的"禅言诗"外，禅意、禅思的引入确实给诗歌带来了空灵深远的意境，延绵和发展了中国古典诗歌原有的冲和澹泊的艺术风格。"禅言诗"仅有诗的躯壳而没有诗的灵魂，趣味在理不在情，写得好的也就是表现了一种理趣，发人深省而已。例如苏轼的《琴诗》："若言琴上有琴声，放在匣中何不鸣？若言声在指头上，何不于君指上听？"该诗化用了《楞严经》中的一段经文，即"譬如琴瑟琵琶，虽有妙音，若无妙指，终不能发"。这个比喻本来就很富于哲学意味，经苏轼的点化更有机锋，但它唤起的终究只是抽象思辨的兴趣，和审美没有太大的关系。倒是另一类以禅入诗的作品，本身并不谈禅论佛，主旨也不在表现理趣，而是在对自然景物或人的心境的描绘表现之中或之外寓有禅意，例如王维的《鹿柴》："空山不见人，但闻人语响。返景入深林，复照青苔上。"用远处的人语反衬空山的寂静，以阳光穿过林叶一日多次复照青苔，表现了世界的无有常住。诗中流露的清静虚空的心境，显然是禅宗所追求的境界，禅意的浸渗为诗带来了深远的言外之意，耐人品味。诗与禅的这种契合不是偶然发生的，其出自两者企求目的的某种一致，那就是诗与禅都执著于从感性的经验世界中体悟人生。禅宗的"悟道"不同于一般的宗教意识，它不是通过思辨的推理认识去追求彼岸的意义，而是通过个体的直觉体验，以内省的方式在此岸的日常经验中获得对佛性的领悟。所以"禅"是在感性自身中获得超越所达到的境界，既超越又不脱离感性是它的特点，这就在客观上相当接近审美意识了，两者都体现了通过感性经验实现对生命意蕴的感悟和追求。只是作为一种宗教，禅宗所追求的终究还是一个虚幻的对象，而审美却是立足于现实的人生，是对显现于人生实践中的生活、生命和生意的肯定与欢欣。

"以禅喻诗"主要是指用禅思的妙悟来理解和阐释诗歌创作的奥秘。其立论的根据就在于诗与禅在把握对象世界的运思方式和语言策略上极为相似，所以宋人吴可有所谓的"学诗浑似学参禅"的说法。禅宗认为佛教的真谛是不能用语言文字来表达的，人要靠自己的体验去领悟这种言外的意蕴，这就是"参禅"。因而禅师们传授佛理，常用比喻、隐语旁敲侧击，还有所谓的棒喝，用动作甚至拳打脚踢，目的即在启发人的自省。一旦悟有所得，就是入门了。用种种形象化的方式来表达和传递那些被认为是不可表达和不可传递的东西，把表达和传递定位在接受者的领悟上，使禅宗把日常语言的多义性、不确定性、含混性做了充分的展开和运用。主张"以禅喻诗"者提倡的便是这样的"妙悟"式的运思方式和语言表达方式，认为它可使诗歌创作达到"超然""圆成"的境界，其好处也被严羽用佛学话语界说为"透彻玲珑，不可凑泊，如空中之音，相中之色，水中之月，镜中之象，言有尽而意无穷"。①正如郭绍虞所说，严羽"约略体会到形象思维和逻辑思维的分别，但没有适当的名词可以指出这分别"，"他说得这般迷离恍惚，也是有他的苦衷的"。②严羽的意思无非是指"妙悟"的思维方式能为文学创作带来深远而多义的境界，使诗具有了超出语言本身的有限含义，形成语言之外的无穷韵味。应该承认，诗和禅在运思方式上都需要借助于个体的内心体验，在语言表达上都主张象喻和追求言外之意，这使它们有了相互沟通和彼此渗透的可能。虽然"以禅喻诗"在历史上也引起过一些人的批评，但不可否认这种理论毕竟在相当的深度上对艺术思维和文学语言的特点作了与前人不同的阐释，至今还有一定的启发意义。

　　以上的阐述说明了文学活动并不是在一个自我封闭的圈子里运行的，在其发展的历史过程中文学必然要和各种社会意识形式发生关系，接受它们的影响。文学与文化的这种广泛联系既反映了社会对文学的需求是多方面的，也反映了文学活动本身具有开放性的特点。至于这些联系会对文学发展产生多大的影响，一般说来与两个因素有关：其一取决于某种社会意识形式在生活中所处的地位，其二取决于文学本身对这种社会意识形式消化的程度。前者是指，只有当一种社会意识形式获得了相当程度的发展，并在社会生活中居于一定的支配地位时，它才可能给文学以较为深刻的影响，在文学活动中留下自己的身影。例如中世纪的欧洲，由于宗教不仅是一种信仰，而且还深入到世俗生活的各个方面，成为一种主流社会意识形态，并以政教合一的形式参与了现实政治，这时宗教对欧洲文学的影响就远远超过了任何一种社会意识形式。当然，居于一定的支配地位并不都是指居于社会统治地位，在更多的情况下这种支配作用是指对文化生活和精神思想的影响程度。佛教在历史上并没有成为中国政治统治中的一种主导因素，但是这并不妨碍禅宗在中国文化和思想领域里一度成为影响极大的社会意识形态，从而在中国古典文学中留下了深深的印迹。

　　不过，尽管取得重大发展和居于支配地位的社会意识形式会给文学活动以极大的影响，但是其结果却不一定都能促成文学的繁荣和发展；文学对各种社会意识形式的接受程度，最终还得取决于文学本身是否有这种需要，以及它能否消化吸收这些影响。从审美关系上把握社会生活是文学的本质属性，也是文学接纳各种影响的基础，文学只有把某种文化内容融化在审美之中，使之成为自己从审美关系上把握人生所必需的视角时，它才能使这种社会意识形式对自身的影响成为现实的和有效的，才能使这种影响成为促进自身发展的因素。这是一个影响和消化、给予和需要相互选择、相互作用的过程，任何外部影响都

①　严羽：《沧浪诗话》，见郭绍虞《沧浪诗话校释》，人民出版社1983年版，第26页。
②　严羽：《沧浪诗话》，见郭绍虞《沧浪诗话校释》，人民出版社1983年版，第22～23页。

要经过文学本身的内化才能使之产生实际的效果。当然，这是从文学的审美特点上对文学与文化关系的分析，在现实生活中，各种社会意识形式实际上是按照自己的方式对文学活动施加着影响，文学活动也因此时时徘徊在审美与非审美之间。从有限的时段来看，这种关系是边缘形态的文学，即那种介于审美与非审美、文学与非文学之间的文类产生的一个原因。而从更长的历史时段来看，这种关系和矛盾又是促进文学发展演变的一种动力和原因，它们为文学注入了新的生命与活力。

> 伊格尔顿在谈到人们试图追求一种"纯"文学和"纯"文学理论时指出：
>
> "现代文学理论的历史乃是我们时代的政治和意识形态的历史的一部分。……与其说文学理论本身就有权作为理智探究的一个对象，还不如说它是由以观察我们时代的历史的一个特殊角度。""因为，与人的意义、价值、语言、感情和经验有关的任何一种理论都必然会涉及种种更深更广的信念，那些与个体和社会的本质、权力和性的种种问题、对于过去历史的种种解释、对于现在的种种理解和对于未来的种种瞻望有关的信念。"
>
> "'纯'文学理论只是一种学术神话……有些理论在任何时候都不像它们在企图全然无视历史和政治时那样清楚地表现出自己的意识形态性。文学理论不应因其政治性而受到谴责。应该谴责的是它对自己的政治性的掩盖或无知，是它们在将自己的学说作为据说是'技术的''自明的''科学的'或'普遍的'真理而提供出来之时的那种盲目性"。
>
> 参见［英］伊格尔顿：《二十世纪西方文学理论》，伍晓明译，北京大学出版社2007年版，第196～197页。

3. 文学与文化交流

随着世界各国、各民族之间在政治、经济和文化上交往的增多，各民族文学上的相互影响——既包括一国范围内不同民族文学之间的影响，也包括全世界范围内不同国家和民族文学之间的影响——也会日益加深，这是一个不以人的意志为转移的历史趋势，也是文学发展的需要。

在我国古代，文化交流与文学交流相伴而行。一般先是地区性的，如先秦时期诸侯国与国之间的交往；随后是国际性的不同民族之间的文学交流，如"古希腊也同样受到了来自埃及的许多影响，以及来自亚洲边远处的某些影响"[①]。中国的魏晋文化曾受惠于印度文化和佛教；而唐代文化、文学在

---

① ［英］艾略特：《诗的社会功能》，王恩衷译，见《艾略特诗学文集》，国际文化出版公司1989年版，第246页。

吸收西域文化丰富自身的同时，又对日本的文化、文学产生了极大的影响。

随着19世纪科学的发展，各国文化的交流进入了一个新的时代。表现在文学上，是各国文学的传播不仅远比以往广泛、频繁，而且人们更有了对异域文学的体验性的认识。例如，早在马克思、恩格斯提出"世界文学"主张的20年前，歌德曾与爱尔曼谈起他读了一本中国传奇后的感受。他说，这部书"并不像人们所猜想的那样奇怪。中国人在思想、行为和情感方面几乎和我们一样，使我很快就感到他们是我们的同类人，只是在他们那里一切都比我们这里更明朗，更纯洁，也更合乎道德。在他们那里，一切都是可以理解的，平易近人的，没有强烈的情欲和飞腾动荡的诗兴，因此和我写《赫尔曼与窦绿台》以及英国理查生写的小说有很多类似的地方。他们还有一个特点，人和大自然是生活在一起的"①。据考证，歌德所说的这部"中国传奇"，很可能是明代小说《好逑传》，其实这是一部在中国小说史上地位并不高的作品，鲁迅将其划为"人情小说"一类，说这类小说所叙述的"大率才子佳人之事，而以文雅风流缀其间，功名遇合为之主，始或乖违，终多如意"②，在情节和旨意上常常落入俗套，并无多少新意。可是歌德却从中感受到了文学趣味与人类心灵的相通之处，让我们看到现代文化语境中的文学交流已达到了怎样的深度。而歌德也因此有了这样的期待，他说："民族文学在现代算不了很大的一回事，世界文学的时代已快来临了。现在每个人都应该出力促使它早日来临。不过我们一方面这样重视外国文学，另一方面也不应拘守某一种特殊的文学，奉它为模范。……对其他一切文学我们都应只用历史的眼光去看，碰到好的作品，只要它还有可取之处，就把它吸收过来。"③歌德的意思很明白，"世界文学"并不是对民族文学的否定，而是强调各民族文学应在相互交流中，用一种更开阔的眼界去吸收其他民族文学中的优秀内容，以丰富和发展自身。

法国作家莫洛亚通过他对许多作家创作生涯的研究，看到了文学交流所产生的巨大影响。他说："伏尔泰得益于斯威夫特，拜伦得益于伏尔泰，缪塞又从拜伦处索取拜伦自认为得之于法国的东西。普鲁斯特奉罗斯金、艾略特、狄更斯为业师。""美国小说家今天在法国红极一时，但他们之中有的人承认曾受惠于福楼拜和左拉，另一些人则称得益于普鲁斯特。我们同时代的作家，即莫里亚克、杜哈曼、于勒·罗曼这一辈，颇得益于托尔斯泰、屠格涅夫和契诃夫，殊不知托诸氏声称他们是师承某些法国小说家的，而这些法国小说家在法国现在已很少有人问津。"④中国五四新文学的发生，同样受惠于外国文学的

---

① ［德］爱尔曼辑录：《歌德谈话录》，朱光潜译，人民文学出版社1978年版，第112页。
② 鲁迅：《中国小说史略》，《鲁迅全集》第9卷，人民文学出版社2005年版，第196页。
③ ［德］爱尔曼辑录：《歌德谈话录》，朱光潜译，人民文学出版社1978年版，第112～114页。
④ ［法］莫洛亚：《文学史会议上的讲话》，见《文艺理论研究》1985年第3期。

影响，鲁迅《摩罗诗力说》和他宣扬的"别求新声于异邦"，展现的正是那个时代文学与文化交流的状况和心态。显然，广泛的文化和文学交流，给各国各民族的文学注入新的生命活力。当一种文学处于绝对封闭状态时，必然会使它缺乏生气，走向停滞与蜕化。

今天，经济全球化、信息全球化对于文化交流发生越来越大的影响。但是，对于会不会由之发生文化全球化，人们却有激烈的争议。即使从十分有限的意义上说文化全球化，那也不是文化的类同化、均质化，而应当是消除时空障碍后的多元文化之间的平等交流、理解和融合。所谓"世界文学"，只是对各国文学发展的一种总体把握，不宜把它视为一种文学实体或统一的格局。事实上，在国家、民族消亡之前，文学是不可能成为单一化的世界现象的。而且只要众多的民族不为单一的民族所代替，地域永远是一种差别，文学就很难一体化。在未来的、长久的发展中，民族特色仍将是文学的重要品格，使文学以多样化的形态存在和发展。

三、文学发展与传播媒介

一部文明发展史，既是人类使用传播媒介的历史，也是传播媒介影响人类文明发展的历史。文学的发展历史，同样是在它与传播媒介的这种关系中演进的，从这个意义上讲，可以说传媒技术从根本上制约着文学生存的方式和生存的质量。下面主要讨论两个问题：一是从文学的历史看传媒技术对文学的影响；二是介绍现代传媒技术对传统的文学形式和文学观念的冲击与影响。

人类历史上的传播媒介大体上经历了三个发展阶段，即语言媒介阶段、文字媒介阶段和电子媒介阶段。

语言的出现是人类区别于其他动物的标志之一，也是人类社会形成和运转、传承的基本载体。有了语言，人们就能在认识世界和社会实践中，对万事万物分类、命名，就能传递信息，交流思想，有效地组织社会。人类的经验、习俗和文化创造，也就藉此承传。语言媒介在人类社会的早期，甚至在今天的某些闭塞的、发展滞后的地区，对文化的生产与传播均起着决定性的作用。所以，在文字、书刊等传播媒介诞生之前，语言是最便捷、最普遍、覆盖面最宽的传播媒介。文学的起源和它最初的特性，都和语言传播的特点与方式有关。鲁迅对此曾有过生动的评说："我们的祖先的原始人，原是连话也不会说的，为了共同劳作，必须发表意见，才渐渐地练出复杂的声音来，假如那时大家抬木头，都觉得吃力，却想不到发表，其中有一个叫道'杭育杭育'，那么，这就是创作；大家也要佩服、应用的，这就等于出版；倘若用什么记号留存了下来，这就是文学；他当然就是作家，也是文学家，是'杭育杭育'派。"①在古代社会里，普通百姓识字少，因此他们主要采用谣谚、民歌、隐语等口语传播方式表达自己对社会生活的各种意见；其中歌谣是人民表达意见、叙述传闻、抒发感情乃至讥讽或颂扬的最普遍的形式，其特点是语句简单、声音和谐。在中国古代最早的诗歌总集《诗经》中，就存在着大量反映民众各种生活愿望的歌谣。

文字的发明是人类文明史上的一次巨大革命。文字缩短了人际交往的距离，使历史事实、生产生活经验都得以保留下来，这不仅改变了人们的生活方式，而且促成文化生产的繁荣和发展。基于语言和文字的发明，加之造纸术和印刷术的出现，带来了人类文化史上的信息革命。利用文字和书籍保存文化传统、记述历史，是中华民族在文化创造上的一大特色。早在周代，政府就设置史官，此后的历朝历代都沿袭了这种制度，因此我国的文化典籍浩如烟海。《诗经》《易经》《左传》《史记》等文化典籍，记载了大量古人的生活实践活动；我国佛经的整理诠释和传播的深细广远的程度，也因此远远高于佛教的发源地印度。由此可见，在中国历史发展中，文字传播媒介对中国社会文化的重大影响。这种影响一直延续到今天，报纸、杂志、书籍存在于我们生活的每一个角落，人们对社会、政治、经济、文化的了解，无不有赖于语言文字，它大大缩短了人与人之间的距离，拓展了人们的视野，扩大了人类的生存空间。

电子媒介的出现是传播史上的又一次革命，它的出现意味着信息时代的到来。电子媒介极大地提高了信息传播的速度，使人类在信息交流上更为迅速便捷。虽然电子媒介是大众传播中的后来者，但"后来者居上"。由于能迅速传播信息而且有声有色，电子媒介的普及程度和使用人群，也远远超出了语言文字媒介。不仅如此，电子媒介对于文化传播的更大影响，在于它的出现造成了对传统传播媒介和传播方式的冲击，以致使人们的感受方式和思维方式开始发生了某种变化。电子媒介传播信息的图像符号几乎成为当下社会交流的重要手段，潜移默化地影响着今天的文化生产和文化交流。也就是说，我们现在的文化运作方式与文化生活形态，主要是通过图像的呈示与观看来实现的。这与一个世纪以来图像符号和图像信息在文化生活中的高密度地涌现是分不开的，图像爆炸成了当今社会一大人文场景。大体说来，可以将这些图像现象分为两大部分：一为视像部分，包括摄影、摄像、电影、电视，以及由真实影像拍摄而成的各种广告等；一为图画部分，即由人工绘制而成的各种图像，主要包括漫画、动漫、卡通制品、电子游戏等。我们被包围在这些图像之中，图像文化成为了当今人类的生存环境。有人做过一项调查，证明我们今天所掌握的社会信

---

① 鲁迅：《门外文谈》，《鲁迅全集》第6卷，人民文学出版社2005年版，第96页。

息，有 60% 到 70% 是通过图像符号获得的，以语言为媒介的文学所面对的就是这样一个视觉化的生存现实。

在人类文化史上，书籍的普及曾经促进了教育的普及，而教育的普及又进一步促进了书籍出版与阅读的普及，文学活动由此成为拥有最多受众的一种审美方式。因此，在前图像社会中，文学活动的舞台不仅给社会精英话语提供了足够宽广的空间，而且也是大众审美消费最重要、最基本的方式。如今，视觉文化的图像叙事在文化生活中日益普及，传统的文学话语面临着巨大的挑战。文学曾经拥有的世袭领地遭到了蚕食甚至鲸吞，文化运作的传统模式和既定格局正在发生变化。所有这些，都对文学的发展提出了新的问题；文学的变革与创新已成为时代的要求。

互联网出现以前，印刷出版和广播电视作为主要的交流传播形式，固然体现了技术进步的变化对人类获取信息领域的拓展，但这些传播方式因为缺乏更自由的互动渠道和手段，都带有一定程度的专制色彩。信息发送者像发布皇家文告一样面对大众，而作为另一方的接受者只能认可对方的话语霸权。现实主义和现代主义时代，文学家和艺术家之所以有很高的社会地位，与传播体制使他们占有话语权不无关系，他们能够把个人话语推向大众，而大众则被分离成孤独的个体，被动地承受着印刷品和电视画面的统治。互联网的出现打破了这种传媒格局，它的互动交流使人类的信息传播第一次出现了没有绝对的主体与受众的局面。在电脑写作和电子文本普及的条件下，电脑打字使得书面的印刷"铅字"不再是凡人仰望的对象，"铅字"不过是当事人排版的一种效果，而通过网络的传输，电子文本可以接近口头交谈的速度传达。而接受电子文本的一方，也不像面对纸页文本那样，只能被动地"阅读"，接受者完全可以对接受到的电子文本加以修改，然后又重新发布出去。如是往返，电子时代的文本生产真正成了一种"主体间"的活动。电子交流重新激活了口头传播时代的人人都可以参与的情形，作为表达一方的主体引导地位受到了挑战。通过网络进行交流，每一个人都是言说者，每一个人都能参与交谈，都不会被剥夺话语权。这种交流是互动的，每一个参与交流的人既是言说者，又在激励着对方的话语行为。于是，一种全新的话语方式随着传播媒介的革命出现了，它动摇了文学活动的传统模式，从这个角度来看，网络时代的文学活动所面临的变革将是不可回避的。

第三节　文学活动的两极

文学与社会生活的广泛联系，从本质上决定了我们今天观照、分析当下文学发展趋势的基本立场。20世纪以来，人类社会生活的方式发生了翻天覆地的变化，特别是生产方式、生活方式、价值观念的多元化，引发了人类精神生产活动的深刻变革。就文学而言，其固然还在一定范围内体现着传统的价值和功能，但是，作为当下精神生产之一的文学活动，毕竟与传统的文学活动有了较大的差异。也就是说，一方面，作为精神生产的一种形式，当下的文学活动，无论是生产还是消费，都顽强地维系着与传统精神世界相关联的血脉关系；另一方面，它又不得不适应当下社会生活的发展和变化，从内容到形式，无不体现出新的特点和新的趋向。这种新特点、新趋向带来了文学活动的两极分化：一是雅文学与俗文学分化，一是狭义文学与广义文学分化。

一、雅文学与俗文学

历史地看，俗文学经历了一个从古典时代的民间文学到现代的通俗文学，进而发展到今天方兴未艾的大众文学的演变过程。在此过程中，随着大众文学被赋予的文化资本的递增，它也由边缘逐渐接近文学的中心舞台。古典时代的民间文学由于在文化等级秩序中所处的被支配的位置，决定了它必然成为正统意识形态的一个对立面，一个异数，一个他者。换言之，它总是与社会成员的大多数联系在一起，是多数人的文学。从这个意义上讲，俗文学是亿万百姓精神生活的必需品。在此，我们是在广泛的意义上使用俗文学这一概念的，而不是仅仅指与商品经济、市场经济相联系的"俗文学"。古代中国出现过的诸如乐府诗到三字经等，便是那个时代的"俗文学"。因此，那种认为俗文学只是市场经济的产物的看法是失之片面的。

市场经济下波澜壮阔的实践图景，眼花缭乱的生活画卷，为俗文学的勃兴提供了不竭的创作源泉；人们舒缓精神、休闲时光、娱乐性情的精神生活的需要，为俗文学的流行提供了广阔的空间；现代化的娱乐手段，为俗文学的传播创造了迅捷便利的条件；市场经济法则，亦为俗文学的制作提供了有力的杠杆。俗文学是社会主体文化与大众联系的出发点和归宿。俗文学的普及，是稳定社会精神秩序的需要，也是传播主体文化的重要渠道。因此，雅文学和俗文学在目标上是一致的，它们的区别只是形态上和层次上的。

一般说来，雅文学特别是雅文学中的现实主义文学，对"世界"是忠实的。这种忠实不仅表现在它按照"世界"的本来面目再现和表现"世界"，而且表现在它逼真地描写和刻画"世界"的面貌、形态、情状，连人物的肖像服饰、生活事件的起讫进展、自然景物的细枝末节也不失真。这样说，并不意味着雅文学对"世界"的忠实是毫不走样的，它在再现和表现"世界"时是有所选择和分辨的；它不是匍匐于"世界"之前，而是站在当时所能站到的思想高度，对"世界"进行解剖和分析，肯定和赞美有价值的东西，否定和批判无价值及负价值的东西；它总是努力超越"世界"本身所具有的平庸、琐屑和灰暗的一面，用当时的思想之光、理想之焰以及美学精神烛照它所面对的"世界"，竭力显示"世界"的内在的真实。

俗文学对现实"世界"则持一种超越的态度，试图以世俗化的"理想"来弥补现实人生的缺憾。从这个意义上说，俗文学似乎是一种富于理想的文学，有着与浪漫主义文学相近的品格，所不同的是它更符合普通人的善良本性和愿望，并在此基础上建立起一个"世界"。这个"世界"既不是与我们生活其中的"世界"充分对等的，也决不是我们从现实生活中可能得到的"世界"，而是一个充满想象、充满梦魇、满足人们白日梦需要的"世界"，是"成年人的童话"。

俗文学有别于雅文学的审美特征是它的通俗性。

俗文学有许多别名，如消遣文学、消费文学、娱乐文学、畅销文学、车站读物等，西方甚至有人干脆将它称为"逃避文学"或"脱离现实的文学"。这些说法无非是从消遣、流行的意义上强调俗文学的通俗性。郑振铎给俗文学下的定义是："'俗文学'就是通俗的文学，也就是民间的文学，也就是大众的文学。换一句话，所谓俗文学就是不登大雅之堂，不为学士大夫所重视，而流于民间，成为大众所嗜好，所喜悦的东西。"①这个定义虽然不怎么严密，但充分注意到它的通俗性。俗文学的通俗性包含了内容和形式两个方面，就俗文学的内涵来讲，体现为雅俗共赏、老少咸宜、妇孺皆懂的东西，是一种"下里巴人，和者盖众"的东西，一种为普通老百姓喜闻乐见的东西。郑振铎认为俗文学的"第一个特质是大众的。她是出生于民间，为民众所写作，且为民众而生存的。她是民众所嗜好，所喜悦的；她是投合了最大多数的民众之口味的。其内容，不歌颂皇室，不抒写文人学士的谈穷诉苦的心绪，不讲论国制朝章，她所讲的是民间的英雄，是民间少男少女的恋情，是民众所喜听的，是民间的大多数人的心情所寄托的"②。可以说，文学在它形成的时候首先是与通俗结了缘。最初的文学还谈不上雅，没有雅俗之分，文人创作的作品出现之后才逐渐形成所谓的雅文学，相应地也就有了所谓俗文学。今人一般都不把《三国演义》《水浒传》当作俗文学，可它们最初却是以俗文学的身份出现的。近现代以来，通俗文学的发展更与社会的现代化历史进程息息相关。正如范伯群所说："中国近现代通俗文学是指以清末民初大都市工商业经济发展为基础得以繁荣滋长的，在内容上以传统心理机制为核心的，在形式上继承中国古代小说传统为模式的文人创作或经文人加工再创造的作品；在功能上侧重趣味性、娱乐性、知识性和可读性，但也顾及'寓教于乐'的惩恶劝善效应；基于符合民

---

① 郑振铎:《中国俗文学史》,作家出版社1954年版,第1页。
② 郑振铎:《中国俗文学史》,作家出版社1954年版,第4页。

族欣赏习惯的优势，形成了以广大市民层为主的读者群，是一种被他们视为精神消费品的，也必然会反映他们的社会价值观的商品性文学。"①

俗文学的通俗性并不排斥文学性。在优秀的俗文学作品里，通俗性和文学性是统一的。以传统的现实主义小说来说，它们都有人物、情节、环境三要素，多方面而细致地刻画人物、展开完整复杂的情节、充分具体地描绘环境，这是大家公认的基本特点。这些特点通俗小说完全具备。历史上的通俗小说如话本小说、拟话本小说、章回小说等自不必说，现代文学史上被誉为通俗小说大师的赵树理、老舍，他们所创作的通俗小说的文学性也相当高。

俗文学的另一个特征是富于传奇性，其主要表现为故事情节的传奇性。现实社会中的人总是不满足于自己生活其中的世界，总想了解身外的世界和人生。人们在进入艺术王国的时候，总希望看到奇人奇事，领略到奇情奇趣，而不愿意看到那些平淡无奇、波澜不兴的人物和故事。胡可在讲到戏剧创作的情节结构时曾说："观众喜欢看的是百岁挂帅而不是百岁养老，是十二寡妇征西而不是十二寡妇上坟，是武松打虎而不是武松打狗，是木兰从军而不是木兰出嫁……"②为了适应读者的审美要求，满足读者的好奇心，俗文学努力提高故事情节的传奇性，使情节的发展以奇制胜，这虽然可能损害生活本身的丰富性，甚至形成模式化，但它却能使读者保持强烈的审美期待。古今的俗文学都是如此，单从我国明清时期一些俗文学的名目上就可以看出这个特点来。明代有《拍案惊奇》《海内奇谈》等，而《唐季龙传奇》《李天造传奇》《柳春荫传奇》等作品，更直接把题目命名为"传奇"；清代则有《警世奇观》《幻缘奇遇》《今古奇闻》等。当代作家的俗文学创作也有类似的追求。

俗文学的又一个特征是娱乐性。文学的功能是多元的，不同种类的文学承担着不同的使命，俗文学所担负的使命首先是娱乐。鲁迅指出："俗文之兴，当由二端，一为娱心，一为劝善。"③"娱心"的需要既促进了俗文学的产生，赋予俗文学以娱乐的审美特征，同时又是俗文学所担负的一个使命。在俗文学发展过程中，"娱心"逐渐成为人们阅读俗文学作品的消费观念，在这种消费观念的支配下，满足读者"娱心"的需要成了俗文学作家的审美追求。他们知道，现实生活中的人们由于受到种种制约，总有许多正当的愿望、理想和梦幻不能得到满足，总需要有什么能寄托自己对美好生活的憧憬与向往，平凡乏味的生活使人们渴望童话世界和世外桃源。在这种情况下，将生活"单纯化""诗意化"和"戏剧化"的俗文学，可以使人们短暂地从烦恼琐屑的生活

---

① 范伯群：《中国现代通俗文学史》上卷，江苏教育出版社 2000 年版，第 18 页。
② 胡可：《情节·结构》，见《论剧作》，人民文学出版社 1979 年版，第 167 页。
③ 鲁迅：《中国小说史略》，《鲁迅全集》第 9 卷，人民文学出版社 2005 年版，第 115 页。

中超脱出来，获得休息与调剂。同时，人们一般都不满足于他们所从事的日常劳作和普通的世俗生活，更喜爱惊、险、变、趣，更喜爱生疏、出人意料、闻所未闻、见所未见，于是，俗文学作家便想方设法赋予作品以娱乐性。

现代社会的通俗文艺被称之为大众文化（popular culture）。学界对大众文化的认识和评价持有不同的观点。

法兰克福学派的创始人之一霍克海默认为：大众文化不过是工业社会的快感文化，在现代资本主义条件下，大众性与艺术生产的具体内容和真理性没有任何联系了。在《艺术和大众文化》一文中，他说："在欧洲，大众的代表和领导者已从受过教育的人转向更意识到他们自己任务的拥有权力的人。艺术和理论的批判已被现实的憎恨和明智的顺从所替代。个体与社会的对立以及个人生存与社会生存的对立，这些使艺术消遣具有严肃性的东西已经过时。以取代艺术遗产而产生的所谓消遣，在今天不过是像游泳和踢足球样流行的刺激。大众性不再与艺术作品的具体内容或真实性有什么联系。在民主的国家，最终的决定不再取决于受过教育的人，而取决于消遣工业。大众性包含着无限制地把人们调节成娱乐工业所期望他们成为的那类人。对极权主义的国家来说，最终的决定取决于直接和间接地从事宣传工作的管理者。而他们对真理不闻不问。"

参见［德］霍克海默：《艺术和大众文化》，李小兵等译，见《批判理论》，重庆出版社1989年版，第274～275页。

早在20世纪60年代，世界范围内就涌起了一股通俗文艺的潮流，影响所及遍布众多的国家和地区，涵盖影视、文学、网络艺术和广告文化、广场文化、社区文化、校园文化等各个领域。可以预计，在21世纪里，在整个文艺越发清晰地呈现出多元并存的态势中，由于市场经济的发展和读者生存竞争的加剧、生活节奏的加快、文学消费的更加自由自主，俗文学必将有更大发展。在文学理论上，后现代主义更是打破了各种文化形式的界限，在他们的眼里，传统文学艺术领域中高雅与通俗的区别已不复存在，新的文化工业将这一切都化为文化商品，那些传统意义上的精英文化、高雅艺术同样是一种满足消费欲望的对象。

二、狭义文学与广义文学

本章对文学活动的考察，是把文学作为一种社会意识形式，放在与其他社会意识形态，与政治、经济、文化的关系中进行审视。这种审视的角度是宏观和开放的，基本上没有涉及文学自身内部的各种关系。由此显示的文学，具有广泛联系社会生活各个方面和各种关系的特点，其属性具有极为丰富的社会文化内涵，与前面各章从审美角度考察的文学并不完全吻合。于是，呈现在我们面前的文学便似乎有了两种不同的形态或面貌：一个是广义的、显示了丰富多样的社会属性的文学，另一个是狭义的、仅仅由审美关系所决定的文学。

其实，在人类文化史上，从理论上把文学分为狭义的和广义的两种是很晚的事情。无论在我国还是在欧洲，在19世纪以前，可以说都没有现代文学理论给文学所做的那种严密的定义。章炳麟在《文学总略》中说："文学者，以有文字著于竹帛，故谓之文；论其法式，谓之文学。"①就是对文学的一种广义理解，他把文化学术现象都包括到文学中去了，这几乎是对两千多年前古人文学观的一种重复。周秦时期的文学观念就是广义的，当时文学包括学术在内，两者并未分开，文学有"文章""博学"的意义。到了两汉，文学、文章分开了，文学指的是学术著作，文章则指的是词章一类的作品。魏晋南北朝之间，文章、文学开始有了合一的趋向，并且有了"文""笔"之分。有韵为文，即美感文学；无韵为笔，即应用文学。但是到了唐代，主张文以载道，反对骈俪，又提倡以笔为文，文笔不分。到了宋代，又走向文章、博学合一，取消了文学和文章的区别、文与学的区别。在元、明、清的几百年中，对文学仍然未能作出明晰的划分和解释。

欧洲文学观念的形成也经历了类似的过程。欧洲人曾把一切印刷品都称为文学，或把与文明有关的一切都纳入文学。有的学者将文学等同于"名著"，把有影响的历史、哲学、政治著述，都放在文学的名下。　19世纪前，欧洲语言中并不存在现代意义上的"文学"一词，托多罗夫指出，"在欧洲语言中，文学这个字眼的当下意义也非久远，它最早始于18世纪。"②伊格尔顿也指出，直到18世纪，英国人所说的文学，实际上是指"社会中被赋予价值的全部作品：诗，以及哲学、历史、随笔和书信。使一部作品成为'文学'的不是其虚构性——18世纪对骤然兴起的小说是否真是文学抱着极其怀疑的态度——而是其是否符合'优雅文章'的某些标准。换言之，衡量什么是文学的标准完全取决于意识形态：体现某一社会阶级的种种价值和'趣味'的作品具有文学资格，而里巷谣曲、流行传奇故事，甚至也许连戏剧都在内，则没有这种资格"③。在此之前，欧洲文学一直被称作"诗歌"，这是亚里士多德《诗学》所留下的影响。《诗学》研究的对象是史诗和戏剧，后世学者在《诗学》的影响下，把各种体裁的作品都称之为"诗"。例如早期的别林斯基在"诗

①　章炳麟：《国故论衡·文学总略》，见《中国现代学术经典·章太炎卷》，河北教育出版社1996年版，第45页。

②　[法]托多罗夫：《文学概念》，蒋子华等译，见《巴赫金、对话理论及其他》，百花文艺出版社2001年版，第5页。

③　[英]伊格尔顿：《二十世纪西方文学理论》，伍晓明译，北京大学出版社2007年版，第16页。

歌"的名下讨论了各种小说、诗歌和戏剧作品。文学一词传入俄国已是 18 世纪，19 世纪俄国的国粹主义者拒绝使用这个外来词，而仍沿用文辞、文录等名词。文辞包括一切书写的东西，包括文录与文学，也是一个极宽泛的概念。文录是一些有价值的文字记载，而文学，别林斯基认为是与印刷术的概念联在一起的，得到公众支持的，并以个别任务的创造为标志的。这类作品主要是指优美文学，一批诗意的、艺术性的作品。①

传统文化对文学的界定虽然过于宽泛，但对今天的文学研究还有某种意义，即可以让我们在更为开阔的文化背景上和更为广泛的社会联系中认识文学，使我们意识到文学的发展不仅具有一定的自律性，而且还有受制于各种非审美因素的他律性。当然，为了更深入地了解文学，揭示文学独具的性质和特点，仅仅考察广义的文学是不够的。所以随着文学的发展、成熟和独立，中外文学理论都越来越强调文学的特殊性，强调审美、想象、情感、形象、虚构以及对语言的特殊运用等特点对文学的规定，于是有了狭义的文学观念。狭义文学的出现，说明人们对文学的特殊性质有了更进一步的理解和把握。从文学理论学习的角度来说，对狭义文学的认识是基础，只有在这样的知识背景中，我们才可能真正洞察广义文学的意义和价值。

讨论题

1. 怎样理解政治和经济基础对文学的影响？
2. 你怎样认识文学与非审美文化的关系？
3. 为什么会出现艺术生产与物质生产不平衡的现象？
4. 现代传媒技术对传统文学形式、观念的冲击有哪些？
5. 谈谈你对俗文学的看法。

参考书目

一、著作

1. 马克思：《〈政治经济学批判〉序言》，《马克思恩格斯文集》第 2 卷，人民出版社 2009 年版。

2. 马克思：《1857—1858 年经济学手稿·导言》，《马克思恩格斯文集》第 8 卷，人民出版社 2009 年版。

---

① ［俄］别林斯基：《文学一词的一般意义》，满涛译，见《别林斯基选集》第 3 卷，上海译文出版社 1980 年版，第 115～130 页。

3. 王岳川：《二十世纪西方哲性诗学》，北京大学出版社 1999 年版，第一章 "二十世纪哲学危机与诗学转向"。

4. 范伯群主编：《中国近现代通俗文学史》，江苏教育出版社 1999 年版，"绪论"。

二、论文

1. ［英］伊格尔顿：《二十世纪西方文学理论》，伍晓明译，北京大学出版社 2007 年版，"结论：政治批评"。

2. ［美］米勒：《当前文学理论的功用》，郭英剑译，见《重申解构主义》，中国社会科学出版社 1998 年版。

关键词

第一章

文学：一种以虚构和想象的方式，通过语言形象的创造来表达和交流对人生的审美感受与理解的艺术样式。

模仿：最初是指祭祀活动中巫师表演的歌舞，后来从祭典术语转化为哲学术语，表示对外在世界的再造或者复制，"模仿说"就是在这个意义上强调生活是文艺创作的基础。亚里士多德所说的模仿并不是指对现实生活的直接描摹，相反，他倒是认为文艺所描述的应该是可能发生的而不是已经发生的事情。

文学的主体性：文学的主体性显示了文学作为社会意识形式的这样一个特点，即文学并不是客观对象如实投影于人的大脑的产物，而是在主体的积极参与下，通过虚构想象才得以形成的，一种包含了主体成分在内并受主体的情感、意志所支配的精神生产活动。

艺术真实：艺术真实并不完全是一个认识论的问题，它还和审美活动以及接受心理有关。文学从根本上保持与现实生活的联系，创作主体具有真切的人生体验和真挚的情感态度，以及文学的虚构和想象要适应和满足读者的接受心理，是艺术真实构成的三个要素；三种要素相互渗透，交融统一，体现了文学与社会生活的特殊关系，亦体现了这种特殊关系对文学生产的特殊规定。艺术真实因此可以概括为表现在文学活动中的上述三种要素的统一；文学的真实性则是检验文学作品在实现艺术真实上所达到的程度。

文学形象：凡是能够将审美意识通过语言外化为使他人在接受过程中产生审美想象和联想的感性对象，都可称之为文学形象。文学形象可分为语象、形象和意象三种类型。

语象：文学形象的一种类型。语象本是符号语义学的一个术语，英美新批评的理论家维姆萨特主张用这个术语取代文学形象或意象，以避免形象概念所引起的种种混乱。维姆萨特认为，文学形象并不都是诉诸视觉或其他感官的，而是更多地和语言的用法有关，因此用语象更切合文学实际。我们这里所说的语象，主要是指非描摹性的，但是又能引起读者具体感受和丰富联想的各种语言用法。

形象：文学形象的一种类型，专指描摹型形象，其特点是语言的描绘能使人联想到某种物象。

意象：作为一种文学形象的类型，意象在中外文学理论中的基本含义大体相同，都是指为表现思想感情而创造的一种形象。在意象的创造上，中国古代文论强调情景结合,即意象是主观之"意"与客观之"象"的融合,用具体的景物表现内在的心理感受;而西方文论则倾向于把意象理解为一种主观经验的直接显现。

文学形象的间接性:作为语言的艺术,文学形象不具有直接的现实性,用语言表现的形象只能以概念符号的形式呈现,需要通过接受者的想象和联想才可能间接地被感知。要求接受者必须在理解语言的前提下,调动自己的生活经验,才有可能通过想象感知和把握文学形象。

结构:作为结构主义文学理论的术语,结构是指先于个体存在的、体现了某种文化规范的语言形式,如语言规则、叙述模式、文体等。

话语:话语是指在言语活动中所形成的语言单位,其特点在于将特定的文化知识转化成语言形式,以其特定的意识形态内涵成为对人们的思想交流具有支配和规范作用的文化代码。从符号学的角度看,话语不是一般的语言符号,而是具有符规性质和编码功能的符号。

互文性:又译为"文本间性",是指任何文本的形成都与该文本之外的符号系统相关联,任何文本都是对其他文本的吸收和转换。互文性的提出扩展了文学研究的视野,深化了人们对文本意义的理解。

第二章

文本:也被译作"本文",指一部文学作品的实际存在方式。在现代批评理论语境中,文本泛指人们可以对其进行理解和解释的符号或符号链。从语言或话语而不是从作家的角度理解文本,突出了文本的自足性及符号性。文学文本是一个由语言层、现象层和意蕴层所构成的、有深度的统一体。其中,现象层具有中介连接的作用,文学形象在与文学语言和文学意蕴的双重关系中体现了文学文本的内容与形式的辩证统一。

体裁:指文本明显可辨的种类特征,这些特征体现于审视生活的角度、塑造形象的方式、语言表现的形态、体制篇幅的规模等方面。体裁对作者的写作具有一定的规范作用,同时也制约着读者对文本意义的理解和解释。

意蕴:文学文本的意蕴即蕴涵于文本现象层的意义,具有含蓄、多义的特点。意蕴是文学文本的灵魂所在。

诗歌:用讲究韵律的语言和丰富的想象,含蓄地表现情感与思想的文体。诗歌的主要特点在于它的抒情性和语言的韵律性。

意境:意境是由意象组合所形成的一种艺术境界或审美境界,具有"境生于象而超乎象"的特点。意境是中国古典诗学的重要范畴,在西方文论里还难以找到一个与它相当的概念或术语。

散文:以抒发对人生的审美感受为内容的文学体裁。

小说:用散文形式写成的、有一定长度的、虚构的叙事文体。叙事性是小说的基本特征。

扁形人物：又译为"扁平人物"。英国小说家兼批评家福斯特把小说中的人物形象分为两种类型，即"扁形人物"和"浑圆人物"。扁形人物有类型化的特点，是围绕着单一的观念或素质塑造的。韦勒克将"扁形人物"称作"静态型的"，认为这类人物易于漫画化或抽象的理想化。

浑圆人物：又译为"圆形人物""圆整人物"。浑圆人物有性格复杂丰满，具有立体感的特点，这类人物往往有一个核心性格，同时又体现出不同的性格侧面和层次。韦勒克认为"浑圆人物"是"动态型或发展型的"，似乎特别适用于长篇小说。

剧本：为戏剧表演提供的一种文学脚本，属于戏剧艺术的文学成分。从这个意义上说，剧本其实只是一种半成品，需要通过戏剧表演才能最后完成。作为文学体裁，剧本的特征均取决于戏剧舞台表演的规定。

三一律：古典主义戏剧理论的结构原则。规定戏剧的情节、地点、时间必须完整一致，即每剧限于单一的故事情节，事件发生在一个地点并于一天内完成。这个规定曾经长期影响欧洲戏剧文学的创作。

戏剧冲突：表现在戏剧中的、因矛盾双方的意志对抗或人的内心矛盾而造成的、能够推动剧情发展的矛盾冲突。戏剧冲突是戏剧艺术表现矛盾的特殊艺术形式，是戏剧性的集中体现。

戏剧情境：孕育和表现戏剧冲突的情节和境况。戏剧情境主要表现为剧中人物活动的具体的时空环境，对人物发生影响的事件的具体情况和人物之间的关系。

第三章

文学思潮：在一定的社会文化思想的影响下，为适应社会变革和艺术创新的需要而形成和发展起来，并产生了广泛社会影响的文学思想潮流。文学思潮以张扬某种文学观念为标志，探索和建构与时代变迁相适应的审美范式是其显著特点。文学思潮会对一个时期甚至一个时代的文学活动产生广泛而深刻的影响。西方学者因此常用文学运动来指称思潮现象，强调"思潮"对于某个"阶段"、某个"时期"文学活动的影响的广泛性和持久性。

文学流派：一批作家因为在思想倾向和文学观念上有相近的见解，在创作实践上有共同的艺术追求，并以他们的创作实绩显示了相似的风格特色而形成的创作群体。

现实主义：人们经常在三种意义上使用现实主义这个术语：其一是指一种文学思潮或文学运动，这个意义上的现实主义是一个与特定时期相关的概念，指发生在文学史上某个时期的思潮、运动或流派。其二是指一种审美理想或文学精神，现实主义文学精神的根本特点在于尤为强调文学对现实社会生活的关注和参与，这个意义上的现实主义具有相当宽泛的包容性，实际上包括了一切严肃对待现实人生的文学。其三是指文学的一种表现形态或形态类型,其特点是以生活固有的样子来建构艺术世界,把文学视为现实生活的再现。简言之,现实主义是文学表现的基本形态之一,是一种以写实性的形象和形态,通过典型化的艺术概括来表现社会现实和人生经验的文学类型。

典型:典型人物或典型性格的简称。典型人物是现实主义叙事文学所创造的、在整体个性的表现中显示了某种社会历史蕴意的、具有高度审美价值的人物形象或人物性格。

典型化:现实主义文学艺术概括的基本方式。即通过收集、分析大量的生活材料,从中提炼出最能体现某种人物或某种生活现象特点的素材进行整合、虚构,在艺术加工的基础上创造出新的艺术形象。典型化强调经过艺术加工,文学所创造的艺术形象既是个别的,又因为体现了同类现象共有的特点而具有普遍的意义。

自然主义:以自然科学和实证主义哲学的理论与方法来观察和表现社会人生的一种文学主张和文学实践。自然主义强调要从生理的、遗传的角度来理解和表现社会人生,人物塑造要表现他的气质而非性格,以科学实验的方式观察生活和描绘细节,只表现生活现象是"怎样"的而不去追问"为什么"的原因等。自然主义的形成深受实证主义哲学和自然科学,特别是遗传学的影响。

浪漫主义:一种以充满激情的艺术形象来表现理想追求、主观情感和某种社会心理的文学类型。如高尔基所说,"浪漫主义乃是一种情绪,它其实复杂地而且始终多少模糊地反映出笼罩着过渡时代社会的一切感觉和情绪的色彩,可是,它的基调是:对新事物的期待、在新事物面前的惶惑、渴望认识新事物的那种烦躁不安的神经质的向往"。

现代主义:产生于19世纪末、衰落于20世纪中叶的一种文学思潮,包括象征主义、未来主义、意象主义、表现主义、意识流小说和超现实主义等文学流派或文学现象。作为现代工业社会和垄断资本主义历史时期的产物,现代主义文学表现了动荡不安的20世纪西方社会的思想、心理和生活。作为一种文学的表现类型,现代主义文学显示了和传统文学迥然不同的面孔。从整体上看,现代主义文学以变形、荒诞的艺术形式表现了悲观厌世的情调,具有重主观、强调非理性的"向内转"的特征。

象征:一种艺术手法,其最一般的含义"就是'某一事物代表、表示别的事物'"。按照韦勒克的解释,"在文学理论上,这一术语较为确当的含义应该是,甲事物暗示了乙事物,但甲事物本身作为一种表现手段,也要求给予充分的注意";劳·彼林说,"象征的定义可以粗略地说成是某种东西的含义大于其本身";"象征意味着既是它所说的,同时也是超过它所说的"。象征最主要的特点就在于通过暗示的方式来表达某种意义。

　　异化：本为德国古典哲学术语，黑格尔用"异化"表示本质向存在、主体向客体的转化关系。费尔巴哈则用"异化"表示人的本质的二重化和颠倒，认为宗教是人的本质的自我异化，是人的本质的虚幻反映。马克思批判吸收了黑格尔和费尔巴哈的异化观点，对异化作了新的理解和解释，提出了劳动异化的概念，即工人生产的产品以异化存在物同劳动对立，工人的劳动不属于自己，劳动成了维持个人生存的手段，最后导致人与人的异化。马克思指出，私有财产是一切异化，首先是劳动异化的基础和原因，又是劳动异化的结果。

　　第四章

　　"诗灵神授"说：古希腊的柏拉图把创作视为神灵附体于诗人的结果，诗人被视为神的喉舌或是代言人。柏拉图认为，诗人不得到灵感，不失去平常理智而陷入迷狂，就没有能力创造，就不能作诗或代神说话。诗人对于他们所写的那些题材，说出那样多的优美辞句，并非凭借技艺的规矩，而是依诗神的驱遣。按照这种说法，诗人不过是一个载体，诗歌创作实际上被解释成神的而不是人的创造。

　　对象化：原本是一个哲学术语，最初由黑格尔提出，他用这个术语来说明物质世界是"绝对精神"外化的结果。马克思摒弃了黑格尔"对象化"的唯心主义成分，揭示了社会实践才是主、客体关系变化的基础。文学创作的对象化就是在这个基础上发生的，指作家以体验的方式感受生活，将世界作为人的对象性存在来把握，使外在于自己的生活对象，成为主体感觉经验中的对象。使生活对象不仅是一个主体之外的认识对象，而且因为作家的感同身受，成为主体化、情感化和个性化了的对象。只有在作家与自己的对象结成这种对象关系时，他才能创造出生动的艺术形象。

　　母题：指源于传统的、不可再分的"最基本的情节因素"，如西方文学中常见的错认身份、老少婚配、儿子寻父、子女对父亲的忘恩负义等，以及中国文学中常见的幻化、离魂、闺怨、复仇等，都属于这种在叙事文学中被创作反复使用的情节单元。

　　原型：本是荣格分析心理学的一个术语。文学理论意义上的原型，是指在不同时代的文学作品中反复出现，并能激发读者情感反应的构思、形象或意象。比如英雄、大地母亲、智慧老人、魔鬼、月亮、香草、石头等原型，在中外文学作品中屡屡出现。

　　创作个性：创作个性即体现于创作实践和创作结果中的个人特征，显示了一个作家在感受生活、理解生活和表现生活上的与众不同的个性特点。

　　创作动机：心理学所说的动机，是指满足人的需要的活动动力，即导致行为发生的主观意图。文学理论所说的创作动机则指促使创作欲望和创作行为发生的心理原动力。

灵感:灵感是指创作过程中由于思维紧张、情绪高涨而导致的一种感悟,这种感悟对创作的认识而言是一种飞跃。灵感的发生具有偶发性、短暂性、亢奋性和创造性的特征。

艺术构思:指创作主体以虚构想象的方式,对创作素材进行选择、提炼、加工、改造,使之凝聚成一个体现了创作意图的艺术整体的思维过程。作为文学创作中的主要环节,艺术构思的目的和特质在于创造性,即通过想象、虚构,创造出一个不同于现实世界的艺术世界。因此艺术构思不是对已有的生活经验的梳理和修饰,也不是对现实生活经验的复制和延伸,而是对现实经验的超越和提升。

陌生化:又译为"奇特化""反常化"。俄国形式主义理论家什克洛夫斯基提出的一种理论,认为艺术创造就是通过用陌生或反常的方式表现人们熟悉的事物,以此来克服习惯造成的感觉迟钝、麻木,从而使人们在艺术形式中获得对事物的真实感受。

风格:文学风格是一个含义宽泛的概念,包括作家风格、作品风格、文体风格、流派风格、时代风格、民族风格等。狭义的文学风格一般是指作家作品的风格,即作家的创作个性在作品中的艺术呈现,其体现在一系列作品中,显示出独特而稳定的艺术风貌和艺术格调。

第五章

期待视野:指文学接受者事先拥有并作为标准或框架而带入接受活动的理解模式,包括接受者根据以往文学阅读所积累的经验,对文学形式和技巧的了解,以及接受者的生活经历、文化水平和欣赏趣味等。美国批评家霍拉勃说,"'期待视野'显然指一个超主体系统或期待结构,'一个所指系统'或一个假设的个人可能赋予任一本文的思维定向"。它相当于心理学家皮亚杰所说的会对人类认识活动产生一定影响的先在"图式"。

语感:指读者对文学语言符号的审美特点及审美蕴涵的感受能力,其具体表现为对文学话语形式的音、形、义等方面的审美性的直觉反应。如对文学语言隐含意义的领悟,对语言形式和语言技巧表意功能的理解等。语感的形成与一个人的文化程度和阅读经验有着密切的关系。一个读者的语感如何,对文学欣赏来说具有不可忽视的意义。

文学欣赏:又称文学鉴赏。是读者为了满足审美需要,在理解文学作品的基础上,通过想象、联想、情感、思维、再创造等心理活动,以构成审美意象、获取美感愉悦的精神活动。

再创造:文学鉴赏的再创造是指,读者在作家审美创造的基础上,以自己切身的人生经验来感受、体验和理解文学作品所表现的生活、感情以及艺术形象。这使文学欣赏带有了一定的加工改造的成分,读者对文学作品的这种补充、丰富和拓展,使文学欣赏成为一种在作家创作基础上的二度创造。文学欣赏的再创造性说明,欣赏活动给予读者的感受,并不是作家或作品单方面提供的,而是读者参与创造,与作家、作品共同"合作"的结果。

召唤结构:伊瑟尔认为,文学文本和非文学文本的区别在于,非文学文本描述的对象具有外在的现实性和确定性,而文学文本则是虚构的产物,构成了一个人们似乎熟悉但实际上是陌生的世界。由此形成了文学文本的"不确定性",文学形象的含蓄和多义、文学作品在描述和结构上留下的各种空白,都是不确定性的体现。从而形成了文学文本特有的"召唤结构",要求读者在接受过程中必须调动自己的审美想象力,发现空白,玩味文本中那些沉默无言的因素,并用自己的经验和感受将这些空白填补起来,更积极、更自觉地参与文本的创造。

文学批评:广义的文学批评涵盖非常宽泛,几乎可以说是"文学研究"的同义语。狭义的文学批评专指在鉴赏的基础上,以文学理论为指导,对文学文本以及与之相关的文学现象进行分析、研究和评价的阐释活动。

第六章

文学活动:文学活动是人类实践活动的形态之一,既是审美活动的高级形态,又与社会生活的各个方面都有着千丝万缕的联系。当我们把文学作为一种社会活动来观照,就会发现文学的根须几乎延伸到社会生活的每一个角落,与社会生活的各个方面都有着千丝万缕的联系,文学的世界并不是一个纯粹虚拟的审美空间。

社会心理:一种普遍流行的、以感性形式表现的社会意识,它直接与人们的日常生活相联系,带有不系统、不定型和自发的特点,具体表现为在大众中广泛流行的情绪、感情、心态、习惯、爱好、情趣、成见等;社会心理往往呈现在社会风俗、自发倾向和时代风尚之中。社会心理的特点使它对文学活动产生了极为复杂的影响。

女性主义批评:女性主义批评家肖瓦尔特说女性批评"用来描述妇女写作的女性主义研究,包括对妇女文本阅读和对妇女作家(一种女性的文学传统)之间以及妇女与男人之间的互文本关系的分析。"这种批评认为所有的写作都打上了性的烙印。因此妇女写作总是"双文本的",它既与男性的文学传统对话,又与女性的文学传统对话。女性批评没有固定的文本分析模式,而是广泛地纳入了各种现代批评方法。

艺术生产与物质生产的不平衡:马克思指出:"关于艺术,大家知道,它的一定的繁盛时期决不是同社会的一般发展成比例的,因而也决不是同仿佛是社会组织的骨骼的物质基础的一般发展成比例的。"也就是说,艺术的繁荣和发展,并不是简单地、机械地随着社会发展和经济发展的步子前进,两者的发展水平并不一定成比例。艺术生产与物质生产不平衡的原因之一是文学艺术的发展和繁荣除了受经济基础的影响外,某些重要的社会文化因素也会起作用。其次是因为文学艺术发展具有一定的历史继承性和相对的独立性。

以禅入诗：是唐宋以降古代文论中屡屡提及的话题。是指把禅意或禅思引入诗中，从而达到深化作品的蕴意和含蓄性的目的。诗与禅的这种契合不是偶然发生的，其出自两者企求目的的某种一致，即诗与禅都执著于从感性的经验世界中体悟人生，两者都体现了通过感性经验实现对生命意蕴的感悟和追求。

以禅喻诗：是指用禅思的妙悟来理解和阐释诗歌创作的奥秘。其立论的根据在于诗与禅在把握对象世界的运思方式和语言策略上极为相似，所以宋人吴可有所谓的"学诗浑似学参禅"的说法。用种种形象化的方式来表达和传递那些被认为是不可表达和不可传递的东西，使禅宗把日常语言的多义性、不确定性、含混性做了充分的展开和运用。主张"以禅喻诗"者提倡的便是这样的"妙悟"式的运思方式和语言表达方式，认为它可使诗歌创作达到"超然""圆成"的境界，其好处被严羽用佛学话语界说为"透彻玲珑，不可凑泊，如空中之音，相中之色，水中之月，镜中之象，言有尽而意无穷"。

图像社会：后现代主义文化理论对当下社会的文化生产、传播、接受与消费模式的一个命名，意指我们现在的文化运作方式与文化生活形态主要是由图像符号的呈示与观看来构成。

俗文学：俗文学有许多别名，如消遣文学、消费文学、娱乐文学、畅销文学、车站读物等，西方甚至有人将它称为"逃避文学"或"脱离现实的文学"。这些说法都是从消遣、流行的意义上强调俗文学的通俗性。郑振铎说："'俗文学'就是通俗的文学，也就是民间的文学，也就是大众的文学。换一句话，所谓俗文学就是不登大雅之堂，不为学士大夫所重视，而流于民间，成为大众所嗜好，所喜悦的东西。"

后殖民主义：又称"后殖民理论"，是以帝国主义国家在文化领域的霸权统治为主要对象的理论研究。后殖民主义侧重分析欧美帝国主义文化霸权及其引发的第三世界文化问题，包括帝国主义的文化侵略、宗主国与殖民地的关系、第三世界知识分子的文化角色和政治参与，以及关于种族、文化、历史的"他者"表述等。通过上述问题的研究，后殖民理论力求揭示殖民主义与西方文化彼此之间的影响，对西方文化作出新的反思和批判。

2005 年版后记

如果从 2002 年 9 月在武昌东湖讨论大纲算起,这本教材的编撰花费了两年多的时光。这期间,负责各章撰写的老师,虽然都有繁忙的教学和科研工作,但仍在百忙之中如期完成了撰写任务。对于他们的支持和帮助,我们确实怀有真挚和由衷的感激之情。

教材各章节的撰写分工如下:

第一章　孙文宪(华中师范大学);

第二章　第一节、第四节　凌晨光(山东大学);

第二章　第二节、第三节、第五节　胡有清(南京大学);

第三章　高玉(浙江师范大学);

第四章　李建中(武汉大学);

第五章　刘安海(华中师范大学);

第六章　聂运伟(湖北大学)、冯黎明(武汉大学)。

在各位老师撰写的基础上,孙文宪对全书作了统一修订,最后由王先霈审阅定稿。

这里还要特别感谢高等教育出版社的徐挥分社长和云慧霞策划编辑,对于本教材的构思、设计和撰写,给予的非常具体的指导,感谢责任编辑杨莉,她的建议和认真态度,使本书避免了许多错误。

感谢华中师范大学教务处和社科处的大力支持,如果没有他们的关心、鼓励和参与,这本教材也不会顺利问世。

主　编

2005 年 1 月 30 日

后记

这本《文学理论导引》自 2005 年出版以来，已经使用八年多了，根据教学的实际需要和学界文学理论研究的进展以及出版社的要求，进行了此次修订工作。这次修订工作，主要有四个方面：一是在文字表述上作了一些推敲，力求更为流畅、简洁；二是在重要观点的阐释和引用上作了进一步的审核、校对，力求更为清晰、准确；三是在材料上作了少量调换或补充，力求更有助于视野的拓展；四是对较长的论述按照逻辑层次分列了小标题，以便于阅读和理解。

本教材出版后，我们曾在教育部高教司文科处的支持下，与高等教育出版社一起，主办了两期全国主讲教师研讨班，参加的一百多位教师对教材的反应和提出的意见、建议，使我们深受鼓舞和得到教益。许多使用该教材学校的教师和学生也给我们提出了意见和建议，希望此次修订能回应使用教材的师生的要求，促进相关教学工作，同时，一如既往地恳请大家提出宝贵的批评意见，以便进一步完善。

主　编
2014 年元月 24 日

郑重声明

高等教育出版社依法对本书享有专有出版权。任何未经许可的复制、销售行为均违反《中华人民共和国著作权法》，其行为人将承担相应的民事责任和行政责任；构成犯罪的，将被依法追究刑事责任。为了维护市场秩序，保护读者的合法权益，避免读者误用盗版书造成不良后果，我社将配合行政执法部门和司法机关对违法犯罪的单位和个人进行严厉打击。社会各界人士如发现上述侵权行为，希望及时举报，我社将奖励举报有功人员。

反盗版举报电话 （010）58581999 58582371

反盗版举报邮箱 dd@hep.com.cn

通信地址 北京市西城区德外大街4号

高等教育出版社法律事务部

邮政编码 100120